【千年中华智慧】

下

一生必读的经典历史故事

金　玺◎编著

脍炙人口的中国历史故事汇编

中國華僑出版社

谢安东山再起

公元383年，苻坚亲自带领步兵六十万、骑兵二十七万、禁卫军三万，号称百万大军从长安出发。向南的大路上，烟尘滚滚，步兵、骑兵，再加上车辆、马匹、辎重，队伍浩浩荡荡，差不多拉了千里长。

过了一个月，苻坚主力到达项城（在今河南沈丘南），益州的水军也沿江顺流东下，黄河北边来的人马也到了彭城（今江苏徐州市），从东到西一千多里长的战线上，前秦水陆两路进军，向江南逼近。

这个消息传到建康，晋孝武帝和文武官员都着了慌。晋朝军民都不愿让江南陷落在前秦手里，大家都盼望宰相谢安拿主意。

谢安是陈郡阳夏（今河南太康）人，出身士族，年轻的时候，跟王羲之是好朋友，经常在会稽东山游览山水，吟诗谈文。他在当时的士大夫阶层中名望很大，大家都认为他是个挺有才干的人。但是他宁愿隐居在东山，不愿做官。有人推举他做官，他上任一个多月，就不想干了。当时在士大夫中间流传着一句话："谢安不出来做官，叫百姓怎么办？"

到了四十多岁的时候，他才重新出来做官。因为谢安长期隐居在东山，所以后来把他重新出来做官称为"东山再起"。

苻坚强大起来以后，东晋的北面边境经常遭到秦兵的骚扰。朝廷想找一个文武全才的将军去防守边境。谢安把自己的侄儿谢玄推荐给孝武帝。孝武帝把谢玄封为将军，镇守广陵（今江苏扬州市），掌管江北的各路人马。

谢玄也是个军事人才。他到了广陵以后，就招兵买马，扩大武装。当时有一批从北方逃难到东晋来的人，纷纷应征。他们中间有个彭城人叫刘牢之，从小练得一身武艺，打仗特别勇猛。谢玄派他担任参军，叫他带领一支精锐的人马。这支人马经过谢玄和刘牢之的严格训练，成为百战百胜的军队。由于这支军队经常驻扎在京口（今江苏镇河市），京口又叫"北府"，所以把它叫作"北府兵"。

这一回，苻坚率领百万大军进攻东晋，谢安决定自己坐镇建康，派弟弟谢石担任征讨大都督，谢玄担任前锋都督，带领八万军队前往江北抗击秦兵，又派将军胡彬带领水军五千到寿阳（今安徽寿县）去配合作战。

谢玄手下的北府兵虽然勇猛。但是前秦的兵力比东晋大十倍，谢玄心里到底有点紧张。出发之前，谢玄特地到谢安家去告别，请示一下这个仗怎么打法。

哪儿知道谢安听了像没事一样，轻描淡写地回答说："我已经有安排了。"

谢玄心里想，谢安也许还会嘱咐些什么话。等了老半天，谢安还是不开腔。

谢玄回到家里，心里总不大踏实。隔了一天，又请他的朋友张玄去看谢安，托他向谢安探问一下。

谢安一见到张玄，也不跟他谈什么军事，马上邀请他到他山里一座别墅去。到了那里，还有许多名士先到了，张玄要想问，也没有机会。

谢安请张玄陪他一起下围棋，还跟张玄开玩笑，说要拿这座别墅做赌注，比一个输赢。张玄是个好棋手，平常跟谢安下棋，他总是赢的。但是，这一天，张玄根本没心思下棋，勉强应付，当然输了。

下完了棋，谢安又请大伙儿一起赏玩山景，整整游玩了一天，到天黑才回家。

这天晚上，他把谢石、谢玄等将领，都召集到自己家里，把每个人的任务一件件、一桩桩交代得很清楚。大家看到谢安这样镇定自若，也增强了信心，高高兴兴地回到军营去了。

那时候，桓冲在荆州听到形势危急，专门拨出三千名精兵到建康来保卫京城。谢安对派来的将士说："我这儿已经安排好了。你们还是回去加强西面的防守吧！"

将士回到荆州告诉桓冲，桓冲很担心。他对将士说："谢公的气度确实叫人钦佩，但是不懂得打仗。眼看敌人就要到了，他还那样悠闲自在，兵力那么少，又派一些没经验的年轻人去指挥，我看咱们准要遭难了。"

* * * * *

领导者的心态、意志会对其组织发挥巨大的影响。即便你领导的团队在激烈的竞争中处于劣势，也要镇定自若，不要自乱阵脚。

淝水之战

谢安派出的将领胡彬，率领水军沿着淮河向寿阳进发。在路上，他得知寿阳已经被前秦的前锋苻融攻破。胡彬只好退到硖石（今安徽凤台西南），扎下营来，等待谢石、谢玄的大军会合。

苻融占领寿阳以后，又派部将梁成率领五万人马进攻洛涧（在今安徽淮南东），截断了胡彬水军的后路。晋军被围困起来，军粮一天天少下去，情况十分危急。

胡彬派出兵士偷偷送信给谢石告急，说："现在敌人来势很猛，我军粮食快完，恐怕没法跟大军会合了。"

送信的晋兵偷越秦军阵地的时候，被秦兵捉住。这封告急信落在苻融手里，苻融立刻派快马到项城去告诉苻坚。

苻坚一连得到秦军前锋的捷报，更加骄傲起来。他把大军留在项城，亲自率领八千名骑兵赶到寿阳，恨不得一口气把晋军打败。

他到了寿阳，跟苻融一商量，认为晋军已经不堪一击，就派了一个使者到晋军大营去劝降。

那个派出的使者不是别人，恰恰是前几年在襄阳坚决抵抗过秦军、后来被俘虏的朱序。

朱序被俘以后，虽然被苻坚收用，在秦国当个尚书，但是心里还是向着晋朝。他到晋营见了谢石、谢玄，像见了亲人一样高兴，不但没按照苻坚的嘱咐劝降，反而向谢石提供了秦军的情报。他说："这次苻坚发动了百万人马攻打晋国，如果全部人马一集中，恐怕晋军没法抵挡。现在趁他们人马还没到齐的时候，你们赶快发起进攻，打败他们的前锋，挫伤他们的士气，就可以击溃秦军了。"

朱序走了以后，谢石、谢玄就派北府兵的名将刘牢之率领精兵五千人，先对洛涧的秦军发起突然袭击。这支北府兵果然名不虚传，他们像插了翅的猛虎一样，强渡洛涧，个个勇猛非凡。守在洛涧的秦军，不是北府兵的对手，勉强抵挡一阵，败了下来，秦将梁成被晋军杀了。秦兵争先恐后渡过淮河逃走，大部分掉在水里淹死。

洛涧大捷，大大鼓舞了晋军的士气。谢石、谢玄一面命令刘牢之继续援救硖石，一面亲自指挥大军，乘胜前进，直到淝水（今淝河，在安徽寿县南）东岸，把人马驻扎在八公山边，和驻扎寿阳的秦军隔岸对峙。

苻坚派出朱序劝降以后，正在洋洋得意，等待晋军的投降，突然听到洛涧失守，像头上挨了一闷棍一样，有点沉不住气。他要苻融陪着他到寿阳城楼上去看看对岸形势。

苻坚在城楼上一眼望去，只见对岸晋军一座座的营帐排列得整整齐齐，手持刀枪的晋兵来往巡逻，阵容严整威武。再往远处看，对面八公山上，隐隐约约不知道有多少晋兵。其实，八公山上并没有晋兵，不过是苻坚心虚眼花，把八公山上的草木都看作是晋兵了（文言是“草木皆兵”）。

苻坚有点害怕了，他转过头对苻融说：“这确实是强大的敌人啊！怎么能说他们弱呢?”

打那以后，苻坚命令秦兵严密防守。晋军没能渡过淝水，谢石、谢玄十分着急。如果拖延下去，只怕各路秦军到齐，对晋军不利。

谢玄派人给苻坚送去一封信，说：“你们带了大军深入晋国的阵地，现在却在淝水边摆下阵势，按兵不动，这难道是想打仗的吗？如果你们能把阵地稍稍往后撤一点，腾出一块地方，让我军渡过淝水，双方就在战场上比一比输赢。这才算有胆量呢!”

苻坚一想，要是不答应后撤，不是承认我们害怕晋军吗？他马上召集秦军将领，说：“他们要我们让出一块阵地，我们就撤吧。等他们正在渡河的时候，我们派骑兵冲上去，保管能把他们消灭。”

谢石、谢玄得到苻坚答应后撤的回音，迅速整好人马，准备渡河进攻。

约定渡河的时刻到来了，苻坚一声令下，苻融就指挥秦军后撤。他们本来想撤出一个阵地就回过头来总攻。没料到许多秦兵一半由于厌恶战争，一半由于害怕晋军，一听到后撤的命令，撒腿就跑，再也不想停下来了。

谢玄率领八千多骑兵，趁势飞快渡过淝水，向秦军猛攻。

这时候，朱序在秦军阵后叫喊起来：“秦兵败了！秦兵败了！”后面的兵士不知道前面的情况，只看到前面的秦军往后奔跑，也转过身跟着边叫嚷，边逃跑。

苻融气急败坏地挥舞着剑，想压住阵脚，但秦兵像潮水般地从后边涌来，哪里压得住。一群乱兵冲来，把苻融的战马冲倒了。

苻融挣扎着想起来，晋兵已经从后面赶上来，把他一刀砍了。主将一死，秦兵更是像脱了缰绳的惊马一样，四处乱奔。

阵后的苻坚看到情况不妙，只好骑上一匹马拼命逃走。不料一支流箭飞来，正好射中他的肩膀。苻坚顾不得疼痛，继续催马狂奔，一直逃到淮北才息了口气。

晋军乘胜追击，秦兵没命地溃逃，被挤倒的、踩死的兵士，满山遍野都是。那些逃脱的兵士，一路上听到风声和空中的鹤鸣声（文言是“风声鹤唳”，唳音 lì，就是鹤鸣声），也当作东晋追兵的喊杀声，吓得不敢停下来。

谢石、谢玄收复了寿阳，派飞马往建康送捷报。

这一天，谢安正跟一个客人在家里下棋，他看完了谢石送来的捷报，不露声色，随手把捷报放在床上，照样下棋。

客人知道是前方送来的战报，忍不住问谢安说：“战事情况怎么样？”

谢安慢吞吞地说：“孩子们到底把秦人打败了。”

客人听了，高兴得不想再下棋，想赶快把这个好消息告诉别人，就告别走了。

谢安送走客人，回到内宅去，他的兴奋心情再也按捺不住，跨过门槛的时候，踉踉跄跄的，把脚上的木屐的齿也碰断了。

经过这场大战，强大的前秦大丧元气。苻坚逃到洛阳，收拾残兵败将，只剩下十几万。但是慕容垂的兵力却丝毫没受到损失。不出王猛所料，鲜卑族的慕容垂和羌族的姚苌终于背叛了前秦，各自建立了新的国家——后燕和后秦，苻坚本人也被姚苌杀了。

* * * * *

领导者应有大局观，善于权衡利弊得失。如果被胜利冲昏了头脑，被不现实的目标蒙蔽了眼睛，只能走向失败。

不为五斗米折腰

淝水之战以后，谢安趁前秦崩溃的时机，派谢玄收复黄河流域大片失地。可是晋孝武帝却重用他弟弟会稽王司马道子，竭力排挤谢安，使谢安不能施展他的才能。到了谢安一死，东晋政权落在昏庸的司马道子手里，东晋的朝政就越来越腐败了。

公元399年，晋安帝在位的时候，会稽郡一带爆发了孙恩领导的农民起义，过了两年，起义军十几万逼近建康，东晋王朝出动北府兵，才把起义镇压下去。

这时候，东晋的统治集团内部又乱了起来。桓温的儿子桓玄占领了长江上游，带兵攻进建康，废了晋安帝，自立为帝。过了三四个月，北府兵将领刘裕打败桓玄，迎晋安帝复位，打那以后，东晋王朝已经名存实亡了。

在这个动荡不安的年代里，在柴桑，有一个出名的诗人，名叫陶潜，字元亮，因为看不惯当时政治腐败，在家乡隐居。陶渊明的曾祖陶侃，虽然做过大官，但不是士族大地主，到了陶渊明一代，家境逐渐没落。陶渊明从小喜欢读书，不想求官，家里穷得常常揭不开锅，但他还是照样读书做诗，自得其乐。他的家门前有五株柳树，他给自己起了个别号，叫五柳先生。

陶渊明在人生前期渴望进取，渴望干一番事业，他在刘裕手下做过参军。但是过不了多少日子，他就看出当时的官员将军互相倾轧，心里很厌烦，又要求出去做个地方官。上司就把他派到彭泽（在今江西省）当县令。

当时做个县令，官俸是不高的。陶渊明日子过得并不富裕，但是比起他在柴桑家里过的穷日子，当然要好一些。

有一天，郡里派了一名督邮到彭泽视察。县里的小吏听到这个消息，连忙向陶渊明报告。陶渊明正在他的内室里捻着胡子吟诗，一听到来了督邮，十分扫兴，只好勉强放下诗卷，准备跟小吏一起去见督邮。

小吏一看他身上穿的还是便服，吃惊地说："督邮来了，您该换上官服，束上带子去拜见才好，怎么能穿着便服去呢！"

陶渊明向来看不惯那些趾高气扬、作威作福的督邮，一听小吏说还要穿起官服行拜见礼，更受不了这种屈辱。他叹了口气说："我可不愿为了这五斗米官俸，去向那号小人打躬作揖（文言是'不为五斗米折腰'）！"

说着，他也不去见督邮了，索性把身上的印绶解下来交给小吏，辞职不干了。

陶渊明回到柴桑老家，觉得这个乱糟糟的局面跟自己的志趣、理想距离得太远了。从那以后，他下决心隐居过日子，空下来就写写诗歌文章，来抒发自己的心情。

陶渊明写过一篇非常有名的文章，叫作《桃花源记》。在那篇文章里，他写了武陵地方的一个渔人，有一次，沿着小溪划船打鱼，来到了一处繁花如锦、芳草鲜美的桃树林。

渔人被眼前的景色吸引住了，划着船再往前走，到了树林尽头，发现了一个小洞。他丢下船，顺着洞口摸进去，开始很狭窄，走了一段，豁然开朗，原来洞里有一个很大的村子，那里土地肥沃，桑木成行，男女老幼，来来往往，勤恳劳动，过着无忧无虑的和平生活。

大家看到渔夫是个陌生客人，都热情地邀请他喝酒吃饭。渔夫跟大家谈起，才知道那村子里的人的祖先还是秦朝末年避难到这儿来的。他们根本不知道秦以后还有汉朝，更不用说有什么魏、晋了。

渔人在那里住了几天，告别回家。他在回家路上，做了好多标记，准备下一次再去访问。回到武陵，他报告了太守。太守也很感兴趣，派人跟着渔人去找桃花林，但是怎么也找不到那个洞口了。

陶渊明写的那个世外桃源，在当时的社会里是不会有的。但是他在文章里描绘的那种人人劳动，个个过着富裕、安定生活的图景，反映了在当时黑暗动荡时代，人民的一种美好愿望。所以《桃花源记》这篇文章，后来一直被人们所喜爱。

* * * * *

像陶渊明那样“不为五斗米折腰”的人是很少见的，大多数人都习惯于随波逐流。正因为如此，陶渊明不畏权贵、不卑不亢的精神才显得弥足珍贵！

刘裕建立刘宋王朝

晋安帝复位后，刘裕掌握了东晋大权。刘裕本来是个出身贫苦的小军官，在士族中没有什么地位。他为了提高自己的威望，决定发动北伐。

公元409年，刘裕从建康出发，先出兵包围了南燕（十六国之一）的国都广固（今山东益都西北）。南燕的国主慕容超着急了，向后秦讨救兵。

当时，后秦在北方是个比较大的国家。后秦国主姚兴派使者到晋军大营去见刘裕，说："燕国和我们秦国是友好邻国。我们已派出十万大军驻扎在洛阳。你们一定要逼燕国，我们不会坐视不救。"

刘裕听了使者这番威胁的话，冷笑一声说："你回去告诉姚兴。我本来打算灭掉燕国之后，休整三年再来消灭你们。现在既然你们愿意送上门来，那就来吧!"

使者走了以后，有人对刘裕说："您这样回答他，只怕激怒了姚兴。如果秦兵真的来攻，我们怎么对付?"

刘裕泰然说："你就不懂得这个理儿。俗话说'兵贵神速'，他们如果真的要出兵，就会偷偷出兵，何必先派人来通知呢？这完全是姚兴虚张声势，吓唬我们。我看自己也顾不过来，哪有什么能力救人呢。"

不出刘裕所料，那时候后秦正跟另一个小国夏国互相攻打，还打了败仗，更谈不上出兵救南燕。没有多久，刘裕就把南燕消灭了。

过了几年，刘裕平定了南方的割据力量，再一次北伐，进攻后秦。他派大将王镇恶、檀道济带领步兵，从淮河一带出兵向洛阳方向进攻，自己亲自率领水军沿着黄河进军。

那时候，北方鲜卑族建立的北魏开始强大起来，它的势力已经发展到黄河北岸。北魏在北岸集结了十万大军，威胁晋军。刘裕的水军沿着黄河前进，有时风猛水急，晋军的船只被水冲到北岸，就受到魏兵的攻击。

刘裕派水军上北岸去打魏军，魏兵就逃，等晋军回到船上，他们又在北岸骚扰，弄得晋军来回奔跑，没法顺利进兵。

刘裕派了一个将军带了七百兵士、一百辆兵车登上北岸，沿岸摆开一个半圆形的阵势，两翼紧紧靠着河岸，中间鼓出，当中的一辆兵车上竖了一根白羽毛。因为这种布阵形状像个月钩，所以名叫"却月阵"。

魏兵远远观察着晋军的布阵，不懂是什么意思，也没有敢动。

一会儿，只见晋军中间车上有人举起白羽毛，两侧就涌出了二千名兵士，带着一百张大弓，奔向兵车。

魏兵看看这个阵势，也没有什么大不了，就集中三万骑兵向河岸猛攻晋军。晋军一百辆兵车上的弓箭齐发，仍旧挡不住魏兵。

没料到晋军在却月阵后面，另外布置好一千多支长矛，装在大弓上。这种长矛约有三四尺长，矛头特别锋利。魏兵正向晋军猛攻的时候，晋军兵士们就用大铁锤敲动大弓，那长矛径直往魏军飞去，每支长矛就能射杀魏兵三四个，三万名魏兵一下子就被射死了好几千。其他魏兵不知道晋军阵后还有多少这种武器，吓得抱头乱窜，全线崩溃。晋军又乘胜追击，杀死了大批魏兵。

刘裕打退魏军，打通了沿黄河西进的道路，顺利西进。那时候，王镇恶和檀道济带领的步兵，已经攻下洛阳，在潼关和刘裕水军会师。接着刘裕派王镇恶攻下长安，灭了后秦。

刘裕灭了后秦，把他一个十二岁的儿子和王镇恶留在长安，自己带兵回南方。

过了几年，晋安帝死去，刘裕认为时机成熟，就派人劝说刚刚即位的晋恭帝让位。公元 420 年，刘裕即位做了皇帝，改国号为宋。这就是宋武帝。东晋王朝在南方统治了一百零四年，到这时候灭亡了。

* * * * *

在冷兵器时代，智谋和士气是取胜的关键。只有智勇双全，才能赢得战争的主动。

檀道济唱筹量沙

宋武帝刘裕在南方建立了宋朝后，过了十九年（公元 439 年），北魏太武帝拓跋焘（拓跋是姓，焘音 dào）灭了十六国中最后一个小国北凉，统一了北方。从东晋灭亡后的一百七十年的时间里，我国历史上出现了南北两个政权对峙的局面。南朝先后换了宋、齐、梁、陈四个朝代；北朝的北魏，后来分裂为东魏、西魏；东魏、西魏又分别被北齐、北周代替。历史上把这段时期合起来称为南北朝。

宋武帝做了两年皇帝，到第三年，就病死了。武帝的儿子宋文帝即位以后，北魏大举渡过黄河，进攻宋朝，在黄河以南占领了大片土地。宋文帝派檀道济率领大军抵抗。

有一次，北魏兵进攻济南，檀道济亲自率领将士到济水边，在二十多天里，跟魏军打了三十多仗。宋军节节胜利，一直追到历城（在今山东省）。

这时候，檀道济骄傲起来，防备也有点松懈了。魏军瞅个机会，用两支轻骑兵向檀道济的宋军前后两翼发起突然袭击，把宋军的辎重粮草，放把火烧掉了。

檀道济的将士虽然英勇善战，但是断了军粮，就没法维持下去，准备从历城退兵。

宋军中有个兵士逃到魏营投降，把宋军缺粮的情况告诉了北魏的将领。北魏就派出大军追赶檀道济，想把宋军围困起来。

宋军将士看到大批魏军围上来，都有点害怕，有的兵士偷偷逃跑了。檀道济却不慌不忙地命令将士就地扎营休息。

当天晚上，宋军军营里灯火通明，檀道济亲自带领一批管粮的兵士在一个营寨里查点粮食。一些兵士手里拿着竹筹唱着计数，另一些兵士用斗子在量米。

有人偷偷地向营里望了一下，只见一只只米袋里面都是雪白的大米。

这个消息马上被魏兵的探子听到了，赶快去告诉魏将。说檀道济营里军粮还绰绰有余，要想跟檀道济决战，准会又打败仗。

魏将得到情报，以为前面来告密的宋兵是假投降，来诱骗他们上当的，就把投降的宋兵杀了。

其实，魏将中了檀道济的计。檀道济在营里量的并不是白米，而是一斗斗的沙土，只是在沙土上覆盖着少量白米罢了。

到了天色发白，檀道济命令将士戴盔披甲，自己穿着便服，乘着一辆马车，大模大样地沿着大路向南转移。

魏将被檀道济打败过多次，本来对宋军有点害怕，再看到宋军从容不迫地撤退，吃不准他们在哪儿埋伏了多少人马，不敢追赶。

檀道济靠他的镇静和智谋，保全了宋军，使宋军安全地回师。以后，北魏也没敢轻易进攻宋朝。

檀道济在宋武帝和宋文帝两代，都立过大功。但是由于他功劳大，威望高，引起了宋朝统治者的猜疑。

有一次，宋文帝生了一场病。宋文帝的兄弟刘义康就跟心腹商量说：“如果皇上有什么三长两短，留下个檀道济总是一个祸根。”

他们就用宋文帝的名义下了一道诏书，硬说檀道济收罗坏人，企图谋反，把檀道济逮捕起来，要办他死罪。

檀道济在他被捕的时候，气得瞪圆了眼，愤怒的目光像要喷射出火焰来，他恨恨地把头巾拉下，摔在地上，说：“你们这不是在毁坏自己的万里长城吗?”

檀道济终于被杀了。这个消息传到北魏，魏朝的将士都高兴得互相庆贺，说：“檀道济一死，南方就没有叫人害怕的人啦!”

后来，宋文帝也很后悔。有一次，北魏的大军打到江北的瓜步（今江苏六合）。宋文帝在建康的石头城上瞭望远处，很感慨地说：“如果檀道济还活着的话，不会让胡骑横行到这个地步。”

* * * * *

在危险关头，应当镇定自若，从容不迫。因为大脑在冷静的时候才能想出对策，在发热的时候容易犯错误。

瓦岗军开仓分粮

瓦岗军首领翟让，本来是东郡的一个小吏，因为得罪了上司，被打进牢监，还被判了死罪。有个狱吏同情他，跟他说：“我看你是条好汉，怎么能在牢里等死呢。”一天夜里，狱吏偷偷地砸了镣铐，打开牢门，把翟让放了。

翟让逃出了牢监，逃到东郡附近的瓦岗寨，招集了一些贫苦农民，组织了一支起义队伍。当地一些青年人，听到这个消息，都来投奔他，其中有一个青年叫徐世勣，年纪才十七岁，不但武艺高强，而且很有计谋。

徐世勣劝翟让说：“这里附近都是贫苦的乡亲，我们不应该去打扰他们；我看荥阳一带，来往的豪门富商很多，不如到那里去筹办点钱粮。”

翟让听从徐世勣的意见，带领农民军到荥阳一带，专门打击官府富商，夺取大批资财。附近农民来投奔翟让的越来越多，很快就发展到一万多人。

李密投奔翟让以后，帮助翟让整顿人马。那时候，附近各地还有一些小股的农民队伍，李密到各处去联络，说服他们联合起来，听从翟让指挥。翟让十分高兴，跟李密渐渐亲近起来。

翟让虽然有了很多人马，但是他并没想到自己能推翻隋炀帝。李密对翟让说：“从前刘邦、项羽，本来也是普通老百姓，后来终于推翻秦朝。现在皇上昏庸暴虐，百姓怨声载道，官军大部分又远在辽东。您手下兵强马壮，要拿下东都和长安，打倒暴君，还不是轻而易举的事!”

翟让听了很高兴，说：“您的意见太好了，我倒没想到这一点呢。”

接着，两人商量了一番，决定先攻打荥阳。荥阳太守向隋炀帝告急，隋炀帝派大将张须陀带大军镇压。

张须陀是镇压农民军的老手。翟让曾经在他手里打过败仗，这次听说又是张须陀来了，有点害怕。李密说：“张须陀有勇无谋，再加上他自以为强大，骄傲轻敌。我们利用他的弱点，保管能打败他。”

李密请翟让摆开阵势，正面迎击敌人；他自己带了一千人马在荥阳大海寺北面的密林里设下埋伏。

张须陀欺翟让不是他的对手，莽莽撞撞地指挥人马掩杀过来，翟让抵挡了一阵，假装败退，张须陀紧紧追赶，追了十多里，路越来越窄，树林越来越密，正是李密布置的埋伏圈。李密一声令下，埋伏的瓦岗军将士一齐杀出，把张须陀的人马团团围住，张须陀虽然勇猛，但是被伏兵层层包围，左冲右突，没法脱围，终于全军覆没，张须陀也被起义军杀死了。

经过这一场战斗，李密在瓦岗军里提高了威信。李密不但号令严明，而且生活朴素，凡是从敌人那里缴获来的钱财，他都分给起义将士，日子一久，将士们就渐渐向着他了。第二年（公元 617 年）春天，李密劝说翟让，趁隋炀帝在江都巡游，东都空虚的机会，进攻东都。瓦岗军派人到东都刺探军情，被隋朝官员发觉，加强了东都的防御。李密就改变计划，提议先打东都附近的兴洛仓（在今河南巩县）。

兴洛仓后来叫作洛口仓，是隋王朝建造的最大的一个粮仓，仓城周围二十多里，城里挖了三千个大窨，每个窨里贮藏着八千石粮食。这都是隋王朝多年来从各地农民身上搜刮来的血汗。

翟让、李密两人带七千名精兵攻打兴洛仓。这些兵士原是流离失所的农民，一听得攻打官府的粮仓，个个摩拳擦掌，勇气百倍，他们向兴洛仓发起猛攻。驻守在兴洛仓的隋军还想顽抗，但是怎么也抵挡不住像插翅猛虎一般的瓦岗军，兴洛仓被攻破了。

瓦岗军攻破兴洛仓以后，立刻发布命令，开仓分粮，兵士们打开一口口粮窖，让老百姓尽情地拿。受饥挨饿的农民从四面八方拥向粮仓，从头发花白的老人，到背着孩子的妇女，一个个眼里带着激动的泪花，前来领粮。大伙对瓦岗军的感激心情，就不用提了。

接着，瓦岗军又打败了东都派来的隋军救兵。到这时候，瓦岗军的指挥权渐渐集中在李密手里。翟让觉得自己的才能不如李密，就把首领的地位让给李密，大家推李密为魏公，兼任行军元帅。

瓦岗军在洛口建立了自己的政权后，乘胜攻下许多郡县，隋朝官吏兵士纷纷投降。瓦岗军一面继续围攻东都，一面发出讨伐隋炀帝的檄文，声讨炀帝的罪恶，号召百姓起来推翻隋王朝的统治。这一来，把整个中原都震动了。

正当瓦岗军胜利发展的时候，内部发生了严重分裂。翟让把首领位子让给李密后，翟让手下有些将领很不愿意，有人劝翟让把权夺回来，翟让却总是笑呵呵的不当一回事。而且二人在处理隋降官、分配军资等问题上也存在分歧，李密的部下撺掇他除掉翟让，李密为了保自己的地位，竟起了狠心。

有一天，李密请翟让喝酒。在宴会中间，把翟让的兵士都支开了，李密假意拿出一把好弓给翟让，请他试射。翟让转过身子，刚拉开弓。李密布置好的刀斧手就动起手来，把翟让砍倒了。

打那时候起，瓦岗军开始走了下坡路。但是，北方由李渊带领的一支反隋军却正在强大起来。

* * * * *

瓦岗军开仓分粮未必是爱护老百姓的表现，农民起义的局限性决定了这种行动只不过是农民起义领袖获取政治目的的手段而已。

李渊太原起兵

李渊本来是隋王朝的贵族，靠继承祖上的爵位，当上了唐国公。公元617年，隋炀帝派他到太原去当留守（官名），镇压农民起义，开始他也打过几个胜仗，后来看到起义军越打越强，越打越多，他也感到紧张起来了。

李渊有四个儿子，第二个儿子李世民那时候刚十八岁，是个很有胆识的青年，平时喜欢结交有才能的人，人们也觉得他慷慨好客，喜欢跟他打交道。他看准隋朝的统治长不了，心里早有了自己的打算。

晋阳（今山西太原）县令刘文静，十分看重李世民，李世民也把他看作知心朋友。刘文静跟李密有亲戚关系，李密参加起义军以后，隋炀帝下令捉拿李密亲友，刘文静受到株连，被革了职，关在晋阳的牢监里。

李世民听到刘文静坐了牢，十分着急，赶到牢监里去探望。

李世民拉着刘文静的手说："刘大哥，我来探望，不但是为了叙叙友情，主要是想请您帮我出个主意。"

刘文静早就知道李世民的心思。他说："现在皇上远在江都，李密逼近东都，到处都有人造反，这倒是打天下的好时机哩。我可以帮您收集十万人马，您父亲手下还有几万人，如果用这支力量起兵，打进长安，号令天下，不出半年，可以取得天下。"

李世民高兴地说："您真说到我心里去了。"

李世民回到家里，想想刘文静的话，越想越觉得有道理。但是要说服他父亲，倒是个难题。正好在这个时候，太原北面的突厥（我国古代北方民族之一）可汗进攻马邑。李渊派兵抵抗，接连打败仗。李渊怕这件事给隋炀帝知道了，要追究他的责任，急得不知道该怎么办。

李世民抓住这个机会，就找李渊劝他起兵反隋。李渊一听，吓得要命，说："你怎么说出这种大逆不道的话来。要是我去报官，准会把你抓起来。"

李世民并不害怕，说："父亲要告就去告吧，儿才不怕死呢。"

李渊当然不会真的去告发，只是叮嘱他以后别说这样的话。

第二天，李世民又找李渊说："父亲受皇上的委派，到这里讨伐反叛的人。可是眼看造反的人越来越多，您能讨伐得了？再说，皇上猜忌心很重，就算您立了功，您的处境更加危险。只有照我昨天说的办，才是唯一的出路。"

李渊犹豫了许多时候，才长叹一口气说："昨天夜里，我想想你说的话，也有道理。我也拿不定主意。从现在起，是家破人亡，还是能化家为国，就凭你啦！"

李渊把刘文静从晋阳牢监里放了出来，刘文静帮助李世民，分头招兵买马。李渊又派人把正在河东打仗的另两个儿子李建成和李元吉召了回来。

太原的两个副留守看到李渊父子的举动反常，想出来阻挠。李渊借口他们勾结突厥，把他们抓起来杀了。

李渊又听从刘文静的计策，派人备了一份厚礼，到突厥可汗那里讲和，联合他一起反隋。突厥可汗觉得这样做对他们有好处，就答应帮助李渊。

李渊稳住突厥这一头，就正式起兵反隋。李渊自称大将军，派李建成和李世民分别做左右领军大都督、刘文静做司马，又把兵士都称为“义士”。他们带领三万人马离开晋阳，向长安进军，一路上继续招募人马，并且学农民起义军的做法，打开官仓发粮给贫民。这样一来，应募的百姓就越来越多了。

唐军到了霍邑（今山西霍县），遭到隋朝将军宋老生的拦击。霍邑一带道路狭隘，又正赶上接连几天大雨，唐军的军粮运输中断了。兵士中还纷纷传说突厥兵正准备偷袭晋阳。李渊动摇起来，想撤兵回晋阳去。

李世民对李渊说：“现在正是秋收季节，田野里有的是粮食，哪怕缺粮！宋老生也没有什么可怕。我们用义兵的名义号召天下，如果还没打仗就后撤，岂不叫人失望。回到晋阳，是断断没有生路的。”

李建成也支持他弟弟的主张。李渊这才改变了主意，取消了撤兵的打算。

八月的一天，久雨刚刚放晴。唐军一早沿着山边小路，急行军来到霍邑城边，李渊先派建成率领几十个骑兵在城下挑战。宋老生一看唐军人少，亲自带了三万人马出城。李世民带兵居高临下从南面山头冲杀下来，把宋老生的人马冲得七零八落。宋老生急忙回头想逃回城去，李渊的兵士已经占了城池，把城门关得紧紧的，宋老生走投无路，被唐军杀了。

唐军攻下霍邑以后，继续向西进军，在关中的农民军的配合下，渡过黄河。留在长安的李渊的女儿也招募了一万多人马，号称“娘子军”，响应唐军进关。

李渊集中了二十多万大军攻打长安，守在长安的隋军，要想抵抗也没用了。李渊攻下长安以后，为了争取民心，宣布约法十二条，把隋王朝的苛刻法令一概废除，并且尊立隋炀帝的孙子杨侑为帝。

第二年（公元 618 年）夏天，李渊把杨侑废了，自己即位称帝，改国号为唐。这就是唐高祖。

* * * * *

一个腐败透顶的政权走向灭亡用不了太长时间，一个昏聩无比的皇帝被杀也是很自然的事。天下大乱时，谁能审时度势，抓住时机果断出击，谁就会成为历史的英雄。

玄武门之变

唐高祖即位以后，封李建成为太子，李世民为秦王，李元吉为齐王。三个人当中，数李世民功劳最大。太原起兵，原是他的主意；在以后几次战斗中，他立的战功也最多。李建成的战功不如李世民，只是因为他是高祖的大儿子，才取得太子的地位。

李世民不但有勇有谋，而且手下有一批人才。在秦王府中，文有房玄龄、杜如晦等，号称十八学士；武有尉迟敬德、秦叔宝、程咬金等著名勇将。太子建成自己知道威信比不上李世民，心里妒忌，就和弟弟齐王元吉联合起来，一起排挤李世民。

建成、元吉知道唐高祖宠爱一些妃子，就经常在这些宠妃面前阿谀逢迎，讨她们的欢喜。李世民就没有这样做。李世民平定洛阳之后，有的妃子私下向李世民索取隋宫里的珍宝，还为她们的亲戚谋官做，都被李世民拒绝了。于是，宠妃们常常在高祖面前说太子的好话，讲秦王的短处。唐高祖听信宠妃的话，跟李世民渐渐疏远起来。

李世民多次立功，建成和元吉更加忌恨，千方百计想除掉李世民。

有一次，建成请李世民到东宫去喝酒。世民喝了几盅，忽然感到肚子痛，别人把他扶回家里，他一阵疼痛，竟呕出血来。李世民心里明白，一定是建成在酒里下了毒，赶快请医服药，总算慢慢好了。

建成、元吉想害李世民，但是又怕世民手下勇将多，真的动起手来，占不到便宜，就想先把这些勇将收买过来。

建成私下派人送了一封信给秦王手下的勇将尉迟敬德，表示要跟尉迟敬德交个朋友，还给尉迟敬德送去一车金银。

尉迟敬德跟建成的使者说："我是秦王的部下。如果私下跟太子来往，对秦王三心二意，我就成了个贪利忘义的小人。这样的人对太子又有什么用呢。"说着，他把一车金银原封不动地退了。

建成受到尉迟敬德的拒绝，气得要命。当天夜里，元吉派了个刺客到尉迟敬德家去行刺。尉迟敬德早就料到建成他们不会放过他，一到晚上，故意把大门打开。刺客溜进院子，隔着窗户偷看，只见尉迟敬德斜靠在床上，身边放着长矛。刺客本来知道他的名气，怕他早有防备，没敢动手，偷偷地溜回去了。

建成、元吉一计不成，又生一计。那时候，突厥进犯中原，建成向唐高祖建议，让元吉代替李世民带兵北征。唐高祖任命元吉做主帅后，元吉又请求把尉迟敬德、秦叔宝、程咬金三员大将和秦王府的精兵都划归元吉指挥。他们打算把这些将士调开以后，就可以放手杀害世民。

有人把这个秘密计划报告了李世民，世民感到形势紧急，连忙找他舅子长孙无忌和尉迟敬德商量，两人都劝李世民先发制人。李世民说："兄弟互相残杀，总不是件体面的事。还是等他们动了手，我们再来对付他们。"

尉迟敬德、长孙无忌都着急起来，说如果世民再不动手，他们也不愿留在秦王府白白等死。李世民看他的部下十分坚决，就下了决心。

当天夜里，李世民进宫向唐高祖告了一状，诉说太子跟元吉怎么谋害他。唐高祖答应等明天一早，叫兄弟三人一起进宫，由他亲自查问。

第二天早上，李世民叫长孙无忌和尉迟敬德带了一支精兵，埋伏在皇宫北面的玄武门，只等建成、元吉进宫。

没多久，建成、元吉骑着马朝玄武门来了，他们到了玄武门边，觉得周围的气氛有点反常，心里犯了疑。两人拨转马头，准备回去。

李世民从玄武门里骑着马赶了出来，高喊说："殿下，别走！"

元吉转过身来，拿起身边的弓箭，就想射杀世民，但是心里一慌张，连弓弦都拉不开来。李世民眼明手快，射出一支箭，把建成先射死了；紧接着，尉迟敬德带了七十名骑兵一起冲了出来，尉迟敬德一箭，把元吉也射下马来。

东宫和齐王府的将士听到玄武门出了事，全部出动，猛攻秦王府的兵士。李世民一面指挥将士抵抗，一面派尉迟敬德进宫。

唐高祖正在皇宫里等着三人去朝见，尉迟敬德手拿长矛气吁吁地冲进宫来，说："太子和齐王发动叛乱，秦王已经把他们杀了。秦王怕惊动陛下，特地派我来保驾。"

高祖这才知道外面出了事，吓得不知道该怎么办才好。

宰相萧瑀等说："建成、元吉本来没有什么功劳，两人妒忌秦王，施用奸计。现在秦王既然已经把他们消灭，这是好事。陛下把国事交给秦王，就没事了。”

到了这步田地，唐高祖要反对也没用了，只好听左右大臣的话，宣布建成、元吉罪状，命令各府将士一律归秦王指挥。过了两个月，唐高祖让位给秦王，自己做太上皇。李世民即位，就是唐太宗。

* * * * *

玄武门之变后，李世民称帝，他在位时期终于促成了社会安定，生产发展的升平景象。

魏征直言敢谏

玄武门之变后，有人向秦王李世民告发，东宫有个官员，名叫魏徵，曾经参加过李密和窦建德的起义军，李密和窦建德失败之后，魏徵到了长安，在太子建成手下干过事，还曾经劝说建成杀害秦王。

秦王听了，立刻派人把魏徵找来。

魏徵见了秦王，秦王板起脸问他说：“你为什么在我们兄弟中挑拨离间？”

左右的大臣听秦王这样发问，以为是要算魏徵的老账，都替魏徵捏了一把汗。但是魏徵却神态自若，不慌不忙地回答说：“可惜那时候太子没听我的话，要不然，也不会发生这样的事了。”

秦王听了，觉得魏徵说话直爽，很有胆识，不但没有责怪魏徵，反而和颜悦色地说：“这已经是过去的事，就不用再提了。”

唐太宗即位以后，把魏徵提拔为谏议大夫（官名），还选用了一批建成、元吉手下的人做官。原来秦王府的官员都不服气，背后嘀咕说：“我们跟着皇上多少年。现在皇上封官拜爵，反而让东宫、齐王府的人先沾了光，这算什么规矩？”

宰相房玄龄把这番话告诉了唐太宗。唐太宗笑着说：“朝廷设置官员，为的是治理国家，应该选拔贤才，怎么能拿关系来作选人的标准呢？如果新来的人有才能，老的没有才能，就不能排斥新的，任用老的啊！”

大家听了，才没有话说。

唐太宗不记旧恨，选用人才，而且鼓励大臣们把意见当面说出来。在他的鼓励之下，大臣们也敢于直言进谏了。特别是魏徵，对朝廷大事，都想得很周到，有什么意见就在唐太宗面前直说，唐太宗也特别信任他，常常把他召进内宫，听取他的意见。

有一次，唐太宗问魏徵说："历史上的人君，为什么有的人明智，有的人昏庸？"

魏徵说："多听听各方面的意见，就明智；只听单方面的话，就昏庸（文言是'兼听则明，偏听则暗'）。"他还举了历史上尧、舜和秦二世、梁武帝、隋炀帝等例子，说："治理天下的人君如果能够采纳下面的意见，那么下情就能上达，他的亲信要想蒙蔽也蒙蔽不了。"

唐太宗连连点头说："你说得多好啊！"

又有一天，唐太宗读完隋炀帝的文集，跟左右大臣说："我看隋炀帝这个人，学识渊博，也懂得尧、舜好，桀、纣不好，为什么干出事来还是这么荒唐？"

魏徵接口说："一个皇帝光靠聪明渊博不行，还应该虚心倾听臣子的意见。隋炀帝自以为才高，骄傲自信，说的是尧、舜的话，干的是桀、纣的事，到后来糊里糊涂，就自取灭亡了。"唐太宗听了，感触很深，叹了口气说："唉，过去的教训，就是我们的老师啊！"

唐太宗看到他的统治巩固下来，心里高兴。他觉得大臣们劝告他的话很有帮助，就向他们说："治国好比治病，病虽然好了，还得好好休养，不能放松。现在中原安定，四方归服，自古以来，很少有这样的日子。但是我还得十分谨慎，只怕不能保持长久，所以我要多听听你们的谏言才好。"

魏徵说："陛下能够在安定的环境里想到危急的日子，太叫人高兴了（文言是'居安思危'）。"

以后，魏徵提的意见越来越多。他看到太宗有不对的地方，就当面力争。有时候，唐太宗听得不是滋味，沉下了脸，魏徵还是照样说下去，叫唐太宗下不了台阶。

有一次，魏徵在上朝的时候，跟唐太宗争得面红耳赤。唐太宗实在听不下去，想要发作，又怕在大臣面前丢了自己接受意见的好名声，只好勉强忍住。退朝以后，他憋了一肚子气回到内宫，见了他的妻子长孙皇后，气冲冲地说："总有一天，我要杀死这个乡巴佬！"

长孙皇后很少见太宗发那么大的火，问他说：“不知道陛下想杀哪一个呢？”

唐太宗说：“还不是那个魏徵！他总是当着大家的面侮辱我，叫我实在忍受不了！”

长孙皇后听了，一声不吭，回到自己的内室，换了一套朝见的礼服，向太宗下拜。

唐太宗惊奇地问道：“你这是干什么？”

长孙皇后说：“我听说英明的天子才有正直的大臣，现在魏徵这样正直，正说明陛下的英明，我怎么能不向陛下祝贺呢！”

这一番话就像一盆清凉的水，把太宗满腔怒火浇熄了。

后来，他不但不记魏徵的恨，反而夸奖魏徵说：“人家都说魏徵举止粗鲁，我看这正是他可爱的地方哩！”

公元643年，那位直言敢谏的魏徵病死了。唐太宗很难过，他流着眼泪说：“一个人用铜作镜子，可以照见衣帽是不是穿戴得端正；用历史作镜子，可以看到国家兴亡的原因；用人作镜子，可以发现自己做得对不对。魏徵一死，我就少了一面好镜子。”

由于唐太宗重用人才，能采纳大臣的直谏，政治比较开明，而且注意减轻百姓的劳役，采取了一些发展生产的措施，唐朝初期经济出现了繁荣景象，社会秩序比较安定，历史上把这段时期称作“贞观之治”（贞观是唐太宗的年号）。

* * * * *

唐太宗和魏徵，被认为是明君和贤臣的代名词。由于唐太宗善于用人，励精图治，从而使唐朝初期出现了中国历史上盛世的典范——贞观之治。

“儿皇帝”石敬瑭

后唐明宗在位的时候，他手下有两员大将，一个是他儿子李从珂；另一个是他的女婿、河东节度使石敬瑭。两个人都骁勇善战，但又互不服气。到了李从珂做了后唐皇帝（就是唐末帝）以后，两人终于闹到公开破裂的地步。

李从珂派了几万人马攻打石敬瑭所在的晋阳城，石敬瑭抵挡不住，晋阳十分危急。有个谋士桑维翰给他出了个主意，要他向契丹人讨救兵。

那时候，耶律阿保机已经死去，他的儿子耶律德光接替了契丹国主的位子。桑维翰帮石敬瑭起草了一封求救信给耶律德光，表示愿意拜契丹国主做父亲，并且答应在打退唐军之后，把雁门关以北的燕云十六州（又称幽云十六州，指幽州、云州等十六个州，都在今河北、山西两省北部）土地献给契丹。

石敬瑭的投降活动遭到他的部将的反对。部将刘知远说："您向契丹求救，称臣还说得过去，拜他做父亲未免太过分；再说，答应给他们一些金银财宝还不要紧，不该割让土地。"

石敬瑭一心想保住自己的利益，哪儿肯听刘知远的劝阻，急急忙忙派桑维翰带了这些卖国条件去见耶律德光。

耶律德光本来想向南扩张土地，听到石敬瑭提出这样优厚的条件，真是喜出望外，立刻派出五万精锐骑兵去救晋阳。

石敬瑭从晋阳城出兵夹击，把唐军打得大败。

耶律德光来到晋阳，石敬瑭亲自出城迎接，卑躬屈膝地把比他小十岁的耶律德光称作父亲，还请教契丹兵为什么这样快就能打败唐军。耶律德光得意扬扬地吹了一通，石敬瑭马上表示十分钦佩，捧得耶律德光满心欢喜。

耶律德光经过一番观察，觉得石敬瑭的确是死心塌地投靠他，就对石敬瑭说："我奔波三千里，来救你们，总算有个收获。我看你的外貌和气度，够得上做个中原的主人，我就封你做皇帝吧！"

石敬瑭还假惺惺推辞，经部下一劝说，就高兴地接受了。契丹国主正式宣布石敬瑭为皇帝。石敬瑭称帝后，立刻按照原来答应的条件，把燕云十六州割让给了契丹。

石敬瑭依靠契丹的支持，带兵南下攻打洛阳。唐末帝李从珂接连打了几次败仗，被契丹的声势吓破了胆，意志消沉，成天边喝酒边哭泣，等待灭亡，哪儿还有反抗的勇气。石敬瑭的兵还没进洛阳，唐末帝已经在宫里烧起一把火，带着一家老少投在火里自杀了。

石敬瑭攻下洛阳，灭了后梁，正式做了中原的皇帝，国号叫晋，建都汴。这就是后晋高祖。石敬瑭对契丹国主耶律德光感恩戴德，向契丹上奏章，把契丹国主称作“父皇帝”，自己称“儿皇帝”。除了每年向契丹进贡帛三十万匹外，逢年过节，还派使者向契丹国主、太后、贵族大臣送礼。那些人一不满意，就派人责备石敬瑭，石敬瑭总是恭恭敬敬，赔礼请罪。晋朝使者到了契丹，契丹官员傲气十足，说了许多侮辱性的话，使者受了气，回到汴京，把这些事传了开去，朝廷上下都觉得丢脸，只有石敬瑭毫不在乎。

石敬瑭靠契丹的保护，做了七年可耻的“儿皇帝”，病死了。他的侄儿石重贵即位，就是晋出帝。晋出帝向契丹国主上奏章的时候，自称孙儿，不称臣，耶律德光就认为对他不敬，带兵进犯。

契丹两次进犯中原，在晋朝军民的奋力抵抗下，遭到惨重失败。但是到了最后，由于叛徒的出卖，契丹兵打进汴京，晋出帝当了俘虏，被押送到契丹，后晋就灭亡了。

公元947年，耶律德光进了汴京，自称大辽皇帝（这一年契丹改国号为辽）。京城百姓听到辽兵进城，纷纷逃难。辽主耶律德光登上城楼，派人用汉语宣布说：“大家别怕，我也是人嘛。我本来并不想来，是汉人引我们进来的。我一定会让你们的生活过得更好些。”

话虽然这样说，但是做的又是一套。他纵容辽兵以牧马为名，到处抢劫财物，叫作“打草谷”，闹得汴京、洛阳附近几百里地方，成了没有人烟的“白地”。他又命令晋国官员搜刮钱帛，不论官员百姓，都要献出钱帛“劳军”。

中原的百姓受不了辽兵的残杀抢掠，纷纷组织义军，反抗辽兵。少的几千，多的几万。他们攻打州县，杀死辽国派出的官员。东方的起义军声势浩大，攻下了三个州。耶律德光害怕了，跟左右侍从说：“想不到中原人这样不容易对付。”过了一段时期，他把晋朝官员召集起来，宣布说：“天气热了，我在这里住不惯，要回到上国（指辽国）去看望太后了。”

辽兵被迫退出中原。但是，被石敬瑭出卖的燕云十六州仍旧被契丹贵族占领，成为后来他们进攻中原的基地。

* * * * *

石敬瑭为了保住自己的利益，不惜割地卖国，做可耻的儿皇帝，说明封建统治者在争斗过程中，为了保存自己，可以不择手段。

周世宗斥冯道

辽兵撤出开封的时候，后晋大将刘知远在太原称帝，率领大军南下。一路上军纪严明，受到中原百姓的支持。各地辽将听到风声，慌忙逃走。刘知远很快收复了洛阳、汴京。这年，刘知远定都汴京，改国号为汉。这就是后汉高祖。

刘知远只做了几个月皇帝就驾崩了。他的儿子后汉隐帝刘承祐即位以后，后汉内部发生动乱。汉隐帝嫌手下将领权力太大，秘密派人到邺都杀害大将郭威，激起郭威发动兵变。公元950年，郭威推翻了后汉，被将士拥戴为皇帝。

第二年，郭威在汴京即位，国号周，就是后周太祖。周太祖出身贫苦，懂得民间疾苦；也读过一点书，注重用人才，改革政治。在他的治理下，五代时期的混乱局面开始好转。

后周建国的时候，刘知远的弟弟刘崇不服后周统治，占据太原，成为一个割据政权，历史上称为北汉（十国之一）。刘崇为了跟后周对抗，投靠辽朝，拜辽主为“叔皇帝”，自称“侄皇帝”，多次在辽兵帮助下进犯周朝，都被周太祖打败。

公元954年，周太祖死去。他没有儿子，柴皇后有个侄儿柴荣，从小聪明能干，练得一身武艺。周太祖把他收作自己的儿子。到周太祖一死，柴荣继承皇位，这就是周世宗。

周世宗新即位，北汉国主刘崇认为周朝局势不稳，进占中原的时机到来，就集中三万人马，又请求辽主派出一万骑兵，向潞州（治所在今山西长治）进攻。

消息传到汴京，周世宗立刻召集大臣商量。他提出要亲自带兵抵抗。大臣们说：“陛下刚刚即位，人心容易动摇，不宜亲自出征，还是派个将军去吧！”

周世宗说：“刘崇趁我刚遭到丧事，又欺侮我年纪轻新即位，想吞并中原。这次他亲自来，我不能不自己去对付他。”

大臣们看周世宗的态度挺坚决，也就不作声了。只有一个老臣站出来反对，他就是太师冯道。

冯道从后唐明宗那时候起，就当了宰相。以后，换了四个朝代，他在每个朝代的主子面前，都能随机应变，讨得新主子的欢心；辽兵占领汴京的时候，他主动朝见辽主。一些新王朝的皇帝，也乐得用他。所以，他一直保持着宰相、太师、太傅等重要职位。

这一回，冯道看周世宗年轻，就以老资格的身份来劝阻周世宗亲自带兵出征。

周世宗对冯道说："过去唐太宗平定天下，都是自己带兵。我怎么能苟且偷安呢？"

冯道冷冷地笑了一声说："陛下能够比得上唐太宗吗？"

周世宗看出冯道瞧不起他，激动地说："我们有强大的兵力，要消灭刘崇，还不是像大山压鸡蛋一样容易。"

冯道说："不知道陛下能像一座山吗？"

周世宗听了十分气愤，一甩袖子，就起身离开朝堂。后来，别的大臣也出来支持他，周世宗就把亲征的事决定下来。

为了这件事，周世宗对冯道十分不满。不久，冯道被派去管修造周太祖坟墓的事。冯道碰了钉子，闷闷不乐地死去。

周世宗率领大军到了高平（在今山西省），跟北汉兵碰上了，双方摆开了阵势。北汉刘崇看到周军人少，骄傲起来，说："早知道这样，我何必借契丹兵呢？这一次，我不但要打败周军，还要让契丹人看看我的厉害呢！"

刘崇指挥北汉军猛攻周军，周军右军的将领顶不住，带领骑兵败下阵来，步兵也纷纷投降。眼看情况十分危急，周世宗亲自上阵，冒着乱箭督战。他的两名将领赵匡胤和张永德各带领两千亲兵冲进敌阵。周军兵士看到周世宗沉着应战，也奋勇冲杀，一个抵上一百个，争先恐后地冲向敌阵。北汉兵就像山崩一样败了下来。

后面的辽军看到北汉军失败，不敢跟周军交锋，悄悄地把兵撤走。北汉刘崇节节败退，前有追军，后无救兵，最后，只剩下一百多骑兵，狼狈不堪地逃回晋阳。

经过高平大战，周世宗的声望大大提高，他回到汴京后着手整顿军队，减轻百姓负担，准备统一中国的战争。过了两年，他亲自征讨南唐（十国之一），攻下了长江以北十四个州。接着，他又下令北伐，带领水陆两路进军，收复北方大片失地。可惜正当他要实现统一全国的愿望的时候，却病倒了。

公元959年，周世宗即位六年后死去，由年仅七岁的儿子柴宗训接替皇位，就是周恭帝。

* * * * *

在军事斗争中，将帅的信心十足，可以极大地提高士气，将帅身先士卒，能够极大地增强军队战斗力。

黄袍加身

周恭帝即位的时候，年纪太小，由宰相范质、王溥辅政。后周的政局不稳，京城里人心浮动，谣言纷纷，说赵匡胤快要夺取皇位啦。

赵匡胤本来是周世宗手下的得力大将，跟随周世宗南征北战，立下了不少战功。周世宗在世的时候，十分信任赵匡胤，派他做禁军统帅，官名叫殿前都点检。禁军是后周最精锐的一支部队。

周世宗一死，军权落在赵匡胤手里。五代时期，武将夺取皇位的事情多得很，所以，人们有这种猜测也是不足为奇的。公元960年春节，后周朝廷正在举行朝见大礼的时候，忽然接到边境送来的紧急战报，说北汉国主和辽国联合，出兵攻打后周边境。

大臣们慌作一团，后来由范质、王溥做主，派赵匡胤带兵抵抗。

赵匡胤接到出兵命令，立刻调兵遣将，过了两天，就带了大军从汴京出发，跟随他的还有他弟弟赵匡义和亲信谋士赵普。

一天晚上，大军到了离开京城二十里的陈桥驿，赵匡胤命令将士就地扎营休息。兵士们倒头就呼呼睡着了，一些将领却聚集在一起，悄悄商量。有人说："现在皇上年纪那么小，我们拼死拼活去打仗，将来有谁知道我们的功劳，倒不如现在就拥护赵点检做皇帝吧！"

大伙听了，都赞成这个意见，就推一名官员把这个意见先告诉赵匡义和赵普。

那个官员到赵匡义那里，还没有把话说完，将领们已经闯了进来，亮出明晃晃的刀，嚷着说："我们已经商量定了，非请点检即位不可。"

赵匡义和赵普听了，暗暗高兴，一面叮嘱大家一定要安定军心，不要造成混乱，一面赶快派人告诉留守在京城的大将石守信、王审琦。

没多久，这消息就传遍了军营。将士们全起来了，大家闹哄哄地拥到赵匡胤住的驿馆，一直等到天色发白。

赵匡胤隔夜喝了点酒，睡得挺熟，一觉醒来，只听得外面一片嘈杂的人声，接着，就有人打开房门，高声地叫嚷，说：

“请点检做皇帝！”

赵匡胤赶快起床，还没来得及说话，几个人把早已准备好的一件黄袍，七手八脚地被在赵匡胤身上。大伙跪倒在地上磕了几个头，高呼“万岁”。接着，又推又拉，把赵匡胤扶上马，请他一起回京城。

赵匡胤骑在马上，才开口说：“你们既然立我做天子，我的命令，你们都能听从吗？”

将士们齐声回答说：“自然听从陛下命令。”

赵匡胤就发布命令：到了京城以后，要保护好周朝太后和幼主，不许侵犯朝廷大臣，不准抢掠国家仓库。执行命令的将来有重赏，否则就要严办。

赵匡胤本来就是禁军统帅，再加上将领们的拥护，谁敢不听号令！将士们排好队伍往京城行进。一路上军容整齐，秋毫无犯。

到了汴京，又有石守信、王审琦等人作内应，没费多大工夫就拿下了京城。

将领们把范质、王溥找来。赵匡胤见了他们，装出为难的模样说：“世宗待我恩义深重。现在我被将士逼成这个样子，你们说怎么办？”

范质等不知该怎么回答。有个将领声色俱厉地叫了起来：

“我们没有主人。今天大家一定要请点检当天子！”

范质、王溥吓得赶快下拜。

周恭帝让了位。赵匡胤即位做了皇帝，改国号为宋，定都东京（今河南开封），历史上称为北宋，赵匡胤就是宋太祖。经过五十多年混战的五代时期，宣告结束。

宋太祖做了皇帝，他的母亲当然成了太后。当大臣们向太后祝贺的时候，太后却皱起眉头，显出很忧愁的样子。

等大臣退了朝，侍从们问太后说：“皇上即位，您怎么还不快活？”

太后说："我听说做天子很不容易。能够把国家管理好，这个位子才是很尊贵的；要是管理不好，出了乱子，再想做一个老百姓还做不成哩。"

太后的担心不是没有道理的。宋太祖虽然即了位，但是全国还没有统一，别说周围还有一个个割据政权，就是原来后周统治的中原地区，也还有一些节度使，对宋太祖即位，很不服气呢。

* * * * *

在那个时期，军事实力是政治地位的保障。各割据势力往往通过武力来夺取政权。

杯酒释兵权

宋太祖即位后久，有两个节度使起兵发动叛乱。

宋太祖亲自出征，费了很大劲儿，才把他们平定。

为了这件事，宋太祖心里总不大踏实。有一次，他单独找赵普谈话，问他说："自从唐朝末年以来，换了五个朝代，没完没了地打仗，不知道死了多少老百姓。这到底是什么道理？"

赵普说："道理很简单。国家混乱，毛病就出在藩镇权力太大。如果把兵权集中到朝廷，天下自然太平无事了。"

宋太祖连连点头，赞赏赵普说得好。

后来，赵普又对宋太祖说："禁军大将石守信、王审琦两人，兵权太大，还是把他们调离禁军为好。"

宋太祖说："你放心，这两人是我的老朋友，不会反对我。"

赵普说："我并不担心他们叛变。但是据我看，这两个人没有统帅的才能，管不住下面的将士。有朝一日，下面的人闹起事来，只怕他们也身不由己呀！"

宋太祖敲敲自己的额角说："亏得你提醒一下。"他是忘不掉自己是如何夺得皇位的。

公元961年，宋太祖在宫里举行宴会，请石守信、王审琦等几位老将喝酒。

酒过几巡，宋太祖命令在旁侍候的太监退出。他拿起一杯酒，先请大家干了杯，说："我要不是有你们帮助，也不会有现在这个地位，但是你们哪儿知道，做皇帝也有很大难处，还不如做个节度使自在。不瞒各位说，这一年来，我就没有一夜睡过安稳觉。"

石守信等人听了十分惊奇，连忙问这是什么缘故。宋太祖说："这还不明白？皇帝这个位子，谁不眼红呀？"

石守信等听出话音来了。大家着了慌，跪在地上说："陛下为什么说这样的话呢？现在天下已经安定了，谁还敢对陛下三心二意？"

宋太祖摇摇头说："对你们几位我还信不过？只怕你们的部下将士当中，有人贪图富贵，把黄袍披在你们身上。你们想不干，能行吗？"

石守信等听到这里，感到大祸临头，连连磕头，含着眼泪说："我们都是粗人，没想到这一点，请陛下指引一条出路。"

宋太祖说："我替你们着想，你们不如把兵权交出来，到地方上去做个闲官，买点田产房屋，给子孙留点家业，快快活活度个晚年。我和你们结为亲家，彼此毫无猜疑，不是更好吗？"

石守信等齐声说："陛下给我们想得太周到啦！"

酒席一散，大家各自回家。第二天上朝，每人都递上一份奏章，说自己年老多病，请求辞去禁军职务。宋太祖马上照准，收回他们的兵权，赏给他们一大笔财物，打发他们到各地去做节度使。

历史上把这件事称为"杯酒释兵权"（"释"就是"解除"）。

过了一段时期，又有一些节度使到京城来朝见。宋太祖在御花园举行宴会。太祖说："你们都是国家老臣，现在藩镇的事务那么繁忙，还要你们干这种苦差，我真过意不去！"

有个节度使马上接口说："我本来没什么功劳，留在这个位子上也不合适，希望陛下让我告老回乡。"

也有个节度使不知趣，唠唠叨叨地把自己的经历夸说了一番，说自己立过多少多少功劳。宋太祖听了，直皱眉头，说：

"这都是陈年老账了，尽提它干什么？"

第二天，宋太祖把这些节度使的兵权全部解除了。

宋太祖收回地方将领的兵权以后，建立了新的军事制度，从地方军队挑选出精兵，编成禁军，由皇帝直接控制；各地行政长官也由朝廷委派。通过这些措施，新建立的北宋王朝开始稳定下来。

* * * * *

宋太祖最清楚自己是怎样当上皇帝的。因此，他即位后的头等大事自然是削掉大将的兵权。对功臣来说，功成身退也不失为明智之举。

李后主亡国

宋太祖稳定了内部，雄心勃勃，准备出兵统一全国。当时，五代时期的"十国"，留下来的北方有北汉，南方还有南唐、吴越、后蜀、南汉、南平等。要统一全国，该先从哪里下手呢？先打北汉，还是先打南方呢？宋太祖想了几天，还是决定不下来。

一天夜里，风雪交加。赵普正在家里烤火取暖，忽然听得门外一阵敲门声。赵普心里奇怪，这么寒冷的夜里，还有谁会来找他？他打开门一看，只见一个人披着斗篷，在雪地里站着。赵普定睛一看，大吃一惊，原来来的竟是宋太祖。

赵普连忙把宋太祖请进屋里，拨红了炭火，在炭火上炖上肉，让妻子拿出酒来招待。

赵普问："雪下得这么大，陛下为什么还要出来？"

宋太祖说："我想起一件事，反正睡不着，就来找你商量一下"

赵普想了一会，说："如果我们先打下北汉，就会受到辽朝的威胁，还不如先削平南方，回过头来再打北汉。小小北汉，不过像弹丸一样大，晚一点收拾也跑不了。"

宋太祖笑着说："我们想到一起去了。"

宋太祖和赵普决定了先南后北的计划以后，约莫花了十年时间，先后出兵消灭了南平、后蜀、南汉。这样，南方的割据政权只留下南唐和吴越两国。

南唐是"十国"中最大的一个割据政权，那里土地肥沃，没有像中原那样遭到战争的破坏，所以经济繁荣，国力富裕。但是，南唐的国主都是政治上十分昏庸无能的人，以至于国力渐渐衰弱下来。

最后的一个国主李煜，历史上称南唐后主，是一个著名的词人，对诗词、音乐、书画，十分精通，可就是不懂得处理国事。北宋建国后，李煜每年向北宋进贡大量金银财宝，想维持他的地位。后来，他看到宋太祖接连消灭了周围三个小国，才着慌起来，赶快派使者给宋太祖送去一封信，表示愿意取消南唐国号，自己改称“江南国主”。但是这一点小小让步，怎么能改变宋太祖统一中国的决心呢。

公元974年9月，宋太祖派大将曹彬、潘美带领十万大军分水陆两路攻打南唐。曹彬从荆南带领水军沿江东下，很快就占领了池州（今安徽贵池），进驻采石矶（今安徽马鞍山市）。潘美带领的步兵到了江北，被辽阔的江面挡住了进军的道路。

有人向宋军献计，如果用竹筏和大船搭成浮桥，步兵就可以全部顺利过江。潘美听了这个计策，马上赶造浮桥。这个消息传到南唐的国都金陵（今江苏南京市），南唐君臣正在喝酒，李后主问周围大臣该怎么办？大臣说：“自古以来，没听说搭浮桥过江的，一定办不成！”

后主听了，哈哈大笑说：“我早说他们是小孩子闹着玩儿罢了。”

过了三天，宋军搭好浮桥，潘美的步兵像在陆地上行军一样，跨过长江。南唐的守将败的败，投降的投降。十万宋军很快就打到金陵城边。

那时候，李后主还正在宫里跟一批和尚道士诵经讲道，宋军到了城外，他还蒙在鼓里呢。有一天，他到城头上巡视，发现城外到处飘扬着宋军旗帜，这才大吃一惊，回宫以后，派大臣徐铉去求和。

徐铉见了宋太祖说：“李煜待陛下，就像儿子待父亲一样孝顺，为什么还要讨伐他？”

宋太祖反问说：“那么你倒说说，父亲和儿子能分成两家吗？”

徐铉没话说，回到金陵向李后主回报。过了一个月，宋军围城越来越紧，李后主又派徐铉去求和。

徐铉苦苦恳求宋太祖不要进攻金陵，宋太祖听得不耐烦，一手按住利剑，怒气冲冲地说：“你不要多说了。李煜并没有什么罪。但是现在天下一家，我的床边，怎么能让别人睡着打呼噜呢！”

徐铉眼看再恳求也没用，只好再回到金陵。李后主听了回报，知道求和没有希望，连忙调动驻守上江的十五万大军来救。兵到皖口，受到宋军两路夹攻。南唐军放火烧宋军。哪知正碰到起北风，火反烧了自己，南唐军全军覆没。

曹彬派人进城告诉李后主，劝他趁早投降，免得城里百姓的生命财产遭到毁灭。后主还想拖下去，曹彬就下令攻城。

第二天，城被攻破了，曹彬率领宋军整队进城，秩序井然。李后主叫人在宫里堆了柴草，准备放火自杀，但是毕竟没有这个勇气，最后还是带着大臣出宫门，向曹彬投降。

李后主被押到东京，宋太祖对他还比较优待，但是李后主从一个尽情享乐的国君变成一个亡国的俘虏，心里十分辛酸，每天流着眼泪过日子。他本来是写词的能手，在这段时期里，写了一些感情忧伤的词。“问君能有几多愁，恰似一江春水向东流。”就是他这段时期词作中的名句。

* * * * *

治理国家需要的是政治才能，而不是文学才能。李后主只知纵情享乐，亡国沦为阶下囚乃是必然。

杨无敌

宋太祖花了十三年工夫，灭了南方五国，接着，就出兵攻打北汉都城太原，北汉请辽朝出兵援助，宋军吃了败仗。不久，宋太祖也得病去世，他的弟弟赵匡义继承皇位，这就是宋太宗。

宋太宗决心完成统一北方的事业，公元 979 年，他亲自率领四路大军围攻北汉都城太原。辽军又来援助，宋太宗派兵截断援兵要道。太原城在宋军重重包围之中，外无援兵，内无粮草，北汉国主刘继元没法，只好投降。刘继元手下有一名老将杨业，也归附宋朝，宋太宗早就听说杨业武艺高强，十分器重他，任命他做大将。

宋太宗灭了北汉，想乘胜攻打辽朝，收复北方失地。宋军攻势凌厉，北方有几个州的辽朝守将纷纷投降，宋军一直打到幽州（今北京市）。后来，辽朝派大将耶律休哥救援，双方在高梁河（今北京市城西）打上一仗，宋兵大败，宋太宗改乘了一辆驴车，才得以幸免。

打那以后，辽军不断袭击宋朝边境。宋太宗十分担心，就派杨业为右领军卫大将军、郑州刺史。不久，知代州兼三交驻泊兵马部署，扼守雁门关。

公元980年，辽朝派了十万大军攻打雁门关。那时候，杨业手下只有几千人马，兵力相差很大。杨业是个有经验的老将，知道靠硬拼是不行的，就把大部分人马留在代州，自己带领几百名骑兵，悄悄地从小路绕到雁门关北面敌人后方。

辽兵向南进军，一路上没遇到抵抗，正在得意，忽然，后面响起一片喊杀声，只见烟尘滚滚，一支骑兵从背后杀来，像猛虎冲进羊群一样，乱砍猛杀。辽兵毫无防备，又弄不清后面来了多少人马，个个心惊胆战，阵容大乱，哪儿还抵挡得了，纷纷向北逃窜，杨业带兵追赶上去，杀伤大批辽兵，还杀死了一名辽朝贵族，活捉了一员辽将。

雁门关大捷以后，杨业威名远扬，辽兵一看到“杨”字旗号，就吓得不敢交锋，人们给杨业起了个外号，叫作“杨无敌”。

杨业立下大功，也引起一些边防将领的妒忌，有人给宋太宗上奏章，说了杨业许多坏话。宋太宗正要依靠杨业，不理睬那些诬告，把那些奏章封好了，派人送给杨业。杨业见宋太宗这样信任他，自然十分感动。

过了几年，辽景宗耶律贤死去，即位的辽圣宗耶律隆绪才十二岁，由他的母亲萧太后执政。有个边将向宋太宗上奏章，认为辽朝政局变动，正好趁这个机会收复燕云十六州失地，宋太宗接受了这个意见。公元986年，宋太宗派出曹彬、田重进、潘美率领三路大军北伐，并且派杨业做潘美的副将。

三路大军分路进攻，旗开得胜。潘美、杨业的一路人马出了雁门关，很快就收复了四个州。但是曹彬率领的主力因为孤军深入，后来被辽军杀得大败。宋太宗赶快命令各路宋军撤退。

潘美、杨业接到命令，就领兵掩护四个州的百姓撤退到狼牙村。那时候，辽军已经占领寰州（今山西朔县东），兵势很猛。杨业建议派兵佯攻，吸引住辽军主力，并且派精兵埋伏在退路的要道，掩护军民撤退。

监军王侁反对杨业的意见，说：“我们带了几万精兵，还怕他们？我看我们只管沿着雁门大路，大张旗鼓地行军，也好让敌人见了害怕。”

杨业说：“现在敌强我弱，这样干一定要失败。”

王侁带着嘲笑的口吻说：“杨将军不是号称无敌吗？现在在敌人面前畏缩不战，是不是另有打算？”

这一句话把杨业激怒了。他说：“我并不是怕死，只是看到现在时机不利，怕让兵士们白白丧命。你们一定要打，我可以打头阵。”

主将潘美也支持王侁的主张。杨业无可奈何，只好带领手下人马出发了。临走的时候，他流着眼泪对潘美说：“这个仗肯定要失败。我本来想看准时机，痛击敌人，报答国家，现在大家责备我避敌，我不得不先死。”

接着，他指着前面的陈家峪（今山西朔县南）对潘美说：“希望你们在这个谷口两侧，埋伏好步兵和弓弩手。我兵败之后，退到这里，你们带兵接应，两面夹击，也许有转败为胜的希望。”

杨业出兵没有多远，果然遭到辽军的伏击，杨业虽然英勇，但是辽兵像潮水一样涌上来，杨业拼杀了一阵，抵挡不住，只好一边打一边后退，把辽军引向陈家峪。

到了陈家峪，正是太阳下山的时候。杨业退到谷口，只见两边静悄悄，连宋军的影儿都没有。潘美带领的主力到哪儿去了呢？原来杨业走了以后，潘美也曾经把人马带到陈家峪，等了一天，听不到杨业的消息，王侁认为一定是辽兵退了，他怕让杨业抢了头功，催促潘美把伏兵撤去，离开了陈家峪；等到他们听到杨业兵败，又往另外一条小道逃跑了。

杨业见约定的地点没人接应，气得直跺脚，只好带领部下转身跟追上来的辽兵展开搏斗，兵士们个个奋勇抵抗。但是辽军越来越多，到了后来，杨业身边只有一百多个兵士。他含着泪，高声向兵士说：“你们都有自己的父母家小，不要跟我一起死在这里，赶快突围出去，也好让朝廷得知我们的情况。”

兵士们听了这些话，再看看杨业浴血奋战的情景，感动得都流下热泪，没有一个愿意离开杨业，最后，兵士都战死了，杨业的儿子杨延玉和部将王贵也牺牲了。杨业身上受了十几处伤，浑身是血，还来回冲杀，杀伤了几百名敌人。不料一支箭飞来，正射中他的战马，马倒在地下，把他摔了下来。辽兵乘机围了上来，把他俘虏了。

杨业被俘以后，辽将劝他投降。他抬起头叹了口气说：“我杨业本来想消灭敌人，报答国家，没想到被奸臣陷害，落得全军覆没，哪还有脸活在世上呢？”他在辽营里，绝食了三天三夜，就牺牲了。

杨业战死的消息传到东京，朝廷上下都为他哀痛叹息。宋太宗丧失了一名勇将，自然也感到难过，把潘美降职处分，王侁革职查办。

杨业死后，他的后代继承他父亲的事业，儿子杨延昭、孙子杨文广在保卫宋朝边境的战争中都立了功。他们一家的英勇事迹受到人们的传诵和赞美，民间流传的杨家将故事，就是根据他们的事迹发展起来的。

* * * * *

自古忠臣多遭奸臣陷害。杨家将精忠报国的美名千古流传，而奸臣贼子则遭到万人唾骂。

王小波起义

宋太宗征讨辽朝，落得个惨败的结果，又丧失了像杨业这样的勇将，没有勇气再跟辽朝作战。再说，国内局势也很不稳定，特别是川蜀地区接二连三爆发农民起义，弄得宋王朝手忙脚乱，难以应付。

川蜀地区在五代时期，先后建立过前蜀、后蜀两个政权，长期没遭战争破坏，因此，后蜀时期，国库积贮得满满的，宋太祖灭了后蜀后，纵容将士在成都抢掠，把后蜀贮积的财富运到汴梁，激起了百姓的愤恨。到了宋太宗的时候，又在那里设立衙门，垄断买卖，蜀地出产的茶叶、丝帛，都被官府垄断了，一些地主、大商人趁机投机倒把，贱买贵卖。蜀地百姓的日子就更难过了。

青城县（今四川都江堰市南）有个农民叫王小波，和他妻子的弟弟李顺，都是靠贩卖茶叶谋生的。官府禁止私卖茶叶后，王小波断了生路，决心起义。公元993年，王小波聚集了一百多个茶农和贫民，跟他们说："如今这个世道，穷人越来越穷，富人越来越富，实在太不公平了。现在，我们一起来消灭这种不平均的现象，你们说怎么样？"

这些茶农和贫民平时受够官府、富人的剥削，听了王小波的话，都热烈拥护。消息一传开，各地贫民都来参加王小波的起义军。不出十天，就集中了几万人。

王小波有了人马，先打下了青城。接着，又乘胜攻打彭山。

彭山县令齐元振，是个刁钻狠毒的贪官。宋太宗禁止地方官员贪污，有一次，派钦差到蜀地调查，齐元振听到钦差要来，先把贪污得来的财物分散藏在富商家里，钦差到了彭山县，查不出那里官员有贪污行为，回去向朝廷回报，朝廷就下令嘉奖齐元振清白能干。

齐元振骗过了朝廷，搜刮得更厉害。王小波知道彭山的百姓对齐元振怨恨最深，就带起义军攻打彭山，在彭山百姓的响应下，起义军很快占领了县城，杀了大贪官齐元振，把他平日从百姓那里搜刮得来的钱财，分给那里的贫苦百姓。王小波又带兵北上，向江原（今四川崇州东南）进攻，驻守江原的宋将张廌发兵反击，双方在江原城外展开一场大战。

王小波的起义军打得十分英勇顽强，张廌招架不住，就放起冷箭来，王小波没防备，被冷箭射中了前额。王小波不顾满脸鲜血，继续进攻，终于打败宋军，把凶恶的张廌杀了。

起义的队伍进占了江原，但是王小波却因为伤势太重牺牲了。

王小波一死，起义将士推李顺做首领，继续带领大家反抗官军。

在李顺的指挥下，起义军越聚越多，连续攻下许多城池，杀死了一批贪官污吏，最后终于攻取了蜀地的中心成都。成都的文武官员抵挡不住，全都逃跑了。

公元994年正月，李顺在军民的拥护下，建立大蜀政权。李顺当了大蜀王，一面整顿人马，一面继续派兵四出攻占州县，从北面剑阁到东面的巫峡，到处是起义军的势力。消息传到东京，宋太宗大吃一惊，赶快召集宰相商量：

“没想到李顺这样厉害。一定要派遣人马，把他讨平。”

宋太宗派了宦官王继恩为剑南西川招安使，前往镇压。王继恩分兵两路，派人从东面堵住巫峡的起义军，自己率领大军向剑门进发。

剑门是西川通向关中的要道。李顺占领成都之后，也派将领进攻剑门，不幸遭到官军阻击，打了败仗。

王继恩顺利地通过了剑门，集合各地宋军，进攻成都。那时候，驻守成都的起义军还有十几万，但是在敌人重兵包围之下，经过英勇激战，战死了三万人。成都城终于被攻破，李顺也在战斗中牺牲。

后来，民间传说在成都陷落的时候，李顺并没有死，他化装成了一个和尚，秘密逃出成都，继续率领农民军战斗，宋军进城时，抓到一个胡子很长的人，外貌很像李顺，就把他当李顺杀了。又过了三四十年，在广州街上出现了一个老翁，有人认出他是李顺，官府把他抓起来，在监狱里秘密杀死了。这些传说虽然不一定可靠，但是说明李顺在群众中，影响是很大的。

* * * * *

中国的农民起义是封建专制制度的副产品。封建专制制度不消亡，农民起义就不会消亡。

寇准抗辽

辽欺侮宋朝无能，多次进犯边境。到宋太宗的儿子宋真宗赵恒即位后，有人向宋真宗推荐寇准担任宰相，说寇准忠于国家，办事有决断。

宋真宗说："听说寇准这个人好强任性，怎么办？"

这个大臣说："现在辽朝进犯中原，正需要像寇准这样的人来承担大事。"

寇准在宋太宗时期担任过副宰相等重要官职，他的正直敢谏是出了名的。有一次，寇准上朝奏事，触犯了宋太宗，宋太宗听不下去，怒气冲冲站起来想回到内宫去，寇准却拉住太宗的袍子不让走，一定请太宗坐下听完他的话。宋太宗拿他没有办法，后来还称赞他说："我有寇准，就像唐太宗有魏征一样。"

但是正因为他为人正直，得罪了一些权贵，后来被排挤出朝廷，到地方去做知州。这一回，宋真宗看到边境形势紧急，才接受大臣的推荐，把寇准召回京城。

1004年，辽国萧太后、辽圣宗亲自率领大军南下，前锋已经到了澶州（今河南濮阳）。告急文书像雪片一样飞到朝廷，寇准劝真宗带兵亲征；副宰相王钦若和另一个大臣陈尧叟却暗地里劝真宗逃跑。王钦若是江南人，主张迁都金陵（今江苏南京）；陈尧叟是蜀人，劝真宗逃到成都去。

宋真宗听了这些意见，犹豫不决，最后召见新任宰相寇准，问他说："有人劝我迁都金陵，有人劝我迁都成都，你看该怎么办才好？"

寇准一看两边站着的王钦若和陈尧叟，心里早有了数。他声色俱厉地说："这是谁出的好主意？出这种主意的，应该先斩他们的头！"他认为只要真宗亲自带兵出征，鼓舞士气，一定能打退辽兵；并且说，如果放弃东京南逃，人心动摇，敌人就会乘虚而入，国家就保不住了。

宋真宗听了寇准一番话，也壮了胆，决定亲自率兵出征，由寇准随同指挥。

大队人马刚刚到韦城（今河南滑县东南），听到南下辽军兵势强大，一些随从大臣吓坏了，趁寇准不在的时候，又在真宗身边唠叨，劝真宗暂时退兵，避一避风头。宋真宗本来很不坚决，一听这些意见，动摇起来，又召见寇准。

宋真宗对寇准说："大家都说往南方跑好，你看呢？"

寇准严肃地说："主张南逃的都是懦弱无知的人。现在敌人迫近，人心动荡，我们只能前进一尺，不可后退一寸。如果前进，河北各军士气百倍；如果回兵几步，那么全军瓦解，敌人紧紧追赶，陛下想到金陵也去不成了。"

宋真宗听寇准说得义正词严，没话可说，但是心里还是七上八下，定不下主意。

寇准走出行营，正好碰到殿前都指挥使高琼。寇准冲着高琼说："您受国家栽培，该怎么报答？"

高琼说："我愿以一死报国。"

寇准就带着高琼又进了行营，重新把自己的意见向宋真宗说了一遍，并且说："陛下如果认为我的话不对，请问问高琼。"

高琼在旁边接着说："宰相说的话是对的。禁军将士家属在汴梁，都不愿南逃。只要陛下亲征澶州，我们决心死战，击败辽兵不在话下。"

宋真宗还没开口，寇准紧接着又逼了一句说："机不可失，请陛下立刻动身！"

在寇准、高琼和将士们的催促下，宋真宗才决定动身到澶州去。

这时候，辽军已经三面围住了澶州。宋军在要害的地方设下弩箭。辽军主将萧达兰带了几个骑兵视察地形，正好进入宋军伏弩阵地，弩箭齐发，萧达兰中箭丧了命。

辽军主将一死，萧太后又痛惜又害怕。她又听说宋真宗亲自率兵抵抗，觉得宋朝不好欺负，就有心讲和了。

澶州城横跨黄河两岸，宋真宗在寇准、高琼等文武大臣的护卫下，渡过黄河，到了澶州北城。这时候，各路宋军也已经集中到澶州，将士们看到宋真宗的黄龙大旗，士气高涨，欢声雷动。

萧太后派使者到了宋朝行营议和，要宋朝割让土地。宋真宗听到辽朝肯议和，正合他的心意。他找寇准商量说："割让土地是不行的。如果辽人要点金银财帛，我看可以答应他们。"

寇准根本反对议和，说："他们要和，就要他们归还燕云失地，哪能再给他钱财。"

但是，宋真宗一心要和，不顾寇准的反对，派使者曹利用到辽营谈判议和条件。曹利用临走的时候，宋真宗叮嘱他说："如果他们要赔款，迫不得已，就是每年一百万也答应算了。"

寇准在旁边听了很痛心，只是当着真宗面不便再争。曹利用离开行营，寇准紧紧跟在后面，一出门，一把抓住曹利用的手说："赔款数目不能超过三十万，否则回来的时候，我要你的脑袋！"

曹利用知道寇准的厉害，到了辽营，经过一番讨价还价，最后定下来，由宋朝每年给辽朝银绢三十万。

曹利用回到行营，宋真宗正在吃饭，不能马上接见。真宗急着要知道谈判结果，就叫小太监出来问曹利用到底答应了多少。曹利用觉得这是国家机密，一定要面奏。太监要他说个大概，曹利用没法，只好伸出三个指头做了个手势。

太监向真宗一回报，宋真宗以为曹利用答应的赔款数目是三百万，不禁惊叫起来："这么多！"他略略想了一下，又轻松起来，说："能够了结一件大事，也就算了。"

他吃完饭，就让曹利用进来详细汇报。当曹利用说出答应的银绢数目是三十万的时候，宋真宗十分高兴，直称赞曹利用办事能干。

接着宋辽双方正式达成和议，宋朝每年给辽绢二十万匹，银十万两等。这笔巨额赔款，长期成为北宋人民额外的沉重负担。历史上把这次和议叫作"澶渊之盟"。

由于寇准的坚持抗战，到底避免了更大的失败。宋真宗也觉得寇准有功劳，挺敬重他。但是原来主张逃跑的王钦若却在宋真宗面前说，寇准劝真宗亲征，是把皇上当赌注，孤注一掷，简直是国家的一个大耻辱。宋真宗一想起在澶州的情景，真有点后怕，就反过来怨恨寇准，竟把那忠心耿耿的寇准的宰相职位撤了。

* * * * *

北宋政治上羸弱的一个重要原因是最高统治者的昏庸无能。寇准坚持抗战卫国，是宋朝的栋梁之材。

元昊建立西夏

宋真宗用妥协求和的办法，虽暂时安定了辽国那一头；西北边境的党项族（古代少数民族之一）贵族趁宋朝忙着对付辽国的机会，经常侵犯宋朝边境。宋真宗疲于应付，只好妥协退让，封党项族首领李继迁为夏州刺史、定难军节度使。1004 年，李继迁死后，又封他的儿子李德明为西平王，每年给大批银绢，才平稳了三十多年。

李德明的儿子元昊是个雄心勃勃的人，他精通汉文和佛学，多次带兵打败吐蕃、回鹘等部落，扩大地盘。他劝说德明不要再向宋朝称臣，德明不愿跟宋朝决裂，对儿子说："我们三十年来，能够穿上锦衣，都是宋朝的赏赐，可不好背叛他们啊！"

元昊说："穿皮毛，牧牛羊，这是我们党项的风俗。英雄好汉，应该创立自己的事业，哪能贪图这点好处？"

德明说："依你说，该怎么办？"

元昊说："我们得到的赏赐，只是我们自己享受，可是部落的人还很穷困。依我看，不如拒绝朝贡，训练兵马，力量小可以去掳掠，大了可以去夺取土地，这样上下都能富裕起来，岂不更好。"

可是李德明还是不肯接受他的意见，直到德明死去，元昊继承了西平王的爵位，才按照自己的主张，设置官职，整顿军队，准备摆脱宋朝的控制，自立门户。

他的叔父山遇劝元昊不要反宋，元昊不听。山遇逃奔宋朝，宋朝的延州官员怕得罪元昊，反把山遇抓起来送还元昊。元昊知道他的意图已经暴露，就在 1038 年，正式宣布即位称帝，国号大夏，建都兴庆（今宁夏银川市）。因为它在宋朝的西北，历史上叫作西夏。

元昊即位以后，上表要求宋朝承认。那时候，宋真宗已经死去，在位的是他的儿子宋仁宗赵祯。宋朝君臣议论了一下，认为这是元昊反宋的表示，就下令削去元昊西平王爵位，断绝贸易往来，还在边境关卡上张榜悬赏捉拿元昊。这一来激怒了元昊，就决定大举进攻。

那时候，宋军在西北驻防兵士有三四十万，但是这些兵士分散在二十多个州的几百个堡垒，而且各州人马，都直接由朝廷指挥，互相不配合，再加上宋军好久没有打仗，兵士缺乏训练。西夏的骑兵却是集中指挥，机动灵活，所以宋军常常打败仗。

过了一年，西夏军进攻延州，宋军又打了一个大败仗，宋仁宗十分恼火，把延州知州范雍撤了职，另派大臣韩琦和范仲淹到陕西指挥抗西夏的战争。

范仲淹到了延州，把边境上的军事制度作了一番改革，他把延州的近两万人马分为六路，由六名将领率领，日夜操练，使原来十分散漫的宋军提高了战斗力。

西夏将士看到宋军防守严密，不敢进犯延州。他们议论说："小范老子（指范仲淹）胸中有几万甲兵，可不像大范老子（指范雍）那样好欺负了。"

范仲淹分析了双方兵力，主张加强防守，牵制西夏兵力，但是韩琦却主张进攻。

1041年2月，西夏军由元昊亲自率领，进犯渭州，韩琦集中所有人马，还选了近两万名勇士，由任福率领出击。

任福带了几千骑兵赶了一阵，见到一支西夏兵，双方打了一阵，西夏兵丢下战马，落荒而逃。任福派人侦察，听说前面的敌兵不多，就在后面紧紧追赶。赶了三天三夜，来到好水川（今宁夏隆德西），天色已经黑了下来。任福命令将士就地休息，打算等第二天一早和预先约定的另一支宋军会师好水川，把敌兵杀个片甲不留。

第二天，任福带着宋军沿好水川西进，到了六盘山下，没有发现西夏兵。只见路边有几只银泥盒子，封得十分紧密，兵士们走上前去，拿起银泥盒子听了一下，里面还发出一种跳动声音。兵士报告任福，任福吩咐兵士把盒子打开，只听得"噗噗"几声，接连飞出了一百多只带哨的鸽子，在宋军的头上盘旋飞翔。

原来，那小股西夏兵的败退是假的。在六盘山下，元昊带了十万精兵，布置好埋伏，只等那鸽子飞起，四面的西夏兵就一齐杀出，将宋军紧紧包围。宋军奋力突围。从早晨一直打到中午，敌阵里挥动一面大旗，又有大批西夏兵从两边杀出。宋兵边打边退，许多人退到悬崖摔死。

任福身中十多枝箭，兵士劝任福逃脱。任福说："我身为大将，现在兵败，只有以死报国。"他又冲了上去，被西夏兵刺杀了。

这一仗，元昊取得大胜，宋军死伤惨重。韩琦听到这消息，十分伤心，上书请朝廷处分，宋仁宗把韩琦撤了职。范仲淹虽然没直接指挥这场战争，但是被人诬告，也降了职。

打这以后，宋夏多次发生战争，宋军连连损兵折将，宋仁宗不得不重新起用韩琦、范仲淹防守边境。两人同心协力，爱抚士卒，严肃军纪，西夏才不敢再进攻。

* * * * *

元昊称帝后，与宋连年交战，1045 年与宋达成和议。同年，夏辽关系激化。元昊在重创辽师后与辽议和。从此形成北宋、辽、夏三足鼎立局势。

狄青不怕出身低

韩琦、范仲淹刚到陕西的时候，有人向他们推荐，当地军官中有个狄青，英勇善战，有大将的才干。范仲淹正需要将才，听了这话，很感兴趣，要部下把狄青的事迹详细说一下。

原来，狄青本是京城禁军里的一个普通兵士。他从小练得一身武艺，骑马射箭，样样精通，加上胆大力壮，后来被选拔做了个小军官。

西夏的元昊称帝以后，宋仁宗派禁军到边境去防守，狄青被派到陕西保安（今陕西志丹）。

不久，西夏兵进攻保安，保安的宋军多次被西夏兵打败，兵士们一听说打仗都有点害怕，守将卢守勤为了这件事正在发愁。狄青主动要求让他担任先锋，抗击西夏军。

卢守勤见狄青愿意当先锋，自然高兴，就拨给他一支人马，跟前来进犯的西夏军交战。

狄青每逢上阵，先换了一身打扮，他把发髻打散，披头散发，头上戴着一个铜面具，只露出两只炯炯的眼睛。他手拿一支长枪，带头冲进敌阵，东挑西杀。西夏兵士自从进犯宋境以来，没有碰到过这样厉害的对手，他们看到狄青这副打扮，已经胆寒了。经狄青和宋军猛冲了一阵，西夏军的阵脚大乱，纷纷败退，狄青带领宋军冲杀过去，打了一个大胜仗。

捷报传到朝廷，宋仁宗十分高兴，把卢守勤提升了官职，狄青提升四级。宋仁宗还想把狄青召回京城，亲自接见，后来因为西夏兵又进犯渭州，调狄青去抵抗，不得不取消了召见的打算，叫人给狄青画了肖像，送到朝廷去。

以后几年里，西夏兵不断在边境各地进犯，弄得地方不得安宁。狄青前后参加了二十五次大大小小的战斗，受过八次箭伤，从没有打过一次败仗。西夏兵士一听到狄青的名字，就吓得不敢跟他交锋。

范仲淹听了部下的推荐，立刻召见狄青，问他读过什么书，狄青出身兵士，识字不多，要他说读过什么书，他答不上来。

范仲淹劝他说："你现在是个将官了，做将官的如果不能博古通今，只靠个人的勇敢是不够的。"接着，他还介绍给狄青读一些书。

狄青见范仲淹这样热情鼓励他，十分感激。以后，他利用打仗的空隙时间刻苦读书。过了几年，他把秦汉以来名将的兵法都读得很熟，又因为立了战功，不断得到提升，名声更大。

宋朝有个残酷的制度，为了防止兵士开小差，在兵士的脸上刺上字。狄青当小兵的时候也被刺过字。过了十多年，狄青当了大将，但是脸上还留着黑色的字迹。

有一次，宋仁宗召见他以后，认为当大将脸上留着黑字，很不体面，就叫狄青回家以后，敷上药，把黑字除掉。

狄青说："陛下不嫌我出身低微，按照战功把我提到这个地位，我很感激。至于这些黑字，我宁愿留着，让兵士们见了，知道该怎样上进！"

宋仁宗听了，很赞赏狄青的见识，更加器重他。

后来，因为狄青多次立功，被提拔为掌握全国军事的枢密使。一个小兵出身的人当上枢密使，这是宋朝历史上从来没有过的事。有些大臣嫌狄青出身低，劝宋仁宗不该把狄青提到这么高的职位，但是宋仁宗这时候正在重用将才，没有听这些意见。

狄青当了枢密使，有人总觉得他的出身和地位太不相称。有一个自称是唐朝名相狄仁杰后代的人，拿了狄仁杰的画像，送给狄青说："您不也是狄公的后代吗？不如认狄公做祖宗吧！"

狄青谦虚地笑了笑说："我本来是个出身低微的人，偶然碰到机会得到高位，怎么能跟狄公高攀呢。"

* * * * *

狄青得到重用，表明领导者在选用人才时，应当不拘一格，唯才是用，任人唯贤。

范仲淹实行新政

由于范仲淹军纪严明，还注意减轻边境上百姓的负担，北宋的防守力量加强了。西夏和北宋打了几年仗，没得到什么好处，到了1043年，西夏国主元昊愿意称臣求和，宋朝答应每年送给西夏一批银绢、茶叶，北宋的边境局势才暂时稳定下来。

范仲淹不但是个军事家，而且是宋代著名的政治家、文学家。他是苏州吴县人，父亲在他很小的时候就去世了，因为家里贫穷，母亲不得不带着他另嫁到一个姓朱的人家。范仲淹在十分艰苦的环境中成长，他住在一个庙宇里读书，穷得连三餐饭都吃不上，天天只得熬点薄粥充饥，但是他仍旧刻苦自学。有时候，读书到深夜，实在困得睁不开眼，就用冷水泼在脸上，等困意消失了，继续攻读。这样苦读了五六年，终于成为一个很有学问的人。

范仲淹原来在朝廷当谏官，因为看到宰相吕夷简滥用职权，任用私人，就向仁宗大胆揭发。这件事触犯了吕夷简，吕夷简反咬一口，说范仲淹交结朋党，挑拨君臣关系。宋仁宗听信吕夷简的话，把范仲淹贬谪到南方，直到西夏进犯宋朝，才把他调到陕西去。

范仲淹在宋夏战争中立下了大功，宋仁宗觉得他的确是个人才。这时候，宋王朝因为内政腐败，加上在跟辽和西夏战争中军费和赔款支出浩大，财政发生恐慌。宋仁宗就把范仲淹从陕西调回京城，派他担任枢密副使，旋改参知政事。

范仲淹一回到京城，宋仁宗马上召见，要他提出治国的方案。范仲淹知道朝廷弊病太多，要一下子都改掉不可能，准备一步一步来。但是，禁不住宋仁宗一再催促，就提出了十条改革措施，它的主要内容是：

一、对官吏一定要定期考核，按他们的政绩好坏提拔或者降职；

二、严格限制大臣子弟靠父亲的关系得官；

三、改革科举制度；

四、慎重选择任用地方长官。

还有几条是提倡农桑，减轻劳役，加强军备，严格法令等等。

宋仁宗正热衷于改革，看了范仲淹的方案，立刻批准在全国推行这十条改革措施。历史上把这次改革称为“庆历新政”（“庆历”是宋仁宗的年号）。

范仲淹为了推行新政，先跟韩琦、富弼等大臣审查分派到各路（路是宋朝行政区划的名称）担任监司（监察官）的人选。有一次，范仲淹在官署里审查一份监司的名单，发现有贪赃枉法行为的人员，就提起笔来把名字勾去，准备撤换。在他旁边的富弼看了心里不忍，就对范仲淹说：“范公呀，你这笔一勾，可害得一家子哭鼻子呢。”

范仲淹严肃地说：“要不让一家子哭，那就害了一路（路是北宋政区名称）的百姓都要哭了。”

富弼听了这话，心里顿时亮堂了，佩服范仲淹的见识高明。

范仲淹的新政刚一推行，一些皇亲国戚，权贵大臣，贪官污吏，纷纷闹了起来，散布谣言，攻击新政。有些原来就对范仲淹不满的大臣，天天在宋仁宗面前说范仲淹与一些人交结朋党，滥用职权。

宋仁宗看到反对的人多，就动摇起来。庆历四年（1044 年），宋仁宗下诏解除范仲淹的职务，贬至邓州。

范仲淹一走，宋仁宗就下命令把新政全部废止。

范仲淹为了改革政治，受了很大打击，但是他并不因为个人的遭遇感到懊恼。隔了一年，他的一位在岳州（治所在今湖南岳阳）做官的老朋友滕子京，修建当地的名胜岳阳楼，请范仲淹写篇纪念文章。范仲淹挥笔写下了《岳阳楼记》。在那篇著名的文章里，范仲淹提到，一个有远大政治抱负的人，他的思想感情应该是“先天下之忧而忧，后天下之乐而乐”（意思是“担忧在天下人之前，享乐在天下人之后”）。这两句名言一直被后人所传诵，而岳阳楼也由于范仲淹的文章而更加出名了。

* * * * *

范仲淹推行的新政，由于触犯了大地主、大官僚的利益，必然会遇到层层阻力，难以实行。这种封建统治者内部进行的改革很难从根本上消除封建制度带来的弊病。

王安石变法

宋仁宗做了四十年皇帝，虽然也用过像范仲淹、包拯等一些正直的大臣，希望进行改革，但是并没有改革的决心，国家越来越衰弱。他没有儿子，死后由一个皇族子弟做他的继承人，这就是宋英宗。宋英宗即位四年，就害病死了。太子赵顼 即位，这就是宋神宗。

宋神宗即位的时候才二十岁，是个比较有作为的青年。他看到国家不景气的情况，有心改革一番，可是他周围的人，都是宋仁宗时期的老臣，就是像富弼这样支持过新政的人，也变得暮气沉沉了。宋神宗想，要改革现状，一定得找个得力的助手。

宋神宗即位前，身边有个官员叫韩维，常常在宋神宗面前谈到一些很好的见解。宋神宗称赞他，他说："这些意见都是我朋友王安石说的。"宋神宗虽然没见过王安石，但是对王安石已经有了一个好印象。现在他想找助手，自然想到了王安石，就下了一道命令，把正在江宁做官的王安石调到京城来。

王安石是宋朝著名的文学家和政治家，抚川临川（今江西抚州）人。他年轻时候，文章写得十分出色，得到欧阳修的赞赏。王安石二十多岁中进士，就做了几任地方官。他在鄞县（今浙江宁波）当县官的时候，正逢到那里灾情严重，百姓生活十分困难，王安石兴修水利，改善交通，治理得井井有条。每逢青黄不接的季节，穷人的口粮接不上，他就打开官仓，把粮食借给农民，到秋收以后，要他们加上官定的利息偿还。这样做，农民可以不再受大地主豪强的重利盘剥，日子比较好过一些。

王安石做了二十多年地方官，名声越来越大。后来，宋仁宗调他到京城做官，他一到京城，就向宋仁宗上了一份万言书（约一万字的奏章）提出他对改革财政的主张。宋仁宗刚刚废除范仲淹的新政，一听到要改革就头疼，把王安石的奏章搁在一边。王安石知道朝廷没有改革的决心，跟一些大臣又合不来，他便因母亲去世，就辞职回家了。

这一回，他接到宋神宗召见的命令，又听说宋神宗正在物色人才，就高高兴兴地应召上京。

王安石一到京城，宋神宗就召见他单独进宫谈话。宋神宗一见面就问他说："你看要治理国家，该从哪儿着手？"

王安石从容不迫地回答说："先从改革旧的法度，建立新的法制开始。"

宋神宗要他回去写个详细的改革意见。王安石回家以后，当天晚上就写了一份意见书，第二天送给宋神宗。宋神宗认为王安石提出的意见都合他的心意，越加信任王安石。1069年，宋神宗让王安石出任参知政事，次年，又升任宰相。那时候，朝廷里名义上有四名宰相，病的病了，老的老了，有的虽然不病不老，但是一听见改革就叫苦连天。王安石知道，跟这批人一起办不了大事，经过宋神宗批准，任用了一批年轻的官员，并且设立了一个专门制定新法的机构，把变法的大权抓了过来。这样一来，他就放开手脚进行改革了。

王安石变法的部分内容如下：

一、青苗法。这个办法是他在鄞县试用过的，现在拿来推广到全国实行。

二、农田水利法。政府鼓励地方兴修水利，开垦荒地。

三、免役法。官府的各种差役，民户不再自己服役，改为由官府雇人服役。民户按贫富等级，交纳免役钱，原来不服役的官僚、地主也要交钱。这样既增加了官府收入，也减轻了农民的劳役负担。

四、方田均税法。为了防止官僚地主兼并土地，隐瞒田产和人口，由政府丈量土地，核实土地数量，按土地多少、肥瘠收税。

五、保甲法。政府把农民按住户组织起来，每十家是一保，五十家为一大保，十大保为一都保。家里有两个以上成年男子的，抽一个当保丁，农闲练兵，战时编入军队打仗。

有一次，宋神宗把王安石找去，问他说："外面人都在议论，说我们不怕天变，不听人们的舆论，不守祖宗的规矩，你看怎么办？"

王安石坦然回答说："陛下认真处理政事，这就可说是防止天变了。陛下征询下面的意见，这就是照顾到舆论了；再说，人们的话也有错误的，只要我们做的合乎道理，又何必怕人议论。至于祖宗老规矩，本来就不是固定不变的。”

王安石坚持三不怕，但是宋神宗并不像他那么坚决，听到反对的人不少，就动摇起来。

1074 年，河北闹了一次大旱灾，一连十个月没下雨，农民断了粮食，到处逃荒。宋神宗正为这个发愁，有一个官员趁机画了一幅“流民图”献给宋神宗，说旱灾是王安石变法造成的，要求神宗把王安石撤职。

宋神宗看了这幅流民图，只是长吁短叹，晚上睡不着觉。宋神宗的祖母曹太后和母亲高太后也在宋神宗面前哭哭啼啼，诉说天下被王安石搞乱了，逼宋神宗停止新法。

王安石眼看新法没法实行下去，气愤地上书辞职。宋神宗也只好让王安石暂时离开东京，到江宁府去休养。

第二年，宋神宗又把王安石召回京城当宰相。刚过了几个月，天空上出现了彗星，这本来是正常的自然现象，但是在当时却被认为是不吉利的预兆。宋神宗又慌了，要大臣对朝政提意见，一些保守派又趁机攻击新法。王安石竭力为新法辩护，要宋神宗不要相信这种迷信说法，但宋神宗还是犹豫不定。

王安石没办法继续贯彻自己的主张。到第三年（1076 年）春天，再一次辞去宰相职位，回江宁府去了。

* * * * *

王安石的变法对巩固宋王朝的统治、增加国家收入，起了积极的作用。但是，也触犯了大官僚、大地主的利益，遭到许多朝臣的反对，最终归于失败。

头鱼宴上的阿骨打

辽国经过几次内乱和各族人民起义力量的打击，渐渐腐朽衰落。在这时期，我国东北地区的女真族（我国古代少数民族之一）逐渐强大起来，女真族长期受辽贵族的统治和压榨，早就产生了强烈的反抗情绪。

1112年的春天，辽天祚帝耶律延禧到东北春州（在今吉林省）巡游，兴致勃勃地在混同江（今松花江）捕鱼，并且命令当地的女真各部酋长都到春州朝见。

按照当地风俗，在每年春季最早捉到的鱼，要先给死去的祖先上供，并且摆酒宴庆祝。这一年，辽天祚帝在春州举行了头鱼宴，请酋长们喝酒。辽天祚帝几杯酒下肚，有了几分醉意，叫酋长们给他跳舞。那些酋长虽然不愿意，但是不敢违抗命令，就挨个儿离开座位，跳起民族舞蹈来。

接下去轮到一个青年人，他神情冷漠，两眼直瞪瞪地望着辽天祚帝，一动也不动，这个青年就是女真族完颜部酋长乌雅束的儿子，名叫阿骨打。

辽天祚帝见阿骨打居然敢当着大家的面顶撞他，很不高兴，一再催他跳，一些酋长怕他得罪辽天祚帝，也从旁劝他，可是不管好说歹说，阿骨打拿定主意不跳，叫辽天祚帝很下不了台。

这场头鱼宴闹得不欢而散。辽天祚帝当场没发作，散席之后，他跟大臣萧奉先说："阿骨打这小子这样跋扈，实在使人没法容忍。不如趁早杀了他，免得发生后患。"

萧奉先认为阿骨打没有大过失，杀了他怕引起其他酋长的不满，就说："他是个粗人，不懂得礼节，不值得跟他计较。就算他有什么野心，小小一个部落，也成不了气候。"

辽天祚帝觉得萧奉先说得有道理，也就把这件事搁在一边。

阿骨打当然不是不会跳舞，他是个性格刚强的人，多年来对辽贵族欺负女真族早就不满。现在，眼看辽朝越来越腐败，就决心独立门户。

不久，阿骨打的父亲乌雅束去世，阿骨打继任完颜部首领，他建筑城堡，修理武器，训练人马，逐步统一了女真各部，准备反辽。

辽天祚帝得知阿骨打备战，一面派使者到阿骨打那里去责问，一面调动河北几路人马到东北威胁。

阿骨打对部下说："现在辽人快要动手了，我们要先发制人，免得被动。"他集中女真各部骑兵二千五百人，亲自率领袭击辽国，辽将没有准备，狼狈奔逃。辽天祚帝得知消息，立刻派大军镇压，在混同江边，遭到阿骨打骑兵的痛击。女真兵乘胜追击，兵力发展到一万人。

1115年，阿骨打在会宁（今黑龙江月城县南的白城子）正式称帝，国号为金。他就是金太祖。

金太祖即位后，攻打辽东北重镇黄龙府（今吉林农安县）。辽天祚帝派了二十多万步兵、骑兵到东北去防守，被金兵打得大败，连武器、耕具都丢得精光。辽天祚帝想跟金朝讲和，金太祖可不答应，指名要辽天祚帝投降。

辽天柞帝恼羞成怒，组织兵力七十万，亲自带领到黄龙府去。

金太祖命令将士筑好营垒，挖掘壕沟，准备抵抗。正在这个时候，辽国发生内乱，辽天祚帝下令撤兵，金太祖趁机追击，几十万辽军一下就垮了下来，辽天祚帝一天一夜逃了几百里，才算保住了一条命。

这时候，辽国兵力大部丧失，北方人民不满辽国贵族的统治，也纷纷起义。

有人向宋徽宗提议，辽快要灭亡，收复北方燕云失地，这可是个好机会。宋徽宗派人从山东渡海，前往金会见金太祖，表示愿意夹攻辽。双方约定灭掉辽之后，北宋收回后晋时期割让给辽的燕云十六州失地，北宋把每年送给辽的银、绢，如数转送给金，历史上把这件事称作“海上之盟”。

金兵向南进攻，接连攻下了辽国四座城池。还留下一个燕京，按照双方约定，应该由宋军攻打。

童贯刚刚镇压了方腊起义军，就带领十五万大军赶到北方，攻打燕京。他满以为辽兵的主力已经被金军消灭，打下燕京可以不费多大劲儿。哪知道辽兵虽然虚弱，比宋军还强得多。童贯一连打了两次败仗，不但燕京没有收复，而且损兵折将，把多年以来积存的粮草、武器全都丢光。

童贯为了逃避失败的责任，暗地派人请金军攻燕京。金军一举拿下了燕京，不肯还给北宋。童贯只好答应把燕京的租税每年一百万贯钱献给金国，才把燕京赎了回来。这一来，北宋王朝的腐朽被金看穿了。1125 年，金太祖的弟弟金太宗完颜晟派辽将追杀辽天祚帝，灭了辽朝。接着发兵南下，把进攻矛头转向北宋王朝。

* * * * *

阿骨打是女真族的英雄，是一位颇有才能的军事统帅。

李纲守东京

金太宗灭了辽朝之后，借口宋朝收留了一名辽朝逃亡的将领，分兵两路进攻北宋。西路由宗翰（又名粘罕）率领，攻打太原；东路由宗望（又名斡离不）率领，攻打燕京。

两路大军约定在开封会师。

前线的告急文书像雪片一样飞到北宋朝廷。金太宗又派出使者到京都，胁迫北宋割地称臣。满朝文武大臣吓得不知该怎么办，只有太常少卿（掌管礼乐和祭祀的官）李纲坚决主张抵抗金兵。

西路金兵攻下燕京，宋将郭药师投降。金将宗望叫郭药师做向导，领兵南下，直逼开封。

宋徽宗看到形势危险，又气又急，拉住一个大臣的手说："唉，没想到金人会这样对待我。"话没说完，一口气塞住喉咙，昏厥过去，倒在床上，大臣们手忙脚乱地把他扶起，把太医请来灌药急救，总算把他救醒过来。他向左右侍从要了纸笔，写下了"传位东宫"的诏书，宣布退位。不久，他带着二万亲兵出逃，到亳州（今安徽亳州）避难去了。

太子赵桓即位，就是宋钦宗。宋钦宗把李纲提升为兵部侍郎，并且下诏亲自讨伐金兵。其实，宋钦宗并不比他父亲强多少，他虽然做了一番表面文章，心里却七上八下没主意。

宋军在前线接连打败仗，宰相白时中、李邦彦两人劝宋钦宗逃跑，宋钦宗也动摇了。

李纲得知这个消息，立刻求见宋钦宗，说："太上皇（指宋徽宗）传位给皇上，正是希望陛下能留守京城，陛下怎么能走呢？"

宋钦宗还没开口，宰相白时中先搭了腔，说："敌军声势浩大，哪能守得住？"

李纲驳斥说："天下的城池，没有比京城更坚固的。再说，京城是国家的中心，文武百官集中在这里，只要皇上督率抗战，哪有守不住的道理？"

旁边有个宦官也嘟嘟囔囔说东京的城池不牢固，抵挡不住金兵进攻。宋钦宗叫李纲视察城池。李纲去了一会，回来说："我视察过了，城楼又高又坚固，护城河虽然浅狭一些，只要安下精兵强弩，不愁守不住。”接着，他还提出许多防守措施，要宋钦宗团结军民，共同坚守，等各地援军到来，就组织反攻。

宋钦宗还有点犹豫，说：“那么，谁能担当守城的重任呢？”

李纲把目光向大臣们扫视了一下，说：“国家平时用高官厚禄供养官员，就是为了危急的时候要大家出力。白时中、李邦彦身为宰相，应当担当起守城的责任。”

白时中、李邦彦在旁边听了，急得直翻白眼。白时中气急败坏地嚷道：“李纲你说得好听！你能打仗吗？”

李纲神色从容地说：“如果陛下不嫌我没有能耐，派臣带兵守城，臣甘愿用生命报答国家！”

宋钦宗看李纲态度坚决，就派他负责全线防守。

白时中等人和一批宦官并不死心，等李纲一走，又偷偷劝宋钦宗逃跑。第二天一早，李纲上朝的时候，只见禁军列队在皇宫两边，车马仪仗都已经准备停当，只等宋钦宗上车出发。

李纲大为恼火，厉声对禁军将士说：“你们到底愿意守卫京城，还是想逃跑？”

将士们齐声回答说：“愿意保卫京城！”

李纲和禁军将领一起进宫，对宋钦宗说：“禁军将士的家属都在京城，不愿离开。如果强迫他们走，万一半路上逃散，敌人追来，谁来保护皇上？”宋钦宗一听逃跑也有风险，才不得不留下来。

李纲立刻出宫向大家宣布：“皇上已经决定留守京城，以后谁再提逃跑，一律处斩。”兵士们听了，激动地欢呼起来。

李纲稳住了宋钦宗，就积极准备防守，在京城四面都布置好强大兵力，配备好各种防守的武器；还派出一支精兵到城外保护粮仓，防止敌人偷袭。

过了三天，宗望率领的金兵已经到了城下。他们用几十条火船，从上游顺流而下，准备火攻宣泽门。李纲招募敢死队兵士二千人，在城下列队防守。金军火船一到，兵士们就用挠钩钩住敌船，使它没法接近城墙。李纲又派兵士从城上用大石块向火船投掷，石块像冰雹一样倾泻下来，把火船打沉了，金兵纷纷落水。

宗望眼看城防坚固，一下子攻不下来，就派人通知北宋，答应讲和。宋钦宗和李邦彦一伙人早想求和，立刻派出使者到金营谈议和条件。

宗望一面向北宋提出苛刻条件，一面加紧攻城。李纲亲自登上城楼，指挥作战。金兵用云梯攻城，李纲就命令弓箭手射箭，金兵纷纷应弦倒下。李纲又派几百名勇士沿着绳索吊到城下，烧毁了金军的云梯，杀死几十名金将。金兵被杀死的、落水淹死的不计其数。

正当李纲指挥将士拼死抵抗的时候，宋钦宗的使者带来了金营的议和条件。

* * * * *

在国家危难关头，李纲坚守京都，体现出一个民族不畏强敌、自强不息的奋斗精神。

靖康之耻

由于京城军民的坚决抵抗，金将宗望被迫退兵。种师道向宋钦宗建议，在金兵渡黄河退却的时候，发动一次袭击，把金兵消灭掉。这本来是个好主意，但是宋钦宗不但不同意，反而把种师道撤了职。

金兵退走以后，宋钦宗和一批大臣以为从此可以过太平日子了，他们把宋徽宗接回京城。李纲一再提醒宋钦宗要加强军备，防止金军再次进攻，可是每次提出来，总受到一些投降派大臣的阻挠，宋钦宗也嫌李纲啰嗦。

谁能料到东路的宗望刚退兵，西路的宗翰率领的金兵却不肯罢休，加紧攻打太原。宋钦宗派大将种师中带兵援救，半路上被金兵包围，种师中兵败牺牲。投降派大臣正嫌李纲留在京城碍事，就撺掇宋钦宗把李纲派到河北去指挥战争。

一些正直的大臣认为朝廷不该在这个时候让李纲离开京城，但是宋钦宗却硬要把李纲调走。

李纲明知道自己遭到排挤，但是要他上前线抗金，他也不愿推辞。钦宗拨给他一万二千人，他向朝廷请求拨军饷银、绢、钱各一百万，朝廷只给了二十万。李纲想做好准备工作再走，宋钦宗嫌他拖拉，一再催促，李纲只好匆匆出兵。

李纲到了河阳，招兵买马，修整武器。但是朝廷却命令他解散招来的新兵，立刻前去太原。李纲调兵遣将，分三路进兵，但是，那里的将领直接受朝廷指挥，根本不听李纲的调度。三路人马没统一指挥，结果打了一个大败仗。

李纲名义上是统帅，实际上没有指挥权，只好向朝廷提出辞职。投降派又攻击他专门主张抗金，打起仗来却损兵折将，宋钦宗把李纲撤了职，贬谪到南方去了。

金朝君臣最怕李纲，现在李纲罢了官，他们就没有顾忌了，金太宗又命令宗翰、宗望进攻京都开封。

这时候，太原城已经被宗翰的西路军围困了八个月，太原守将王禀率领军民坚决抵抗，金兵用尽一切办法攻城，都被王禀打退。日子一久，城里断了粮，兵士把牛马、骡子杀了充饥；牛马吃完了，就把弓弩上的皮革煮来吃。老百姓天天吃野草、糠皮，没有一个人投降。最后，太原城终于被金兵攻破。王禀带着饥饿的兵士跟金兵巷战之后，自己跳到汾水里牺牲了。

太原失守之后，两路金兵继续南下。各路宋军将领听到东京吃紧，主动带兵前来援救，宋钦宗和一些投降派大臣忙着准备割地求和，竟命令各路援军退回原地。

这时候，在黄河南岸防守的宋军还有十二万步兵和一万骑兵。宗翰的西路军到了黄河北岸，不敢强渡。到了夜里，他们虚张声势，派兵士打了一夜战鼓，南岸的宋军听到对岸鼓声，以为金兵要渡河进攻，纷纷丢了营寨逃命，十二万宋军一下子逃得精光。宗翰没动一刀一枪，就顺利地渡过了黄河。宗望率领的东路，也攻下大名（今河北大名），渡河南下。两路金兵不断向开封逼近，把宋钦宗吓昏了。一些投降派大臣又成天向宋钦宗嘀咕，说除了求和之外，没有别的出路，宋钦宗只好派他弟弟康王赵构到宗望那里去求和。

赵构经过磁州（今河北磁县），州官宗泽跟赵构说："金要殿下去议和，这是骗人的把戏。他们已经兵临城下，求和又有什么用呢?"

磁州的百姓也拦住赵构的马，不让他到金营去求和。赵构害怕被金朝扣留，就在相州（今河南安阳）留了下来。

没有多久，两路金军已经赶到开封城下，猛烈攻城。城里只剩下三万禁卫军，也是七零八落，差不多逃亡了一大半，各路将领因为朝廷下过命令，也不来援救。这时候，宋钦宗再想召回李纲，已经来不及了。

宋钦宗急得束手无策。京城里有个大骗子，名叫郭京，吹嘘会使“法术”，只要招集七千七百七十九个“神兵”，就可以活捉金将，打退金兵。一些朝廷大臣，居然把郭京当作救命稻草，让他找了一些地痞无赖，充当“神兵”，到金兵攻城的时候，郭京和他的“神兵”上去一交锋，就全垮下来。开封被金兵攻破。

宋钦宗眼看末日来到，痛哭了一场，只好亲自带着几个大臣手捧求降书，到金营去求和。宗翰勒令钦宗把河东、河北土地全部割让给金，并且向金国献金一千万锭，银二千万锭，绢帛一千万匹。宋钦宗一一答应，金将才放他回城。

钦宗回到城里，向百姓大刮金银，送到金营。金将嫌他太慢，过不久，又把宋钦宗叫到金营，扣押起来，说要等交足金银后再放。宋钦宗派了二十四名官吏帮金兵在皇亲国戚、官吏、和尚道士等家里彻底查抄，前后抄了二十多天，除了搜去大量金银财宝之外，把珍贵的古玩文物、全国州府地图档案也一抢而空。

1127年四月，宗翰、宗望和他们率领的金军，俘虏了宋徽宗、宋钦宗两个皇帝和皇族、官吏二三千人，满载着搜刮去的财物，回到北方去。从赵匡胤称帝开始的北宋王朝统治了一百六十七年，宣告灭亡。

* * * * *

宋徽宗、宋钦宗只知割地、赔款、求和，亲小人，远贤臣，他们成为阶下囚是理所当然的，可怜的是北宋的百姓遭了殃。

成吉思汗统一蒙古

当韩侂胄北伐的时候，金朝内部也已经十分腐败。北方的蒙古族趁这个时机强大起来。1206年，蒙古各部落首领在斡难河（今鄂嫩河）边，举行了一次盛大的集会，公推铁木真做全蒙古的大汗，叫成吉思汗。

铁木真本来是蒙古族孛儿只斤部酋长也速该的儿子。他幼年的时候，金王朝统治者对蒙古族人民实行残酷统治，各部落之间也互相打仗，蒙古族人民的生活十分艰苦。铁木真的祖先俺巴孩就是被金国皇帝杀害的。

铁木真九岁那年，也速该把铁木真带到一个朋友家订亲。他把铁木真留在朋友家里独自回家，赶了一段路，肚子饿得慌，想找点东西吃，正好看见有一批塔塔儿部人在草原上举行宴会。他下马走进人群，按照当地风俗，参加了塔塔儿人的宴会。

塔塔儿部和孛儿只斤部打仗，也速该没想到这一层，塔塔儿部却有人认出了也速该，偷偷地在也速该吃的食物里放了毒药。也速该在离开宴会回家的路上，肚子疼，才想到刚才在宴会上中了毒，但是懊悔也来不及了，他熬着疼痛赶回家里，就咽了气。

也速该一死，孛儿只斤部失掉了首领，都散了伙。原来归附也速该的泰亦赤部也脱离了他们，还带走了不少也速该的奴隶和牲畜。铁木真的家境就一天不如一天了。

泰亦赤部的首领怕铁木真长大以后向他们报仇，就带领人马捉拿铁木真，想把他杀害。铁木真得到消息，连忙逃到森林里。

铁木真在森林里躲了九天九夜，没吃没喝，忍不住饥饿，走了出来。他一出森林，就被泰亦赤部人抓住了，泰亦赤部人给他戴上木枷，带到各个营帐里去示众。有一天，泰亦赤部的首领和百姓都在斡难河边举行宴会，只留了一个年轻的看守监视他。铁木真趁看守不防备，举起木枷把看守砸昏了，逃了出来。

以后，铁木真和他的母亲、弟弟们又躲进深山里，靠捉土拨鼠、野鼠当饭吃，日子过得更艰苦了。

年轻的铁木真为了恢复父亲的事业，想尽办法，渐渐把他们部落失散的亲属和百姓聚集拢来。他在跟别的部落的战斗中打了胜仗，力量渐渐壮大起来。

铁木真跟另一个部落的首领札木合是朋友。他俩常常白天在树荫下举行宴会，晚间睡在一起，要好得像自己兄弟一样。但是，后来铁木真力量强大了，札木合部下有人投奔铁木真，札木合很不高兴。有一次，札木合的弟弟抢夺铁木真的马群，被铁木真部下杀了，双方发生了冲突。札木合集合了他统治的十三部一共三万人马攻打铁木真。

铁木真也不肯示弱，把部下的三万人马分成十三支队伍，抵抗札木合的进攻。双方在斡难河边的草原上展开了一场大战，铁木真抵挡不住，败退了。札木合把抓住的战俘成批杀害。这件事引起札木合部下的不满，纷纷脱离札木合投奔铁木真，铁木真虽然打了败仗，实力反而更壮大了。

铁木真没有忘记杀害他父亲的仇人塔塔儿部首领蔑古真。没有多久，蔑古真得罪了金国，金国派丞相完颜襄约铁木真配合进攻塔塔儿部。铁木真认为这是个报仇的好机会，就和金兵一起夹击塔塔儿部，把塔塔儿部打得全军覆没，俘获了大批人口和牲畜、辎重。

金王朝认为铁木真立了功劳，封他以察兀忽鲁（部长）官职。

以后，铁木真又经过几次战斗，陆续消灭了蒙古高原好几个部落，终于统一了全蒙古。他被蒙古各部首领推举当了大汗，这就是举世闻名的成吉思汗。

成吉思汗即位以后，建立了军事和政治制度，使用了蒙古文字，使蒙古成了一个强大的汗国。但是金国还把蒙古当作它的附属国，要成吉思汗向他们进贡，成吉思汗立志要改变这种屈辱的地位。

金章宗死后，太子完颜永济即位，派使者到蒙古下诏书，要成吉思汗下拜接受。成吉思汗问使者新皇帝是谁，使者告诉他是永济。成吉思汗轻蔑地吐了一口唾沫，说："我原来以为中原主人是天上人做的，像这种庸碌无能的人也配做皇帝?"说罢，就把金朝的使者丢在一边，自己上马走了。

打那以后，成吉思汗就跟金国决裂。

1211年，成吉思汗决心大举进攻金国。他登上高山对天祈祷，说："金朝皇帝杀害我的祖先俺巴孩，请允许我报这个仇吧!"接着，他就选了三千名精锐骑兵南下。金将胡少虎带了三十万金兵抵抗，被蒙古军打得一败涂地。过了两年，蒙古兵又打进居庸关，围攻金国的中京（今北京市）。成吉思汗跟他四个儿子分兵几路，在河北广大平原上横冲直撞，所向无敌。

这时候，金国内部十分混乱，金主完颜永济被杀，新即位的金宣宗不得不向成吉思汗求和，献出大批金帛，把公主嫁给成吉思汗。成吉思汗才撤兵回去。

成吉思汗打败了金，兵力更强大了。1219年，有一支蒙古商队受成吉思汗派遣到西方去，经过花剌子模（在今里海东，咸海西），被当地的守将杀害。成吉思汗亲自率领二十万蒙古大军攻打花剌子模，接着，又向西攻打，占领了现在的中亚各国，前锋一直打到现在的欧洲东部和伊朗北部，才带兵回国。

成吉思汗带兵西征的时候，曾经要西夏发兵帮助，西夏不但拒绝出兵，而且还和金结了同盟。成吉思汗回来以后就决心灭掉西夏，在围攻西夏京城的最后时刻，他自己却得了重病。他知道好不起来了，就在病床上对部下将领说："我们攻打金，要向宋朝借路。宋朝和金冤仇很深，一定会答应我们。"

成吉思汗死后，他的儿子窝阔台接替他做大汗。窝阔台按照成吉思汗的遗嘱，向南宋借路，包围金朝京城开封。1233 年，蒙古军攻破开封，金哀宗逃到蔡州（今河南汝南）。

蒙古又联合南宋围攻蔡州。

金哀宗派使者向宋理宗（宋宁宗的继子，名叫赵昀）求和，说："金国被灭，下一步就挨到宋了；如果跟我们联合，对金、宋两国都有好处。"

宋理宗没有理睬他，金哀宗走投无路，只好自杀。1234 年，金在蒙、宋两军夹攻下灭亡。

* * * * *

成吉思汗是蒙古开国君主，著名军事统帅。成吉思汗统一蒙古各部，在历史上起了进步作用。攻金灭夏，为元朝的建立奠定了基础。

贾似道误国

蒙古、南宋联合灭掉金以后，南宋乘机出兵，想收复开封、河南一带土地。窝阔台借口南宋破坏协议，进攻南宋。

打这以后，蒙宋双方不断发生战争。

到窝阔台的侄儿蒙哥即位后，派他弟弟忽必烈和大将兀良合台进军云南，控制了西南地区。1258 年，蒙哥兵分三路，进攻南宋。他自己亲率主力进攻合州（今四川合川），忽必烈攻打鄂州（今湖北武昌），另一路由兀良合台率领，从云南向北攻打潭州（今湖南长沙），准备三路会师后，直取临安。

蒙哥的军队进攻合州的时候，合州宋将王坚和全城军民奋起反抗，坚守合州东面的钓鱼城。蒙古军把钓鱼城围了五个月还没有攻下来，蒙哥却在攻城的时候被炮石打中，受了重伤，回到大营不久就死了。

忽必烈正向鄂州进兵，还没过江，得到蒙哥的死讯，有人劝他赶快回到北方去争夺汗位。忽必烈说："我奉命来攻打宋朝，哪能空手回去呢？"

忽必烈观察了沿江的形势，就派几百人组成敢死队当先锋，强渡长江，宋兵没有防备，果然溃败。蒙古兵大举渡江，把鄂州围住。

警报一个接一个送到临安，把南宋王朝震动了。宋理宗命令各路宋军援救鄂州；贾似道即军中拜右丞相，奉命赴援。

新任丞相贾似道，原是个不学无术的浪荡子，靠他的姐姐是宋理宗的宠妃，才得了官位。他当上官后，什么事都不干，经常带着一批歌女在西湖上饮酒作乐。有一天晚上，宋理宗在宫里登高眺望，看到西湖上灯火通明，就对左右侍臣说："这一定是似道这小子。"

侍臣知道宋理宗宠着贾似道，就凑趣说："别看他年纪轻轻，喜欢玩乐，他的才能大着呢。"

这回，宋理宗要他上汉阳前线督战，他只好硬着头皮去了。有一次，他听说前面有一队蒙古兵，吓得直打哆嗦，嘴里连声叫着："怎么办？怎么办？"后来，蒙古兵抢了一些财物走了，贾似道才拍拍胸口，喘了口气。

忽必烈攻城越来越猛。贾似道眼看形势紧张，就瞒着朝廷，偷偷地派个亲信到蒙古军营去求和，表示只要蒙古退兵，宋朝就愿意称臣，进贡银绢。忽必烈攻得正起劲，不肯就此罢休。正在这时候，忽必烈接到他妻子从北方捎来的密信，说蒙古一些贵族正在准备立他弟弟阿里不哥做大汗。忽必烈急着想回去争夺汗位，就答应了贾似道的请求，订下了秘密协定。贾似道答应把江北土地割给蒙古，并且每年向蒙古进贡银、绢各二十万。忽必烈得了贾似道的许诺，就急忙撤兵回北方去了。

贾似道回到临安，把私自订立和约的事瞒得严严实实，却抓了一些蒙古兵俘虏，吹嘘各路宋军取得大胜，不但赶跑了鄂州的蒙古兵，还把长江一带敌人势力全部肃清了。

宋理宗听信了贾似道的弥天大谎，以为贾似道立了大功，专门下一道诏书，赞赏他奋不顾身，指挥有方，立刻给他加官进爵。

忽必烈回到北方，得到大多数蒙古贵族的支持，即了大汗位。他想起了在鄂州跟贾似道订下的和议，就派使者郝经到南宋去，要求履行和约议定的条件。

郝经到了真州（今江苏仪征），先派副使带信给贾似道。贾似道一听郝经要到临安来，怕他的骗局露馅，赶快派人到真州把郝经扣了起来。忽必烈听到这个消息，气得要命。那时候，蒙古内部发生了内讧，忽必烈的弟弟阿里不哥跟忽必烈争夺权力，发生了战争。忽必烈全力对付阿里不哥，只好暂时把南宋一头搁起来。

贾似道靠欺骗过日子，居然做了十几年的宰相。宋理宗死后，太子赵禥即位，就是宋度宗。宋度宗封贾似道为太师，称之日师臣，地位高得没人能跟他比。贾似道一面故意要求告老回家，一面又派亲信散播谣言，说蒙古军又要打过来了。刚即位的宋度宗就苦苦留他，这样一来，他的地位就越来越高了。度宗专门给他在西湖葛岭造了一座豪华的别院。贾似道每天在葛岭过着享乐的生活，朝政大事，都得由官员到那里去找他决定。

忽必烈稳定了内部，打败了阿里不哥以后，在1271年称帝，改国号叫元。这就是元世祖。

元世祖借口南宋不执行和约，派大将刘整、阿术出兵进攻襄阳，宋军连战连败，襄阳城被围了五年。贾似道把前线的消息封锁起来，不让宋度宗知道。有个官员上奏章向宋度宗告急，奏章落在贾似道手里，那个官员马上被革职了。

有一天，贾似道上朝的时候，宋度宗问他："听说襄阳城已经被蒙古兵围了几年，怎么办?"

贾似道故意装出惊讶的样子说："蒙古兵早就给我们打退，陛下从哪儿听来这种消息?"

宋度宗说："刚才听到一个宫女说起。"

散朝以后，贾似道查明了那个透露消息的宫女，找个借口把她杀死。打那以后，宋度宗再也听不到蒙古军进攻的消息了。

襄阳在蒙古兵围攻下，越来越危急。贾似道却每天躲在他葛岭的别院里。有一次，有个亲信官员去找他，他正趴在地上跟他的几个侍女斗蟋蟀。那个官员拍拍贾似道的肩膀说："这难道也是国家大事吗?"贾似道玩得正起劲，也没当一回事。

襄阳终于被元兵攻破了，南宋王朝大为震动。这个时候，贾似道再瞒也瞒不住了，就把责任推给襄阳守将，把守将革职了事。

元世祖看到南宋这样腐败，决定一鼓作气消灭南宋。他派左丞相伯颜率领元兵二十万，分两路进军，一路从西面攻鄂州，另一路从东面攻扬州。

这时候，宋度宗病死了，贾似道拥立了一个四岁的幼儿赵 做皇帝。伯颜攻下鄂州，沿江东下，直取临安。贾似道一面带领七万宋军驻守芜湖，一面派使臣到元营求和。伯颜拒绝议和，命令元军在长江两岸发起进攻，宋军全线崩溃，贾似道逃回扬州。到了这个时候，南宋灭亡的局势已经无法挽回了。

* * * * *

奸臣当道与国破家亡是紧密联系在一起的。

文天祥起兵

元兵乘胜南下，进逼临安。四岁的皇帝赵㬎，只是个傀儡。他祖母谢太后和大臣们一商量，赶紧下诏书要各地将领带兵援救朝廷。诏书发到各地，响应的人很少。只有赣州的州官文天祥和郢州（今湖北钟祥）守将张世杰两人立刻起兵。

文天祥是吉州庐陵（今江西吉安）人。他从小爱读历史上忠臣烈士的传记，立志要向他们学习。二十岁那年，他到临安参加进士考试，在试卷里写了他的救国主张，受到主考官的赏识，中了状元。

文天祥在朝廷做了官之后，马上发现贾似道和一批宦官都是些祸国殃民的奸臣。有一回，蒙古军攻打南宋，宦官董宋臣劝宋理宗放弃临安逃跑，文天祥马上上了一道奏章要求杀掉董宋臣，免得动摇民心。为了这件事，他反被撤了职。后来，他回到临安担任起草诏书的工作，又因为得罪贾似道，在他三十七岁那年，竟被迫退休。一直到了南宋王朝快要灭亡的危急时刻，他才被派到江西去担任赣州的州官。

文天祥接到朝廷诏书，立刻招募了三万人马，准备赶到临安去。有人劝他说：“现在元兵长驱直入，您带了这些临时招募起来的人马去抵抗，好比赶着羊群去跟猛虎斗，明摆着要失败，何苦呢?”

文天祥泰然回答说：“这个道理我何尝不知道。但是国家养兵多年，现在临安危急，却没有一兵一卒为国难出力，岂不叫人痛心！我明知道自己力量有限，宁愿以死殉国。但愿天下忠义的人，闻风而起，人多势大，国家才有保全的希望。”

文天祥排除种种阻挠，带兵到了临安。右丞相陈宜中派他到平江（今江苏吴县）防守。这时候，元朝统帅伯颜已经渡过长江，分兵三路进攻临安。其中一路从建康出发，越过平江，直取独松关（今浙江余杭）。陈宜中又命令文天祥退守独松关。文天祥刚离开平江，独松关已经被元军攻破，想再回平江，平江也失守了。

文天祥回到临安，跟郢州来的将领张世杰商量，向朝廷建议，集中兵力跟元军拼个死战。但是胆小的陈宜中说什么也不同意。

伯颜带兵到了离临安只有三十里的皋亭山（在今杭州东北）。朝廷里一些没有骨气的大臣，包括左丞相留梦炎都溜走了。谢太后和陈宜中惊慌失措，赶紧派了一名官员带着国玺和求降表到伯颜大营求和。

伯颜指定要南宋丞相亲自去谈判。

陈宜中害怕被扣留，不敢到元营去，逃往南方去了；张世杰不愿投降，气得带兵乘上海船出海。

谢太后没办法，只好宣布文天祥接替陈宜中做右丞相，要他到伯颜大营去谈判投降。

文天祥答应到元营去，但是他心里另有打算。他带着大臣吴坚、贾余庆等到了元营，见了伯颜，根本不提求和的事，反而严正地责问伯颜说：“你们究竟是想跟我朝友好呢，还是存心消灭我朝？”

伯颜说：“我们皇上（指元世祖）的意思很清楚，并不是要消灭宋朝。”

文天祥说：“既然是这样，那么请你们立刻把军队撤退到平江或者嘉兴。如果你们硬要消灭我朝，南方军民一定跟你们打到底，对你们未必有好处。”

伯颜把脸一沉，用威胁的口气说：“你们再不老实投降，只怕饶不了你们。”

文天祥也气愤地说：“我是堂堂南宋宰相。现在国家危急，我已经准备好拼一死报答国家，哪怕刀山火海，我也毫不害怕。”

文天祥洪亮的声音，庄严的语言，把伯颜的威胁顶了回去。周围的元将个个吓得惊奇失色。

双方会见之后，伯颜传出话来，让别的使者先回临安去跟谢太后商量，却把文天祥留下来。文天祥知道伯颜不怀好意，向伯颜抗议。伯颜装出若无其事的样子说："您别发火。两国和议大事，正需要您留下商量嘛。"

随同文天祥到元营的吴坚、贾余庆回到临安，把文天祥拒绝投降的事回奏谢太后。谢太后一心投降，改任贾余庆做右丞相，到元营去求降。伯颜接受降表后，再请文天祥进营帐，告诉他朝廷已另外派人来投降。文天祥气得把贾余庆痛骂一顿，但是投降的事已无法挽回了。

1276年，伯颜带兵占领临安。谢太后和赵㬎出宫投降，元军把赵㬎当作俘虏押送大都（今北京市），文天祥也被押到大都去。一路上，他一直在考虑怎样从敌人手里逃脱。路过镇江的时候，他和几个随从人员商量好，瞅元军没防备，逃出了元营，乘小船到了真州。

真州的守将苗再成听到文丞相到来，十分高兴，打开城门迎接。苗再成从文天祥那里知道临安已经陷落，表示愿意跟文天祥一起，集合淮河东西的兵力，打退元兵。

文天祥正在高兴，哪儿知道守扬州的宋军主帅李庭芝听信谣言，以为文天祥已经投降，是元军派到真州去的内奸，命令苗再成把他杀死。苗再成不相信文天祥是这样的人，但是又不敢违抗李庭芝的命令，只好把文天祥骗出真州城外，把扬州的来文给他看了，叫文天祥赶快离开。

文天祥没办法，又带着随从连夜赶到扬州。第二天天没亮，到了扬州城下，等候开门进城，城门边一些等着进城的人坐着没事都在闲谈，文天祥一听，知道扬州正在悬赏缉拿他，不能进城了。

文天祥等人十二个人为了免得被缉拿，改名换姓，化了装，专拣僻静的小路走，想往东到海边去，找船向南转移。

十几个人走了一程，正遇到一队元朝的骑兵赶了上来。他们躲进一座土围子里，幸亏没被元兵发现。

文天祥等日行夜宿，历尽千难万险，终于在农民的帮助下，从海口乘船到了温州。在那儿，他得到张世杰和陈宜中在福州拥立新皇帝即位的消息，就决定到福州去。

* * * * *

文天祥是我国历史上著名的民族英雄。只可惜他生不逢时，此时的南宋朝廷已经病入膏肓、无可救药了。

崖山之战

张世杰、陈宜中怎么会到福州去的呢？原来，在临安被元兵占领、小皇帝赵㬎被俘虏到大都去后，赵㬎的两个哥哥，七岁的赵昰和六岁的赵昺，在南宋皇族和大臣陆秀夫护送下逃到福州，陆秀夫派人找到张世杰、陈宜中，把他们请到福州。三个大臣一商量，决定拥立赵昰即位，继续打起宋朝的旗帜，反抗元朝。

文天祥得到了这个消息，感到有了恢复的希望，马上也赶到福州，在新的朝廷里担任枢密使。他向陈宜中建议，从海路进攻元军，收复两浙地区。但是陈宜中认为这样做太冒险，不同意文天祥的意见。

文天祥只好改变主意，到南剑州（今福建南平）建立都督府，招募人马，准备反攻。第二年，文天祥进兵江西，在各地起义军的配合之下，连续打败元军，收复了会昌等许多县城。

这时候，另一路元军已经南下攻打福州。宋军节节败退，陈宜中眼看恢复没有希望，就独自乘船逃到海外去了。张世杰和陆秀夫等保护赵昰逃上海船，往广东转移。不幸海上刮起一场飓风，差点把船打翻，年幼的赵昰受了惊，得病死了。

张世杰和陆秀夫在海上又拥立赵昺即位，把水军转移到崖山（在今广东新会南）。

元朝大将张弘范向元世祖报告说，如果不迅速扑灭南方的小朝廷，恐怕有更多的宋人响应。元世祖就派张弘范为元帅，李恒为副帅，带领精兵二万人，分水陆两路南下。

张弘范先派兵攻打驻守在潮州的文天祥。文天祥兵少势孤，被迫转移到海丰的一座荒山岭。元军突然赶到，文天祥被俘虏了。

元兵把文天祥送到张弘范大营，张弘范假意殷勤，给文天祥松了绑，把他留在营里，接着，就下命令集中水军前往崖山。

元军到了崖山，张弘范先派人向张世杰劝降。张世杰说："我知道投降元朝，不但可以活命，而且可以得到富贵。但是，我宁可丢脑袋，决不变节。"

张弘范知道张世杰平日很敬佩文天祥，就要文天祥写信给张世杰招降。

文天祥冷笑说："我自己不能救父母，难道会劝别人背叛父母吗？"

张弘范叫人拿来笔墨，硬逼他写信。文天祥接过笔，毫不犹豫地写下两句诗：

人生自古谁无死，留取丹心照汗青！

（意思是：自古以来，人免不了一死，我要留下赤诚的忠心，照耀千秋。原诗有八句，是文天祥过零丁洋的时候写的。）

兵士把他写的诗句拿给张弘范，张弘范看了只好苦笑。他眼看劝降毫无希望，就只有拼命攻打。

崖山在我国南面海湾里，背山面海，地势险要。张世杰在海上把一千多条战船排成一字阵，用绳索连接起来，船的四周还筑起城楼，决心跟元兵决一死战。元军用小船满装了茅草，浇足了油，点着了火，乘着风势向宋军发起火攻。张世杰早防到这一招，在船上涂上厚厚的一层湿泥，还缚了一根根长木头，顶住元军的火船。

张弘范的火攻失败了，就用船队封锁海口，断绝了张世杰通往陆地的交通。宋兵在海上饿了吃干粮，渴了喝海水，海水又咸又苦，兵士们喝了纷纷呕吐。张弘范发动元兵发起猛攻，宋兵誓死抵抗，双方相持不下。

这时候，元军副统帅李恒也从广州到崖山跟张弘范会师。张弘范增加了实力，重新组织力量进攻。他把元军分为四路，围攻宋军。潮落的时候，元军从北面冲击；潮涨的时候，元军又顺着潮水从南面进攻。

宋军两面受敌，正在拼命招架，忽然听到张弘范的坐船奏起音乐来，宋军听了，以为元将正在举行宴会，稍微松懈一下。哪想到这个乐声恰恰是元军总攻的讯号，乐声一起，张弘范的坐船发起进攻，箭如雨一样射向宋船，元兵在乱箭掩护下，夺了宋军七条战船。各路元军一起猛攻，从晌午到傍晚，崖山的海上，海潮汹涌，杀声震天。

张世杰正在指挥战斗，忽然看见一条宋船降下了旗，停止抵抗，其他战船也陆续降下了旗，张世杰知道大势已去，急忙一面把精兵集中在中军，一面派人驾驶小船，准备把赵昺接过来，组织突围。

赵昺的坐船，由陆秀夫守着。他对张世杰派去接赵昺的小船，闹不清是真是假，怕小皇帝落在元军手中，就拒绝了使者的要求。他回过头对赵昺说："国家到了这步田地，陛下也只好以身殉国了。"说着，就背着赵昺一起跳进了大海，在滚滚波涛里淹没了。

张世杰没有接到赵昺，只好指挥战船，趁着夜色朦胧，突围撤退到海陵山。他点了一下战船，一千条战船只剩下十几条。这时候，海岸又刮起了飓风，有人劝张世杰登岸避风。张世杰坚持不肯上岸。一阵巨浪袭来，把他的船打沉了。这位誓死抵抗的宋将终于落水牺牲。

1279 年，这一年，元朝统一了中国，南宋宣告灭亡。

* * * * *

张世杰、陆秀夫以死殉国，永垂青史，堪称中华民族的脊梁。

红巾军起义

元朝从成宗以后，又传了九个皇帝，皇室内部斗争十分激烈，政治也越来越腐败，人民灾难深重。最后一个皇帝元顺帝（又叫元惠宗）妥懽帖睦尔即位后，荒淫残暴，闹得国库空虚，物价飞涨，百姓忍受不下去，很多地方爆发了农民起义。

河北有个农民叫韩山童，他祖父是个教书先生，曾经利用传教的形式，暗地组织农民反抗元朝，被官府发现，充军到永年（今河北邯郸东北）。韩山童长大以后，继续组织白莲会（一种秘密宗教组织），聚集了不少受苦受难的农民，烧香拜佛。韩山童对他们说：现在天下大乱，佛祖将要派弥勒佛下凡，拯救百姓。这个传说很快就传到河南和江淮一带，百姓们都盼望着有那么一天，弥勒佛真会下凡来。

正巧在这个时候，黄河在白茅堤决口，又碰上接连下了二十多天大雨，洪水泛滥，两岸百姓遭受严重水灾。有人向朝廷建议，把决口的地方堵住，另外在黄陵冈（今山东曹县西南）开挖河道，疏通河水。1351 年，元王朝征发了汴梁（今河南开封）、大名等十三路民工十五万和兵士两万人，到黄陵冈开河。

修河工程开始了。民工们在烈日暴雨下，被迫日日夜夜没命地干活，可是朝廷拨下来的开河经费，却让治河的官吏克扣了去，修河的民工连饭也吃不饱，怨声载道。

韩山童决定抓住这个机会，发动群众。他先派几百个会徒去做挑河民工，在工地上传播一支民谣：

“石人一只眼，挑动黄河天下反。”

民工们不懂这歌谣是什么意思，但是听到里面有“天下反”三个字，就觉得好日子快要到来了。开河开到了黄陵冈，有几个民工挖呀挖呀，忽然挖出一座石人来。大家好奇地聚拢来一瞧，只见石人脸上正是一只眼，不禁呆住了。这件新鲜事又很快地在十几万民工中传开来，大家心里都想，民谣说的真的应验了，既然石人出来，天下造反的日子自然来到了。

不用说，这个石人是韩山童事先偷偷地埋在那里的。

百姓被鼓动起来了。韩山童有个伙伴刘福通，对韩山童说，现在元朝压迫百姓那么厉害，百姓还想念着宋朝，如果打起恢复宋朝的旗帜，拥护的人就会更多。韩山童很赞成这个主张，就跟大家宣布，说韩山童本来不姓韩，而是姓赵，按辈分排起来，还是宋徽宗的第八代孙子；刘福通也是南宋大将刘光世的后代。他们说得有根有据，百姓们听了，也不由不信。

韩山童、刘福通挑选个日子，聚集了一批人，杀了一匹白马，一头黑牛，祭告天地。大家推韩山童做领袖，号称“明王”，并约定日子，在颍州颍上（今安徽阜阳、颍上）起义，用红巾裹头作为起义军的标记。正在歃血立誓的时候，有人走漏了消息。官府派兵士把韩山童抓去，押到县衙门杀了。韩山童的妻子带着他儿子韩林儿，逃脱了官府追捕，躲了起来。

刘福通逃出包围，把约定起义的农民召集起来，攻占了颍州等一些据点。原来在黄陵冈开河的民工得到消息，也杀了河官，纷纷投奔刘福通的队伍。因为起义兵士头上裹着红巾，当时的百姓把他们称作红巾军，历史上把这次起义称作红巾军起义。不到十天，红巾军已经发展到十多万人。

元王朝听到刘福通声势浩大，吓慌了神，赶忙调动了六千名色目人组成的阿速军和几支汉军，镇压红巾军。阿速军本来是元王朝的一支精锐的队伍，但是那时候，已经十分腐败，将领们只知道喝酒享乐，兵士们到处抢劫，一碰上红巾军，还没交锋，主将带头挥着鞭子，骑马向后逃奔，嘴里还不停地叫喊着：“阿卜，阿卜！”（阿卜是走的意思。）下面的兵士一看主将临阵脱逃，也都四散逃窜。

过了一个月，刘福通的红巾军又连续攻下了一批城池。江淮一带的农民早就受到他们的影响，听到刘福通起义，纷纷响应，像蕲水（今湖北浠水）的徐寿辉，濠州（今安徽凤阳）的郭子兴，都打起红巾军的旗号起义。也有不打红巾军旗号的，像江苏北部的张士诚。

1354年，元顺帝派丞相脱脱集中了诸王和各省人马，动用了西域、西番的兵力，号称百万，围攻占领高邮的张士诚起义军，高邮城被围得水泄不通。起义军正在危急的时候，元王朝突然发生内乱，元顺帝下令撤掉脱脱的官爵，百万元军失去了统帅，不战自乱，全军崩溃。

元军溃散以后，刘福通的北方起义军趁机出击，大破元军。第二年二月，刘福通把韩山童的儿子韩林儿接到亳州（今安徽亳州）正式称帝，国号叫宋。韩林儿被称为小明王。

韩林儿、刘福通在亳州建立政权以后，分兵三路，出师北伐。西路军由李武、崔德率领，进攻陕西、甘肃、宁夏、四川；东路军由毛贵率领，从山东、河北，直逼元朝京城大都；中路军由关先生、破头潘等率领，从山西打到辽东，配合东路军攻打大都。

三路北伐军都取得很大的进展。毛贵的东路军一直打到元大都城下。刘福通亲自率领大军攻占了汴梁，把小明王韩林儿接到汴梁，定为都城。红巾军声势浩大，元王朝惊慌失措，纠集地主武装加紧镇压，三路北伐军先后失利，汴梁又落到元军手里。元王朝又用高官厚禄招降了张士诚，刘福通保护小明王逃到安丰（今安徽寿县）后，受到张士诚的袭击，1363年，刘福通在战斗中牺牲。北方起义军经过十二年的战斗，终于失败。

* * * * *

元朝的残暴统治必然导致大规模的农民起义。

崭露头角的朱元璋

在刘福通红巾军转战北方的时候，濠州郭子兴的红巾军正在壮大起来。

郭子兴本来是定远（今安徽定远）地方一个财主，因为出身低微，经常受地方官吏的敲诈勒索，心里气愤不过，加入了白莲会。他拿出家里的钱财，摆酒杀牛，结交江湖好汉，只等有机会，就杀死那批贪官污吏，出口恶气。

1352年，也就是刘福通起义的第二年，郭子兴看见时机成熟，就和四个朋友一起，带着几千个年轻人，趁着黑夜，打进濠州城，杀了州官，把濠州城占领了，宣布起义。郭子兴和他的四个好友都自称元帅。

元王朝派大将彻里不花带兵围攻濠州。彻里不花害怕红巾军，不敢攻城，在老远的地方扎下营垒，却派兵士在城外捉了一些百姓，当作俘虏向上级邀功请赏。城外的老百姓遭到迫害，过不了日子，纷纷逃到城里投奔郭子兴。郭子兴的队伍越来越壮大。

有一天晚上，濠州的红巾军正在城门边巡逻，忽然城外来了一个青年和尚，说要投奔红巾军。守门的红巾军兵士怀疑他是元军派来刺探军情的奸细，一面把他捆绑起来，一面派人报告郭子兴。

郭子兴一听，心想也许来的真是投奔他的好汉，亲自骑马到城门口去察看，只见那个被捆绑起来的和尚，虽然衣服穿得破破烂烂，却长得身材魁梧，浓眉大眼。郭子兴一看，心里十分喜欢，马上命令兵士松了绑，把和尚带回元帅府。

那个投奔郭子兴的青年和尚，名叫朱元璋，他父亲是濠州钟离（今安徽凤阳东）一个贫苦农民。朱元璋十七岁那年，淮北地方闹了一场严重的旱灾和蝗灾，接着又蔓延了瘟疫。朱元璋的父亲、母亲和大哥接连传染上了疫病，咽了气。剩下朱元璋和他的二哥，连买口棺材的钱也没有，亏得邻居同情他们，帮助他们把父母埋葬了。

朱元璋失去了父母，生活没有着落，邻居给他出了个主意，要他到附近的皇觉寺当小和尚，混口饭吃，这样，朱元璋就出了家。那种寺院里的小和尚，其实是给人使唤的佣人，朱元璋每天伺候师父、师兄，起早摸黑扫地、上香、敲钟、做饭，日子过得挺苦。

但是，那个日子里要在皇觉寺混口饭吃也不容易。原来，皇觉寺是靠收租米过日子的，这年灾情严重，皇觉寺收不到租米。朱元璋在寺里待了才五十天，眼看要断粮了。师父、师兄们一个个离开寺院到外面化缘去，朱元璋也被打发出门，带着小木鱼和钵头到淮西一带流浪讨饭。过了三年，濠州的灾情稍微缓和了一点，他才又回到皇觉寺。

又过了一年，红巾军起义爆发了，朱元璋在寺里不断听到外面传来的消息，一会儿是刘福通占领了颍州，一会儿是芝麻李占领了徐州。到了年底，又听到濠州也被红巾军占领了。朱元璋早就听到弥勒佛要下凡救世的传说，现在又听到红巾军到处起兵，元兵节节败退，心里想，穷人出头的日子到了，就离开皇觉寺，到濠州来投奔郭子兴。

郭子兴跟朱元璋一谈话，发觉他口齿伶俐，十分赏识，马上叫他脱下和尚的袈裟，换上兵士服装，把他留在身边当个亲兵长。

朱元璋参加起义军以后，马上表现出他的才能，他打仗勇敢，又有计谋，慢慢地，郭子兴把他当作心腹看待，出去打仗，总要先跟他商量。在起义兵士中，朱元璋的声望渐渐提高了。

郭子兴有个好朋友姓马，在郭子兴起兵那年病死，马公临死的时候，把他的孤女托给郭子兴照顾。郭子兴把女孩带回家里，交给妻子张夫人抚养，把她当作自己的亲生女儿一样。郭子兴一直想给她选个好女婿，这一回，见朱元璋是个人才，就跟张夫人商量，要把马公的女儿嫁给朱元璋，张夫人一听也十分赞成，这样，皇觉寺的小和尚就做了郭元帅的女婿，地位也不同了。在起义军中，大家都称他“朱公子”。

濠州的红巾军里，连郭子兴在内，共有五个元帅，五个人平起平坐，不分高低，谁也管不了谁。除郭子兴外，另外四个元帅都有点江湖气，不讲纪律，郭子兴渐渐看不惯他们，他们对郭子兴也有意见。日子一久，矛盾越来越深，四个人就合在一起，排挤郭子兴。有一次，郭子兴差点被他们害死，亏得朱元璋得到消息，把郭子兴救了出来。

朱元璋发现起义军的几个将帅胸襟狭窄，在他们手下干事，成不了什么气候，就回到老家，招兵买马。他少年时候的伙伴徐达、汤和，听说朱元璋做了红巾军的将领，都来投奔，不到十天，就招募了七百人，后来，又袭击元军，招降了一批元军。

朱元璋得了大批生力军，整顿纪律，加紧训练，把手下的军队训练成一支战斗力很强的队伍，声势大振。

定远有个文人李善长，是个很有计谋的人，也来找朱元璋，朱元璋知道他很有学问，就留他在起义军里当谋士。有一次，朱元璋问李善长说：“现在全国到处都在打仗，什么时候才能太平呢?”

李善长说：“秦朝末年，也这样大乱过。汉高祖是平民出身，因为他气量大，能够知人善任，又不乱杀人，只花了五年时间，就统一天下。现在元朝政治这样混乱，天下土崩瓦解，您何不向汉高祖学习呢?”

从那时候起，朱元璋就一心一意想学汉高祖刘邦。

朱元璋带着自己训练出来的队伍，连续打下滁州、和州。小明王韩林儿在亳州称帝那年，郭子兴得病死了，小明王就封郭子兴的儿子郭天叙为都元帅，朱元璋做了左副元帅。

郭天叙没有什么指挥的经验，加上红巾军中大多将士都是朱元璋的亲信，朱元璋名义上是副帅，实权全掌握在他手里。没多久，郭天叙在攻打集庆（今江苏南京）的时候，被元军杀死，朱元璋就当了名副其实的元帅。

朱元璋独掌兵权以后，率领大军大破元朝水军，渡江攻打集庆，集庆五十多万军民投降。朱元璋进了集庆，出榜安民，把集庆改名应天府。打那时候起，朱元璋就以应天府作为根据地，向江南一带发展。

* * * * *

朱元璋年少时遭受了许多磨难，这些磨难锻造了他的才干和意志。

明朝建立

当朱元璋的势力向南方发展的时候，首先遇到一个强敌是陈友谅。陈友谅原是徐寿辉起义军大将倪文俊的部将，后来他袭杀倪文俊，又挟持徐寿辉，自立为王，国号叫汉。他占据江西、湖南和湖北一带，地广兵多，建立了一个强大的割据政权。1360 年，他率领强大的水军，从采石沿江东下，进攻应天府，一心想吞并朱元璋占领的地盘。

朱元璋赶忙召集部下商量对付汉军的办法。有的说，跟汉军的力量相差太大，不如趁早投降；有的主张逃到钟山（在今南京）死守；也有人主张拼一死战，如果失败，再逃不晚。大家七嘴八舌，议论纷纷。只有新来的谋士刘基站在一边，一声不吭。

朱元璋犹豫不决，大伙散了之后，他把刘基单独留下来，问他有什么主意。刘基说："我看那些主张投降和逃走的人就该杀！"

朱元璋说："请问先生有什么办法打败敌人？"

刘基说："敌人远道来侵犯，我们以逸待劳，还怕不能取胜？您如果多用财物赏赐将士，再用一点伏兵，抓住汉军的弱点痛击，要打败陈友谅就大有希望。"

朱元璋听了刘基的话，满心喜欢。两个人又商量了一阵，把计策定了下来。

朱元璋的部将康茂才跟陈友谅是老相识。朱元璋把康茂才找来，对他说："这次陈友谅来进攻，我要引他上钩，没有你帮助不行。请你写封信给陈友谅，假装投降，答应做他的内应；再给他一点假情报，要他兵分三路攻打应天，分散他的兵力。"

康茂才说："这事不难。我家有个守门的老仆，给陈友谅当过差。派他送信去，陈友谅准不会怀疑。”

康茂才回到家里，按照朱元璋的吩咐写了信，连夜叫老仆赶到采石，求见陈友谅。陈友谅见了老仆送来的信，果然并不怀疑，问老仆说：“康公现在哪里?”

老仆回答说：“现在他带了一支人马，驻守江东桥，专等大王去。”

陈友谅连忙又问：“江东桥是啥样子?”

老仆说：“是座木桥，容易认得出来。”

陈友谅跟老仆谈了一阵，吩咐左右摆上酒菜，让老仆饱饱地吃了一顿，才打发他回去。临走的时候，陈友谅对老仆说：“你回去跟康公说，我马上就去江东桥，到了桥边，我叫几声‘老康’，请他马上接应。”

老仆回去后，把陈友谅的话全向朱元璋回报了。朱元璋连声叫好，当夜派人把江东的木桥拆掉，改成一座石桥。

朱元璋从陈友谅的逃兵那儿得到情报，弄清楚他们进攻的路线，就让大将徐达、常遇春等分几路在沿江几个重要关口埋伏了人马。朱元璋亲自统率大军守在卢龙山（今南京狮子山），布置兵士准备好红黄两面旗帜，规定了信号：举起红旗就是通知敌人已经到来，举起黄旗就是命令伏兵出击。一切都准备好了，只等陈友谅自投罗网。

陈友谅自从老仆走后，立刻下令全体水军出发，由他亲自带领，直驶江东桥。哪想到到了约定地点，竟没见木桥，只有石桥。陈友谅的部将们都起了疑心。陈友谅想，别管他是石桥还是木桥，只要找到康茂才就好。他就到石桥旁边，一连喊了几声“老康”，也没人答应。陈友谅这才想到自己上了当，急忙命令船队撤退。

朱元璋发现敌人中计，立刻叫兵士举起黄旗，发动进攻。一刹那间，战鼓齐鸣，岸上伏兵一起杀出，水港里的水军也加入战斗。

陈友谅受到突然袭击，几万大军一下子乱了套，被杀死的和落水淹死的数也数不清，两万兵士、一百多艘战船被朱元璋的将士俘获。陈友谅在部将保护下，抢了一条小船，总算逃了命。

这一仗打得陈友谅大伤元气。朱元璋的声势却越来越大。陈友谅哪肯善罢甘休，他养精蓄锐，决心要报这个仇。过了三年，他造了大批战船，又带领六十万大军，进攻洪都（今江西南昌）。

朱元璋亲自带领二十万大军援救洪都，陈友谅才撤去包围，把水军全部撤到鄱阳湖。朱元璋把鄱阳湖出口封锁起来，堵住敌人，决定跟陈友谅在湖里决战。

陈友谅的水军有大批战船，又高又大，一字儿排开，竟有十几里长；朱元璋的水军，却尽是一些小船，论实力比陈友谅差得多。双方连续打了三天，朱军都失败了。

部将郭兴跟朱元璋说："双方的兵力相差太远，靠打硬仗不行，非用火攻不可。"

朱元璋立刻命令用七条小船，装载着火药，每条船尾带着一条轻快的小船。那天傍晚，正好刮起了东北风，朱元璋派了一队勇士驾驶这七条小船，乘风点火，直冲陈友谅大船。风急火烈，一下子就把汉军大船全部延烧起来，火焰腾空，把湖水照得通红。陈友谅手下的将士不是被烧死，就是被俘虏。

陈友谅带着残兵败将向鄱阳湖口突围。但是湖口早已被朱元璋堵住。在陈友谅突围的时候，朱军一阵乱箭，把陈友谅射死。

朱元璋消灭了南方最大的割据势力陈友谅以后，次年，自称吴王。

自从刘福通牺牲以后，朱元璋把小明王接到滁州，名义上还接受小明王的领导。到了这时候，他做皇帝的思想膨胀起来，觉得留着小明王对他是个障碍。1366 年，他用船把小明王接到应天，趁小明王在瓜步（今江苏六合东南）过江的时候，派人暗暗凿沉了船，把小明王淹死。

第二年，朱元璋消灭了张士诚割据势力，接着，命令徐达为征虏大将军，常遇春为副将军，率领二十五万大军北伐。过了两个月，徐达的军队旗开得胜，占领了山东。1368 年正月，朱元璋在应天即位称皇帝，国号叫明。他就是明太祖。

明军乘胜进军，元兵节节败退。这年七月，徐达率领大军直捣大都，元顺帝逃往上都。建立一百多年的元王朝终于被推翻。

* * * * *

朱元璋从一个贫困农民到一个王朝的建立者，不仅仅由于他卓越的军事才能，更根本的原因是他顺应了历史趋势并且是民心所向。

康熙帝平定三藩

顺治帝驾崩后，他的儿子玄烨即位，这就是清圣祖，也就是康熙帝。

康熙帝即位的时候年仅八岁。按照顺治帝的遗诏，由四个满族大臣帮助他处理国家大事，叫作辅政大臣。四个辅政大臣中，有个叫鳌拜，仗着自己掌握兵权，又欺负康熙帝年幼，独断专横，别的大臣和他意见不合，就遭到排挤打击。

清王朝入关后，用强迫手段圈了农民大片土地，分给八旗贵族。鳌拜掌权以后，仗势扩大占地，还用差地强换别旗的好地，遭到地方官的反对。鳌拜诬陷这些官员大逆不道，把反对他的三名地方官处死了。

康熙帝满十四岁的时候，亲自执政。这时候，另一个辅政大臣苏克萨哈和鳌拜发生争执。鳌拜怀恨在心，勾结同党诬告苏克萨哈犯了大罪，奏请康熙帝把苏克萨哈处死。康熙帝不肯批准，鳌拜在朝堂上跟康熙帝争了起来，后来竟挽起袖子，拔出拳头，大吵大嚷。康熙帝非常生气，但是碍于鳌拜势力不小，只好暂时忍耐，由他把苏克萨哈杀了。

打那以后，康熙帝决心除掉鳌拜。他派人物色了一批十几岁的贵族子弟担任侍卫，这些少年个个长得健壮有力，康熙帝把他们留在身边，天天练摔跤。

鳌拜进宫去，常常看到这些少年吵吵嚷嚷在御花园里摔跤，只当是孩子们闹着玩，一点不在意。

有一天，鳌拜接到康熙帝命令，要他单独进宫商量国事。鳌拜像平常一样大模大样进宫去。刚跨进内宫的门槛，忽然一群少年拥了上来，围住了鳌拜，有的拧胳膊，有的拖大腿。鳌拜虽然是武将出身，力气也大，可是这些少年人多，又都是练过摔跤的，鳌拜敌不过他们，不一会儿就被打翻在地，任凭他大声叫喊，也没有人搭救他。

鳌拜被抓进大牢，康熙帝马上命大臣调查鳌拜的罪行。大臣们认为，鳌拜专横跋扈，滥杀无辜，罪行累累，应该处死。

康熙帝从宽发落，把鳌拜的官爵革了。

康熙帝用计除掉了鳌拜，朝廷上下都很高兴。一些原来比较骄横的大臣知道这个年轻皇帝的厉害，也不敢在他面前放肆。

康熙帝亲自执政后，大力整顿朝政，奖励生产，惩办贪官，使新建立的清王朝渐渐强盛起来。当时，南明政权虽然已经灭亡。但是南方有三个藩王却让康熙帝十分担心。

这三个藩王本来是投降清朝的明军将领，一个是引清兵入关的吴三桂，一个叫尚可喜，一个叫耿精忠。因为他们帮助清朝消灭南明，镇压农民军，清王朝认为他们有功，封吴三桂为平西王，驻防云南、贵州；尚可喜为平南王，驻防广东；耿精忠为靖南王，驻防福建。

三藩之中，又数吴三桂最强。吴三桂当上藩王之后，十分骄横，不但掌握地方兵权，还控制财政，自派官吏，不把清朝廷放在眼里。

康熙帝知道要统一政令，三藩是很大的障碍，一定得找机会削弱他们的势力。正好尚可喜年老，想回辽东老家，上了一道奏章，要求让他儿子尚之信继承王位，留在广东。康熙帝批准尚可喜告老，但是不让他儿子接替平南王爵位。这一来，触动了吴三桂、耿精忠，他们想试探一下康熙帝的态度，假惺惺地主动提出撤除藩王爵位、回到北方的请求。

这些奏章送到朝廷，康熙帝召集朝臣商议。许多大臣认为吴三桂他们要求撤藩是假的，如果批准他们的请求，吴三桂一定会造反。

康熙帝果断地说："吴三桂早有野心。撤藩，他要反；不撤，他迟早也要反。不如来个先发制人。"接着，就下诏答复吴三桂，同意他撤藩。诏令一下，吴三桂果然暴跳如雷。他自以为是清朝开国老臣，现在年纪轻轻的皇帝居然撤他的权，就非反不可了。

1673 年，吴三桂在云南起兵。为了笼络民心，他脱下清朝王爵的穿戴，换上明朝将军的盔甲，在永历帝的墓前假惺惺地痛哭一番，说是要替明王朝报仇雪恨。但是，人们都记得很清楚，把清兵请入关的是吴三桂；最后杀死永历帝的，还是吴三桂。现在他居然打起恢复明朝的旗号来，还能欺骗谁呢？

吴三桂在西南一带势力大，一开始，叛军打得很顺利，一直打到湖南。他又派人跟广东的尚之信和福建的耿精忠联系，联合他们一起叛变，这两个藩王有吴三桂撑腰，也反了。历史上把这件事称作"三藩之乱"。

三藩一乱，整个南方都被叛军占领。康熙帝并没有被他们吓倒，一面调兵遣将，集中兵力讨伐吴三桂；一面停止撤销尚之信、耿精忠的藩王称号，把他们稳住。尚之信、耿精忠一看形势对吴三桂不利，又投降了。

吴三桂开始打了一些胜仗，后来清兵越来越多，越打越强，吴三桂的力量渐渐削弱，处境十分孤立。经过八年，他自己知道支撑不下去，连悔带恨，生了一场大病断了气。1682 年，清军分三路攻进云南昆明，吴三桂的孙子吴世璠自杀。清军最后平定了叛乱势力，统一了南方。

但是，正在朝廷庆祝平定叛乱胜利的时候，在我国东北边境又传来沙皇俄国侵犯边境的消息，这就使康熙帝不得不把注意力放到北方边境上面去。

* * * * *

康熙帝是一位很有作为的皇帝，平定三藩显示了他的雄才大略。他执政期间，大力整顿朝政，奖励生产，惩治贪官，使新建立的清王朝逐渐强大起来。

雅克萨的胜利

沙皇俄国是怎样侵略我国东北的呢？原来在明朝末年，清朝正忙着进关，把北方边境的防备放松了。沙皇俄国趁机向我国黑龙江地区进犯，他们在我国掠夺财物，杀害人民，遭到我国各族居民的反抗。清朝进关后，派兵打击沙俄侵略军，收复了被俄国占领的黑龙江北岸的雅克萨（在今黑龙江呼玛西北，漠河以东的黑龙江北岸）。

当康熙帝为了平定三藩，把大批兵力调到西南去的时候，有个俄国逃犯带了八十四名匪徒窜到我国雅克萨，在那里筑起堡垒，四出抢掠。他们把抢来的貂皮献给沙皇，沙皇不但赦免了逃犯的罪，还派他当了雅克萨长官，想永远霸占我国土地。

康熙帝刚刚平定了三藩之乱，听到东北边境遭到侵犯，怎么不气愤？为了弄清敌情，他亲自到盛京，一面派将军彭春、郎谈借打猎为名到边境侦察；一面要当地官员修造战船，建立城堡，准备征讨敌人。

康熙帝作好一切准备之后，派人送信给雅克萨的俄军头目，命令他趁早退出雅克萨，沙俄军不但不肯退出，反而向雅克萨增兵，跟清朝对抗。眼看和平解决已经不可能了，康熙帝就发布进军的命令。

1685 年，康熙帝派彭春为都统，率领陆军水军一万五千人，浩浩荡荡开到雅克萨城下，把雅克萨围了起来。

沙俄军队经过几年的准备，把城堡修得十分牢固。彭春观察了地形之后，在城南筑起土山，让兵士站在土山上往城里放弩箭。城里的俄军以为清兵要在城南进攻，就把兵力拉到城南。哪儿知道清军却在城北隐蔽地方放了火炮，乘城北敌人防守空虚，突然轰起炮来。炮弹在城头呼啸着飞向城里，敌人的城楼被炮弹击中了，熊熊燃烧起来。

天色渐渐发白，清军又在城下堆起柴草，准备放火烧城。

俄军头目这才吓慌了神，在城头上扯起白旗投降。

按照康熙帝的事前嘱咐，彭春把投降的俄军全部释放，勒令他们撤回本土。俄军头目托尔布津哭丧着脸，带着残兵败将走了。

俄军撤走后，彭春命令兵士把雅克萨的城堡全部拆毁，让百姓耕种；接着，带着军队回到瑷珲城。

但是，遭到惨败的俄军头目并没有死心，他们打听到清军撤出的消息，过了不久，又带兵溜回雅克萨，把城堡修筑得更加坚固。

边境的警报传到了北京，康熙帝决定把侵略军彻底消灭。第二年夏天，黑龙江将军萨布素再一次进军雅克萨。清军将士想到从他们手里放走的敌人又来了，恨不得马上把他们消灭。这一次，清军的炮火更加猛烈，俄兵几次出城反扑，都被清军打了回去。守城头目托尔布津中弹死去；留下一批侵略军不得不躲到地窖里，但是没几天，病的病，死的死，最后只剩下了一百五十多人。

沙俄政府慌忙派使者赶到北京，要求谈判。康熙帝才下令停止攻城。

1689 年，中国政府派出代表索额图，沙俄政府也派出戈洛文作代表，在尼布楚举行和谈，划分了两国边界，肯定了黑龙江和乌苏里江流域的广大地区都是中国领土。这就是《尼布楚条约》。

* * * * *

清军在雅克萨战争中的胜利，有力地打击了沙俄的嚣张气焰，保卫了祖国的神圣领土。

三征噶尔丹

沙俄政府在雅克萨失败以后，并不甘心，就在《尼布楚条约》签订的第二年，又唆使准噶尔部（蒙古族的一支）的首领噶尔丹进攻漠北蒙古。

那时候，蒙古族分为漠南蒙古、漠北蒙古和漠西蒙古三个部分。除了漠南蒙古早已归属清朝外，其他两部也都臣服了清朝。准噶尔是漠西蒙古的一支，本来在伊犁一带过游牧生活。自从噶尔丹统治准噶尔部以后，他野心勃勃，先兼并了漠西蒙古的其他部落，又向东进攻漠北蒙古。漠北蒙古抵抗一阵失败了，几十万的漠北蒙古人逃到漠南，请求清朝政府保护。康熙帝派使者到噶尔丹那里，叫他把侵占的地方还给漠北蒙古。噶尔丹自以为有沙俄撑腰，十分骄横，不但不肯退兵，还以追击漠北蒙古为名，大举进犯漠南。

康熙帝召集大臣宣布他决定亲征噶尔丹。他认为噶尔丹气势汹汹，野心不小，既然打进来，非反击不可。1690年，康熙帝分兵两路：左路由抚远大将军福全率领，出古北口；右路由安北大将军常宁率领，出喜峰口，康熙帝亲自带兵在后面指挥。

右路清军先接触噶尔丹军，打了败仗。噶尔丹长驱直入，一直打到离开北京只有七百里的乌兰布通（今内蒙古昭乌达盟克什克腾旗）。噶尔丹得意扬扬，还派使者向清军要求交出他们的仇人。

康熙帝命令福全反击。噶尔丹把几万骑兵集中在大红山下，后面有树林掩护，前面又有河流阻挡。他把上万只骆驼，缚住四脚躺在地上，驼背上加上箱子，用湿毡毯裹住，摆成长长的一个驼城。叛军就在那箱垛中间射箭放枪，阻止清军进攻。

清军用火炮火枪对准驼城的一段集中轰击，炮声隆隆，响得震天动地。驼城被打开了缺口。清军的步兵骑兵一起冲杀过去，福全又派兵绕到山后夹击，把叛军杀得七零八落，纷纷丢了营寨逃走。

噶尔丹一看形势不利，赶快派个喇嘛到清营求和。福全一面停止追击，一面派人向康熙帝请示。康熙帝下令说："快进军追击！别中了贼人的诡计。"果然，噶尔丹求和只是缓兵之计，等清军奉命追击的时候，噶尔丹已经带了残兵逃到漠北去了。

噶尔丹回到漠北，表面向清朝表示屈服，暗地里重新招兵买马。1694年，康熙帝约噶尔丹会见，订立盟约。噶尔丹不但不来，还暗地派人到漠南煽动叛乱。他扬言他们已经向沙俄政府借到鸟枪兵六万，将大举进攻。内蒙古各部亲王纷纷向康熙帝告发。

1696年，康熙帝第二次亲征，分三路出击：黑龙江将军萨布素从东路进兵；大将军费扬古率陕西、甘肃的兵，从西路出兵，截击噶尔丹的后路；康熙帝亲自带中路军，从独石口出发。三路大军约定时期夹攻。

康熙帝的中路军到了科图，遇到了敌军前锋，但东西两路还没有到达，这时候，有人传说沙俄将要出兵帮助噶尔丹。随行的一些大臣就有点害怕起来，劝康熙帝班师回北京。康熙帝气愤地说："我这次出征，没有见到叛贼就退兵，怎么向天下人交代；再说，我中路一退，叛军全力对付西路，西路不是危险了吗?"

当下，康熙帝决定继续进兵克鲁伦河，并且派使者去见噶尔丹，告诉他康熙帝亲征的消息。噶尔丹在山头一望，见到康熙帝黄旗飘扬，军容整齐，连夜拔营撤退。

康熙帝一面派兵追击，一面赶快通知西路军大将费扬古，要他们在半路上截击。

噶尔丹带兵奔走了五天五夜，到了昭莫多（在今蒙古人民共和国乌兰巴托东南）正好遇到费扬古军。昭莫多原是一座大树林，前面有一个开阔地带，历来是漠北的战场。费扬古按照康熙帝的部署，在小山树林茂密的地方设下埋伏，先派先锋四百人诱战，边战边退，把叛军引到预先埋伏的地方，清军先下马步战，听到号角声起，就一跃上马，占据了山顶。叛军向山顶进攻，清军从山顶放箭发枪，展开了一场激战。费扬古又派出一支人马在山下袭击叛军辎重，前后夹击。叛军死的死，降的降。最后，噶尔丹只带了几十名骑兵脱逃。

经过两次大战，噶尔丹叛乱集团土崩瓦解，康熙帝要噶尔丹投降，但是噶尔丹继续顽抗。隔了一年，康熙帝又带兵渡过黄河亲征。这时候，噶尔丹原来的根据地伊犁已经被他侄儿策妄阿那布坦占领；他的左右亲信听说清军来到，也纷纷投降，愿意做清军的向导。噶尔丹走投无路，就服毒自杀。

打那以后，清朝重新控制了阿尔泰山以东的漠北蒙古，给当地蒙古贵族各种封号和官职。清朝又在乌里雅苏台设立将军，统辖漠北蒙古。

后来，噶尔丹的侄儿策妄阿那布坦攻占西藏。1720 年，康熙帝又派兵远征西藏，驱逐了策妄阿那布坦，护送达赖喇嘛六世进藏。以后，清朝又在拉萨设置驻藏大臣，代表中央政府同达赖、班禅共同管理西藏。

* * * * *

康熙帝对噶尔丹的坚决打击，使清朝收复了阿尔泰山以东的漠北蒙古，捍卫了中国领土的完整。

顾炎武著书立说

自从平定三藩之乱以后，清王朝在中国的统治稳定下来了。但是，还有一点让康熙帝不大放心，这就是担心有些明朝留下来的文人心里不服。于是，他采用一个办法开“博学鸿词科”，命令各地官员和朝廷大臣，把有学问的文人推荐给朝廷，马上封他们做官。这一招果然很灵，不少全国著名的学者、文人应召到京城，做起官来了。

但是也有一些学者认为，他们是明朝的臣民，到清朝做官是丧失气节的事。他们宁愿冒杀头的危险，也不肯应召。其中有一个是著名的思想家顾炎武，有人想推荐他应博学鸿词科，他写信回答说：“我这个七十岁的老翁还巴望个什么？欠缺的就是一死，如果一定要逼我应召，我只能一死了事。”

顾炎武是江苏昆山人，出身江南大族，他的祖父是个很有见识的人，认为读书一定要研究实际。顾炎武受祖父影响，从小喜欢读《资治通鉴》《史记》等书，十分关心时事。后来参加科举，没有考中，就干脆下决心放弃科举，通读历代历史典籍，研究全国各地的地方志和历代名人章奏，开始编写一本重要的历史地理著作《天下郡国利病书》。

正当他用心治学的时候，明朝灭亡，清兵南下，江南各地人民都组织抗清斗争，顾炎武和他的两位好友也参加了保卫昆山的战斗。昆山军民跟清军激战二十一天后，因为兵力悬殊，终于失败。昆山城陷落的时候，顾炎武的生母被清兵斫断了右臂；抚养他长大的婶母（也是他的继母），听到清兵攻破常熟，就绝食自杀，临死时嘱咐顾炎武说：“我虽然是个女子，以身殉国也是理所应当的。希望你不要做清朝的臣子，我死后也可以闭上眼睛了。”

顾炎武痛哭一场，葬了他的继母，离开了他的家乡。他想渡海去投奔鲁王，还没有去成，鲁王政权已经覆灭了。顾炎武隐姓改名，在长江南北一带奔走，想组织一支抗清义军，但毕竟势孤力单，没能成功。

当时，沿海和太湖一带还有零星的抗清活动，清朝官府防备很严，发现有什么抗清嫌疑的人，就要加上“通海”的罪名，关进监狱。昆山有个官僚地主叶方恒，想吞没顾炎武家的田地，买通顾家的仆人，诬告顾炎武通海。叶方恒还把顾炎武抓起来，私设公堂，逼他自杀。

顾炎武的一些朋友为了搭救他，去找在清朝做官的钱谦益帮忙。钱谦益本来是南明弘光政权的礼部尚书，又是个出名的文学家，清兵下江南的时候，他投降了清朝，名声不好。钱谦益表示，只要顾炎武承认是他的学生，他愿意保顾炎武出狱。那位朋友知道顾炎武不肯那样做，就自作主张，假造了一张顾炎武的名帖，送给钱谦益求助。

这件事让顾炎武知道了，直怪那朋友多事，非要把名帖讨还不可。朋友不肯讨还，他索性在大街上贴告白，声明那张名帖是假的，弄得钱谦益十分尴尬。

经过朋友们的奔走，顾炎武才被释放出来。叶方恒还不肯罢休，派人追踪他。有一天，顾炎武在南京太平门外经过，遭到袭击，头部受了重伤，幸亏有好心人救护，才脱离危险。顾炎武知道，在江南他是待不下去了，决心到北方去游历。

顾炎武到北方去，一来想考察各地的地理形势，风俗民情；二来也想找机会结交一些志同道合的朋友，进行抗清活动。他在那长途跋涉的艰苦环境里，并没有放弃学术研究。一路上，他用二马二骡驮着他的书箱。遇到关塞险要的地方，他就访问当地的老人，了解那里的风土人情，如果跟他在书本上读到的不一样，就拿出书本核对，这样他的知识就更丰富了。

顾炎武从四十五岁起，用了二十多年时间，在山东、山西、河北、江南来回奔走，每年差不多有一半时间住在旅店里。他还曾经和朋友一起，在雁北开垦荒地。到了晚年，才在陕西华阴定居下来。

顾炎武从小读书有个习惯，有一点心得就记下来，后来如果发现错误，又随时修改，发现跟古人议论重复的，就删掉。这样日积月累，再加上他从调查访问得到的材料，编成一本涉及政治、经济、史地、文艺等内容极其广泛的书，叫作《日知录》。这书被公认为是极有学术价值的著作。在《日知录》里，他写了一段精辟的话，他认为社会的道德风气败坏，就是亡天下，为了保天下不亡，每一个地位低微的普通人，都应负起责任（原文是“保天下者，匹夫之贱，与有责焉耳矣!”“天下兴亡，匹夫有责”这句名言就是这样来的）。

跟顾炎武同时代的思想家，还有王夫之、黄宗羲，都参加过抗清斗争，始终不愿应召到清朝做官的。他们在学术上都有很大成就，历史上把他们合称为“清初三先生”。

* * * * *

顾炎武是明末清初的思想家，他有很强的爱国主义情结。

文字狱

清朝统治者对明朝留下来的文人，一面采取招抚办法；一面对不服统治的，采取了严厉的镇压手段。就在康熙帝即位的第二年，有官员告发，浙江湖州有个文人庄廷鑨，私自招集文人编辑《明史》，里面有攻击清朝统治者的语句，还使用南明的年号。这时候，庄廷鑨已死去，朝廷下令，把庄廷鑨开棺戮尸，他的儿子和写序言的、卖书的、刻字的、印刷的和当地官吏，被处死的处死，充军的充军。这个案件，一共株连到七十多人。

1711年，又有人告发，在翰林官戴名世的文集里，对前明政权表示同情态度，又用了南明的永历帝的年号，就下令把戴名世打进大牢，判了死刑。这个案件牵连到他的亲友和刻印他文集的，又有三百多人。

因为这些案件完全是由文章字句引起的，就称它为“文字狱”。

康熙帝做了六十一年皇帝，驾崩后他的第四个儿子胤禛即位，这就是清世宗，即雍正帝。雍正帝是一个残暴成性、猜忌心又很重的人。在他的统治下，文字狱也更多更严重，最出名的是“吕留良事件”。

吕留良也是一个著名学者。明朝灭亡以后，他参加反清斗争没有成功，就在家里收学生教书。有人推荐他应博学鸿词科，他坚决拒绝了，官员劝他不听，威胁他也没用，后来他索性跑到寺院里，剃光了头当和尚。官员们也拿他没办法。

吕留良当了和尚之后，躲在寺院里著书立说，书里面有反对清朝统治的内容。幸而书写成了，没有流传开去，吕留良死了，更没被人注意。

有个湖南人曾静，偶然见到吕留良的文章，对吕留良的学问十分敬佩，就派了个学生张熙，从湖南跑到吕留良的老家浙江去打听他遗留下来的文稿。

张熙一到浙江，不但打听到文稿的下落，还找到吕留良的两个学生。张熙跟他们一谈，很合得来。他向曾静汇报后，曾静也约两人见了面，四个人议论起清朝统治，都十分愤慨。

大家就秘密商量，想办法怎么推翻清王朝。

他们懂得，光靠几个读书人办不了大事。后来，曾静打听到担任陕甘总督的汉族大臣岳钟琪，掌握很大兵权，因为讨伐边境叛乱的时候立了战功，受到雍正帝重用。他想，要是能劝说岳钟琪反清，成功就大有希望。

曾静写了一封信，派张熙去找岳钟琪。岳钟琪接见张熙，拆看来信，见是劝说他反清的，大吃一惊，问张熙说："你是哪里来的，胆敢送这样大逆不道的信。"

张熙面不改色说："将军跟清人是世仇，您难道不想报仇?"

岳钟琪道："这话从哪儿说起?"

张熙说："将军姓岳，是南宋岳忠武王（就是岳飞）的后代，现在的清朝皇帝的祖先是金人。岳王当年被与金人勾结的秦桧害死，千古称冤。现在将军手里有的是人马，正是替岳王报仇的好机会。"

岳钟琪听了，马上翻了脸，吆喝一声，把张熙打进监牢，并且要当地官吏审问张熙，追查他是什么人指使的。

张熙受尽种种酷刑，就是不招，说："你们要杀要剐都可以，要问指使人，没有!"

岳钟琪心想，这个张熙是个硬汉，硬碰硬治不了他，就另想一个办法。第二天，他把张熙从牢里放出来，秘密接见了他。岳钟琪假惺惺地说："昨天的审问，不过是试探，听了你的话，十分感动，决心起兵反清，希望你帮我出出主意。"

张熙开始不相信，禁不住岳钟琪装得郑重其事，还真的赌神罚咒，才相信了他。两人商谈了几天，渐渐热络起来，张熙无话不谈，把他老师曾静怎样交代的话都说了出来。

岳钟琪哄得了张熙提供的情况，一面派人到湖南捉拿曾静，一面立刻写了一份奏章，把曾静、张熙怎样图谋造反的情节，一五一十地报告了雍正帝。

雍正帝接到报告，又气又急，立刻下命令把曾静、张熙解送到北京，严刑审问。这时候，张熙才知道上了岳钟琪的大当，要不招也不行了。雍正帝再一查，知道曾静还跟吕留良的两个学生有来往。

这样，案子就牵连到吕留良家。吕留良已经死了，雍正帝把吕留良的坟刨了，棺材劈了，还不解恨，又把吕留良的后代和他的两个学生满门抄斩。还有不少相信吕留良的读书人也受到株连，被罚到边远地区充军。

像这样的案子是由反对朝廷的活动引起的。另外有不少文字狱，完全是牵强附会，挑剔文字过错，甚至为了一句诗、一个字也惹出大祸。有一次，翰林官徐骏在奏章里，把“陛下”的“陛”字错写成“狸”字，雍正帝见了，马上把徐骏革职。后来再派人一查，在徐骏的诗集里找出了两句诗：“清风不识字，何事乱翻书？”挑剔说这“清风”就是指清朝，这一来，徐骏犯了诽谤朝廷的罪，把性命也送掉了。

* * * * *

文字狱是封建统治者的统治手段之一，清朝的文字狱尤为残酷，清朝统治者对不服从满清统治的明朝文人，采取了严酷的镇压手段，从而使清朝的文学界陷入了万马齐喑的沉闷局面。

乾隆帝禁书修书

清王朝统一中国后，经过康熙、雍正两朝的经营，经济有了很大发展。到雍正帝儿子清高宗弘历（即乾隆帝）在位的时候，国力强盛，财政富裕。清朝初期的文治武功（也就是文化和武力的统治），在这个时期都达到鼎盛的程度。

乾隆帝跟他祖父、父亲一样，十分重视文治。他一面继续开博学鸿词科，招收文人学者，编写各种书籍；一面又大兴文字狱，镇压有反清嫌疑的文人，乾隆时期文字狱之多，大大超过了康熙、雍正两朝。

但是，乾隆帝懂得，光靠文字狱来实行文化统治是不彻底的。还有成千上万的书籍，贮藏在民间。如果里面有不利他们统治的内容，该用什么办法来解决呢？

他终于想出一个办法，就是集中全国的藏书，来编辑一部规模空前巨大的丛书。这样做一来可以进一步笼络大批知识分子，显示皇帝重视文化；二来借这个机会把民间藏书统统审查一下。可说是一举两得。

1773年，乾隆帝正式下令开设四库全书馆。派了一些皇室亲王和大学士担任总裁官，那些皇亲国戚大多是挂个名、起监督作用的，真正担任编纂官的都是当时一些有名的学者，像戴震、姚鼐、纪昀等人。那套丛书名称就叫作《四库全书》。

我国古代常把图书分成经、史、子、集四个大类：经部，包括历来儒家的经典著作（像《诗经》《论语》《孟子》等）和研究文字音韵的书；史部，包括各种历史、地理、传记等书；子部，包括古代诸子百家学说和科技著作，像农学、医学、天文、历法、算法、艺术等；集部，包括文学的总集和专集等。

按照四大类集中贮藏起来就叫作“四库”。

要编一套规模巨大的丛书，先得把书籍收集起来。乾隆帝下了命令，叫各省官员搜集、收购各种图书上缴，并且定出了奖励办法，要私人进献图书，进献越多，奖励越大。这道命令一下，各地图书果然源源不绝送到北京，只用二年，就收集有二万多种，再加上宫廷内部原来的大量图书，数量就很可观了。

书收集起来了。乾隆帝就下令四库全书馆的编纂官员对图书认真检查。凡是有“违碍”（对清统治者不利）字句的，一概销毁。一查下来，发现在明朝后期的大臣奏章里，提到清皇族的上代，不那么尊重，譬如他们的上代就接受过明朝的官职和封号，这在乾隆帝看来是很不体面的，于是就下令把这类图书一概烧毁。至于像吕留良、黄道周等抗清文人的著作，那就更不用说了。后来再一查，在宋朝人的著作中，也有许多反对辽、金、元朝的内容，这种内容很容易使人联想到反对清王朝，也该销毁，或者销毁一部分。还有一个办法，就是发现这类字句，就随时删改涂抹，这样，书虽然被保存下来，但是已经弄得面目全非。为了这件事，乾隆帝可说是绞尽脑汁。据不完全统计，在编《四库全书》的同时，被查禁烧毁的图书也有三千种之多。当时就有不少爱护文物的人，冒着坐牢杀头的危险，把许多有价值的书藏了起来。到了清朝末年，就有不少被禁的书陆续出现了。

编纂《四库全书》的学者们对大批图书进行编辑、校勘、抄写，足足花了十年工夫，到1782年正式完成，共收图书三千五百零三种，七万九千三百三十七卷。当时把全书抄了七部，分别贮藏在皇宫、圆明园、热河行宫（今河北承德）、奉天（今沈阳）、杭州、镇江、扬州（其中三部后来在战争中被烧毁了）。

* * * * *

不管乾隆帝的动机怎样，《四库全书》的编纂对后代人研究我国古代丰富的文化遗产，是一项重大的珍贵的贡献。而乾隆帝查禁销毁一批书，则对我国文化造成了一定的损失。

三、掌故篇

在我国民间广泛流传着这样一类故事——掌故。故事的主角或为人，或为动物；其故事情节或为史实，或为杜撰。然而已经没人去深究这些故事的真实性了，大家都津津乐道于故事本身体现的哲理和趣味。

仆人看家

有一户人家，很有钱。有一次，这家主人要出门旅行，临行前，主人把仆人叫到身边，对他说："我要出去几天，你在家要好好守着门，这是最重要的事。再有就是注意把驴子拴好，不可让驴子跑丢了。"主人的话，仆人一一记在心上，连连点头，表示没问题："放心吧，主人，我一定会牢牢记住您的话，不会有一点疏忽的。"

主人上路了。仆人在家安分守己地看着门。日子虽然寂寞，但这是个忠于职守的仆人，他决不会忘记主人的嘱咐，擅离职守的。

这天，仆人在家中坐着，忽然听到离家不远处有鼓乐声传来。仆人听着外边的锣鼓声，心想："一定有好戏，如果能出去看看该多好啊！"但是，想到主人的教诲，仆人又犹豫了："如果能想出一个两全其美的办法就好了。"

终于被他想出来一个主意。

仆人把房门卸下来，把驴牵出来，让驴驮着门板，然后，仆人便牵着驴，放心地去看戏了。

仆人心里很踏实，看戏的时候仆人时刻也没放松对驴和门板的注意。同时，仆人心里还特别得意，因为他想出了这么两全其美的好主意。

一个小偷从富人家门口路过，意外地发现这家怎么没有门呢？于是，大摇大摆走进去想看个究竟，没想到，家里居然一个人也没有，而且一眼看出这家是个很有钱的人家。小偷乐坏了，心想：怎么会有这种天赐良机，让我不费吹灰之力就可以得到一大笔财富。

小偷轻而易举地把很大一堆财宝扛走了。

主人回来后，质问仆人："你是怎么看门的？我的很多财宝都被偷走了。"

仆人心平气和地说："主人，您只是嘱咐我看好门和驴子，这两样东西完好无损，您为什么还要责怪我呢？"

* * * * *

主人让仆人看门只是一个手段，其目的是通过这个手段来保护家产，要理解真正的用意，而不可只是咬文嚼字，断章取义。

庄子鱼乐之辩

有一天，庄子和惠子一块儿游玩，来到濠水河边。庄子看见河里有许多鱼轻快地游来游去，便感叹道："这些鱼在水里游得多么快乐啊!"惠子听了，反问说："你不是鱼，怎么知道鱼快乐呢?"这一问，确实难以回答，一般的人说不定就给问蒙了。可庄子学问精深，能言善辩，他一听，立即按照惠子反驳自己的逻辑进行回敬说："你不是我，你怎知我不知道鱼快乐?"这一驳，惠子该没词了吧？不！以惠子和公孙龙为首的名家，特别擅长辩论，他们常常拿出一些常识性的问题，反着劲说，把王公大臣们说得哑口无言。这一次，惠子又使出了绝招，他说："好！就按你说的，我不是你，我不知道你；那么，你也不是鱼，因此你也就不知道鱼是否快乐。"惠子这一说，简直是下了结论，庄子听完，感到不妙，这惠子确实厉害，顺他的话说下去，倒把自己给驳倒了。庄子略一思索，立即扭过了话锋，郑重地说："请回到本来的话题上。开始你问我，怎么知道鱼快乐，说明你已肯定我知道鱼快乐了，只是问我怎么知道的。既然你不是我，能知道我知不知，那么我不是鱼，我也就可以知道鱼乐不乐了。人不必非变成某种东西，才能认识它。现在我告诉你我是怎么知道的，我是站在河边看到鱼以后知道的。"说罢，二人相视大笑，继续向前游玩了。

* * * * *

这一番辩论，话虽不多，但充分显示了二人善于寻找对方说话的缺口，并证明自己观点的本领。这就是历史上有名的鱼乐之辩。

晏子巧言谏齐王

战国时期齐国，齐景公执政期间，晏子为相国。有一天，一个人因为得罪了景公。景公大发雷霆，把这个人捆到殿下，命令左右把他肢解了。并且下令："谁敢替这个人说话、求情，一起杀掉！"大臣们感到景公这完全是意气用事，但看这阵势，谁也不敢开口。

忽然晏子走了出来，他从武士手中要过刀来，左手按住这个人的头，右手持刀做出要下手的样子，然后问景公："陛下，古代贤明的帝王在肢解人的时候，是从哪里下手的呢？"

齐景公听了，马上离开了座位，对晏子说："把他放了，罪在寡人。"

晏子进谏的艺术，可谓高明，他做出了忠实执行景公命令的样子，然后发问，启发景公想到肢解人这种残酷的刑罚，贤明的帝王们从来未用过，况且这个人并不当死，难道景公会因为一时愤怒，而做一个遭后世唾骂的暴君吗？从而扭转了形势。

当时，景公用刑既滥且严，不少人因为一点儿小错，便遭受刖刑，被砍掉双足。晏子早想对此提出批评，这一天机会终于来了。景公问晏子："你住的地方离市场很近，一定知道现在什么东西最贵，什么东西最贱吧？"晏子说："知道，受刑后的人用的假肢最贵，而正常人穿的鞋子最便宜。"

景公醒悟到这是自己用刑太严，便下令减刑。

还有一次，景公一匹心爱的马死了，景公大怒，亲自操起戈来要击杀养马的人。晏子看了，对景公说："你这样刺死他，他还糊里糊涂，不知道因为什么而死，我替你给他宣布一下罪状，让他死而无怨吧！"景公说："好！"晏子从景公手里接过戈来，逼到养马人的心窝上，大声说："你的罪恶太大了，一死都不足于当罪。第一条，你为我君养马而竟然让马死了，该死；第二条，你使君王为了一匹马，要杀养马的人，又该死；第三条，你使君王为了一匹马，杀掉养马者，丑名闻于诸侯，更该死！"说完就要去刺。齐景公赶忙说："你快把他放了吧，别损害了我仁义的名声。"

* * * * *

劝说是一门极高的艺术，最好的方法是从对方的话语中找出矛盾的地方，使对方在自相矛盾中省悟过来。

晏子大智顶范昭

一天，齐国的国都十分热闹，原来齐景公在宫中举行盛大国宴，欢迎强大的晋国派来的使者范昭。范昭来干什么，其实就是晋平公抛出一颗探路石，试试齐国的软硬。软，就是缺少战争准备，晋国就立即派兵攻打；硬，就不能轻举妄动。

宴会上，酒过三巡，范昭忽然甩起袖子，傲慢地说："来，把齐君的酒杯拿过来！"

齐景公不明白这是怎么回事儿，但由于害怕晋国，只好连忙把自己的酒杯递过去。范昭二话没说，一口就把齐景公拿过来的酒喝光了。

齐国的宰相晏子一看，这不是在侮辱齐国吗？一个使者怎么能随便抢用别国国君的杯子呢？晏子立即命令侍从："来，把齐君的酒杯取下，换上一只！"

于是，范昭的面前又被换成了臣子使用的斛。范昭像挨了一剑，心头不快，索性装出喝醉的样子，疯疯癫癫地说："乐师，来啊！给我奏支周朝的乐曲，我要跳舞！"

晏子忙递过一个眼色，乐师会意，不卑不亢地说："这一点，还请海涵！我从未奏过周乐！"范昭一下子蔫了，快快不乐。

范昭走后，齐景公担心地说："相国这么做，惹恼了晋国，岂不要招来大祸？"

晏子很有把握地说："不！范昭绝非野蛮之辈，他是有意以野蛮的行为来试探我们，今天我顶撞了他，正是让他不敢轻视齐国。"

果然，范昭这时正在路上嘀咕："看来，要打齐国非碰钉子不可。看晏子这股劲头，齐国一定有依恃，肯定不好对付。"

* * * * *

晏子是一位很有智慧、才能的宰相。

子贡纵横说列国

田常要在齐国作乱，但惧怕鲍晏，因此要发兵征伐鲁国，以分散大臣们对内政的注意力。孔子听说后，对他的弟子说："鲁国是我们祖宗坟墓的所在地，你们谁去制止齐国的攻伐呢?”子路请求出使齐国，被孔子制止了；子张、子石提出要求，孔子也不同意。子贡请求去说服田常，孔子同意了。

子贡来见田常说：“你进攻鲁国可是个大错呀！鲁国是个难伐之国，因为它的城墙又薄又矮，土地又少而且不丰饶，国君愚昧而且不仁，大臣们虚伪而无能，军卒百姓又特别不愿意打仗，因此，你可不要去进攻鲁国。你不如去攻打吴国。吴国的城墙又高又厚，土地广阔而且富饶，它的盔甲坚韧、戈矛锋利，军队很多，兵精粮足，将军勇武善战，特别易于攻打。”

田常听了，愤然变色地说：“容易攻打的你说难伐，难于攻打的你说好伐。你用这些是非颠倒的话来劝我，目的何在?”子贡说：“我听过，忧患在内的要攻强，忧患在外的要攻弱。如果你去攻鲁国，一战而胜，那么齐王就会更加骄横，恣意妄为，大臣也会纷纷争名夺利。齐王骄横，必然疏远你；大臣相争，必然攻讦你。这样，别说你在齐国想谋大事，就是处境也有些危险。而去征讨吴国就不同了，攻打吴国一时难于取胜，那么士卒死在国外，有能力的大臣都派到前线，百姓对齐王满怀怨恨。这样，在大臣中你没有劲敌，齐王又孤立无靠，能操纵齐国命运的，就只有你了。”

田常听了，连声称赞：“果然是好主意！可是我已经向鲁国发兵了，如果半途中转而攻吴，必然引起别人怀疑。这可怎么办呢?”子贡说：“你先下令按兵不动，我去吴国劝说吴王，让他派兵去救鲁，那时你就可以对吴国开战了。”田常非常高兴，便请子贡快去。

子贡见了吴王，说：“我听说齐国已出兵攻打鲁国，我为大王担忧啊！吴、齐现在国力差不多，可一旦齐国吞并了鲁国，那吴国就处于劣势了。那时吴国要想称霸就难了。现在，你应该趁机出兵进攻齐国，宣称是为了主持正义，救援弱小的鲁国。这样在诸侯中得了好名声，又趁齐国军队对鲁作战，国内空虚，夺取它大片的土地城池。真是再没有比这更好的机会了。做到这一步，另一个强国晋国也会向吴国屈服，吴国称霸天下的局势就形成了。”

吴王听了，连称：“好计!”但是他说：“不过，我曾经打败过越国。越国现在表面上服从我，但我听说越王勾践卧薪尝胆，暗中训练士兵，对我有报复之心。等我把越国消灭了再按你的计策行事吧!”子贡说：“如果你先对越国作战，等打完仗，鲁国就已经被齐国吞并了，机会就已丧失。再说越国是比鲁国更弱的国家，你已经与人家订立盟约，允许越国存在。假如你现在不攻齐而伐越，会被认为你一是欺弱怕强，二是不讲信义背弃盟约，三是见难不救。有这三条，霸业就有落空的危险。如果你实在对越国不放心的话，我可以到越国去，让越王派兵随从你一起对齐作战。这样，不但使越国空虚了，又能让你得到勇于相助的好名声。您看好不好?”吴王听了，赶紧说：“如果越国出兵跟随我，解除了我的后顾之忧，我一定立即攻打齐国。”子贡于是动身又到越国去。

越王勾践听说孔子的高徒要来，立即修整道路，亲自到郊外迎接。子贡到了，勾践又亲自驾车，把子贡送到馆舍。勾践向子贡说：“越国是南方偏僻的小国，大夫为什么肯屈尊前来呀?”子贡说：“我刚见过吴王，他准备出兵攻打齐国，但听说越国要对他进行报复，而让人生疑心，有报复别人的打算，让人家知道，那就危险了呀!”越王说：“我被吴国打败，备受屈辱，对吴王确实恨之入骨。即使我和吴王同时死去，也心甘情愿!”并且问子贡有没有什么办法。子贡说：“吴王这个人十分骄横。你现在要用最谦恭的态度去打消他的疑心，而最好的办法，莫过于你主动表示要出兵跟随他去作战。这样，他就会暂时放弃对你越国的征讨，先去攻齐。如果他攻齐失败了，这是你的福气，可趁机报复他。如果他攻齐胜利了，为了霸业必然要乘胜再去攻打晋国。我打算到晋国去，请晋国做好迎击吴国的准备。那时，吴国的精锐军队已在齐国损失不少，欲攻晋必然再从国内调兵。当吴国大军远离国土和晋国激战的时候，你再乘虚攻打吴国，灭吴就必定能成功!”越王大喜过望，要用重礼酬谢子贡，子贡谢绝了，并请越王先去向吴王报告，说越国对吴国绝无二心，欣然同意派兵跟随吴王作战。吴王遂发九郡之兵向齐宣战。

子贡又赶到晋国，对晋国国君说：“我听说，不事先考虑好方案，就不能应付突然的事变。如今吴国就要和齐国打仗了，双方不论哪一方获胜，都必然乘胜攻晋，建立霸业。”晋国国君听了很恐惧，赶紧问：“这该怎么办呢?”子贡说：“吴国取胜的可能性很大。从现在起，晋国赶紧训练军队，准备同吴国作战。”晋国国君点头同意。子贡这才回到了鲁国。

果然，吴军与齐军在艾陵交战，吴军获胜，移兵攻晋。晋国已有准备，在黄池打垮了吴军。越国得到消息，出兵袭击吴国。吴王带领败兵赶回国内，与越军战于五湖，没能打退越军，都城失守。越军杀死了吴王夫差。越国灭了吴国，在东南一带称霸。子贡这一趟出使的结果是保存了鲁国，搞乱了齐国，使吴国灭亡，晋国强盛，越国称霸，五个国家都发生了很大变化。因此，有人评价说，子贡实在是后来纵横家的鼻祖。

* * * * *

子贡凭三寸不烂之舌拯救了鲁国，改变了天下格局，是一位富有谋略的外交家。

装糊涂难倒夫差

听说晏婴要出使吴国，吴王夫差便对大臣们说："都说晏子虽然身材矮小，却十分善辩，我想试试他的舌头到底有多厉害。"

晏子到了吴国，要拜见夫差，等了好久才有吴王的侍卫过来不冷不热地喊道："天子接见——"晏子心里一震，怎么，吴国和齐国都是周朝的诸侯国，只有周君才能称天子，吴王怎敢冒称天子，他是天子，我齐国岂不成了他的属国？这是对周朝的不尊和对齐国的侮辱。想定了，晏子像没听见一样，坐着动也没动。

侍卫瞪了他一眼，又扯开嗓门高喊："天子接见！"

还是自称"天子"，晏子坐得更稳了。

侍卫见晏子旁若无人，只好走到跟前，施个礼说："天子接见您。"

晏子仰脸四处看看，自言自语地说："哎呀，我晏子怎么糊涂得这样，你看，今天我受齐国国君派遣，到吴国去商量事，怎么连方向都弄混了，竟然走到周天子的大殿里来了，抱歉，抱歉！"这将计就计的辞令，侍卫当然对付不了，他正在思考怎么办，晏子又主动问起来了："我要找吴王，请问该怎么走啊？"

侍卫找到了台阶下，赶紧说："您等等，我去去就来。"

吴王听了侍卫的报告，知道晏子不好惹，只好传话："夫差请见。"

晏子这才昂首阔步地进宫去见吴王。

* * * * *

晏子采用顺水推舟的方式迫使夫差尊重他，从而也体现了他的智慧。

弦高智退秦师

公元前627年，春秋诸侯国中的郑国国君文公去世了，举国哀丧，穆公刚刚继位。

这一年冬天特别冷，二月里北风刺骨，寒气袭人。郑国商人弦高赶着十二头肥牛缓缓走在通往洛阳的大路上，一边走一边算计着：快春耕了，牲口一定特别抢手，再说天这样冷，大家也会吃点牛肉御寒，所以这十二头牛肯定能卖个好价钱。等拿到了钱，我就……

还没等他盘算好，迎面就见一个人慌慌张张地跑过来。等跑近一看，原来是相熟的一个贩布同乡。那同乡一见弦高，一边抹着额上的汗水，一边气喘吁吁地说："弦高，大事不好啦！秦国派兵攻打咱们来啦！我亲眼看见秦国大将孟明视率三百辆兵车浩浩荡荡向这里急行军，真吓死人啦！我连布都不要了，回去带上老婆和儿子到别国躲躲。你也别卖牛了，快回去准备一下吧！"说完，转眼跑得无影无踪了。

弦高也大吃一惊，心想："文公刚刚去世，丧事才办完，新国君也才继位，哪有工夫准备防御敌人偷袭呢？该死的秦国，太狡猾了，竟趁郑国国难时派兵进攻，不行，我不能让他们的阴谋得逞。"可转念一想，"兵贵神速，秦军为了这次偷袭一定做了相当充分的准备。我现在赶回去送信，恐怕话还没说完敌人就到跟前了，想准备抵抗也来不及了！这可如何是好？"

就在此时忽听"哞"地一声牛叫，弦高扭头一看，不由计上心来，"有了！就这么办……"

再说秦国大将孟明视指挥着三百辆战车日夜兼程，企图突然发动攻击，攻下郑国。只见他端坐在高头大马上，威风凛凛地下达命令："全军听令，飞速前进，不得停顿。攻下郑国，人人论功行赏；贻误战机，杀无赦！"

雄雄铁骑卷起滚滚尘烟迅速向前奔驰，转眼就到了郑国边邻的滑国地界，却见到前队先锋派人来报；郑国使者路旁相迎，前来奉旨犒军。

孟明视闻报一愣，心中琢磨：郑国怎么会这么快知道消息，难道其中有诈？于是他下令全军不得扎营，就在队列中接见郑国使者。

原来郑国使者就是弦高，他急匆匆改道来到这里，赶着牛，买了酒，假称是奉郑国国君命令前来犒劳秦军。一见孟明视，他镇定自若地先施一礼，然后清清嗓音说明奉旨犒军来意，同时假装十分热切地说："这只是国君的一点小心意，算不得什么！等将军到了敝国，我们国君亲自要为您接风敬酒，还要大宴三军将士。”

孟明视仔细地观察着弦高，见他彬彬有礼，气宇轩昂，没有一丝惊慌之色，不由泄了气，心想：看样子郑国早就有了准备，居然跑这么远来警告我一声；而我军连日急行军，又累又困，以劳敌逸，非战败不可。于是他假意地说：“哪有此事？我们根本不打算去贵国。”

“那怎么行！”弦高装出一脸急切的样子，“我们郑国大将军率全军正在前面国界上等着欢迎您呢！您可不能不去啊！”

一听这话，孟明视越发相信郑国军队已做好了战斗准备，决定马上收兵撤退。可他又十分好面子，只好装模作样凑近弦高耳边故作机密地说：“不瞒您，我们此行是要攻打滑国的。”

弦高离开秦军队伍后，急忙火速赶回郑国，把情况报告给国君，集合军队做好一切战斗准备。而孟明视根本没料到这个郑国使者是冒牌的，只好灭了滑国后垂头丧气地领兵回国了。

* * * * *

郑国百姓躲过了一场可怕的灾难，无不奔走相告，称赞弦高是一个机智爱国、见义勇为的大英雄。

孙叔敖锄打两头蛇

春秋时候，楚国期思（今河南淮滨东南）的一个小村庄里，生活着一个叫孙叔敖的少年。他敦厚质朴、聪明能干，又很乐于帮助他人。

有一年盛夏，天热得叫人透不过气，毒辣辣的太阳烤得人头晕眼花。许多村里人干了一天农活回家后都中暑躺倒了。听着大家痛苦的呻吟声，孙叔敖心里难过极了，怎样才能帮帮大伙儿呢？对了！他突然记起一本药书上讲到，有一种草药煮了可以解暑，村边山上正好就有这种草药，自己何不去采一点回来试试。

想到这儿，孙叔敖马上戴上斗笠，扛起长柄药锄，急匆匆地向村外的高山跑去。

山势崎岖，孙叔敖顺着山脊的背阴处，踏着高低不平的山路搜寻着。突然，他双眼一亮，前面大石旁正长着一些要找的草药。孙叔敖心中一喜，急忙往前迈步。突然，“嗖”地一声，身边灌木丛里窜出一条蛇，昂着两只三角脑袋，“嘶嘶”地吐着舌信。

“啊？两头蛇！”一股凉意一下子浸透了孙叔敖全身，耳边响起村里老人的话：“双头蛇是阎王爷的坐骑，见了它的人准活不到第二天。”

孙叔敖顿时乱了方寸，扭头就往回跑，可是跑着跑着，他慢慢地停下了脚步。想“自己反正是要死了，跑有什么用？如果别人再看到这条蛇，不也活不成了吗？不行，一定得打死它！”想到这儿，他定了定神，用力攥了攥手中的锄把，坚定地走了回来。

那蛇还在原处盘着，晃着两只脑袋逞威风。孙叔敖一个箭步冲上前，抡起药锄狠狠地打下去，一连几锄，两头蛇便送了命。他又马上刨了一个深深的土坑，把死蛇埋了起来，然后飞快地采下一大捧草药，向山下跑去……

喝了草药汤，大伙儿都感觉好多了。可孙叔敖想到自己已活不到明天，不由得闷闷不乐。细心的母亲马上注意到了，经过询问，孙叔敖把白天发生的事一口气讲了出来。

母亲听完慈爱地笑着说：“傻孩子，你做得对！无论做什么事都应该替别人着想。你的担心是多余的，谁听说过看一眼什么恶物就会死人的？你细想想就明白了。”

听了母亲的话，孙叔敖这才恍然大悟，摸了摸脑袋，不好意思地笑了。

* * * * *

这个故事说明做人要学会为他人着想，另外也不能盲目地迷信一些传言。

孙膑巧言赚魏王

孙膑和庞涓都是鬼谷子的学生，庞涓贪图富贵，提前下了山，到魏国做了大将。庞涓知道孙膑的才能在自己之上，便设法把孙膑诓来，以图控制。魏王见了孙膑，便想试试他的才能。魏王坐定后，对文臣武将们说：“今天我坐在殿上，要看看大家谁有办法让我从殿上走下来。”

有个武将惊慌失措地跑到前面，口里怪叫着：“蛇，蛇！大王背后有毒蛇，快跑！”魏王面不改色，捋捋胡须道：“小诡小诈，岂能诓我？”这个武将只好无趣地退了下去。

有个文官出来煞有介事地禀报道：“大王，前院一棵枯树忽然开了满树金花，光彩灿烂，请大王前往一观！”魏王冷冷一笑，动也没动。这个文官也只得退了下来。

大臣们都想露一手，使尽浑身解数，什么办法都想了，但魏王还是不为所动。这时庞涓出来奏道：“臣有一计，定能叫大王走下来，只是不敢实行。”

魏王道：“你先说来。”庞涓说：“我去殿后放把火，大王定然走下来。”魏王听了，微微一笑：“火攻？好计！”随即又把脸一沉：“太放肆了！”庞涓嗫嗫嚅嚅地赶紧闪开了。

魏王看了一眼一直不动声色的孙膑，说道：“听说你是鬼谷子先生的高徒，想来定有妙计？”孙膑走到前边说道：“大王今天已经打定主意不下来了，就是神仙也无计可施啊！”魏王听出话里的恭维，不禁喜上眉梢。孙膑接着又说：“不过，换个位置可就不一样了。要是您站在殿下，我倒有办法让大王自己走上去。”

魏王摆摆手：“那还不是一样。不过，你既然说了，我倒要看看你有什么办法让我自己上去。”

说完，魏王离座来到殿下站定，说道：“你用什么办法让我走上去，说吧！”孙膑说道：“大王，我已经让您自己走下来了。”魏王这才恍然大悟，哈哈大笑，连夸孙膑高才。

* * * * *

通过转移魏王的注意力，消除魏王的戒备心理，孙膑采用这种逆向思维的办法，做成了他人不能为之事。

外黄小儿说服项羽

外黄小儿，是秦朝末年外黄（今河南省杞县南）的一个十三岁的少年，由于他机智勇敢地说服了项羽，从项羽的屠刀下救出了全城的百姓，一直被世人传颂，可惜的是，他没有留下姓名，后人只称他是外黄小儿。

秦朝末年，汉王刘邦和楚霸王项羽互相争夺天下。

一天，汉王刘邦派大将彭越等人袭击了楚军的运粮队。并乘机接连攻下了外黄等十七座城池，还住进了外黄城，给楚军造成了极大的威胁。

项羽听了大怒，立即吩咐一位楚军大将守住成皋，自己领兵去攻打彭越。项羽带兵攻打了好些日子，才把外黄城攻下来。城攻破了，彭越逃走了，可城里的老百姓却面临着一场灾难。

原来项羽对外黄城里的老百姓帮助彭越守城十分恼怒，进城后下了一道命令，要把全城十五岁以上的壮丁全都抓起来活埋，以发泄自己的愤怒。

消息传开后，外黄的百姓非常惊恐，城内一片哭声，谁都想不出解救亲人的办法。就在这时，一个十三岁的少年，挺身而出，走进楚军军营，要求拜见楚霸王。

项羽听说有个少年要见他，觉得很奇怪，就吩咐卫兵领他进来。

项羽见他眉清目秀，举止大方，便很喜爱地摸了摸少年的脸，柔和地问道："你小小年纪，来见我有什么事情吗?"

那少年对项羽说："外黄城的百姓，受了彭越的欺压，敢怒而不敢言，天天盼望着大王来救他们的性命，他们的心都向着您啊。哪儿知道，大王进城没有几天，城里纷纷传说，大王要把十五岁以上的壮丁全都活埋。我以为大王是位非常仁慈宽厚的人，不会做出这样的事。而且，如果活埋了全城的壮丁，对大王您只会有坏名声，不会带来好处。所以请大王撤回这道命令，以安定民心。"

项羽一听，不由得发起火来，说："彭越压迫外黄老百姓，那完全是真的。可我领兵攻打外黄，老百姓为什么还帮助彭越打我？我就不信杀了城内的壮丁，会有什么坏处!"

少年又机智沉着地说："大王，外黄城的老百姓要是真的帮助彭越守城，那么您至少还要过一段时间才能进城。哪能彭越一走，就立即进城呢？可见，老百姓并不是要和大王作对。但大王要是活埋全城的壮丁，老百姓还有什么好讲的，只好等死了。不过，外黄城以外，还有许多城池，那里的老百姓听说大王活埋投降的百姓，都会引起惊恐，今后谁还敢开城门迎接您。即使您本领再大，攻占这些地方，也要花费很大的力气和代价。这难道不是对您没有好处，只有坏处吗?"

这些话真地讲到了项羽的心里，他担心外黄城以外的老百姓要是都把他当敌人，和刘邦一起来反对他，那样，他也就很难取胜了。

想到这里，项羽打消了活埋百姓的念头，笑着说："好孩子，你放心吧。我就算有一肚子的气，见了你这样伶俐的孩子，气也没了。我这就派你去传达我的命令：楚军赦免老百姓，不再伤害他们。"

外黄城的老百姓听了这个消息，奔走相告，都非常感激这个机智的少年。赞扬他不顾个人安危，勇敢地替老百姓讲话，说通了项羽，救了全城的百姓。

* * * * *

古人说“两害相权取其轻”，外黄小儿从项羽的角度出发通过将不活埋外黄百姓不足以泄愤和失去民心两害作比而说服项羽，表明了真非凡的智慧和胆识。

诸葛亮妙施空城计

三国时，蜀国丞相诸葛亮错用马谡，失去街亭后，只有二千五百军士驻守在西城县。忽然，哨兵飞马来报：“司马懿引大军十五万，往西城蜂拥而来！”

这时，诸葛亮身边无一员大将，只有一班文官。众官员听得这个消息，个个大惊失色。诸葛亮登上城头，一眼望去，果然尘土冲天，魏军分路往西城县杀来。诸葛亮当即传令道：“将旌旗全部隐藏起来，军士们各守卫在城上巡哨的岗棚，如有随便出入城门及高声讲话的，杀！大开四个城门，每个城门用二十个军兵，扮作百姓，打扫街道。魏兵到时，不可乱动，我自有计谋对付。”传令下去后，诸葛亮披鹤氅，戴纶巾，引两个少年携带一张琴，来到城头上，凭栏而坐，焚香操琴演奏。

魏兵的前哨急忙将这个情况报告给司马懿。司马懿立刻命令军队停止前进，自己飞马向前观望。果然见诸葛亮在城楼上，笑容可掬，焚香弹琴，左面一个少年，手捧宝剑，右面也有一个少年，手执麈尾。城门内外，仅有几十名百姓，低头打扫，旁若无人。司马懿看后怀疑城中有重兵，连忙指挥部队撤退。

他的儿子司马昭说：“莫非诸葛亮没有多少兵力，故意这样的？父亲为什么要退兵呢？”司马懿板着脸说：“诸葛亮平时一向十分谨慎，从不冒险。今天大开城门，必定有重兵埋伏。我们若是冲进去，一定中计。你们懂得什么？还不快退！”

众官员见魏军远去问诸葛亮说：“司马懿是魏国的名将，今统率十五万精兵来到这里，见了丞相，慌忙撤退，这是什么原因呢？”

诸葛亮说：“他料定我平生谨慎，从不冒险，见我们这样镇定，怀疑有重兵埋伏，所以退去。我并非在冒险，只因为不得不这样啊！”大家敬佩地说：“丞相的计谋，鬼神也不能预料啊。如果我们来指挥，必定会弃城而走了。”诸葛亮说：“我们只有二千五百人，如果弃城而走，必定走不远，不是很快就会被敌人追上吗？”

* * * * *

用计虚实结合方称妙计，诸葛亮一反常态，镇定机智故而骗过了多疑的司马懿。

曹冲妙计护库吏

曹冲是三国时期魏王曹操的儿子，他聪颖过人，有许多像“称象”等的故事都反映了他的机智聪慧。

他七岁那年春天。曹操心爱的马鞍，在仓库里被老鼠咬破了。库吏（管仓库的官吏）十分害怕。他知道，这事要是让曹操知道了，准会被杀头的。怎么办呢？他想了好久，还是没想出法子来。最后，他只得冒险，打算把自己绑起来，主动到曹操那里，当面请罪，恳求他宽恕。但这样做能不能保住性命，还很难说。

当库吏绑着自己，悲观绝望地向曹操住处走去时，被曹冲发现了。他像个小大人似的问：“你这是怎么了，这么愁眉不展的，还绑了自己，有什么事和我说说好吗？”库吏便把老鼠咬破曹操马鞍的事告诉了他。曹冲听了，便安慰他说：“放心吧，等到后天中午，这件事就会自然了结，保你平安无事。”

曹冲又给库吏如此这般地交代了一下，就回去了。库吏半信半疑，因为这办法能否成功，只有到后天才会知道。

曹冲从库吏那里出来，就回到自己的房间里，找出小刀，在自己穿的单衣上，一连割了几个小窟窿，像老鼠咬的一样。

第三天中午，曹冲穿上这件破单衣，装出一副不高兴的样子，并带着忧愁悲伤的表情，来到曹操面前，曹操觉得很奇怪，就问他是怎么回事儿。曹冲指着身上的破单衣，不高兴地说：“听人们讲，老鼠咬破衣服，它的主人就不吉利。现在，我的衣服被老鼠咬破了，我怕有不吉利的事降临到我的身上，这可如何是好呢？”

曹操一听，哈哈大笑，对他说：“这都是瞎说，没有一点道理。你不要再为这点事苦恼了。”曹操的话音还没落，库吏便走了进来，急忙跪下，把老鼠咬坏马鞍的事报告了，请求曹操给他处分。

曹操听罢，又是一阵哈哈大笑，对库吏说：“算了吧！冲儿的衣服在身边放着，还被老鼠咬破了，何况马鞍在仓库里挂着呢。”

库吏心里的石头一下子落了地，对曹冲有说不尽的感激。从心里佩服这个七岁的孩子，能想出这样的好办法。

* * * * *

曹冲年幼而有胆有识，更对他人充满同情心。

曹子建巧赋双关诗

曹植，字子建，是曹操的第三个儿子，自小聪明伶俐，很有文学天赋。十九岁时，曹操带儿子们游赏新筑成的铜雀台，曹植一挥而就，写成了情文并茂的《登台赋》，曹操非常欣赏。曹操死后，二儿子曹丕废除汉献帝，自立为皇帝，由于平日对曹植的忌恨，有一天便把他召到偏殿说：“父皇在日，经常称赞你的诗文写得好，现在限你在七步之内，吟诗一首，如果作不出来，说明你过去纯粹是沽名钓誉，犯了欺君大罪，现应立即斩首。”

曹植听了，感到兄弟之间为了权利，竟然这样无情，十分难过，便在七步之内吟出了一首诗：

煮豆持作羹，漉菽以为汁。
萁在釜下燃，豆在釜中泣。
本是同根生，相煎何太急。

曹丕听了，也不免触动了手足之情。恰好这时太后也听说了，赶快出来查问，曹丕这才改变初衷，不再为难曹植，把他分封到外地去了。

* * * * *

这首诗用烧豆秆煮豆子的现象，说明了本是同根的东西之间互相折磨的不应该，词句不俗，语意双关。

张松无畏对曹操

三国时，占据西川的刘璋软弱无能，张松便乘刘璋派他出使曹营的机会，想帮助曹操收取西川。不想到了曹营，曹操因刚破了马超，志得意满，非常傲慢，张松改变主意，针锋相对地把曹操顶的无话可说。

曹操一见张松，便来了个下马威，直接问道：“你们刘璋为什么几年来都不来进贡?”张松答:“贼寇太多,道路艰难。”曹操一听就生了气:“我已经扫清中原,还有什么盗贼?”张松说:“南有孙权,北有张鲁,西有刘备,他们之中最少的也有十几万兵,这能说天下太平吗?”

张松本来长得身不满五尺,样子不漂亮,开始曹操就没有把他放在眼里,不想一交谈,张松出言锋利,气得曹操转身进了后堂。

过了几天,曹操在教场里点起五万雄兵,又召来张松,想把他吓住。曹操先让兵马演习一番,金鼓震天,戈矛耀日。然后才问张松:“你川中有此英雄人物吗?”张松冷冷地说:“我蜀中确实没见这样的兵士,只是以仁义治国罢了。”曹操脸色陡变,张松却毫不畏惧。曹操喝道:“我看天下鼠辈不过草芥。我的大军所到之处,战无不胜,攻无不克;顺我者昌,逆我者亡。你知道吗?”张松说:“是啊,曹丞相战必胜,攻必克,我早就听说了。比如濮阳攻吕布之时,宛城战张绣之日;赤壁遇周郎,华容逢关羽;割须弃袍于潼关,夺船避箭于渭水。这都是无敌于天下的事啊!”曹操一生打过很多胜仗,但也有几次惨败,差点儿连命都丢了。张松列举的,恰恰是曹操一生处境最狼狈的几次败仗,戳穿了他战无不胜的吹嘘。这一下,可把曹操气坏了,吼道:“你怎么敢揭我的短处!”幸亏别人劝说,他才没有杀掉张松。

张松见曹操待人这样无礼,便投奔到刘备处,献上了西川地图,使刘备轻易取得了西川,延迟了曹操统一天下的进程。

* * * * *

成大事者,万万不能忽视小节。

少年吴王断冤案

少年吴王,就是三国时期东吴的孙亮,他十五岁就继承了父亲孙权的王位,所以称他为少年吴王。

一天,孙亮理完朝政,感到口干舌燥,吩咐太监到宫中仓库去取蜜浸梅(蜜糖泡浸的梅子)。那太监去了一会儿,便捧着银碗急急忙忙走来,跪着献了上去。孙亮接过银碗打开一看却发现蜜糖里有好几粒老鼠屎。他强忍心中怒火,命人把库吏叫来。

库吏见了孙亮,急忙跪下,不知道出了什么事,心中十分害怕。

孙亮问："刚才太监从你那里取来的蜜浸梅里，发现有老鼠屎。你说，这是怎么回事？"

还没等库吏开口，那个取蜜浸梅的太监便抢着大声质问："你是怎么管库的？御库里为什么跑进了老鼠？还不如实招来！"

库吏一听是蜜浸梅中有鼠屎，吃了一惊。转念一想，又觉得不对，急忙说："圣上息怒，容小人禀告。仓库里放的蜜浸梅，全都放在大瓶子里，封装十分严密，老鼠根本进不去，怎么会有鼠屎呢？圣上如不信，可另派他人去取几瓶来，当面打开，如有鼠屎，小人愿以脑袋向圣上谢罪。"

听库吏这么一说，孙亮心里有了疑惑：莫非是有人暗中捣鬼？他看了看站在身旁的太监，太监正神色不安地瞪着库吏。于是，孙亮又问库吏："以前太监到你那里要过蜜浸梅没有？"

库吏偷偷看了那个太监一眼，只见他那恶狠狠的目光，正向自己射来。库吏连忙低下了头，战战兢兢地说："这……这……"

孙亮看到库吏心里有顾虑，便鼓励地说："有话只管大胆讲来，有朕给你做主就是。"

库吏听了，便壮了胆子，才说："刚才圣上派去取蜜浸梅的这位太监，以前曾多次去要过。小人认为这是专供圣上食用的，因此一直没有给他。别人谁也没去向小人要过。"

孙亮一听，立即问那个太监说："有没有这事？"

那个太监慌忙跪下辩解道："报告圣上，从无此事，分明是他严重渎职，而使老鼠跑进了御库。现在还想狡辩，按律条应立即斩首！"

孙亮此时心里已经明白了八分，他冷冷地说："情况还没搞清楚，怎么就能随便杀人！"

在场的大臣刁玄说："这事交给下面的官员审理去好了，圣上何必费心。"

孙亮摇摇头说："这件事现在就可以搞清楚。"于是，他命人把蜜糖里的鼠屎，取出一个，剖开一看，鼠屎外湿里干。孙亮大笑着对人们说："你们想，鼠屎如果早就浸在蜜糖里，那它里外必定都是潮湿的。如今这蜜糖里的鼠屎是才放进去不久。我敢断定，此事是太监所为。"

在场的人看到孙亮如此明断是非，都非常惊讶。

库吏也万分激动地说：“圣上断案如神，小人永世感谢您的大恩。”

那位太监呢，他知道自己的阴谋已经败露，“扑通”一声，跪在地上请圣上饶命。

* * * * *

断案要的是明察秋毫，我们要善于从细节中寻找解决之道。

司马睿巧言破虚礼

司马睿是东晋的第一个皇帝，他虽贵为帝王，处事却十分洒脱，常和臣下开玩笑。

他的皇太子出生了，为了表示庆祝，他遍赏群臣，每个人都得到一份丰厚的礼物。

殷洪乔得了礼物，规规矩矩地出班致谢说：

“皇子诞生，普天同庆，臣没有功勋，却辱承颁赠厚赐。”晋元帝司马睿笑着说：“这种事情，岂能使你有功勋?”

众大臣品味皇帝这句话，一下子笑得前仰后合，原先肃穆庄严的殿堂、拘泥虚礼的场面，一下子被打破了，整个殿里掀起了一股欢笑的浪潮。

殷洪乔是个谨严、忠实而且正直的大臣，他的致谢完全是一本正经的。殷洪乔的本意是“无功受禄，寝食不安”的意思，而皇帝却把它故意曲解，引逗得众人哄堂大笑使殷洪乔十分狼狈。但皇帝开这样的玩笑，也实在是因为得了太子，需要大家真正高高兴兴地庆祝，而不愿让大臣们个个都板着脸孔。司马睿也实在是聪明人，他抓住殷洪乔语言的漏洞，只用一句话就扭转了整个气氛，达到了制造欢乐的目的。

* * * * *

可见，调节气氛要讲究技巧，适时来一点幽默往往能化解僵局。

阮籍巧说“杀父可”

晋朝人阮籍，是著名的“竹林七贤”之一，颇善清谈，且往往说出些当时人认为是狂放的话。一次，他和几个大臣陪皇帝谈话，有一个大臣说到有个地方一个儿子把生身母亲杀了，阮籍随口说道："嘻！杀父亲还可以，何至于杀死母亲呢?"此话一出，满座人都吓得变了脸色。因为当时皇帝正在主张"以孝治天下"，即要子孝父、臣忠君，孝和忠是紧连在一起的，这句流露着明显叛逆性的话，足以引来杀身之祸。果然皇帝问他："杀父是天下之极恶，而你以为可以吗?"阮籍看透了皇帝问话的用意，随机应道："禽兽知其母而不知其父，如果杀父则是禽兽之行。而今有人杀母，连禽兽也不如啊!"在座的人听了，都佩服他的见解更深奥，皇帝也不好再说什么，紧张的气氛顿时缓和下来。

* * * * *

在关键时刻，想说服别人不能直来直去，而是要善于借助一些手段，比如欲扬先抑。

宗悫巧计破敌

宗悫是南北朝时期的人，他从小就有远大的志向，精心刻苦地练武，直到练成了才对他叔父说："我有了本事，就可以乘长风破万里浪。"（"乘风破浪"这句成语，就是从这里来的）。后来宗悫真地成了一位赫赫有名的大将军。

宗悫武艺高强，在家乡制服了好几起强盗抢劫的事，家乡人都称他是无畏少年。成年以后，有人推荐他当了振武将军，宗悫到了部队，果然英勇善战。当时，有个林邑王发动叛乱，占据了一个地区，当地百姓叫苦不迭，宗悫率部下将叛军的驻地团团围起，准备一举歼灭叛军。

叛军头目林邑王老谋深算，奸诈无比。他暗暗思忖，深知自己论兵力论武艺都及不上宗悫，要想不失败唯有用计谋智胜宗悫。林邑王召集军师们出谋划策，想了几天几夜，终于想出一条妙计。林邑王得意地捻着胡子大笑起来，因为在他看来，宗悫虽然勇猛，可毕竟涉世不深，这次必败无疑。

林邑王派人暗中买了几百头大象。到了交战那天，他命令部下驱赶大象，直冲宗悫的队伍。刹那间，疯狂的象群甩动长鼻子猛冲起来，尘土飞扬，地动山摇，真有排山倒海之势，仿佛能把宗悫的队伍踏成肉泥。

但不知怎的，一会儿工夫象群突然乱了起来，有的原地站住，有的干脆杀了回马枪，朝叛军冲去，撞得敌兵人仰马翻。原来，大象群冲到宗悫的阵前，迎面出现许多狮子，一个个张着血盆大口，拖着长长的舌头，样子极其凶猛，刚才还不可一世的象群立刻吓破了胆，纷纷逃命。不等宗悫用兵，叛军已被冲得落花流水，溃散了大半。很快，宗悫的部队就取得了胜利。

林邑王搞不懂这是怎么一回事。后来才知道那些狮子全是宗悫派人做的模型，只不过形象逼真罢了，林邑王不禁使劲拍打自己的脑袋，连连骂自己是个笨蛋。

原来，宗悫得知林邑王在四处购象时，就已识破了他的阴谋。很快想出高明的对策，召集了能工巧匠，连夜赶制了许多狮子的模型。巧匠们得知这关系到是否能挫败叛军，便个个干劲十足，将狮子模型做得栩栩如生，真假难辨。

很快，宗悫就率兵收复了叛军的驻地，解救了当地的百姓。将叛军搜刮的金银财宝分给穷人们，接济他们的生活。

* * * * *

“兵来将挡，水来土掩”，宗悫用凶猛的“狮子”来对付疯狂的大象，即是这一兵法的极高明的实践。

少年区寄除强盗

区寄是唐代郴州（在湖南省）一个打柴放牛的孩子。因为他机智勇敢地除掉了两个强盗，为人民除了害，所以，人们一直传颂着这位小英雄的故事。

区寄的家乡，有两个不知名的强盗，到处杀人抢东西，闹得周围几十个村子不得安生。一天，区寄在山上打柴，正好碰上了这两个强盗，并被他俩捆了起来，给带走了。

大约走了四十多里，两个人停下来休息，打算到集市上把区寄卖掉。小区寄假装哭叫，又显出战战兢兢、十分害怕的样子。两个强盗也就看轻了他，放心地喝起酒来，都喝得醉醺醺的。这时，一个强盗摇摇晃晃地向集市走去，打算找买主商量价钱，另一个强盗留下来看着区寄。

不一会儿，看区寄的这个强盗困乏了，把刀插在路边，躺在地下，鼾声如雷地睡起大觉来了。区寄偷偷一看，见他已经睡得很熟，便把绑着双手的绳子，对着锋利的刀刃轻轻地磨，绳子很快被割断了。他拔起刀，照着那个熟睡着的强盗用力砍去，结果了他的性命。杀死强盗后，区寄还没有跑出去多远，去集市上的那个强盗就回来了。他看到同伙被杀，大吃一惊，又连忙赶去捉住区寄，捉住区寄后就举刀要砍，区寄机警地说："别忙动手，你要是杀了我可要吃大亏的。"

强盗忙问："为什么？"

区寄说："请你想想，我做你们两个人的仆人，哪有做你一个的仆人好呢？他刚才待我太不好，又是打又是骂，你如果不杀我，待我又好，那么，你叫我干什么都可以。再说，就是把我卖掉，你也可以一个人得钱，不会有人跟你平分。你说对吗？"

强盗一想，对呀！这么便宜的事，我怎么就没想到？亏得这个小孩杀了他。于是，他急忙收拾好同伙的尸体，带着区寄来到买奴仆的店主人家里，跟店主人商定了价钱，便睡下来做他的美梦去了。

到了半夜，屋子里静悄悄的。只有店主人家的炉灶上闪出低低的火苗。区寄轻轻转动身子，把捆住他的绳子对着炉火慢慢地烧着。手上起了一片片燎泡，汗水浸透了他的衣服，他忍着剧烈的疼痛，终于将绳子烧断了。他拿起店主人家的菜刀，对着那个强盗，两三刀下去，强盗的美梦还没有做完就见阎王去了。

天亮了，集市上人来人往，区寄打开店门，向赶集的人们大声说："我是区家的孩子，两个强盗昨天抓住我，要把我卖给这家店掌柜当仆人。我很幸运地把他们都杀了。你们可以报告给官府，我敢做敢当！"

管集市的小吏听了，赶紧去报官。官府派来的人一看，原来是个小孩子。刺史大人审问了这件事，他很佩服小区寄的勇敢和机智，不仅没判罪，还要留他在官府里当差役。但区寄痛恨贪官污吏，不愿跟他们同流合污，更不愿给他们当牛做马，就谢绝了官府的好意，毅然回到了自己的村子。

从此，区寄家乡再也不闹强盗了，大家都赞扬说："区寄这孩子只有十一岁，比战国时的小勇士秦武阳还小两岁，可他比秦武阳更机智、更勇敢，巧妙地连杀两个强盗，真是为家乡人民立了大功啊！"

* * * * *

铲奸除恶不能硬碰硬，要善于迷惑和麻醉敌人，最终将其打败。

岳飞论马

岳飞是个智勇双全的大将军。他久经沙场，英勇善战，当然对坐骑很重视，什么样的马是好马，什么样的马不好，他一看便知。

有一次，宋高宗和岳飞谈起马来，问道："你认为什么样的马是好马？良马和劣马的区别是什么呢？"

岳飞想了想说："我以前有两匹坐骑，都是上好的马。"

宋高宗问："怎么见得？"

岳飞说："那两匹马都食量很大，每天要喂几担草料，外加几升豆子，还要选非常好的精饲料，稍稍差些，它便不吃。除此之外，那两匹马喝的水也很讲究，不清洁的泉水不喝。

"每次遛马，先要给它们配戴好马鞍，然后放开缰绳，看它撒开四蹄，奔跑起来。起初，并不很快，一溜儿小跑，跑出去约百里之外，开始加速，鬃毛乍起，头高昂起，喷着响鼻，越跑越快，三个时辰，就能跑二百多里。长途奔跑之后，卸下马鞍，毫无疲劳之感，既不出汗，也不气喘，这就是好马。"

宋高宗又问："那么不好的马又怎样呢？"

"不好的马食量要小得多，就比如我现在的坐骑，每天几斤粮就足够了，对食物的优劣，饮用水的质量都没有什么特别的要求。

"每次遛马，一骑上，便能感到马毫无精神，缰绳还没抖开，就懒洋洋地跑起来，跑不了百十里地，就气喘吁吁，汗流浃背，一副疲惫不堪的样子，这样的马当然算不得好马。"

高宗说："看来马的好坏在先天素质，也与饮食有很大的关系。"

岳飞道："是的，好马在饮食上要求精当，且食量很大，因此能有足够的能量抗御疲劳，有耐力，有长劲。而劣质的马吃不进很多饲料，身体素质就差，跑不了多远就疲劳不堪。如同人一样装进头脑里的知识越多，人就越聪明，越有才智。"

* * * * * *

岳飞论马用来比喻后天培养的重要性，强调培养应该精细用心。

小将岳云闯头阵

岳云是宋代爱国名将岳飞的儿子，他在跟随父亲一起抗金的日子里，驰骋沙场，立下不少战功。可惜的是，最后他和父亲一起，被投降派给杀害了。

岳飞率岳家军在长江边上打得金兵大败以后，迫使金兵好几年没能出战。在这段时间里，岳家军在湖北、河南一些地区收复很多失地。他们拿下了金人占据的郢州，收复了重镇襄阳府后，准备开始进军随州。

可是，当宋军把随州围了大半天后，才知道随州伪知州王嵩极其顽固，他依仗着随州城高壕宽，死不肯投降。当时岳家军如果强攻，伤亡一定很大。牛皋决定诱骗王嵩出城的计谋确定了，可派谁去率领精兵闯城，牛皋一时拿不定主意。小将岳云听说此事后，一再向牛皋请战，牛皋见他态度十分坚决，就把任务交给了他。

这天夜里，王嵩手下的人被困在随州城已一整天，个个盼望救兵前来帮忙。正在此时，王嵩手下一个守城的将校突然跑到王嵩面前喊道："大人！大人！城外来救兵了！"

王嵩一听，以为是他早晨派去请救兵的人，真的把救兵带来了，忙问："来了多少人？""可多啦，他们正在和城外宋军交锋。大人，我们是不是赶快打开城门，前去夹击宋军？"

王嵩领着一伙人登上城头，举目望去，好家伙！城外宋营四处起火，杀声震天，战鼓声震耳欲聋。

"太好了！"王嵩望着城外大叫一声。然后转身对身旁将领道："众位将军，我们的人来啦！赶快打开城门，跟我一起冲杀出去，夹攻宋军，一定要求全胜！"

城门一开，王嵩一马当先冲杀出来。可是刚冲出不远，忽然听到背后一片杀声，随即见一支人数不多的精兵，从黑暗中奋勇杀出，那为首一员手使双锤的小将正是岳云。此刻，岳云手舞双锤左右开弓，直奔城门扑去。

王嵩这才明白，自己是中了圈套，又忙调回人马，拼命向城门杀来，想抢在岳云前面回城关门。岳云哪里肯放过这个机会，他趁手下人正与王嵩交锋的机会，不怕前后敌军截击，策马抡锤，奋力拼杀，飞也似地向敌城门冲去。

待敌人欲拉起吊桥关城门时，岳云骑着快马，已抢占了吊桥，率先杀进城去。

守城的敌军拼死抵抗，拿着刀枪，向岳云扑来。只听岳云大吼一声："看锤！"几个敌兵应声倒下。又一伙人见打头的这小将武艺如此高强，不觉心中暗暗害怕。这时不知是谁，突然大叫一声："他是岳云。"敌军听到这四个字，立刻吓破了胆，有的干脆抱头而逃。这时，岳云又对身后紧跟上来的宋兵下令道："关紧城门，拉起吊桥，不准王嵩进城！"

这时，宋军大部队在牛皋的率领下，勇猛杀来，王嵩回城无望，正准备夺路逃跑，却被宋军生擒。

夺取随州战役胜利以后，人们在夸耀主将牛皋的时候，牛皋总忘不了赞美岳云，他多次对岳飞说："岳云这孩子，真不愧是岳家子弟，打起仗来，还真有股勇劲！"

* * * * *

要想成为常胜将军，就既要勇敢，也要善用兵法。

徐文长难倒窦太师

徐文长从小就很聪明，十多岁时学识已经相当渊博。

有一年秋试，皇帝派了一个叫窦光鼐的老太师到绍兴来主试，他为了筹备考务，提前来到绍兴。

窦太师每次游街过市，总是要把一块"天下无书不读"的御赐金牌扛在前面，鸣锣喝道，耀武扬威，以为自己的文章压倒天下，目空一切，傲慢非常。

这天，正是盛暑季节，天气炎热。徐文长听说窦光鼐要来了，心想：把他的御赐金牌除下，给他一个下马威。主意既定，就赤膊袒腹，睡在东郭门内的官道当中。

鸣锣喝道的声音越来越近。头牌执事看见一个小孩睡在官道当中，就禀告老太师："有个小孩挡官拦道！"窦光鼐听说挡道的是小孩，他不以为意，吩咐停轿，自己出来看看。看见那拦道的小孩睡得很熟，就连忙把他叫醒。徐文长故作恭敬地站在一旁，等候发落。窦太师问道："你睡在石板上做什么？难道不怕把皮肤烫焦？"徐文长大大方方地回答说："不做什么，晒晒肚皮里的万卷书"。窦太师听他口气很大，就说："既然你喜欢读书，一定会对对联。我有个上联要你对，对不出，你应该让道回避。"徐文长立刻提出反问："如果对得准，那怎么办？"窦太师心想：一个小孩有什么了不起。就随口说："如果对得好，把全副执事停在这里，老夫步行进学宫！"

窦太师想起绍兴南街有三个阁老台门，便随口出题："南街三学士。"徐文长不假思索，回对："东郭两军门。"窦太师一听，觉得南街对东郭，文官对武将，而且这两个军门都是绍兴城内有名气的，不由得点头称赞："奇才！"这时徐文长故意问窦太师："你那块金牌上的六个大金字，作何解释？"窦太师听他问起金牌，马上得意地说："皇上晓得我天下无书不读，因此御赐这块金牌！"徐文长接着又问："那么，太师爷，您对《时宪书》总该熟读吧？"窦太师被问得目瞪口呆，暗想：不要说熟读，就连书名也没有听到过。徐文长见时机已到，把早已准备好的《时宪书》拿出来，递给窦太师说："太师没读过，学生倒会背。"说着，就朗朗地径自背诵起来，背得又流利、又纯熟。

窦太师果然名不虚传，真是过目不忘，等徐文长背完，他也会背了，但徐文长还能倒背，窦太师却不会。徐文长理直气壮地问："太师爷既有书未读，那么这块金牌将作何处理？"窦太师尴尬地说："那当然对我不适用了！"

窦光鼐只好实践自己的诺言，刚想举步朝学宫走去，徐文长却叫住他："启禀太师，自古中国才子数浙江，浙江才子数绍兴，绍兴处处出才子，太师要小心提防！"窦太师冷笑一声，愤然而去。

等到开考的时候，大家写好文章，收毕文卷，窦太师吩咐暂勿退场，一面抽卷阅读，好的果然很多，特别是徐文长的考卷写得更好，但是卷后却画上了徐氏祖先的灵位，窦太师借此提笔落批："父亲虽好，祭祖太早。"

为了想试试绍兴才子的本领，窦太师念了一个上联："宝塔圆圆，六角八面四方。"叫大家对来。全场默然无声，大家都想不出好句。窦太师连声催促，全场只好举起一只手来摇摇。窦太师一看，没有不摇的人，连徐文长也在内。

这时候，窦太师洋洋得意，禁不住冷言相嘲：“绍兴果然多才子，对起对来变呆痴！”窦太师正想退场，徐文长突然高声喊道：“太师你弄错了，我们都已对出，而且对得很好。”窦太师一下愣住了！徐文长接下去说：“这个对我们人人从小会对，因为考场规矩森严、不能你言我语，闹成一片，只好用手摇摇作个暗号，就是对：‘玉手尖尖，五指三长两短。’不是很好吗?”窦太师经他一说，惊讶得呆若木鸡。

从此，窦光鼐进出府门，只听到鸣锣喝道的声音，再也看不到“天下无书不读”的御赐金牌了。

* * * * *

自古英雄出少年，徐文长从小胆识过人、智慧超人，果然后来出人头地。

辛弃疾生擒叛徒

我国南宋时期有一位非常著名的大词人，名叫辛弃疾。

当时，南宋北方的金国经常派兵攻打宋朝，并且占据了宋朝北方的广大土地，金国士兵在这片沃土上杀人放火，干尽了坏事。北方的大宋百姓生活在水深火热之中……

但是勤劳勇敢的人民是不甘受奴役的。山东一位叫耿京的好汉率领一支由群众自发组成的起义军，狠狠地打击金国侵略者。

山东历城的辛弃疾，从小就文采过人，而且很喜欢舞枪弄棍，习学武艺，是个文武兼备的好后生。目睹着金国强盗的残暴行径，他早已义愤填膺，就在二十一岁那年，他拉上几个要好的伙伴毅然参加了耿京的起义军队伍。由于他英勇善战、足智多谋，很快成为耿京的有力助手，并被派往南方去联络更广泛的支援力量。

谁知就在辛弃疾南下不久，起义军内部出了一个叫张安国的叛徒，贪图金兵的悬赏重金，竟昧着良心暗害了耿京，然后躲入敌人的营帐。

失去首领的起义军队伍顿时乱成一团，有人高喊要攻打金营，杀了叛徒报仇；有人主张等待朝廷派兵支援；还有人干脆要求散伙算了。就在大家乱哄哄吵得不可开交的时候，辛弃疾风尘仆仆地从南方赶了回来。

面对耿京的灵位，辛弃疾悲痛欲绝，咬紧牙关坚定地发誓说：“我们一定要杀了张安国这个可耻的叛徒，为耿大哥报仇雪恨！”

“可是张安国躲到金国营帐里去了，我们抓不到他。”一个同伴皱着眉提醒说。

“他不出来我们就杀进去，就是在虎口也要把他掏出来！”回答非常坚决干脆。

“太冒险了！金营里足有上万名敌人，咱们就这点人手，怎么去捉？”同伴惊叫道。

“冒险？我们就是要冒这个险！金兵以为我们没胆量劫营，我们偏要杀进去！不入虎穴、焉得虎子！别说有上万敌人，就是再多上十倍，我们也要杀进去！杀了叛徒，为耿大哥报仇，为将士们出口恶气！也只有如此才能稳定军心！”辛弃疾斩钉截铁地挥动手臂说道。

当天晚上，趁着漆黑的夜色，辛弃疾率领着五十位精心挑选的勇士，骑着快马，挎上刀剑，悄悄摸到金兵的大营附近。细心藏好马匹，然后身手矫健地翻过壕沟、营墙，直扑叛徒张安国居住的帐篷……

两刀结果了哨兵，辛弃疾一挑帐幕，率先冲进灯火通明的帐中，只见叛徒张安国正陪着两个将领饮酒作乐呢！一见起义军战士冲进来，两个将领凶狠地狂嚎一声，举起椅子就扑上来，结果没几下就被打翻在地。众人扭头再看，叛徒张安国却溜得无影无踪。

辛弃疾稍一打量帐中摆设，冷笑一声，一个箭步冲到桌子前，把桌布向上一掀，张安国正缩在下面瑟瑟发抖呢！两个勇士快步上前，不由分说就把叛徒捆了个结实。辛弃疾一把拎起来，宝剑一挥就往营外冲……

勇士们奋勇厮杀着，边战边退来到了藏马的地方。他们纷纷扳鞍上马之后，只见辛弃疾不慌不忙将叛徒牢牢捆在马鞍上，然后翻身上马，摘下弓箭，向追兵大声喝道：“你们这些金贼！谁敢再追一步，我就取他的狗命！告诉你们，宋朝十万大军就要开到，想活命的就快逃吧！”说完搭弓放箭，为首的小头目惨叫一声跌落马下……等其他追兵从惊恐中回过神来，辛弃疾和五十位勇士早已押着叛徒跑了。

* * * * *

辛弃疾不但词文写得好，而且还是一位英勇善战的抗金英雄！

解缙机敏吟趣诗

明朝初年的大才子解缙，幼年时就聪明过人。据说他十四岁居家读书时，门前正对着一位财主的成片竹林，他便在自家门口贴了一副对联："门对千竿竹，家藏万卷书。"受到很多人的称赞，说这对联写得有意境、有豪气。那位财主听了，心里不大高兴，我的竹子倒替他长了才气，真是岂有此理，便派人把竹子都砍了，料想这回对联不对头了，他该撕去了。谁知解缙看了满坡的竹碴子，反倒又把对联加长了，变成了"门对千竿竹短，家藏万卷书长。"这一改，不仅仍符合实景，而且下联的意思更好了。四乡的人都跑来看对联，笑话财主小肚鸡肠。财主一气之下，干脆派人把竹子连根挖起，狠狠地说："我叫你们对竹长、对竹短，这回连竹根子也没了，非把对联撕了不可。"解缙看到财主满头大汗地指挥人挖竹根，知道又是冲着对联来的，没等他们挖完，回家又写了两个字，加在对联的下面，这回成了"门对千竿竹短无，家藏万卷书长有。"财主看了，哭笑不得。

一位告老还乡的曹尚书听说了解缙三写对联的故事，便邀他到家里，要他当面吟诗，想试探一下他的才华。曹尚书出了题目《鸡冠花》，解缙随口就吟出："冠花本是胭脂染。"首句刚出，曹尚书忽然从衣袖中取出白鸡冠花，说："不是红的，是白的。"解缙不慌不忙地吟出下面的句子："今日为何浅淡妆？只因五更贪报晚，至今戴却满头霜。"曹尚书听了，连连叫好。

永乐年间，解缙科举高中，明成祖朱棣钦授翰林学士，命他主编《永乐大典》。解缙经常随侍皇帝左右，朱棣见他学识渊博，吟诗联句对答如流，便经常出些难题考他。一次，朱棣对解缙说："爱卿，寡人有位后妃夜里生了个孩子，你为朕作首诗吧。"解缙立即吟诗恭贺道："吾皇昨夜降金龙，"朱棣说："是个公主，不是太子。"解缙马上改吟："化作嫦娥下九重。"朱棣又说："可惜已经死了。"解缙接口道："料是人间留不住，"朱棣道："已命太监抛入金水河里去了。"解缙续吟道："翻身跳入水晶宫。"朱棣听了哈哈大笑道："爱卿真会随机应变啊！"

* * * * *

解缙的故事充分体现了他是一位聪明过人、才思敏捷的人才。

唐伯虎巧解祝福辞

苏州名士唐伯虎才华横溢，但科场失意后，常常放浪形骸，玩世不恭，说话、做事常有惊人之处。

一次，正值春节，有个财主送给唐伯虎一件小小的礼物，请他给写几个字，对全家祝福一番，图个吉利。唐伯虎满口答应，来到财主家，磨好墨，铺好纸，当着全家的面写下了六个大字："父死、子死、孙死"。

财主全家陡然变色，财主本人更是怒不可遏，他一把抓住唐伯虎，咆哮起来："我哪一点对不住你，你竟用这么恶毒的话咒我全家？"

唐伯虎一点儿也不着急，他说："员外，你弄错了，这是很好的祝福辞，怎么说是咒语？你想，一个家族的人如果是按这个顺序，父亲死了儿子死，儿子死了孙子死，那说明家里没有横死暴死的，每一代人都无祸无灾，个个都寿终正寝，这样的家庭能不幸福吗？可如果不依这个顺序，儿子死在父亲前面，孙子死在儿子前面，那将是多么悲哀和不幸！谁愿意他家出现那种情况呢？"

财主听了，这道理倒是对极了，只得赔罪，把唐伯虎恭恭敬敬送走。不过，他看着这六个字里有三个死字，心里总是不太舒服，也不愿张挂出来向人炫耀了。

* * * * *

唐伯虎才华横溢，能言善辩，把一个看似是诅咒的话硬是说成祝福语，而且能自圆其说。

祝枝山巧思辩对联

祝枝山是明朝的一位才子，他还在乡里读书的时候，就开始显露才气了。当时乡里有个财主，平日为富不仁，祝枝山很看不过去。临近年关，财主的妻子又生个儿子，可把财主高兴坏了，人前人后，更显出一副高傲的样子。祝枝山便想戏谑他一番，为大家出一口气。

年三十夜里，祝枝山偷偷写了一副对联，贴到财主家的门上。第二天大年初一，财主门前聚集了很多人，都指着这副对联发笑。财主出门来看，人们笑得更响了，有个人还怪腔怪调地高声念着：

“今年真好晦气，全无财帛进门；夫人分娩妖孽，不是好儿好女。”

财主气得口眼歪斜，经过多方查对，发现是祝枝山所为。他年也不过了，在乡里的“明伦堂”，邀集了乡绅长辈，要大家教训教训这个年轻后生。

祝枝山来了，他往当中一坐，堂堂正正地说：“我是仰慕老叔的为人，特地送上这副对联祝贺新春的。这副对联大吉大利，别人我还不送呢！有的人不会念，歪曲了我的原意。我写的是：今年真好，晦气全无，财帛进门；夫人分娩，妖孽不是，好儿好女。”

乡绅们听了，觉得有理，反过来埋怨财主说：“这不是好话吗？大年大节的，你摆这阵势，不是惹人笑话吗？”

对联上没有标点，究竟是“六——六”读，还是“四——四”读，并没有规定，财主明知道祝枝山弄鬼，可却欲怒不能，只好自认倒霉。

* * * * *

这个故事一方面说明了祝枝山富有才华，另一方面也表明标点符号对诗文的理解有重大影响，不可忽视标点符号。

“小神仙”测字谑崇祯

明朝末年，朝政腐败，民不聊生，各地人民纷纷起义。有一天崇祯皇帝微服出访，想看看老百姓的反应。他见到一个测字先生，旗幡上写着“小神仙”，便自恃才高，要去刁难一番。崇祯走到跟前说：“你号称小神仙，想必能预知天地万事。朕说一个‘友’字，你如何测封？”测字先生一听他自称是“朕”，料想必是当今皇上，便有意戏谑地拆道：“你测‘友’字，实为凶兆。‘友’字不出头，是个‘反’字，预示万民造反也。”皇帝暗吃一惊，连忙掩饰说：“朕非测‘友’字，是测‘有’字。”测字先生语言一顿：“此字更为不祥。‘有’字是‘大’字掉了一半，‘明’字去了一半，‘大明’已失一半，乃亡国凶兆也。”皇帝不由得勃然变色，但又怕露了身份，遭人暗算，于是又想换个字挽回面子，说道：“小神仙差矣，朕要测的是‘酉’字。”

测字先生不慌不忙地写好一个帖子封上，交给崇祯说：“我已把‘酉’

字测好，此为天机，须到今夜子时方可拆看。”说完自己收摊走了。

当夜皇上果然在子时打开帖子，一看顿时瘫作一团，原来上面写道：“‘酉’字乃‘尊’字无头无足，喻皇上不久将被斩首削足也。”

* * * * *

汉字是一种神奇的文字，汉语是我国的母语，作为一名中国人，应当学好汉语。

少年康熙除鳌拜

康熙姓爱新觉罗，名玄烨，康熙是他当皇帝时的年号。他很有作为，在他执政的六十多年里，首先巩固了边界，继而又治理内政，使国家的政治、经济都得到了空前的发展，在清朝的历史上，被称为康（指康熙）乾（指乾隆）盛世。

康熙八岁当皇帝，他父亲顺治帝临死前命四个满族大臣辅佐他处理国家大事。其中一个辅政大臣叫鳌拜，他既掌握着兵权，又不断扩大自己的势力，而且特别霸道。直到玄烨十四岁亲自执政后，他还是专横地把持着朝政，根本不把皇帝放在眼里，众大臣都特别恨他。

有一次，鳌拜和另一辅政大臣苏克萨哈发生争执，他就诬告苏克萨哈心有异志，应该处死。玄烨没有批准，鳌拜在朝堂上大吵大嚷，卷着袖子，挥舞拳头，闹得不可开交，最后又擅自把苏克萨哈和他的家属杀了。打这以后，玄烨下决心整顿朝政，首先要把鳌拜除掉，但他担心鳌拜的势力很大，怕难以制服，于是便想出了一条计策。

当时皇宫中除了太监宫女外，还有一大批侍卫，轮流进宫保卫皇帝。玄烨在那些少年侍卫中挑了一群体壮力大的，留在宫内，叫他们天天练习扑击、摔跤等拳脚功夫。空闲时，他常常亲自督促他们练功、比武。

一天鳌拜进宫奏事，皇上正在观看少年侍卫练武，只见千来个人正在捉对儿演习，皇帝还在场外指点。

玄烨看见鳌拜来了，故意站起身走进场去，笑着夸奖这个勇敢，奚落那个功夫不到家。等到鳌拜走近他，他摆摆手说：“今天玩得痛快！有事先不要说，等我……”

鳌拜连忙说：“皇上，外庭有要事奏告。皇上下次再玩吧。”玄烨这才恋恋不舍地和鳌拜进殿去了。

后来鳌拜看见皇帝玩的次数多了，以为皇帝年少好玩，也就不放在心上，反而暗暗高兴，觉得自己更有机会独断专行了。

过了一段时间，少年侍卫们的武艺有了很大长进，玄烨决定动手除奸。这天，他借着一件紧急公事，召鳌拜单独进宫。鳌拜一点也不防备，骑着马就大摇大摆地进宫来了。

玄烨早已站在殿前，一见鳌拜已经走进，便威武地喝道："把鳌拜拿下！"只听得一阵脚步响，两边拥出一大群少年侍卫，一齐扑向鳌拜，有的抱腰，有的扯腿，有的拧胳膊，霎时间扭打成一团。鳌拜原是个武将，力大无比，又有武艺，但是毕竟年纪大了，手脚已不灵便，同时寡不敌众，不一会就被众少年掀翻在地，捆缚起来，关进大牢。

玄烨立即下令，命众亲王和大臣调查和议定鳌拜的罪行。众亲王和大臣见十四岁的皇上这么坚决果断，而且不动声色就拔掉了这个天大的祸根，自然不敢怠慢，只用十天工夫便把鳌拜专横乱政的三十条大罪调查清楚，并奏请皇上将他处死。玄烨考虑他过去有功，免了鳌拜的死罪，把他革职，长期拘禁。鳌拜的同党，罪大恶极的处死，其余有罪的关押或者革职。经过这一番大整顿，朝廷上正直的官吏都很高兴，骄横跋扈的大臣也不敢再放肆了。

在朝政初步清明以后，玄烨便着手处理国家大事，使清王朝一步步强盛起来。

* * * * *

少年康熙机智勇敢地铲除奸党，理顺了朝政，表明康熙是一位有作为、有魄力的皇帝。

纪晓岚巧说"东西"

纪晓岚学识渊博、能言善辩，很得乾隆赏识，外出常常把他带在身边。但乾隆也颇有学识，常想出些难题，考考纪晓岚。

有一次，乾隆走在街上，突然指着一物问："这是什么？"其他随从一看，不过是个普通的竹篮子，但不知皇上是什么意思，谁也不敢开口。纪晓岚却若无其事地答道："那是竹篮子。"乾隆一看纪晓岚接了口，便接着问道："有什么用?"

"能装东西。"

"为什么不说装南北?"

"南北不能装。"

"那东西怎么能装进竹篮子里?"

显然乾隆已经偷换了"东西"的概念，存心要看纪晓岚如何应答。可纪晓岚到底是知识广博，他略一思索，想到了中国传统的"五行"学说，立即有了主意。他说：

"谁不知道，东方甲乙木，南方丙丁火，中央戊己土，西方庚辛金，北方壬癸水。那南北是火与水，竹篮子自然是装不得的。但'东西'乃木和金，当然可以装进竹篮子中。"

乾隆听到这里，也不得不佩服纪晓岚的机智灵巧，哈哈大笑起来。

* * * * *

这个故事体现了纪晓岚是一位学识渊博、机智过人的才子。

郑板桥审石头

郑板桥到潍县的第五天早上，他有事坐轿出去，回来的时候天快晌午了。他听肚里"咝呵咝"地唱起了小曲儿，便一劲地催轿夫快走，可是，轿子到了衙门前，却走不动了，只听外面呜呜呀呀地乱喊乱叫。郑板桥掀开帘子往外一看，见街两边吵吵嚷嚷拥过一帮人来，一边高声喊着："县太爷来了，迎接县太爷!"一边把个衙门口堵了个严严实实，水泄不通。郑板桥看得明白，心里想：这又不知是为我预备的什么好"菜"！我须仔细防范才是。

他正这么想着，忽听人堆里"叭"地一声响，接着是一个男人的嚎叫和恶言浊语的斥骂。原来这街两旁有些摆小摊做生意的，见一堆人一窝蜂似的往这拥，知道不好，赶快拾掇起摊子往外躲。有一个卖稀粥的徐老汉没来得及躲避，被这帮家伙一下子挤倒在路旁，那粥罐不偏不正，正好砸在了一块七角八棱的青石上，摔了个粉碎，黏糊糊的粥淌了一地，溅了徐老汉一身。一个满脸麻子的家伙一下子把他揪住，财主、地痞们趁机大吵大闹起来，霎时，县衙门前乱得像开了锅。

郑板桥一看这光景，心里早明白了八分。他吩咐一声："落轿!"那轿子便稳稳当当地停在了道中央，吵闹声也一下子止住了。

郑板桥不慌不忙地从轿子里走出来，问道："你们不各行其是，聚在府前大吵大闹，是何道理?"

话音刚落，那麻子立即揪着徐老汉前襟，上前答道："禀告老爷，您上任四五天了，小的们都没得空拜望，今日特来府前迎候，偏这老头儿眼中无老爷，故意扰乱……"

"老爷恩典。"徐老汉战战兢兢地把麻子的话截住，说，"实在不是小的故意扰乱。我家中有一瞎眼婆娘和五个儿女，全靠我卖稀粥度日。今日不知哪个缺德的将小人绊倒在路旁，粥罐这一砸，全家得饿一天肚子。小人冤枉，请老爷替小人做主。"他说着说着，不由得落下泪来。

郑板桥看看徐老汉，觉得实在可怜。他扫了众人一眼，刚要开口，一个身材滚圆的胖财主朝郑板桥作了一揖说："小人看得分明，这老汉确是被不知哪个缺德的绊倒的。老爷身为父母官，实在该给百姓做主。"

郑板桥上下打量了他一眼，问道："既然你看得分明，是哪一个做的这缺德之事？但说无妨。"

胖财主故意拉着长腔，指着路旁那块石头，装模作样地说："告老爷知：不怨天，不怨地，作孽的是这块七角八棱的大——青——石！请老爷明断!"

胖财主话音一落，别人也七嘴八舌地附和上了，衙门前又吆三喝四地吵了一阵。

这时候，郑板桥已完全猜出了他们的用心，紧跟着想好了一条对策。他故意显得郑重其事地问道："这么说，这块石头是砸碎粥罐、惊扰我县太爷的罪魁祸首了?!"

"正是。"

"谁做证人?"

"小的们都亲眼所见。"

"那好，我今日就审审这罪魁祸首。"郑板桥吩咐衙役，"给我将这块石头绑到堂上。"随后又朝着众人说："既然是诸位亲眼所见，那就请到公堂作证吧!"

"小的们愿往。"

于是，县太爷在前，衙役、石头随后，徐老汉、豪绅、恶棍等紧跟，呼呼啦啦，拥进了县衙。没多会儿，县太爷升堂了，堂前一边跪着徐老汉，一边是那块大青石，两旁站着证人们。郑板桥端坐堂上，手指青石问道：

“好个可恶的石头，你为何无事寻事，将老汉的粥罐砸破？给我如实招来！”堂下鸦雀无声。郑板桥将惊堂木一拍：“来人！给我打它四十大板！”

衙役们遵命，叭哒叭哒，一五一十地打起来。两旁的财主、地痞流氓们见了，挤眉弄眼，偷偷发笑。

郑板桥瞟了他们一眼，突然大声问道：“你们是上堂当证人的，不好好听老爷审案，乱笑什么？”

堂下乱纷纷地答道：“笑老爷执法如山，赏罚分明。可惜，这块哑巴石头，就是问上三年，怕也逼不出一句话来呀！”

“怎么，这石头是哑巴吗？”

“千真万确。”

“那么，它可会走动？”

“天生的死物，无嘴无腿。”

“住口！”郑板桥忽然把惊堂木一拍，兀地站起来，喝道：“它一不会说话，二不能走动，怎么能欺负这卖粥老汉，成了砸碎粥罐的罪魁祸首呢？这分明是你等存心不良，嫁祸于人，欺骗本官。欺官如同欺父母，我今日对你们决不轻饶。”随即命令左右：“这帮无赖罪该万死，一人赏四十大棍，赶出堂去！”

这一下可把这伙恶棍们吓坏了。他们深知刑罚的滋味，不用说四十棍，就是一棍两棍，他们也受不了啊！他们本想寻衅捉弄郑板桥，没想到却被郑板桥倒“捉”了，一个个扑通扑通跪在堂前，磕头求饶起来。郑板桥呢，自然还有一番打算，他当即吩咐衙役端来一个大笸箩摆在堂前，说道：“你们既哀求本官，本官也不为难你们。你们哪一个不愿受刑，就在笸箩里留下赎罪钱，本官便放你们回去。”

你想想，这伙东西谁不顾命？他们纷纷扔下钱，溜出府去。没多会儿，那笸箩里的钱就满满当当盛不了啦！郑板桥把这些钱全给了徐老汉，还好言安慰了他一番，叫人送他回家。徐老汉感激万分，逢人就说：“咱潍县来青天大老爷啦！我亲眼见的，青天大老爷！”

打这以后，潍县的财主、地痞流氓，再也不敢出坏主意戏弄郑板桥啦！

* * * * *

郑板桥机智过人，爱护百姓，是一位令人尊敬的父母官。

四、寓言篇

有人说寓言是理性的诗歌，的确，在人类漫长的发展史中，寓言以其简洁的语言和富有深意的故事情节，告诉我们什么该做，什么不该做，怎么做是聪明的，怎么做是愚蠢的。真是读小小寓言故事，可明深刻人生哲理。

好好先生

东汉末年的司马徽从不谈论别人的短处，跟人说话，不论好事坏事，都说好好好。

一次，有人问他是否平安，他回答说：“好。”

有人向他诉说自己的儿子死了，他仍然回答说：“很好。”

他的妻子责备他说：“人家认为你有德行，所以才告诉你。你为什么听到人家说儿子死了，反而也说好呢?”

司马徽说：“像你说的这些话，也很好呀!”

* * * * *

为人处事必须要讲原则，什么都说好，一味地追求平安无事，最终只会丧失原则，失去自我。

罚人吃肉

李载仁是唐朝皇族的后裔，为了逃避战乱，跑到江陵高季兴那里，做了个观察推官。他生性迂腐，行动缓慢，从不吃肉。

有一次，他接受上司的召见，刚上马，家里的仆人打架了。李载仁大怒，叫人立即从厨房里拿来大饼和肉，让打架的人当着他的面吃下去，并且警告说：“以后如果胆敢再打架，一定要在肉里加上酥油来重重地惩罚你们!”

* * * * *

每个人的喜好是不相同的。万万不可把自己的好恶生搬硬套在别人身上，这样不但会犯错误，而且还会闹出笑话。

翠鸟移巢

翠鸟做窝的时候，最初把它做在很高的地方，为的是躲避灾祸。

后来小鸟孵出来了，翠鸟非常疼爱自己的小宝贝，生怕它从窝里摔出来，就把窝移到稍低一些的地方。

后来，小鸟长出毛来了，毛绒绒的，十分可爱。翠鸟更加喜欢自己的孩子了，又把窝移得更低一些。

然而，灾难也因此发生了，人们把它们都捉走了。

* * * * *

任何事情都具有两面性，考虑问题要全面，不能尽想对自己有利的一面，也要想到对自己不利的一方面。

不禽不兽

凤凰做寿，百鸟都来祝贺，唯有蝙蝠没有来。

凤凰责问它说："你处在我的管辖之下，为什么这样傲慢呢？"

蝙蝠说："我有脚，属于走兽，朝贺你有什么用？"

一天，麒麟又做生日，蝙蝠也没有去。麒麟也责问它。

蝙蝠说："我有翅膀，属于飞禽，干嘛要来向你朝贺？"后来麒麟和凤凰见了面，说到蝙蝠的事，相互感叹地说："现在世上风气恶劣，偏偏生出这样一些不禽不兽的家伙，真拿它没办法！"

* * * * *

有的人常常没有自己明确的立场，往往根据自己的利益改变身份。这个故事告诫人们做人不能为利益驱使，要有自己的原则、立场。

合本做酒

甲乙两个人商量一起凑本钱酿酒。

甲对乙说："你出米，我出水。"

乙说："米都是我的，怎么算账？"

甲回答说："我决不会做昧良心的事。等酒酿好以后，只把里面的酒挤出来，还我这些水就是了，剩下的都是你的。"

* * * * *

和人打交道要有诚意，不能只考虑到自己的利益，也要为他人着想。

父子性刚

有父子俩，性格刚烈，不肯让人。

一天，父亲留客人饮酒，让儿子进城买肉。儿子提着肉回家，将要出城门，正巧一个人迎面走来，两人不肯相让，横眉竖眼，挺着身子面对面地站在那里，僵持了很久。

父亲见儿子这么长时间也没有回来，就去寻找，看到这种情景，就对儿子说："你暂且带着肉回去陪客人饮酒，由我跟他对站着，看谁站得过谁！"

* * * * *

人和人之间，摩擦和矛盾是不可避免的。为了一点儿小事大打出手是非常不明智的，相互体谅，各让一步，才是上策。

自相矛盾

楚国有个人到大街上去卖长矛和盾牌。为了招徕顾客，他举起盾牌夸耀说："我的盾牌非常坚固，无论什么武器都刺不穿它！"

他放下盾牌，又举起长矛吹嘘说："我的长矛锋利无比，无论什么东西一刺就穿！"

这时，有个人问他说："如果用你的长矛来刺你的盾牌，那结果是什么样呢？"

那个楚国人一句话也答上来。

* * * * *

不切实际地夸大某些事物的优点，常常会让自己陷入两难的境地。

心不在马

赵襄王向王子期学习赶车的技术，学了不久便与王子期进行了一场比赛。在比赛中，他换了三次马，每次都落在了后面。

赵襄王埋怨说："你教我赶车，还留了一手呀!"

王子期回答说："我已经把技术全部教给您了，是您运用的不对呀！赶车最要紧的，是把马套在车上要套得舒适妥帖，赶车人的注意力要集中在调理马上，这样才能跑得快，跑得远。在今天的比赛中，您落在后面的时候，就只想追上我；跑在前面的时候，又生怕被我追上。其实把马引上大道赛跑，不是领先就是落后，可是您无论领先还是落后，注意力都集中在我的身上，哪里还顾得上调理马呢？这就是您落后的原因!"

* * * * *

做事情要全神贯注，不能左顾右盼。如果不能集中精力，常常会事与愿违。

宋人疑邻

宋国有个有钱的人。有一天下大雨，把他家的墙壁冲塌了一块。他的儿子说道："不赶快修补起来，一定会有小偷爬进来的。"邻家的老大爷也这样警告他。

当天夜里，他家果真被盗贼偷走了大量的财物。

这个有钱人他们一家都夸儿子有先见之明，却怀疑邻家的老大爷可能是个盗贼。

* * * * *

以亲疏来判断是非是极其不客观的，生活中的一些误会往往是由此而造成的，所以要尊重事实，不能主观臆断。

三虱相争

一天，三只虱子在一头肥猪的身上，相互争吵起来。这时，另一只虱子经过这里，见他们争吵得不可开交，就问："你们为什么争吵呀？"

三只虱子一起回答说："为了争夺猪身上最肥的地方。"

那只虱子听了，说："你们难道不害怕腊月祭祀的日子即将到来吗？到那时候，茅草一烧，这头猪就被杀掉丢进汤锅里了，还在这里争吵什么呢？"

三只虱子一听，恍然大悟。立即停止争吵，挤在一起，拼命地吸起猪血来。

猪被吸瘦了，到了腊月祭祀的时候，人们就没有杀它，这三只虱子也躲过了一劫。

* * * * *

做事情要从整体出发，切不可为了自己的小利，而忘记了全局的利益。

买椟还珠

楚国有个人到郑国去卖宝珠。为了能卖个好价钱，他用珍贵的木兰木给宝珠做了一个非常精致的盒子，又用珍贵的桂椒一类的香料把盒子熏得芳香扑鼻，并且，还在盒子上面缀系上许多珠玉，用玫瑰色和翠绿色的宝石装饰起来。

有个郑国人看见这个盒子非常漂亮，就把盒子买下来，而把宝珠还给了楚国人。

* * * * *

观察事物要仔细，不要被假象所迷惑，要看到事物的本质并善于发现真正有价值的东西。

鲁人搬迁

鲁国有个人擅长打草鞋，妻子很会纺白绸。他想搬到越国去。

有人对他说："你到那里必定会变穷的。"

这个鲁国人问:“为什么呢?”

劝他的人说:“打草鞋是为了给人穿的,但越国人不喜欢穿鞋,习惯于打赤脚走路;织白绸子是用来做帽子的,但越国人不喜欢戴帽子,而喜欢披着长发。你想到用不着你们长处的国家去过日子,要使自己不穷,怎么办得到呢?”

* * * * *

要想有所作为,应学会扬长避短,要找到自己的用武之地,否则会一无所成。

滥竽充数

齐宣王喜欢听竽。他听人吹竽时,一定要三百人一起合奏。有个南郭先生请求为齐宣王吹竽,齐宣王很高兴,就把他编到乐队里。官家对他的待遇,跟那几百个人一样。

齐宣王死后,齐湣王继位,他也喜欢听竽。但是,他不喜欢听合奏,而喜欢让乐工一个人一个人吹给他听。

南郭先生听到这个消息,赶紧连夜逃走了。

* * * * *

靠耍小聪明、蒙混过日子,骗的了一时,但骗不了一世,最重要的是要有真本领。

击鼓戏民

楚厉王与百姓约定,如果遇到了敌情,就击鼓为号,召集大家前来守城。

一天,厉王喝醉了酒,糊里糊涂地拿起鼓槌猛敲。百姓们听到鼓声,都惊慌地跑了过来。楚厉王连忙派人制止,说:“我喝醉了酒,击鼓是和身边的人闹着玩。这鼓打错了,请大家回去吧!”

百姓们一听都回去了。

过了几个月,敌人真地来入侵了,厉王赶紧击鼓发出警报。但百姓以为厉王又是在跟大家闹着玩儿，因而没有一个前来守城。厉王只好更改了原来的命令，重新申明了报警的信号，老百姓这才相信。

* * * * *

常常戏弄别人喊狼来了，往往会失信于人。而狼真的来了，自己就会陷入孤立无援的境地。

画鬼最易

有个人给齐王画画，齐王问他："画什么东西最难？"

客人回答说："画狗、画马最难。"

齐王又问："画什么最容易？"

客人回答："画妖魔鬼怪最容易。"

齐王问："这是什么原因呢？"

客人说："狗和马是人人都知道的动物，从早到晚随时都可以看到，不能任意虚构，要想画得像是很困难的；而妖魔鬼怪这些东西，都没有具体的形象，谁也没有见过它们，想怎么画就怎么画，所以画起来最容易。"

* * * * *

随心所欲的胡乱编造，是非常简单的事。然而要想准确表达和描述一件客观事物，不是件容易的事。

扁鹊治病

扁鹊拜见蔡桓公，站了一会儿，对桓公说："我看您有病，在皮肤的表层，如果不医治的话，恐怕会向体内发展。"

桓公不以为然地说："我没有病。"

扁鹊退出去后，桓公说："医生就喜欢给没有病的人治病，以便邀功请赏，并以此证明自己的医术高明。"过了十天，扁鹊又来拜见，对桓公说："您的病已发展到皮和肉之间了，如果不治疗就会加深。"桓公没有搭理他。扁鹊退了出去，桓公心里很不高兴。

过了十天扁鹊再次来拜见，对桓公说："您的病已经发展到肠胃里了，如果不医治的话，还会加深。”桓公还是不理他。扁鹊退出后，桓公更加不高兴。

又过了十天，扁鹊老远看见桓公，掉头就跑。桓公很奇怪，便派人去问原因。

扁鹊说：“病在皮肤的表层，用热水敷烫就能够治好；病在皮肤和肉之间，用扎针的方法就可以治好；即使发展到肠胃里，服几剂汤药也还能治好；病一旦深入到骨髓里，那就只好由阎王爷来做主了，医生是无能为力的。现在君王的病已经深入骨髓，所以我不能再去请求为他治病了。”

五天以后，桓公浑身疼痛，派人去找扁鹊，扁鹊已经逃到秦国去了。桓公就这样病死了。

* * * * *

自己有病要及时治疗，不能拖延，如果讳疾忌医，小病就会变成大病，会把自己拖死的。所以在遇到问题时，不要逃避，要及时解决。

愚公移山

传说很早以前，在冀州的南面、汉水的北面有两座大山，一座叫太行山，一座叫王屋山，山高万丈，占地方圆七百里。

在山的北面，住着一位叫愚公的老汉，年纪快九十岁了。他家的大门，正对着这两座大山，出门办事得绕着走，很不方便，愚公下定决心要把这两座大山挖掉。

有一天，他召集了全家老小，对他们说：“这两座大山，挡住了我们的路，咱们大家一起努力，把它挖掉，开出一条直通豫州的大道，你们看好不好？”

大家都很赞同，只有他的妻子提出了疑问。她说：“像太行、王屋这么高大的山，挖出来的那些石头、泥土往哪里送呢？”

大家说：“这好办，把泥土、石块扔到渤海边上就行了！再多也不愁没地方堆。”

第二天天刚亮，愚公就带领全家老小开始挖山。

他的邻居是个寡妇，她有一个七八岁的小儿子，刚刚换完奶牙，也蹦蹦跳跳地前来帮忙。

大家干得很起劲，一年四季很少回家休息。

黄河边上住着一个老汉，这人很精明，人们管他叫智叟。他看到愚公他们一年到头，辛辛苦苦地挖山运土不止，觉得很可笑，就去劝告愚公："你这个人可真傻，这么大岁数了，还能活几天？用尽你的力气，也拔不了山上的几根草，怎么能搬动这么大的山呢？"

愚公深深地叹口气说："我看你这人自以为聪明，其实是顽固不化，还不如寡妇和小孩呢！不错，我是老了，活不几年了。可是，我死了还有儿子，儿子又生孙子，孙子又生儿子；子子孙孙，世世代代，一直传下去，是无穷无尽的。可是这两座山却不会再长高了，我们为什么不能把它们挖平呢！"

听了这些话，那个自以为聪明的智叟，再也无话可说了。

山神知道了这件事，害怕愚公一直挖下去，就去向天帝报告。老愚公的精神把天帝感动了，他就派两个大力神下凡，把两座大山背走，一座放到朔方东边，一座放到雍州南边。从此以后，冀州的南面，汉水的北面，就再没有高山阻挡了。

* * * * *

做事情只要有坚定的目标，顽强的毅力，坚持不懈地努力，最终定会取得成功的。

疑邻盗斧

从前有个乡下人，丢了一把斧子。他怀疑是邻居家的儿子偷去了，观察那人走路的样子，像是偷斧子的；看那人的脸色表情，也像是偷斧子的；听他的言谈话语，更像是偷斧子的，那人的一言一行，一举一动，无不像偷斧子的人。

后来，丢斧子的人在山谷里挖地时，挖出了那把斧子，再留心察看邻居家的儿子，就觉得他走路的样子，不像是偷斧子的；他的脸色表情，也不像是偷斧子的；他的言谈话语，更不像是偷斧子的了，那人的一言一行，一举一动，都不像偷斧子的了。

* * * * *

不要轻易怀疑别人，更不要未经证实便乱下结论，整天疑神疑鬼往往把好人也错看成坏人。

杨布打狗

杨朱的弟弟叫杨布，有一天，他穿了件白色的衣服出门去。天下雨了，他把白色衣服脱下，穿着一套黑色的衣服回家来。他家的狗认不出杨布，就迎上去汪汪地对着他大叫。杨布非常恼火，拿了根棍子就要去打狗。

杨朱看见了，说：“你快不要打狗了，你自己也会是这个样子的。假如你的狗出去的时候是白的，回来的时候变成黑的了，那你能够不奇怪吗？”

* * * * *

自己被人误解时，不要太冲动，要从别人的角度考虑一下，往往会得到意想不到的效果。

薛谭学歌

有个叫薛谭的小伙子，跟秦青学习唱歌，还没有把秦青的技艺真正学到手，就以为自己学得差不多了，便向老师告辞回家。

秦青也没有阻拦他，把他送到城外的大道旁，为他饯行，并轻轻地打着节拍，唱了一首十分动听的歌。

那高亢的歌声振动了林间的树木，美妙的音响响彻了云霄。薛谭急忙向老师道歉，要求回去继续学习。从此以后，薛谭虚心好学，终于成为有名的歌唱家。

* * * * *

做事、学习的态度要摆正，千万不要骄傲和自满，否则会一事无成。

小儿辩日

孔子到东方游说，路上遇到两个小孩子在争论，就走上前去问道："你们为什么争论呢?"

一个小孩说："我认为太阳刚出来时离人比较近，而到了中午，太阳就离我们远了。"

另一个小孩说："我认为太阳刚出来时离人比较远，而中午时离我们近。"

孔子很有兴趣地问道："你们能说说自己的理由吗?"

一个小孩说："太阳刚出来的时候，好像车的盖篷那么大；到了中午，它就只有盘子、碗口那么大了。这不正说明离我们远的看起来就小，离我们近的看起来就大吗?"

另一个小孩说："太阳刚出来时，使人感到还有些凉凉的；到了中午，就热得跟泡在滚汤里一样，这不正说明离我们远的就感觉到凉，离我们近的就感觉到热吗?"

孔子听了他们的话，一时也判断不出谁对谁错。

两个小孩笑着说："谁说你的知识很丰富呢?"

* * * * *

一个人懂得再多，也有许多不知道的东西，因为知识是没有穷尽的。

杞人忧天

杞国有一个人，整天担心天塌地陷，自己没有地方容身，因此愁得睡不着觉，吃不下饭。

有个人看他这样忧愁，很为他担心，就去开导他说："天不过是很厚很厚的气积聚在一起罢了，没有一个地方没有气。你一举一动，一呼一吸，从早到晚都生活在天的中间，怎么会担心天塌下来呢?"

那个忧天的人听了，又说："如果天是很厚的气，那么太阳、月亮和星星不会掉下来吗?"

前来开导他的人说："太阳、月亮和星星，也都是会发光的气积聚而成的，即使掉下来，也不可能把人打伤。"

那个忧天的人又问："如果地陷塌了怎么办呢?"

开导他的人回答说："大地是土块积聚而成，它充塞四野，无处不有，你在它上面随意行走、跳跃，整天在它的上面生活，怎么担心它会陷塌呢?"

那人听了朋友的话，如释重负，非常高兴；那个前来劝他的人放下心来，也很高兴。

* * * * *

只要把道理讲明白，是可以帮助人解决痛苦与烦恼的。而且，做人不要为了不必要的或无根据的事情自寻烦恼。

歧路亡羊

杨朱的邻居丢了一只羊，他不仅领着自己的亲戚朋友们去追寻，而且又来请杨朱家的童仆一块去。

杨朱说："丢一只羊，怎么要这么多人去追呢?"邻人说："因为岔道太多了。"

等他们回来以后，杨朱问："找到羊了吗?"

邻居回答说："没有。羊丢失了。"

杨朱又问："这么多人去追，羊怎么会找不到呢?"

邻居回答说："岔道中间又有许多分岔，我们不知羊跑到那条路去了，所以只好返回来了。"

* * * * *

羊丢了，因为岔路实在太多，无法找到。同样的道理，做事，做学问也有很多岔路，如果没有明确的目标，即便投入再多也会迷失方向，最终一无所获。

列子学射

列子学习射箭，已经能够射中目标了。他高兴地去向关尹子请教。

关尹子问他："你知道你为什么能够射中目标吗？"

列子老老实实地回答："不知道。"

关尹子说："这样看来，你还没有学好啊！"

列子回去又认认真真地练习了三年，再次来向关尹子请教。

关尹子问："你现在知道你为什么能够射中目标了吗？"

列子回答说："知道了。"

关尹子点点头说："行了，你已经学成功了。这其中的道理，你要永远记住。不仅射箭要这样，而且治理国家、为人处世都应该这样。"

* * * * *

只有自觉地按规律办事，才能够把事情办好。办事情不仅要知其然，而且要知其所以然，掌握它的规律。

九方皋相马

伯乐是善于识别马的大师。但是，他老了，体力已渐渐不支。

一天，秦穆公对伯乐说："您的年纪大了，您的子孙中可有派得出去寻找千里马的人吗？"

伯乐说："一匹好马，可以从它的体形、外貌和骨架上看出来，而要找天下特殊的千里马，好像没有固定的标准，没法子用言语来表达。像这样的马奔驰起来，脚步非常轻盈，蹄子不扬起灰尘，速度非常快，一闪而过，好像看不到身影。我的儿子都是些才能低下的人，他们能够说出什么是好马，却不能识别什么是千里马。我有个打柴卖菜的朋友叫九方皋，他相马的能力不在我之下。请让我把他推荐给您吧。"

穆公召见了九方皋，派他出去寻找千里马。三个月以后，九方皋回来报告说："已经找到了，在沙丘那个地方。"

穆公连忙问："是什么样的马？"

九方皋回答说："是黄色的母马。"

派人去把马牵来，却是黑色的公马。穆公很不高兴，把伯乐叫来说："糟糕透了！你推荐的找马的人，连马的颜色和雌雄都搞不清楚，又怎么能识别哪是天下的千里马呢？"

伯乐感慨地赞叹说："九方皋相马竟达到了这种地步，这正是他之所以比我高明千万倍的原因呀。九方皋所看到的，那正是天机啊！他注重观察的是精神，而忽略了它的表象；注意它内在的品质，而忽视了它的颜色和雌雄；只看见了他所需要看的而忽视了他所不必要看的；只观察到他所需要观察的而忽视了他所不必要观察的。像他这样相出的马，才是比一般的好马更珍贵的千里马啊！"

马牵来了，果然是天下少有的千里马。

* * * * *

要真正能够认识一件事物，必须透过现象，抓住本质。本质问题都抓不住，就只能犯低级错误了。

纪昌学射

甘蝇是古时的一名射箭能手，他只要张弓射箭，飞鸟就会应声落下，走兽也会应声倒地。他的弟子名叫飞卫，飞卫虚心地向甘蝇学习，他的技术超过了老师。

有个叫纪昌的年轻人又来拜飞卫为师。飞卫对他说："你先要学会在任何情况都不眨眼睛的本领，然后才谈得上学习射箭。"

纪昌回到家里，就躺在他妻子的织布机下，两眼死死地盯着穿来穿去的梭子。两年以后，就是锥子已经快刺着他的眼睛了，他也一眨不眨。

他把自己的收获告诉了飞卫，飞卫说："这还不够，你还得练好眼力才行。当你能够把极小的物体看得很大，把模糊不清的目标看得很清清楚楚，到那时候，你再来告诉我。"

纪昌回到家，捉了一只虱子，用牛尾巴拴着，吊在窗口上，每天面朝南方，目不转睛地盯着那只虱子。十多天后，虱子在他眼中渐渐变得大了起来；三年以后，竟变得像车轮一般大小。扭头再看其他的东西，都跟山丘一样巨大。他便用燕国牛角做成的弓，搭上朔冬蓬杆制成的箭，对准虱子射去，箭头贯穿了虱子的心脏，而牛尾还好端端地悬在空中。

纪昌跑去告诉飞卫。飞卫高兴地说："好，你学成功了！"

* * * * *

急于求成，害怕吃苦，是不会成功的。要掌握过硬的本领，必须付出倍于常人的代价，扎扎实实地练好基本功。

朝三暮四

宋国有个养猴子的人，很喜欢猴子，家里养了一大群。他能了解猴子的意思，猴子也很会讨他的喜欢。养猴人宁肯减少自己家人的口粮，也要让猴子吃饱。

不久，他家里的存粮一天比一天少，于是他便打算限制猴子的食量，可又怕猴子们不再顺从自己，于是先骗猴子说："分给你们的栗子，早晨三颗，晚上四颗，够吃了吧？"

猴子们听了，都站立起来又吵又跳地发脾气。

过了一会儿，养猴人又问："分给你们的栗子，早晨四颗，晚上三颗，够了吧？"

猴子们听了，都高兴得趴了下去。

* * * * *

看事物要抓住它的本质不要被事物的表面现象所迷惑。

许金不酬

济水南面有一个商人，渡河时他乘的船翻了，他抓着浮在水面上的枯草大喊救命，有个打鱼的人驾船去救他。

船还未开到，这个商人大声呼叫："我是济水一带的大富翁，你如果能把我救起来，我酬谢给你一百两金子。"渔翁把这个商人救上了岸，商人却只给他十两金子。渔翁说："你起先答应酬谢一百两金子，现在只给十两，这恐怕不行吧！"

商人听了勃然大怒，说："像这样打鱼的人，打一天鱼能得多少钱呢？而现在一下就得了十两金子，为什么还不知足？"渔翁十分沮丧地走了。

过了一些日子，这个商人从吕梁河顺流而下，船碰到石头上又沉了，恰好这个渔翁又在场，人们对渔翁说："你为什么不去救那个商人呢？"

渔翁回答道："这是一个口里许诺给酬金而实际上不肯给酬金的人。"说完袖手旁观，眼看河水把商人淹死了。

* * * * *

为了钱见死不救肯定是不对的。但是，做人必须讲诚信。说话不算话，这样的人谁愿和他打交道？

象虎斗马交

楚国有个人，他家养的家禽家畜总是被狐狸偷去，他想尽了一切办法想把这害人的东西捕获，但都未能成功。

有人给他出主意说："老虎是山林中百兽之王，天下的野兽见了它，全都吓得丧魂落魄爬伏在地上，乖乖地听它使唤。"

于是，他就让人扮成一个假老虎，用老虎的皮蒙在身上，伏在窗子的下面。狐狸又来偷东西吃的时候，看见这个假老虎，吓得惨叫一声，一溜烟儿逃跑了。

过了几天，又有一头野猪在他的田地里糟蹋庄稼，他如法炮制，又用假老虎前去降伏，并让他的儿子拿着长戈在大路上拦截。野猪来到庄稼地里，种田的人一呼喊，它就向森林里逃去，抬头看见假老虎，仓皇返回到大路上，于是在那里被捕获了。

楚国人十分高兴，便认为用假老虎可以降伏天下所有的野兽。有一天，山野里发现了一只像马一样的动物，这个楚国人竟披着虎皮去追赶它。

有人劝阻他说："这是马交，真老虎尚且斗不过它，何况是假老虎呢？你如果前去一定会被它击败的。"楚人不听，那像马一样的动物发出雷鸣般的吼声，向他冲来，抓住他张口就咬，这个装成老虎的楚国人头颅被咬得稀烂，人自然也被咬死了。

* * * * *

即便是有用的方法，使用起来也得看对象。对象变了，方法也要改变。用一成不变的方法去应付一切不同的情况，迟早会有失败的时候。

乡下人骑马

有个乡下人偶然来到城里，看见那里的人骑着马来来往往，非常羡慕。他也想骑匹马试试，但没有地方能够弄到马，回到家里后，他的脸上仍露着惋惜的神色。

一天夜里，他突然梦见自己骑马了，高兴得不得了。

醒来后，他把这件事告诉了自己的朋友，朋友非常同情他，就和他一同来到城里，租赁了一匹马让他骑。

他骑着马出了城，走上田间的小路。那马一见到野外的青草，一下子兴奋起来，嘶叫着向前奔跑，就像野鸭扇着翅膀在水面上飞奔一样。乡下人吓得抱着马鞍惊叫，一下子摔了下来，马从他的身上跳跃而过，他一头扎进淤泥里一尺多深，多亏朋友跑来把他救起，才幸免一死。

乡下人回到家里后，感慨万千地对儿子说："知道自己命运的人都有大的禁忌，你一定要记住，千万不要骑马呀！"

* * * * *

失败和挫折是难免的，遭受挫折并不可怕，可怕的是不能从挫折中获得正确的经验。

如此朋友

西郭子侨和公孙诡随、涉虚三人一起改变装束，鬼鬼祟祟地出门去，经常在夜里翻越邻居的墙壁。这位邻居非常憎厌他们，就在他们来回的路上挖上一个坑，在坑里放入粪便。

一天晚上，他们又要出门去。西郭子侨在翻墙的时候，首先落入粪坑，但他却不吭声，反而招呼公孙诡随快翻。公孙诡随跟着也落入粪坑，正想呼叫，西郭子侨掩住他的嘴巴低声说："不要出声。"一会儿涉虚也来了，同样也落入了粪坑。

西郭子侨于是说道："大家都一样，我想也就没有什么可以互相讥笑的了。"

* * * * *

自私的人往往是这样，自己受了挫折，不把教训告诉大家，反而引诱别人犯同样的错误，以求得心理平衡，这样的朋友绝对不是真正的朋友。

盼枭成凤

楚国的太子用梧桐的果实饲养枭鸟，希望它能变成凤凰，发出凤凰的叫声。

春申君说："枭鸟就是枭鸟，它的本性是不可能改变的，与吃的东西有什么关系呢?"

他的朋友朱英听了这话，就对春申君说："你既然知道枭鸟不能用食物改变其本性而成为凤凰，可你的门下所收养的差不多都是些小偷无赖、地痞流氓之类的人，而你却十分宠爱、优待他们，把精美的食物送给他们吃，把华丽的衣服赠给他们穿，还希望他们日后能成为国家的有用之材来报答你。依我看，这样做与用梧桐的果实喂养枭鸟，并希望它发出凤凰之声的做法又有什么区别呢?"

春中君始终未能醒悟。后来他被李园杀害了，而他门下的食客虽然很多，却没有一个能替他报仇的。

* * * * *

江山易改，禀性难移，品质不好的人，本性很难改变。把希望寄托在这样的人身上，希望一定会落空。

笼中猿猴

有个人用笼子养了一只猿猴，已经十年了，心里十分怜悯，就把它放了。没过两夜，那只猿猴又回来了。

养猴人心里想："大概是送的不够远吧!"就派人抬着猴笼，一直送到深山，把它放进了山谷里。

这只猿猴由于长期生活在笼子里，忘记了在野外寻找食物的习性，终于因为没本领得到食物，悲哀地鸣叫着死掉了。

* * * * *

如果长期过着不劳而获的舒适生活，就会失掉独立生活的能力。

鹳鸟移巢

子游做武城县官的时候，城门旁边小土堆上的鹳鸟，忽然把它的巢迁移到墓地的石碑上去。看守墓园的老汉把这一情况报告给子游，说："鹳鸟是能够预先知道天将下雨的鸟，它突然将巢筑迁移到高处，说不定武城要遭大水呢!"

子游说："对。"立即让全城的居民都准备好船只以防万一。

过了几天，大雨果然来了。城门旁边的小土堆被淹没了，大雨仍然下个不停，眼看大水就要淹到墓园的石碑了，鹳鸟的巢摇摇晃晃，岌岌可危，鹳鸟飞来飞去哀鸣着，却不知道该把它的巢再迁移到什么地方去。

子游感叹地说："真可怜啊！这些鹳鸟能预知水灾的到来，可惜它考虑得不够长远啊!"

* * * * *

做人不仅要有预见性，在处理问题的时候，不能只顾眼前，而应该将眼光放长远。

吃鸡的猫

从前，赵国有个人家里老鼠多得成灾，他就到中山国去要猫，中山国的人给了他一只猫。这只猫不仅善于捕捉老鼠，也善于吃鸡。一个多月后，他家的老鼠被捉干净了，鸡也被吃了个精光。

他的儿子感到这是个问题，就对父亲说："为什么不把这只馋猫赶走呢?"

他说："这就是你所不懂的了。我们的祸患是老鼠，而不在于有没有鸡。

假如家里有老鼠，它就会偷吃我们的粮食，毁坏我们的衣物，打穿我们的墙壁，损坏我们的家具，我们就要忍饥受冻了。这不是比没有鸡更有害吗？没有鸡，我们不吃鸡就是了，离饥饿和寒冷还远着呢！我们为什么要把猫赶走呢?”

* * * * *

小不忍则乱大谋，处理事情，要权衡利弊。有时为了维护大的利益，就要容忍小的弊端。

猎人被吃

动物中，鹿怕豹，豹怕虎，虎又怕罴。罴披头散发，就像人一样站立，气力特别大，又最能伤害人。

楚国南方有个猎人，能用竹管吹出各种野兽的叫声。有一天，他带着弓箭、罐子和灯火到深山里去。起初他模仿鹿叫，用来引诱鹿群；等鹿一到，便举起灯火发箭射它们。豹听到鹿的叫声，赶快跑了过来。这人非常害怕，就模仿老虎的叫声来恐吓它们。

豹被吓跑了，却招来一只老虎。这人更害怕了，连忙又模仿罴叫，老虎也吓跑了。罴听到叫声，就来寻找它的伙伴。

罴跑来了一看，却是一个人，于是就一把抓住他，把他撕成碎片吃掉了。

* * * * *

做人、做事都要三思而后行，处理事情时多想几种后果。如果只有一种准备，一旦出现新的情况，就没有办法应付了。

永某氏之鼠

永州有个人，特别讲究生辰时间，禁忌迷信非常多。他认为自己出生的那年是个子年，子年属鼠，老鼠就是子年的神，因此非常爱护老鼠，家里不许养猫养狗，禁止仆人扑打老鼠；家里的仓库、厨房，都任凭老鼠随便进出吃喝，他一点也不过问。

这么一来，老鼠们就你转告我，我转告你，别的地方的老鼠也都来到他家里，大吃大喝也没有任何灾祸。这个人家里没有一样完整的东西，衣柜里没有一件完好的衣服；凡是吃的喝的东西，都是老鼠吃剩下的。大白天，老鼠常常和人在一起活动，到了夜晚，啃东西，咬东西，打打闹闹，发出的声音千奇百怪，闹得人睡不成觉，他始终不感到讨厌。

过了几年，这个人搬到别的州去了。以后搬进来另外一家人，但老鼠依旧闹得还像过去一样凶。

新搬来的人说："这群见不得人的东西，偷窃打闹到如此厉害，究竟是怎么弄到这个程度的呢？"便借来了五六只猫，关闭上大门，撤除砖瓦用水浇灌老鼠洞，又雇了些人到处搜寻追捕，杀死的老鼠堆得跟山丘一样，老鼠的尸体被扔在偏僻的地方，臭味好几个月后才散去。

唉！这些老鼠以为那种吃饱喝足而又无灾无祸的日子可以永远过下去呢！

* * * * *

俗话说，躲得了一时，躲不过一世，凡是害人的东西，即使一时可以找到"保护伞"，但这种庇护是不可能长久的，最终还是没有好下场。

郭驼驼种树

郭驼驼，不知道他原来叫什么名字。他从小得过佝偻病，弯腰驼背地低着头走路，有点像骆驼的样子，因此，同乡的人们便给他取了个诨名："驼驼"。郭驼驼听到这个诨名后，说："很好嘛，这样叫我很合适。"因此，就丢掉了他原来的名字，也自己喊自己为"驼驼"。

他出生的地方叫丰乐乡，在长安城西面。郭驼驼的职业是种树。凡是长安城里的豪门大户要建造园林观赏游乐，以及想贩卖水果的，都抢着邀请他。他栽种的树，或者移植的树，没有一株不成活的，而且长得粗壮茂盛，果实结得又早又多。其他种树的同行虽然羡慕，偷偷地模仿，但总是赶不上他。

有人问他种树的诀窍，他回答说："我并不能够叫树木长寿而且茂盛呀，我只不过是按照自然规律，顺应树木的天性罢了。大凡植树都要遵守这样的规律，它的根部要舒展，培树的土要平整，土壤最好用原来的，填的土要踏结实。这样种好培实之后，就不要再摇动它了，不要再为它担心了，放心地离开不要再去张望它了。栽树的时候要像对儿女那样爱护它，种好之后就像忘记了那样丢弃它，这样，它的天性就可以保全，它的生机就可以得到保留了。所以我只是不去妨碍它的生长罢了，并没有诀窍叫它长得又茂盛又粗壮呀；只是不去耗损它结果实的力量罢了，并没有办法叫它的果实结得又早又多呀！其他那些种树的就不是这样。他们让根须纠结成团，土壤全部更换成新的，不是做过了头就是做的不到家。也有的不是像上面讲的那样做的，却对树爱惜的又太过分，担忧的太多，早上去看看，晚上去摸摸，已经走开了又重新返回来看看，甚至还要掐开树皮来看它是活是死，或者摇动树根来检查它是不是松紧适度，这样，树木的生机就一天一天地减弱了。虽说是出于爱它，实际上是在害它；虽说是担心它，实际上是糟蹋它，所以，效果就跟我的不一样了，其实，我又有什么能耐呢？”

问他的人又问道：“把你这种树的道理移用到官员治理民政上，行不行呢？”

郭驼驼回答说：“我只知道种树罢了，治理民政不是我的职业。但是，我住在乡下，看到管理百姓的官员喜欢把政令搞得很烦琐，好像是很关心大家，可是结果却给百姓带来灾难。从早到晚公差下来大声叫嚷：‘官府催你们耕地，勉励你们种植，督促你们收庄稼，早点把你们的蚕茧抽成丝，尽快纺纱织成布，教养好你们的小孩，喂肥你们的鸡和猪。’公差一会儿打起鼓来召集大家，一会儿又敲起梆子聚合民众。我们老百姓三顿饭不吃来犒劳公差都忙不过来，又哪里能发展我们的生产，发挥我们的积极性呢？所以把大伙儿都折腾得又困苦又疲乏。这样看起来，跟我们种树这个行当大概差不多吧！”

问他的人高兴地说：“哈哈，这不是很好吗？我们问种树的道理，却得到治理国家的方法。”

* * * * *

办任何事情都要遵循事物的客观规律。认识客观规律，掌握客观规律，按客观规律办事，就能够把事情办好。反之，就不能成功。

爱钱胜命

永州人都善于游泳。

有一天，河水突然暴涨，有五六个人共同乘坐一条小船渡湘江。渡到江中心时，船突然破了，船上的人都跳到江中往岸上游。

其中有一个人使出了全身的力气，却没有平常游得快。和他一同渡江的同伴说："你是我们中间最善于游泳的，为什么今天却游得这样吃力呢？"

那个人说："我腰里缠着一千大钱，非常重，所以落在后面了。"

同伴劝他说："你为什么不把它扔了呢？"那个人不说话，只是一个劲儿地摇头。

过了一会儿，他更加没有力气了。已经上了岸的人站在江边大声呼叫，说："你这人真是太愚蠢了！太糊涂了！你的命都快没有了，还要这些钱干什么呢！快把它扔了！"

那个人又摇了摇头，便沉下去淹死了。

* * * * *

人不能见钱眼开，一个人如果把金钱看得比生命还宝贵，那么，他不论有多大的本事也发挥不出来。

知人不易

孔子走到陈国和蔡国之间的时候，穷困不堪，连野菜汤也喝不上，七天没有吃到一粒粮食，只好在大白天里睡大觉。

他的弟子颜回找到一点米，把它放在甑里面煮。饭快熟了，孔子看见颜回抓甑里面的饭吃。过了一会，饭熟了，颜回请孔子吃饭。孔子装着没有看见刚才那件事的样子，站起来说："刚才我梦见祖先，要我把最干净的饭食送给他们。"

颜回连忙说："不行，刚才有灰尘掉进甑里，把饭弄脏了一些，我感到丢掉了不好，就用手把它抓起来吃了。"

孔子听了感慨地说："我所相信的是自己的眼睛，但眼睛看到的还是不可相信；我所依靠的是自己的脑子，但脑子有时也靠不住。你们要记住，了解一个人确实不容易呀！”

* * * * *

看人要看长远，只有时间才能检验一个人的品质，仅凭一时所见所想要真正识别一个人是很不容易的。不要轻易地用自己“亲眼所见”来对一个人下结论。

掩耳盗铃

智伯消灭范氏的时候，有个人趁机偷了一口钟，准备背着它逃跑。但是，这口钟太大了，不好背，他就打算用锤子砸碎以后再背。

谁知，刚砸了一下，那口钟就“咣”地发出了很大的响声。他生怕别人听到钟声，来把钟夺走了，就急忙把自己的两只耳朵紧紧捂住。

害怕别人听到钟的声音，这是可以理解的；但捂住自己的耳朵就以为别人也听不到了，这就太糊涂了。

* * * * *

做贼心虚的人，欺骗得了自己，欺骗不了别人。往往有些人，企图通过欺骗自己，来欺骗别人，这不是很可笑吗?

生木造屋

高阳应打算盖一所房子。

木匠对他说：“不行啊！木材还没干，如果把泥抹上去，一定会被压弯。用新砍下来的湿木料盖房子，刚盖成虽然看起来挺牢固，可是过些日子就要倒塌了。”

高阳应说：“照你的话，我这房子倒是保险坏不了——因为日后木材会越干越硬，泥土会越干越轻，以越来越硬的木材承担越来越轻的泥土，房子自然就坏不了。”

木匠无话可答，只得听从他的吩咐去做。

高阳应的房子刚盖成的时候看起来也还不错，以后果然倒塌了。

* * * * *

办什么事都必须遵循客观规律。不顾一切地按照自己的主观意志蛮干，那就必然会失败。

其父善游

有个人路过江边，看见一个大人正牵着一个小孩，想要把他投进江里去，小孩儿吓得哇哇地乱哭乱叫。这人走上前去问那大人："你怎么把小孩儿往江里投呢？"

那汉子说："怕什么？他的爸爸很会游水。"

他的爸爸会游泳，他的儿子难道也就会游泳吗？

* * * * *

人与人不同，事与事也不同。生搬硬套害死人。我们常讲具体问题具体分析，就是这个道理。

刻舟求剑

有个楚国人乘船渡江，一不小心，把佩带的剑掉进了江里。他急忙在船沿上刻上一个记号，说："我的剑就是从这儿掉下去的。"

船靠岸后，这个人顺着船沿上刻的记号下水去找剑，但找了半天也没有找到。

船已经走了很远，而剑还在原来的地方。用刻舟求剑的办法来找剑，不是很糊涂吗？

* * * * *

用机械的方法看待变化了的事物，一定不会有正确的行动。世易时移，方法也要依具体情况而定。

专心致志

从前，有一个名叫弈秋的人，是全国最善下棋的高手。

有两个学生，一起跟弈秋学习下棋。其中一个学生非常专心，集中精力跟老师学习。另一个却不这样，老师教他下棋的时候，他心里却想着：现在天空中大概正有鸿雁飞来，我拉满弓搭上箭把它射下来，美餐一顿多好啊……

结果，虽然这两个学生在一起学习，又是同一个名师传授。然而，一个成了棋艺高强的名手，另一个却没有学到什么本事。难道是因为他们的智力不一样吗？不是呀！

* * * * *

学习必须集中精力，专心致志。否则，就会浪费光阴，一事无成。

小偷改错

有一个人养成了偷偷摸摸的习惯，每天都要偷邻居家的一只鸡。

有人规劝他说："正正经经地做人，要懂得是非好坏。偷东西可不是好人的行为啊！"

这人听了，表示要改正自己的错误，说："既然如此，就让我慢慢地改正吧。我先少偷一些，由每天偷一只改作每月偷一只，到明年再停止偷吧！"

既然已经知道这样做是错误的，就应该赶快改正。为什么要等到来年呢？

* * * * *

发现了错误，要坚决地及时地改正，有错慢慢改，实际是自我纵容，以这种态度是改正不了错误的。

自以为是

艾子爱好打猎。他养了一条猎狗，这条猎狗非常能捉兔子，艾子每次出去打猎，必定要让它跟随着自己。每次捕捉到兔子后，艾子必定会掏出兔子的心肝，让它饱吃一顿，所以猎狗每次捕捉到兔子，就会摇着尾巴注视着艾子，喜滋滋地等待着艾子喂它。

有一次，艾子出去打猎，这天兔子很少，猎狗的肚子早已饿得咕咕叫。忽然，看见两只兔子从草丛中跳出来，猎鹰飞过去追击，兔子很狡猾，拐着弯奔逃。猎狗奔过去，猛地一扑，却误捕到猎鹰，把猎鹰咬死了，兔子趁机逃跑了。

艾子连忙跑过去把死鹰捡起来，心疼得没办法说，猎狗却还像从前那样摇着尾巴沾沾自喜地走来，两眼瞅着艾子，等待着喂给它东西吃。

艾子盯着猎狗痛骂道："你这条糊涂的狗，竟然还在这里自以为是哩！"

* * * * *

人难免犯错误。但犯了错误不认识错误，反而当作功劳，那就不能容忍了。

买鸭捉兔

从前，有一个人要去打猎，可是他不认得鹰隼，买了一只鸭子当成了鹰隼，就到野外去了。

一只兔子突然窜出来，他立即扔出鸭子，要它去追捕。鸭子飞不起来，跌到地上，他抓起来再一次扔出去，鸭子还是跌到地上。这样重复了三十次，鸭子忽然从地上站起来，一摇一晃地走到主人面前，向他解释说："我是一只鸭子呀，被人杀了吃肉，才是我的本分，为什么非要让我去追捕兔子不可呢？"

那个人说："我当你是只鹰隼，可以追捕兔子，没想到你竟是只鸭子呀！"

鸭子举起脚掌给主人看，说："你看我这样的脚掌，能够抓到兔子吗？"

* * * * *

要正确发挥一个人的作用，必须知道他的长处和短处。聪明的人总是善于扬长避短，有效地寻找解决问题的突破口。

肉食者鄙

艾子的邻居，都是齐国粗俗的人。

有一天，艾子听见一个人对另一个人说：“我和齐国的公卿大夫，都是人，也都接受了天、地、人三才的灵智，为什么他们都有智慧，我却没有呢?”另一个人说：“听说他们天天吃肉，所以有智慧。而我们平日尽吃些粗糙的粮食，所以就缺少智慧。”那个问话的人说：“刚巧我卖米获得几千块钱，就让我们天天吃些肉试试看。”

过了几天，艾子又听见那两个人在对话：“我自从吃了肉以后，心智通达，智慧增长得非常快。遇到什么事情不仅知道它‘是什么’，而且知道它‘为什么’。”

其中一个说：“我观察到人的脚面，朝前长走起路来很方便；如果往后长的话，岂不会被后面跟着走的人踩着了吗?”

另一个说：“我发现人的鼻孔向下长也很有道理，如果鼻孔向上的话，下雨的时候雨水不就会往鼻孔里灌吗?”

两个人互相称赞对方的才智，得意非凡。

艾子听后感叹地说：“唉，这就是吃肉人的智慧呀!”

* * * * *

愚蠢的人常常把无知视为聪明，并自鸣得意。只有聪明的人，才能正确地认识自我。

狡猾的老鼠

苏子夜里坐在床上休息，听见有只老鼠正在啃东西。他拍打了一下床板，啃东西的声音停了一会儿马上又响了起来。苏子叫童子拿蜡烛来照一照，发现地上有只空口袋，啃东西的声音就是从这只口袋里发出来的。

苏子说：“噢，原来这只老鼠是因为钻进袋子里出不来才啃东西的呀!”童子打开口袋观察，却静悄悄地什么东西也没有。举起蜡烛照亮口袋里面，发现口袋里躺着一只死老鼠。

童子吃惊地说："它刚才还在啃东西，怎么忽然就死了呢？刚才那个声音，难道是鬼发出的吗？"童子翻转口袋把老鼠倒出来，那只老鼠一落地就溜跑了。身边虽然有手脚敏捷的人也措手不及。苏子感叹地说："奇怪呀，这只老鼠居然这么狡猾！"

* * * * *

坏人常常使用欺骗的伎俩麻痹人。要识破坏人的花招，就不能被假象所迷惑。

河豚发怒

河里有种鱼叫河豚。

有一天，一只河豚游到桥的下面，自己不小心撞到桥墩上，不知道远远地躲开去，却愤怒地责怪桥墩撞了它，气得张开两腮，竖起两鳍，肚皮鼓得圆圆地浮在水面上，很长时间都没有动。

这时，一只老鹰正好从这里飞过，看到水面上的河豚，就把它抓了起来，撕破了它的肚子。

河豚喜欢游泳却不知道节制，自己撞着了桥墩却不知道反省自己，反倒肆意地发泄怨恨，以致被老鹰撕破肚皮而死，真是可悲啊！

* * * * *

一个人犯了错误不知道总结经验教训，却一味地埋怨客观，那就会犯更大的错误，导致更大的损失。

戴嵩画牛

四川有个杜处士，喜欢收藏书画。他收藏的珍贵的书画作品有几百件，其中有一幅是名画家戴嵩画的牛，他尤其珍爱，用锦缎做成画袋，用玉石做成画轴，经常随身携带着。

有一天，他打开书画晾一晾，有个牧童看见了戴嵩画的牛，拍着巴掌大笑起来，说："这张画画的是斗牛呀。牛在相斗的时候力气用在角上，把尾巴紧紧地夹在大腿之间。这张画上的牛却是摇着尾巴相斗，错了！"

杜处士听了，尴尬地笑着点了点头。

*　*　*　*　*

艺术创作必须深入生活。闭门造车，即使是有名的画家，也可能出错。

邹忌比美

邹忌身高八尺有余，长得非常英俊。

一天清晨，他穿戴好衣帽，照了照镜子，问他的妻子说：“我与城北面的徐公相比，哪个更漂亮?”

他妻子回答说：“您太漂亮了，徐公哪能比得上您呢?”城北的徐公是齐国的美男子，邹忌不敢相信妻子的话，又去问他的小妾：“我与徐公比起来，哪个漂亮?”小妾也说：“徐公怎么能比得上您呢!”

后来，有位客人从外地来访，邹忌与客人坐在一起交谈时，又问客人说：“我与徐公相比，谁漂亮?”客人肯定地说：“徐公不如您漂亮!”

第二天，徐公来到邹忌家里。邹忌仔细地观察了一番后，自己感到不如徐公漂亮；又对着镜子反复比较，更觉得自己差远了。

夜晚，邹忌躺在床上想：妻子夸我漂亮，是因为爱我；小妾说我漂亮，是因为害怕我；客人称我漂亮，是因为有求于我呀!

*　*　*　*　*

听到恭维的话时，一定要保持清醒头脑，分析一下“为什么”，否则，就会在奉承声中飘飘然。

驼鹿落网

在山林草原的野兽中，最狡猾的要数驼鹿了。它知道猎人张开网，是要把它往网里面驱赶，所以，就掉转身子，直往猎人撞去。这样，它一次又一次地逃脱了猎人的追捕。

猎人知道了它的狡诈，就举着网假装前来驱赶它，而在身后张开捕捉它的网，驼鹿仍旧照老样子向猎人冲过来。这样，它被猎人捉住了。

* * * * *

一个人的行为如果不能随着情况的变化而变化，制胜的方法就可能成为失败的原因。

驳象虎疑

故事发生在春秋时期，一次，齐国国君齐桓公骑马出游。路上见到一只老虎在远处望着他，奇怪的是，老虎见了齐桓公之后居然急忙就趴在了地上。齐桓公不解，回去便同很有学识的管仲讲起这件事情。

管仲听了齐桓公的描述之后问道："您今天是不是骑着一匹青白色的骏马，并且向着太阳奔跑？"齐桓公点头说是。管仲解释说："这匹青白色的骏马在阳光下奔跑的样子很像是一种叫作驳的动物。驳是一种可以吃掉老虎和豹子的动物，老虎今天是一定是将您骑的骏马误认成了驳，所以才会害怕的趴在地上的。"

* * * * *

这则寓言告诉我们，生物往往都很容易被事物的表象所迷惑，但同时也告诉我们，永远不要沉浸在表面现象当中，看待事情要看实质。

南辕北辙

魏王想去攻打邯郸。正出使别国的季梁听说后，走到半路赶紧折回来，衣服上的皱褶顾不得整理平整，脸上的尘垢也顾不得洗干净，急急忙忙去见魏王，说："这回我从外地回来，在太行山脚下碰见一个人，正坐在他的马车上，面朝北面，告诉我说，他要到楚国去。

"我对他说：'您去楚国，楚国在南面，您为什么面向北走呢？'

"他说：'我的马好。'

"我说：'您的马虽然好，但这不是去楚国的路啊！'

"他又说：'我的路费很充足。'

"我说：'您的路费虽然多，但这不是去楚国的路啊！'

"他又说：'给我驾车的人本领很高。'

“他不知道方向错了，赶路的条件越好，离楚国的距离就会越远。现在大王动不动就想称霸诸侯，办什么事都想取得天下的信任，依仗自己国家强大，军队精锐，而去攻打邯郸，想扩展地盘抬高声威，岂不知您这样的行动越多，距离统一天下为王的目标就越远，这正像要去楚国却向北走的行为一样啊!”

* * * * *

方向错了，条件越好，花的力气越大，离自己所要达到的目标就越远。因此，做人做事，必须有正确的方向。

画蛇添足

楚国有个人举行祭祀活动。祭祀完了以后，取出一壶酒来赏给门人们喝。

门人们见只有一壶酒，就互相约定说：“这壶酒几个人一起喝，肯定不够喝；如果一个人喝，才会有点剩余。我们可以一起在地上画蛇，谁先把蛇画好，这壶酒就归谁喝。”

于是，大家找来树枝和瓦片，飞快地在地上画了起来。

有个人先画好了蛇，端起酒来正准备喝，发现别人都还没有画好，就一手端着酒壶，一手又接着画，并且一边画一边得意扬扬地说：“我还可以给蛇添几只脚呢!”

还没等他把蛇的脚画好，另一个人已把蛇画好了，他夺过酒壶说：“蛇本来没有脚，你怎么能给它画脚呢?”

说罢，他仰起脖子，“咕嘟咕嘟”地把酒喝光了。那个给蛇添脚的人愣愣地站在旁边，眼巴巴地看着失去了一次喝酒的机会。

* * * * *

把功夫用在做没有意义的事情上，就会失去宝贵的机会。告诉人们不要自作聪明，做多余的事，反而把事情办糟了。

伯乐怜马

有匹千里马老了，拉着盐车来到太行山。它吃力地伸着蹄子，弯着膝盖向前走，尾巴下垂，脚掌也烂了，涎水洒在地上，浑身汗水直流，拉到半山坡便走不动了，驾着车辕不能继续上山。

正巧伯乐遇到了，他赶忙下了车，抚着这匹马心疼地哭起来，并脱下自己的麻布衣服盖在它身上。

这时，千里马低着头喷着鼻子，仰起头长鸣了一阵，洪亮的声音直达天际，好像是从钟磬之类乐器发出的声音一样。这是为什么呢？因为它感到伯乐是它的知己呀！

* * * * *

千里马最难遇的是伯乐，人才最难遇的是知音。真正爱惜人才的人也是能识才的人。

屠龙之技

有一个人，一心要学一种别人都没有的技术，于是，就到支离益那里去学习宰杀龙的本领。他花尽了家里资产，用了整整三年时间，终于把宰杀龙的技术学到手了。

他得意扬扬地回到家里。可是，世间哪有龙可杀呢？结果，他学的技术一点也用不上。

* * * * *

学习必须从实际出发，讲求实效。如果脱离了实际，再大的本领也没有用。

随珠弹雀

随侯之珠是非常珍贵的宝珠。

有一个喜欢打鸟的人，却用随珠作弹丸，去射飞翔在空中的一只麻雀。人们看了，都嘲笑他。

这是什么道理呢？这是因为付出的代价太昂贵，而得到的东西太轻微。

* * * * *

做什么事，都得讲究得失轻重。为了没什么价值的东西而丢掉十分宝贵的东西，这是一种十分愚蠢的行为。

鹏程万里

远古的时候，有一种鸟，名字叫作鹏。大鹏鸟的背像泰山那样高，飞起来的时候，它的翅膀就像遮天蔽日的云彩。

有一次，大鹏鸟向南海飞去。它在南海海面上用翅膀击水而行，扇一下就是三千里。它向高空飞去，卷起一股暴风，一下子就飞出九万里。它飞出去一次，要过半年才飞回南海休息。当它飞向高空的时候，它的背靠着青天，而云层却在它的下边。

生活在洼地里的小鸟雀，看见大鹏鸟飞得这么高，这么远，很不理解，就说："他还想飞到哪里去呢？我们往上飞，不过几丈高就落下来了，我们在蓬蒿飞来飞去，也算是飞到边了。大鹏鸟究竟想飞到什么地方去呢？"

* * * * *

一个目光短浅的人，是不能理解志向高远者的追求的。

庖丁解牛

庖丁为梁惠王宰牛。手碰到的地方，肩倚的地方，脚踩的地方，膝顶的地方都发出淅沥沥、哗啦啦的响声，那声音十分和谐，就跟美妙的音乐一样，仿佛是古乐《咸池》的旋律；那动作也很有节奏，就像优美的《桑林》舞蹈。

梁惠王看得出了神，称赞说："哈，好啊！你的技术是怎么达到这样高超的地步的呢？"

庖丁放下刀对梁惠王说："我喜欢探求的是道，比一般的技术又进了一步。我开始解剖牛的时候，看到的无非是一头整牛，不知道牛身体的内部结构，不知道从什么地方下手。三年以后，我眼前出现的是牛的骨缝空隙，就不再是一头整牛。到了今天，我宰牛就全凭感觉了，不需要再用眼睛看来看去，就能知道刀应该怎么运作。牛的肌体组织结构都是有一定规律的，我进刀的地方都是肌肉和筋骨的缝隙，从不碰牛的骨头，更不消说碰大骨头了。技术高明的厨师，一年换一把刀，因为他是用刀割。一般的厨师，一个月就更换一把刀，因为他是用刀砍。而我宰牛的这把刀，已经用了十九年；所宰的牛，已经有几千头，然而刀口锋利得仍然像刚在磨石上磨过的一样。这是为什么呢？就因为牛的肌体组织结构之间有空隙，而刀口与这些空隙比起来，薄得好像一点厚度也没有。用没有厚度的刀在有空隙的肌体组织间运行，当然绰绰有余！所以十九年过去，我的刀还跟新的一样。虽然我的技术已达到了这种程度，但我在解剖牛的时候，还是丝毫不敢马虎，总是小心翼翼，心神专注，进刀时不匆忙，用力时不过猛，牛体迎刃而解，牛肉就像一摊泥土一样从骨架上滑落到地上。这时，我才松一口气来，提刀站立，环视一下四周，心满意足地把刀揩拭干净，收藏起来。”

梁惠王听了，高兴地说：“好极了，听了你的这一席话，我从中悟到了修身养性的道理。”

* * * * *

世间一切事物，都有它自身的规律，掌握了事物的规律，办事就可以得心应手。

老汉粘蝉

孔子前往楚国，路过一片树林，看到一个驼背老人，手里拿着一根长长的竹竿正在粘知了。老人的技术非常娴熟，只要是他想粘的知了，没有一个能逃脱的。

孔子惊奇地说：“您的技术这么巧妙，大概有什么方法吧！”

驼背老人说：“我的确是有方法的。夏季五六月粘知了的时候，如果能够在竹竿的顶上放两枚球而不让球掉下来，粘的时候知了就很少能够逃脱；如果放三枚不掉下来，十只知了就只能逃脱一只；如果放五枚不掉下来，粘知了就像用手拾东西那么容易了。你看我站在这里，就如木桩一样稳稳当当；我举起手臂，就跟枯树枝一样纹丝不动；尽管身边天地广阔无边，世间万物五光十色，而我的眼睛里只有知了的翅膀。外界的什么东西都不能分散我的注意力，都影响不了我对知了翅膀的关注，怎么会粘不到知了呢？”

孔子听了，回头对弟子说：“专心致志，本领就可以练到出神入化的地步。这就是驼背老人所说的道理啊！”

* * * * *

一个人如果能够排除外界的一切干扰，集中精力，勤学苦练，就可以掌握一门过硬的本领。

井底之蛙

住在浅井中的一只青蛙对来自东海的巨鳖夸耀说："我生活在这里真快乐呀！高兴时，就跳到井外面，攀缘到栏杆上，尽情地蹦跳玩耍。玩累了，就回到井中，躲在井壁的窟窿里，舒舒服服地休息。跳进水里时，井水仅仅浸没我的两腋，轻轻地托住下巴；稀泥刚刚没过双脚，软软地很舒适。看看周围的那些小虾呀、螃蟹呀，谁也没有我快乐。而且我独占一井水，尽情地享受其中的乐趣，这样的生活真是美极了。您为什么不进来看一看呢？"

巨鳖接受了井蛙的邀请，准备到井里去看看，但它的左脚还没有跨进去，右腿已被井的栏杆绊住了，只好慢慢地退回去，站在井旁边给青蛙讲述海的奇观："海有多大呢？即使用千里之遥的距离来形容也表达不了它的壮阔，用千丈之高的大山来比喻，也比不上它的深度。夏禹的时候，十年有九年下大雨，大水泛滥成灾，海面不见丝毫增高；商汤的时候，八年有七年天大旱，土地都裂了缝，海岸也丝毫不见降低。不因时间的长短而改变，也不因雨量的多少而增减，生活在东海，那才真正是快乐呢！"

井蛙听了，吃惊得好半天也没有说出话来。它这才知道自己生活的地方是多么狭窄。

* * * * *

人如果长期把自己束缚在一个狭小的天地里，就会变得目光短浅，自满自足。所以，有远大抱负的人，应该把视野放得更开阔，不能局限在狭小的空间里。

匠石运斤

楚国的郢都有一个人，鼻子尖上沾了一点白泥巴，这层白泥巴薄得像苍蝇的翅膀一样。他请一个名叫石的工匠用斧子把它削去。

工匠石挥动斧子，只听见一阵风响，手起斧落，白泥巴削得干干净净，鼻子却没有受到一丝一毫的损伤。那个被削的人神情自若，一点儿也不感到害怕。

宋元君听说这件事后，就把工匠石叫了来，说："你再削一次让我看看吧！"

工匠石说："我的确是会削的，但是，那个敢让我削的人已经死去很久了。"

* * * * *

不管做什么事，都要有好的搭档。如果没有一个很好的搭档，要把本领发挥出来便很难。

猴子逞能

吴王坐船在大江里游玩，攀登上一座猴山。一群猴子看见了，都惊慌地四散逃跑，躲在荆棘丛中了；唯独有一只猴子，却洋洋得意地跳来跳去，故意在吴王面前卖弄灵巧。

吴王拿起弓箭向它射去，那猴子敏捷地把飞箭接住了。吴王下令左右的侍从一齐放箭，那只猴子被射死了。

吴王回过头对他的朋友颜不疑说："这只猴子夸耀自己的灵巧，仗恃自己的敏捷，在我面前表示骄傲，以至于这样死去了。警惕呀！不要拿你的地位去向别人耍骄傲呀！"

颜不疑回去以后，就拜贤人董梧为老师，尽力克服自己的骄气，远离美色声乐，不再抛头露面。过了三年，全国人都称赞他。

* * * * *

不管有多大的本领，也不可当作骄傲的本钱。谦虚谨慎，才能获得人们的敬重。

东施效颦

西施长得很美丽，即使是心口痛的时候，紧锁着双眉，附近的一个丑女见了，仍感到她的样子很漂亮。

丑女回去以后，也学着西施的样子，捧着心口，皱着眉头，想让别人夸她漂亮。谁知道乡里的富人看她这个样子，赶紧关闭大门不出来；穷人见了，也拉着自己的妻子儿女远远地躲开。

这个丑女只是看了西施皱着眉头的样子美，便以为自己皱眉也会一样美。

* * * * *

做事情，如果不考虑自己的条件，盲目地模仿别人，很容易弄巧成拙，适得其反。

触蛮之战

魏晋人对梁惠王说："您知道有一种名叫蜗牛的小动物吗？"

梁惠王回答："知道。"

晋人又说："蜗牛的角上有两个国家，左角上的叫触国，右角上的叫蛮国。这两个国家经常为争夺地盘而发生战争。每次战争后，总是尸横遍野，死亡好几万人；取胜的国家追赶败军，常常要十多天才能回来。"

惠王说："呀！这都是您瞎编的吧！"

晋人说："请允许我来为您证明。您的想象在无限广阔的宇宙中有边界吗？"

惠王说："没有。"

晋人说："您的想象在宇宙中任意驰骋，而一回到现实中，您能够到达的地方却只限于四海九州之内。拿现实的有限与想象的无穷相比，岂不是若有若无，微不足道吗？"

惠王说："你说的对。"

晋人说："在我们所能够到达的领域里有一个魏国，魏国迁都大梁后才有梁国，有梁国才有梁王。梁王与蛮氏，有什么不同吗？"

惠王想了想说："好像没有什么不同。"

魏晋人走了以后，梁惠王情绪低落，好像丢失了什么。

* * * * *

在大千世界中，我们都是很渺小的。我们要珍惜生命，珍惜我们这个世界。

曲突徙薪

有位客人去探访一家主人，发现他家灶屋砌了一个很直的烟囱，靠近烟囱的地方还堆放了很多柴草。

这位客人就提醒主人说："烟囱是直的，火很容易冒出来，你应该把它改砌成弯曲的；柴草堆在烟囱边，很容易着火，你应该把它搬得远一点。不然的话，这都是发生火灾的隐患啦!"

主人听了，以为他是没事找事，就没有搭理他。

过了不久，他家果然发生了火灾，邻居们纷纷跑来救火，幸好把火扑灭了。

事后，主人宰牛设酒答谢帮忙的邻居，凡是那些在救火中被烧得焦头烂额的人都请去坐上席，其他救火的人也都按功劳大小排定座次，但是那个劝他把烟囱改成弯曲的客人，却没有被邀请来。

* * * * *

人就是这样，往往只注意事物的近因，而不注意事物发生的本质原因。

一目之网

捕鸟人布下一张大网在树林里面，一下子捕到了许多鸟。

有个人走上前仔细一看，发现一只鸟只钻一个网眼，就在心里想，既然如此，何必要织那么多的网眼呢?

于是，他回到家里，就用绳子结成一个网眼的网，准备拿了去捕鸟。

别人说他："你这是去干什么呀?"

他回答说："去捕鸟呀! 反正一只鸟只钻一个洞，我这种网岂不是比有许多眼的网要省事多了么!"

然而，他没有机会捕到鸟了。

* * * * *

这是典型的"只见树木，不见森林"的做法，缺乏宏观系统的思维，是不可能做成什么事的。

塞翁失马

有一个老头住在边塞，人们叫他塞翁。塞翁善于推测人的命运。

有一天，塞翁家的马忽然跑到塞外去了。邻居们为他丢失了马而替他惋惜，都来安慰他，但塞翁并不感到悲伤，说：“怎知道这不会成为一件好事呢?”

过了一段时间，那匹马自己跑了回来，并且还带回来了几匹匈奴的骏马。人们都来向他表示祝贺。

塞翁并不感到高兴，说：“谁知道这会不会带来灾祸呢?”

塞翁家里的好马多了，儿子非常喜欢骑马，有一次不小心从马上跌下来，把胯骨摔折了。人们都来向他表示慰问。

塞翁说：“说不定这会变成福呢?”

过了一年，匈奴大举向边塞发起进攻，青壮年男子都上前方打仗去了，边塞的人十之八九都死在战场上，而塞翁的儿子因为腿跛，父子得以保全。

* * * * *

所以说，福可以转化为祸，祸也可以转化为福。真是变化无穷，难以预测呀!

八哥学舌

八哥出产在南方。南方人用网把它捕捉住后，训练调教，教它说话。日久天长，它就会模仿人说话了；可是它只能学说几句，一天到晚说来说去，还是那么几句话。

蝉在院子里叫，八哥听见了，便嘲笑它。

蝉对八哥说：“你会模仿人说话，这很好；可是你所说的那些话，其实等于没有说，哪里比得上我能叫出自己的意思呢!”

八哥听了这话，惭愧地低下了头。

* * * * *

模仿得再好，其实也只是模仿，做人也是不要甘于重复模仿，要勇于超越创新。

兄弟争雁

从前，有兄弟二人。哥哥看见一只大雁在天上飞翔，就张弓搭箭，准备把它射下来，一边瞄准一边说："射下来了就煮着吃。"

他的弟弟听了不同意，争辩说："家鹅煮着吃好，鸿雁还是烤着吃好！"

哥哥说："不，还是煮着吃好！"

弟弟说："不，还是烤着吃好！"

两个人争论不休，互不相让，一直吵到社伯面前，请他分辨是非。

社伯说："这事很好办，你们把雁剖开，煮一半，烤一半，问题不就解决了吗？"

兄弟俩一听，觉得这个主意好，于是都同意了。但他们再去找雁时，那只雁早已飞得不见踪影了。

* * * * *

当人们在为一些无关紧要的事情耽搁而迟迟未采取行动时，机会已悄悄溜走。

为猫取名

乔奄家养了一只猫，自认为非常奇特，就给它取了个名字叫"虎猫"。

有客人对他说："老虎的确很勇猛，但不如龙神奇。请改名'龙猫'吧！"

另一个客人对他说："龙固然比老虎神奇，可是，龙升上天空时，必须要浮在云彩之上。这么说云彩不是超过了龙吗？不如改名叫'云猫'。"

又有个客人对他说："莫看云彩可以遮住天空，但风很快就把它吹散了。云彩能够挡住风吗？请改名叫'风猫'好了。"

又有个客人对他说："再大的风，只要用墙来做屏障，就可以挡住了。风怎么能和墙相比呢？我看还是叫'墙猫'好。"

有个客人对他说："墙虽然坚固，但老鼠却能在墙上打洞。墙比得上老鼠吗？所以，应该改名叫'鼠猫'。"

东乡的一位老人听了他们的话，讥笑地说：“唉呀，你们说来说去，逮老鼠的就是猫啊！猫就是猫嘛，为什么要让它失去自己本来的真名呢！”

* * * * *

名字只是个符号而已，如果只在名字上纠缠，而忘记其真正的作用，就没有什么实际意义了。

以丑为美

南岐坐落在陕西和四川交界处的山谷中，那里的水很甜但水质不好，凡是长期喝这种水的人，都要得粗脖子病，所以，那里的居民没有一个不是粗脖子的。

一次，有个外地人来到这里，就有一群小孩和妇女围上去，一边好奇地围观，一边讥笑说：“这个人的脖子长得好奇怪呀！那么细，跟我们完全不一样！”

外地人告诉他们说：“你们的脖子上长着一个大包，这是一种粗脖子病。你们为什么不去求医生好好治一治，反而在这里讥笑我呢？”

笑他的人回答说：“我们村里的人都是这样，哪里用得着去治什么病呢？”

她们始终不知道脖子上长一个大包吊在胸前是丑的，反以为这样很美呢！

* * * * *

可怕的不是丑，而是不知道什么是丑。同样，一个人犯错误没关系，就怕他不认为那是错误。

马肝有毒

在一次聚会中，有位客人说：“马肝有毒，能够毒死人，因此汉武帝说：‘文成是吃马肝而死的’。”

迂公在一旁听说后，摇着头笑道：“你骗人吧，既然马肝有毒，它长在马肚子里，为什么马不被毒死呢？”

客人故意戏弄他说：“马为什么活不到一百岁呢？就因为肚子里有肝的缘故。”

迂公想想，觉得很有道理，回到家里，就把自己养的马按翻在地上，用刀剖开肚子，把肝取了出来。

没等他把事情做完，马就死了。

迂公把沾满鲜血的刀丢在地上，仰天长叹道：“客人说的太有道理了，马肝果然有毒。我剜去它，马尚且活不成；如果马肝还留在肚子里，那将会是一种什么后果呢？”

* * * * *

判断一个东西是好是坏，一定要区分对象，不分青红皂白地“一视同仁”，势必走进机械主义的死胡同。

北人吃菱

有个北方人，自出生以来就没有见过菱角。后来到南方做官，南方有很多菱角。

一次，大家坐在席上吃菱角，这个人连壳一起放到嘴里。

有人提醒他说：“吃菱角要去壳。”

他却想掩盖自己的不懂，说：“我不是不知道要去壳，是想用来清热呀！”

人家问他：“北方也有菱角吗？”

他说：“前山、后山，到处都有。”

* * * * *

人不可能什么都懂，但不能不懂装懂。如果不懂装懂，就难免当众出丑。

世无良猫

有个人很讨厌老鼠，不惜倾家荡产买到一只好猫。他用鲜美的鱼肉喂养它，让它睡在柔软的毡子上。猫每天都吃得很饱，而且很安逸，就不愿捕捉老鼠了，甚至和老鼠一起嬉闹着玩，老鼠因此闹得更凶了。这个人很生气，于是便不再养猫，以为天下没有一只好猫。

* * * * *

环境过分安逸，人就不想做事。不懂这个道理，就用不好人才。

猴子捞月

从前，在人烟稀少的密林里，栖息着五百只猕猴。

一天，猕猴们来到一棵树下，树下有一口井，井中有月亮的影子。猕猴头儿看见了，对它的同伴们说："月亮掉到水井里去了，我们应当把它救出来，免得世界上每天晚上都是黑沉沉的。"

猕猴们在一起商量说："怎样才能把它救出来呢?"

猕猴头儿说："我知道救出月亮的办法，我抓住树枝，你们抓住我的尾巴，一个连一个，就可以捞出月亮了。"

猕猴们都说这个主意好。于是，猕猴头儿就抓住树枝，然后猴子们一个抓住一个的尾巴，挂成了一长串。

眼看就要接近水面了，可是，由于连成一串的猕猴太重，树枝经受不了，"咔嚓"一声折断了，所有的猕猴都掉进了井中。

* * * * *

看问题不能被假象所迷惑。只有认真观察，仔细分析，把问题的本质搞清楚，才不会犯"猴子捞月亮"之类的错误。

晏子的车夫

晏子乘车外出，马车正好从车夫的家门前经过，车夫的妻子从门缝里偷偷地往外看，只见自己的丈夫替相国驾车，坐在车上的大伞盖下，挥鞭赶着高头大马，神气活现，十分得意。

车夫回到家里，妻子就要跟他离婚。车夫大吃一惊，忙问什么原因。

他妻子说："晏子身为齐国宰相，在诸侯各国中很有名望，可我看他坐在车上，思想是那样深沉，态度是那样谦逊。而你呢，只不过是给相国赶赶车罢了，却趾高气扬，表现出一副很了不起的样子。像你这样的人还会有什么出息呢？这就是我要跟你离婚的原因。”

车夫仔细捉摸妻子这番话，既受教育又感惭愧，便向妻子认错。自此以后，车夫变得谦逊谨慎起来。

车夫的这一变化，使晏子感到奇怪，就问车夫原因，车夫把妻子的话如实地告诉了晏子。晏子认为车夫的妻子很有见解，也对车夫勇于改过的态度感到满意，便推荐车夫做了大夫。

* * * * *

有本事、有志向的人，大都谦虚谨慎；而那些骄傲自满、趾高气扬的人，大都眼光短浅、志向不高。

庙里的老鼠

有座土地庙，里面的墙壁是用树枝绑扎成的，外面涂上泥巴，看起来也不错。老鼠却乘机在里面打洞做窝，生儿育女。

人们非常痛恨这些害人的东西，很想把它们消灭掉。但是，如果用火熏，害怕烧着了里面的树枝；如果用水浇灌，又担心浇坏了外面的泥巴。真是左右为难。

这些老鼠之所以能够生存下来，是因为土地庙保护了它们呀！

* * * * *

坏人能够生存下来，是因为他们有生存的环境。要想除掉坏人，就必须铲除他们生存的条件。

南橘北枳

晏子将要出使楚国。楚王得知这个消息后，对左右的大臣说：“晏婴是齐国能言善辩的人，如今来到我国，我想羞辱他一番，大家看用什么办法好？”

有个大臣献计说：“他来了以后，请绑一个人从大王面前走过。大王问：‘他是哪里的人？’回答说：‘是齐国人。’大王再问：‘他犯了什么罪？’回答说：‘他犯了盗窃的罪。’”楚王觉得这个主意不错。

晏婴来到楚国，楚王用酒招待他。宾主正喝的起兴，两名小吏捆着一个人来到楚王面前。

楚王故意问："这捆着的是个什么人?"

小吏回答："是个齐国人。因为盗窃犯了罪。"

楚王转过头来望着晏婴说："齐国人生来就喜欢偷盗吗?"

晏子离开座位，走到楚王面前，回答说："我听说，橘树生长在淮河以南就结橘子，如果生长在淮河以北，就会结出枳子。橘子和枳子，叶子差不多，但果实的味道却不一样。这是为什么呢? 因为水土不同啊。现在捉到的这个人，生活在齐国的时候，并没有盗窃的行为，来到楚国以后却偷盗起来，难道是因为楚国的水土容易使人变成小偷吗?"

楚王听了，尴尬地笑着说："圣贤的人是不可戏弄呀! 我反而是自讨没趣了。"

* * * * *

环境对人的影响很大。良好的环境可以让人学好，不好的环境可以使人变坏。

黄公好谦

齐国有个黄公，喜欢过分的谦虚。

他有两个女儿，是全国的美女，非常漂亮，可是黄公却经常在人们的面前说："小女相貌很丑，见不得人。"久而久之，他的女儿"丑名远扬"。齐国人以为她们真的很丑。

结果，黄公的女儿已过了结婚的年龄，全国没有一人前来求婚的。

* * * * *

谦虚是美德，但谦虚过分却会脱离实际，走向反面，造成与自己愿望相反的后果。

上行下效

从前，晋国流行一种讲排场、摆阔气的坏习气，晋文公便带头用朴实节俭的作风来纠正它，他穿衣服决不穿价格高的丝织品，吃饭也决不吃两种以上的肉。

不久之后，晋国人就都穿起粗布衣服，吃起糙米饭来。

* * * * *

领导的示范作用非常重要。领导者能够严格要求自己，下面就会跟着学。

宣王好射

周宣王喜欢射箭，并且喜欢别人称赞他的膂力过人，能用强弓。其实他用的弓，不过三石的力气就能拉开。

他把这张弓交给左右的人传看。左右的人都试着拉，但只把弓拉到一半，就装着拉不动的样子，恭维地说："这张弓没有九石的力气拉不开。除了大王以外，谁还能够使用这张弓呢？"

周宣王听了，非常得意。

虽然他所用的弓不过三石，但直到死他仍以为他用的弓是九石。三石是实际，九石是虚名。周宣王喜欢图虚名而脱离了实际。

* * * * *

一个人如果只喜欢听奉承的话，就不能够正确地认识自己。

老妪磨杵

李白小的时候，学习不太认真。

有一次，在路上，他遇到一位白发苍苍的老婆婆，坐在小河边，用劲磨一根碗口粗的铁棒。他很奇怪，就走上去问："老婆婆，您这是在干什么呢？"

老婆婆把脸上的汗水擦了擦，说："我想把它磨成一根绣花针。"

李白感到很好笑，说："这么粗的一根铁棒，您哪年哪月才能把它磨成一枚针呢？"

老婆婆信心十足地说："只要功夫到家了，自然就可以成功了。"

李白听后，非常感动。于是，他马上回去继续学习，终于学有所成，后来成了著名的大诗人。

* * * * *

要干成一件事，必须要有坚韧不拔的意志和持之以恒的决心。

再爬一次

从前，有个人得到一只鳖，心里很想把它煮了吃，却又不愿意承担杀害生命的恶名，就烧了一锅滚烫的开水，又在开水锅上架了一根很细的竹子作为桥，和鳖约定说："如果你能够从这个桥上爬过去，就放你一条活命。"

鳖明知主人是在玩弄诡计来赚取自己，但还是费尽力气，勉勉强强地从竹子上爬了过去。

主人见自己的计谋没有得逞，又说："啊，真不错，你能够爬过这座桥，真是太妙了！请再爬一次，我还想再看看。"

* * * * *

虚伪的人口里说的是一套，心里想的又是另一套。我们要学会辨识。

熟能生巧

陈尧咨善于射箭，像他这么高水平的，当代没有第二个人，他也因此感到骄傲自负。

一天，他在自家的花园里射箭，有个卖油的老汉放下肩上的担子，站在一旁，歪着头，很有兴趣地观看着。他看陈尧咨发射的箭，十支中有八九支射中了靶子，便微微地点着头。

陈尧咨问他说："你也懂得射箭吗？我射箭的技术是不是很精到？"

老汉说："也没有什么别的技术，只不过是手熟罢了！"

陈尧咨一听很气愤，大声呵斥道："你怎么敢贬低我的本领？"

老汉说："我是从我倒油的技巧中知道这个道理的。"说罢，他拿出来一个葫芦放在地上，又摸出一枚有孔的铜钱放在葫芦嘴上，然后慢慢地用勺子舀出油来往葫芦里倒，只见油像一条细线一样从钱孔中流入葫芦里，而那枚铜钱却没有沾上一点儿油痕。

倒完，老汉直起身子说："我这点技术，也没有什么了不起的，不过就是手熟罢了。"

尧咨看后，笑着把老汉打发走了。

* * * * *

勤奋是成功的唯一捷径，只有经过一次次反复的训练，才能达到极致的境界。

楚王好细腰

从前，楚灵王喜欢细腰的男子。因此，灵王的臣子们，每天只吃一顿饭来节制自己的体形，再长吸一口气后赶紧扎住腰带，扶着墙才能站起来。

过了一年，朝廷里的人都是又黑又瘦。

* * * * *

身居高位的人，提倡什么，反对什么，对下面的影响非常大。如果提倡非正面意义的东西，就会给社会带来不良的后果。

夫妻妒影

有一对夫妇，他们的心胸很狭窄，总爱为一点小事争吵不休。有一天，妻子做了几样好菜，想到如果再来点酒助兴就更好了，于是她就拿瓢到酒缸里去取酒。

妻子探头朝缸里一看，瞧见了酒中倒映着的自己的影子，她也没细看，一见缸中有个女人，以为是丈夫对自己不忠，偷着把女人带回家来藏在缸里，嫉妒和愤怒一下子冲昏了她的头脑，她连想都没想就大声喊起来："喂，你这个混蛋死鬼，竟然敢瞒着我偷偷把别人的女人藏在缸里面。你快过来看看，看你还有什么话说?"

丈夫听了糊里糊涂的，不知道发生了什么事情，赶紧跑过来往缸里瞧，看见的是自己的影子。他一见是个男人，也不由分说地骂起来："你这个坏婆娘，明明是你领了别的男人回家，暗地里把他藏在酒缸里面，反而诬陷我，你到底安的是什么心!"

“好哇，你还有理了!”妻子又探头往缸里看，见还是先前的那个女人，以为是丈夫故意戏弄她，不由勃然大怒，指着丈夫说：“你以为我是什么人，是任凭你哄骗的吗？你，你太对不起我了……”妻子越骂越气，举起手中的水瓢就向丈夫扔过去。

丈夫侧身一闪躲开了，见妻子不仅无理取闹还打自己，也不甘示弱，于是还了妻子一记耳光。这下可不得了，两人打成一团，又扯又咬，简直闹得不可开交。

最后闹到了官府，官老爷听完夫妻二人的话，心里顿时明白了大半，就吩咐手下把缸打破。一个侍卫抡起大锤，一锤下去，葡萄酒从被砸破的大洞汩汩地流了出来。不一会儿，葡萄酒流光了，缸里也就没有人影了。

夫妻二人这才明白他们嫉妒的只不过是自己的影子而已，心中很是羞惭，于是就互相道歉，重又和好如初了。

* * * * * *

这对夫妻见到自己的影子时，毫不思考分析就被嫉妒冲昏了头脑，伤了和气。我们遇到怀疑的事，不要过早下结论，要客观、理智地去分析，才能够了解真相。

宋清卖药

长安城里有一位人人皆知的药商，叫宋清。宋清待人仁厚，药的质量也好，所以远近闻名。

宋清收集药材很严格。凡是到他这里来卖药材的都知道宋清的人品好，价格合理，而且对送药材的人十分客气，热情地款待他们，请他们吃饭，远道来的还安排在自己家里休息过夜。所以，采药人都争先恐后到他那里卖药。

宋清的药好，来他这儿买药的人自然就很多，他配的药又从没有出过一点儿差错，人们都很信任他。加上宋清卖药，如果对方一时无钱付账，可以欠账，宋清总是说：“治病救人要紧。钱什么时候有，再送来就是了。”

人们因此十分赞赏他的人品。有的人家药费拖了一年，仍无钱付账，宋清也从不上门讨账，每到年底，宋清总要烧掉一些还不起钱的欠条。

有人对此颇不理解，说："宋清这人一定是脑袋有问题，否则，怎么会办那样的傻事？"

宋清却说："我并不觉得自己傻，我卖药挣钱不过是为了供养家人的生活所需，我现在生活得很好不就行了。

"卖药四十多年，我总共烧掉别人的欠据数不清了，这些人并非是为了赖账，有的人后来当了官，发了财，没有欠据，他照样不忘当初，会加倍地送钱来还我的，真正不能还的毕竟是少数。

"如果像有些商人，对欠账的人不依不饶，怎么会有这么多的买主上门求药？人品是最好的宣传，人们对你信任，才会有事来找你，而不找别人，这是多少钱都买不来的友情。"

宋清的确就是以德取信于民，赢得了众人的敬重，他的生意也就随之越做越大，成了有名的富商。

* * * * * *

这个故事告诉人们做生意要讲究商德，讲求诚信，要以顾客利益为主，不可唯利是图。

棘刺刻猴

燕王有收藏各种精巧玩物的嗜好，有时他为了追求一件新奇的东西，甚至不惜挥霍重金，"燕王好珍玩"的名声不胫而走。

有一天，一个卫国人到燕都求见燕王。他见到燕王后说："我听说您喜爱珍玩，所以特来为您在棘刺的顶尖上刻猕猴。"燕王一听非常高兴。虽然王宫内有金盘银盏、牙雕玉器、钻石珠宝、古玩真迹，可是从来还没有听说过棘刺上可以刻猕猴。因此，燕王当即赐给那卫人享用三十方里的俸禄。随后，燕王对那卫人说："我想马上看一看你在棘刺上刻的猴。"那卫人说："棘刺上的猕猴不是一件凡物，有诚心的人才能看得见。如果君王在半年内不入后宫、不饮酒食肉，并且赶上一个雨过日出的天气，抢在阴晴转换的那一瞬间去看刻有猕猴的棘刺，届时您将如愿以偿。"不能马上看到棘刺上刻的猕猴，燕王只好拿俸禄先养着那个卫人，等待有了机会再说。

郑国台下地方有个铁匠听说了这件事以后，觉得其中有诈，于是去给燕王出了一个主意。这匠人对燕王说：“在竹、木上雕刻东西，需要有锋利的刻刀，被雕刻的物体一定要容得下刻刀的锋刃。我是一个打制刀斧的匠人，据我所知，棘刺的顶尖与一个技艺精湛的匠人专心制作的刻刀锋刃相比，其锐利程度有过之而无不及。既然棘刺的顶尖连刻刀的锋刃都容不下，那怎样进行雕刻呢？如果那卫人真有鬼斧神工，必定有一把绝妙的刻刀。君王用不着等上半年，只要现在看一下他的刻刀，立即就可知道用这把刀能否刻出比针尖还小的猕猴。”燕王一听，拍手说道：“这主意甚好！”

燕王把那卫人召来问道：“你在棘刺上刻猴用的是什么工具？”卫人说：“用的是刻刀。”燕王说：“我一时看不到你刻的小猴，想先看一看你的刻刀。”卫人说：“请君王稍等一下，我到住处取来便是。”燕王和在场的人等了约一个时辰，还不见那卫人回来。燕王派侍者去找，侍者回来后说道：“那人已不知去向了。”

* * * * * *

这则故事不仅讽刺了封建统治者的无知昏庸，而且也告诉我们，正确的推理方法跟实践活动一样，是我们认识世界的重要法宝，遇到不合理的事情一定要推理求证，才不会上当受骗。

郑人买履

郑国有一个人，眼看着自己脚上的鞋子从鞋帮到鞋底都已破旧，于是准备到集市上去买一双新的。

这个人去集市之前，在家先用一根小绳量好了自己脚的长短尺寸，随手将小绳放在座位上，起身就出门了。

一路上，他紧走慢走，走了一二十里地才来到集市。集市上热闹极了，人群熙熙攘攘，各种各样的小商品摆满了摊子。这个郑国人径直走到鞋铺前，里面有各式各样的鞋子，郑国人让掌柜的拿了几双鞋，他左挑右选，最后选中了一双自己觉得满意的鞋子。他正准备掏出小绳，用事先量好的尺码来比一比新鞋的大小，忽然想起小绳被搁在家里忘记带来，于是他放下鞋子赶紧回家去。他急急忙忙地返回家中，拿了小绳又急急忙忙赶往集市，尽管他快跑慢跑，还是花了差不多两个时辰。等他到了集市，太阳快下山了，集市上的小贩都收了摊，大多数店铺已经关门。他来到鞋铺，鞋铺也打烊了。他鞋没买成，低头瞧瞧自己脚上，原先那个鞋窟窿现在更大了。他十分沮丧。

有几个人围过来，知道情况后问他："买鞋时为什么不用你的脚去穿一下，试试鞋的大小呢?"他回答说："那可不成，量的尺码才可靠，我的脚是不可靠的。我宁可相信尺码，也不相信自己的脚。"

* * * * * *

这个人的脑子真像榆木疙瘩一样死板。而那些不尊重客观实际，自以为是的人不也像这个揣着鞋尺码去替自己买鞋的人一样愚蠢可笑吗?

著文戒虎

从前，有位先生姓杨，名叔贤，他恃才傲物，从不把任何人放在眼里。

有一年，他去荆州做官。到了荆州，什么事情都没有做呢，就见天天来人报告老虎伤人的事，他很气恼。

这天，又有人来报："山上有一虎穴，卧有雌雄两只老虎，常常出来伤人，人们吓得已经不敢进山砍柴了。请求官府派人去捉 ，否则后患无穷。"

杨叔贤听说此事，拍案喝道："地方上出了一些动物也要老爷亲自过问，真是些没用的东西!"

杨叔贤说着，拿出纸笔，奋笔疾书，写下一篇《虎戒文》。写完之后，交给差人，差人不解，杨便骂道："真是些没用的东西！且看我写的这文章就可以把老虎轰走。"

文章对老虎出没乡里、不守规矩且屡屡伤人的行径进行了猛烈的抨击，并且斥责老虎：从此以后，不准这样不仁不义，要爱护百姓，否则，将会受到惩罚。

这是一篇声讨老虎的檄文，他命手下的人将文章张贴于老虎出没的山上。

过了几天，果然没有再听说谁受到老虎的伤害，杨老爷洋洋得意，对周围的人说："怎么样？还是我的文章有神效吧，如此犀利的文章，量它老虎也不敢不思量。"

其实，偏巧那些日子老虎到别的地方打食去了。

后来，杨老爷又被调任到郁林地区做官，这里倒是没有老虎，但这里的百姓可不像荆州那儿的百姓那么老实。他们常常给杨老爷出难题，弄得杨老爷整日烦躁不乐。

无计可施的杨老爷又想起当年在荆州一篇文章就镇住了老虎的英雄业绩，可是，一时又写不出有分量的告民众书。忽然想到，何不把那篇《虎戒文》抄来镇一镇这里的百姓，便派人去荆州抄《虎戒文》。

几日之后，派去的人仍不见回来，又派另外一人去打听，回来报告：抄文之人不幸落入虎口。

* * * * * *

后来，就用这则故事寓意做事不分对象，方法不当。

惧老休妻

有一个叫陶邱的人住在平原郡，他娶了渤海郡墨台氏的女儿做妻子。这位女子不但容貌十分美丽，而且很有才华，为人温柔贤惠，亲戚邻居没有不羡慕的。陶邱也感到心满意足，一家人过得十分幸福。

一年后，他们养了个儿子，家中更是充满了乐趣。一天，妻子对丈夫说："自从嫁到你家，这一年多我从没回过一次娘家，我很是想念母亲和娘家的人，我们是不是择个日子，回一趟娘家，顺便也把孩子带给他们瞧瞧？"

丈夫想了想，说："也是，应该去见见岳母。"

于是一家三口人选了个日子，雇了车马一路上风尘仆仆到了渤海郡。到了墨台氏妻子家里，娘家人见了女儿、女婿和小外孙，都非常高兴，杀鸡宰羊招待。岳母丁氏已是七十多岁的老妇人，自然行动迟缓，步履蹒跚，满脸皱纹交错，说话也不灵巧了。岳母上前见过女婿便回房休息去了。

几天后，陶邱带着妻子和儿子回家。一回到家就要把妻子休了。

妻子感到十分诧异，便问丈夫："不知我有什么过错，夫君要休我回家。"

丈夫陶邱说："前几天到你家去，见了你母亲真叫我伤心，她年龄老了，满脸皱纹，德行礼节都不讲了，已不能与过去相比。我担心你老了以后也会变成这副模样，倒不如现在就把你休了。再也没有别的原因了。”

妻子听了，哭笑不得。后来，亲戚和邻居知道了这件事，都骂陶邱愚蠢至极。

* * * * * *

这位丈夫实在是庸人自扰，为担心遥远的将来而放弃现实中的美好，这不是太愚蠢了吗?

智诲小偷

东汉时期，有个叫作陈寔的人，是个饱学之士，品行端正、道德高洁，远乡近邻的人因此都非常敬重他。陈寔不仅自己自觉自律，对儿孙们的要求也相当严格，常常抓住各种场合和机会教育他们，而且很注意方法，所以总能收到比较好的效果。

有一年洪水泛滥，淹没了大片村庄和良田，成千上万的人无家可归，到处逃荒。为此盗贼四处横行，天下很不太平。

一天夜里，有个小偷溜进了陈寔家里。他刚准备动手偷东西，忽然听得几声咳嗽，不好，有人来了。慌乱间，小偷一时找不到妥善的藏身之处，急中生智，顺着屋内的柱子爬到大梁上伏下身子，大气也不敢喘。

陈寔提着灯从里屋出来拿点东西，偶然间一抬头，瞥见了梁上的一片衣襟，他马上心知家里进了贼了。他一点都不惊慌，也不赶紧抓小偷，而是从容不迫地把晚辈们全都叫起来，将他们召集到外屋，然后十分严肃地说道：

“孩子们啊，品德高尚是我们为人的根本，在任何情况下，我们都应该对自己高标准、严要求，不能够因为任何借口而放纵自己、走上邪路。有些坏人，并不是天生的坏人，而是因为不能严格要求自己，慢慢地养成了不好的习惯，后来想改都改不过来了，这才沦为了坏人。比如我家梁上的那位君子，就是这种情况。我们可不能因为一时的贫困而丢掉志气、自甘堕落啊!”

听了陈寔的一番教诲，梁上的小偷吃了一惊：原来自己早就被发现了。同时他又很为陈寔的话所感动：他不但没抓自己反而耐心教育自己。小偷羞愧难当，就翻身爬下梁来，向陈寔磕头请罪说：“您说得太好了，我错了，以后再也不干这种勾当，求您宽恕我吧。”陈寔和蔼地回答道：“看你的样子，也并不像个坏人，也是被贫穷所逼的吧。以后要好好反省一下，要改还来得及。”说完，他又吩咐家人取来几匹白绢送给小偷。小偷感激涕零，千恩万谢地走了。

从这以后，这一带就几乎再没有偷盗之类的事情发生了。

* * * * * *

陈寔不失时机地给小偷和晚辈们上了一堂生动的德育课，也启发了我们，做工作时方法不要太简单粗暴，要分析事物的本质，对犯了错误的人立足于挽救，往往能够收到比较好的效果。

释鹿得人

一次，鲁国国君孟孙带随从进山打猎，臣子秦西巴跟随左右。打猎途中，孟孙活捉了一只可爱的小鹿，他非常高兴，便下令让秦西巴先把小鹿送回宫中，以供日后玩赏。

秦西巴在回宫的路上，突然发现一只大鹿紧跟在后，不停地哀号。那只大鹿一号叫，这里小鹿便应和，那叫声十分凄惨。秦西巴明白了，这是一对母子，他觉得心中实在不忍，于是便把小鹿放在地上。那母鹿不顾秦西巴站在旁边对自己有什么危险，一下冲到小鹿身边，舔了舔小鹿的嘴，两只鹿便撒腿跑进林子里，眨眼就看不见了。

孟孙打猎归来，秦西巴对他说放走了小鹿，孟孙一下子火冒三丈，打猎回来的余兴一下子全没有了，他气得将秦西巴赶出宫门。

过了一年，孟孙的儿子到了念书的年龄，孟孙要为儿子找一位好老师，许多臣子都来向孟孙推荐老师，孟孙一一接见这些人，但他总觉得不是十分满意。正当孟孙闷闷不乐的时候，他突然想起了一年前被自己赶出宫去的秦西巴，心中豁然开朗，立即命人去寻找秦西巴，并把他请回宫来，拜他为太子老师。

左右臣下对孟孙的做法很不理解，他们问道：“秦西巴当年自作主张，放走了大王所钟爱的鹿，他对您是有罪的，您现在反而请他来做太子的老师，这是为什么呢?”孟孙笑了笑说：“秦西巴不但学问好，更有一颗仁慈的心。他对一只小鹿都生怜悯之心，宁可自己获罪也不愿伤害动物的母子之情，现在请他做太子的老师，我可以放心了。”

秦西巴的仁慈之心，终于被国君理解，国君捐弃前嫌而合理启用秦西巴的长处，这一点对我们是大有启发的。

* * * * * *

善良，是一种美好的品德，从一个人的恻隐之心就可看出一个人善良与否。

韩娥善歌

从前，韩国有位歌唱家名叫韩娥，要到位于东方的齐国去，不想在半路上就断了钱粮，从而使基本生活都发生了困难。为了渡过这一难关，她在经过齐国都城西边的雍门时，便用卖唱来换取食物。韩娥唱起歌来，情感是相当投入的，以至在她离开了这个地方以后，她那美妙绝伦的余音还仿佛在城门的梁柱之间缭绕，竟至三日不绝于耳；凡是聆听过韩娥歌唱的人，都还沉浸在她所营造的艺术氛围之中，好像她并没有离开一样。

有一天，韩娥来到一家旅店投宿时，店小二见她穷愁潦倒，便当众羞辱她。韩娥为此伤心至极，禁不住拖着长音痛哭不已。她那哭声弥漫开去，竟使得方圆一里之内的人们，无论男女老幼都为之动容，大家泪眼相向，愁眉不展，人人都难过得三天吃不下饭。

后来，韩娥难以安身，便离开了这家旅店。人们发现之后，急急忙忙分头去追赶她，将她请回来，再为劳苦大众纵情高歌一曲。韩娥的热情演唱，又引得一里之内的老人和小孩个个欢呼雀跃，鼓掌助兴，大家忘情地沉浸在欢乐之中，将以往的许多人生悲苦都一扫而光。为了感谢韩娥给他们带来的欢乐，大家送给韩娥许多财物和礼品，使她满载而归。

* * * * * *

韩娥的故事说明：真正的艺术家，应当扎根于人民大众之中，与大众共悲欢，成为他们忠实的代言人。

邻人献玉

魏国的一个农夫有一次在犁田时突然听到一声震响，他喝住耕牛，刨开土层一看，原来是犁铧撞上了一块直径一尺、光泽碧透的异石。农夫不知是玉，所以跑到附近田里请邻人过来观看。那邻人一看是块罕见的玉石，于是起了歹心，他编了一套谎话对农夫说："这是个不祥之物，留着它迟早会生祸患。你不如把它扔掉。"农夫一时还拿不定主意。他心想："这么漂亮的一块石头，假如不是怪石，扔掉了多么可惜。"农夫犹豫了一会儿，最后还是决定把它拿回家去，先摆在屋外的走廊上观察一下，看看到底是怎么一回事。

那天夜里，宝玉忽然光芒四射，把整个屋子照得像白昼一样。农夫全家人被这种神奇的景象惊呆了，农夫又跑去找那邻人。邻人趁机吓唬他说："这就是石头里的妖魔在作怪。你只有马上把这块怪石扔掉才能消灾除祸!"听了这话以后，农夫急忙把玉石扔到了野地里。时隔不久，那邻人跑到野外把玉石搬回了自己的家。

第二天，那邻人拿这块玉石去献给魏王。魏王把玉工召来品评其价值，那玉工一见这块玉石，不觉大吃一惊，他急忙朝魏王跪下，连连叩头，然后起身对魏王说："恭喜圣上洪福，您得到了一块稀世珍宝。我虽然当了这么多年的玉工，还从来没有见过这样大、这样好的玉石。"魏王问："这块玉石值多少钱?"玉工说："这是一件无价之宝，难以用金钱计算它的价值。世上的繁华都市里有各种各样的玉石，但没有哪一块能与它媲美。"魏王听了这话以后大喜，当即赏给献玉者一千斤黄金，同时还赐予他终生享用大夫俸禄的待遇。

狡诈的人因骗取的玉石而受赏食禄，而善良的穷苦人却还蒙在鼓里一点也不知道。

* * * * * *

这个故事说明，有些小人善于利用别人的无知、善良谋取个人利益，我们应当提防这样的人而且为防止上当受骗人们应掌握知识，远离无知。

良臣尹绰

尹绰和赦厥同在赵简子手下做官，赦厥为人圆滑，会见风使舵，看主人的脸色行事，从来不说让主子不高兴的话。尹绰就不是这样，他性格率直，对主子忠心耿耿、尽职尽责。

一次赵简子带尹绰、赦厥及其他随从外出打猎，一只灰色的大野兔蹿出来，赵简子命随从全部出动，策马追捕野兔，谁抓到野兔谁受上奖，众随从奋力追捕野兔，结果踩坏了一大片庄稼。野兔抓到了，赵简子十分高兴，对抓到野兔的随从大加奖励。尹绰表示反对，批评赵简子的做法不妥。赵简子不高兴地说："这些随从听从命令，动作敏捷，能按我的旨意办事，我为什么不能奖励他呢？"尹绰说："他只知道讨好您而不顾老百姓种的庄稼，这种人不值得奖励。当然，错误的根源应该是在您的身上，您不提出那样的要求，他们也不会那样去做。"赵简子心里闷闷不乐。又一次，赵简子因头天晚上饮酒过多，醉卧不起，直到第二天已近晌午，仍在醉梦中。这时，楚国一位贤人应赵简子三个月前的邀请前来求见，赦厥接待了那位贤人。为了不打扰赵简子睡觉，赦厥婉言推辞了那位楚国人的求见，结果使那位贤人扫兴而去。赵简子直睡到黄昏才醒来，赦厥除了关心赵简子是否睡得香甜外，对来人求见的事只是轻描淡写地敷衍了几句。

赵简子常对手下人说："赦厥真是我的好助手，他真心爱护我，从不肯在别人面前批评我的过错，深怕伤害了我。可是尹绰就不是这样，他对我的一点缺点都毫不放过，哪怕是当着许多人的面也对我吹毛求疵，一点也不顾及我的面子。"

尹绰听到这些话后，依然不放过赵简子。他又跑去找赵简子，他对赵简子说："您的话错了！作为臣下，就应帮助完善您的谋略和您的为人。赦厥从不批评您，他从不留心您的过错，更不会教您改错。我呢，总是注意您的处世为人及一举一动，凡有不检点或不妥之处，我都要给您指出来，好让您及时纠正，这样我才算尽到了臣子的职责。如果我连您的丑恶的一面也加以爱护，那对您有什么益处呢？丑恶有什么可爱的呢？如果您的丑恶越来越多，那又如何能保持您美好的形象和尊严呢？"

赵简子听了，似有所悟。

* * * * * *

可见，真正的爱护并不是一味讨好，而是在发现对方的缺点错误后，能真心指出并帮助其改正，使之不断完美起来。

五、成语篇

成语是我国语言艺术中的瑰宝，集中体现了劳动人民的智慧，用简洁的词汇表达出丰富的内涵，不要小看这一个个短小的成语，它们每个都来自于一个典故，如果能了解这些典故，就能了解历史，通晓古今。

因人成事，三寸之舌

“因人成事”，是毛遂讥讽不顶用的同伴的话；“三寸之舌”则是平原君称赞毛遂的话。

平原君一行到楚国后，平原君马上求见楚王，要求楚王迅速派出援军，和赵国联合抗秦，可是楚王惧怕秦国，不肯答允。两个人从清早谈判到中午，也没谈出结果。毛遂等二十人，在殿前阶下，等得焦急起来。那十九人就对毛遂开玩笑说：“毛先生，上殿去露露锥尖吧！”毛遂二话不说，提剑登阶，从容上殿，对平原君说：“赵楚联合抗秦的利害关系，两句话就可以说清楚，为什么说了这么半天还决定不下来呢？”楚王问平原君：“这是什么人？”平原君说：“是我的家臣，也是我的随员。”楚王便转向毛遂呵斥道：“还不快给我下去！我正在同你们君主谈话，你算什么？”毛遂按剑而前，对楚王说：“你仗着楚国是个大国，就这样随意呵斥人？你要知道，眼前在这十步之内，大国也没用，你的性命全在我的手里。你叫嚷什么！”楚王不作声了。毛遂接着说：“我听说商汤以七十里的地方取得了天下；周文王以百里的地方臣服了诸侯，难道他兵多吗？只不过能发挥他的优势，振奋他的威力罢了。现在楚国土地方圆五千里，雄兵百万，这是称霸天下的本钱。像楚国这样盛强，天下各国都不能对抗。白起，小娃娃罢了，带了几万兵来和楚国打仗，一战就夺去了你们的鄢、郢等地；再战就烧掉了夷陵的楚先王墓；三战干脆俘虏了大王你的先人，这是百辈的仇恨啊，连赵国都感到羞耻，而大王却不知道好歹！军事联盟是为了楚国，不是为赵国。在我主人面前，你叫嚷什么？！”楚王又害怕又惭愧，连连称是，满口应承说：“确实像先生说的，愿意把全国的兵力参加同盟。”毛遂又逼问：“联合抗秦的事定了吗？”楚王忙说：“定了。”毛遂就招呼楚王的左右说：“快拿鸡、狗、马的血来！”血来了，毛遂捧着铜盘跪献给楚王说：“请大王先用手指蘸血涂在唇边，这是定盟的仪式；接着是我的主人，最后是我。”涂完血，毛遂左手拿着血盘子，用右手招唤殿外的十九个人说：“喂！你们接着在堂下涂血吧。你们这些老爷碌碌无能，就像所说的依靠别人成事的！”

这件外交大事，就这样靠着毛遂的口才而终于取得了成功。平原君因此很称赞毛遂，其余十九人也更信服他了。

平原君定盟后回到邯郸，感慨地说：“我不敢再鉴别人才了！毛先生到了楚国一次，就使赵国的声望提高了百倍。毛先生的三寸长的舌头，比百万雄兵还强啊！”后把毛遂奉为上等门客。

* * * * * *

以后，人们就把自己没本事，而靠别人的力量办成事的叫作“因人成事”。用“三寸之舌”来形容人的能说会道、善于辩论。

窃符救赵

邯郸被围，赵孝成王派人来求援兵。坚持观望态度的魏安釐王，口头上应允，而密令带着三十万军队的晋鄙将军，停留在邺城，不肯北进，也不肯去进攻围着邯郸的秦军。

魏公子信陵君主张救赵。

信陵君与安釐王是异母兄弟，他为人善良，待人有礼。即便是看似一无是处的人，他也愿意交往，从来不以自己的富贵而慢待他人，因此，天下的名士争相依附于他。他门下的宾客经常保持在三千左右，他的贤名，远扬天下。他的姐姐是平原君的夫人，他与平原君交往很厚……

而且，新近平原君又托人给他带来一信。那信上说，平原君所以愿跟信陵君的姐姐结为婚姻，是平原君以为信陵君能解他人之困。可是，邯郸被秦兵重围，却不见魏国的援军赶来救急。“信陵君啊信陵君，你乐于助人的美德哪里去了？你姐姐担心邯郸城破，日夜悲泣不止，眼泪已经流干，再哭，就要往外流血了。信陵君啊，不念赵国，怎么连你姐姐也忘了呢……”看着平原君的来信，信陵君的十分惭愧。

可是，魏王却按兵不动，于是信陵君闯进宫殿，去见魏王，请他速命晋鄙挥军北上抗秦，魏安釐王却说：

“不可！邯郸存亡尚不明朗。倘若援救不力，秦兵攻下邯郸之后，必然调转头来攻打我们魏国。要真那样，援赵不是与引火烧身没两样吗？”

无论如何，魏安釐王就是不下抗秦的旨令。无奈，信陵君备马百余匹，邀宾客千余人，要赴邯郸亲自助赵抗秦。

信陵君一队人马行经魏都大梁东门。

守东门的，是一位老人，名叫侯嬴。这侯嬴，与信陵君曾经有过一次难忘的交往。那是有一次，信陵君听说守了五十年城门的侯嬴家里很贫苦，顿生恻隐之心，亲自找到他，想给他些钱财以便让他晚年过得好一些，但侯嬴不受。之后，信陵君又设下华宴，亲自赶着马车通过闹市，把他请来，而且，请他坐上座，并亲自捧酒为他祝寿……

见到侯嬴后，就要远行的信陵君向他辞别，可侯嬴只是淡淡地说：

“望公子多加保重。我年迈，不能随行，请莫见怪！请莫见怪！”

话毕，侯嬴便闭上嘴。在这生死别离的时候，信陵君满以为侯嬴还会再说些什么。但等了半天，总也不见他再张口，信陵君只好怏怏而去。

大约走出十余里，信陵君忽又想道：

“对待侯嬴，自信不薄，可我援赵抗秦，行就死地，他竟无一言半语为我谋划，也不阻我前行，这是怎么回事呢？”

信陵君觉得侯嬴所以如此一定是有着什么原因。于是，他留宾客于郊野，独自引车转回来见侯嬴。

侯嬴哈哈大笑一阵说道：“我觉得，你带着千余名宾客去与强大蛮横的秦军作战，是肉投饿虎，有去无还。”

信陵君点点头，问他有什么妙计。

侯嬴说：“计倒有一条，只是不敢称妙。我听说如姬很得魏王的宠爱，又听说，如姬父亲昔日被人杀害，为了报杀父之仇，她求人整整求了三年，都未能如愿，最后，还是公子您派人帮助她报了仇。为此，如姬很感谢你，愿为你效力。今日，晋鄙的兵符，在魏王卧室之内，只有如姬可以盗出。公子何不请如姬窃符？公子若能得兵符，即可从晋鄙手中夺过兵权，挥军救赵。依我看来，只有如此，救赵抗秦，方可成功！”

听侯嬴这么一说，信陵君如梦初醒。他感激地向侯嬴拜了两拜，便只身回车归家，派宠妾颜恩入宫去会如姬，请她盗符。

当夜，为盗符事，难坏了如姬。

如姬，自是一位美人，更是一位有胆识的烈女，因此，当颜恩言明来意之后，她当即便对颜恩说道：

“请回公子：既公子有命，妾虽赴汤蹈火，在所不辞！”

话是这样说出去了，可如何盗符，却无从下手。她正焦急，忽听魏王喊道：

“如姬，快弄酒来，我要饮酒！饮酒！”

盗符的时机来了。她知道大王的习惯：既要饮酒，就一醉方休。于是，她左劝右劝，一杯接一杯，很快，魏王便酒醉如泥了。

如姬趁机盗出了兵符，交与信陵君。

带着兵符，信陵君来到了邺下。他对晋鄙说道：

“晋将军，你带兵在外已经辛苦了好几个月，理应回国歇息歇息了。因此，大王特让我来接替你的军务。”

信陵君说着，他的随员朱亥便将兵符递了上去。晋鄙接过跟自己随身所带的那一半一合，果然合成了一个虎形的信物。兵符不假，但深知兵权重要的晋鄙，心中仍踌躇不已，他怕其中有诈，迟迟不交兵权。他说道：

“公子，此乃军机大事，只有兵符不够，我还要奏明大王，方敢交军。不然……”

看来，晋鄙还要说些理由。可岂能容他再讲下去？只见信陵君一个眼色递过，朱亥抡起四十多斤重的铁锤，朝晋鄙头部便是一击，只击得那晋鄙，脑壳迸裂，脑浆四溢，登时气绝……

当夜，信陵君带着一支大军，急赴邯郸，援赵抗秦去了。

秦军大退，邯郸得救。

赵孝成王与平原君一起，带着酒肉，急赴魏营，前来劳军。见了信陵君，他俩万般感激地说道：

“赵国亡而复存，全仗公子援助。你真是天下最贤的贤公子啊！”

* * * * * *

窃符救赵表现了信陵君以国家利益为重，个人生死荣辱为轻的优良品德。

贫贱之交，知人未易

熟语“贫贱之交不可忘”，经常被人们引用，也知道它最早见于《南齐书·刘悛传》；但“贫贱之交”四字溯源何处，就很少为人所知了。其实，“贫贱之交”和“知人未易”两语，都与平原君、虞卿有点关系。

虞卿，是有正直节操的贤臣，不是一般的播弄口舌以求富贵的游说之士。他穿着草鞋，扛着雨具，第一次见到赵孝成王，赵孝成王就赐给他黄金二千两，白璧一对；第二次见到赵孝成王，他就当上了赵国上卿。所以人们称他虞卿。

早先，魏国国相魏齐，为了避祸，逃到他的朋友平原君家里藏了起来。因为秦国国相范雎，以前曾受过魏齐羞辱，所以秦昭王想抓到他为范雎报仇，于是秦王就写了封口气和好的信给平原君，说：“我早就听说过您的高尚行为，您如果有幸过访我，我愿意和您痛痛快快地喝十天酒。”平原君害怕秦国，又相信秦王的诚意，果真来到秦国了。不想秦王和平原君只喝了几天酒，就变了脸威胁说：“昔日周王得到吕尚，尊为太公；齐桓公得到管夷吾，敬为仲父。现在范君也是我的叔父。范君的仇人，在您的家，但愿您派人回家把他的头拿来，不然的话，我不让您回国！”平原君回答说：“和尊贵的人交朋友，是因为自己卑贱；和富有的人交朋友，是因为自己贫困。那个魏齐，是我的朋友，现在有难，就是他在我家里，我也不会交出，何况他现在并没有在我家。”秦王当然不信平原君的话，就又送信给赵王说：“您的弟弟在我手里，范雎的仇人魏齐在平原君家里，您快点派人把魏齐的头拿来！不然，我不但不放您弟弟回国，还要举兵讨伐赵国。”赵王害怕了，忙派兵包围平原君家，搜捉魏齐。魏齐趁天黑逃出了平原君家，偷偷跑到虞卿那里求救。虞卿考虑难以说服赵王收回成命，就解下相印，弃官和魏齐一块改装潜逃到魏国，打算通过信陵君的帮助到楚国去。他们未抵大梁城，信陵君已得到了消息，可是，信陵君害怕秦国，干等着不想会见他俩，只是一再追问门客：“这虞卿是什么样的人啊？”这时候，魏国著名的义士侯嬴在旁，听了信陵君的问话，不由得叹了口气说：“唉，真是人固然不容易被了解，了解人也真不容易！那个虞卿脚穿草鞋，肩扛雨具，赵王第一次见到他，就赏赐他白璧一对，黄金二千两；赵王第二次见到他，就拜他为上卿；第三次见到他，就授给他相印。封为万户侯。在那个时候，天下人都知道他了。而那个魏齐，在穷困潦倒，走投无路的情况下来找虞卿，虞卿不敢看重高官厚禄而置朋友的难处不顾，就解下相印，扔下万户侯，和魏齐悄悄出走。他是为了解救贤士厄难才来投靠公子，而公子您却还问什么'是怎样的人'！唉，真是人固然不容易被了解，了解人也真是不容易啊！"信陵君听了很是惭愧，立刻驾着车到郊外去亲迎虞卿和魏齐。不想魏齐听到信陵君开头不愿见他的消息，又急又气，还怕因为自己而拖累虞卿，就拔剑自杀了，等信陵君赶到，魏齐早断气了，信陵君见状痛悔不及。后来，赵王听到消息，到底把魏齐的脑袋弄来，派人送给秦王，秦王这才把平原君放回赵国。

* * * * * *

后来，人们就把那种相结以义，可以托生死，救急难的朋友交情叫作"贫贱之交"；用"知人未易"来表明要真的了解一个人的道德品质是不容易的。

画饼充饥

三国时期，魏国有个大臣名叫卢毓，为官清正廉洁，深得朝廷的重用，在他身上曾发生过这样一件事情。

在卢毓被升为礼部尚书后，他原来所担任的中书郎一职就出现了空缺，所以朝廷需要选拔人才补上。于是魏文帝要卢毓一定要选好这个官员，并对他说："选拔中书郎，能不能选到合适的人，关键就看你了，在挑选人才的时候，千万不能选那些只有名气而没有实际才干的人。名气就像是画出来的饼，根本不能用来充饥的。"

卢毓听了魏文帝的话之后倒有些不同的见解，并说道："陛下您说的对，选拔人才不能只看名气，但是臣认为，名气还是可以反映出一定的实际情况的，我们可以根据名气来选拔一般的人才，如果选到修养高、德行好而又有名气的人，我们不应该嫌弃。所以，臣建议，主要对他们进行考核，看看他们是否有真才实学。"

魏文帝觉得卢毓的话很有道理，于是接受了他的建议，下令制定官员的考核办法。

* * * * * *

后来，人们就用“画饼充饥”用来比喻假借空想，来安慰自己。画饼充饥虽然可以在精神上得到暂时的满足，但终究不是长久之计。

奇货可居

阳翟大商人吕不韦，经常出现在赵国京都邯郸的街头，来来往往，买买卖卖。他手头已经赚下了很多很多的钱，可说是家有万金了。

这一天，吕不韦正在街上走着，忽然对面走来一人，引起了他的注意。只见那人生得面如傅粉，唇若涂朱，虽然衣冠平常，但丝毫不失贵人之气，吕不韦不禁暗暗称奇。待那人走过之后，他问近旁一个小贩儿：“请问适才走过的那位是谁?”“他是……”原来，是秦国留在赵国的人质，名叫异人，他是秦昭襄王之子安国君的儿子。安国君有子二十余人，但全非正房华阳夫人之后，皆由那些姬妾所生。异人生母，名叫夏姬，夏姬不得宠，又早死，所以，秦赵渑池会盟两国互换人质时，异人便来到了赵国京都邯郸。异人来到邯郸之后，因秦国不断攻打赵国，赵王便迁怒于他，把他拘留在丛台之上，并由大夫公孙乾昼夜监守，他过着出无车，宿无妇，食无酒的枯燥无味的生活，终日里郁郁不悦……听罢小贩儿的介绍，吕不韦凝思片刻后爽朗大笑着说道：“哈哈，他真是奇货。这奇货，可先囤积起来，然后作一笔大生意。哈哈哈哈!”吕不韦先以重金结交于监守异人的公孙乾，后又结识异人。有一次，他与公孙乾、异人一起喝酒，酒到半醉，趁公孙乾去厕的机会，吕不韦问异人道：“秦王已经老了。太子安国君所宠爱的是华阳夫人，可她没有儿子，你兄弟二十余人，至今没有一个得宠，你何不趁这个时候回归秦国，去找华阳夫人，求做她的儿子。这样，以后你才可能有立储的希望呀!”异人含泪回道：“我何尝不希望能如此呢？唉！怎奈身在他国，恨没有脱身之计呀!”吕不韦说：“这好办，我可以设法救你回国!”异人说：“能救我回国，日后倘能得到荣华富贵，你我共享!”为了救异人回国，吕不韦来到了秦国的京都咸阳。

不久，吕不韦便打听到华阳夫人有个姐姐也在咸阳城中，为了能见到华阳夫人，吕不韦设法先见到了华阳夫人的姐姐。见面之后，他先是以来时随身所带着赵国的金玉宝玩，取得了她的好感，接着他便把异人如何贤德，如何思念故国，如何想认华阳夫人为生母，以及日后他打算如何孝顺华阳夫人等等，详尽地说了一番。他的话，把华阳夫人的姐姐深深地打动了。事隔一日之后，华阳夫人的姐姐去见华阳夫人，她又把吕不韦对她说的话陈述了一回，华阳夫人大喜，当即，她便表示愿接异人回国，并收留在身边。说动了华阳夫人，这仅是第一步。当时，秦君还是秦昭襄王，异人若能回国，非他点头不可。可是，因渑池会盟时，秦昭襄王被蔺相如戏弄了一番，心中怀恨赵国，因此，根本不把异人回国当作一回事。怎么办呢？吕不韦又费心思了。后来，他得知王后的弟弟杨泉君也在咸阳，他想通过杨泉君去说服王后，再通过王后去说服昭襄王，于是，他用重金买通道路见到了杨泉君。吕不韦对杨泉君说："你居高官，享厚禄。可你这高官、厚禄和富贵能长久吗？自然，眼下有王后和大王保护你。可是，大王与王后年事已高，一旦山崩，太子嗣位，太子会继续保护你吗？太子安国君与华阳夫人无子。你为何不把今日留在赵国的王孙异人，设法引渡回国，让他去作安国君与华阳夫人的适子？果真那样做了，安国君与华阳夫人会对你感激不尽的。那样，你的高官、厚禄和富贵，不就又有人保护了吗？"吕不韦之计，正中杨泉君心意，当日，他便去找王后，把吕不韦的话说了一遍。王后去见昭襄王，她又把杨泉君的话说了一遍。……终于，秦昭襄王表示愿接异人回国，吕不韦这才收拾了一下行装，回邯郸去了。

吕不韦费了很多的钱财与精力，看来，异人归国之期就要来到了，可就在这时候，吕不韦却迟疑起来。他大动脑筋，思谋个不停。他想："异人回国，日后继位为王，对自己来说，最大不过是从一位秦王身上得利。如何能长久呢？将来异人山崩或者退位，又如何能从下一代秦王身上得利呢？"……他想得很远，也想得很苦，这样，他便想到了赵姬。赵姬，是一位身姿艳丽，善歌善舞的美女，吕不韦很喜欢她，他俩早暗中同居，赵姬已怀孕两月有余。吕不韦想："应该把赵姬献给异人。日后生下我的骨血，长大继位，到那时，秦国的天下便是我吕氏的天下。那样，我吕不韦做的这生意，其利可就无穷了。"于是，不久他便不惜血本，设下华宴，在宴会上，他又让赵姬出面勾引异人，最终，让异人与赵姬结成了夫妻，达到了他的目的。异人得到了赵姬，如鱼得水爱恋非常。过了月余，赵姬便对异人言明她已有身孕，异人不知其来历，只道是他的骨血，愈加欢喜。又几个月过去，赵姬生下了一个男孩，给男孩取名叫“政”，他便是日后兼并六国的嬴政秦始皇。昭襄王五十年，秦兵重围邯郸，吕不韦领着化了妆的异人，杂在百姓之中，混出邯郸，回到了咸阳。异人回到咸阳之后，由于吕不韦的“周旋”在前，他自然得到了华阳夫人，安国君乃至秦昭襄王的宠爱。不久，昭襄王逝世，立安国君为王；安国君又逝世，立异人为王。异人一当上秦王，便请吕不韦做了丞相，并封号文信君，到河南洛阳，坐享十万户的奉养。再后来，异人逝世，立政为王。政尊吕不韦为相国，号称仲父。……做“奇货”的生意，吕不韦得到了大利后，又想得大名。当时，魏国有信陵君，楚国有春申君，赵国有平原君，齐国有孟尝君。这四位公子都喜欢招纳宾客。他们礼贤下士之名远扬天下。为了也能享有贤士的美名，吕不韦效仿四公子也广招宾客。他待宾客，仿佛比四公子还厚，所以，在很短的一个时间里，他门下便拥有三千多名能人智士。随后，他又效仿诸子百家，著书立说，命门客人人记下各自的所见所闻，分编成八览、六论、十二纪，洋洋二十万言，这本书，便是后来传世的《吕氏春秋》。

* * * * * *

后人往往用“奇货可居”比喻手里握着王牌。

邯郸学步

在一条崎岖的山路上，有一个年轻人在奔走……

在一条清透的河水里，又是那一个年轻人在跋涉……

这个年轻人，来自北方燕国的寿陵地方。他不顾山高水险，也不顾路途遥远，下决心要到赵国的京都邯郸去。

他听人说，邯郸人走路的姿态非常美：那老年人，走起来十分稳健；那少年人，走起来十分活泼；男人，走起来十分庄重；女人，走起来十分轻盈……

他要到邯郸去学走路。

历经千辛，到了邯郸。

寿陵青年，顾不得休息几日，便极为认真地向邯郸人学起步来。

他先是整天整天的停留在邯郸的街上，或是站着，或是蹲着，目不转睛地观看邯郸人怎样走路。在他看来，那邯郸人走路的姿态也确是好看，那老的、那少的、那男的，尤其是那女的，走起路来，如花朵漫飞，如云霞轻动，如杨柳飘飘，如溪水潺潺……实在是妙不可言。

寿陵地方来的年轻人边看边总结着邯郸人走路的特点。子丑寅卯，甲乙丙丁，他给男的，总结出了几条，也给那女的，总结出了几条，他总结得有条有理，有层有次。

总结出邯郸人走路的特点，他便学着去走，学呀学呀，走呀走呀。然而，他学那老的，学得不像；学那少的，学得不像；学那男的，学得不像；学那女的，学得更是不像……

“这是怎么回事，原因何在呢？”

寿陵青年，不知所以，皱起了眉头。

不过，寿陵青年，毕竟不是痴子，很快，他的眉头舒展开来，这是因为，他找到了学不成的原因所在。那就是，因为他与邯郸人同站在一个地平线上，因而不能把邯郸人走路的姿态的全部，从头到脚看得清清楚楚。所以……

所以，他便这里走走，那里觅觅，在偌大的一个邯郸城里，为寻觅“最佳学步境地”而奔走不息了。功夫不负有心人。终于，他寻觅到了“最佳境地”——一座小桥的上上下下。是啊，邯郸人在桥上走，他站在桥下看，那邯郸人走路姿态的全部，自然能看它个清清楚楚……

现在，他已经站在了小桥之下。

那小桥并不高，桥下，除了一条潺潺的细流外，大部分是长着蒿芥的荒草地。站在那荒草上，桥上的一切，自可一目了然。

这样，寿陵青年，便凝起眸子，久久地望着桥上。他的目的达到了，他看清了桥上那些来来往往的各种邯郸人，从头到脚看到了他们走路姿态的全部。

于是，他从小桥的下边，来到小桥的上边。效仿着就走在身边的邯郸人，他从小桥的这一头，学着走到了那一头，又从小桥的那一头，学着走到这一头。学呀学呀！走呀走呀！学得他头脑累了，走得他浑身是汗，然而，就是学得不像样子。

“这又是怎么回事，原因何在呢?”

寿陵青年，不知所以又皱起了眉头……

经过细细的思考，聪明的寿陵青年，又找到了学不成的原因。那就是，因为自己固有的寿陵人走路的步法，还没有废弃掉，还在干扰他学步。不破不立嘛！破得不彻底，怎能学得好呢?

于是，他决定彻底废掉自己原来的步法。为此，他假设自己从来不会走路，扑通一声，故意跌卧在地上，然后，他又慢慢地爬起来，模仿着邯郸人的脚，去学迈步，模仿着邯郸人的手，去学摆动，邯郸人每一步迈出多远，他也迈出多远……学呀学，他学得十分的专心与吃力。

如此这般，早起晚睡，他一连学了好几个月。

但结果如何呢? 他不但没有学会邯郸人走路，而且把自己原来的步法也忘得一干二净了。

后来，他来时带的盘缠花光了，他不得不返回寿陵去。可是由于原来的步法忘掉了，而邯郸人的步法又没有学会，他只好狼狈地爬着往回走。

他爬着涉水……

他爬着越山……

一路上碰到的人，对他都发出了惋惜与讥讽的笑声。

* * * * * *

后人用“邯郸学步”形容机械地模仿别人，而最终迷失自我的人。

鹬蚌相争

战国时候，秦国最强，它常常仗着它的优势去侵略别的弱国。弱国之间，也常常互有摩擦。

有一次，赵国声称要攻打燕国。当时，著名的游说之士苏秦，有个弟弟叫苏代，也很善于游说，苏代受燕王的委托，到赵国去劝阻赵王出兵。

到了邯郸，苏代见到了赵惠文王。赵惠文王知道苏代是为燕国当说客来了，但明知故问：

“喂，苏代，你从燕国到我们赵国做什么来了?”

“尊敬的大王，我给您讲故事来了。”

讲故事？他要讲什么故事呢？赵惠文王心中不禁一愣。

接下来，苏代讲了他要讲的故事。

他说这次到赵国来，经过易水的时候，看见一只蚌，正张开双壳，在河边晒太阳。忽然飞来一只水鸟鹬，伸出长嘴去啄蚌的肉。蚌立刻用力合拢它的壳，把水鸟的嘴夹住了。这时候，水鸟对蚌说：

“不要紧，只要今天不下雨，明天不下雨，你就会晒死的。等你死了我再吃你的肉。”

蚌不服气，它回敬水鸟说：

“不要紧，只要你的嘴今天拔不出来，明天拔不出来，你也会活不成的。咱谁吃谁的肉，还说不定呢!”

它俩争吵不休，谁也不肯相让。

正在它俩争吵的时候，有一个打鱼的人走了过来。那打鱼的人毫不费力地伸手把它俩一起提拿去了。

苏代讲完了上边的故事，然后严肃地对赵惠文王说：

“尊敬的大王，听说贵国要发兵攻打燕国。如果真的发兵，那么，两国相争的结果，恐怕要让秦国做渔人了。”

赵惠文王觉得苏代的话有道理，便废了攻打燕国的打算。

* * * * * *

这个成语用来告诫人们在处理矛盾时，要警惕第三者获利。

奉公守法

赵奢，是赵国的田部吏，专门负责征收田赋，可当时，征收田赋特别难，尤其是征收官家的田赋。有一天，赵奢带着人来征收平原君的田赋，赵奢对平原君的一位家臣说明来意后，谁知这位家臣傲慢地看了一眼赵奢，说：“你知道站在谁家的府门外吗?”赵奢耐着性子点了点头。这位家臣更傲慢了：“既然你知道，为何又来征收田赋?”“难道平原君就不该上交田赋?”“废话！平原君与惠文王是兄弟。还交什么田赋？还不快快与我滚开!”赵奢怒了：“岂有此理！大王有令，违抗君命不交赋者，斩！来人，将他绑了，就地斩首!”

杀了家臣，岂不是虎口拔牙。平原君怒不可遏，命令武士把赵奢擒进府内，二话不说就要问斩。赵奢毫无惧色，挺着胸膛问平原君：“因何斩我?”平原君说：“你先回我，为何斩我家臣。”赵奢说：“拒交田赋，王法不容。”平原君又问：“我是何人你可知道?”赵奢说：“你是赵国相国，名扬天下的贤公子，可你却纵容家臣拒交田赋，不奉公守法。不奉公，王法则削弱。如果都像你这样，有法不行，那谁还交田赋？赋税难征，那国家还能维持下去吗？法弱而国贫，内，必定发生混乱；外，必遭强夷来侵。到那时候，国家保不住，你的地位，你的财富，你的名誉，又怎能保得住？反过来说，如果你能奉公守法，带头交付田赋，那举国上下也会跟着奉公守法。那样，国家必定富强，社会必定安定，你必定更有地位、财富与名誉，天下人也必定会更加尊敬你。”

赵奢的一番话使平原君心悦诚服，最后他不但没有杀赵奢，而且还向惠文王举荐了赵奢。

* * * * * *

“奉公守法”由“奉公如法”演变而来，可见于《史记·廉颇蔺相如传》赵奢对平原君说的一段话中。意为奉行公事，遵守法令。

旷日持久

处在北方的燕国，把宋国人荣蚠封为高阳君，派他带领大军攻打赵国。赵国的国相平原君和赵王议决，准备把济东的卢高、唐平、原陵三个县区的大小五十七座城市，割让给齐国，以换取齐国的大将安平君田单来赵，率领赵军来抵抗燕军。马服君赵奢知道了这件事，气冲冲地来见平原君，质问说：“我们的国家，难道竟没有人到这种程度了吗？您为了请安平君来当赵军的统帅，就把济东的三个县五十七座城市白送给齐国。这些城市，是我们和敌国苦战，消灭敌军杀掉敌将才从敌国手里夺来的。现在您把它给了齐国，只不过是为了请安平君来带领我国的军队。我国难道竟没有人到这种程度！再说，您为什么不让我去带兵呢？我为了抵罪，曾经在燕国待过一段时间，燕王任命我作过上谷的镇守官，燕国的军事要塞和运兵险路，我全知道。让我带兵迎战，保证在百天之内，不等他国的援燕军队来到，我就把燕国拿下来了。那么，您为什么还请求安平君来为赵将呢?”平原君不愿听赵奢的意见，摇着手说：“将军您消消气，别管了吧。我已经向君王说过了，君王有幸听从了我的话。请将军不要再说了!”赵奢不肯罢休，反而抗声叫道：“您错了！您错了!”接着，进一步阐明自己的观点说：“您所以一定要请安平君带兵抗燕，大约是认为齐国和燕国，有着深仇大恨，他会出死力替我国打仗吧？但在我看来，却不是这么回事。因为，假使安平君是愚蠢的人，固然对付不了荣蚠；假使安平君是聪明的人，又不肯会认真的和燕国人作战。这两种情况，安平君必然处于一种。就算往好的一面说，安平君假使是聪明人，那么他为什么会为赵国的强大出力呢？要知道，赵国打胜了，强大起来，齐国就别想当霸主了！现在齐国拿着赵国的强兵，去阻拦燕将，避免了自己受侵，对他们有好处。安平君肯定会空废时日，拖延战事，打它好几年，把我国的兵力和后备力量，全消耗在战场上，把我们的战车、衣甲、兵器等搞坏弄损；把我们的军需储备库和粮仓用光吃空。直到燕赵两国同样被拖得精疲力尽了，他才收兵归来。有意削弱两国的实力，没有比这再明显的了。”可是，平原君到底没有采纳赵奢的意见，还是用五十七座城市把安平君请了来，让他带领赵军和燕军对抗。到了夏天，就把赵军弄得吊起锅儿没饭吃了，虽然也从燕国手里夺过来三座城，但是没有一座城的长度超过三百丈的。果然像马服君赵奢所预料的那样。

别一则故事发生在赵惠文王二十年。这时田单因为避祸逃难到赵国，被赵王封为都平君。田单在一次和赵奢谈话中，曾表示对赵奢打仗靠兵多有点不佩服，遭到赵奢的反驳。赵奢驳语里有“现在把古代的所谓万国，划分为七个大国，每个大国都拥有几十万大军，可以旷日持久好几年”的话。经过赵奢的详细分析实例，最后使田单心服了，他羞愧地长叹说：“在知兵这点上，我达不到您这样的地步啊!”

* * * * * *

比喻空废时日，长久拖延的成语“旷日持久”最早记载见于《战国策·赵策》，出处有两个，并且都和名将赵奢有关系。

利令智昏

秦国派大将白起，带领人马，攻打韩国，占领了韩国的野王（地方名，今河南沁阳县）。野王是韩国上党通韩国内地的重要通道。野王被占，上党孤立了。上党的地方官冯亭想“嫁其祸于赵”，希望能得到赵孝成王的保护。他给赵孝成王写了一封信，信上写道：

“秦国进攻我们韩国，情况十分危急，上党很可能要陷于秦手。我等上党吏民不愿附秦，而愿附赵。今将所辖十七城，拜献给大王。祈大王辱收之……”

坐收十七城，天下竟有这等美事！看着冯亭的来信，赵孝成王不禁喜形于色了。这时候，他想起了前不久做的一个梦。

他梦见他穿着一件偏傍结扣的衣裳，乘着从天上降下来的一条龙，往天边飞去。但是，尚未飞到天边，驮着他的那条龙突然坠落到地上。他转过脖颈一看，只见身两侧各有金山玉山一座，且山景清秀，光辉夺目……

这梦是什么意思呢？

为解梦意，赵孝成王召大夫赵禹来询问。赵禹说：

“偏衣者（即指偏傍结扣的衣裳），合也；乘龙上天，升腾之象；坠地者，得地也；金山玉山者，货财充溢也。大王目下必有广地增财之庆。此梦大吉。”

人，大凡都爱听吉庆之言，赵孝成王大悦。他仿佛觉得，只有他这个做大王的，才会有这样的好梦。

后来，赵孝成王又召来一个名叫“敢”的巫吏来解梦。敢说：

“偏衣者，残也；乘龙上天不到天边而坠地者，事多中变，有名无实也；金山玉山者，可观而不可用也。此梦不吉，愿大王慎之。”

……

想着那个梦，赵孝成王想：同样一个梦，却有着一吉一凶的两种解释。那么，坐收十七城这件事呢？或利或害，会不会也会有两种不同的解释呢？

他召平阳君赵豹上朝来商量这件事。赵豹说：

“我听说，无故之利便是祸殃。上党十七城不可收。”

显然，平阳君的话有些倒胃口。赵孝成王反问道：

“上党臣民愿归附我们赵国，这是民心所向，怎么能说是‘祸殃’呢?”

赵豹说：“秦国已占了韩地野王。在秦王看来，上党十七城已成了他掌中之物。我们若接收过来，那秦王岂能善罢甘休？如因我们接收上党十七城而致使秦王发兵攻打我们赵国，那岂不就是祸殃吗?”

赵孝成王无法反驳。

但赵孝成王的心里总觉得不把上党十七接收过来，是吃了亏似的。所以，当平阳君赵豹退朝之后，他又把平原君赵胜召来商议。

平原君欣喜地说：“用百万军士去征战，征战数年，也未必能得一城。而今不费寸兵斗粮，便可得十七城座城池，这是多么大的利益呀！机不可失，不可失。”

接下来，赵孝成王又问平原君坐收十七城是不是“无故之利”，是不是“祸殃”?

平原君说：“什么‘无故之利’！‘有故之利’又在何方？又说什么‘祸殃’，冯亭愿意依附我们，我们又愿意接收，‘祸殃’又会从何而来呢?”

平原君的话，赵孝成王觉得很顺耳，便立即派遣平原君代他前往上党接收了十七城，封冯亭为三万户，号为华阳君。

可是，这样一来，果真激怒了秦国。秦国又派白起来攻打赵国，这就爆发了历史上有名的长平之战，赵国大败，四十万赵军，全部覆灭。

* * * * * *

对于“坐收十七城”的这一历史事件，《史记》作者司马迁作了评论。他说：平原君赵胜，在当时虽然也算个著名人物，但是“他未睹大体”，眼光短浅，贪图私利，头脑发热，理智不清，“利令智昏”。

不遗余力

秦国发兵攻打赵国，在长平（今山西省高平县）摆开了战场。赵军抵挡不住秦兵，连连溃败。怎么办呢？赵王召来大臣楼昌和虞卿商议对策。赵王说：“长平战事，我们不胜，新近又战死一员都尉。我想再增派军队往长平去抵挡秦兵，你们的看法如何?”

楼昌说：“再增派军队也没用。不如派大使到秦国去求和。不然，我们的军队将会彻底被秦兵消灭。”

但虞卿不同意楼昌的见解。他说：“我看现在不必去求和。主张求和的人，总是强调‘不求和，必破’。其实，未必是这样。大王，你说，秦国攻打我们是不是一定要消灭我们的军队呢？”

赵王说：“是啊！秦国不遗余力，看来是定要消灭我们的部队才甘心啊！”

虞卿说：“就按大王说的，秦国要消灭我们军队，我们应该去求和，现在也不能派大使到秦国去。请听我的话，先派使者带着宝物去赠送给楚国和魏国。楚王和魏王要是得到了赵国赠送的宝物，便一定会高兴地接纳我们的使者。一旦我们的使者进入楚国和魏国，秦王必定会怀疑天下人要联合起来对秦，因而感到惶恐。那时，和谈就好进行了。”

可是赵王不以为然，终于没有接受虞卿的意见。

不久，赵王派郑朱为特使，到秦国去求和。郑朱走后，赵王又召来虞卿，问道：“我已派郑朱到秦国去和谈，您对这件事有什么看法呀？”

虞卿回答说：“和谈不会成功。但这样一来，赵国的军队很可能为秦国所破灭。这是因为，郑朱是我们赵国的一位显贵的人物。他到了秦国，秦王以及应侯范睢一定会借机宣扬他们的胜利。天下的诸侯也一定向秦国祝贺，而楚、魏两国以为我们跟秦和谈了，也不会派兵来援助了。在这种情况下和秦国和谈，秦国的条件一定会很高，如果我们不应允，秦国是一定不肯让步的。所以我说，和谈不一定能成功。”

果然，郑朱一到秦国，秦王和应侯范睢便借郑朱的到来向天下扬言说他们攻打赵国取得了胜利。还说，秦国终于不肯与赵国和谈。

随之，长平之战爆发，赵国溃不成军，赵国的京都邯郸也被秦兵包围了。

结果，赵王割了六县送给秦国作为求和条件，秦兵才解除了对邯郸的围攻。事后，虞卿问赵王说：“秦兵不围困邯郸了。您以为是秦兵疲倦了才撤退的呢？还是他们的力量能持续下去，因割了六县给他们才撤退的呢？”

赵王说：“秦国部队攻打我们是不遗余力的，我看也许是因为兵卒疲倦才撤退的。”

虞卿说：“是的，秦国以它的力量击他所不能取得的，结果，搞得疲惫不堪而退兵。可是您又以它的力量所不能得到的奉送给它，这无疑是帮助对方来攻击自己啊！我看明年秦国还会再来攻打我们的。到那个时候，我们也许就可能无可救药了。”

虞卿一席话，引起了赵王的深思。

后来，赵王又把虞卿的一席话说给一个名字叫作赵郝的臣子去听。对于虞卿的话，那赵郝很不以为然，说道：“虞卿说的真是那么一回事吗？六座县城不过像弹丸之地。现在不割让给秦国的话，秦国可能明年还要来攻打我们赵国，到那时候恐怕还得割让土地去求和呀！”

听了赵郝的话，赵王更不知道如何是好了。

* * * * * *

后人用此成语形容投入全部的精力来做一件事情，为了一个目的实现而不计成本，毫无保留。

模棱两可

唐代的时候，有个叫作苏味道的人。这个人自幼就很聪明，九岁的时候就可以写文章。后来，天资的聪颖加上后天的努力，苏味道在二十岁的时候考取了进士，还曾做到吏部侍郎的职位。后来女皇武则天当皇帝的时候，他做了宰相。

苏味道自从做了宰相之后，为了保持个人的地位和安全，在处理事情的时候总是保持这样办也行，那样办也可以的状态。从不发表自己的意见，更谈不上什么创新和改革了。他不仅自己做事这样，还常常对别人说：“在处理事情的时候，不能做明确的判断，因为一旦发生了错误，那就要负责任，我们只要保持模棱两端就可以了。”因为他的这一番言论，当时的人称他为“苏模棱”或者“模棱手”。

* * * * * *

这个成语告诉我们：在处事的过程中，一定要很明确自己的态度，不能总是模棱两可。那样只会什么都做不好。

毛遂自荐

邯郸，被秦兵重重包围，危在旦夕。

为解救邯郸，赵孝成王想联合楚国共同抗秦。为此，他派平原君赵胜到楚国游说。

平原君打算从自己数千名门客中挑选出既有勇又有谋的二十位宾客随同前往，可挑来选去，只挑选出十九名。

平原君叹息了：“唉！我赵胜养着数千名宾客，而且已有了十多年的历史。然而，文武智勇具备者怎么连二十名也选不出来呢？……”

正当他叹息不已之时，有一位宾客不请自来，自荐补缺。

他就是毛遂。

毛遂自我推荐说：“听说为了救邯郸您将到楚国去游说，我愿随您前往。如何?”

没直接回答，平原君又问：“你到敝府，有多长时间了?”毛遂道：“三年了。”

平原君：“三年，时间不算短了。一个人如果有什么特别的才能，就好像锥子装在囊中会立刻把它的尖刺显露出来那样，他的才能也会很快地显露出来。可你在我府上已住了三年，我还没听说你有什么特殊的才能，我这次去楚国，肩负着求援兵救社稷的重任，没有什么才能的人是不便同去的，你就留下了来好了。”

平原君的话，说得很坦诚。但毛遂却更自信地回答道：“您说得不对，不是我没有什么特殊的才能，而是您尚未将我装于囊中。倘若早把我装于囊中，哈哈，我的特殊才能就像锥子那样，一定早已脱颖而出地露出来了。”

从谈话中，平原君似乎是看到了毛遂的善于思变的特殊才能，当即便接受了毛遂的自荐，答应了他同往楚国去的要求。

到了楚国，平原君即与楚王谈判。

平原君详尽地讲了联合抗秦的必要性之后，要求楚王尽快地派出援兵去解救邯郸，可楚王不出声，平原君又反复讲联合抗秦的意义，楚王还是不应允出兵的事。他俩的谈判，是从清晨开始的，可是已经谈到了中午，还没有谈判出个结果来。

这叫等在金殿阶下的毛遂等二十名随员，焦急起来了。

毛遂此来，因是自荐，所以那十九名随员内心里看不起他，总觉得他有些自吹自擂。这时候，他们想看看毛遂到底有什么特殊的才能，于是怂恿他道："毛先生，谈判久久没有结果。你上殿去问问究竟，如何?"

"好!"毛遂爽朗而应。

那十九名随员没想到毛遂会如此痛快，他们不禁一愣。就在他们发愣的当儿，毛遂紧紧地按着腰中的剑，一步一层地登上了殿前的那十个台阶，走到了楚王的跟前，他开口道："大王，楚赵联合抗秦，势在必行。这只是两句话便可以议定的事情。可是，从早晨到现在总也商议不出个结果来，这是为什么呢?"

毛遂的出现与责问使楚王很不高兴。他不理睬毛遂，转身气愤地问平原君："他是什么人?"

平原君说："他是我的家臣和随员。"

楚王气愤了，转身斥责毛遂道："寡人正与你的主人议事，你算是什么人，竟也上来插言!"

楚王的话，激起了毛遂的满腔愤怒。只听"唰"地一声，他抽剑出鞘，然后向楚王逼近两步，大声道："我算什么人，哈哈，尊贵的楚王，这时候，你所以敢斥责我，不就是仗着你们楚国是个大国吗？不就是仗着这时候围在你身边的侍卫人多吗？眼下在这十步之内，你国大没有用，你人多也没有用。你的性命就在我的手里，你叫嚷什么?"

经毛遂这么一"镇"，那楚王满头是汗，不作声了。

毛遂又道："尊贵的楚王，难道你没有听说过吗？昔日，商汤王凭七十里的地盘而取得了天下；周文王凭百里的区域臣服了诸侯。他们的兵，也不多，可是他们能发挥他们的优势，会运用他们的威力。所以，你楚国大，你身边的侍卫多，也没有什么了不起。哎！按说，时下的楚国，土地方圆五千里，雄兵有近百万，应该称霸于天下的，然而，你骨子里怕秦国怕得要死。你怕秦国什么呢？怕秦国的战将白起吗？白起，哈哈，小娃罢了。可是，由于你怕他，所以，他带着只不过几万人来与你们楚国作战，一战，他夺去了你们的京都鄢郢；再战，烧掉了你们先王的坟墓；三战，干脆俘虏了大王你的先人。这是多么大的耻辱呀！想起这些来，连我们赵国人都感到羞愧。今日，我们来联合你们抗秦，说是为着解救邯郸，更是为你们楚国报仇雪恨。可是，你却这般怯懦。我们主人磨破了嘴唇，你死活不肯应允。你这叫什么大王！难道你就不感到惭愧吗？”

“这……”

在毛遂激昂的一席话面前，楚王惭愧得不知说什么是好了。

趁热打铁，毛遂又说道：

“尊贵的楚王，怎么样？愿不愿意与我们赵国一齐抗秦呀？”

“愿意！愿意！”

楚王满口应允。

楚赵两国签订了联合抗秦的盟约之后，平原君一行人很快地回到了邯郸。见了赵孝成王，平原君说：“我这一回出使楚国，多亏了毛遂先生，他那三寸不烂之舌，致使得咱们赵国重过九鼎大吕。他真比百万雄兵还要强啊！”

平原君在赵孝成王面前说的这话，不翼而飞。没过三天，赵都邯郸便家喻户晓了。

不久，平原君又将毛遂尊为上等宾客。

这样一来，那曾对毛遂作过种种讥讽的十九名宾客，都害起怕来，他们怕毛遂到平原君面前说他们的坏话，因而，他们见了毛遂，都客客气气的奉承起来。

毛遂哭笑不得地对他们说：“哎，你们这些人啊，真是碌碌无为。你们只是能依靠别人而成事……”

* * * * * *

后人用这个成语比喻人才自我举荐，也同时鼓励有真才实学的人大胆推销自己。

背水一战

公元前204年，汉王刘邦派大将韩信和张耳，率领汉军去攻打赵国。赵王歇和赵国统帅陈余，率领二十万兵马，集结在井陉口（即现在河北省井陉山上的井陉关），准备迎战。

赵国谋士李左车向陈余献计说："韩信这次领兵前来，一路上打了许多胜仗，他乘胜而来，其势不可挡。但是他们经过长途跋涉，必定粮草不足，士兵不饱，战马也缺乏草料。我们井陉地方的山路很窄，车马很难通过。因此，我倒有个主意，可派三万兵从小路截断他的粮车。你再把沟挖得深些，墙垒得高高的，固守营寨，不与他们交战。这样一来，他们前不得战，后不得退，用不了十天，我们就可捉住韩信。"

李左车虽然说得条条在理，可陈余是个书呆子，不听从他的意见，反而说：

"我读过不少兵法。兵法上说，兵力比敌人大十倍，就可以包围敌人；兵力比敌人大一倍，就可以和敌人对阵。现在汉军号称几万人，其实不过几千人，况且远道而来，疲惫不堪。我们的兵力超过汉军许多倍，难道还不能把他们消灭掉吗？如果今天避而不战，别人会讥笑我胆小。"

就这样，陈余没有采纳李左车的正确意见。

韩信探知陈余不用李左车的计策，十分高兴，于是他就把兵马驻扎在离井陉口三十里的地方。待到后半夜，韩信又派出二千名轻骑兵，每人带一面汉军红旗，从小路迂回到赵营的侧后方，埋伏起来，准备袭击赵营。然后，韩信再派一万人马作先头部队，沿着河岸摆开阵势。

陈余探知韩信兵马沿河布阵，哈哈大笑说："韩信空有虚名！背水作战，不留后路，这是自己找死！"

天亮了，韩信带领后队兵马，打出帅旗，大张旗鼓地向井陉口杀来，赵军立即迎战。交战后，汉军假装败退，抛掉旗鼓，向河岸阵地退去，陈余不知是计，指挥赵军拼命追击。这时，韩信埋伏的二千轻骑兵，见赵军倾巢出击，立即杀入赵营，拔掉了赵军旗子，换上了汉军的旗子。

赵军追得汉军退到了背靠汉水的阵地上，汉军后退无路，于是他们返转过身，一个个背水拼命死战。赵军久战不能获胜，士气开始低落，后来，当他们忽然又发现背后自己的营垒上都插上了汉军的旗子，军心顿时大乱，纷纷四外溃逃。

于是，汉军乘机前后夹攻，大破赵军。他们杀了陈余，活捉了赵王歇。

胜利之后，有军士问韩信："兵书上说，布列阵地要右后靠山，左前临水。这次将军反而令我们背水为阵，竟然取得了胜利，这是什么战术呢？”

韩信说：“这也出自兵法。兵法上说：‘陷之死地而后生，置之死地而后存’。这是因为，置之死地，兵士们为保存自己生命便会拼死作战；如果留下生路，一和敌人交手，稍有不利，有的就可能逃跑。”这场战役后，人们都称赞韩信很有谋略。

* * * * * *

“背水一战”后来通指将自己逼入绝境，只能成功，不能失败。

围魏救赵

公元前354年，魏国国君魏惠王派大将庞涓带兵去攻打赵国，团团地围住了赵都邯郸。情况非常危急，赵国的国君赵成侯派使者到齐国去求援兵。齐国的国君威王，立刻拜田忌为大将，拜孙膑为军师，发兵去救赵国。

田忌打仗非常勇敢，但智谋不足，又是个急性子，奉命之后，便想立刻赶到邯郸去与魏兵厮杀，可孙膑不同意。

孙膑，相传是我国历史上很有名的军事学家孙武的后代子孙，也是我国历史上一位有名的军事学家，田忌很佩服他。

这时候，孙膑说：“现在魏国出兵攻打赵国，魏国的精兵锐卒，一定倾巢开赴邯郸，只剩一些老弱残兵留守国内。咱们为何不利用这个机会，带兵直捣魏国都城大梁，占据他们的交通要道，袭击他们守备空虚的地方呢？那样，他们在外的大军，必然会放下赵国赶回相救。这样一来，我们岂不是一举解决了赵国的危急，同时又挫败了魏国吗？”

田忌认为孙膑的话很有道理，便带兵直捣魏国都城大梁。

齐国的大军刚到桂陵，孙膑便叫田忌下令停了下来，孙膑说，当魏军从邯郸返回的时候，一定要经过桂陵，因此，应该在此设伏，布下阵势，到时好一举把魏军歼灭。田忌又依孙膑的计谋而行，很快地军埋伏了下来。

齐兵要攻打大梁的军情，很快，庞涓就知道了，他立刻命令从赵国退兵救大梁。

魏军久围邯郸，已经非常疲惫，庞涓救大梁心切，又来了急行军，这使魏军更为疲惫不堪。

魏军进入了齐兵埋伏的桂陵地带，只听一声号令，齐军从路的两侧一齐奋勇杀出。突遭袭击，疲惫不堪的魏军哪里还能抵挡得住？他们战死的战死，受伤的受伤，不多时，魏军大败，死伤两万多人，齐军大胜而归。

孙膑、田忌这一仗打得漂亮！既为邯郸解了围，又挫败了魏国。

* * * * * *

后来，“围魏救赵”往往被人们看作一条军事上的妙计，也用来指达到目的要讲究曲线手段。

智者千虑

刘邦派韩信去攻打赵国。韩信用计杀退了赵兵，杀死了赵军统帅陈余，也活捉了赵国出名的谋士李左车。

韩信知道李左车是一位有才能的人，便亲自为他解下绑绳，并且十分客气地向他请教说：“我打算向北攻打燕国，向东边讨伐齐，什么办法才会成功呢?”

李左车感到很羞愧，说：“败军之将，不可以言勇；亡国之大夫，不可以图存。我是一个吃了败仗的俘虏哪有资格谈论这样的事情呢?”

韩信说：“百里奚在虞国而虞国灭亡，在秦国而秦国称霸，这并非是在虞国百里奚愚蠢，到了秦国又变得聪明，而在于国君是不是信任他，能不能听他的谋划。陈余的失败，是他没能听取你的计谋，如果他按照你的意见作战，我也要被你们俘虏了。今天我是诚心诚意地想听听你的高见，请你别推辞了。”

李左车见韩信很诚恳，便讲出了自己的看法。他说：“聪明的人考虑千次，可能有一次是错的；愚蠢的人考虑千次，也可能有一次是对的。俗话说：狂人的话，至贤也可以选择。只恐怕我的计策不值得您采用，但我愿意献愚忠，为您效劳。您背水作战，不到一个上午打垮赵军二十万，杀死陈余，名闻海内，威震天下，这是将军在战略上的长处。然而，农民遭受兵灾，非常贫苦，士卒经过激战，非常疲惫，如果您现在用这样疲惫的军队，去攻打燕国的牢固城池，恐怕难以攻下，而且，战事如果拖得久了，士卒们会更疲惫。再说，军粮也会发生困难。因此，我认为，你如马上用兵，这便是您的战略的短处。善于用兵的人不会用自己的短处去攻击敌人的长处，而是用自己的长处去攻击敌人的短处。”

韩信问：“那么，我目前应该怎样呢?”

李左车说：“现在应该按兵不动，先安定赵国的秩序，抚恤赵国阵亡将士的遗孤，这样做，人们就会拥护您，方圆百里之内，就可能有人送来牛肉和酒，犒劳您的将士。到那时，您可以一面摆出向北进攻燕国的姿态，一面派遣说客，拿着您的亲笔信到燕国去，把自己战略上的长处显示给燕国看，那样，十有八九燕国会自行投降的。燕国投降后，再派遣说客到齐国去，把燕国投降的事告诉齐国，齐国也会像草随风倒一样，很快降服。这样，夺取天下就不难了。用兵向来讲究先虚后实，我说的就是这个道理。”

韩信按着李左车的意见去做，果然获得了成功。

* * * * * *

“智者千虑”后来指聪明的人也有疏忽，提醒人们考虑问题务求周到。

舍本逐末

这一天，齐王派出了一个使者，要他到赵国去问候赵威后。

齐王的这位使者，没到过赵国，更没见过赵威后。但他早已听说，赵威后是一位很贤德的王后，所以，他十分高兴地接受了这一差事。他想去向赵威后问安，赵威后一定会很欢喜。她一欢喜，说不定会回赐一件什么贵重的小礼品。因此，他觉得此次出使赵国，还是一件十分难得的美差呢。

披星戴月，马不停蹄，终于到了赵国京都邯郸。

邯郸，在齐王使者的想象中十分美丽。是啊，那雕梁画柱的梳妆楼；那清水碧透的照眉池；那热闹非凡的市桥；那巍峨秀丽的丛台……他听人说过了很多很多回，可就是没有见过。因此，一路上盘算着，待办完了公事，一定要好好地看看邯郸，饱饱眼福。

他直奔赵王城，去问候赵威后。

果然，赵威后不负贤名。当齐王的使者被一位鲜丽的宫娥引进后宫时，那赵威后早已端坐在一个绣墩之上，在等候了。她一身的正气，满脸的慈祥。

礼仪过后，齐王使者把随身带来的齐王问候赵威后的亲笔信，递给了赵威后。

但不知怎的，那赵威后竟然没有先去拆阅齐王的信，却躬身问齐王使者道："你们齐国今年的收成好吗？"

"好。"齐王使者答。

赵威后又问："黎民百姓好吗？"

"好。"齐王使者答。

赵威后再问："齐王也很好吗？"

"也很好。"齐王使者答。

随着赵威后的问候，该如何回答，齐王使者都回答过了，可齐王使者心里却很不是滋味。他是直率的人，又见赵威后是那样的慈祥与宽厚，于是，便问道："尊贵的威后，吾奉吾王旨意，专程向你来问安，照说，你若回问的话，也该先问候我们的大王，可你先问的，却是年景和百姓。你怎么把低贱的摆在了前头，而把尊贵的摆在了后头呢？"

赵威后微微地笑了："话可不能这么说。我所以先问年景和百姓，后问候你的大王，自有我的道理。"

齐王使者："什么道理？"

赵威后："你想想看：假如没有好年景，那黎民百姓靠什么活下去呢？同样，假如没有黎民百姓，又哪里有大王呢？所以说，我这样问才合乎情理；不这样问，便是舍本逐末。你说是不是这样呢？"

"这……"

齐王的使者，张口结舌了。

召见一结束，齐王的使者，一没有去观光那雕梁画柱的梳妆楼，二没有去踏看那清水碧透的照眉池，也没有去游览那巍峨的丛台和热闹的市桥，便直接回齐国去了。

在归国的路上，齐王的使者一直觉得肩上沉甸甸的。虽说那赵威后什么礼品也没有赐给他，可他并不认为是空手而回，他觉得，赵威后的那不是"舍本逐末"的几句问候，比什么礼品都贵重，都沉重……

* * * * * *

"舍本逐末"通常指看问题抓不住本质，解决问题不从根本上入手。

攻难守易

因为决定战局优劣的有三大要素，就是天时、地利、人和。一般情况下，守的一方是据有地利条件的，如果双方军队的数量和战斗力，相差并不悬殊，攻方没有全面优势，确实是难以战胜守方的。这在战国兵争中不乏实例。请看这则故事：

赵国在长平战役惨败后，打算通过掠夺燕国的领土，来补偿自己遭受的损失。平原君问他的大将冯忌说："我要出兵攻打燕国，您看怎么样？"冯忌回答说："这是不可以的。您看，秦国乘着连打七次胜仗的威风，在长平和咱们交手，事后又用全部兵力来围攻邯郸城；咱赵国呢，只靠收集到的散兵败卒，守着一座破城。可是尽管这样，秦兵到底也攻不下邯郸，反而把他们的锐气消耗尽了。什么缘故呢，就是因为攻起来困难守起来容易啊！现在赵国并没有连战连捷的威风，而燕国也没有受到像长平战役那样的损失。现在我国多次战败的元气还没有恢复，却想用疲惫的军队去攻打强大的燕国，那样的话，就是叫弱小的赵国仿效强大的秦国去攻城；而叫强大的燕国效法弱小的赵国来守城；结果反而给了秦国休息兵马的机会，让他们再钻空子捡赵国的便宜。因为这个，我看不出您这个作法有什么可取。"

* * * * * *

"攻难守易"，是近代还在使用的军事熟语之一。早在战国时期，就有这句话了，可以说是在当时的军事技术装备条件下，通过战争实践总结出来的经验。

犹豫不决

语从"犹豫未有所决"简化而成，典出一则战国故事：

长平战役结束后，秦军乘胜包围了赵都邯郸城。魏国的安釐王差他的将军晋鄙去解围，由于惧怕秦军，晋鄙走到汤阴就按兵不进了。魏王又派了个客籍将军辛垣衍，化装从小路偷偷地进入邯郸城，通过平原君向赵王传达魏王的意见说："秦国所以要急迫地围困赵国，是因为以前和齐闵王争僭皇帝的称号，后来秦国取消了皇帝的称号，实因齐国的缘故，本心是不愿取消的。现在齐国更加虚弱了，天下只有秦国实力最强。我看秦王不一定是贪图贵国的邯郸，他的意思是想求做皇帝呢。赵国如果真能派使者去秦国，尊秦昭王为皇帝，他一定高兴，就会把军队撤回去了。”平原君听了，很是犹豫，一时拿不定主意。

这时候，鲁仲连正巧在赵国游历，碰上了秦军围困邯郸。他听到魏国的将军要叫赵国尊奉秦王做皇帝的消息，就急忙来见平原君，问道：“这件事怎么样了？”平原君焦躁地说：“咳，我还敢说什么事呢！百万大军折损在国外；现在邯郸也给人包围了，魏王派了辛垣衍来，要叫赵国去尊奉秦王做皇帝，这个人还在这里没走。我还敢说什么事呢！”鲁仲连责备平原君说：“我起初以为您是天下的贤公子呢，我到现在才知道您并不是天下的贤公子！那个魏国来的客人辛垣衍在哪儿？我请求代替您斥责他，把他打发回去。”平原君答应说：“让我把他召来见见先生吧。”

* * * * * *

人们常用“犹豫不决”来比喻遇事拿不定主意，下不了决心，也指不果断的人或事。

一狐之腋

春秋时，晋卿赵简子（也是后来赵国君王的先祖之一），有一个臣子名叫周舍。周舍，喜欢直谏。据说，有一次他曾立于简子门下三天三夜不去。简子使人问他何故如此，他说道：“愿为谔谔之臣，墨笔操牍，从君之过，而日有所记，月有所成，岁有所效也。”

谔谔，直言也。周舍这话的意思是，他愿意做一个传直话和说直话的臣子，并使其改正，从而收到良好的效果。

赵简子为人也耿直。周舍的这几句话，他很欣赏，也令他很感动。

后来，周舍死了。周舍之死，叫赵简子很伤心，他经常是愁眉苦脸的样子，尤其是当朝时，他更是满脸的不欢快。他这样，有些臣子大夫以为是自己有过错，便请求简子治他们的罪。简子说：“你们无罪。我听说千羊之皮不如一狐之腋。诸大夫来朝见，我只能听到唯唯诺诺之声，听不到像周舍那样的谔谔直言。我是为此而懊恼啊!”

简子的话，使在场的臣子大夫们都非常震惊……

而简子也正是靠了他有这样乐以听“谔谔直言”的美德，才使他的事业顺利而昌达。

* * * * * *

这个成语后来指贵重或珍贵的东西不在于多，其价值往往超过很多俗物。用来提醒人们珍惜有价值的东西。

前倨后卑

苏秦是战国时期一位著名的政治活动家。他曾游说列国，联合起来共同抵抗秦国，因此，他在当时享有很高的声望。

但是，在最初的时候，他也有过不少次的失败，受过不少次的挫折。

比如，有一回他到一个国家去游说，没想到那个国家的国王竟不接待他。这叫他把钱花得精光，穷困不堪，人也累得黑瘦黑瘦的，折腾得很不像个样子，无奈，他只好满面羞愧地回到老家。

但回家后，没想到家人也都看不起他，妻子不给他缝衣服，不给他做饭吃，连父母也仿佛不愿意与他说话。而且，嫂子和妻子还在背地里讥笑他说：“咱们这样的人家，治家产，做买卖才是正业。而他呢！却不干正业专门去游说。他今天落到这步田地，真是活该啊!”

听到这些话，苏秦自然十分伤心，但他却没有灰心。他仍闭门不出，专心读书，认真研究如何游说的学问，发愤要干出一番事业……

后来，他的事业果然成功。有一回，他到赵国去游说，他对赵王说：“燕、赵、齐、楚、魏、韩六国的土地合起来，有秦国的五倍大；六国的兵卒加起来有秦国的十倍多。假如六国联合起来，共同去攻击秦国，秦国必定被击破而听从我们的摆布，否则，秦国必将把咱们各个击败，那咱们六个国家，一个个都得服从它，向它称臣。夫破人之与破于人也，臣人之与臣于人也，岂可同日而言之哉（击破别人和被别人击破，统治别人和被别人统治，那就大不一样，岂可同日而言呀)?”

终于，赵王同意了苏秦的意见，表示愿意与别的国家联合起来共同对秦。因觉得苏秦的话有道理，赵王还送给了苏秦一百辆装饰得很漂亮的车子，一千镒黄金，一百双白璧和一千束锦帛……并支持他到别的国家再去游说。就这样，在赵王的支持下，他游说最后成功，列国联合起来抗秦……

因此，那时候，他成了人人皆知的显赫人物。

功成名就以后，苏秦又回老家去了。

他这一次的回家与上一次就大不相同。他父母听说他要回来了，急忙洒扫居室，修整道路，准备乐队，陈设酒器，带着家人到离城三十里以外的地方去迎接他。见面后他的妻子很羞愧，不敢正面看他，只是侧着耳朵听他讲话，他的嫂子更是伏在地上，拜了又拜，向他赔罪……

看到这个场面，苏秦笑了。

他笑着去问嫂子："嫂子，你为何先前那么傲慢，连饭都不给我做，而现在，为何又如此卑谦呢？"

他嫂嫂低头而老实回答："因为你的地位已变得非常尊贵，又有许多的金钱……"

嫂子的话，使得苏秦感慨万分。他长长地叹了一声之后，自言自语地说："穷困的时候，父母都不把儿子当作儿子，亲人也不把亲人当作亲人。如今，我有了地位，我有了金钱，所以，父母也把儿子当成了儿子，亲人也把亲人当成了亲人。人生在世，对权势，名利和金钱，为什么看得这么重呢？"

※ ※ ※ ※ ※ ※

这个成语一般用来讽刺趋炎附势的小人，是个典型的贬义词。

瓜田李下

袁聿修是南北朝时期的北齐（建都于邺）人。

他少年老成，性格沉静，很有见识。据说，他九岁时就做了州主簿，十八岁时就做了州中正，兼尚书度支郎中，后来又升为博陵太守，且政绩突出，很有声望……

他之所以政绩突出又很有声望，主要原因是他能够为官清白自守，从不收任何贿赂。据说他在任尚书的十多年里，从未曾接受过任何人家的一升酒。因此，在他的管地有不少文人联名为他立碑表彰，并送他一个雅号："清郎"。

当然，"清郎"也有为难的时候。有一次，袁聿修到外地考察地主官吏，途经兖州。兖州刺史正是他的老朋友邢邵。二人叙述别情以后，邢邵拿出一匹白绸想送袁聿修作为纪念。这就叫袁聿修为难了，不收，怕得罪老朋友；收，又怕留下什么不必要的嫌疑。但反复思索之后，袁聿修还是谢绝了，并留书曰："我这次路过这里，与往常不同呀！瓜田李下，古人是很谨慎的。我们不能忘记古人说过的走在瓜地里不要弯腰提鞋子，走在李树下不要伸手整帽子的话，只有这样，才能躲避嫌疑。你的心意我领了，白绸不能收，不能留下不好的话柄。"

邢邵很理解袁聿修的心思，就没有再勉强他。

* * * * * *

"瓜田李下"比喻容易招致嫌疑的地方，也指正人君子要主动远离一些有争议的人和事，以免引起不必要的嫌疑。

鹿死谁手

晋时，北方有五个少数民族纷纷独立，先后出现了十六个国家，史称"五胡十六国"。在"五胡十六国"之中，以氐族的前秦和羯族的后赵势力最大。后赵的都城就建在今日邯郸市境内的古邺城。

后赵的建立者石勒，字世龙，上党武乡（今山西榆社北）人，羯族。石勒健壮有胆量，喜好骑马射箭。他在二十多岁时，被晋官吏掠卖到山东为奴隶，后来，与汲桑等人聚众起兵。汲桑死后，石勒率众投奔前赵国君刘渊，刘渊拜他为大将。石勒重用汉族失意官僚张宾，让他为谋士，发展成一种割据势力。公元319年自称赵王，建立政权，即为后赵。

建国为王，石勒自然十分高兴。有一次，在欢迎外国使臣规模很大的宴会上，石勒乘着酒兴问他的大臣徐光："我的功绩可以和历史上哪个君王相比?"

徐光想趁机恭维他的主人，便奉承地说道："陛下的智谋和武勇，都超过了汉高祖刘邦和魏太祖曹操。自古以来的帝王，没有一个能比过您的。"

但石勒却笑着说："说得太过分了。我岂能不了解自己？我如果遇到汉高祖刘邦，一定甘心做他的部下，服从他的指挥，和韩信、彭越一样争先效力。如果遇到汉光武帝刘秀，就要跟他在中原争个高下较量较量。那可就不知鹿死谁手，天下落到谁的手中去了。"

石勒的这一番话，叫徐光很汗颜，可群臣们却很称赞。

* * * * * *

后来，"鹿死谁手"往往用来指竞争十分激烈，难以分出胜负的场面。

市道之交

廉颇，是战国时代赵国的一位很有名望的将军。他曾多次战败齐、魏等国，为赵国立下了赫赫战功。因此，赵惠文王拜他为上将军。

这时候，前来登门拜访和奉承他的人便很多，他们中间，有朝臣贵族，有名人贤士。廉颇的府门关不住，常常是，太阳刚刚升起，拜访和奉承的人已经叩门来了；太阳都要落山，拜访和奉承的人还没有走尽；有的时候，拜访和奉承的人晚上也来；有的还常常坐到深更半夜……

秦赵长平之战爆发了，赵惠文王的儿子赵孝成王拜廉颇为帅，让他带着二十万精兵到长平去迎战秦军。他到长平后，从战情的实际出发，采用了"坚壁持久"之策，眼看拖得远离本土的秦军已溃不成军，可就在这时赵孝成王中了秦国的"反间"之计，改用赵括为将，廉颇被罢了"官"。

被罢了官的廉颇回到了邯郸。这时候，拜访和奉承的人一个也不见来了，那些朝臣显贵不来，就是文人贤士也不见来登门。廉颇府上的大门不仅夜间关着，白天也不见开了。

因赵括只会"纸上谈兵"，长平大败，一夜之间，秦国坑杀赵军四十多万。这场战役结束之后不久，燕国的相国栗腹认为：赵国年富力强的人全死在长平，他们的孤幼尚未长大，很可以发兵去攻打。燕王采纳了栗腹的计谋，举兵攻赵。赵孝成王又起用廉颇为将，带兵去迎击燕军，在高地一带摆开了战场。廉颇不愧为名将，高地一仗打得很好，不仅把燕兵打得溃不成军，而且还杀死了燕国相国栗腹，又乘胜进兵，围攻燕国都城。结果，燕国提出以割五座城给赵国，作为求和的条件，赵军才答应退兵。这一仗结束后，赵孝成王把尉文邑封给廉颇，号称“信平君”，并又使廉颇代行相国的职务，廉颇的声望又高了起来。

这样一来，那些因廉颇被免职而不再登门的拜访和奉承的人，又陆陆续续登门拜访和奉承来了……

廉颇是个正直的人，很看不惯这些人的市侩作风。于是，见那些人又找上门来，便下了逐客令。他说：“诸位，你们还是请回去吧！”

这时候，有一个客人站出来对廉颇说：“廉将军，你得势时，我们来追随你；失势时，我们就离去。天下人以利害相交往，这是很自然的事。你何必怨恨与发火呢？”

“唉！”廉颇没什么好说，只是叹了一口气。

* * * * * *

后来，“市道之交”就用来形容因为功利而交朋友，友谊不可能有牢固的根基。

步履蹒跚

平原君家临街的楼房很高，在楼上可以俯瞰附近居民的房屋，平原君的美人们，就住在楼上。有一天，众美人在楼上闲望，看到一个瘸腿的人到井台打水，美人们见到他行路缓慢，东摇西晃的样子，忍不住哄笑起来，有的还学仿他走路的姿态来取乐。这个瘸腿的人，受到这番侮弄很是恼怒。第二天清早，这个人就来登门拜访平原君，要求说：“我听说你喜欢接纳贤士，而贤士之所以会不远千里来投奔你，是因为你能看重贤士，轻贱美女的缘故。我不幸有了腰弯曲、背隆高的病，你的房里人在高处看到了，肆意笑弄我，这是不合礼的。我要得到笑我的人的头！”平原君假笑着答应说：“好啦。”等那个人走了后，平原君冷笑了一声，对左右的人说：“瞧那个小子，倒想以一笑的缘故让我杀美人，不也太过分了吗！”到底没有杀。过了一年多，住在平原君家里的宾客，一个接着一个的走了有一多半。平原君很奇怪，对留下未走的门客说：“我对待各位，可以说是诚心诚意的，没有敢失过礼，为什么走了那么多的人呢？”有一个门客上前直率地说：“就因为你不杀那笑瘸腿的人，这说明你喜欢女色而看不起士人，所以宾客就走了。”平原君听了大为后悔，立刻叫人杀了那些嘲笑过瘸腿士人的美人，拿着头亲自到瘸腿人的家去谢罪。不久，离开平原君家的宾客，才又一个接着一个的回来了。

宋代无名氏在《释常谈》一书中，转述这个故事时，把《史记》原文“磐散行汲”说成是“步履蹒跚”。据近人杨天戈在《汉语成语溯源》中解释：磐散即蹒跚，行汲是步行提水。可见“步履蹒跚”一语，是“磐散行汲”一语的衍化，它的源头远在两千多年前呢。

* * * * * *

“步履蹒跚”这条成语，常为人们写文章时所引用，以形容腿脚不方便，行路艰难。它的产生年代虽是宋朝，而雏形“磐散行汲”一语，早在《史记·平原君虞卿列传》中已有了。

坐怀不乱

战国时，邯郸的大思想家荀况在他的不朽著作《荀子·大略》中，讲述了这样一个故事。

故事的主人公叫柳下惠，他是春秋时鲁国大夫，任士师（掌管弄狱的官）。鲁僖公二十六年（公元前634年），齐国进攻鲁国时，他派人到齐国去，劝说齐国退兵，受到鲁僖公的称赞。

在当时，柳下惠以善于讲究贵族礼节而著称，是个道德高尚的人。有一次柳下惠到外地办事，耽搁了出城时间，此时，客店也已住满了客人，他只好到城门下夜宿。

不久，一位年轻貌美的女子也来到城门下夜宿。

柳下惠见那女子衣服单薄，冻得瑟瑟发抖。

柳下惠恐怕那女子冻死，就用自己的棉衣把她裹在怀里，一直到天亮，丝毫没有非礼的行为。

* * * * * *

此后，人们就用“坐怀不乱”来形容男子在两性道德方面情操高尚，作风正派。

难至节见

赵武灵王在位二十七年后，把王位传给了儿子赵何，这就是赵惠文王。老臣肥义担任相国，同时担任惠文王的师傅。武灵王则自称为主父。

这一天，好友李兑来到家中，对肥义十分诚恳地说："主父封次子何为王，而封长子章为安阳君，这样做，那安阳君是一定不会服气的。安阳君，身壮志骄，对其弟早有怨恨之心了。他的党羽又多，而且，新近主父又派田不礼去辅佐他。那田不礼，刚愎自用，知进不知退，他与安阳君在一起，过不了多久，必然要生事，说不定哪一天，他俩就会起来谋害惠文王与主父。你是主父的旧臣，现在又是辅佐惠文王的相国，位置高，权势重，安阳君与田不礼一旦起事，会首先把仇恨的刀矛对准你的胸膛，受害的，也必然首先是你。有道是：智者防患于未然。为了逃避他们君臣父子争权夺势的这场灾祸，依我看，你不如从现在起就称病在家，闭门不出，而把所担承的国事都推给他人去办理，只有这样，你才能安然无恙。请你接受我作为老朋友的这一席由衷之言吧！"

肥义摇摇头，说："昔日，主父曾嘱咐过我，要我对他与惠文王永远不要改变忠心，直到老死。主父的话，我一字一句地记在了心里，并曾当面表示，一定要那样去做。今日，我怎能因为害怕安阳君与田不礼的谋害而改变对主父和惠文王的忠心呢？我绝不能这样做。俗言说得好：如果是贞臣，难至而节见，只有国难当头时，才能显出他的贞操；如果是忠臣，累至而行明，只有担承重任时，才能表明他的品行。你适才的一席话，自然是为我好，我谢谢你的好意，可我实在是不能照着你的话去做。我……"

说着说着，肥义激动起来，而且，他的一片贞臣之言，还使李兑很感动。李兑说："好了，我是劝不了你的。今后，你自己就多加保重吧！"

说罢，李兑脸上流着两行敬佩与惋惜的热泪，告辞而去。

果然，公子章与田不礼起事了。

这一日，主父与惠文王同游于邯郸城北约百里之外的沙丘地带，公子章与田不礼也随行。那沙丘之上，有商纣王所筑起的离宫两所，两宫之间有一段距离。主父与惠文王各居一宫，安阳君住在一家旅舍里，而这旅舍，又恰好在两宫的中间。

当天夜里，田不礼向安阳君献计道：

“惠文王只带着数十个随从。这时候，我等若假借主父之名去召惠文王，那惠文王必然要离其居宫而赴主父居宫。我伏兵于途中，待惠文王到来时，我再佯称主父侍士而刺杀于他。惠文王一死，你自然就是赵国的君主。此计如何?”

公子章：“甚妙！甚妙！”随后，装扮成主父使者模样的安阳君与田不礼的心腹内侍，便来到了惠文王所住的离宫门口。肥义随惠文王而来，也住在这里。那主父的“使者”禀报说：主父突然病发，想见惠文王。但肥义不信，他想：主父素无恙，此事恐有不测。为防不测，肥义没让惠文王动身，而他要代惠文王先去见主父。

一切安排好之后，肥义跟着主父的“使者”去了，很快，他走进了田不礼伏兵的地段。只听大喝一声，田不礼与他的伏兵从四面杀来，正应了“难至而节见”这句话，忠臣肥义死在了田不礼等人的乱枪之下……

肥义死后，恰适公子成与李兑带着一队人马自邯郸赶来，惠文王果断地命他俩带人杀死了公子章与田不礼，并灭其党羽而定王室。因事有牵连，主父被围困三个多月而死，这便是战国历史上有名的“赵主父饿死沙丘宫”。

* * * * * *

这个成语用来赞美像肥义这样的忠臣，形容臣子对主人的忠贞不贰。

补天浴口

上古时代，有一次，水神共工和火神祝融大战。

共工大败，气得向西方不周山一头撞去，把不周山撞坏了。

不周山是撑天的大柱，大柱一断，天就坍塌了一大块，地也陷裂了很多；同时，山林起火，洪水横流，世界发生了可怕的灾难。

创造世界万物的女神娲（女娲是邯郸市涉县人，娲皇宫就坐落在涉县境内），在大江大河中挑选了许多五彩的石子，架起火来，把石子炼成熔液，然后用这种熔液去修补被撞破了的天。

她又杀了一只大得无法形容的乌龟，斩下它的四脚，作为四根天柱，竖立在四方，把天撑住。还利用大火后遗留的芦草灰，堵住了洪水。一场大难，始告平息。

太阳女神羲和，生有十个儿子，也就是十个太阳。

他们住在东方海外的汤谷，那里有一棵大树，名叫“扶桑”，所以那地名也叫“扶桑”。

这棵大树有几千丈高，十个太阳，就住在这棵大树上。

他们每天一个，轮流在天空值班。

早上，不论哪个太阳值班，都由他们的妈妈羲和架车伴送，这辆车子很壮观，是由六条龙拉着的。

从起点汤谷到终点蒙谷，共有十六个站，正好一天的路程。

车到第十四站悲泉，太阳就得下车步行，妈妈羲和架着空车赶回汤谷，为伴送明天值班的儿子去作准备。

每天早上，值班的太阳离开扶桑，登上龙车之前，一定先要在咸池里洗一个澡。

羲和还常常带着儿子们在东南海外的甘渊一块洗澡，甘渊的水，十分甘美，羲和把儿子们一个个都洗得干干净净、明明亮亮。

* * * * * *

平常人们形容无可比拟的极大的功绩时，就借用“女娲补天”和“羲和浴日”这两个故事来作比喻，称为“补天浴日”。

言犹在耳

公元前620年，晋国君襄公去世，决定将在秦国的晋公子雍迎接回国，准备继承国君位。

但是晋襄公夫人穆嬴不同意，她每天抱着太子在朝廷上哭闹，说：“先君何罪？其嗣亦何罪？舍弃嫡子不立而到外边求国君，将太子置于何地?”

出朝后，她拉着太子到卿大夫赵宣子（赵盾，赵国国君的先人）家，向赵叩头说：“先君在时捧着这孩子嘱托于您，说：‘此子成才，我就是受了您的赐予；若不成才，我就唯您是怨。’现在国君虽死，言犹在耳，而您都把这些忘了，不管了，想怎么着?”

赵宣子和诸大夫都怕穆嬴，又怕她威逼，就改立了灵公为国君，发兵抵抗秦国护送公子雍的军队，并打败了秦军。

* * * * * *

“言犹在耳”，是形容对他人说的话还记得清清楚楚，引申为听从别人告诫的意思。

董狐之笔

晋灵公继位后，十分荒淫而骄横，他常站在楼上，用弹弓射路上的行人，供身边的美人取乐。

有一次厨师煮熊掌不合口味，晋灵公便把厨师杀了，并命人分尸八块，用竹篓装了抛尸荒野。

相国赵盾（赵国君王的先人）对这些肆无法纪的行为非常愤慨，屡次向晋灵公苦苦进谏。晋灵公不但不听，还怀恨在心，要秘密除掉赵盾。

赵盾闻讯，逃亡避难。

赵盾的侄儿赵穿早已看清了晋灵公的腐败本质，趁他酒醉时将他杀死。

之后，赵穿立晋成公为国君，赵盾复任相国。由于赵盾精明强干，得到朝野的普遍赞誉。

史官董狐却持有不同意见，他毫不隐瞒地在史简中写道：“赵盾杀其君。”

赵盾见后极为震惊，去找董狐解释自己并无杀君之罪。

董狐坚持说：“你身居相位，国君被杀时虽然离开了都城，但并未走出国境；国君被杀后，你也没有办凶手，杀君罪名国相不负，当属何人?”

后来，孔子听到了这件事，他评论道：“董狐，古之良史也，书法不隐，应受到称赞；赵盾也是古之良大夫也，为法受恶，实属冤枉。”

* * * * * *

从此，后人便把“董狐之笔”作为史家秉公直书的典范加以颂扬。

大儒纵盗

春秋时期，在上地（今陕西绥德县一带）住着一个知识渊博的儒者，名叫牛缺，人们都尊称他为大儒。

有一天，大儒到邯郸去，在隅水（古赵地，今邢台沙河）一带碰见了一伙盗贼。

盗贼索要大儒口袋里的钱财，他便痛痛快快地全部给了他们。

盗贼又索要大儒的车马，他也慷慨地给了他们。

盗贼还要大儒的衣服和被褥，他还是痛痛快快地给了他们。

大儒把东西全部送得干干净净后，便步行而走。

盗贼们感到惊奇，私下议论道："这一定是天下杰出的人，今天我们侮辱了他，他一定会向大国的君主诉说我们的所作所为，君主也一定会用所有力量来讨伐我们，那时我们就难以活命了，还不如现在就把他杀死，灭掉踪迹，以消除后患。"

于是，盗贼们又向前追赶了三十里地，最后追上了大儒，把他杀死了。

对此，秦国的相国吕不韦在其著作《吕氏春秋·必已》中评论说：大儒之所以被杀，是因为他纵容盗贼的结果。

* * * * * *

"大儒纵盗"这个成语，常被用来讽喻那些不分是非曲直，一味无原则地对犯罪分子讲善良宽容的人们。

坐享其成

战国时期，各诸侯国之间经常互相攻打，有一年，魏国攻打中山国，魏文侯要向赵国借路。

赵国国王赵烈侯（即赵籍）想拒绝魏文侯借路的要求，大臣赵利知道了，便赶忙去劝说："魏国攻打中山国，如果不能胜，也必然消耗重大，造成国力疲惫。魏军如果消灭了中山国，由于我们赵国居中间，他们想保留中山国的土地，势必难。"

赵利见赵烈侯还在犹豫，便进一步说道："大王还犹豫什么？这件事耗费军力的是魏国，到头来，获得中山国，坐享其成的，是我们赵国，所以借路一事，必须答应，这对我们有利无害。"

赵利见赵烈侯面带喜悦之色，便又急忙补充说："答应是答应，但不要高兴地答应，如果魏国觉察出我们的用心，就会把攻打中山国的计划取消。所以要装作无可奈何的样子，说：赵魏两国是友邦，能不借路吗？"

* * * * * *

“坐享其成”一般指借别人的劳动，获取相应的劳动果实，即不劳而获。

剖腹藏珠

有一天，唐太宗李世民和侍臣们闲谈，唐太宗讲了一个西域商人“剖腹藏珠”的故事。

唐太宗说：“西域有个商人，偶然得到一颗珍珠，真是见所未见的一件无价之宝。”

这个商人非常喜爱这颗珍珠，深怕被人盗走，搁在哪儿都不放心。

后来，这个商人剖开了自己的肚子，把珍珠藏在肚子里，这样，珍珠是藏严实了，可商人的命也就没有了。

唐太宗讲完故事，问：“这故事是我听来的，你们说果真会有这样的人吗?”

侍臣们嗫嚅地说：“恐怕有吧。”

唐太宗说：“这个商人爱珠而不要命的愚蠢行为是多么可笑，但是有些官员因贪赃受贿而丧命，有的皇帝因追求无止限的享受而亡国，这些人和这个商人不是一样愚蠢可笑吗?”

这时，在座的谏议大夫魏征接着说：“由于利欲熏心，贪得无厌，而连自己的身体性命都忘了的人，确实是有的。从前鲁哀公对孔子说：‘有个健忘的人，搬家而遗忘了妻子。’孔子说：‘这不算稀奇，还有健忘得更严重的呢，桀、纣乃忘其身’。”

* * * * * *

此成语通常用来讽刺要钱不要命的人，是个典型的贬义词。

徙宅忘妻

“徙宅忘妻”就是搬家（徙宅）时而遗忘了妻子，没有让她一块儿迁居，这个人真是糊涂透顶了。

鲁国君鲁哀公不相信世界上真有这么糊涂的人。有一次他问孔子：“徙宅忘妻，您说真有这样的人吗?”

孔子说：“怎么没有，不算稀奇，还有连自身都遗忘的人呢!”

鲁哀公更加惊奇了，怎么会有这种事儿呢?

孔子说：“这种事儿也不算稀奇。譬如夏桀、商纣等暴君，荒淫无度，穷奢极欲，不理国事，不顾民生。结果，国家亡了，暴君们的命也完了。他们不但忘记了国家，遗忘了人民，连自身都完全忘记了!”

有一次，唐太宗时的谏议大夫魏征（邯郸馆陶县人），与唐太宗议论前朝兴衰时，也曾说：“昔鲁哀公谓孔子曰：‘人有好忘者，徙宅而忘其妻。’孔子曰：‘又有甚者，桀、纣乃忘其身’。”

唐太宗听后颇有感触地说：“是啊，我和诸位应当合力互助，别忘了国家和自身，免得也被人讥笑啊!”

* * * * * *

这个成语可指君王不顾百姓的死活，只顾自己享乐，后来也指自私自利，不顾他人的行为。

无功受禄

战国时期，各诸侯国之间经常互相攻伐，赵国凭借武力不断侵犯楚国。

此时楚国人杜赫来见怀王，声言他能说服赵国跟楚国和好。

楚怀王非常高兴，准备把杜赫封为五大夫，然后派他前往赵国。

大臣陈轸知道了这件事，向楚王献计说：“假如杜赫不能完成跟赵国通好的使命，大王授给他五大夫的爵位，这岂不是无功受禄了吗?”

楚怀王听陈轸说得有理，便问：“那你说该如何办?”陈轸说：“大王最好以十辆兵车，派杜赫去赵国，等他完成了使命，封为五大夫。”

楚怀王采纳了陈轸的计策，用十辆兵车送杜赫去赵国。

杜赫见楚怀王不提封爵之事，十分生气，干脆拒绝出使赵国。于是陈轸向楚王说：“杜赫不接受出使赵国的使命，这正表明他心怀鬼胎，他的目的是想骗取爵位，现在见大王不给爵位，他就干脆不去了。”

* * * * * *

“无功受禄”，是指没有功劳而得到优厚的待遇，表示受之有愧。

犯颜直谏

李世民继位后，提拔曾反对过他的魏征做了谏议大夫。

这时，李建成和李元吉在各地的追随者，由于不堪忍受李世民的残酷镇压，都在伺机反叛。

对此，魏征向唐太宗进谏说："作为皇上，要不计旧仇，由以公心，否则祸根永远清除不掉。"

唐太宗采纳了魏征的意见，下令赦免了李建成和李元吉的部下，并派魏征为特使，去做安抚工作。

这样，一场眼看导致残酷杀戮的战争，便很快被和平解决了。自此之后，唐太宗对魏征更加信任，魏征对唐太宗也敢于直言不讳。

有一次，唐太宗到洛阳去，途中住在显仁宫，因为供应条件不好而非常生气。魏征便对他说："隋炀帝因追求享受，搞得民不聊生，现在因供应不好陛下就发脾气，这同隋炀帝又有什么不同?"

唐太宗听了他这番话，心里虽然很不高兴，但以后比较注意节制了。

有一次，魏征和唐太宗因讨论问题发生了争执，魏征毫不客气地顶撞了唐太宗，唐太宗气得当场退朝。

回宫后，唐太宗余怒未消地对皇后说："迟早我要杀掉这个乡下佬!"皇后问："要杀谁?"唐太宗说："魏征竟敢当众说我的不是，使我下不了台，有损帝王的尊严。"

皇后听后却向唐太宗表示祝贺。

唐太宗问皇后祝贺什么？皇后说："君明则臣直。魏征那么直率，敢于犯颜直谏，这正说明您的圣明呀！所以我向您祝贺。"

贞观初年，唐太宗的老部下，汴州刺史庞相寿因贪污被人告发，唐太宗极力袒护他，并派人告诉他说："我送你一百匹绢，以后不要再贪污了，你还是做你的刺史好了。"

魏征知道此事后，当面责问唐太宗说："庞相寿因为是你的老部下就可以不追究他的贪污罪，而且还要厚赏他。你做亲王时有那么多的部下，如果他们都像庞相寿那样贪赃枉法，你又将如何惩治他们呢?"

在魏征的谏诤下，唐太宗不得不改变了原来的做法。

* * * * * *

“犯颜直谏”，比喻敢于冒犯君主或尊长而极力规劝。

因势利导

公元前341年，魏国派兵去攻打韩国。

韩国向齐国求援，齐宣王任命田忌为大将，孙膑为军师，领兵五万去救援。

田忌向军师孙膑求教救韩国之策，孙膑说：“魏军多，我军少，而且路途远，从下面进兵韩国不行，我军直接向魏国的都城大梁（今河南开封）出击，可获全胜。”

果然，魏军主帅庞涓听说齐军进攻国都大梁，唯恐京都有失，立即日夜兼程回救。

此时，齐军已进入魏国境内。孙膑又向田忌献计说：“那三晋的战士，素来勇猛凶悍，轻视齐国，认为齐军胆怯。我们要‘因势而利导之’，用减灶的办法来迷惑敌人。”

田忌说：“请问军师减灶之法？”

孙膑说：“我军在进入魏国境内的第一天，筑十万个灶台，第二天筑五万个灶台，第三天筑两万个灶台。”

田忌依计而行。尾追在后的魏军主帅庞涓已追兵三天了，而且越追越高兴。因为他第一天察看齐军扎过的营地，叫人数了数做饭的炉灶，算来足够十万人用的，第二天就只够五万人用的，到第三天就只够三万人用的了。

见此情景，庞涓洋洋得意地放声大笑道：“我原说齐军胆小，你们看，到我国才三天，兵士逃跑的就超过半数了。”于是，他决定扔下他的步兵，只带精锐的八千轻装骑兵，日夜追赶齐军。

孙膑获得这个情报后，认真地计算了庞涓的行军速度，准确地推算出在黑天的时候，庞涓会赶到马陵（今河南范县西南，一说山东郯城一带）。马陵地势险要，道路狭窄，可以埋伏军队。

孙膑建议田忌派人，在道路上堆放些树干、石块，并把路旁一棵大树的皮剥下一块，让它露出白色的木质，在上面写着：“庞涓死于此树下！”又命令一万名弓箭手，埋伏在道路两侧，约定晚上但见树前有火把，就一齐放箭。

夜里，庞涓率骑兵果然追到了马陵这个地方。他骄横轻敌，丝毫也没有看出什么破绽，想辨别一下方向，再往前追。

透过朦胧夜色，他看见白色木质上有字迹，便命令手下人点起火把照着去看。

庞涓就着火光去看树干上的字迹，待看清后，庞涓大吃一惊，就在这时，埋伏在道路两侧的齐军万箭齐发，向他射来。

魏军遭此突袭，顿时大乱，各不相让，四处逃命。

庞涓自知败局已定，拔出宝剑，对天长叹一声，说："这一仗又帮助孙膑这小子成名了！"说毕，刎颈而死。

齐军乘势全歼魏军，并生俘了魏国的太子申，然后才胜利地撤军回国。孙膑也因这一仗而名扬天下。

* * * * * *

"因势利导"这个成语，常用来比喻做事情要顺着事物发展的趋势，向着利于实现目的的方向进行引导和推动。

乐极生悲

战国时期，齐威王不理朝政，放荡享乐，经常通宵沉溺在酒色中，很多诸侯趁机侵扰，国家处于危亡之际。大臣们谁也不敢规劝，只是干着急。

齐国有个叫淳于髡的人，他说话诙谐善辩，喜欢用隐语、微言讽谏威王的过失。

有一次，楚国大规模发兵侵犯齐国，淳于髡奉命请来了赵国的精兵来救援，楚军当夜撤回。

齐威王非常高兴，设宴庆祝淳于髡请兵有功。宴饮中，威王问淳于髡能喝多少酒才醉？

淳于髡回答说，喝一斗也醉，喝一石也醉。

威王觉得淳于髡的话很奇怪，就问他："此话怎讲？"

淳于髡回答说："像今天这样，喝大王赏赐给的酒，旁有执行酒令的执法官，后有御史官，我一边喝酒，心里一边在害怕，所以喝一斗就醉了。"

齐威王颇感兴趣地问："那么喝一石呢？"淳于髡回答说："假如遇到久

别的朋友，边喝酒边谈笑，这样可以喝八斗、一石了。所以说饮酒过分，就会昏乱失礼，行乐到极点就会转化为悲哀，天下的事都是这样。”

齐威王知道淳于髡是在委婉规劝他，于是取消了通宵达旦畅饮的恶习。

* * * * * *

“乐极生悲”这一成语，形容快乐到极点转而发生悲哀的事情。

居心叵测

战国时期，赵惠文王派大夫楼缓出使外国。

当时楼缓早已居心叵测，可是他还假惺惺地对赵惠文王说：“大王把这么重要的任务交给我，我一定誓死效忠，请大王放心，我走后，请大王多保重。”

赵惠文王很受感动地说：“那就请你不要食言，实践你的承诺，我等你早日归来。”

这时楼缓流着眼泪，跪下说：“臣出使他国，并不考虑保全性命。可是臣顾虑臣走后在赵国的声誉问题。”

赵惠文王不解地问他怎么回事。

楼缓说：“臣不求苟且偷生，却追求美好的名誉。可是我离开赵国后，肯定会有很多嫉恨我的人散布恶言恶语对我进行诽谤，猜疑我是否会里通外国，如果大王您轻信他人之言，那么受害的是我，您说到那时我能回赵国吗?”

赵惠文王听后，非常诚恳地对楼缓说：“你放心吧，我发誓，绝不会听信任何谣言。”

楼缓走后便逃到魏国去了，并赠送给魏国很贵重的礼物。

消息传来，赵惠文王执意不信，并说：“我向楼缓发过誓，决不相信任何传言。”

大臣们看赵惠文王执迷不悟，非常生气。

* * * * * *

“居心叵测”这一成语，常用来比喻存心险恶不可推测。

燕雀处堂

秦兵大举攻伐赵国，赵国处在危机之中，魏国是赵国近邻，但魏国的大夫们却并不戒备，反而认为形势对他们有利。

魏国的国相子顺责问他们有什么根据？他们说："如果秦国打败了赵国，我们就同秦国表示和好；如果秦兵被赵国打败了，我们就乘它危急之时出兵袭击，可以轻而易举取得大胜。"

子顺不同意这种看法，摇着头，笑道："不见得！秦国从秦孝公上台以来，从没有打过败仗，他们的将军都是富有作战经验的优秀人才；此次秦兵肯定胜赵，你们必定无机可乘！"

大夫们又说："就算赵国必定要被打败吧，那对我们魏国又有什么损失？邻国倒霉，强不起来，不是正好对我国有利吗？"

子顺反驳说："强秦是侵略成性的贪暴之国，它灭亡了赵国，决不会就此满足，必定要继续东进，那时魏国就要遭殃了。"

为了教育开导这些糊涂的大夫们，子顺讲了一个故事：燕雀处屋堂，子母相哺，聚居一起，快乐逍遥，它们认为住在人家屋檐上最太平、最可靠了。

不料，有一天，人家灶上的烟囱坏了，火焰直往上冒，一会儿便烧着了屋梁，一场灾难已无法避免，而燕雀们却脸不变色，依然无忧无虑，一点儿也不想到大祸快要临头了。

子顺讲完，严肃地对那些大夫们说："你们没想到吧？赵国如被攻破，大祸即将降临到自己头上，难道诸位简直像无知的燕雀一样吗？"

* * * * * *

后来，"燕雀处堂"这个成语，常被人们用来比喻因生活过得安乐，因而失去警惕，忘记了可能发生的祸害。也有的用"燕雀处堂，不知大厦之将焚"，告诫人们居安思危，且要有整体大局意识。

纲举目张

吕不韦（曾在邯郸经商）曾为秦朝的相国，他很注意研究治理国家的理论。他曾在一文中说道：大凡使用人民，其上策是用义服人，其次是以赏罚治人。

他接着写道：如果“义”不足以让人民为国家效力而死，“赏罚”不足以让人民弃恶从善，那就不能真正使用自己的人民。

吕不韦说，在禹的时代，天下有成千上万的诸侯国，到商汤时至少也有三千，这些诸侯国之所以没有存在下去，就是因为他们不懂得处理人民的关系。

吕不韦又说，人民不听君主的话，不受国家的使用，是因为赏罚不严。如果说商汤和武王能够有效地治理国家，那是因为他们掌握了使用人民的方法。

吕不韦总结说，人民所以听凭国家的使用，是有原因的，这就是：“用民有纪有纲，壹引起纪，万民皆起；壹引起纲，万目皆张。”这里说的纪和纲，也就是调动人民积极性，治理国家的大政方针。

* * * * * *

“纲举目张”这个成语，便由吕不韦的这一论点演化而来。纲，指网上的大绳；目，即网眼。意思是说，提起网绳网眼就会全部张开。人们常用此典故比喻做事情要抓住它的关键。

取而代之

项羽名籍，他是秦末下相县（今江苏宿迁县西）人。他从小死了父亲，全靠叔父项梁把他养大成人。

项羽少年时，就很聪明，项梁便亲自教他念书、写字，但项羽不愿好好学习；项梁又教他使枪用剑，但项羽学不多久，又不学了。

叔父项梁骂他没有出息，项羽回答说：“认字、写字只能记记姓名罢了，学剑术只能敌得住个把人，不值得学，我要学能抵挡万人的本领。”项梁见他有抱负，便教他学兵法，项羽很高兴。

后来项梁被人诬告抓到监狱，为了报仇，出狱后项梁便把诬告他的人打死了。为逃避官府的追捕，他带着项羽逃到关中。

公元前210年，秦始皇（邯郸人）五十岁时，带领李斯和赵高（邯郸人）等一批官员和他二十岁的小儿子胡亥，去巡游东南。

秦始皇先游览了湖北、浙江一些地方，然后到会稽（今浙江绍兴）去祭祀埋葬在那里的大禹。

秦始皇对手下的人赞扬大禹说："大禹的功劳实在太大了！他开大山，凿江河，把水引到大海里去。为了治水，他毕生辛勤劳累，死了就葬在这儿，大禹太伟大了。"

祭祀完大禹陵后，秦始皇率众经过浙江吴中（今浙江杭州市郊）回咸阳，街道两旁挤满了观看的人群。

此时，项羽同叔父项梁特地赶来看热闹，当项羽看到秦始皇车驶过的盛况时，不禁脱口说道："彼可取而代之。"意思是说：秦始皇算什么，我可以取代他。

项梁赶紧跨前一步，捂住他的嘴说："不要乱讲，这话是要犯灭族之罪的。"回到家里，项梁联想到项羽要学"万人抵"，暗暗赞他这个侄儿志存高远，久后必成大器。

* * * * * *

"取而代之"这个成语，常用来比喻夺取别人的地位，自己代替他。

声名狼藉

蒙恬是秦朝著名的将领，秦王朝建立以后，秦始皇就派他带领三十万人马去打击北方匈奴的侵扰，收复了黄河南北的大片土地。

接着，蒙恬又按照秦始皇的命令，把过去秦、赵、燕三国原来的长城连接起来，花了多年时间，西从临洮（今甘肃岷县）起，翻山越岭一直到东边的辽东，建成了一道万里长城。

蒙恬的兄弟蒙毅也为秦始皇平定天下，立下卓著战功。

秦始皇死后，赵高（邯郸人）、李斯玩弄阴谋让秦始皇的次子胡亥继位。

赵高完全掌握了朝中大权。

在秦始皇在世之时，赵高曾有过受贿舞弊，胡作非为的事，被秦始皇知道了，就让蒙毅去审理这个案子，蒙毅查清了事实，把赵高判了死刑。

后来，赵高向秦始皇苦苦哀求，才免了他的罪。

秦二世一上台，赵高就假借胡亥之手，派人通知蒙毅命令他自杀。

蒙毅在申辩中，列举了秦昭襄王杀名将白起、楚平王杀贤臣伍奢、吴王夫差杀良将伍子胥等几件事，说明这些君王杀良臣的大错，结果是"恶声狼藉，布于诸国"，遭到人们普遍的谴责，并希望秦二世能从中引为鉴戒。

但一贯看赵高脸色行事的胡亥不听，终于杀了蒙毅。

这时，蒙恬正带着三十万人马守卫北部边疆，胡亥怕他不服，又连夜派人赐死蒙恬。

* * * * * *

根据这个故事，后来人们就引出“声名狼藉”这个成语，比喻干尽坏事，臭名昭著，或形容某个人的名誉坏到了极点。

左提右挈

秦末农民起义军将领武臣率兵攻克邯郸后，自立为赵王。

武臣派部将韩广北上夺取燕地。

韩广占领燕地后，自立为燕王。

武臣闻报大怒，立即带领左、右校尉张耳、陈余（一作除馀）前去伐燕。

武臣带少数将校深入燕地了解敌情，被燕军发现，经过一场激战，终因寡不敌众，被燕军俘获。

为救武臣，张耳、陈余派人前去游说韩广。

赵使面见韩广后，欺骗说：“张耳、陈余愿意让您把武臣杀掉，这样他俩便可平分赵国，自立为王。如果两个赵王‘左提右挈’（互相提携、扶持），要消灭燕国就太容易了。”

韩广一听，赶紧放武臣回去了。

* * * * * *

这个成语后来演变成特指相互扶持，相互依靠的互助关系。

二鲍纠慝

汉光武帝的叔父，也就是被封为赵王的刘良，替中郎将束歙送丧归来，在进入城门时，他的车与右郎将张邯的车相遇，因门道狭窄，两辆车不能相错而过。

刘良见张邯的车挡了自己的去路，就喝斥张邯倒车，并把门侯岑尊召来，对他大声责骂，并要他跪在他的马头前面叩头认罪。

司隶校尉鲍永得知此事，十分气愤，就上章弹劾刘良，说：“赵王刘良是诸侯藩臣，蒙皇帝鸿恩，自应晓得门侯岑尊是国家的官员，不能随意侮辱。然而他竟无视国法，肆意侵辱岑尊，犯了‘大不敬’罪，应严厉惩处。”

鲍永此举，使朝臣莫不戒慎。后来，鲍永又把性格耿直、不避强暴的鲍恢提拔为都管从事。

光武帝向身边的人说：“贵戚且宜敛手，以避二鲍。”这句话的意思是说，鲍永、鲍恢刚直不阿，执法严明，即使贵戚也敢于触犯，所以贵戚们应当赶紧收敛自己的违法乱纪活动，避免碰上这两个人而吃苦头。

* * * * * *

后来人们将这句话概括为“二鲍纠慝”，用来咏颂执法者不畏权势，敢于执法的行动。

无出其右

田叔是西汉初年赵王张敖的郎中，此人有见识，有才干。

汉高祖十年（公元前 197 年）陈豨造反，汉高祖刘邦亲自领兵前往讨伐。途经赵国邯郸时，张敖因在礼节上考虑不周，被刘邦痛骂一顿。

张敖手下包括丞相赵午在内的一批大臣对此极不满，提出要反抗，张敖不同意。

大臣贯高在下边私结一伙人准备谋杀刘邦。

此事被刘邦发觉，张敖和其群臣中凡参与谋反的都被逮捕，丞相赵午自杀，贯高也被逮捕。

刘邦为此事发布诏书，说赵国有谁敢追随赵王的，灭三族。

田叔等十余人并不畏惧，他们自缚其身，皆称为赵王家奴，随张敖一同到京都长安（今西安市）。

此后查明，贯高等阴谋杀害刘邦的事，赵王张敖并不知道，便释放了张敖，但废为宣平侯。

张敖被降职后，仍以汉室江山为重，向朝廷推荐了田叔等人。

汉高祖刘邦一一召见了田叔等人。从谈话中，刘邦发现田叔等人确实都是“汉廷臣毋能出其右”的人才，因此很高兴，“尽拜为郡守、诸侯相”。田叔为汉中太守，时间长达十余年。

* * * * * *

这个成语用来比喻一个人的优秀程度，指没有比他更强的人了。

身无可击

汉高祖九年（公元前 198 年），赵王张敖的丞相贯高谋杀刘邦一事，被贯高的冤家探知了，冤家就上书朝廷告发了他们。

刘邦立即下令将张敖及贯高等人全部逮捕，押送长安。

消息传来，曾参与谋反事件的十几个人，都争着要刎颈自尽。贯高恼怒地责骂他们说："谁让你们干的这事？是我而不是赵王。现在朝廷要逮捕赵王，如果你们都死了，谁上朝廷为赵王辩白呢？"

贯高等人被押送到长安后，贯高对负责审理此案的官员说："谋害皇帝的事是我们干的，赵王根本不知道。"

法官为让贯高承认赵王也参与了此事，就对他施以酷刑，但直到将他打到"身无可击"的地步时，他还是不改口。

法官把这一情况汇报给刘邦。刘邦说："真是一位壮士啊！看来用刑他是不会交代的，应请一个和他熟悉的人私下与他交谈，说不准还有可能让他说出来。"

经打听，中大夫泄公是赵国人，与贯高很熟悉，因此，他便被召来承担了这个使命。

泄公来到贯高的囚室，贯高抬头一望，说："你是泄公吧？"

泄公赶紧上去寒暄慰问，二人开始回忆往事，叙谈旧谊。谈了一会儿，泄公把话题引入正题，他问贯高："赵王是否参与了谋反之事？"

贯高回答说："是人，谁不爱他的父母妻子？如今我的三族都被判了死刑，我难道能因为赵王而去祸害我的亲人吗？只是赵王确实没有谋反，那事完全是我和一些人干的。"接着，贯高便把事情的起因、过程及赵王如何不知情等情况，告诉了泄公。

泄公把和贯高的谈话情况向刘邦作了汇报。刘邦根据汇报，赦免了赵王。

刘邦很佩服贯高的为人，所以在赦免赵王时，也把贯高赦免了。

刘邦派泄公把这个消息告诉贯高。然而，贯高听了这个消息，说："我之所以苟延性命活到现在，是为了证明赵王不曾谋反。如今赵王已经被释放，我已完成使命也就死无所憾了。再说，人臣有了篡杀皇帝之名，哪里还有脸面再去侍奉皇帝呢？纵使皇帝不杀我，我难道心中无愧吗？”

贯高说完便撞墙自杀了。刘邦听后，非常敬佩，命人厚葬之。

* * * * * *

“身无可击”，意思是说被酷刑折磨得体无完肤，以致再没有可以承受刑罚的地方了。后用作比喻身受极其残酷的刑罚。

袖藏金椎

淮南王刘长的母亲原来是张敖的美人。汉高祖八年（公元前 199 年），刘邦路过赵国，赵王派这位美人伺候刘邦。

后来美人怀孕，赵王专建宫室，让她独居。

当贯高等人谋杀刘邦一事被发觉后，美人也同张敖一道被逮入京师。

审问时，美人对朝廷和官吏说：“我曾为皇帝所幸，现在已有身孕。”

官吏将此事禀报刘邦，当时，刘邦正在气头上，因而没有去理会身陷囹圄的美人。

美人的弟弟为救出姐姐，去找深受吕后宠幸的辟阳侯审食其，请他通过吕后帮忙活动。

审食其找到吕后陈述此情，吕后听后妒火中烧，根本不肯去找刘邦求情。审食其见状，只好作罢。

后来，美人生下刘长后，因悲愤不已，遂刎颈自杀。

刘邦得知美人自杀的消息，非常后悔，就让吕后把刘长养育起来。

刘长长大后被封为淮南王，他对审食其怨恨不已。汉文帝三年（公元前 177 年），他从封国来长安朝见皇帝，他打算利用这一机会报复审食其。

一天，他来到审食其的宅第，请审食其出来相见。

当审食其出来与刘长相见时，刘长突然甩出藏在袖子中的金椎，金椎击在审食其头上，审食其当即倒地身亡。

刘长乘车急驰来到宫门前，向汉文帝谢罪说：“我母亲与赵王张敖谋反案本无关系，但被牵进入狱。辟阳侯审食其本来有能力使吕后救出我母亲，但他不努力争取，以致使我母亲死去，为了给母亲报仇，我就去杀了他，现在向皇帝请罪。”

汉文帝一方面哀怜他的苦心孤愤，另一方面又考虑到手足之谊，便赦免了他。

* * * * * *

“袖藏金椎”这个成语，用来比喻贵族子弟强梁不法，肆意杀人。

箭在弦上

东汉末年，文学家陈琳，在北方大军阀袁绍手下当掌管文书的官吏。

当时，袁绍的势力强大，为了实现独霸天下的野心，他决定首先消灭占据兖州（今山东南部，河南东部）一带的曹操。

为了出师有名，袁绍命令陈琳起草了一篇讨伐曹操的檄文，名叫《为袁绍檄豫州》，文中历数了曹操的罪状，把曹操写得一无是处，连曹操的祖宗三代也被奚落了一番，号召各州兵马起来反曹。

此时，曹操正患头痛病躺在床上，当这篇檄文送到曹操手里时，曹操一面看，一面称赞文章写得好。看完檄文以后，他一跃从床上起来，高兴地说：“这篇文章写得太好了，把我的病都治好了。”

不久，善于用兵的曹操，由劣势变优势，终于打败了袁绍。

陈琳也在兵败中被俘，他想起自己写讨伐曹操檄文得罪了曹操，这次被俘绝无生还的希望。

然而，曹操由于爱慕陈琳的才华，不计旧账，反而让陈琳当了自己的负责起草重要文书的主簿。

此后，有一次曹操问陈琳：“当初你替袁绍写檄文，尽情骂我就是了，为何还要骂到我的祖父和父亲的头上呢?”

陈琳觉得很难为情，抱歉地回答道：“矢在弦上，不得不发。”意思是说：当初写檄文是袁绍让我写的，这就好比搭在弦上的箭，不得不放一样，是身不由己的事啊!

听了陈琳的解释，曹操放声地大笑起来，从此也就不再提这件事了。

* * * * * *

后来，人们用来比喻事情到了不得不做的时候，便常用“箭在弦上”或“箭在弦上，不得不发”这个成语。

未可厚非

王莽（邯郸大名县人）篡汉后建立了新朝，也因此激化了与盖州句町（地名）少数民族的矛盾。句町人反抗王莽的斗争如火如荼。

王莽先后派将军冯茂、廉丹和史熊等人率大军前去攻打，并向当地强征重税，作为军队的粮饷。

几年征战，部队伤亡好几万人，当地百姓也被征得财粮一空，而句町人的反抗还是平息不了。

新都（古地名）地方官冯英为此上书王莽，劝他休兵罢战，致力于发展生产。

王莽大怒，罢免了冯英的官，后来又有所醒悟，认为冯英的意见也“未可厚非”，于是又派他到长沙去做官。

* * * * * *

“未可厚非”，意为不应过分责难，指说话做事虽有缺点，但仍有可取之处，不能过分苛责。

疾风劲草

西汉末年，颍阳（今河南省许昌附近）有个人名叫王霸，刘秀起兵反王莽路过颍阳时，王霸带领一帮朋友去拜见刘秀，请求加入。

刘秀表示欢迎。

王霸忠心耿耿，多次打胜仗，特别是在昆阳（今河南叶县）大破王莽的战役中，立了大功，因而受到刘秀的信任。

刘秀的部队渡过黄河，在河北省邯郸一带镇压王郎等各路农民起义军时，军事行动遭到了很大挫折。

面对逆境，当初和王霸一块儿入伍的朋友们，现在都偷偷地溜走了，只有王霸继续战斗在刘秀的队伍中。

经过这次考验，刘秀对王霸更加信任了，他动情地说：“在颍阳投奔我的人现在大都走了，只剩下你一人留下为我出力，真是疾风知劲草啊!”

刘秀登基做皇帝后，封王霸为偏将军，后又任上谷（今河北省中西部）

太守。

王霸在上谷二十多年，始终是光武帝刘秀的心腹将领。

* * * * * *

人们常用“疾风劲草”这个成语来比喻立场坚定不移，即使遇到最大困难也不变节。

乌合之众

西汉末年，王莽（邯郸市大名县人）被打败后，刘玄称帝。

扶风茂陵（今陕西省）人耿弇随其父耿况投奔了刘玄。

没过多久，邯郸人王郎自称汉成帝之子刘子与，在西汉宗室刘休和大富豪李育等的支持下，自立为帝，建都邯郸。

这时，耿弇手下的孙仓、卫包便劝耿弇投归刘子与（王郎）。

耿弇闻听大怒，按剑说道：“刘子与这个反贼，我和他势不两立！等我到长安请皇上调动渔阳、上谷的兵马，从太原、代郡出击，来回几十天，便能以轻骑兵袭击那些‘乌合之众’，势如摧枯拉朽，定能获胜。谁不识大局，去投奔那些反贼，定遭灭族杀身之祸！”

* * * * * *

“乌合之众”为贬义成语，比喻军队或人群没有组织，像一群暂时聚合的乌鸦。

推心置腹

初始元年（公元 8 年），王莽自立为帝，改国号曰新，次年改元为始建国。

公元 19 年，我国湖北省西北部荆州一带发生了严重灾荒，饥民们举起了起义大旗，反对王莽政权的黑暗统治，他们以绿林山（今湖北钟祥东北）为根据地，称为绿林军，声势很大。

又过了几年，汉室宗亲刘玄、刘秀也举起反对王莽统治的旗号参加了绿林军。

公元 23 年农民领袖刘玄当了皇帝。

刘秀驰骋疆场屡立战功，刘玄封他做了破虏大将军，并且让他去河北，扩大力量，安抚人心。

刘秀到河北后，了解到邯郸有个叫王郎的算卦先生，冒充汉皇室后裔，自封为皇帝，招兵买马，拉起了一支不小的队伍。

刘秀就联合当地各郡县的人马，很快地消灭了这股割据势力。

刘秀从缴获的公文中，发现了一些郡县官吏和富户人家与王郎的来往书信，内容大都是些吹捧王郎的，诽谤他刘秀的。

刘秀认为这已是过去的事了，略为翻了翻，随即当着众将领的面，把这些材料统统焚烧了。

这一来，刘秀可真大得人心，许多人都对刘秀更加信赖。

根据刘秀立下的战功，刘玄又加封他为萧王。

不久后，刘秀又率军队打败了另一支农民起义军铜马，铜马几十万军队都归顺了他。刘秀对那些投降的起义军首领大都委派了官职。

但被收编的官兵不少人仍然疑惧不安，担心刘秀不会真心地信任他们。

于是刘秀就请他们各回各的营寨，仍然带领他们原来的人马。

而刘秀只带上几个随从，骑上一匹马，就一个一个营帐去看望大家，对那些收编过来的将士嘘寒问暖，表示关怀。

这些将士很受感动，私下里都互相谈论说："萧王推赤心置人腹中，安得不投死乎!"意思是说：萧王刘秀这个人对人真诚恳，把赤诚的心都交给了我们，我们怎么能不为他赴汤蹈火呢?

* * * * * *

后来人们就把这句话，简化为"推心置腹"这个成语，比喻真诚待人。

生灵涂炭

东晋末年，天下混乱，十六国争雄，互相征伐并吞。

有一年，后燕和后秦联合进攻前秦。

后燕和后秦联军，以锐不可当之势把前秦都城长安团团围困，久而久之，百姓大量饿死。

前秦王苻坚突出重围，逃往五将山，被埋伏在那里的后秦将领姚苌俘获并缢死。

此时，前秦大将王永等人又拥立驻守在邺城（邯郸市临漳县西南）的苻坚儿子苻丕为皇帝。

苻丕下诏任命王永为左丞相，领兵讨伐后燕和后秦，为父报仇。

王永出兵前，先写了一篇讨伐后燕和后秦的檄文，文中写道：苻坚被后秦杀害，国都长安沦陷，国家萧条，“生灵涂炭”（百姓好像在泥沼和炭火中生活）。

信使骑快马送檄文而去，王永也率军出发。

* * * * * *

“生灵涂炭”，形容人民处于极端困苦的境地，常用来指官府腐败，当政者昏庸，或指战乱不断的境况。

怙恶不悛

东晋末年，中原再次出现混乱，一些少数民族在北方建立起独立的政权，史称十六国时期。

前赵的国君刘曜，本为匈奴族，他依仗武力夺取了汉刘渊建立的政权，建都长安，威震一时。

和刘曜同时的另一位武将石勒原是羯族人，从小做商贩。

后来，石勒投奔刘渊从军，立下战功，被封为大将。

石勒对刘曜的篡权很不满，伺机灭掉刘曜取而代之。

石勒经过多次与刘曜交战，使刘曜的军事实力日渐削弱。

于是，刘曜对石勒改换收买拉拢的策略，派心腹郭汜为使者，前去封石勒为太宰，领大将军衔，进爵赵王，领二十部，出入乘金银车，驾云马，冕带十二旒，夫人封王后。

石勒答应下来，为了表示谢意，他特派王修等人为大使前往刘曜处拜谢。

刘曜手下有个叫曹平的谋士，原是石勒的舍人。他告诫刘曜说：“石勒派王修等人前来，外表上是来答谢，实际上是要观察各郡的虚实，以便伺机发起攻战。”

刘曜听后大怒，待郭汜等回来，立即将来使王修斩首，并下令撤销了对石勒的封授。

石勒听后怒不遏，下令灭了曹平的三族，以后召集大臣说："我们派出使者本是为了修好如初，并无他意，但刘曜却'长恶不悛'，反而杀害了表示诚意的使者。这实在是做恶多端，不可饶恕！所以，我决定自取赵地自立为王。"

于是，石勒设了太医、尚方、御府诸令，并专门修了正阳门，正式称起王来。

后来，石勒杀了刘曜，建立起后赵政权。

* * * * * *

"长恶不悛"，后引申为"怙恶不悛"，用以比喻作恶多端而不知悔改的人。

拒谏饰非

荀子经常探讨国家政体与管理的问题，他在《荀子·成相》这篇著作中写道：人世间的灾祸，往往就是愚昧无知而陷害忠良；而对于君主来说，没有贤臣辅佐，就像瞎子无人领路，不知走向何方。

荀子接着写道：君主愚昧无知，却又要独断专行，苟且胜过他人，如果群臣又不予以谏诤，这就必然要遭到不幸。如果说臣下的过失，那就是"拒谏饰非，愚而上同。"即是说，拒绝谏诤，掩饰过失，这就是作为臣下的愚昧和过失，而这样的臣下和主上苟同，国家必然会引起灾祸。

荀子说，什么是无能？那就是国家多弊，君主疏远贤能，接近邪僻，忠臣没有出路，君主的地位也就要转移了。

荀子又写道，什么是贤能？那就是通达于君臣之礼，对上能尊敬君主，对下能顺从民意，君主真正能听贤臣之言，这样天下就可以太平了。

荀子又说，君主的罪孽往往是由于佞臣当道，贤臣隐居，愚昧加愚昧，昏庸加昏庸。这样，国家就必然要覆灭，君主必然要成为夏桀一类的贼子。

* * * * * *

荀子这里所说的"拒谏饰非，愚而上同"，为后世许多政治家引为借鉴，汉唐时期还将此作为法律规范而列入法典之中。

罚不当罪

在先秦时代，法家大都主张重刑学说，荀子便是这一派的代表人物。

荀子说："一般说来，惩罚犯罪的本意是为了禁止凶残罪恶，从而防犯于未然。如果杀人不赴死，伤人不处罚，就等于优待了凶残而宽恕了罪恶，也就谈不上什么惩罚犯罪了。"

荀子又说："实行爵位、官职、庆赏、刑罚这些制度，都是为了造成一种善有善报，恶有恶报的社会心理。如果这些心理一旦失去了平衡，也就是社会混乱的开端了。如果'德不称位，能不称官，赏不当功，罚不当罪'，就会造成极其严重的后果。"

荀子说："要治国必须遵守杀人者死，伤人者要受刑罚的原则。刑罚相当，国家就平治，如果刑罚不当，国家就要出现混乱。"

* * * * * *

荀子关于刑罚的观点，为后来历代封建统治阶级所推崇。后人由此引申出"罚不当罪"这个成语，用以泛指惩罚与犯罪不相适当的现象。

孤注一掷

1004年，契丹军队攻陷德清（今河南清丰），逼近冀州（今河北衡水县），抵达澶州（今河南濮阳），宋朝军队失去抵抗能力，节节失利，边境告急文书频频送到京城。

此时，寇准任宰相，他接到告急文书后扣而不发，像平时一样从容镇定，不露半点惊慌。

宋真宗赵恒闻听此事，非常震怒，责问寇准道："边关军情如此紧急，你为什么隐情不报?"

寇准笑着对真宗说："陛下息怒，消灭契丹军队的计划臣已谋划好了，请陛下御驾亲征，敌人定会不战而逃。"

12月，宋真宗率领文武百官，冒着严寒登上澶州。

宋朝军队驻扎到澶州之后，寇准奉命处理军务，他号令军队以逸待劳，等待战机。果然，几天后契丹军队前来攻城，等敌人疲惫时，寇准命令将士出击，一举将敌兵斩获大半，迫使敌人仓皇而逃。

从此，宋真宗对寇准更加重用。

朝中另一位大臣王钦若嫉妒寇准的功劳，便在宋真宗面前讲寇准的坏话："陛下听说过赌博吗？赌输的赌徒往往会把所有的钱押上作为最后一次赌注，叫作'孤注一掷'。寇准再三要陛下亲征，陛下不是成了寇准的'孤注'了吗？这不是拿陛下的生命来弄险吗？"

宋真宗听信了谗言，不久便罢免了寇准的宰相之职。

* * * * * *

"孤注一掷"，比喻使出全部力量作最后一次冒险，常用来预示不祥的结局。

洛阳纸贵

晋代文学家左思，小时候是个非常顽皮、不爱读书的孩子，父亲经常为这事发脾气，可是小左思仍然淘气得很，不肯好好学习。

有一天，左思的父亲与朋友们聊天，朋友们羡慕他有个聪明可爱的儿子。左思的父亲叹口气说："快别提他了，小儿左思的学习，还不如我小时候，看来没有多大的出息了。"说着，脸上流露出失望的神色。这一切都被小左思看到听到了，他非常难过，觉得自己不好好念书确实很没出息，于是，暗暗下定决心，一定要刻苦学习。

日复一日，年复一年，左思渐渐长大了，由于他坚持不懈地发奋读书，终于成为一位学识渊博的人，文章也写得非常好。他用一年的时间写成了《齐都赋》，显示出他在文学方面的才华，为他成为杰出的文学家奠定了基础。这以后他又计划以三国时魏、蜀、吴首都的风土、人情、物产为内容，撰写《三都赋》。为了在内容、结构、语言诸方面都达到一定水平，他潜心研究，精心撰写，废寝忘食，用了整整十年，文学巨著《三都赋》终于写成了。

《三都赋》受到好评，人们把它和汉代文学杰作《两都赋》相比。由于当时还没有发明印刷术，喜爱《三都赋》的人只能争相抄阅，因为抄写的人太多，京城洛阳的纸张供不应求，一时间全城纸价大幅度上升。

* * * * * *

故事出自《晋书·文苑·左思传》。成语“洛阳纸贵”，称颂杰出的作品风行一时。

按图索骥

春秋时候，秦国有个叫孙阳的人，擅长相马，无论什么样的马，他一眼就能分出优劣。他常常被人请去识马、选马，人们都称他为伯乐（“伯乐”本是天上的星名，据说负责管理天马）。

有一次，孙阳路过一个地方，忽见一匹拖着盐车的老马冲他叫个不停，走近一看，原来是匹千里马，只是年龄稍大了点。老马拉着车艰难地走着，孙阳觉得太委屈了这匹千里马，它本是可以奔跑于疆场，可以发挥更大作用的宝马良驹，现在却默默无闻地拖着盐车，慢慢地消耗着它的锐气和体力，实在可惜！孙阳想到这里，难过得落下泪来。

为了让更多的人学会相马，使千里马不再被埋没，也为了自己一身绝技不至于失传，孙阳把自己多年积累的相马经验和知识写成了一本书，配上各种马的形态图，书名叫《相马经》。

孙阳有个儿子，看了父亲写的《相马经》，以为相马很容易，就拿着这本书到处找好马。他按照书上所绘的图形去找，一无所获。又按书中所写的特征去找，最后发现有一只癞蛤蟆很像书中写的千里马的特征，便高兴地把癞蛤蟆带回家，对父亲说：“爸爸，我找到一匹千里马，只是蹄子稍差些。”父亲一看，哭笑不得，没想到儿子竟如此愚笨，便幽默地说：“可惜这马太喜欢跳了，不能用来拉车。”接着感叹道：“所谓按图索骥也。”

* * * * * *

故事出自明朝杨慎的《艺林伐山》。成语“按图索骥”，比喻机械地照老办法办事，不知变通；也比喻按照某种线索去寻找事物。

后来居上

汲黯是西汉武帝时人，以刚直正义、敢讲真话而受人尊重。他为人和做官都不拘小节，讲求实效，虽然表面上不那么轰轰烈烈，却能把一个郡治理得井井有条，因此，朝廷把他从东海太守调到京城当主爵都尉——一种主管地方官吏任免的官职。

有一次，汉武帝说要实行儒家的仁义之政，为老百姓办好事。没等皇帝把话说完，汲黯就说：“陛下内心里那么贪婪多欲，表面上却要装得实行仁政，这是何苦呢?”一句话把皇帝噎了回去。汉武帝登时脸色大变，宣布罢朝，满朝文武都为汲黯捏着一把汗，担心他会因此招来大祸。武帝回到宫里以后，对身边的人说，汲黯这个人也未免太粗太直了。

从此以后，汲黯的官职再也没有提升，他当主爵都尉的时候，公孙弘、张汤都还是不起眼的小官，后来，他们一个劲儿住上升，公孙弘当上了丞相，张汤做上了御史大夫，可他汲黯还蹲在原地没动窝。有一天，汲黯对武帝说，陛下使用群臣，跟码劈柴一样，是“后来者居上”啊！汉武帝当然听得出这是发牢骚，于是，转脸对臣下们说：“人真是不能不学习啊！你们听汲黯说话，越来越离谱了!”

* * * * * *

故事出自《史记·汲郑列传》。成语“后来居上”，往往指后起的可以胜过先前的。和汲黯说这话的原意，大不相同。

守株待兔

相传在战国时代宋国，有一个农民，日出而作，日落而息。遇到好年景，也不过刚刚吃饱穿暖；一遇灾荒，可就要忍饥挨饿了。他想改善生活，但他太懒，胆子又特小，干什么都是又懒又怕，总想碰到送上门来的意外之财。

深秋的一天，他正在田里耕地，周围有人在打猎，吆喝之声四处起伏，受惊的小野兽没命地奔跑。突然，有一只兔子，不偏不倚，一头撞死在他田边的树根上。

当天，他美美地饱餐了一顿。

从此，他便不再种地，一天到晚，守着那神奇的树，等着奇迹的出现。

* * * * * *

成语“守株待兔”，比喻妄想不劳而得，或死守狭隘的经验，不知变通。

如火如荼

春秋时代末期，吴国国王夫差连续征服了越国、鲁国和齐国，雄心勃勃，又继续向西北进军，打算一鼓作气征服晋国。

可正在这个时候，越王勾践抄了吴王的后路。他带领军队一直打到吴国的国都姑苏（苏州），又派人马占据淮河，把吴王的退路切断了。

这消息给吴王夫差当头一棒，他非常震惊，立即召集文臣武将商量对策。大家说，现在退回去等于宣布打了败仗，还会两头挨打；如果能打败晋国，就等于在诸侯国中当定了霸主，再回去收拾越王勾践也不算晚。

大主意已经拿定，当务之急是尽快征服晋国。考虑再三，决定出奇制胜。

一天傍晚，吴王下达了命令。全军将士吃得饱饱的，马也喂足了草料，从全军中挑出三万精兵强将，每一万人摆成一个方阵，共摆三个方阵。每个方阵横竖都是一百人。每一行排头的都是军官司，每十行，也就是一千人，由一个大夫负责，每一个方阵由一名将军率领。中间的方阵白盔白甲，白衣服，白旗帜，白弓箭，由吴王自己掌握，称为中军；左边的方阵，红盔红甲、红衣服、红旗帜；右边的方阵则一水儿黑色。半夜出发，黎明时分到达离晋军仅有一里路的地方。天色刚刚显出亮色，吴军鼓声大作，欢呼之声震天动地。

晋军从梦中醒来，一看吴军那三个方阵和声威气势，简直都惊呆了：那白色方阵，“望之如荼”——像开满白花的茅草地；那红色方阵，“望之如火”——像熊熊燃烧的火焰；而那黑色的方阵，简直就像深不可测的大海。

* * * * * *

故事出自《国语·吴语》。成语“如火如荼”，形容某种人群或事物阵容之大，气势之盛。

望梅止渴

有一年夏天，曹操率领部队去讨伐张绣。天气热得出奇，骄阳似火，天上一丝云彩也没有，部队在弯弯曲曲的山道上行走，两边密密的树木和被阳光晒得滚烫的山石，让人透不过气来。到了中午时分，士兵的衣服都湿透了，行军的速度也慢下来，有几个体弱的士兵竟晕倒在路边。

曹操看行军的速度越来越慢，担心贻误战机，心里很是着急，可是，眼下几万人马连水都喝不上，又怎么能加快速度呢？他立刻叫来向导，悄悄问他：“这附近可有水源？”向导摇摇头说：“泉水在山谷的那一边，要绕道过去还有很远的路程。”曹操想了一下说：“不行，时间来不及。”他看了看前边的树林，沉思了一会儿，对向导说：“你什么也别说，我来想办法。”他知道此刻即使下命令要求部队加快速度也无济于事。脑筋一转，办法来了，他一夹马肚子，快速赶到队伍前面，用马鞭指着前方说：“士兵们，我知道前面有一大片梅林，那里的梅子又大又好吃，我们快点赶路，绕过这个山丘就到梅林了！”士兵们一听，仿佛已经吃到嘴里，直流口水，精神大振，步伐不由得加快了许多。

* * * * * *

故事出自《世说新语·假谲》，比喻用空想安慰自己或他人。

探骊得珠

很久很久以前，有一户人家住在黄河边上，靠割芦苇编帘子、簸箕为生，日子过得非常贫困。

有一天，儿子在河边割芦苇，烈日当空，晒得他头昏眼花，于是他就坐下来休息。他望着眼前的河水在阳光下闪耀着粼粼波光，想起父亲说过，在河的最深处有许多珍宝，可是谁也不敢去，因为那里住着一条凶猛的黑龙叫骊龙。他想，要是潜到河底，找到珍宝，我们一家人就用不着像现在这样一天干到晚，三顿还吃不饱，不如豁出去试一试。他把心一横，三下两下脱了衣服，一头扎进冰冷的河里。

开始他还看得见四周的小鱼在游来游去，再往深处，光线变得越来越暗，水也越来越凉，最后，他什么都看不见了，四周一团漆黑。他心里有点害怕，不知该往哪儿游，就在这时，不远处有一个圆圆的物体在闪闪发光，定睛细看，啊，原来是明珠！他憋足一口气游过去，双手抱住明珠，使劲一拽，明珠就到了他怀里。他迅速浮出水面，上岸后撒腿就往家跑。

父亲一见明珠，就问他是从哪儿得到的。他把经过一五一十地向父亲讲述一遍。父亲听了说："好险哪！这颗价值千金的明珠是长在黑龙下巴底下的，你摘它的时候黑龙必定是睡着了。它要是醒着，你可就没命了。"

* * * * * *

故事见于《庄子·列御寇》，原指冒险得大利，后来常比喻写文章能紧扣主题，抓住要点。

桃李不言，下自成蹊

西汉时候，有一位勇猛善战的将军，名叫李广，一生跟匈奴打过七十多次仗，战功卓著，深受官兵和百姓的爱戴。李广虽然身居高位，统领千军万马，而且是保卫国家的功臣，但他一点也不居功自傲。他不仅待人和气，还能和士兵同甘共苦，每次朝廷给他的赏赐，他首先想到的是他的部下，并把那些赏赐统统分给官兵们；行军打仗时，遇到粮食或水供应不上的情况，他自己也同士兵们一样忍饥挨饿；打起仗来，他身先士卒，英勇顽强，只要他一声令下，大家个个奋勇杀敌，不怕牺牲。这是一位多么让人崇敬的大将军啊！

后来，当李广将军去世的噩耗传到军营时，全军将士无不痛哭流涕，连许多与大将军平时并不熟悉的百姓也纷纷悼念他、在人们心目中，李广将军就是他们崇拜的大英雄。

汉代伟大的史学家司马迁在为李广立传时称赞道："桃李不言，下自成蹊。"意思是说，桃李有着芬芳的花朵，甜美的果实，虽然它们不会说话，但仍然会吸引人们到树下赏花尝果，以至树下都走出一条小路，李广将军就是以他的真诚和高尚的品质赢得了人们的崇敬。

* * * * * *

"桃李不言，下自成蹊"这则成语出自《史记·李将军列传》，比喻为人真诚，严于律己，自然会感动别人，自然会受到人们的敬仰。

请君入瓮

女皇武则天，为了镇压反对她的人，任用了一批酷吏，其中最为狠毒的两个人，一个叫周兴，一个叫来俊臣。他们利用诬陷、控告和惨无人道的刑法，杀害了许多正直的文武官吏和平民百姓。

有一回，一封告密信送到武则天手里，内容竟是告发周兴与人联络谋反，武则天大怒，责令来俊臣严查此事。来俊臣心里直犯嘀咕，他想，周兴是个狡猾奸诈之徒，仅凭一封告密信，是无法让他说实话的；可万一查不出结果，上面怪罪下来，我来俊臣也担待不起呀。这可怎么办呢？苦苦思索半天，终于想出一条妙计。

他准备了一桌丰盛的酒席，把周兴请到自己家里，两个人你劝我喝，边喝边聊。酒过三巡，来俊臣叹口气说："兄弟我平日办案，常遇到一些犯人死不认罪，不知老兄有何办法？"周兴得意地说："这还不好办！"说着端起酒杯抿了一口。来俊臣立刻装出很恳切的样子说："哦，请快快指教。"周兴阴笑着说："你找一个大瓮，四周用炭火烤热，再让犯人进到瓮里，你想想，还有什么犯人不招供呢？"来俊臣连连点头称是，随即命人抬来一口大瓮，按周兴说的那样，在四周点上炭火，然后回头对周兴说："宫里有人密告你谋反，上边命我严查。对不起，现在就请老兄自己钻进瓮里吧。"周兴一听，手里的酒杯"啪哒"掉在地上，跟着又"扑通"一声跪倒在地，连连磕头说："我有罪，我有罪，我招供。"

* * * * * *

故事见于《资治通鉴》，比喻用某人自己的方法来整治他自己，即以其人之道还治其人之身。

高山流水

春秋时代，有个叫俞伯牙的人，精通音律，琴艺高超，是当时著名的琴师。俞伯牙年轻的时候聪颖好学，曾拜高人为师，琴技达到很高的水平，但他总觉得自己还不能出神入化地表现对各种事物的感受。伯牙的老师知道他的想法后，就带他乘船到东海的蓬莱岛上，让他欣赏大自然的景色，倾听大海的波涛声。伯牙举目眺望，只见波浪汹涌，浪花激溅；海鸟翻飞，鸣声入耳；山林树木，郁郁葱葱，如入仙境一般。一种奇妙的感觉油然而生，耳边仿佛响起了大自然那和谐动听的音乐。他情不自禁地取琴弹奏，音随意转，把大自然的美妙融进了琴声，伯牙体验到一种前所未有的境界。老师告诉他："你已经学成了。"

一夜伯牙乘船游览。面对清风明月，他思绪万千，于是又弹起琴来，琴声悠扬，渐入佳境。忽听岸上有人叫绝，伯牙闻声走出船来，只见一个樵夫站在岸边，他知道此人是知音，当即请樵夫上船，兴致勃勃地为他演奏。伯牙弹起赞美高山的曲调，樵夫说道："真好！雄伟而庄重，好像高耸入云的泰山一样！"当他弹奏表现奔腾澎湃的波涛时，樵夫又说："真好！宽广浩荡，好像看见滚滚的流水，无边的大海一般！"伯牙兴奋极了，激动地说："知音！你真是我的知音。"这个樵夫就是钟子期。从此二人成了非常要好的朋友。

* * * * * *

故事出自《列子·汤问》，比喻知己或知音，也比喻音乐优美动听，意境高远。

胸有成竹

北宋画家文同，字与可，他画的竹子远近闻名，每天总有不少人登门求画。文同画竹的妙诀在哪里呢？原来，文同在自己家的房前屋后种上各种各样的竹子，无论春夏秋冬，阴晴风雨，他经常去竹林观察竹子的生长变化情况，琢磨竹枝的长短粗细，叶子的形态、颜色，每当有新的感受就回到书房，铺纸研墨，把心中的印象画在纸上。日积月累，竹子在不同季节、不同天气、不同时辰的形象都深深地印在他的心中，只要凝神提笔，在画纸前一站，平日观察到的各种形态的竹子立刻浮现在眼前。所以每次画竹，他都显得非常从容自信，画出的竹子，无不逼真传神。

当人们夸奖他的画时，他总是谦虚地说："我只是把心中琢磨成熟的竹子画下来罢了。"

有位青年想学画竹，得知诗人晁补之对文同的画很有研究，前往求教。晁补之写了一首诗送给他，其中有两句："与可画竹，胸中有成竹。"

* * * * * *

故事出自北宋苏轼《文与可画筼筜谷偃竹记》，比喻做事之前已作好充分准备，对事情的成功已有了十分的把握；又比喻遇事不慌，十分沉着。

唇亡齿寒

春秋时候，晋献公想要扩充自己的实力和地盘，就找借口说邻近的虢国经常侵犯晋国的边境，要派兵灭了虢国。可是在晋国和虢国之间隔着一个虞国，讨伐虢国必须经过虞地。“怎样才能顺利通过虞国呢?”晋献公问手下的大臣。大夫荀息说：“虞国国君是个目光短浅、贪图小利的人，只要我们送他价值连城的美玉和宝马，他不会不答应借道的。”晋献公一听有点舍不得，荀息看出了晋献公的心思，就说：“虞虢两国是唇齿相依的近邻，虢国灭了，虞国也不能独存，您的美玉宝马不过是暂时存放在虞公那里罢了。”晋献公采纳了荀息的计策。

虞国国君见到这些珍贵的礼物，顿时心花怒放，听到荀息说要借道虞国之事时，当时就满口答应下来。虞国大夫宫之奇听说后，赶快阻止道：“不行，不行，虞国和虢国是唇齿相依的近邻，我们两个小国相互依存，有事可以彼此帮助，万一虢国灭了，我们虞国也就难保了。俗话说：‘唇亡齿寒’，没有嘴唇，牙齿也保不住啊！借道给晋国万万使不得。”虞公说：“人家晋国是大国，现在特意送来美玉宝马和咱们交朋友，难道咱们借条道路让他们走走都不行吗?”宫之奇连声叹气，知道虞国离灭亡的日子不远了，于是就带着一家老小离开了虞国。

果然，晋国军队借道虞国，消灭了虢国，随后又把亲自迎接晋军的虞公抓住，灭了虞国。

* * * * * *

故事出自《左传·僖公五年》，比喻双方关系密切，相互依存。

闻鸡起舞

晋代的祖逖是个胸怀坦荡、具有远大抱负的人，可他小时候却是个不爱读书的淘气孩子。进入青年时代，他意识到自己知识的贫乏，深感不读书无以报效国家，于是就发奋读起书来。他广泛阅读书籍，认真学习历史，从中汲取了丰富的知识，学问大有长进。他曾几次进出京都洛阳，接触过他的人都说，祖逖是个能辅佐帝王治理国家的人才。祖逖二十四岁的时候，曾有人推荐他去做官，他没有答应，仍然不懈地努力读书。

后来，祖逖和幼时的好友刘琨一同担任司州主簿。他与刘琨感情深厚，不仅常常同床而卧，同被而眠，而且还有着共同的远大理想：建功立业，复兴晋国，成为国家的栋梁之材。

一次，半夜里祖逖在睡梦中听到公鸡的鸣叫声，他一脚把刘琨踢醒，对他说："别人都认为半夜听见鸡叫不吉利，我偏不这样想，咱们干脆以后听见鸡叫就起床练剑如何?"刘琨欣然同意。于是他们每天鸡叫后就起床练剑，剑光飞舞，剑声铿锵，春去冬来，寒来暑往，从不间断。功夫不负有心人，经过长期的刻苦学习和训练，他们终于成为能文能武的全才，既能写得一手好文章，又能带兵打胜仗。后来，祖逖被封为镇西将军，实现了他报效国家的愿望；刘琨做了都督，兼管并、冀、幽三州的军事，也充分发挥了他的文才武略。

* * * * * *

故事出自《晋书·祖逖传》，形容发奋有为，也比喻有志之士，及时振作，奋发图强的精神状态。

指鹿为马

秦二世时，丞相赵高野心勃勃。可朝中大臣有多少人能听他摆布，有多少人反对他，他心中没底，于是，他想了一个办法，准备试一试自己的威信，同时也可以试探一下大臣们。

一天上朝时，赵高让人牵来一只鹿，满脸堆笑地对秦二世说："陛下，我献给您一匹好马。"秦二世一看，心想：这哪里是马，这分明是一只鹿嘛！便笑着对赵高说："丞相搞错了，这是一只鹿，你怎么说是马呢?"赵高面不改色地说："请陛下看清楚，这的确是一匹千里马。"秦二世又看了看那只鹿，将信将疑地说："马的头上怎么会长角呢?"赵高一转身，用手指着众大臣，大声说："陛下如果不信我的话，可以问问众位大臣。"

大臣们都被赵高的一派胡言搞得不知所措，私下里嘀咕：这个赵高搞什么名堂？是鹿是马这不是明摆着吗！当看到赵高脸上露出阴险的笑容，两只眼睛骨碌碌轮流地盯着每个人的时候，大臣们忽然明白了他的用意。

一些胆小又有正义感的人都低下头，不敢说话，因为说假话，对不起自己的良心，说真话又怕日后被赵高所害。有些正直的人，坚持认为是鹿而不是马。还有一些平时就紧跟赵高的奸佞之人立刻表示拥护赵高的说法，对皇上说，“这确是一匹千里马！”

事后，赵高通过各种手段把那些不顺从自己的正直大臣纷纷治罪，甚至满门抄斩。

* * * * * *

故事出自《史记·秦始皇本纪》，比喻故意颠倒是非，混淆黑白，不分好坏忠奸。

不寒而栗

汉武帝时，有一个人名叫义纵，因为受到太后的恩宠，做了上党郡某县令。上任以后，公务办得很出色，案子处理上敢作敢为，不论是有钱有势的豪绅，还是平民，只要犯了法，义纵秉公审办，皇上很赞赏他，调他做河内郡都尉。一到任，他立即把祸害一方的豪门大族满门抄斩，一时间，河内郡的治安和社会风气大有好转，有人不慎把东西失落在道路上，也没有人捡走据为己有。

义纵调到南阳任太守时，一个做恶多端的豪强地主宁成，正在南阳居住。宁成为了讨好义纵，每次迎送都装出谦恭的样子。但是，义纵对他的恶行早有所闻，到南阳后立即展开调查，很快就查清他的罪行，把他关押起来。

后来，汉武帝又任命义纵做定襄太守。当时定襄的社会治安混乱。义纵到任以后，把押在狱中的没有加刑具的二百多名重犯，以及为重犯开脱罪责进行贿赂的二百多名门客亲属，一律严加追究，拘捕治罪，一天之内处死的就有四百多名。从此以后，定襄的人一听到义纵的名字就“不寒而栗”——天气不冷却浑身发抖。

* * * * * *

这个成语一般形容紧张或恐惧到了一定程度，让人浑身发抖。

不学无术

汉武帝在位的时候，大将军霍光是朝廷举足轻重的大臣，深得武帝信任。武帝临死前，把幼子刘弗陵（昭帝）托付给霍光辅佐。昭帝去世后，霍光又立刘询做皇帝（宣帝）。霍光掌握朝政大权四十多年，为西汉王朝立下了不小的功勋。

刘询承皇位以后，立许妃做皇后。霍光的妻子霍显，是个贪图富贵的女人，她想把自己的小女儿成君嫁给刘询做皇后，就乘许娘娘有病的时候，买通女医下毒害死了许后。毒计败露，女医下狱。此事霍光事先一点也不知道，等事情败露了，霍显才告诉他，霍光非常惊惧，指责妻子不该办这种事情。他也想去告发，但又不忍心妻子被治罪，前思后想，还是把这件伤天害理的事情隐瞒下来了。霍光死后，有人向宣帝告发此案，宣帝派人去调查处理。霍光的妻子听说了，与家人、亲信商量对策，决定召集族人策划谋反，不想走漏了风声，宣帝派兵将霍家包围，满门抄斩。

* * * * * *

东汉史学家班固在《汉书·霍光传》中评论霍光的功过。说他“不学无术，暗于大理”，意思是：霍光不读书，没学识，因而不明关乎大局的道理。成语“不学无术”，指没有学问，没有本领。

鸡鸣狗盗

战国时候，齐国的孟尝君喜欢广纳天下人才，号称宾客三千。他对宾客是来者不拒，有才能的让他们各尽其能，没有才能的也提供食宿。

有一次，孟尝君率领众宾客出使秦国，秦昭王（即秦昭襄王）将他留下，想让他当相国，孟尝君不敢得罪秦昭王，只好留下来。不久，大臣们劝秦王说：“留下孟尝君对秦国是不利的，他出身王族，在齐国有封地，有家人，怎么会真心为秦国办事呢?”秦昭王觉得有理，便改变了主意，把孟尝君和他的手下人软禁起来，只等找个借口杀掉。

秦昭王有个最受宠爱的妃子，孟尝君派人去求她救助，妃子答应了，条件是拿齐国那一件天下无双的狐白裘（用白色狐腋的皮毛做成的皮衣）做报酬。这可叫孟尝君作难了，因为刚到秦国，他便把这件狐白裘献给了秦昭王。就在这时候，有一个门客说："我能把狐白裘找来!"说完就走了。

原来这个门客最善于钻狗洞偷东西。他先摸清情况，知道昭王特别喜爱那件狐裘，一直舍不得穿，放在宫中的精品贮藏室里，他便借着月光，逃过巡逻人的眼睛，轻易地钻进贮藏室把狐裘偷出来。妃子见到狐白裘高兴极了，想方设法说服秦昭王放弃了杀孟尝君的念头，并发下过关文书，让孟尝君他们回齐国。

孟尝君得到文书，便立马赶往函谷关。到了函谷关正是半夜，城门已经关闭，按秦国法规，函谷关每天鸡叫才开门，半夜时候，鸡可怎么能叫呢?大家正犯愁时，只听见几声"喔，喔，喔"的雄鸡啼鸣，接着，城关外的雄鸡都打鸣了。原来，孟尝君的另一个门客擅长口技，会学鸡叫，而鸡是只要听到第一声啼叫就立刻会跟着叫起来的。怎么还没睡踏实鸡就叫了呢?守关的士兵虽然觉得奇怪，但也只得起来打开关门，放他们出去。

天亮了，秦昭王得知孟尝君一行已经离开，便又反悔，立刻派出人马追赶，追到函谷关，人家已经出关多时了。

孟尝君靠着鸡鸣狗盗之士逃回了齐国。

* * * * * *

故事出自《史记·孟尝君列传》后来用"鸡鸣狗盗"借指微不足道的技能，也泛指小偷小摸的行为。

势如破竹

三国末年，晋武帝司马炎灭掉蜀国，夺取魏国政权以后，准备出兵攻打东吴，实现统一全中国的愿望。他召集文武大臣们商量灭敌大计，多数人认为，吴国还有一定实力，一举消灭它恐怕不易，不如有了足够的准备再说。

大将杜预不同意多数人的看法，写了一道奏章给晋武帝。杜预认为，必须趁目前吴国衰弱，快灭掉它，不然等它有了实力就很难打败它了。司马炎看了杜预的奏章，向自己的最信任的大臣张华征求意见，张华很同意杜预的分析，也劝司马炎快快攻打吴国，以免留下后患。于是司马炎就下了决心，任命杜预作征南大将军。公元 279 年，晋武帝司马炎调动了二十多万兵马，分成六路水陆并进，攻打吴国，一路战鼓齐鸣，战旗飘扬，战士威武雄壮，第二年就攻占了江陵，斩了吴国一员大将，率领军队乘胜追击。在沅江、湘江以南的吴军听到风声吓破了胆，纷纷打开城门投降。司马炎下令让杜预从小路向吴国国都建业进发。此时，有人担心长江水势暴涨，不如暂收兵等到冬天进攻更有利。杜预坚决反对退兵，他说："现在趁士气高涨，斗志正旺，取得一个又一个胜利，势如破竹（像用快刀劈竹子一样，劈过几节后竹子就迎刃破裂），一举攻击吴国不会再费多大力气了！"晋朝大军在杜预率领下，直冲向吴都建业，不久就攻占建业灭了吴国。晋武帝统一了全国。

* * * * * *

故事出自《晋书·杜预传》，形容战斗节节胜利，毫无阻挡。

甘拜下风

春秋时期，秦国发生粮荒，因为秦国曾经给予过晋国帮助，所以秦国向晋国求助，但晋国国君晋惠公不肯卖给秦国粮食，秦穆公大怒，遂与晋国发生战争。几番交战，晋国大败，国君晋惠公也成为了秦国的俘虏。

在秦军带着晋惠公返秦的途中，晋国的大夫们垂头丧气的跟在后面。秦穆公见状，对其一行人说道："晋惠公虽然忘恩负义，但我们秦国也不会将你们当作俘虏带回秦国。"晋国大夫们一听，纷纷跪下磕头拜谢说道："群臣在下风，听到了您在上风头说的话，希望您可以说话算数。"后来秦穆公果真说话算数，将晋国大夫们都放了。"甘拜下风"这个成语也由此演化而来。

* * * * * *

"甘拜下风"意思是真心佩服别人，承认自己不如别人。它告诉我们，不如别人的时候我们就该虚心接受别人的优点，然后不断地学习，不断地自我改进，这样才能有进步。

抱薪救火

战国末期，秦国向魏国接连发动大规模的进攻，魏国无力抵抗，大片土地都被秦军占领了。到公元前 273 年，秦国又一次向魏国出兵，势头空前猛烈。

魏王把大臣们召来，愁眉苦脸地问大家有没有使秦国退兵的办法。大臣们由于经过多年的战乱，提起打仗就吓得哆嗦，谁也不敢谈“抵抗”二字。在这大兵压境的危急时刻，多数大臣都劝魏王，用黄河以北和太行山以南的大片土地为代价，向秦王求和。

谋士苏代听了这些话，很不以为然，忙上前对魏王说：“大王，他们是因为自己胆小怕死，才让您去卖国求和，根本不为国家着想。您想，把大片土地割让给秦国虽然暂时满足了秦王的野心，但秦国的欲望是无止境的，只要魏国的土地没割完，秦军就不会停止进攻我们。”

说到这里，苏代讲了一个故事：从前有一个人，他的房子起火了，别人劝他快用水去浇灭大火，但他不听，偏抱起一捆柴草去救火，是因为他不懂得柴草不但不能灭火反而能助长火势的道理。大王若同意拿着魏国土地去求和，不就等于抱着柴草救火吗？

尽管苏代讲得头头是道，但是胆小的魏王只顾眼前的太平，还是依大臣们的意见把魏国大片土地割让给秦国。到公元前 225 年，果然秦军又向魏国大举进攻，包围了国都大梁，掘开黄河大堤让洪水淹没了大梁城，魏国终于被秦国灭掉了。

* * * * * *

故事出自《史记·魏世家》，比喻用错误的方法去消灭祸害，结果反而使祸害扩大。

亡羊补牢

这故事出自《战国策》。战国时代，楚国有一个大臣，名叫庄辛，有一天他对楚襄王说：“你在宫里面的时候，左边是州侯，右边是夏侯；出去的时候，鄢陵君和寿跟君又总是随着你。你和这四个人专门讲究奢侈淫乐，不管国家大事，郢（楚都，在今湖北省江陵县北）一定要危险啦！”

襄王听了，很不高兴，气得骂道：“你老糊涂了吗？故意说这些险恶的话惑乱人心吗？”

庄辛不慌不忙地回答说：“我实在感觉事情一定要到这个地步的，不敢故意说楚国有什么不幸。如果你一直宠信这些人，楚国一定要灭亡的。你既然不信我的话，请允许我到赵国躲一躲，看事情究竟会怎样。”

庄辛到赵国才住了五个月，秦国果然派兵侵楚，襄王被迫流亡到阳城

(今河南息县西北)，这才觉得庄辛的话不错，赶紧派人把庄辛找回来，问他有什么办法。庄辛很诚恳地说："我听说过，看见兔子牙想起猎犬，这还不晚；羊跑掉了才补羊圈，也还不迟……"

* * * * * *

"亡羊补牢"这句成语，便是根据上面两句话而来的，表达处理事情发生错误以后，如果赶紧去挽救，还不为迟的意思。

天涯海角

韩愈，字退之，是唐代中叶时的伟大文学家。

他两岁时就死了父亲，不久他的母亲又去世，幼时只能依靠他哥哥韩会和嫂嫂郑夫人过活。

韩会有一个嗣子（愈次兄介之子，出继与长兄会为嗣）叫老成，排行十二，所以小名叫十二郎，年纪比韩愈小一点。后来韩会四十二岁的时候，因宰相元载的事，贬为韶州刺史，不到几个月就病死在韶州，这时韩愈只有十一岁，十二郎也很小。韩愈虽然有三个哥哥（会、弁、介），都很早离开了人世。这时，继承祖先后代的，只有韩愈和他的侄子十二郎两个人，孤苦伶丁。

韩愈十九岁时自宜城前往京城，以后十年的时间中，只和十二郎见过三次面。当他正打算西归和十二郎永远生活在一起的时候，不幸十二郎就在这时死去了。韩愈知道了这消息，悲痛欲绝，写了一篇《祭十二郎文》，叫建中备了一些时下的物品从老远的地方去致祭他。这篇祭文，一字一泪，令人读来心酸。

* * * * * *

祭文中有"一在天之涯，一在地之角"的句子，后人便把它引申成"天涯海角"这句话，用来比喻极其遥远的地方。

拾人牙慧

东晋时期，有个名叫殷浩的人，因为曾经当过"中军"这个官职，所以被人称为"殷中军"。殷浩还曾被任命为"建武将军"，统领扬州、豫州、徐州、兖州、青州的兵马，但后来因为作战失败而被罢官，流放到信安（今浙江省境内）。

殷浩是一个很有学问的人，通读古今，爱好《老子》《易经》，并能引经据典谈得头头是道。殷浩有个外甥名叫韩康伯，十分的聪明，善于谈吐，殷浩非常喜欢他，并希望他可以成才，所以对他的要求也是十分的严格。在殷浩被流放的时候，康伯也随之前往。一次，殷浩见康伯正在对别人发表言论，于是就感兴趣地凑上前去，可仔细一听才发现，康伯所讲的，完全是抄袭自己的只言片语，套用自己说过的话，完全没有他自己的个人创见，可他却一副自鸣得意的样子。这使殷浩非常的不高兴，便说道："康伯连我牙齿后面的污垢还没有得到，就这样自以为是，实在是不应该啊。"

* * * * * *

这则成语出自《世说新语·文学》比喻拾取别人的一言半语当作自己的话。它告诉我们：我们要将知识学活，将其吸收、转化化成自己的东西，而不是一味地抄袭和模仿，有自己独到的见解才是学习的真谛。

火树银花

睿宗是唐代君主中极会享乐的一位皇帝，虽然他只当了三年的皇帝，但不管什么佳节，他总要用很多的物力人力去铺张一番，供他游玩。他每年逢正月元宵的夜晚，一定扎起二十丈高的灯树，点起五万多盏灯，号为火树。

后来诗人苏味道就拿这个做题目，写了一首诗，描绘它的情形。他的诗《元夕》道：

火树银花合，星桥铁锁开。
暗尘随马去，明月逐人来。
游妓皆秾李，行歌尽落梅。
金吾不禁夜，玉漏莫相催。

这首诗把当时热闹的情况，毫无隐瞒地描写出来，好像活跃在我们读者的眼前。

* * * * * *

这句成语是形容灯火盛的地方，望上去好像是火树银花的样子。所以现在凡是繁盛的都市，或有盛大的集会在夜间举行，灯光灿烂，都可以用该成语去形容它。

不入虎穴，焉得虎子

东汉时候，班超跟随奉车都尉（官名）窦固和匈奴打仗，立有功劳，后被派出使西域（今新疆自治区，甘肃一带，和葱岭以西中亚一部分地区）。他首先到鄯善，国王早知班超为人，对他十分敬重，但隔一个时期，忽然变得怠慢起来。班超召集同来约三十六人说："鄯善国最近对我们很冷淡，一定是北方匈奴也派有人来笼络他，使他踌躇不知顺从那一边。聪明人要在事情还没有萌芽的时候就发现它，何况现在事情已经很明显了。"

经过打听，果然是这样，于是班超又约同所有的人说："我们现在处境很危险，匈奴使者才来几天，鄯善国王就对我们这么冷淡，如果再过一些时候，鄯善国王可能会把我们绑起来送给匈奴。你们说，这该怎么办?"当时大家坚决地表示愿听他的主张。他便继续道："不入虎穴，不得虎子。现在唯一的办法，就是在今天夜里用火攻击匈奴来使，迅速把他们杀了。只有这样，鄯善国王才会诚心归顺汉朝。"

这天夜里，班超就和他同去的三十六个同伴，冲入匈奴人住所，奋力死战，用少数人力战胜了多数的匈奴人，达到了预期目的。

* * * * * *

以后的人就根据这个故事，引申成"不入虎穴，焉得虎子"这句话，用来说明人们做事，如果不下决心，不身历险境，不经过艰苦的努力，是不能达到目的的。

司空见惯

唐朝的时候，有一个吟诗和作文章都很出色的人，名叫刘禹锡，他中了进士后，便在京做监察御史；因为他放荡不羁的性格，在京中受人排挤，被贬做苏州刺史。就在苏州刺史的任内，当地有一个曾任过司空官职的人名叫李绅，因仰慕刘禹锡，邀请他饮酒，并请了几个歌妓来在席上作陪。在饮酒间，刘禹锡一时诗兴大发，便赋诗："司空见惯浑闲事，断尽江南刺史肠。""司空见惯"这句成语，就是从刘禹锡这句诗中得来的。诗中所用的"司空"两个字，是唐代一种官职的名称，相等于清代的尚书。从刘禹锡的诗来看，整句成语的意思，就是指李司空对这样的事情，已经见惯，不觉得奇怪了。

* * * * * *

“司空见惯”指某事常见，不足为奇。

巧取豪夺

宋朝大书法家、大画家米芾的儿子米友仁（字元晖），家学渊源，也和他父亲一样，既写得一手好字，又长于作画，尤其喜爱古人的作品。有一次，他在别人的船上，看见王羲之的真笔字帖，欢喜的跟什么似的，立即要拿一幅好画交换，主人不同意，他急得大叫，攀着船舷竟就往水里跳，幸亏别人很快把他抱住，才不致落水。他有一样很大的本领，便是会模仿古人的画品。他在涟水的时候，曾经向人借回一幅《松牛图》描摹，后来他把真本留下，拿摹本还给人，这人当时没有觉察出来拿着走了，直至过了好多日才来讨还原本。米友仁问他怎么看得出来，那人回答说：“真本中的眼睛里面，有牧童的影子；而你还我的这一幅却没有。”

通常情况下，米友仁模仿古人的画品，很少被人发觉他的摹本是假的。他经常千方百计向人借古画描摹，而摹完以后，总是拿摹本和真本一齐送给主人，请主人自己选择，由于他摹仿古画的技艺很精，把摹本和真本弄得一模一样，主人往往把摹本当成真本收回去，米友仁便因此获得了许多名贵的真本古画。

米友仁是一个有才能的艺术家，值得人们敬仰，又是一个古画的爱好者和欣赏者，让人们更加知道古画的妙处和价值；可是他用那种摹仿的假本换取别人真本的行为，却是叫人鄙弃和不齿的。所以有人把他这种用巧妙方法骗取别人真本古画的行为，叫作“巧偷豪夺”。

* * * * * *

后来的人又从此引申成“巧取豪夺”这句成语，用来形容人以不正当的方法，攫取自己不应得的财物。“巧取”，骗取也；“豪夺”，抢占。

四面楚歌

项羽和刘邦原来约定以鸿沟东西作为界限，互不侵犯。后来刘邦听从张良和陈平的规劝，觉得应该趁项羽衰弱的时候消灭他，就又和韩信、彭越、刘贾会合兵力追击正在向东前往彭城（即今江苏徐州）的项羽部队，终于布置了几层兵力，把项羽紧紧围在垓下（在今安徽灵璧县东南）。这时，项羽手下的兵士已经很少，粮食又没有了，夜里听见四面围住他的军队都唱起楚地的民歌，不禁非常吃惊地说："刘邦已经得到了楚地了吗？为什么他的部队里面楚人这么多呢？"说着，心里已丧失了斗志，便从床上爬起来，在营帐里面喝酒，并和他最宠爱的妃子虞姬一同唱歌。唱完，直掉眼泪，在旁的人也非常难过，都伤心地低下头。一会，项羽骑上马，带了仅剩的八百名骑兵，从南突围逃走，边逃边打，到乌江畔自刎而死。

* * * * * *

因为这个故事里面有项羽听见四周唱起楚歌，感觉吃惊，接着又失败自杀的情节，所以以后的人就用"四面楚歌"这句话，形容人们遭受各方面攻击或逼迫的人事环境，以致陷于孤立窘迫的境地。

一鸣惊人

战国时代，齐国有一个名叫淳于髡的人，他的口才很好，也很会说话，他常常用一些有趣的隐语，来规劝君主，使君王不但不生气，而且乐于接受。

当时齐国的威王，本来是一个很有才智的君主，但是在他即位以后，却沉迷于酒色，不管国家大事，每日只知饮酒作乐，而把一切正事都交给大臣去办理，自己则不闻不问。因此，政治不上轨道，官吏们贪污失职，再加上各国的诸侯也都趁机来侵犯，使得齐国濒临灭亡的边缘。

虽然，齐国的一些爱国之人都很担心，但是，却都因为畏惧齐王，所以没有人敢出来劝谏。

其实齐威王是一个很聪明的人，他很喜欢说些隐语，来表现自己的智慧，虽然他不喜欢听别人的劝告，但如果劝告得法的话，他还是会接受的。淳于髡知道这点后，便想了一个计策，准备找个机会来劝告齐威王。

有一天，淳于髡见到了齐威王，就对他说："大王，为臣有一个谜语想请您猜一猜：齐国有只大鸟，住在大王的宫廷中，已经整整三年了，可是他既不振翅飞翔，也不发出鸣叫，只是毫无目的地蜷缩着，大王您猜，这是一只什么鸟呢？"

齐威王本是一个聪明人，一听就知道淳于髡是在讽刺自己，像那只大鸟一样，身为一国之尊，却毫无作为，只知道享乐。而他并不是一个昏庸的君王，于是沉吟了一会儿之后便毅然地决定要一飞振作起来，做一番轰轰烈烈的事，因此他对淳于髡说："嗯，这一只大鸟，你不知道，它不飞则已，一飞就会冲到天上去；它不鸣则已，一鸣就会惊动众人，你慢慢等着瞧吧！"

从此齐威王不再沉迷于饮酒作乐，而开始整顿国政。首先他召见全国的官吏，尽忠负责的，就给予奖励；而那些腐败无能的，则加以惩罚。结果全国上下，很快就振作起来，到处充满蓬勃的朝气。

另一方面他也着手整顿军事，强大武力，奠定国家的威望。各国诸侯听到这个消息以后都很震惊，不但不敢再来侵犯，甚至还把原先侵占的土地，都归还给齐国。

齐威王的这一番作为，真可谓是"一鸣惊人"呀！

* * * * * *

后来的人便把"一鸣惊人"这句成语用来比喻一个人平时没有突出的表现，却一下子做出惊人的成绩。

狐假虎威

战国时代，当楚国最强盛的时候，楚宣王曾为了当时北方各国，都惧怕他的手下大将昭奚恤，而感到奇怪。因此他便问朝中大臣，这究竟是为什么。

当时，有一位名叫江乙的大臣，便向楚宣王叙述了下面这段故事：

"从前在某个山洞中有一只老虎，因为肚子饿了，便跑到外面寻觅食物。当它走到一片茂密的森林时，忽然看到前面有只狐狸正在散步，它觉得这正是个千载难逢的好机会，于是，便一跃身扑过去，毫不费力地将它擒过来。可是当它张开嘴巴，正准备把那只狐狸吃进肚子里的时候，狡黠的狐狸突然说话了：'哼！你不要以为自己是百兽之王，便敢将我吞食掉；你要知道，天帝已经命令我为王中之王，无论谁吃了我，都将遭到天帝极严厉的制裁与惩罚。'老虎听了狐狸的话，半信半疑，可是，当它斜过头去，看到狐狸那副傲慢镇定的样子，心里不觉一惊。原先那股嚣张的气焰和盛气凌人的态势，竟不知何时已经消失了大半。虽然如此，它心中仍然在想：我因为是百兽之王，所以天底下任何野兽见了我都会害怕，而它，竟然是奉天帝之命来统治我们的！

“这时，狐狸见老虎迟疑着不敢吃它，知道它对自己的那一番话已经有几分相信了，于是便更加神气十足地挺起胸膛，然后指着老虎的鼻子说：‘怎么，难道你不相信我说的话吗？那么你现在就跟我来，走在我后面，看看所有野兽见了我，是不是都吓得魂不附体，抱头鼠窜。’老虎觉得这个主意不错，便照着去做了。

“于是，狐狸就大模大样地在前面开路，而老虎则小心翼翼地在后面跟着。它们没走多久，就隐约看见森林的深处，有许多小动物正在那儿争相觅食，但是当它们发现走在狐狸后面的老虎时，不禁大惊失色，狂奔四散。

“这时，狐狸很得意地掉过头去看看老虎。老虎目睹这种情形，不禁也有一些心惊胆战，但它并不知道野兽怕的是自己，而以为它们真是怕狐狸呢！

“狡狐之计是得逞了，可是它的威势完全是因为假借老虎，才能凭着一时有利的形势去威胁群兽。而那可怜的老虎被人愚弄了，自己还不自知呢！

“因此，北方人民之所以畏惧昭奚恤，完全是因为大王的兵全掌握在他的手里，那也就是说，他们畏惧的其实是大王的权势呀！”

* * * * * *

从上面这个故事，我们可以知道，凡是借着权威的势力欺压别人，或借着职务上的权力作威作福的，都可以用“狐假虎威”来形容。

名落孙山

在我国宋朝的时候，有一个名叫孙山的才子，他为人不但幽默，而且很善于说笑话，所以附近的人就给他取了一个“滑稽才子”的绰号。

有一次，他和一个同乡的儿子一同到京城，去参加举人的考试。

放榜的时候，孙山的名字虽然被列在榜文的倒数第一名，但仍然是榜上有名，而那位和他一起去的那位同乡的儿子，却没有考上。

不久，孙山先回到家里，同乡便来问他儿子有没有考取，孙山既不好意思直说，又不便隐瞒，于是，就随口念出两句不成诗的诗句来：

“解元尽处是孙山，贤郎更在孙山外。”

解元，就是我国科举制度所规定的举人第一名。而孙山在诗里所谓的

“解元”，乃是泛指一般考取的举人。他这首诗全部的意思是说：

“举人榜上的最后一名是我孙山，而令郎的名字却还在我孙山的后面。”

* * * * * *

从此，人们便根据这个故事，把投考学校或参加各种考试，没有被录取，叫作“名落孙山”。

月下老人

唐朝时候，有一个叫韦固的人，有一次，他到宋城去旅行，住宿在南店客栈里。

一天晚上，韦固在街上闲逛，看到月光之下有一名老人席地而坐，正在那里翻一本又大又厚的书，而他身边则放着一个装满了红色绳子的大布袋。

韦固很好奇的过去问他说：“老伯伯，请问您在看什么书呀!”

那老人回答说：“这是一本记载天下男女婚姻的书。”

韦固听了以后更加好奇，就再问说：“那您袋子里的红绳子，又是做什么用的呢?”

老人微笑着对韦固说：“这些红绳是用来系夫妻的脚的，不管男女双方是仇人或距离很远，我只要用这些红绳系在他们的脚上，他们就一定会和好，并且结成夫妻。”

韦固听了，自然不会相信，以为老人是和他说着玩的，但是他对这古怪的老人，仍旧充满了好奇，当他想要再问他一些问题的时候，老人已经站起来，带着他的书和袋子，向米市走去，韦固也就跟着他走。

到了米市，他们看见一个盲妇抱着一个三岁左右的小女孩迎面走过来，老人便对韦固说：“这盲妇手里抱的小女孩便是你将来的妻子。”

韦固听了很生气，以为老人故意开他玩笑，便叫家奴去把那小女孩杀掉，看她将来还会不会成为自己的妻子。

家奴跑上前去，刺了女孩一刀以后，就立刻跑了。当韦固再要去找那老人算账时，却已经不见他的踪影了。

光阴似箭，转眼十四年过去了，这时韦固已找到满意的对象，即将结婚。对方是相州刺史王泰的掌上明珠，人长得很漂亮，只是眉间有一道疤痕。韦固觉得非常奇怪，于是便问他的岳父为什么妻子眉间有疤痕。

相州刺史听了以后便说："说来令人气愤，十四年前在宋城，有一天保姆陈氏抱着女儿从米市走过，有一个狂徒，竟然无缘无故地刺了她一刀，幸好没有生命危险，只留下这道伤疤，真是不幸中的大幸呢！"

韦固听了，愣了一下，十四年前的那段往事迅速地浮现在他的脑海里。他想：难道她就是自己命仆人刺杀的小女孩？于是便很紧张地追问说："那保姆是不是一个失明的盲妇？"王泰看到女婿的脸色有变，且问得蹊跷，便反问他说："不错，是个盲妇，可是，你怎么会知道呢？"

韦固证实了这事实时，真是惊讶极了，一时间答不出话来，过了好一会儿才平静下来，然后把十四年前在宋城，遇到月下老人的事全盘说出。

王泰听了，也感到惊讶不已。

韦固这才明白月下老人的话，并非开玩笑，他们的姻缘真的是由神做主的。

因此夫妇俩更加珍惜这段婚姻，过着恩爱的生活。

不久这件事传到宋城，当地的人为了纪念月下老人的出现，便把南店改为"定婚店"。

* * * * * *

由于这个故事的流传，使得大家相信：男女结合是由月下老人系红绳，加以撮合的，所以，后人就把媒人叫作"月下老人"，简称为"月老"。

一饭千金

帮助汉高祖打天下的大将韩信，在未得志时，境况很是困苦。那时候，他时常在城下钓鱼糊口，希望碰着好运气，便可以解决生活，但是，这究竟不是可靠的办法，因此，时常要饿着肚子。幸而在他时常钓鱼的地方，有很多漂母（清洗丝棉絮或旧衣布的老婆婆）在河边作工，其中有一个漂母，很同情韩信的遭遇，便不断地救济他，给他饭吃。韩信在艰难困苦中，得到那位仅能以双手勉强糊口的漂母的恩惠，很是感激她，便对她说，将来必定要重重地报答她。那漂母听了韩信的话，很是不高兴，表示并不希望韩信将来报答她的。后来，韩信在汉王统一天下时立了不少战功，被封为楚王，他想起从前曾受过漂母的恩惠，便命从人送酒菜给她吃，更送给她黄金一千两来答谢她。

这句成语就是出于这个故事的。

* * * * * *

“一饭千金”是指受人的恩惠，切莫忘记，虽然所受的恩惠很是微小，但在困难时，即使一点点帮助也是很可贵的；到我们有能力时，应该重重地报答施惠的人才合道理。

一字千金

战国末期，秦国有一个大商人，名叫吕不韦，他因在赵国经商时，曾资助过秦庄襄王（名子楚，当时在赵国做质子）又把他的妾赵姬送给子楚为妻，待子楚继承王位后，便被封为文信侯，官居相国。庄襄王在位仅三年便病死了，由他十三岁的儿子政（赵姬所生）继承王位，便是历史上有名的秦始皇，尊吕不韦为仲父，行政大权全操在吕不韦和赵姬的手中。

当时养士之风甚盛，有名的战国四公子便都养有门客数千人，吕不韦也养了三千门客，作为他的智囊，想出种种办法来巩固他的政权。这些门客，三教九流的人，应有尽有，他们各人有各人的见解和心得，都提出来写在书面上，汇集起来，成了一部二十余万言的巨著，题名《吕氏春秋》。吕不韦就把这部书作为秦国统一天下的经典。当时吕氏把这书在秦国首都咸阳公布：悬了赏格，说有人能在书中增加一字或减一字者，就赏赐千金（合黄金一斤）。

这段记载，见《史记·吕不韦列传》。

* * * * * *

后来的人，根据这个故事，引申成“一字千金”一句成语，用来形容一篇文章的价值很高，或者称赞一篇文章在修辞上特别出色，字字珠玑，不可多得。

一钱不值

灌夫，字仲孺，西汉人，他性情刚直，讲究信义，说出的话一定做到。他常侮慢地位比他高的官员，而对地位比他低的，越是贫贱，他越敬重。因此，当时很多有才能而无地位的人都喜欢接近他。

灌夫喜欢喝酒，并且常因喝醉了使性子。有一天，丞相田汾结婚，他喝了不少酒，一会，他走到田汾的面前敬酒，田汾说："我不能喝满杯。"灌夫见他不肯痛快喝酒，便语带讽刺地说："你虽是一个贵人，但也应喝完我敬的这杯酒。"田汾还是没有干杯。灌夫讨了一顿没趣，就走到临汝侯灌贤面前敬酒，这时，灌贤正对程不识（曾任边境太守，后改任大中大夫）的耳朵说话，没有对他表示出欢迎的样子。

灌夫心里本来有气，看见这情形，再也忍不住了，立即骂灌贤说："我一向就说程不识不值一钱，今天在这里你竟和他学妇人们的样子咬耳根子！……"

* * * * * *

自此以后，人们对于别人有轻视鄙弃的意思，而要说这人一无长处，或是一无是处，就说"一钱不值"或"不值一钱"，亦即是毫无价值之意。

一丘之貉

汉朝时有一个名人叫杨恽，他的父亲是汉昭帝时的丞相杨敞，母亲是大史学家司马迁的女儿，他自幼便受到良好的教养，未成年时就成了当朝的名人。汉宣帝时霍氏谋反，杨恽最先向宣帝报告。

事后被封平通侯，当时在朝廷中做郎官的人，贿赂之风极炽，有钱的人可用钱行贿，经常在外玩乐；无钱行贿的人，甚至一年中也没有一天休息。杨恽做郎官后，便把这些弊病全部革除，满朝官员都称赞他的廉洁。

但他因少年得志，又有功劳，便产生了骄傲自满，结果与太仆长荣（长荣是宣帝旧友，最得信任）发生意见。

有一次，杨恽听见匈奴降汉的人说匈奴的领袖单于被人杀了，杨恽便说："遇到一个这样不好的君王，他的大臣给他拟好治国的策略而不用，使自己白白送了命，就像秦朝时的君王一样，专门信任小人，杀害忠贞的大臣，结果国亡了。如果当年秦朝不如此，可能到现在国家还存在。从古到今的君王都是信任小人的，真像同一山丘出产的貉一样，毫无差别呀！"就这样，杨恽被免职了。

自古君王勇于改过，不信谗言者能有几人，杨恽仅被勉职，已是不幸中之大幸了。后来的人将杨恽的话引申成"一丘之貉"这个成语，来比喻同类没有差别，像在同一个山丘里生长的貉一样，形体都是相同的。

* * * * * *

“一丘之貉”在应用时，都是用来形容反面的事物通常含有不屑一谈和讥诮的口吻。

一败涂地

秦朝末年，沛县县令叫泗水亭长刘邦押送一批老百姓到骊山做苦工，不料走到半路上，接二连三地逃走了很多，刘邦想：这样下去，不等到骊山，就一定会逃光，自己免不了要被治罪，他想来想去，索性把没有逃跑的都释放了，自己和一些不想走的人躲在芒山和砀山一带。

秦二世元年，陈涉在大泽乡起兵反秦，自称楚王。沛县县令想归附，部属萧何和曹参建议说：“你是秦朝县令，现在背叛秦朝，恐有些人不服，最好把刘邦召回来，挟制那些不服的人，那就好办了。”沛县县令立即叫樊哙去请刘邦。可是当刘邦回来时，沛县县令见他领有近百人，恐他不服从自己的指挥，又懊悔起来，于是下令紧关城门，不让刘邦进城。刘邦在城外写了一封信，绑在箭上射给城里的父老，叫沛县父老们齐心杀了县令，共同抗秦，以保全身家。父老们果真杀掉县令，打开城门，迎接刘邦进沛县，并请他做县令。刘邦谦虚地说：“天下形势很紧张，假若县令的人选安排不当，就会‘一败涂地’，请你们另外选择别人吧!”

但最后，刘邦还是当了县令，称作沛公。

* * * * * *

“一败涂地”本来是一旦破败，就要肝脑涂在地上的意思。但后人则一直借用它说明失败之后，而至不可收拾的情势。

一暴十寒

战国时代，百家争鸣，游说之风，十分盛行。一般游说之士，不但有高深的学问、丰富的知识，尤其是以有深刻生动的比喻，来奉劝执政者最为突出。孟子也是当时的一个著名辩士，在《孟子·告子上》中有这样一段记载：

孟子对齐王的昏庸以及做事没有坚持性、轻信奸佞谗言很不满，便不客气地对他说：“王也太不明智了，天下虽有生命力很强的生物，可是你把它在阳光下晒了一天，却放在阴寒的地方冻了它十天，它哪里还活得成呢？我跟王在一起的时间是很短的，王即使有了一点从善的决心，可是我一离开你，那些奸臣又来哄骗你，你又会听信他们的话，叫我怎么办呢？”接着，他便打了一个生动的比喻：“下棋看起来是件小事，但假使你不专心致志，也同样学不好、下不赢，有个叫秋的人是全国最善下棋的能手，他教了两个徒弟，其中一个专心致志，处处听秋的指导；另一个却老是盼着有大天鹅飞来，准备用箭射鹅。两个徒弟是一个师傅教的，一起学的，然而后者的成绩却差得很远。这不是他们的智力有什么区别，而是专心的程度不一样啊！”这是一个很有教学意义的故事，我们要学习一样东西、做好一件事情，是非专心致志、下苦功夫不可的。若是今天做一些，把它丢下了，隔十天再去做，那么事情怎样能做得好呢？

* * * * * *

后来的人便将孟子所说的“一日暴之，十日寒之”精简成“一暴十寒”一句成语，用来比喻修学、做事没有恒心。

一木难支

南北朝（刘）宋顺帝的时候，萧道成把持政权，杀害忠良，横行恣肆，大有篡夺王室的企图，当时大臣袁粲和刘东两人，秘密商量要杀死萧道成，但机事不密，被萧道成同党褚渊知道了，把秘密告诉了萧道成，萧道成十分恼怒，立刻派部将戴僧静率领了很多人马去攻打袁粲，把城池团团围住了。这时，袁粲对他的儿子袁最说：“我明知道一支木柱不能支持一座大厦的崩塌，但为了名誉义节，不得不死守下去。”

后来，戴僧静率领部下越墙冲进城里去，在敌人的刀枪下，袁最十分勇敢地用身体去掩护他的父亲，这时，袁粲对他的儿子袁最说：“我是个忠臣，你是个孝子，我们死而无愧。”

结果他们父子俩都为义节而牺牲了。

* * * * * *

后人便把袁粲当时所说，引申成为“一木难支”这句成语，用来形容事情到了艰难危急的时刻，并不是一个人或少数人的力量所能挽救的。

一网打尽

晋公子夷吾和公子重耳是两兄弟。夷吾得秦国和齐国的帮忙，登上国位，就是晋惠公。可是惠公的大臣分作两派，拥护惠公的一派以却芽和吕省为首，暗里拥护重耳的一派以里克和丕郑为首，可是这班人对晋惠公个人来说都是有功的。当丕郑到秦国去公干的时候，惠公借故杀了里克，丕郑回来后，心里很恐惧，深怕自己也被惠公杀掉。可是事情倒没什么对他不利的，他就安心下来。当然，他心里很恨惠公，便暗地召集同党，商量赶走夷吾，迎公子重耳登位。有一天，屠岸夷要来见丕郑，他从午间等到深夜，才见着丕郑。丕郑问他有什么事情，屠岸夷告诉他，惠公要杀他，所以请丕郑相救。

丕郑说："你去叫吕省救你吧!"屠岸夷说："吕省不是好人，我正要喝他的血，吃他的肉呢!"丕郑不大相信。屠岸夷还献议了推翻惠公的办法。丕郑听了，大声喝道："是谁教你来说的!"屠岸夷见他不信，只好咬破了指头，鲜血直流，对天发毒誓。这么一来，丕郑就相信了。跟着丕郑这一伙人密谋，他们写了一封信给重耳，请他准备回来。丕郑、共华、屠岸夷等十位大臣都签了字。

屠岸夷把信贴胸带走了。第二天，他们上朝，惠公问丕郑说："你们为什么要迎公子重耳?"丕郑这一班人都吃了一惊，心知不妙，都被缚去砍了头。这九位反对夷吾的大臣全都一网打尽了。

* * * * * *

"一网打尽"的意思非常明显，意指全部消灭，一个不漏，也指彻底解决了问题。

九牛一毛

汉武帝听说李陵带着部队深入到匈奴的国境，士气旺盛，心里很高兴，这时，许多大臣都争相祝贺皇帝英明，善于用人。后来李陵战败投降匈奴，武帝非常生气，原来祝贺的大臣也就反过来责骂李陵无用和不忠。这时司马迁站在旁边一声不响，武帝便问他对此事的意见，司马迁爽直地说李陵只有五千步兵，却被匈奴八万骑兵围住，但还是连打了十几天仗，杀伤了一万多敌人，实算是一位了不起的将军了。最后因粮尽箭完，归路又被截断，才停止战斗，李陵不是真投降，而是在伺机报国，他的功劳还是可以补他的失败之罪的。武帝听他为李陵辩护，又讽刺外戚李广利从正面进攻匈奴的庸碌无功，便怒将司马迁下在狱里。次年，又误传李陵为匈奴练兵，武帝不把事情弄清楚，就把李陵的母亲和妻子杀了。廷尉杜周为了迎合皇帝，诬陷司马迁有诬陷皇帝之罪，竟把司马迁施予最残酷、最耻辱的“宫刑”。司马迁受到了这种摧残，痛苦之余，就想自杀，但转念一想，像他这样地位低微的人死去，在许多大富大贵的人的眼中，不过像“九毛亡一毛”，不但得不到同情，且更会惹人耻笑，于是决心忍受耻辱，用自己的生命和时间来艰苦地、顽强地完成伟大的《史记》的写作。古人所谓有大勇的人才有大智，司马迁便是这样的人。他知道在他所处的年代里，死一个像他那样没地位、没名望的人，是轻如鸿毛的，因此他勇敢地活下去，终于完成了那部空前伟大的历史的著作——《史记》。

* * * * * *

司马迁把他这种思想转变的情况告诉他的好友任少卿，后来的人便是根据他信中所说的“九牛亡一毛”一句话，引申成“九牛一毛”这句成语，用来比喻某种东西或某种人才仅是极多数里面的极少一部分，好像九条牛身上的一根毛一样渺小、轻微。

三生有幸

唐朝有一个和尚，号圆泽，对佛学有高深的造诣，和他的朋友李源善很要好。有一天，二人一同去旅行，路过一处地方，看见一个妇人在河边汲水，那位妇人已经怀孕了，并且肚子很大。圆泽指着妇人对李源善说：“这个妇人怀孕已经有三年了，等待我去投胎，做她的儿子，可是我一直避着，现在看见她，没有办法再避了。三天之后，到那个时候这位妇人已经生产，这时请你到她家去看看，如果婴孩对你笑一笑，就是我了。就拿这一笑作为凭证吧！再等到第十三年那一年中秋的月夜，我在杭州天竺寺等你，那时我们再相会罢。”他们分别后，就在这一天夜里圆泽果然死了，同时那个孕妇也生了一个男孩子。第三天，李源善照着圆泽的话，到那位妇人家里去探看，婴儿果然对他笑了一笑。等到第十三年后的中秋月夜，李源善如期到达天竺寺去寻访。刚到寺门口，就看到一个牧童在牛背上坐着唱歌，道："三生石上旧情魂，赏月吟风不要论。惭愧情人远相访，此身虽异性常存。"

* * * * * *

现在一般人凡是比喻有特别的缘分，或朋友在一种偶然的机会里或特殊的环境中相识，成为知己，就以"三生有幸"来称誉。

三折其肱

晋国时，有范氏和中行氏两股势力，准备起兵攻打晋定公。当时有人指出战事成功和失败的关键，要看民众是否支持，假如不能取得民众的信任和支持，便将失败无疑。范氏和中行氏起兵攻打晋定公是一种反叛行为，民众自然不会支持他们的。何况晋定公自己曾经伐君失败，落得流居异国的田地，可以说是经历过失败的过来人。正如一个经过三次折伤手臂的人，虽经医疗后获得痊愈，但他已尝透了折臂的滋味；在几次三番的折臂和治疗的经历中，他已了解到折臂的原因，和治疗的经过与方法，换句话说，他已是个中的老手了。所以"三折其肱"这句成语的含义，是颇为深刻的。

* * * * * *

不论何人，只要他是经过多次挫折，从艰苦中奋斗而得到经验的，并且成为这方面行家的人，我们都可以用"三折其肱"来形容他。

三人成虎

战国时代，互相攻伐，为了使大家真正能遵守信约，国与国之间通常都将太子交给对方作为人质。《战国策·魏策》有这样一段记载：

魏国大臣庞葱，将要陪魏太子到赵国去做人质，临行前对魏王说：

"现在有一个人来说街市上出现了老虎，大王相信吗？"

魏王道："我不相信。"

庞葱说："如果有第二个人说街市上出现了老虎，大王相信吗？"

魏王道："我有些将信将疑了。"

庞葱又说："如果有第三个人说街市上出现了老虎，大王相信吗？"

魏王道："我当然会相信。"

庞葱就说："街市上不会有老虎，这是很明显的事，可是经过三个人一说，好像真的有了老虎了。现在赵国国都邯郸离魏国国都大梁，比这里的街市远了许多，议论我的人又不止三个，希望大王明察才好。"

魏王道："我自己知道该怎么办。"

然而，庞葱陪太子回国后，魏王果然没有再召见他了。

市是人口集中的地方，当然不会有老虎。说市上有虎，显然是造谣、欺骗，但许多人这样说了，如果不是从事物真相上看问题，也往往会信以为真的。

* * * * * *

这故事本来是讽刺魏惠王无知的，后世人引申这故事成为"三人成虎"这句成语，乃是借来比喻有时谣言可以掩盖真相的意思。

三顾茅庐

汉末，黄巾事起，天下大乱，曹操挟天子以令诸侯，孙权拥兵东吴，汉宗室刘备听徐庶（三国时豫州长社人，为著名谋士）和司马徽（三国时颍川阳翟人，也是著名谋士）说诸葛亮很有学识，又有才能，就和关羽、张飞带着礼物到隆中（现今湖北襄阳县）卧龙岗去请诸葛亮出来帮助他出谋划策，恰巧诸葛亮这天出去了，刘备只得失望地转回去。不久，刘备又和关羽、张飞再次去请，不料诸葛亮又出外闲游去了。张飞本不愿意再来，见诸葛亮不在家，就催着要回去，刘备只得留下一封信，表达自己对诸葛亮的敬佩和请他出来帮助自己挽救国家危难局面的意思。

过了一些时候，刘备吃了三天素，准备再去请诸葛亮。关羽说诸葛亮也许是徒有一个虚名，未必有真才实学，不用去了；张飞却主张由他一个人去叫，如他不来就用绳子把他捆来。刘备把张飞责备了一顿，又和他俩第三次访诸葛亮。到时，诸葛亮正在睡觉，刘备不敢惊动他，一直站到诸葛亮自己醒来，才彼此坐下谈话。

诸葛亮见到刘备有志替国家做事，而且诚恳地请他帮助，就出来全力帮助刘备建立蜀汉皇朝。

《三国演义》把刘备三次亲自敦请诸葛亮的这件事情，叫作"三顾茅庐"。

诸葛亮在著名的《出师表》中，也有"先帝不以臣卑鄙，猥自枉屈，三顾臣于草庐之中”之句。

* * * * * *

后世人见有人为请他所敬仰的人出来帮助自己做事，而一连几次亲自到那人的家里去的时候，就引用这句话来形容敦请人的渴望和诚恳的心情。也就是不耻下问，虚心求才的意思。

三令五申

春秋时候，有一位著名军事学家名孙武，他携带自己写的《孙子兵法》去见吴王阖闾。吴王看过之后说：“你的十三篇兵法，我都看过了，是不是拿我的军队试试?”孙武说可以。吴王再问：“用妇女来试验可以吗?”孙武说也可以。于是吴王召集一百八十名宫中美女，请孙武训练。

孙武将她们分为两队，用吴王宠爱的两个宫姬为队长，并叫她们每个人都拿着长戟。队伍站好后，孙武便发问：“你们知道怎样向前向后和向左向右转吗?”众女兵说：“知道。”孙武再说：“向前就看我心胸；向左就看我左手；向右就看我右手；向后就看我背后。”众女兵说：“明白了。”于是孙武便命人搬出铁钺（古时杀人用的刑具），三番五次向她们申戒。说完便击鼓发出向右转的号令，怎知众女兵不单没有依令行动，反而哈哈大笑。孙武见状说：“解释不明，交代不清，应该是将官们的过错。”于是又将刚才一番话详尽地再向她们解释一次，再而击鼓发出向左转的号令，众女兵仍然只是大笑。

孙武便说：“解释不明，交代不清，是将官的过错。既然交代清楚而不听令，就是队长和士兵的过错了。”说完命左右随从把两个队长推出去斩首。吴王见孙武要斩他的爱姬，急忙派人找孙武讲情，可是孙武说：“我既受命为将军，将在军中，君命有所不受!”遂命左右将两女队长斩了，再命两位排头的为队长。自此以后，众女兵无论是向前向后，同左向右，甚至跪下起立等复杂的动作都认真操练，再不敢儿戏了。

* * * * * *

这故事原出于《史记·孙子吴起列传》。后来，人们把孙武向女兵再三解释的做法，引申为“三令五申”，即反复多次向人告诫的意思。

大公无私

春秋时，晋平公有一次问祁黄羊说：“南阳县缺个县长，你看，应该派谁去当比较合适呢?”

祁黄羊毫不迟疑地回答说：“叫解狐去，最合适了。他一定能够胜任的!”

平公惊奇地又问他：“解狐不是你的仇人吗？你为什么还要推荐他呢!”

祁黄羊说：“你只问我什么人能够胜任，谁最合适，你并没有问我解狐是不是我的仇人呀!”

于是，平公就派解狐到南阳县去上任了。解狐到任后，替那里的人办了不少好事，大家都称颂他。

过了一些日子，平公又问祁黄羊说：“现在朝廷里缺少一个法官，你看，谁能胜任这个职位呢?”

祁黄羊说：“祁午能够胜任的。”

平公又奇怪起来了，问道：“祁午不是你的儿子吗？你怎么推荐你的儿子，不怕别人讲闲话吗?”

祁黄羊说：“你只问我谁可以胜任，所以我推荐了他，你并没问我祁午是不是我的儿子呀!”

平公就派了祁午去做法官。祁午当上了法官，替人们办了许多好事，很受人们的欢迎与爱戴。

孔子听到这两件事，十分称赞祁黄羊。孔子说：“祁黄羊说得太好了！他推荐人，完全是拿才能做标准，不因为他是自己的仇人，心存偏见，便不推荐他；也不因为他是自己的儿子，怕人议论，便不推荐。像祁黄羊这样的人，才够得上说大公无私啦!”

* * * * * *

后来人们用“大公无私”形容一个人没有私心，只有公心，是赞美之词。

士别三日

三国时代东吴的吕蒙，可说是一个博学多才的人，周瑜死后，他继任东吴的都督，设计击败了蜀汉的关羽，派部将潘璋把关羽杀死后，不久他也死去。

吕蒙本来是一个没有什么学识的人。鲁肃见了他，觉得没有什么可取的地方。后来，鲁肃再遇见他时，看见他和从前完全不同，是那样威武，跟他谈起军事问题来，显得很有知识，使鲁肃觉得很惊异，便笑着对他开玩笑说："现在，你的学识这么好，既英勇，又有计谋，再也不是吴下的阿蒙了。"

吕蒙答道："人别后三天，就该另眼看待呀！"吕蒙的话，原文是"士别三日，刮目相待。"

* * * * * *

后来的人，便用"士别三日"这句话，来称赞人离开后不久，进步很快的意思。

上行下效

春秋时，齐景公自从宰相晏婴死了之后，一直没有人当面指出他的过失，因此心中感到很苦闷。

有一天，齐景公欢宴文武百官，席散以后，一起到广场上射箭取乐。每当齐景公射一支箭，即使没有射中箭靶的中心，文武百官都是高声喝彩："好呀！妙呀！""真是箭法如神，举世无双。"

事后，齐景公把这件事情对他的臣子弦章说了一番。弦章对景公说："这件事情不能全怪那些臣子，古人有话说：'上行而后下效。'国王喜欢吃什么，群臣也就喜欢吃什么；国王喜欢穿什么，群臣也就喜欢穿什么；国王喜欢人家奉承，自然，群臣也就常向大王奉承了。"

景公听了弦章的话，认为弦章的话很有道理，就派侍从赏给弦章许多珍贵的东西，弦章看了摇摇头，说："那些奉承大王的人，正是为了要多得一点赏赐，如果我受了这些赏赐，岂不是也成了卑鄙的小人了！"他说什么也不接受这些珍贵的东西。

* * * * * *

后人便用“上行下效”来形容上面的人喜欢怎么做，下面的人便也跟着怎么做。这成语含义是否定的，所以它形容的也一定是不好的事情了。

上下其手

春秋楚襄王二十六年，楚国出兵侵略郑国。以当时楚国的强大，弱小的郑国，实在没有能力抵抗的，结果，郑国遭遇到战败的厄运，连郑王颉也被楚将穿封戌俘虏了。战事结束后，楚军中有楚王弟公子围，想冒认俘获郑王颉的功劳，说郑王颉是由他俘获的。于是穿封戌和公子围二人便发生争执，彼此都不肯让步，一时没有办法解决。后来，他们便请伯州犁作公证人，判定这是谁的功劳。

伯州犁的解决办法本是很公正的，他认为要知道这是谁的功劳，最好是问问被俘的郑王。于是命人带了郑王颉来，伯州犁便向他说明原委，接着手伸二指，用上手指代表楚王弟公子围，用下手指代表楚将穿封戌，然后问他是被谁俘获的。郑王颉因被穿封戌俘虏，很是恨他，便指着上手指，表示是被公子围所俘虏。于是，伯州犁便判定这是公子围的功劳。

* * * * * *

“上下其手”这句成语便是出于这个故事，是表示违法作弊，颠倒是非的意思。

小时了了

汉朝末年（东汉），北海地方出了一个博学的人，名叫孔融，字文举，是孔子的二十世孙。他从小就很聪明，尤其长于辞令，小小年纪，已是在当时享有盛名了。他十岁时，跟他父亲到洛阳（今河南洛阳县），当时在洛阳担任司隶校尉一职的是很负盛名的李元礼，由于李氏的才名很重，因此在府中往来的人除了他的亲戚，其余都是当时有才名的人。如果不是名人去访，守门的人照例是不通报的。

年仅十岁的孔融，却大胆地去访问李元礼。他到府门前，对守门人说：“我是李元礼的亲戚，给我通报一下。”

守门人通报后，李元礼接见了他。李元礼问他说："请问你和我有什么亲戚关系呢?"孔融回答道："从前我的祖先仲尼（即孔子）和你家的祖先伯阳（指老子，老子姓李名耳，字伯阳）有师资之尊（孔子曾向老子请教过关于礼节的问题)。因此，我和你也是世交呀!"当时有很多宾客在座，李氏和他的宾客对孔融的这一番话都很惊奇。

其中有一个太中大夫陈韪，恰恰后到，在座的宾客将孔融的话告诉他后，他随口说道："小时了了，大未必佳。"聪明的孔融立即反驳他道："我想陈大夫小的时候，一定是很聪明的。"陈韪给孔融一句话难住了，半天说不出话来（见《世说新语》)。

* * * * * *

后来的人便引用这段故事中的两句话，将"小时了了"引为成语，来说明小孩子从小便生性聪明，懂得的事情很多。但因为下文有"大未必佳"一语，故这句成语的意思便变成了：小时虽然很聪明，一到长大了却未必能够成材的。

口蜜腹剑

唐玄宗（李隆基）的兵部尚书李林甫，论才艺，也还不错，一手字画都很好；但他却是一个心术不正、狡猾阴险的小人，为官更是一味迁就和迎合玄宗的意旨。不但如此，他还用些不正当的方法结交玄宗亲信的宦官和妃子，因此，他很得玄宗的宠信，一直在朝中做了十九年的官。李林甫和一般人接触也总是在外貌上表现出和人很友好，非常合作，嘴里并说尽所有可以说的、好听的、善意的话。可是实际上，他的性情和他的表面态度完全相反，他是一个非常狡猾阴险，常常使坏主意来害人的人。但是，坏人虽然有时可以得达害人的目的，逞奸谋于一时，日子久了，人家就发现了他这种伪善，于是大家便说他"口有蜜、腹有剑"。即是：口上甜甜蜜蜜，心中利剑害人。

唐朝还有一个做中书侍郎的李义府，平常的行动和表情，显得非常忠厚和温和；而且他不管和谁说话，总一定先自己咧开嘴笑，表现出十分诚恳和善良的样子。其实他的心地既刻薄，又奸诈，常使用阴险的计策害人。日子久了，人家也发现了他的这种假面具，就说他"笑里藏刀"。

像李林甫和李义府那样的人是非常可怕的，因为他们表里不一，若不小心，便要上当受害。所以"口蜜腹剑"这句成语也可作我们交友的戒言。

* * * * * *

“口蜜腹剑”和“笑里藏刀”虽出自两个人的两个故事，但其含义是相同的，都是形容人口是心非和表里不一致；外面表现得很好，很讨人好感，叫人愿意结交，而心里却是尽想些坏主意算计人、谋害人。

天衣无缝

古时候，有一个叫郭翰的年轻人，他的长相很英俊，而且也很有才华。

有一个夏天的夜晚，他在院子里的树下乘凉。

忽然间迎面吹来一阵凉风，凉风中并且带有一股香气。

他抬起头四处寻找，看见了一位美丽的仙女正从天上慢慢飘落下来。

郭翰很惊讶，于是就问这位仙女：“请问姑娘是什么人，到这里来做什么?”

仙女回答：“我是天上的织女，想到凡间游玩一下。”

郭翰发现她的衣服非常漂亮，而且全身上下一丝线缝都没有。

他觉得很奇怪，于是又问：“您的衣服怎么没有线缝啊?”

织女笑着回答：“我穿的不是凡间的衣服，而是天上的衣服。”

天衣不是用针线做成的，是没有衣缝的。

* * * * * *

后人就用“天衣无缝”来称赞那些完美无缺的事物，或用来指极其严密的行动或计划。

车载斗量

三国时期，西蜀和东吴发生战争，东吴渐渐抵抗不了西蜀，东吴派出赵咨向魏国求救。

当时吴国和魏国之间，也存在一些问题，但是，吴国仍然不得不去请求魏国的帮忙。

赵咨一到许都，魏文帝曹丕的态度十分傲慢，因为他瞧不起东吴。

于是，他故意问赵咨：“东吴像你这样的人才有多少啊?”

赵咨很有自信的回答：“我国聪明能干、文武双全的人，大概有八九十人。像我这么差的人，多得可以用车来载，用斗来量，实在数都数不完啊！”

赵咨的这一番话，得到曹丕和魏国大臣们的尊重，也终于让东吴获得帮助。

＊　＊　＊　＊　＊　＊

“车载斗量”形容多得无法计算，即言量大众多。

风吹草动

春秋时代，楚平王是个十分贪图美色的君王，大臣费无忌因为向其献上了秦国公主而得到他的宠信，后又听信费无忌的谗言，下令把伍奢抓起来，连伍奢的大儿子也一起被杀死。伍奢的二儿子伍子胥看情形不对，他赶紧逃命。一路上躲躲藏藏，有什么风吹或草摇动的声音，他都会被吓到。有一天，伍子胥来到江边，遇到一个渔翁，伍子胥把事实真相都告诉了他。后来，渔翁上岸帮他找吃的，伍子胥怕他去告密，就躲在岸上的芦苇丛里。等到渔翁一回来，发现他不在，就要他不用担心，快点出来，让他吃了一顿丰盛的晚餐。当伍子胥要走之前，还叮咛渔翁千万不要跟别人说起见过他的事情。渔翁见伍子胥怀疑自己，为了不让他担心，竟然投江而死。伍子胥非常难过，继续逃亡的生活。后来，他在吴国受到重用，掌握了吴国的军队，后又攻打楚国，报了杀父的深仇大恨。

＊　＊　＊　＊　＊　＊

“风吹草动”比喻微小的变动，有时也指危险的征兆，或变故发生之前的预兆。

风声鹤唳

西晋末年发生内乱，因为长期的动荡不安，最后西晋灭亡，琅邪王司马睿就在建康建立了东晋。

当晋朝渡江来到南方，胡人就霸占了北方，不过，北方后来被前秦全部占领，与江南的东晋对立。当时前秦的首领叫苻坚，他请汉人王猛当他的宰相，一心要让国家变得十分强盛。为了完成统一中国的心愿，苻坚就带着八十万大军攻打南方。晋朝的君臣一听到消息都非常害怕，只有丞相谢安十分镇定，从容不迫地安排打仗的事情。就在淝水这个地方，谢安趁前秦军队还没集合好且士气不高，迅速派兵渡河去偷袭前秦的军队。前秦因此输得很惨，士兵到处逃命，听到风声或鹤叫的声音，都以为晋军来了，非常害怕。在这场战役中，前秦的士兵伤亡惨重，同时决定了南北日后长期对峙的局面。

* * * * * *

“风声鹤唳”用来形容局势的紧张，惊慌疑惧，自相惊扰。

出奇制胜

齐湣王是个骄傲、喜欢享乐的人，齐国人民生活得很苦，于是齐国的邻国——燕国便派大将联合另外几个国家一同进攻齐国。齐国百姓恨透了齐湣王，因此都无心抗敌，士气也非常低落。后来，他们看到燕兵奸淫掳掠，想到国仇家恨无法忍受，都逃往莒城和即墨誓死抵抗。燕军攻了几年，一直都没有攻下莒城，于是只好转攻即墨城。即墨城中的守军知道大将田单是位足智多谋的勇士，于是就推举他为守城的大将军。聪明的田单想出了一个新的计谋，叫“火牛阵”。他先叫城内的商人，拿着金银珠宝偷偷送到燕军将领手中，并且要他们假装投降。燕军一听，以为即墨城里已经准备投降，一高兴就放松了警戒。没想到田单从城里收集来一千多头牛都披上五彩龙纹衣，双角上绑着尖刀，尾巴上绑着浸了油的苇束。一天晚上，部下们将火把点着牛尾巴上的草，牛被火烫到之后，就拼命往前跑。燕军从睡梦中惊醒，看到这一大群五彩怪兽，吓得惊惶失措，四处乱逃，他们有被牛撞死的、踢死的、被齐兵砍死的。田单又乘胜追击，最后收复了被燕军占领的七十多个城邑。

* * * * * *

“出奇制胜”指用别人意想不到的方式取得胜利，特指方式奇特而效果突出。

平步青云

魏国有一个叫范雎的人，他想说服魏王重用他，可惜却没有适当的机会。有一次，范雎随须贾到齐国去，齐王非常欣赏他的才华，便送了许多金钱和礼物给他。这一切让须贾十分嫉妒，回国后就禀报相国，说范雎私通齐国。相国听了就叫人把范雎抓了起来，把他打得遍体是伤，最后他只能装死才被门人救出来。他一直躲在一位好朋友——郑安平家里隐姓埋名，后来，郑安平把他介绍给秦王，秦王因他多次献良策有功，让他做了秦国的相国。范雎献策主张攻打魏国，魏王知道后很害怕，就派须贾去求和。须贾来到秦国相国府，他对范雎叩头说："我没料到您靠自己的能力，平步青云，做到相国职位。我犯了死罪，请把我送走吧，如今我的生死全在您的手上了。"

* * * * * *

"平步青云"形容升迁迅速。

居安思危

宋、齐等国联合攻打郑国，弱小的郑国知道自己兵力不足，于是请晋国做中间人，希望宋、齐等国家能够打消攻打的念头。其他国家因为害怕强大的晋国，并不想得罪晋国，于是纷纷决定退兵。为了答谢晋国，郑国国君就派人献给晋国许多美女与贵重的珠宝作为贺礼。收到这份礼物之后，晋悼公十分高兴，高兴之余将一半的美女赏给这件事的大功臣魏绛，没想到正直的魏绛一口拒绝，魏绛劝晋悼公说："现在晋国虽然很强大，但是我们绝对不能因此而大意。人在安全的时候，一定要想到未来可能会发生的危险，以避免失败和灾祸的发生。"晋悼公听完魏绛的话，知道他时刻都牵挂国家与百姓的安危，从此对他更加敬重。

* * * * * *

"居安思危"指在安全的情况下想到如何对付未知的、不可测的危险，形容对危险的警觉。

杯弓蛇影

晋朝人乐广曾经请朋友到家里喝酒，当那个朋友喝了一口酒，正准备把杯子放到桌上的时候，突然看见杯子里漂着一条小蛇，心里就有点不安，不过还是勉强喝了那杯酒。回家之后，那个朋友就生了病，乐广派人去问候他，才知道原因是他怀疑杯子里有小蛇。乐广很仔细地观察一遍他家，追究事情的缘由，后来，他发现墙上挂了一张弓，弓的影子倒映在酒杯里看起来很像一条小蛇。后来，他再把朋友请到家里，让他朋友看清楚墙上的弓，再请他看看杯子里的东西，最后，他朋友终于明白杯子里并没有小蛇的时候，病立刻就好了。

* * * * * *

"杯弓蛇影"一般用来形容一个人由于自身心理紧张而失去认知能力；比喻疑神疑鬼，妄自惊扰。

明目张胆

唐高宗时有一位大臣名叫韦思谦，做人正直，时常劝谏皇上，有话就会直说。他考上进士之后，被任命为应城县令，后来升为监察御史。有一次，他发现中书令（即宰相）褚遂良以低廉的价钱强行购买邻人田地，正直的韦思谦也不害怕他官位高，势力大，立刻上书举发他。因为证据明确，朝廷不好公开庇护大臣，只好把褚遂良调出京城，降职为同州刺史。过了一段时间，褚遂良又被重用，恢复了中书令的官职，褚遂良便找了理由报复韦思谦，把他贬到外省，当一名县官。有人替韦思谦打抱不平，暗中去慰问韦思谦，他仍然不改初衷，慷慨激昂。他正言道："大丈夫应该有话就说，明目张胆而不畏强权，致力报效国家。"

* * * * * *

"明目张胆"用来指胆大妄为，毫无顾忌，根本不在乎别人的监督和看法。

后生可畏

孔子周游列国时，曾见过一个小孩儿，举止言行很不一样。这孩子用泥土堆了一座城堡，坐在里面，挡住了孔子的路。孔子问他为什么挡住他的车，不让他过去？小孩儿说："只听说过车子绕城走，没听说城堡还要避车子的！"孔子非常惊讶，没想到孩子这么小却这么会说话。小孩儿说："听说鱼生下来三天就会游泳；兔子生下来三天就会跑了，有什么大小可言呢？"孔子一听非常感叹地说："真是后生可畏啊！"

* * * * * *

“后生可畏”指年轻人成长得很快势必超过前辈，令人敬畏，类似于长江后浪推前浪。

重蹈覆辙

东汉时，桓帝宠幸宦官，导致宦官互相勾结，垄断朝政，陷害忠良。李膺（即李元礼）和杜密等忠良大臣纠集太学生郭泰等人竭力铲除宦官。公元166年，宦官们在桓帝面前诬告李膺等人造反，桓帝听信谗言，下令把李膺等忠良大臣关进大牢，这就是历史上的“党锢之祸”。当时，窦武的女儿是皇后，窦武受封为侯爵，他为人正直，从不仗势欺人，他看到宦官的胡作非为，十分愤慨，上书对桓帝说：“如果再让宦官这样胡作非为下去，将会像秦朝二世一样。秦二世因为给宠臣太多权力，导致宠臣造反作乱，失去江山，陛下要吸取教训，别重蹈覆辙呀!”桓帝经过窦武提醒，认识到自己的错误，于是就放了李膺等人，结束了“党锢之祸”。

* * * * * *

该成语提醒人们不应该犯同样的错误，要对以往的失误保持警惕。

一诺千金

秦朝末年，楚地有一个叫季布的人，他个性耿直，讲信用，大家都很尊敬他。他曾在项羽军中当过将领，多次打败刘邦。当刘邦当上皇帝时，便下令捉拿季布。刘邦说：凡是抓到季布的人，赐黄金千两，藏匿者要遭到灭门三族的惩罚。可是，季布为人正直而且时常行侠仗义，所以大家都想保护他。起初季布躲在好友的家中，过了一段时间，捉拿他的风声更紧了，他的朋友就把他的头发剃光，化装成奴隶卖给了鲁地的朱家当劳工。朱家主人很欣赏季布，为他说情，希望能撤销追杀季布的通缉令。后来刘邦果真赦免了季布，而且还给了他一个官职。季布的同乡曹邱生，喜欢和有权有势的人来往，就托人写信给季布，希望和他交朋友，可是季布一见到他就很反感，根本不想理会曹邱生。但他却说：“‘得黄金一百，不如得季布一诺’，这句话是我宣扬的结果，您为什么拒绝见我呢?”季布听完曹邱生的话，非常高兴，顿时改变了态度，而将他当作上宾来招待。

* * * * * *

“一诺千金”用来形容承诺的重要性，也指某个人非常讲信用。

差强人意

吴汉是刘秀的一个部下，平常不太喜欢说话，个性也是直来直去，开始，刘秀没有很注意他，后来听到一些将军的称赞才开始注意吴汉。后来，刘秀拜他做了大将军，从此以后，吴汉帮刘秀打了许多次胜仗，立下不少功劳。吴汉不但勇敢，对刘秀也十分忠心，每次出外行军作战，总是紧紧跟着刘秀，只要刘秀没睡，他也就恭敬地站在一旁，不肯先睡。偶尔战败，每个人都很沮丧，吴汉总是鼓励大家不要悲观，应该振作起来，继续作战。有一次，刘秀战败，心情不是很好，其他将军也失去斗志。可是吴汉却和士兵们一起整理武器，检阅兵马。刘秀知道后，看着眼前这些垂头丧气的将军，感叹地说：“总算还有吴将军还能振奋我军人心，有他就算有一国了。”

* * * * * *

“差强人意”意指还能振奋人们的意志，也可用以形容只勉强说得过去，但也不是特别让人满意。

家徒四壁

汉代司马相如是当时一个有名的才子，不过他的家境很不好。有一天，大财主卓王孙邀请他到家里吃饭，顺便让司马相如表演他的琴艺。卓王孙的女儿名叫文君，对音乐很有兴趣。司马相如在宴会上的琴声便打动了卓王孙的这位新寡女儿文君，当天晚上，卓文君就离家出走到司马相如住的旅舍，两个人一起回到成都。可是回到司马相如的家，屋子里除了四面墙壁外，根本没有任何东西，他们生活得十分艰辛，靠着朋友的帮忙，才在卓王孙家的附近开了一间酒店。没多久，邻居们都晓得，卓王孙的女儿居然在街上卖酒！卓王孙认为女儿伤风败俗、有辱家门，十分生气，既不给他们经济上的援助，也不来见他们。

* * * * * *

“家徒四壁”用来指穷到了极点，家里已经没什么东西了。

南柯一梦

淳于棼是唐代人。有一次，他喝醉酒，倒在庭院的槐树下睡着了。他梦见，槐安国请他去做南柯郡的太守，国王还把公主嫁给了他，淳于棼把南柯治理得很好，国王也很欣赏他，他的子女也都很显赫。后来，檀萝国攻打南柯郡，淳于棼的军队输了，接着他的妻子也因重病死了，这一切的不幸，让淳于棼不想在南柯郡继续住下去，就回到京城。在京城里，有人说淳于棼的坏话，国王没有查证，还把他送回原来的家乡。一离开槐安国，淳于棼就醒了，才知道原来这是一场梦。

不久，淳于棼发现庭院里的槐树下有一个蚂蚁洞，洞里有泥土堆成的宫殿和城池。他恍然大悟，梦中所见到的槐安国，就是这个蚂蚁洞，槐树的树枝，就是南柯郡。淳于棼想起梦里南柯的一切，觉得人世无常，富贵功名实在很容易就消失，他最后就归隐道门了。

* * * * * *

“南柯一梦”用来形容人世的变化与沧桑，有看破红尘之意。

大义灭亲

卫庄公的爱妾有个儿子叫州吁，从小就很受宠爱，可是他不务正业，整天只喜欢舞刀弄枪。而当时，大夫石碏也有个儿子名石厚，与州吁臭味相投，两个人关系很好。后来卫庄公死了，公子完继位为卫桓公。此时，石碏因年纪老迈又不满州吁的作为，便告老还乡。一天卫桓公要到洛邑去见周王，州吁和石厚便借送行杀死了卫桓公，夺取了王位。可是他们不得人心，于是他们商量找石碏帮助，以安抚民心。石碏告诉儿子说：“你们只要去请陈桓公帮你们在周王面前说说，得到周王的同意就好了。”于是石厚和州吁，带上礼物赶往陈国。这边石碏暗中写信密告陈桓公，让他帮捉拿杀君王的凶手，当石厚和州吁来到陈国时就被抓起来了。接着陈王派人去问怎么处置这两个凶手，石碏就说：“这小子不忠不孝，留他又有什么用?”于是叫人把他杀了。

* * * * * *

“大义灭亲”便是指为了维护正义，对犯罪的亲属不徇私情，使受到应得的惩罚。

夜郎自大

汉朝的时候，在西南方有个名叫夜郎的小国家，它虽然是一个独立的国家，可是国土很小，百姓也少，物产更是少得可怜。但是在邻近地区，夜郎国面积最大，所以夜郎国国王就以为自己的国家是天下最大的国家。有一天，夜郎国国王与部下巡视国境时，他指着前方问：“这里哪个国家最大呀?”部下们为了迎合国王的心意，于是就说：“当然是夜郎国最大呀!”走着走着，国王问：“天底下还有比这座山更高的山吗?”部下们都说没有。后来到了河边，国王又说：“这是世界上最长的河川。”部下们仍然附和国王。从此以后，无知的国王就更相信夜郎是天底下最大的国家。有一次，汉朝派使者来到夜郎国，国王问使者：“汉朝和我的国家比起来哪个大?”使者一听吓了一跳，他没想到这个小国家，竟然无知的自以为能与汉朝相比。骄傲又无知的国王并不知道自己统治的国家只和汉朝的一个县差不多大。

* * * * * *

“夜郎自大”形容骄傲得不知天高地厚，有讽刺的意思。

画龙点睛

南北朝时期的梁，有位很出名的大画家名叫张僧繇，他的绘画技术很高超。当时的皇帝梁武帝信奉佛教，修建的很多寺庙，都让他去作画。有一年，梁武帝要张僧繇为金陵的安乐寺作画，在寺庙的墙壁上画四条金龙，他答应下来，仅用三天就画好了。这些龙画得栩栩如生，惟妙惟肖，就像真龙一样。张僧繇画好后，吸引了很多人前去观看，都称赞画得好，太逼真了。可是，当人们走近一点看，就会发现美中不足的是四条龙全都没有眼睛，大家纷纷请求把龙的眼睛点上。张僧繇说：“给龙点上眼珠后，这些龙会破壁飞走的。”大家听后谁都不相信，认为很荒唐，墙上的龙怎么会飞走呢?张僧繇被逼得没有办法，不得不答应给龙“点睛”。这一天，张僧繇当着众人的面，提起画笔，轻轻地给两条龙点上眼睛。他刚点过第二条龙眼睛，突然天空乌云密布，狂风四起，电闪雷鸣，在雷电之中，人们看见被“点睛”的两条龙震破墙壁凌空而起，张牙舞爪飞向天空。过了一会儿，云散天晴，人们被吓得目瞪口呆，一句话都说不出来了，再看看墙上，只剩下了没有被点上眼睛的两条龙，而另外两条被“点睛”的龙不知去向了。

* * * * * *

“画龙点睛”比喻说话或写文章，在主要处用关键而精辟的一两句话点明要旨，内容就会更加生动。

囫囵吞枣

传说从前有一个老先生，家中很有钱。有一次，他到市场上买了好多水果，有梨、苹果、枣子等，这个老先生就坐在市场旁大吃起来。他一会儿吃梨子，一会儿吃枣子。他正吃得高兴，有一位医生从这里路过，就说：“梨不可多吃，它对牙齿有好处，但会伤脾的。”老先生听医生这么一说，就不再吃梨，而是一个接一个地吃枣子。医生说：“红枣虽然对脾有好处，但你吃多了会伤牙的，所以也不能多吃。”老先生听了这些话后，不知如何是好，梨和枣子都不敢吃了，呆呆地坐在那里，过了一会，他兴奋地说：“我有办法了，这样做既不会伤脾，又不会伤牙齿。”医生听他这么说，有些莫名其妙，就请他说出来。老先生说：“吃梨只用牙齿咀嚼，不咽到肚子里；吃枣时一口吞下，这样既不伤牙，又不伤脾。”他说完，就把红枣一个一个地扔进嘴里，不经过咀嚼，囫囵地吞下去了。过了一会，老先生的肚子就痛起来。医生说：“你把枣囫囵吞下去，肠胃不消化吸收，对脾也没有好处。”

* * * * * *

“囫囵吞枣”比喻对所学、所用的东西不加分析、思考、不求消化理解而笼统地接受。

外强中干

春秋时代的晋献公死后，晋公子夷吾结束逃亡生活，回到晋国继承王位。在夷吾的逃亡生涯中，曾经答应过秦穆公将来报答救命之恩。他说过，若是有一天自己能够当上国君，就把五座城镇割让给秦国。可是，当上国君之后的夷吾并没有实现诺言。后来秦国发生饥荒，晋惠公也没有伸出援手帮助秦国，秦穆公为此怀恨在心。后来，秦穆公发兵攻打晋国，很快就打到晋国的一个城镇。为了抵抗强大的秦军，晋惠公亲自领兵抵抗。他下令拉战车的马，一定要用郑国的骏马。有位大臣说："郑国的马看起来强壮，但却很虚弱，打起仗来一紧张就会不听指挥。"但是晋惠公不听大臣的劝告，果然，他的马车不听指挥，而晋惠公也当了俘虏。

* * * * * *

"外强中干"意指表面看起来很强大，实际上很不中用，讽刺表面文章。

各自为政

郑国与宋国一直不合，两个国家之间常常发生战争。有一次，郑国又准备出兵攻打宋国，宋国派出大元帅华元为主将，率领军队迎战敌人。在两批人马交战前，华元为了鼓舞士气，于是下令宰杀牛羊，准备好好犒赏将士们。忙乱中，华元一时大意忘了分给他的马夫一份，马夫心想自己做牛做马，却什么都没得到，越想越不是滋味，于是怀恨在心。两国军队正式开始交战。马夫对华元说："分发羊肉不公平的事你说了算，但是驾车的事由我做主。"说完后，他就把战车赶到郑军阵地中，堂堂宋军主帅就这样轻轻松松被郑军活捉了。而宋国军队也因为失去了主帅，乱了阵脚，因而被郑国打败了。

* * * * * *

"各自为政"形容没有团队精神和协作意识，不会相互配合。

汗流浃背

有一天汉文帝想了解一下国家与人民百姓的事情，他就把右丞相周勃找来。汉文帝问他："全国一年之中要审理、判决的大大小小案件一共有多少件?"周勃一听愣了一下，低着头，回答说不知道。文帝又问："那么全国上下每年收入和支出的金钱又是多少?"周勃急出一身冷汗，汗水多得把脊背的衣服都弄湿了，因为他还是回答不出来。汉文帝又问左丞相陈平。陈平说："这些事情都分别有掌管的人，只要把他们都找来，一问就知道了。"汉文帝听了点点头，对陈平的回答十分满意。事后周勃感到非常羞愧，觉得自己反应、机智都不如陈平，于是辞去了官职。

* * * * * *

"汗流浃背"这里指极度惶恐，非常惭愧。也可以用来形容干活非常卖力气。

曲高和寡

战国时，楚国大夫宋玉才能很高，但是他写的文章太深奥，许多人都看不懂，有些人因此不满，背后说他为人孤傲。楚王听到后问他："人们对你不满意，是不是你的行为哪里不端正，要好好检讨一下!"宋玉非常聪明，而且能言善辩，他给楚王讲了一个故事："有个人唱歌，先唱'下里''巴人'等这样的通俗民谣，人们都很熟悉，就跟着唱起来。后来，他唱起'阳阿''薤露'等意境深的曲子，只有一些人能跟着唱。后来，他开始唱'阳春''白雪'这些高深的曲子时，只剩下十几人跟着唱。最后他唱起用商调、羽调和征调谱成的曲子时，只剩下两三个人能听懂，并跟着唱。"他想让楚王明白曲子越深，跟着唱的人就越少。宋玉用这个事例比喻自己的文章深奥，有些人看不懂，才会招来他们的非议。楚王听了这一番话，也就无话可说了。

* * * * * *

"曲高和寡"用来指高深到了没有人能理解和配合的程度，有时也指过于高雅，脱离实际。

如鱼得水

三国时期，曹操的实力很强大，刘备在还没有做皇帝之前，被迫依附于刘表的军队，并且驻守在新野，可是刘备是个胸怀大志的人，他并不想长久寄人篱下，只做别人的军师。正好这个时候徐庶向他推荐诸葛亮是个难得的人才，刘备决定要招纳诸葛亮。为了请诸葛亮协助自己获得天下，刘备曾经三次亲自到他住的茅庐拜访他。诸葛亮看到刘备这么诚恳，最后才同意与刘备见面。刘备向他请教许多治理国家的方法，诸葛亮先仔细分析了当时的情势，最后他建议刘备先占据荆州，这样才能有机会和曹操、孙权鼎足而立，互相抗衡。刘备很欣赏诸葛亮的见解，而且和诸葛亮的感情逐渐加深。刘备对关羽及张飞两人说："我得到孔明的辅助，就好像鱼得了水一样高兴。"

* * * * * *

"如鱼得水"用来比喻得到跟自己十分投合的人或对自己很合适的环境，从而做事顺风顺水，没有任何障碍。

死里逃生

从前楚国有个人叫次非，在一次机会中得到一把宝剑，便高兴地渡河回家。当船划到河中心的时候，突然出现两条蛟龙，绕着他的船兴风作浪。船上的人都吓坏了，不知道该怎么办，次非却镇静地问船夫："照这样下去的话，全船的人不是等死吗?"。船夫消极地说："这注定必死无疑，还能有什么办法呢?"次非说："以前丢了性命的人就是因为他们虽然有武器，但不敢和蛟龙拼命。"次非一说完话，立刻拔出宝剑跳进江里，杀了这两条蛟龙。全船的人也就得救了。

* * * * * *

"死里逃生"用来指以极危险的境地中逃过劫难，生还来之不易。

先发制人

秦朝末年，为了反抗暴政，各地人民纷纷起义，其中又以陈胜和吴广率领的百姓起义军声势浩大。当时有个叫殷通的会稽郡守也想趁机推翻秦朝，他请来当时在吴县避难的项梁和项羽叔侄两人共商大事。项梁和项羽在当地结交了许多知名人士和有才智的人，他们俩人也都熟悉兵法，因此很受当地百姓的敬仰。项梁对殷通说："现在各地义军纷纷起义，所以现在正是消灭秦国的最好机会，当然先发动起义的人就可以得到先机，我们应该早点起义才是。"项梁看出殷通性格懦弱，难成大事，于是就叫项羽把他杀死，并收服了他的部下。另一方面，他又不断征集人马，壮大军队，并且打出灭秦的旗号。而项羽就是后来历史上赫赫有名的"西楚霸王"。

* * * * * *

"先发制人"指在别人采取行动前自己首先行动，强调主动出击。

自食其果

宋朝时期，有位大官名叫丘濬的人去拜访一位和尚。和尚看见丘濬的打扮不像是做官的人，于是对他不理不睬，态度非常不礼貌。这个时候，来了位高级军官的儿子，那位和尚看他穿着打扮非常气派，便立刻满脸笑容、毕恭毕敬地走上前招待，丘濬看到这一切很生气。待军官的儿子离开后，他愤怒地问和尚："你为什么对我这样不客气，而对他又那么好呢?"和尚口才很好，说："你误解了！我表面上对他客气，但内心未必对他客气。"这时丘濬手中刚好有支拐杖，一怒之下，向和尚的头上打去。打完后，说道："按照你的逻辑，打你就是爱你，不打你就是恨你，那么我只好打你了。"

* * * * * *

"自食其果"往往作为贬义词来使用，指自作自受。

死灰复燃

西汉时，韩安国是汉景帝与梁孝王身边一个很受宠信的人。但是他年轻的时候，也曾经发生过一段曲折的故事。由于受到某件事的牵连，他被送进监狱等最后的判决下来。在监狱里有一个叫田甲的看守，对他非常不礼貌，常常毫不留情地羞辱他。有一次安国被欺负得太过分，他告诉田甲说：“你不要以为我这辈子就没有出人头地的一天了，暂时熄了火的灰烬，难道就没有可能再烧起来吗？”田甲得意地说：“如果会的话，我一定会浇熄它。”

可是，过了不久，安国无罪释放，而且还当上了大官。这时，田甲不得不弃官逃跑了。

* * * * * *

“死灰复燃”这里比喻失势的人重新得势，现在多指已经过去了的危险再次出现，比喻危险时刻存在。

约法三章

秦二世是个昏庸无能的皇帝，他不但信任奸臣赵高，而且还杀了许多忠心的大臣。老百姓都过得很不好，因此，到处都有人起来反抗，刘邦和项羽就是归属在楚怀王的军队中。有一天，楚怀王对刘邦和项羽说：“你们谁要是先进入关中，谁就可以称王。”于是，刘邦和项羽分别带着军队兵分两路出发。一路上，刘邦没有受到什么阻力，还打了几场胜仗，顺利地进了关中。

刘邦一进入咸阳城后，贪酒好色，一直待在宫里不肯出来，完全忘了自己的目的。不久张良前去劝他，他才恍然大悟，赶快召集关中父老、英雄们开会做了三个约定。约定是：杀人者死，伤人及盗者治罪，除了这三条，剩下的秦朝法律都一律废除。所有的官吏和以前一样平安无事，百姓们得知也都很高兴，四处宣传。

刘邦就是这样很顺利的赢得了关中的人心。

* * * * * *

“约法三章”指订立三条法律条款。后用于指简单的协议约定。

投笔从戎

班超是东汉一个很有名气的将军，他从小就很用功，对未来也充满了理想。有一天，他正在抄写文件的时候，突然觉得很闷，忍不住站起来，丢下笔，边走边自言自语地说："大丈夫应该像傅介子和张骞两个人，在异地立下功劳，怎么可以在这种抄抄写写的小事中浪费生命呢?"傅介子和张骞两个人，生在西汉，曾经出使西域，替西汉立下无数功劳。班超决定学习傅介子、张骞，为国家奉献自己。后来，他当上一名军官，在对匈奴的战争中，得到胜利。接着，他建议和西域各国来往，以便共同对付匈奴。朝廷采取他的建议，就派他带着数十人出使西域。在西域的三十多年中，他靠着智慧和胆量，克服各式各样的危机。班超一生总共到过五十多个国家，为西域回归、促进民族融合有突出贡献，同时宣扬了汉朝的国威。

* * * * * *

"投笔从戎"指扔掉笔杆参军打仗，形容国家危急时的弃文从武行为。

两败俱伤

从前有两个人，一个叫管庄子，另一个叫管与。有一次他们一起外出打猎，看见两只老虎为了抢人肉吃而打起来，管庄子迫不及待想杀了那两只老虎，管与马上阻止他，让他静静地观望一会儿，管庄子不明白管与的意图，感到莫名其妙。管庄子悄悄地说："老虎很喜欢吃人肉，人肉可以说是它们的美食，现在两只老虎都抢着吃人肉，一定会争得你死我活，力气比较小的那只肯定会被比较强的那只咬死。最后，比较强的那只也一定会伤痕累累。等到那时候，我们不用花什么力气就可以把两只老虎都打死，这不是做了一件事就能获得双倍好处吗?"果然，两个人很轻松地就把两只老虎抓住了。管庄子由此深深地佩服管与的沉稳。

* * * * * *

"两败俱伤"指斗争的结果对争斗双方都不利，一般用来告诫人们轻易不要发生冲突。

沧海桑田

从前有两个仙人，王远和麻姑，他们相约到蔡经家去饮酒。到了约定的那天，王远在一批乘坐麒麟的吹鼓手和侍从的簇拥下，显得威风凛凛。王远一行降落在蔡经家的庭院里后，簇拥他的那些人一会儿全部隐没了。王远等了好久还不见麻姑到来，便朝空中招了招手，吩咐使者去请她。使者在空中向王远禀报说："麻姑命我先向您致意，她说已有五百多年没有见到先生了。此刻，她正奉命巡视蓬莱仙岛，稍待片刻，就会来和先生见面的。"没多久，麻姑从空中降落下来了，她的随从人员只及王远的一半。麻姑看上去似人间十八九岁的漂亮姑娘，她蓄着长到腰间的秀发，光彩耀目。麻姑和王远互相行过礼后，王远就吩咐开宴。席上的用具全是用金和玉制成的，珍贵而又精巧；里面盛放的菜肴，大多是奇花异果，香气扑鼻。席间，麻姑对王远说："自从得了道接受天命以来，我已经亲眼见到东海三次变成桑田。刚才到蓬莱，又看到海水比前一时期浅了一半，难道它又要变成陆地了吗?"王远叹息道："是啊，圣人们都说，大海的水在下降。不久，那里又将扬起尘土了。"宴饮完毕，王远、麻姑各自召来车驾，升天而去。

* * * * * *

"沧海桑田"是比喻世界上的事变化极大，常用在文学作品中感慨世事变迁。

卧薪尝胆

春秋时期，吴王夫差凭着自己国力强大，领兵攻打越国，结果越国战败，越王勾践被抓到吴国。吴王为了羞辱越王，因此派他看墓与喂马做这些奴仆要做的工作。越王心里虽然很不服气，但仍然极力装出忠心顺从的样子，吴王出门时，他走在前面牵着马；吴王生病时，他在床前尽力照顾，吴王看他这样尽心伺候自己，觉得他对自己非常忠心，最后就允许他返回越国。越王回国后，决心洗刷自己在吴国当囚徒的耻辱。为了告诫自己不要忘记复仇雪恨，他每天睡在坚硬的木柴上，还在门上吊一颗苦胆，吃饭和睡觉前都要品尝一下，为的就是要让自己记住教训。除此之外，他还经常到民间视察民情，替百姓解决问题，让人民安居乐业，同时加强军队的训练。经过多年的艰苦奋斗，越国变得国富兵强，于是越王亲自率领军队进攻吴国，也成功取得胜利，吴王夫差在战败后自杀。后来，越国又趁胜进军中原，成为春秋末期的一大强国。

* * * * * *

“卧薪尝胆”用来形容一个人忍辱负重，发愤图强，终能够苦尽甘来。

纸醉金迷

唐朝时有一个高明的医生叫孟斧。他住在国都长安，经常被请到宫中帮皇帝和妃子们治病。因为经常出入皇宫，所以他对皇宫的一切很熟悉，尤其孟斧看到皇宫里的人们总是过着荒淫奢侈的华丽生活，更是印象深刻。

后来黄巢领导的起义军叛变攻打长安，他吓得急忙逃出长安，躲到四川。在四川，孟斧因为想念皇宫中的生活，他就根据记忆，模仿皇宫的装饰布置自己的家。

他把家中布置得跟皇宫一样华丽，其中有一间光线很好的房间，孟斧把房间里所有东西的表面，全部都糊上一层黄金做成的薄纸。在阳光的照射下，满屋子金光闪闪，让人觉得像是住在金子做成的屋子里。所有到过这屋子的人都说：“在这个屋子里休息一会儿，就会沉迷陶醉在满屋的金纸里。”

* * * * * *

“纸醉金迷”用来形容生活的奢侈豪华，或昏庸挥霍而没有节制。

借花献佛

从前有一个小镇，闹蝗虫闹得很厉害，不管种什么植物都长不好，而且加上常常有猛兽下山吃鸡鸭，让镇上的人们感到很不安，因此释迦牟尼佛特地从天上降临人间，施展佛法收拾了蝗虫，也驯服了猛兽。镇上的人十分感谢佛祖。

其中有一位穷人特地为佛祖献上一束鲜花。送花的人穿着破烂的衣服，浑身脏兮兮的，却捧着一束美丽的鲜花。释迦牟尼忍不住说：“你家需要我帮忙吗？”献花人说：“佛啊，我不敢欺骗您，我家里是很穷没错，就连这束花都是我去借来的，这可是我的一片诚心，所以，请您一定要收下。”释迦牟尼十分感动，便让镇上所有的穷人都摆脱了贫穷，从此大家过着幸福的日子。

* * * * * *

“借花献佛”指借别人的东西来达到自己的目的，比喻用别人的东西做人情。

防微杜渐

东汉和帝即位后，窦太后专权，她的哥哥窦宪官居大将军，任用窦家兄弟为文武大官，掌握着国家的军政大权。看到这种现象，许多大臣心里很着急，都为汉室江山担忧，大臣丁鸿就是其中的一个。

丁鸿很有学问，对经书极有研究。对窦太后的专权他十分气愤，决心为国除掉这一祸根。几年后，天上发生日蚀，丁鸿就借这个当时认为不祥的征兆，上书皇帝，指出窦家权势对于国家的危害，建议迅速改变这种现象。和帝本来早已有这种打算，于是迅速撤了窦宪的官，窦宪和他的兄弟们因知罪责难逃而自杀。

丁鸿在给和帝的上书中，说皇帝如果亲手整顿政治，应在事故开始萌芽的时候就注意防止，这样才可以消除隐患，使得国家能够长治久安。

* * * * * *

“防微杜渐”指在坏事刚露头时就加以防备，并考虑长远的计划，也提醒人们注意日常生活中微小的失误或者错误，对细节小事不可大意。

一叶障目，不见泰山

楚国有个书生，由于生活贫穷，很想找到一条发财的门路。

他读到一本书，书上说：“螳螂捕蝉时用树叶遮蔽自己的身体，可以用这种方法来隐蔽自己的形体”他信以为真，整天在树下抬头望着。嘿！他终于看到了一只螳螂躲在一片树叶后面，正准备捕捉知了呢！他连忙把那片树叶摘下来。不料那片树叶掉下来，混在地上的落叶里，再也辨认不出了。他只好把所有的树叶扫回家来，一片一片地试。他用树叶遮住自己，问妻子：

“你看得见我吗?”妻子总是说:“看得见!”后来,妻子被他问得厌烦了,随口答了一声:“看不见!”他马上带着这片树叶,去集市,光明正大地拿人家的东西,结果被人家扭送到衙门去了。县官经过审问,忍住笑,说:“你真是一叶障目,不见泰山呀!”

* * * * * *

“一叶障目,不见泰山”告诫人们看问题要全面系统,不能被局部所蒙蔽。

宾至如归

春秋时,郑国大夫子产奉郑简公之命出访晋国,带去许多礼物。当时,正遇上鲁襄公逝世,晋平公借口为鲁国国丧致哀,没有迎接郑国使者。子产就命令随行的人员,把晋国宾馆的围墙拆掉,然后赶进车马,安放物品。

晋平公得知这一消息,吃了一惊,派大夫士文伯到宾馆责问子产。士文伯说:“我国是诸侯的盟主,来朝会的诸侯官员很多,为了防止盗贼,保障来宾安全,特意修建了这所宾馆,筑起厚厚的围墙。现在你们把围墙拆了,其他诸侯来宾的安全怎么办呢?我国国君想知道你们拆围墙的意图是什么?”

子产回答说:“我们郑国是小国,需要向大国进献贡品。这一次我们带了从本国搜罗来的财产前来朝会,偏偏遇上你们的国君没有空,既见不到,也不知道进见日期。我听说过去晋文公做盟主的时候,自己住的宫室是低小的,接待诸侯的宾馆却造得又高又大。宾客到达的时候,样样事情有人照应,能很快献上礼品。他和宾客休戚与共,你不懂的,他给予教导;你有困难,他给予帮助。宾客来到这里就像回到自己家里一样。可是,现在晋国的宫室有好几里地面,而让诸侯宾客住的却像奴隶住的屋子。门口进不去车子,接见又没有确切的日期。我们不能翻墙进去,如果不拆掉围墙,让这些礼物日晒夜露,就是我们的罪过了。如果让我们交了礼物,我们愿意修好围墙再回去。”

士文伯把情况报告了晋平公,平公感到惭愧,马上接见子产,隆重宴请,给了丰厚的回赠,并下令重新建造宾馆。

* * * * * *

“宾至如归”用来比喻待客的热情,接待朋友要让人感觉像到家一样。

黔驴技穷

过去黔地这个地方没有驴。有个多事的人用船运来了一头驴，运来后却没有什么用处，就把驴放到山脚下。

一只老虎看见了驴，以为这个躯体高大的家伙一定很神奇，就躲在树林里偷偷观察着，后来又悄悄走出来，小心翼翼地接近驴，不知道驴子的底细。

有一天，驴叫了一声，大虎大吃一惊，远远躲开，以为驴要咬自己了，非常恐惧。然而，老虎反复观察以后，觉得驴并没有什么特殊本领，而且越来越熟悉驴的叫声了。

老虎开始走到驴的前后，转来转去，还不敢上去攻击驴。以后，老虎慢慢地逼近驴，越来越放肆，或者碰它一下，或者靠它一下，不断冒犯它。驴非常恼怒，就用蹄子去踢老虎。

老虎心里盘算着："你的本事也不过如此罢了!"非常高兴。于是老虎腾空扑去，大吼一声，咬断了驴的喉管，啃完了驴的肉，才离去了。

唉！那驴的躯体高大，好像有力量；声音洪亮，好像有本事。

* * * * * *

该故事引申出成语"黔驴技穷"，比喻仅有的一些拙劣的本领也用完了。

手足情深

长安城里，有一户人家，父亲带着三个儿子过活，不幸的是，有一天，父亲病重过世。

老大田真拉扯两个兄弟慢慢长大成人。兄弟三人成年后，想到也该各自独立生活了，于是，便商量着分家另过。

三兄弟平日里相互友爱，情同手足，分家的事，大家毫无争议，所有的财产，统统分成三份，每人各得一份。

院子里有一棵生长多年的紫荆树却不知该如何分才能公平。三个人你看我，我看你，都没有了主意，大哥田真主动让给两兄弟，两兄弟也谁都不肯独占这棵紫荆树，最后，实在没有主意，兄弟三人只好决定把树从上到下分成三截，每人取一段。这样的分法可谓公平分配，谁都没有意见，说好了，第二天砍树分树。

第二天一大早，兄长田真提着斧子和锯来到院子里，抬头一看，愣住了——昨天还好好的一棵紫荆树，今天怎么像是要枯死的样子？叶子全都枯萎了，枝条也像被烧过一样，干裂粗糙。

田真连忙去唤两位兄弟，二兄弟随大哥来到院子里一看，也都愣住了。这究竟是怎么回事呢？兄弟三个相对无言，木偶一样愣在那里。

好一会儿，大哥田真忽然拍了拍脑袋，对两兄弟说："我想是不是不愿意我们把它砍倒分开？"

两个兄弟也似有所悟地喊道："不错！不错！一定是这么回事。"

田真对两兄弟说道："两位兄弟，看了这紫荆树的变化，难道我们不觉得伤心和惭愧吗？这棵紫荆树在我们家院子里生活了几十年，它亲眼看着我们兄弟三个长大成人。它不愿意把同根生长的根茎、树干和树梢分割开来，所以听了我们砍树的想法便很有灵性地表现出它的伤感，从而也教育我们同母所生的亲兄弟如同手足不可分割。"

三兄弟至此不再想分树的事，连家产也不分了，大家和和气气地生活在一起。紫荆树也奇迹般地恢复了生机，比以前长得更加繁茂。

* * * * * *

"手足情深"特指兄弟姐妹之间浓厚的亲情，强调亲情的力量。

以德报怨

梁国边境靠近楚国的地方有一个小县，一个叫宋就的大夫被派往这个小县去做县令。

两国交界的地方住着两国的村民，村民们都喜欢种瓜。这一年春天，两国的边民又都种下了瓜种。

不巧这年春天，天气比较干旱，由于缺水，瓜苗长得很慢。梁国的一些村民担心这样旱下去会影响收成，就组织一些人，每天晚上到地里挑水浇瓜。

连续浇了几天，梁国村民的瓜地里，瓜苗长势明显好起来，比楚国村民种的瓜苗要高不少。

楚国的村民一看到梁国村民种的瓜长得又快又好，非常嫉妒，有些人晚间便偷偷潜到梁国村民的瓜地里去踩瓜秧。梁国村民十分气愤，告到县令那里，嚷着要去报复。

宋县令忙请村民们消消气，让他们都坐下，然后对他们说："我看，你们最好不要去踩他们的瓜地。"

村民们气愤已极，哪里听得进去，纷纷嚷道："难道我们怕他们不成，为什么让他们如此欺负我们？"

宋就摇摇头，耐心地说："如果你们一定要去报复，最多解解心头之恨，可是，以后呢？他们也不会善罢甘休，如此下去，双方互相破坏，谁都不会得到一个瓜的收获。"

村民们皱紧眉头问："那我们该怎么办呢？"

宋就说："你们每天晚上去帮他们浇地，结果怎样，你们自己就会看到。"

村民们只好按宋县令的意思去做，楚国的村民发现梁国村民不但不记恨，反倒天天帮他们浇瓜，惭愧得无地自容。

这件事后来被楚国边境的县令知道了，便将此事上报楚王。楚王原本对梁国虎视眈眈，听了此事，深受触动，甚觉不安，于是，主动与梁国和好，并送去很多礼物，对梁国有如此好的官员和国民表示赞赏。

梁王见宋就为两国的友好往来立了功，也下令重重地赏赐宋就和他的百姓。

* * * * * *

"以德报怨"是指用善良来化解怨恨，形容一个人的道德境界。

吝公惜驴

有一个老汉吝啬得出了名，虽然一辈子攒了很多钱，却从来舍不得用，唯有用这些钱放债他才肯拿出来。放债得了更多的钱，于是他的积蓄越来越多。

尽管如此，老汉还是粗茶淡饭，省吃俭用，一家老小怨气满腹，可也没人敢说什么。

老人年纪越来越大了，身子骨也不似往年了，每次出去讨债、放债，常常累得浑身像要散了架。别人要替他去，他又不放心，生怕别人会损失了他的钱财。

一天，儿子对他说："父亲，您每次外出，疲劳不堪，不如买头驴，骑着驴出门会轻松一些的。"

吝老汉拿出钱来，数过来数过去，想到要花那么多的钱才能买一头驴，心里怎么也舍不得。

又过了些日子，一天，老汉外出遇上雨，走了一夜的山路才赶回家，淋了雨，受了累，病了一场。

老人病好后，儿子又劝他买驴，这一次，老汉才狠狠心，买了一头驴回来。

自从买了驴，家里人以为老汉会不再有走路的辛苦了。哪知道，老汉可舍不得每次出门都骑在驴背上。他只是实在太累的时候才骑上驴背，走一段路，又下来步行。

驴也被养得娇贵了，只习惯了跟着老汉走。一次，三伏天，老汉又要出门了，看看天热得很，老汉怕自己支持不住，就牵着驴上路了。

去的路上，老汉努力地支持着，终于坚持着自己走到了欠债人家的村了。

在欠债人家里吃了午饭，牵着驴往回走。正午的阳光晒得大地像着了火一般，老汉走不多远，就已经气喘吁吁了，他只好骑到驴背上，想不到，驴走了没几步，也喘得走不动了。

老汉急忙下来步行，为了减轻驴的负担，干脆把驴背上的鞍子也解下来自己提着。驴卸了鞍子撒欢似地跑回了家，老汉在后边紧跟着跑，生怕驴丢了。结果，一路跑回家，又累又急，加上中暑，生了一场大病。

* * * * * *

"吝公惜驴"用来讽刺一个人的吝啬程度，是个典型的贬义词。

好谀恶直

虢国的国君平日里只爱听好话，听不得反面的意见，在他的身边围满了只会阿谀奉承而不会治国的小人，直至有一天虢国终于亡国。那一群误国之臣也一个个作鸟兽散，没有一个人愿意顾及国君的，虢国的国君总算侥幸地跟着一个车夫逃了出来。

车夫驾着马车，载着虢国国君逃到荒郊野外，国君又渴又饿垂头丧气，车夫赶紧取过车上的食品袋，送上清酒、肉脯和干粮，让国君吃喝。国君感到奇怪，不知道车夫哪来的这些食物。于是他在吃饱喝足后，便擦擦嘴问车夫："你从哪里弄来这些东西呢？"

车夫回答说："我事先准备好的。"

国君又问："你为什么会事先做好这些准备呢？"

车夫回答说："我是专替大王您做的准备，以便在逃亡的路上好充饥、解渴呀。"

国君不高兴地又问："你知道我会有逃亡的这一天吗？"

车夫回答说："是的，我估计迟早会有这一天。"

国君生气了，不满地说："既然这样，为什么过去不早点告诉我？"

车夫说："您只喜欢听奉承的话。如果是提意见的话，哪怕再有道理您也不爱听。我要给您提意见，您一定听不进去，说不定还会把我处死。要是那样，您今天便会连一个跟随的人也没有，更不用说谁来给您吃的喝的了。"

国君听到这里，气愤至极，紫涨着脸指着车夫大声吼叫。

车夫见状，知道这个昏君真是无可救药，死到临头还不知悔改。于是连忙谢罪说："大王息怒，是我说错了。"

两人都不说话，马车走了一程，国君又开口问道："你说，我到底为什么会亡国而逃呢？"

车夫这次只好改口说："是因为大王您太仁慈贤明了。"

国君很感兴趣地接着问："为什么仁慈贤明的国君不能在家享受快乐，过安定的日子，却要逃亡在外呢？"

车夫说："除了大王您是个贤明的人外，其他所有的国君都不是好人，他们嫉妒您，才造成您逃亡在外的。”

国君听了，心里舒服极了，一边坐靠在车前的横木上，一边美滋滋地自言自语说：“唉，难道贤明的君主就该如此受苦吗？”他头脑里一片昏昏沉沉，十分困乏地枕着车夫的腿睡着了。

这时，车夫总算是彻底看清了这个昏庸无能的虢国的国君，他觉得跟随这个人太不值得。于是车夫慢慢从国君头下抽出自己的腿，换一个石头给他枕上，然后离开国君，头也不回地走了。

最后，这位亡国之君死在了荒郊野外，被野兽吃掉了。

* * * * * *

“好谀恶直”即指喜欢讨好奉承，厌恶正直劝谏，也告诉人们如果一个人只爱听奉承话，听不进批评意见，又一味执迷不悟，一意孤行，那后果将是十分可悲的。

同病相怜

有位姓张的先生，家里添置了一张床，这张床的确很漂亮，床头有木雕的图案，床尾有好看的花纹，摆在卧室里，给卧室增添了不少光彩。

张先生很想让别人看到这张床，那样就能听到许多赞赏的话，他特别喜欢听人恭维，于是，决定通知亲朋好友来家里做客，好借此机会炫耀一下自己新买的床。可是，转念一想，似有不妥，因为家里来了客人，都是在前厅接待，怎么能看到卧室里的床呢。

想来想去，张先生还真想出一个办法来，那就是佯装生病，告之亲朋好友，凡来探望的，岂不都要到卧室来坐一坐？如此，便可以达到目的了。

张先生于是病卧在床，家里人遵嘱告之几位亲朋好友，说张先生有病，不能前去拜望，但又因十分想念亲友，希望他们有空过来坐坐。

第一位来看望张先生的是一位姓王的老朋友。

王先生刚巧新买了一双鞋，质地很好，样子也不错，于是，王先生穿着这双新鞋去张家拜访，也想趁机让张先生夸夸自己的新鞋。

王先生到了张府，被张家人引至卧室去见张先生。王先生问候过张先生，便退至凳旁，正襟坐下。为了让张先生看到自己的新鞋，故意把衣襟扯到一边，再把一只腿搭到另一只腿上，这样跷着脚，更容易让张先生看到鞋。

谁知道，两个人的注意力都放在自己身上，根本没注意到对方的变化。

这样坐了一会儿，张先生只好拍拍床，对王先生说："先生请坐近一点，坐到床上来吧，这是我新添置的床，你看如何？"

王先生心领神会，边夸床好，边指着自己的鞋说：

"新东西就是不一样，你看我这双新买的鞋，也不错吧？"

两人都怀着一样的心思，自然彼此理解，于是，两人着实地向对方吹捧了一通。

* * * * * *

"同病相怜"用来指两个人有一样的遭遇，因此而相互怜惜。

拔苗助长

田野里，大片大片的庄稼沐浴着阳光雨露，茁壮成长，一派勃勃生机。也许你看不出庄稼每天都在长，但它却是实实在在地在成长。

有一个宋国人靠种庄稼为生，天天都必须到地里去劳动。太阳当空的时候，没个遮拦，宋国人头上豆大的汗珠直往下掉，浑身的衣衫被汗浸得透湿，但他却不得不顶着烈日躬着身子插秧。下大雨的时候，也没有地方可躲避，宋国人只好冒着雨在田间犁地，雨打得他抬不起头来，和着汗一起往下淌。

就这样日复一日，每当劳动了一天，宋国人回到家以后，便累得一动也不想动，连话也懒得说一句，宋国人觉得真是辛苦极了。更令他心烦的是，他天天扛着锄头去田里劳作，但是不解人意的庄稼，似乎一点也没有长高，真让人着急。

这一天，宋国人耕了很久的地，坐在田埂上休息。他望着大得好像没有边的庄稼地，不禁一阵焦急又涌上心头。他自言自语地说："庄稼呀，你们知道我每天种地有多辛苦吗？为什么你们一点都不体谅我，快快长高呢？快长高、快长高……"他一边念叨，一边顺手去拔身上衣服的一根线头，线头没拔断，却出来了一大截。宋国人望着线头出神，突然，他的脑子里蹦出一个主意："对呀，我原来怎么没想到，就这么办!"宋国人顿时来劲了，一跃而起开始忙碌……

太阳落山了，宋国人的妻子早已做好了饭菜，坐在桌边等他回来。"以往这时候早该回来了，会不会出了什么事?"她担心地想。忽然门"吱呀"一声开了，宋国人满头大汗地回来了。他一进门就兴奋地说："今天可把我累坏了！我把咱家每一根庄稼都拔出来了一些，它们一下子就长高了这么多……"他边说边比画着。"什么？你……"宋国人的妻子大吃一惊，她连话也顾不上说完，就赶紧提了盏灯笼深一脚浅一脚地跑到田里去。可是已经晚了，庄稼已经全都枯死了。

* * * * * *

自然界万物的生长，都是有自己的客观规律的，人不能强行改变这些规律，只有遵循规律去办事才能取得成功。愚蠢的宋国人不懂得这个道理，急功近利，急于求成，一心只想让庄稼按自己的意愿快长高，结果落得一个相反的下场。成语"拔苗助长"即比喻急于求成，反而坏事。

惊弓之鸟

战国时魏国有一个有名的射箭能手叫更羸。有一天，更羸跟随魏王到郊外去游玩。玩着玩着看见天上有一群鸟从他们头上飞过，在这群鸟的后面，有一只鸟吃力地在追赶着它的同伴，也向这边飞来。更羸对魏王说："大王，我可以不用箭，只要把弓拉一下，就能把天上飞着的鸟射下来。""会有这样的事?"魏王真有点不相信地问。更羸说道："可以试一试。"过了一会儿，那只掉了队的鸟飞过来了，它飞的速度比前面几只鸟要慢得多，飞的高度也要低一些。这只鸟飞近了——原来是只掉了队的大雁，只见更羸这时用左手托着弓，用右手拉着弦，弦上也不搭箭，他面对着这只正飞着的大雁拉满了弓，只听得"嘣"地一声响，那只掉了队正飞着的大雁便应声从半空中掉了下来。魏王看到后大吃一惊，连声说："真有这样的事情!"便问更羸不用箭是凭什么将空中飞着的鸟射下来的。更羸笑着对魏王讲："没什么，这是一只受过箭伤的大雁。""你是怎么知道这只大雁是受过了箭伤的呢?"魏王更加奇怪了，不等更羸说完就问。更羸笑着继续对魏王说："从这只大雁飞的姿势和叫的声音中知道的。”更羸接着讲：“这只大雁飞得慢是它身上的箭伤在作痛，叫的声音很悲惨是因为它离开同伴已很久了。旧的伤口在作痛，还没有好，它心里很害怕，当听到弓弦声响后，更害怕再次被箭射中，于是就拼命往高处飞。它心里本来就害怕，加上拼命一使劲，本来未愈的伤口又裂开了，疼痛难忍，翅膀再也飞不动了，它就从空中掉了下来。”

故事中的大雁听到弓弦声响后就惊惶万分，是因为它身上受过箭伤。

* * * * * *

成语“惊弓之鸟”即是指受过箭伤，闻弓弦声而惊堕的鸟。后来也比喻受过惊吓遇有事情就害怕惊慌的人。

为虎作伥

传说被老虎吃掉的人，死后变作“伥”，伥会死心塌地地为老虎奔走效劳。

有个叫马拯的读书人，爱好游历山水。这一天，他来到五岳之一的南岳衡山，衡山风景秀丽，马拯忘情山水，在松林间转悠，不知不觉到了黄昏，看来这个晚上他是走不出去了。

马拯正着急，忽然看到前面大树上搭着一个窝棚，上面一个猎人正朝他示意。马拯一低头，看见原来就在前面不远是猎人设的一个陷阱，马拯吓了一跳说：“好险！”

猎人从树上跳下来，问道：“你是什么人？怎么天黑了还在林子里转悠？”

马拯把自己贪恋山水而忘了时间的事说给猎人听了。猎人说：“这里老虎很多，十分危险，你一个人不要再走了，就在我这里过一夜吧。”猎人边说，边走到陷阱边，架好捕虎用的机关，然后带马拯登上大树的窝棚。马拯一个劲道谢。

半夜里，马拯从睡梦中醒来，忽听得树下叽叽喳喳有许多人在讲话，声音越来越近。马拯警觉起来，借着月光，看见前面走来一大群人，有男有女，有老有少，总共怕有几十人。这些人走到马拯和猎人栖身的大树近旁时，忽然走在前面的那人发现了陷阱，十分生气地叫起来：“你们看！是谁在这里暗设了机关陷阱，想谋害我们大王！真是太可恶了！是谁竟敢如此大胆！”说着，和另外两个人一起将猎人设在陷阱上的机关给拆卸下来，然后才前呼后拥互相招呼着走过去了。

待这伙人走后，马拯赶紧叫醒猎人，把刚才的一幕告诉了猎人。猎人说：“那些家伙叫作伥，他们原本都是被老虎吃掉的人，可是他们变作伥鬼后，反而死心塌地为老虎服务，晚间老虎出来之前，他们便替老虎开路。”马拯听后明白了，他对猎人说：“那他们刚才所说的大王一定是老虎了。老虎可能不久就要来了，你赶快再去把机关架好。”

猎人敏捷地从树上下来，把陷阱上的机关重新架好，刚爬上大树，只听一阵狂叫，一只凶猛的老虎从山上直蹿过来，一下扑到陷阱的机关上，只听“嗖”地一声，一支弩箭弹出，正中老虎心窝。只见老虎狂暴地跳起，大声吼叫，叫声直震得松林发抖，老虎挣扎了一阵，倒在地上死了。

老虎巨大的哀叫声，惊动了已走了很远的伥鬼们，他们纷纷跑回来，爬在胸口还流着血的死老虎身上大哭起来，边哭还边伤心地哀号着：“是谁杀死了我们大王呀！是谁杀死了我们大王呀！”

马拯在树上听得明白，不由得大怒，他厉声骂道：“你们这些伥鬼！自己是怎么做的鬼还一点不知道，你们原本就死在老虎嘴里，至今还执迷不悟，还为老虎痛哭！真令人气愤！”

* * * * * *

这些伥鬼，自己明明被坏蛋害死，可是死后还要做坏蛋的帮凶，实是可恨。后用“为虎作伥”比喻做坏人的帮凶。

曾参杀人

在孔子的学生曾参的家乡，有一个与他同名同姓也叫曾参的人在外乡杀了人，顷刻间，一股“曾参杀了人”的风闻便席卷了曾子的家乡。

第一个向曾子的母亲报告情况的是曾家的一个邻人，那人没有亲眼看见杀人凶手，他是在案发以后，从一个目击者那里得知凶手名叫曾参，当那个邻人把“曾参杀了人”的消息告诉曾子的母亲时，并没有引起预想的那种反应。曾子的母亲一向引以为傲的正是这个儿子，他是儒家圣人孔子的好学生，怎么会干伤天害理的事呢？曾母听了邻人的话，不惊不忧，她一边安之若素、有条不紊地织着布，一边斩钉截铁地对那个邻人说："我的儿子是不会去杀人的。"

没隔多久，又有一个人跑到曾子的母亲面前说："曾参真的在外面杀了人。"曾子的母亲仍然不去理会这句话。她还是坐在那里不慌不忙地穿梭引线，照常织着自己的布。又过了一会儿，第三个报信的人跑来对曾母说："现在外面议论纷纷，大家都说曾参的确杀了人。"曾母听到这里，心里骤然紧张起来。急忙扔掉手中的梭子，关紧院门，端起梯子，越墙从僻静的地方逃走了。

以曾子良好的品德和慈母对儿子的了解、信任而论，"曾参杀了人"的说法在曾子的母亲面前是没有市场的。然而，即使是一些不确实的说法，如果说的人很多，也会动摇一个慈母对自己贤德的儿子的信任。由此可以看出，缺乏事实根据的流言是可怕的。

* * * * * *

成语"曾参杀人"比喻流言传播得广，也会让人相信。由此告诫人们，应该根据确切的事实材料，用分析的眼光看问题，而不要轻易地去相信一些流言。

割席断交

管宁和华歆在年轻的时候，是一对非常要好的朋友，他俩成天形影不离，同桌吃饭、同榻读书、同床睡觉，相处得很和谐。

有一次，他俩一块儿去劳动，在菜地里锄草。两个人努力干着活，顾不得停下来休息，一会儿就锄好了一大片。

只见管宁抬起锄头，一锄下去，"哨"地一声，碰到了一个硬东西，管宁好生奇怪，将锄到的一大片泥土翻了过来，黑黝黝的泥土中，有一个黄澄澄的东西闪闪发光。管宁定睛一看，是块黄金，他就自言自语地说了句："我当是什么硬东西呢，原来是锭金子。"接着，他不再理会了，继续锄他的草。

"什么？金子！"不远处的华歆听到这话，不由得心里一动，赶紧丢下锄头奔了过来，拾起金块捧在手里仔细端详。

管宁见状，一边挥舞着手里的锄头干活，一边责备华歆说：“钱财应该是靠自己的辛勤劳动去获得，一个有道德的人是不可以贪图不劳而获的财物的。”

华歆听了，口里说：“这个道理我也懂。”手里却还捧着金子左看看、右看看，怎么也舍不得放下，后来，他实在被管宁的目光盯得受不了了，才不情愿地丢下金子回去干活，可是他心里还在惦记金子，干活也没有先前努力，还不住地唉声叹气。管宁见他这个样子，不再说什么，只是暗暗地摇头。

又有一次，他们两人坐在一张席子上读书。正看得入神，忽然外面沸腾起来，一片鼓乐之声，中间夹杂着鸣锣开道的吆喝声和人们看热闹吵吵嚷嚷的声音。于是管宁和华歆就起身走到窗前去看究竟发生了什么事。

原来是一位达官显贵乘车从这里经过，一大队随从佩带着武器、穿着统一的服装前呼后拥地保卫着车子，威风凛凛。再看那车饰更是豪华：车身雕刻着精巧美丽的图案，车上蒙着的车帘是用五彩绸缎制成，四周装饰着金线，车顶还镶了一大块翡翠，显得富贵逼人。

管宁对于这些很不以为然，又回到原处捧起书专心致志地读起来，对外面的喧闹完全充耳不闻，就好像什么都没有发生一样。

华歆却不是这样，他完全被这种张扬的声势和豪华的排场吸引住了，他嫌在屋里看不清楚，干脆连书也不读了，急急忙忙地跑到街上去跟着人群尾随车队细看。

管宁目睹了华歆的所作所为，再也抑制不住心中的叹惋和失望。等到华歆回来以后，管宁就拿出刀子当着华歆的面把席子从中间割成两半，痛心而决绝地宣布：“我们两人的志向和情趣太不一样了。从今以后，我们就像这被割开的草席一样，再也不是朋友了。”

* * * * * *

真正的朋友，应该建立在共同的思想基础和奋斗目标上，一起追求、一起进步。如果没有内在精神的默契，只有表面上的亲热，这样的朋友是无法真正沟通和理解的，也就失去了做朋友的意义了。成语“割席断交”即是比喻朋友之间因志不同道不合而绝交。

涸辙之鱼

庄子家已经贫穷到揭不开锅的地步了，无奈之下，只好硬着头皮到监理河道的官吏家去借粮。

监河侯见庄子登门求助，爽快地答应借粮。他说："可以，待我收到租税后，马上借你三百两银子。"

庄子听罢知他无心帮忙，便对监河侯说："我昨天赶路到府上来时，半路突听呼救声。环顾四周不见人影，再观察周围，原来是在干涸的车辙里躺着一条鲫鱼。"

庄子叹了口气接着说："它见到我，像遇见救星般向我求救。据称，这条鲫鱼原住东海，不幸沦落在车辙里，无力自拔，眼看快要干死了。请求路人给点水，救救性命。"

监河侯听了庄周的话后，问他是否给了水救助鲫鱼。

庄子看了监河侯一眼，冷冷地说："我说可以，等我到南方，劝说吴王和越王，请他们把西江的水引到你这儿来，把你接回东海老家去罢！"

监河侯听傻了眼，对庄子的救助方法感到十分荒唐："那怎么行呢？"

"是哇，鲫鱼听了我的主意，当即气得睁大了眼，说眼下断了水，没有安身之处，只需几桶水就能解困，你说的所谓引水全是空话大话，不等把水引来，我早就成了鱼市上的干鱼啦！"

* * * * * *

成语"涸辙之鱼"又作"涸辙之鲋"，比喻处在困境中急待救助的人。

茕茕孑立，形影相吊

太康元年，晋武帝司马炎灭东吴，所谓"降孙皓三分归一统"，结束了几十年的割据局面，统一了全国。晋武帝司马炎为了巩固一统，采取了有效措施，其中之一，就是"广揽贤能"，着重于西蜀与东吴的遗老故臣，凡有声望的、有本事的，都极力笼络；笼络不成，就设法除去，以达到不为我用也不许为我害的目的；同时，把"以孝治天下"作为其伦理总纲，提倡孝父母，敬老人，抚恤孤寡。

在“广揽”中，西蜀的一个故臣引起了司马炎很大的关注，此人姓李名密，又名虔，字令伯，武阳人。生下六个月时丧父；三岁时，其母何氏改嫁；靠祖母刘氏扶养成人。西蜀时，官居尚书郎，是个不大不小却很重要的官。

入晋后，蜀地的先后两名的地方官都曾推荐李密做官，可李密却故国难忘，不肯出仕，都借故谢绝了。司马炎格外看重他，特地下了一道诏书，要李密做供职于宫廷的郎中，李密未允，后又改为显要的太子官属洗马，李密仍借口推辞。司马炎火了，又亲手下令，指责李密傲慢，地方官日夜严逼，声称如再迟缓，就要逮治下狱，甚至按律问斩了。这使李密很为难，经过深思，他就写了一篇《陈情表》，呈给了司马炎，表中以“以孝治天下”为主旨，说他幼时“伶仃孤苦……茕茕孑立，形影相吊”，多亏了老祖母把他抚养长大，没有老祖母，就没有他的今天。而今，老祖母已九十六岁，又长年卧病在床，没有他，祖母怎么度过晚年！他才四十四岁，报效国家的日子还长，而孝敬祖母的时间已不多了，恳请司马炎体谅他的苦衷。

司马炎看了很感动，且无法怪罪，又为了笼络人心，索性派了两个女仆帮他侍奉老祖母。

* * * * * *

后用此语形容一个人孤孤单单，孤苦伶仃。

庆父不死，鲁难未已

鲁庄公姬同有三个弟弟：庆父、叔牙、季友。庆父最为专横，并拉拢叔牙为党，一直蓄谋争夺君位，并与其嫂——鲁庄公姬同的夫人哀姜私通。

鲁庄公于其在位的第三十二年，生了病，因为夫人哀姜没有生子，既无“嫡嗣”，便从“庶子”中议立。庄公与三弟叔牙商量，叔牙因受了其二哥的买嘱，主张立庆父；与四弟季友商量，季友力主立鲁庄公与其宠姬的儿子公子般，并逼叔牙以死表明拥立般。

当年八月，鲁庄公病死，姬般继位。庆父甚不甘心，便与哀姜密谋，欲暗杀姬般。恰好有个叫荦的养马人，很有力气，也很鲁莽，因受过鲁庄公的责罚怀恨在心，庆父就唆使荦乘丧期打死了姬般，另由庆父立了哀姜妹妹叔姜的生子姬开，为鲁闵公。庆父更加肆无忌惮，而且野心越来越大。鲁闵公二年，庆父和哀姜又指使一个人杀了闵公，自立为国君。季友趁乱领着鲁庄公的另一个儿子姬申逃到邾国，发出文告声讨庆父，要求国人杀庆父，立姬申。国人响应，庆父畏惧，逃亡到莒国，哀姜逃到邾国。

姬申得立，季友买通莒国押回了庆父，并将其杀死；因为哀姜是齐公室之女，所以齐桓公很生气，将哀姜召回，也杀了。

在鲁庄公死后的几年里，由于庆父串通哀姜连杀了两个国君，而且极度荒淫无耻，作威作福，横行无忌，不但造成了极大的混乱，也给国人带来了极大的灾难。故齐国的仲孙湫到鲁国吊唁回去后，曾叹息地说："不去庆父，鲁难未已。"

* * * * * *

后用此语比喻不把制造内乱的罪魁祸首清除，国家就难得安宁。

明修栈道，暗度陈仓

话说项羽灭了秦，自立为西楚霸王，并分封各路起义将领到各地称王，先前与众王的约定——先攻入秦都咸阳者为王——也背弃了。这引起了刘邦的极大不满，但慑于项羽的威势，不得不隐忍不发，领兵入川，烧了出入巴、蜀的栈道，将自己封闭在其中，称为汉王。后来刘邦得大将韩信，有其相助，终有出头之日。

韩信拜为大将后，随即升帐阅兵，定出军律数条，号令帐外。大小将士，因他兵权在握，也只好勉强听他的了。韩信亲自监督操练，口讲指画，如何排列阵势，如何整齐步伐，如何奇正相生，如何首尾相应，如何可合可分，如何可常可变。种种兵法规制，都是刘邦手下将士如樊哙、周勃、灌婴等也都不知道的。众人见识了韩信操兵，才知道他确有才学，不是寻常人可比的，于是众人都生出敬畏之心，遵守韩信号令。自他操练兵起，没有几日，已是军容严整，壁垒一新了。刘邦这时已有与项羽相抗的心思，又见韩信将军容整治得如此齐整，于是召韩信前来商议。两人心意相通，于是定于汉王元年八月吉日，出师东征。当时出关的栈道已被烧毁，不能行军。汉王刘邦早已同张良定下了“明修栈道，暗度陈仓”的计策，这次又问韩信该如何进兵。韩信说的与张良不谋而合。刘邦高兴地说：“真是英雄所见略同啊！”于是派了兵士几百人，装作去修建栈道，自己却同韩信率领三军，悄悄地从南郑出发。留了丞相萧何守住川地，征税收粮，接济军饷。

这时正是仲秋，天高气爽，将士们也都想要东归，于是日夜兼程，从小径直奔陈仓。

雍王章邯，原本奉了项羽的密嘱，堵住汉中，作为第一道门户，防止刘邦出川。章邯时常派兵巡察，就怕刘邦出击。不过他算差了一着，总以为刘邦要想东出，必须经过栈道，而栈道被烧毁还没重修，不能通行，所以章邯安下心来，一点儿也未加防备。这天有探马来报，说汉兵已有数百人，在修理栈道。章邯笑着说：“栈道那么长，烧毁的时候容易，再修筑却是万难啊！就这么几百人，又当什么事？刘邦想要东进，当时又何必烧掉栈道，真是笨得可以了！”又有人报说，刘邦已拜韩信为大将。章邯不知道韩信是什么人，就又派人探听消息，派出去的人回来报说了。章邯听说韩信曾经钻人胯下，就又大笑说：“胯下匹夫，也配做大将么？刘邦这么糊涂，怪不得看他做事可笑。以前烧栈道，已是失策；现今修栈道，又只派了几百人，我倒要看他到何年何月才能修完。”于是更加轻视刘邦，全不把他放在心上。

到了八月中旬，忽然有急报传到，说是汉军已到了陈仓。章邯怀疑情报不准，跟左右人说：“栈道还没修好，汉军又从哪里出来，难道能插翅高飞么？”话虽这样说，但也不得不再派人去探听明白。没过多久，就有陈仓的兵逃到废邱，报称刘邦亲率大军，打下了陈仓，杀死守将。章邯这才惊慌起来，自己想：“汉军没经过栈道，是怎么走的？难道另外有小径，可到陈仓？还是我亲自领兵，前去截击。”于是领兵数万，直奔陈仓。两军相遇，便即交战。汉军是积愤已深，各自奋不顾身，勇猛冲杀。章邯的兵士，却大多是秦的降军，勉强归附的，怎肯为章邯拼死力，送了性命？所以没战多久，章邯的军队就溃败下来，四散奔逃。章邯只好收拾残军败走，奔往好畤，汉军从后追杀，不肯罢休。后来章邯因为吃了败仗，走投无路，拔剑自杀了。刘邦继续率大军进击。驻守关中东部的司马欣和北部的董翳，也都相继投降。号称三秦的关中地区，就被刘邦全部占领，为他日后称霸天下奠定了坚实的基础。

* * * * * *

此语比喻表面上用明显的行动迷惑敌人，暗地里另有谋略和行动以达到某种目的。

老骥伏枥，志在千里

汉献帝建安十二年五月，曹操在官渡之战中，以少胜多，大败袁绍，此后军威大振，曹操也更加雄心勃勃。这年七月，曹操胸怀统一北方之志，统领大军出卢龙寨，日夜抄道疾进，远征乌桓，大军一到柳城，即大败乌桓骑兵，杀死了单于蹋顿，袁绍的儿子袁尚、袁熙从柳城逃命至平州公孙康处。曹操手下的大将知道了这件事后，劝曹操乘胜出击，拿下平州，剿灭袁氏兄弟。曹操深知公孙康与二袁不和，但如果急着去进攻平州，那么他们肯定会合伙抵抗；如果再等一段时间，他们一定会自相残杀。于是不顾众大将的建议，下令收兵，没几天，公孙康果然把袁氏兄弟的头颅送了过来，这样曹操北征乌桓、统一北方的大业算是完成了。

中秋刚过，曹操便令班师回朝。大军经过十多天的艰难跋涉，终于走出了满目荒凉的柳城，来到了河北昌黎，这里东临碣石，西邻沧海，曹操屹立山巅，眺望大海。这时夕阳西下，碧海金光，远处的岛屿若隐若现，近处的海浪滚滚向前……

眼见如此壮丽的景色，曹操不禁又诗兴大发，脱口吟道：

东临碣石，以观沧海。
水何澹澹，山岛竦峙。
树木丛生，百草丰茂。
秋风萧瑟，洪波涌起。
日月之行，若出其中。
星汉灿烂，若出其里。
幸甚至哉！歌以咏志。

返回军营之后，曹操仍心潮起伏，久久不能平静。他想：北方的袁绍、蹋顿虽然已讨平，孙权、刘备却仍然各雄踞一方，统一大业尚未实现。这时的曹操已是五十三岁的人了，但历史的重任肩负在身，统一祖国大业的使命仍在召唤着他。想着想着他激情难耐，豪情又起，大踏步跨至案前，挥笔写下：

神龟虽寿，犹有竟时。

腾蛇乘雾，终为土灰。

老骥伏枥，志在千里。

烈士暮年，壮心不已。

这两首诗表现了曹操热爱自然、蔑视天命、老当益壮、志在千里的积极进取精神，抒发了他那变革现实、统一国家的豪情壮志。

* * * * * *

由此，“老骥伏枥，志在千里”也用于特指英雄志士虽已暮年，但雄心壮志不减当年。

【千年中华智慧】

（上）

一生必读的经典历史故事

金　玺◎编著

脍炙人口的中国历史故事汇编

中国華僑出版社

图书在版编目（CIP）数据

千年中华智慧 ：一生必读的经典历史故事：全 2 册 / 金玺编著. 一北京 ：中国华侨出版社，2017.3

ISBN 978-7-5113-6702-0

Ⅰ. ①千… Ⅱ. ①金… Ⅲ. ①历史故事一作品集一中国 Ⅳ. ①I247.81

中国版本图书馆 CIP 数据核字（2017）第 045302 号

● 千年中华智慧 ：一生必读的经典历史故事：全 2 册

编　　著 / 金　玺
责任编辑 / 桑梦娟
责任校对 / 吕栋梁
装帧设计 / 环球互动
经　　销 / 新华书店
开　　本 / 710 毫米×1000 毫米　1/16　印张 /40　字数 /640 千字
印　　刷 / 香河利华文化发展有限公司
版　　次 / 2017 年 5 月第 1 版　2017 年 5 月第 1 次印刷
书　　号 / ISBN 978-7-5113-6702-0
定　　价 / 79.80 元（全二册）

中国华侨出版社　北京市朝阳区静安里 26 号通成达大厦 3 层　邮编：100028
法律顾问：陈鹰律师事务所　　编辑部：（010）64443056　64443979
发行部：（010）64443051　　传　真：（010）64439708
网　址：www.oveaschin.com　　E-mail：oveaschin@sina.com

前言

没有故事的民族，必然是文化苍白的民族。

故事在人类的文化长河中，一直占据着举足轻重的地位。在人类没有文字以前，就以口口相传的形式传播着自己的文化和历史。即使在人类拥有了文字以后，故事对人类文化生活的影响，也没有因此而逊色。与此相反，故事以其独有的魅力，成为了传播文化的一支主要力量。

在我国漫长、璀璨的历史中，故事更是得到了极大的丰富。一个个鲜活的人物，一桩桩真实的史事，都成为故事中的素材。成语、寓言等这些大家耳熟能详的典故都是故事留给我们的宝贵的文化财富，常读一些有教育意义的故事可以使人明心、明理，以下几类故事是必读的：

历史上的优秀人物故事是必读的。人是历史的缔造者，社会发展到今天，离不开各个时代的人物的努力。这其中，杰出人物的贡献是值得瞩目的。如果没有孔子的杏坛讲学恐怕就不会有后来的儒家文化；如果没有秦始皇，恐怕就不会有世界瞩目的长城和兵马俑；如果没有……这简直是不敢想象的，假如没有了这些英雄人物，今天的世界将会是另一个样子。

有位哲人说过，忘记历史就等于背叛。所以，有些史实故事也是必读的。在我国漫长的历史过程中，发生过许多有意义的事情，涌现出许多优秀的人物。尽管时代不同了，但是历史上的许多故事，从各个不同角度，对我们都有一定的教育和借鉴作用。以史为鉴，可以知兴替，悠悠五千年，中华大智慧，尽在细微的历史事件中。

另外，还有一类故事——掌故，也是青少年必读的。这些故事散落于民间，流传于人民的口头中，它用通俗易懂的语言，深入浅出地讲述做人、做事的道理。

除此之外，寓言也是必读的一类故事。它用简洁的语言和富有深意的故事情节，来告诉我们一些做人做事的道理。以小见大，由深入浅。

最后，不得不提的就是成语故事了。成语是从典故中提炼出来的，所以说每个成语本身就是一个故事。像狐假虎威、守株待兔、一字千金、南辕北辙等这些成语，相信大家都能脱口而出，但知道这些的成语来历的又有几个呢？所以，无论是从学习的角度还是从兴趣的角度来说，成语故事无疑都是青少年必读的。

针对于此，面对浩如烟海的故事资料，本书受篇幅所限，不能一一加以收录，因此编者精心选取了对人生最有启迪意义的部分成语、寓言、名人等故事，加以组织和剪裁，用通俗的现代语言写出来，不加铺叙和描写，希冀给广大青少年朋友在学习、生活中以帮助。这些故事对提高青少年的文化素养，陶冶美好情操无疑是有益的。

目录

上册

一、人物篇

历史的发展离不开人，从古到今，无数风流人物为今人树立了榜样，他们或为科学家，或为政治家，或为乱世枭雄，他们都闪耀在各自的历史舞台上，真是滚滚长江东逝水，浪花淘尽千古风流人物。

二、史实篇

中国是有着五千年文明与历史的国家,在漫长的历史发展中,留下了精彩异常的史实资料,这其中包含有荡气回肠的历史故事和个性鲜明的英雄人物。这些组成了中国历史的精彩画卷,让人百看不厌。而这些历史故事与历史人物的经历都是值得我们今人去借鉴的。

下 册

三、掌故篇

在我国民间广泛流传着这样一类故事——掌故。故事的主角或为人，或为动物；其故事情节或为史实，或为杜撰。然而已经没人去深究这些故事的真实性了，大家都津津乐道于故事本身体现的哲理和趣味。

四、寓言篇

有人说寓言是理性的诗歌，的确，在人类漫长的发展史中，寓言以其简洁的语言和富有深意的故事情节，告诉我们什么该做，什么不该做，怎么做是聪明的，怎么做是愚蠢的。真是读小小寓言故事，可明深刻人生哲理。

五、成语篇

成语是我国语言艺术中的瑰宝，集中体现了劳动人民的智慧，用简洁的词汇表达出丰富的内涵，不要小看这一个个短小的成语，它们每个都来自于一个典故，如果能了解这些典故，就能了解历史，通晓古今。

一、人物篇

历史的发展离不开人，从古到今，无数风流人物为今人树立了榜样，他们或为科学家，或为政治家，或为乱世枭雄，他们都闪耀在各自的历史舞台上，真是滚滚长江东逝水，浪花淘尽千古风流人物。

教育家孔子

山东曲阜，是闻名中外的文化古城，它是我国大思想家、大教育家、儒家创始人孔子的故乡。

孔子生于公元前551年，于公元前479年去世，享年七十三岁。他的遗体葬在鲁国都城北边泗水旁，就是后来被称为“孔林”的地方。孔子去世的第二年，鲁国国君下令把孔子故居建为“岁时奉祀”的庙宇。以后历代统治者不断抬高孔子的地位，同时扩展“孔庙”，到明清时达到现在的规模，前后九进院落。庙内殿堂宏伟，古柏苍郁。

在孔庙主体院落大成门内，有一棵挺拔高耸的桧树。相传这是孔子亲手栽下的。据说孔子亲手植三棵桧树，死了两棵，只活了现在的这一棵。桧树北面的一座建筑，就是黄瓦朱柱、彩绘精致、小巧玲珑的杏坛。坛前有四棵杏树，相传这是孔子当年坐在坛上弦歌讲学、弟子读书的地方。

孔子，名丘，字仲尼。他的祖先是春秋时宋国的贵族，曾祖因避宋国宫廷政变逃居鲁国陬邑（今山东曲阜县东南）。孔子的父亲曾做过陬邑宰，属于贵族的下层“士”。

孔子的母亲姓颜，名叫征在，相传她结婚时才十七岁，而孔子的父亲已经七十岁了。他们希望得到一个儿子，曾到曲阜东南的尼丘山上去祷告过。后来生了孔子，就取名叫丘。有的记载则说是因为孔子生下来时，头顶上的骨头与众不同，四面高，中间低，所以取名叫丘。

孔子幼年丧父他小时候家里很贫困。后来他做过管理仓库和管理牛羊的小吏，他把账目算得清清楚楚，把牛羊养得肥肥壮壮。

孔子青少年时期读书很用功。他曾说过：“我不是生来就有知识的天才，而是好古敏求的人。”他善于学习别人的长处，曾说过：“三人行，必有我师。”有一年，鲁国太庙举行祭祀始祖周公的大典，请孔子担任助祭。他进入太庙以后，对于每一件事物，每一个细节，都不厌其烦地虚心向人请教。由于孔子刻苦学习，后来他精通“六艺”：礼（礼节）、乐（音乐）、射（射箭）、御（驾车）、书（书写）、数（计算）。

孔子大约在三十岁时，开始收徒讲学。在我国教育史上，以私人身份从事讲学活动四十多年，而且影响最深远的，当首推孔子。相传他有弟子三千人，得意门生七十二。孔子虽然处于动荡不安的春秋末期，但他对事物的态度，是积极有为的。在孔子之前，“学在官府”，教育是“有类”的，就是说，授受教育的权利，把持在少数贵族的手里。孔子提出了“有教无类”的进步口号。“有教无类”的提出，打破了“学在官府”的框框，提高了私人讲学的地位，受教育的范围放宽了。这一风气的转变，是孔子对我国文化教育的一大贡献。孔子的学生只要献给“束脩”（十条干肉）作为见面礼，就可以随孔子读书。当时孔子的学生中，从地区说，有鲁国的颜渊、冉求，卫国的子夏、子贡，宋国的司马耕，吴国的子游，楚国的公孙龙，秦国戎族的秦祖。从出身来说，有贵族出身的孟懿子和南宫适，有贫贱出身的冉雍，有商人出身的子贡，还有梁父大盗颜涿聚。

孔子十分强调学以致用、学思结合。他说过：“学而不思则罔，思而不学则殆。”意思是说，光学习，不思考，就会迷惑不解；光思考，不学习，就会犹疑不决。他还要求学生，对于学习过的东西，要经常复习，“温故而知新”。孔子一生，就是“学而不厌，诲人不倦”的一生。

孔子从五十五岁离开鲁国，奔波于鲁、卫、宋、陈、蔡、楚等国游说诸侯，他一方面宣传他的政治主张，一方面坚持他的教学活动。但是诸侯为了争雄称霸，讲求富国强兵，着眼于目前的利益，所以孔子未能被诸侯所重用，他的政治主张也未能被采纳。到公元前484年，孔子已经是一位白发苍苍的老人了，那年他六十八岁，返回了鲁国，结束了十多年的游历生活。

* * * * * * *

孔子逝世后，学生们追忆孔子的日常教诲和生活情况，整理成一部语录体的书，叫作《论语》。后来，《论语》成为儒家的经典，对我国后代教育和文化影响很大。

木匠的祖师——鲁班

鲁班是我国春秋时期的一位著名的建筑工匠，他在建筑史上有许多创造发明。攻城的云梯和磨面的磨是他发明的，一些木工工具，如锯、钻、刨也是他发明的，人们称他是建筑工匠的“祖师”。

鲁班出身于工匠世家，从小就随家里人参加过许多土木建筑的施工，有一定的实践经验。相传鲁班年幼时调皮贪玩，这本属儿童的天性，但他的玩，不是无目的的“撒野”，而是每天花很多时间玩建筑工艺。如用树枝搭个房子，拆了又搭，搭了又拆；用砖石垒座小桥；找些树根雕个什么玩意儿……有时一玩就是一整天，连吃饭都忘记了。左邻右舍的人见鲁班整天摆弄这些东西，认为他没有出息，说有出息的孩子应该用功读书写字。

小鲁班不被人接受，只能说明这些人眼光短浅。而鲁班的母亲却不然，她认为鲁班玩得很有意义。她想摆弄这些建筑是很动脑筋的，所以，母亲认为小鲁班很有自己的想法，将来能成大器。于是，母亲鼓励儿子去做他喜欢做的事，发展他的才干，开拓他的智慧。最后，鲁班终于从“贪玩”的孩子成长为建筑工匠的祖师。

鲁班年少时，十分孝敬父母。那一年，父亲死于吴国，鲁班母子俩要赶去奔丧，可路途太遥远了。小鲁班担忧母亲走不动那么多路。于是，他连夜进行设计，制造了一辆车子。这车子用木材制成，车内安装有木制摇把。只要摇把一转，就能驱动车子向前行进。不断摇动，可让车子不断向前运动。车子造好后，小鲁班让母亲坐在上面，又快又省劲地到达了吴国。

古代伐木都用斧子，干活又累又慢。有一次，鲁班上山伐木，不料手指被山上的野草划破了，血流不止。鲁班想，一棵小草都如此锋利，如果用铁打成这样的刺，不就可以锯树了吗？于是鲁班发明了锯，至今人们还沿用这种工具。

* * * * * * *

鲁班一生中发明了许多东西，为人类造福不浅，不仅后世的木匠尊崇他为“祖师”，还有更多的人追念他的功绩，把鲁班当作勤劳智慧的化身。

爱国诗人屈原

农历五月初五，是我国的传统节日端午节。这一天，家家都要吃粽子，南方则流行着龙舟竞渡的活动，文学家们还提倡把端午节改为“诗人节”。

这一切都与战国时期的伟大诗人屈原有关，上述自古就遗传下来的许多传统风俗，都是后人纪念屈原的方式。

在长江三峡和西陵峡之间，有一座名叫秭归的县城，这里就是屈原的故乡。他是战国时候的楚国人，生年大约在公元前340年左右。屈原在故乡秭归度过了童年和少年。为什么叫“秭归”呢？传说屈原有一位十分贤惠的姐姐，名叫女媭，她既善良又勤劳，十分关心弟弟的成长。屈原长大以后，她也出嫁了。当屈原后来被奸臣所谗害，放逐回故乡时，女媭也回到了家乡，劝导弟弟要放宽胸怀。“秭归”是“姊归”的谐音，是为了纪念这位贤惠的古代妇女而起的名。至今在秭归的沿江古道上，还有关于女媭的许多遗迹，例如传说女媭为屈原刺绣的“绣花墩”，当年她为屈原浣洗衣服使用过的“捣衣石”等。

屈原自幼聪明好学。有一个民间传说叙述，屈原小时候在乡里的学校读书，常常是第一个离开书房，但是天黑还没回到家里。家里的人急坏了，姐姐出去找他，邻里们也到溪涧和后山里帮着寻找，都没有找到。晚上，屈原自己回到家里，也没有告诉家里他究竟到哪里去了。第二天，姐姐女媭偷偷地跟在他后面，才发现他放学后跑到一个天然石洞里读当时楚国的民歌。他聚精会神地看，低声地吟咏，慢慢地被这些民间文学迷住了。当姐姐去找他时，他竟然完全没有发觉。后来屈原逐渐长大，便常常去找樵夫、猎户、渔翁、蚕女、巫师和庙祝们采集民间歌谣，然后在这小溪畔的石洞里记录、整理、吟诵。人们为了纪念屈原这种顽强学习、虚心向民间求教的精神，把这座石洞称为“读书洞”，而今这石洞已成为屈原故里的一处著名古迹。

长大以后的屈原，成为通晓政治、经济、文化各方面知识的人才。他看到楚国日趋衰落，主张对政治进行一番整顿革新。由于才能出众，他曾一度被楚国的怀王任命为左徒（仅次于宰相的官职）。他对怀王提出过许多改革意见，还为楚国制定了一套变法方案，名曰《宪令》。但屈原生性耿直，坚决不在邪恶势力面前屈服。他所提出的革新主张，也触犯了那些守旧贵族的利益。所以他遭到了楚国旧贵族的忌恨。楚怀王的宠妃郑袖和宠臣上官靳尚是陷害屈原的罪魁祸首。他们对楚怀王说了许多屈原的坏话，造谣说屈原太自高自大了，根本不把楚王放在眼里。楚怀王听了谗言不禁怒火万丈，立刻撤了屈原“左徒”的职务，把他降为只管王室祭祀事物的“三闾大夫”（三闾指楚国景、昭、屈三家贵族），改革也被勒令停止了。

此后屈原不断遭到贬斥，被先后流放至汉北和沅湘流域。个人的遭遇，楚国的衰亡，他把满腔悲愤写成诗歌表达出来，这就是后来闻名于世的《天问》和《离骚》。《天问》一共提出了一百七十多个问题，向天控诉不平。《离骚》东汉王逸释为："离，别也；骚，愁也。"全诗三百七十三句，叙述了屈原的家世、才能和治理楚国的理想，怒斥了楚王的昏庸和贵族们祸国殃民的罪行。屈原流放期间，他的姐姐女媭经常陪伴着他，劝慰他，但国家的灾难太深重了，屈原丝毫不能减轻心中沉重的负担。他在诗中表示决不和腐朽势力妥协："亦余心之所善兮，虽九死其犹未悔。"屈原还表示一定至死保留自己的节操，不与恶势力同流合污："伏清白以死直兮，固前圣之所厚。"为了表示自己的精神和肉体永远是清白的，他一天三次到故乡的一条溪边去洗濯他的帽缨，这个溪以后便被叫作"濯缨泉"。人们还在当年屈原站立的地方，建造了一座桥，桥名"濯缨桥"。

郢都被秦军占领后，屈原悲愤欲绝。在公元前278年五月初五这天，他怀沙抱石，投进了波涛滚滚的汨罗江。这一年他六十二岁。

屈原的死令人扼腕叹息，人民用种种方式追怀自己的诗人。汨罗江边的人们，听说屈原投江自杀了，划着大大小小的船只，争先恐后地赶来搭救。他们一直追到洞庭湖，也没有找到屈原的尸体，大家只好划着船只，归回家乡。从此，形成了每年一度的竞渡风俗："鼓棹争归，竞会亭上，习以相传，为竞渡之戏"。后来，一般的船只又装饰成龙舟，便又叫作"龙舟竞渡"。这种水上游戏在后来的江南地区十分盛行，场面非常热闹。唐朝诗人张建封有一首《竞渡歌》，形容当年的场面说："鼓声三下红旗开，两龙跃出浮水来。棹影斡波飞万剑，鼓声劈浪鸣千雷。"这种风俗一直流传至今，现在每当端午佳节，南方大部分地区人民也还兴致勃勃地参加"龙舟竞渡"。

端午节吃粽子，也是人民对屈原的追怀，据说在东汉时候就已开始了。南北朝时写的《续齐谐记》里说，这本是楚人对屈原的一种纪念方式，原来用竹筒盛米投水祭祀屈原。后来，据说东汉有个人叫欧回的，做了一个梦，梦见屈原对他说，每年投放给他的筒米都被蛟龙偷吃，假如能用粽叶包上米，再以五色丝线捆上，投入水中；蛟龙就吃不着了，因为它们最怕五色丝线。此后便开始用这种方法祭祀屈原，而端午包粽子吃粽子的风俗也就由此相传下来。

* * * * *

屈原是我国古代历史上的伟大诗人和爱国主义者，他的美名流芳百世，端午节吃粽子、赛龙舟的风俗表达了人们对屈原的深切怀念。

秦始皇和兵马俑、长城

20 世纪 80 年代初，我国在欧美各国巡回展出的秦始皇陵出土的兵马俑。这批形象威武、身高一米八左右的兵马俑和膘肥体壮、高一米五、长二米的陶马，简直把人们迷住了。他们把这誉为“世界第八大奇迹”。一些在海外多年的老华侨，看完这次展览后，激动地流出了眼泪，说：“我们都是炎黄子孙，我们的祖先太伟大了。展览使中国人民扬眉吐气，使我们腰杆子硬了。我要让孩子们永远记住我们是伟大的中华民族的后代。”

始皇陵的兵马俑，震惊了世界。这不仅是由于它形象逼真，栩栩如生，还因为军容严整壮观，场面雄伟，不啻为埋葬在地下两千年之久的一支地下大军。

这批兵马俑是 1974 年春于陕西临潼县始皇墓东一点五公里的地方发现的。一共有三个大坑，总面积达两万多平方米，估计埋有秦俑八千余件。其中一号坑面积最大，达一万四千多平方米，现已挖出两千平方米，出土陶俑一千多件，陶马三十多匹，战车八乘。二号坑面积六千多平方米，出土战车八十九乘，骑兵俑二百多件，步兵俑六百多件。三号坑面积较小，仅五百二十平方米，内有驷马战车一乘，卫士俑六十八件，估计为这支地下大军的军帅指挥部。

秦始皇陵兵马俑生动地反映了秦朝兵强马壮的阵容，可以说是一幅威武雄壮的古代军事画卷。可能由于当时战事分工的不同和军阶的高低，这些武士俑中，有的身穿战袍，有的身穿铠甲，有的骑在马上，有的站立马前，有的伫立攀弓，有的单腿跪射。他们的面部神态各不相同。有的头部低垂，若有所思；有的则忧心忡忡，凝视空茫，反映了远征将士思乡的心情。

始皇陵兵马俑威武雄壮的阵容，使所有看过的人都好像回到了战争频繁的年代。在人们的眼前，重现了雄才大略的秦始皇正指挥着“带甲百余万，车千乘，骑万匹”的千军万马、进行着统一全国事业的壮观图景。人们在这些神态逼真的塑像面前，尽可以浮想联翩，想象着当年秦朝名将的功业。

秦始皇统一六国后，把原先各国之间的长城拆除，将原先燕国、赵国和秦国北境的长城，连接起来，成为一道坚不可摧的北部防御线。据后人统计，秦始皇时修的长城全长一万余里。从此，万里长城的名称就和秦始皇的名字共同闻名于世了。

秦长城西起临洮（今甘肃岷县），东至辽东（今辽宁省）。据《史记》记载，从秦始皇三十年（公元前 217 年）开始修建长城，到始皇三十七年（公元前 210 年）完成，前后共进行了七年时间。这项工程是由大将蒙恬主持的。秦始皇修筑万里长城，对于防止北方游牧民族骑兵的骚扰，保障北部十二郡的开发，保护中原地区经济文化的发展具有一定的积极意义。但是，秦始皇毕竟是一位封建帝王，他好大喜功，急于求成，在短短的八九年时间内，迫使全国数百万的劳力脱离正常生产去修建长城，这就极大地加重了劳动人民的负担。因苦役而惨死于长城脚下的劳动人民，不计其数。民间流传的关于孟姜女的故事，正是对这种情况的写照。

* * * * *

尽管秦始皇的暴政激怒了人民，但他仍不失为中国历史上杰出的政治家，他建立了中国历史上第一个统一的、多民族的、专制主义中央集权国家——秦朝，有力地推动了历史的前进。

李冰修筑都江堰

大约公元前 316 年，秦国派兵越过秦岭，灭掉控制成都平原的蜀国，设置蜀郡。大约又过了五六十年，秦昭襄王任命很有才干的李冰为蜀郡守（地方长官，李冰任蜀郡守大约在公元前 256 年至前 251 年），要他去治理急待开发的西蜀。据《华阳国志》记载，“李冰能知天文地理”。他早就听说蜀郡管辖的成都平原土地肥沃，气候温和，是发展农业生产的好地方。但因常闹水旱灾害，潜力远远没有发挥出来，百姓世世代代都生活在贫困之中。李冰到成都上任以后，安排了一下公务，便不辞辛劳，四处调查。他走了很多地方，访问了许多人，不久就把发生灾害的原因弄清楚了。原来，成都平原是一西北高、东南低的倾斜扇形平原。从岷山之中奔腾而下的岷江，流至灌口（今四川灌县灌口镇）进入平原，水势减缓。由于玉垒山挡住了它东去的道路，河道被迫折转向西，充沛的江水日夜不停地流至宜宾，汇入长江；而成都平原的广大地区却得不到岷江的灌溉，一遇冬春无雨，就闹旱灾。可是到了夏秋，上游岷山积雪融化，中下游又经常发生暴雨，雪水加上洪水，使江水陡涨，岷江河床容纳不下，便泛滥成灾。洪水淹没农田和房屋，以至平地可以行舟，成都平原深受其害。虽然从远古的时代起，生活在这里的各族人民就开始兴修水利，与大自然展开了顽强的斗争，但始终未能取得突破性的进展。面对频繁发生的灾害，受尽苦难的人们便这样传说：岷江是由江神主宰着的，江神喜怒无常，一旦发怒，不是化为孽龙，就是变成犀牛，兴波助澜，酿成水灾，使人不得安宁。李冰学问渊博，不相信这些无稽之谈，决心率领官吏和百姓大干一场，除害兴利，为民造福。

李冰总结前人治水的经验，提出“分洪以减灾，引水以灌田”的治水方针，决定在岷江上修建一座防洪、灌溉、航运兼用的大型综合水利工程。他精心地进行设计，调动大量人力、物力投入修建。经过艰辛的努力，工程终于完成，这就是举世闻名的都江堰。

整个都江堰工程包括渠首工程和灌溉渠道两大系统。渠首工程在今四川灌县城西。这里地处岷江从山区进入平原的咽喉要冲，利用江水的落差和平原的倾斜，可以实现自流灌溉，费用省，效益大，一劳永逸。渠首工程由分水堤、宝瓶口和飞沙堰三个主要部分以及其他辅助工程组成。分水堤好像一个“金”字，所以又叫金刚堤。它的前端好像鱼嘴，称为分水鱼嘴。分水堤如同一把利剑，插入滔滔的江水之中，把岷江一分为二，形成外江和内江。西边的外江是岷江主流，主要作用是排水泄洪；东边的内江则供给灌溉用水。宝瓶口是凿开玉垒山而形成的一个引水口，长约八十米，宽仅二十米，狭窄如瓶颈。它能自动控制从内江流入渠道的水量，起节制闸的作用。飞沙堰是分水堤和宝瓶口之间的一道低矮的滚水坝。涨水季节，过量的洪水夹着大量泥沙和石块漫过坝顶，流入外江，既分洪又减淤，一举两得，保证了灌区的安全。分水堤、飞沙堰和宝瓶口有机结合，浑然一体。从宝瓶口引入的江水通过四条大干渠和密如蛛网的支渠毛渠，流向广阔的成都平原。四大干渠实际上就是四条河道，其中两条从成都城下流过，可以行驶船只、放送木排，为船运提供了方便。两千多年前建成的都江堰，设计便如此科学合理，这在世界水利史上也是少见的。

* * * * *

李冰修建都江堰，是一项功在千秋的伟大事业，充分展现了中华民族勤劳、勇敢、智慧、自强不息的伟大民族精神。

陈胜起义

陈胜（？～公元前208年），字涉，秦末阳城人，出身雇农。秦二世元年（公元前209年）被征为戍卒时，在蕲县大泽乡（今安徽宿州）与吴广一起杀死秦吏，揭竿起义，建立了张楚政权，成为中国历史上第一位有影响的农民起义领袖。

陈胜小的时候，正赶上秦王朝末年的暴政统治。他亲眼看到了赋税徭役把他的家人和邻居们压得喘不过气来。他们被迫把收获粮食的三分之二交给政府作赋税，还负担着沉重的兵役和徭役。村里的成年男人被征发服役去了，政府便役使妇女运输粮饷，很多人家妻离子散、家破人亡。秦朝的法律又很严酷，往往一人犯罪，株连九族，叫作“族诛”；一家犯罪，株连邻里，叫作“连坐”。动不动就被罚做苦役，处以酷刑，有的斩脚，有的割鼻，有的处死，押送到官府去的罪犯随处可见。黑暗的现实在陈胜幼小的心灵里埋下了反抗秦王朝暴虐统治的种子。

陈胜小小年纪就开始给人当雇工。可他人小志不小，人穷志不穷。每每做苦役闲下来的时候，就一人坐在那里冥思苦想：为什么我们这些人就该祖祖辈辈受苦受累？为什么富人游手好闲却享受不尽荣华富贵？难道穷人的孩子一生下来就注定该受苦？富人的孩子一出世就注定该享福？这一切是由谁主宰的呢？

随着年龄的增长，他渐渐明白了：富人欺压穷人，为所欲为，是因为他背后有个秦王给撑腰，不推翻秦王朝的统治，人民就永远不会有出头之日。于是他萌生了推翻秦王朝，建立农民自己政权的念头。

有一回，他和同伴们在一起耕地。炎炎烈日炙烤着脊背，拉犁的绳子在一个个瘦骨嶙峋的肩头印出道道伤痕。陈胜实在不堪其苦，心中不免升腾起一股不平之气，他甩掉肩头的犁绳，走到田埂上，不干了。世道不公，秦王朝的种种暴行，乡民们的百般苦痛，一起袭向他的心头，推翻封建暴政，建立农民政权的愿望更加强烈。想着想着，他满怀着憧憬把一句不着边际的话甩给同伴：“伙伴们，将来我们谁要是富贵了，决不要忘记伙伴啊！”同伴们觉得陈胜异想天开，就纷纷讥笑他：“你一个小长工，拼死拼活地给人家种地，填饱肚皮就不错了，还能混出什么好来?”面对着一群讥笑他的长工，陈胜只好长叹一声：“唉！燕雀安知鸿鹄之志!”

* * * * *

陈胜和吴广一起在大泽乡发动声势浩大的农民起义，建立了我国历史上第一个农民政权——张楚政权，实现了他少年时的鸿鹄之志。

汉高祖善于用人

在江苏徐州市的西北部，苏、鲁、豫、皖四省的交界处，有一座历史名城，这就是西汉开国皇帝刘邦的故乡沛县。当年，这里曾经是西汉皇亲显贵经常出入的地方，至今仍留下不少名胜古迹，流传着许多脍炙人口的故事。其中，坐落在现在沛县文化馆东南隅的“歌风台”，就是为纪念当年刘邦衣锦还乡，在这里引吭高歌而兴建的。

刘邦建立汉家天下，就是依靠一批难得的人才。其中，他重用萧何，拜将韩信，就是两个突出的例子。

萧何在秦朝时，做过沛县主吏椽（管理县里属员的官吏），是刘邦的同乡。他懂文理，有方略，能办事，深得地方官的信任。刘邦很早就与萧何结交，得到过萧何不少的帮助。后来他们一起在沛县起兵，响应陈胜、吴广领导的农民起义。从此，刘邦信任萧何，并委以重任，让他以丞（副手）的身份，监管各种事务，负责军队后勤供应。而萧何对于刘邦，忠心耿耿，终于促成他打败项羽，建立了西汉王朝。

公元前 208 年六月，陈胜起义暂时遭到挫折后，由楚国旧贵族出身的项梁和项羽叔侄领导的一支秦末农民起义军，立原楚怀王的孙子心，为楚怀王（即义帝）。那时刘邦也投在项梁手下。几个月以后，楚怀王派宋义、项羽北上救赵，又派刘邦西进关中，直捣秦的腹心，并约定先入关中者为王。

公元前 206 年十月，刘邦经过八个月的征战，率先攻入咸阳，秦二世侄子秦王子婴在咸阳东北的轵道旁投降。刘邦的部属进入咸阳城，争先恐后抢掠金帛财物。唯独萧何不同，他先进入秦的丞相、御史府，把律令图书都收藏起来。这些律令图书记载了秦朝的法律制度、关河要塞、全国户口，以及各地的风俗民情和经济发展状况等。后来刘邦在楚汉战争中所以能料敌制胜，在西汉建立后能及时制定方针大政，这些律令图书提供了非常有利的条件。萧何的远见卓识，为刘邦争夺天下，立了大功。

不久，项羽自河北率军入关。他完全背弃了楚怀王的约定，自立为西楚霸王。而将先进咸阳灭秦的刘邦赶出关中，并狂妄地封他为汉中王，定都南郑（今陕西汉中）。同时，项羽另将秦朝降将章邯等三人封为雍王、塞王、翟王，分置于关中，以堵塞刘邦东进的道路。项羽的背约行为，引起刘邦的愤怒。他准备起兵攻打项羽。在这紧要关头，又是萧何出来谏止。他以为目前汉军力量不如楚军，力劝刘邦“忍让”，放弃攻楚。萧何说：“希望大王暂进汉中，安抚百姓，广收人才，治理好巴蜀，并利用它还定关中，统一天下就可以实现了。”萧何为刘邦提出了一条以退为攻的战略方针，刘邦心悦诚服地接受了，对萧何也越发器重。刘邦就任汉中王时，就以萧何为丞相。

韩信，淮阴（今江苏淮阴）人，本是项梁的部下，后来归属项羽，做了项羽的郎中（侍卫）。项羽刚愎自用，韩信曾经几次献策，都没有被采纳。当刘邦前往封国时，韩信逃离楚营，投奔汉军。开始，韩信只做个小官，没有什么名气。有一次，韩信等十三人犯法当斩，轮到他就刑时，突然抬头见到刘邦部将夏侯婴（滕公），便反问道：“汉王不是想得天下吗？为什么要杀壮士！”韩信口出豪言，身材魁伟，引起夏侯婴的注意，终于免他一死。夏侯婴释放了韩信。并将他推荐给刘邦，但是刘邦只让他做个一般官吏，仍然没有重用他。

后来，韩信与萧何多次交谈，萧何对他的才干非常赏识。韩信估量萧何已经向刘邦推荐过他，但是刘邦不予重用，因此决定离开汉王。萧何听说韩信离去，来不及向刘邦报告，就只身前去追赶。当时有人向刘邦报告说：“萧丞相逃跑了。”刘邦一听，立刻勃然大怒，他失去萧何，就像失去左右手似的。过了两天，萧何突然来见刘邦，刘邦又恼又喜，责骂他不该逃跑。刘邦的误解，萧何并不嗔怪，只说明他是追韩信去了。刘邦不以为然，又责骂道：“逃跑的将领有几十人，你一个也没有追。你说追韩信，分明是骗人的话！”萧何说：“那些逃跑的将领，才能平庸，并不难得，至于韩信这种人，是难得的人才。大王如果只想当个汉中王，不用韩信倒可以；如果想夺取天下，没有韩信就不行了。这就要看大王今后作何打算。”这一席话使刘邦动心了，他忙说：“我当然想东进，哪能老闷在这里！”萧何说：“大王一定要东进，能重用韩信，韩信就会留下，不能重用韩信，他终究是要走的。”刘邦说：“我看在你的面上，就让他当个将领。”萧何说：“只让他当个将领，照样留不住他。”最后，刘邦拜韩信为大将，萧何非常高兴。萧何敏锐的眼力，终于为汉王争得一位难得的军事人才。

萧何在楚汉战争中，更大的贡献还在于留守后方，以全力支援前线。韩信拜将之后，曾向刘邦分析楚汉双方的形势，建议先定关中，然后东征项羽。刘邦听了很高兴，就按照他的计策，部署东征的兵力。公元前 206 年八月，刘邦率军进攻关中，将留守后方的重任交给萧何。萧何征收巴、蜀租税，为前方提供兵员及粮饷，使刘邦顺利地攻取了关中。

刘邦袭取关中后，揭开了楚汉战争的序幕。从此，刘邦率军征伐项羽，将治理关中的任务交给萧何。萧何固守关中，又把它变成支援前线的大后方。公元前 205 年四月，刘邦与项羽大战彭城灵壁（今安徽濉溪市西）东睢水旁，结果汉军大败，刘邦几乎全军覆没，只带数十骑逃走。当时刘邦退至荥阳，萧何及时地从关中调拨一批老弱和少年到荥阳增援，加以韩信率兵与刘邦会师，才使刘邦“兵复大振”。所以，后来刘邦在荥阳、成皋一带，能与项羽相抗衡，首先应该归功萧何和韩信。萧何守住关中，为前线提供人力物力，使刘邦无后顾之忧，这是刘邦最后取胜的重要原因。韩信的贡献，主要在军事方面。刘邦自彭城兵败之后，原先已投降他的一些地方割据势力，都先后背叛或跟项羽讲和，局势相当严重。在这种情况下，刘邦任命韩信为左丞相，率兵北攻魏王豹。韩信采用声东击西的战术，出其不意地强渡黄河，攻下魏城安邑（今山西夏县西北），并俘虏了魏王豹。接着，韩信又率军继续北上，出井陉口，背水为阵，大败赵军，赵王歇也成了阶下囚。之后，他又平定了齐国。韩信接连破了魏、赵、齐，解除了汉军北线的军事压力，形成对楚军的钳形包围。韩信为改变楚、汉力量的对比，立下了赫赫的战功，成为楚汉战争中起着举足轻重的人物。因此，项羽曾派武涉前往齐国，规劝韩信背汉归楚，结果被韩信拒绝了。韩信对于楚、汉的态度，正是刘邦会用人的结果。

* * * * *

善于重用人才是刘邦成功的关键因素之一，也是每一位领导者必须具备的素质之一。

张骞与丝绸之路

张骞是西汉武帝时候人，他在公元前139年和公元前119年两次出使西域。当时的西域，是指现在甘肃玉门关以西包括新疆、中亚直到欧洲的广大地区。第一次出使，汉武帝交给张骞的任务，是让他联络西域的大月氏国，共同抵御北方的匈奴，从而打通中原往来西域的通路。但这一次张骞没有达到。他和部下一百多人刚出了玉门关，就被匈奴人捉住，匈奴人把他们扣留了十多年。最后只剩下一个匈奴族人堂邑父，还跟随着他。他俩凭着机智，在一天夜里偷偷离开匈奴营，历尽千辛万苦，忍着饥渴，好不容易才逃出匈奴控制的地界。他们在西域辗转了一年多，回到汉朝，把熟悉的西域各国情况向汉武帝报告。几年以后，汉武帝第二次派张骞出使西域。这一回张骞到了乌孙，和乌孙国王结成了很好的朋友。他还派同去的三百使者分别到了大宛、康居、大月氏、大夏、安息、身毒、于阗等国。张骞和他的部下在西域各国受到了热烈欢迎，当张骞回国时，乌孙王特送汉武帝良马数十匹。这些马后来被汉武帝命名为“天马”。张骞出使西域后，西域和汉朝的来往越来越频繁，丝绸道上每年都有大批使者来往，多则数百人，少则百余人，民间商队更是络绎不绝。

* * * * *

张骞出使西域，促进了西域与汉朝的经济文化交流，丝绸之路的开辟对中国历史产生了久远的影响。

王昭君出塞

说起王昭君，人们是比较熟悉的。从元曲《汉宫秋》，到现代文学家郭沫若、曹禺的话剧《王昭君》，都给人留下了深刻的印象。不过，文艺毕竟是文艺，有不少内容是虚构的。历史上的王昭君究竟是怎样的呢?

王昭君，名嫱，汉代蜀郡秭归人，就是今天湖北的兴山县。在兴山县城南，长江西陵峡附近，有个群山环绕的村庄，就是王昭君的故乡，人称昭君村（今宝坪村）。至今那里还有许多昭君的遗迹，昭君洗帕的香溪，昭君居住的故宅，昭君喝过水的娘娘井等。每个遗迹都有一段美妙的传说。王昭君是个民家姑娘，年轻时因貌美被选入皇宫，充当宫女。她入宫时正是西汉元帝统治的时候（公元前 48—前 33 年在位）。那时汉朝同北方的匈奴族已经和好了十多年。匈奴族的首领呼韩邪单于（公元前 58一前 31 年在位）才能出众，受到匈奴各阶层的尊敬和爱戴。他三次来汉朝，汉朝皇帝都隆重接待。他第三次来汉朝，是公元前 33 年，这次他向汉元帝提出求亲，汉元帝从宫女里挑选一名给他，于是王昭君便作为和亲的使者，嫁与匈奴王。临行前，汉元帝举行了盛大的欢送会。昭君丰美的容貌，华丽的服饰，震惊了汉廷。据说第一次见到昭君的汉元帝也大吃一惊，后悔不该把这么美丽的姑娘嫁给匈奴王。他很想留住昭君，但又不便失信，只好让她同呼韩邪单于一齐走了。

他们来到匈奴单于的驻地，呼韩邪单于封昭君为“宁胡阏氏”，意思是说昭君嫁到匈奴，就会带来和平安宁。呼韩邪单于娶了昭君上书给汉元帝表示：“愿为汉朝守卫边疆”“让汉天子和汉的百姓永享和平、幸福”。昭君出塞在当时是匈奴与汉朝共同欢乐的大事。新中国成立后，在包头附近的汉墓里，出土了西汉末年为纪念这次和亲的汉砖、汉瓦，上面刻有“单于和亲”“千秋万岁”“长乐未央”等文字。

昭君在塞外同匈奴人民和睦相处，爱护百姓，教给当地妇女织布、缝衣和农业生产技术，受到人民爱戴。她在匈奴生了一儿两女，这些子女也致力于汉与匈奴两族的友好。她的大女儿还曾去长安朝见汉朝皇帝。昭君出塞后的五十年间，汉和匈奴之间一直保持着“边城晏闭，牛羊布野”的和平局面。

昭君出塞给北方游牧民族带来了好处。至今，呼和浩特和包头一带还流传着许多有关她的传说。有个故事说，昭君本是天上的仙女，受玉皇大帝派遣，下凡来平息汉与匈奴的干戈。匈奴单于从漠北来迎昭君，他们一同来到黑水边，只见朔风怒号，漫天风雪，飞沙走石。昭君就下马弹起琵琶，顿时风停雪止，彩霞横空，万物复苏，阴山变绿，黑水澄清，还飞来百灵、布谷、喜鹊，在他俩头上翱翔。单于高兴极了，决定在这儿定居下来。后来，昭君和单于走遍了阴山山麓和大漠南北，昭君走到哪儿，哪儿就水草丰美，人畜两旺。她有个锦囊，从里面取出几粒种子，撒在地上，塞外就有了庄稼；从里面取出金剪子，把羊皮剪成犁、车，塞外就有了铁犁和木车。许多年以后，一天夜里，地上闪过一片红光，接着一声巨响，第二天清晨，人们发现黑水河边的平原上出现了一座小土山，山顶飘着五彩浮云。人们说，昭君完成玉帝的使命，回天上去了。她的人身就埋在土山里，这小土山就是今天的昭君墓。

* * * * *

昭君出塞，促进了民族和睦，促进了文化交流与经济发展，为后人留下了一段浪漫的历史佳话。

司马迁与《史记》

司马迁（约公元前145年—?），陕西韩城人。他写的《史记》，计一百三十篇，约五十多万字，记述了从黄帝到汉武帝元狩元年约三千年中的重大历史事件和杰出的历史人物，是中国古代历史的总结，也是光耀千古的文学著作。

司马迁幼年是在黄河龙门度过的。龙门在黄河边上，山岳起伏，河流奔腾，风景十分壮丽。这条中华民族的母亲之河滋养了幼年的司马迁。他常常帮助家里耕种庄稼，放牧牛羊，从小就积累了一定的农牧知识，养成了勤劳艰苦的习惯。在父亲的严格要求下，司马迁十岁就阅读古代的史书。他一边读一边做摘记，不懂的地方就请教父亲。由于他格外的勤奋和绝顶的聪颖，有影响的史书都读过了，中国三千年的古代历史在头脑中有了大致轮廓。后来，他又拜大学者孔安国和董仲舒等人为师。他学习十分认真，遇到疑难问题，总要反复思考，直到弄明白为止。在父亲的熏陶下，他从小立志做一名历史学家。

一天，快吃晚饭了，父亲把司马迁叫到跟前，指着一本书说："孩子，近几个月，你一直在外面放羊，没工夫学习。我也公务缠身，抽不出空来教你。现在趁饭还不熟，我教你读书吧。"司马迁看了看那本书，又感激地望了望父亲，说："爸爸，这本书我读过了，请你检查一下，看我读得对不对?"说完把书从头至尾背诵了一遍。

听完司马迁的背诵，父亲感到非常奇怪。他不相信世界上真有神童，不相信无师自通，也不相信传说中的神人点化。可是，司马迁是怎么会背诵的呢？他百思不得其解。

第二天，司马迁赶着羊群在前面走，父亲在后边偷偷地跟着。羊群翻过村东的小山，过了山下的溪水，来到一片洼地。洼地上水草丰美，绿油油的惹人喜爱。司马迁把羊群赶到草地中央，等羊开始吃草后，他就从怀中掏出一本书来读，那朗朗的读书声不时地在草地上萦绕回荡。看着这一切，父亲全明白了，他高兴地点点头，说："孺子可教！孺子可教！"

从二十岁起，司马迁开始到各地游历，考察历史和风土人情，为他日后编写史书提供了充足的史料。做太史令后，他常有机会随从皇帝在全国巡游，又搜集了大量的历史资料，还了解到统治集团的许多内幕。他还如饥似渴地阅读宫廷收藏的大量书籍，收集了各种重要的史料。就在他已经开始写《史记》的时候，李陵战败投降匈奴，司马迁因为李陵说情触犯了汉武帝，被关入监狱，判处了宫刑。

司马迁出狱后继续写作，经过前后十多年艰苦的努力，终于写成了《史记》。这部巨著，对后世史学与文学都有深远的影响。

* * * * *

司马迁是西汉伟大的史学家、文学家和思想家。他忍辱负重、坚韧不拔的高尚精神特别令人敬佩。史家之绝唱——《史记》与司马迁这个名字一起流芳千古。

蔡伦造纸

蔡伦是桂阳郡人。他于公元 75 年进京城洛阳皇宫当太监，后兼任"尚方令"。"尚方令"的职务就是监造和管理宫廷用品，也包括纸在内。这就使他有机会与造纸工匠进行接触，并因此熟悉了造纸的技术。当他看到造纸的技术不够理想时，便设法加以改良，把树皮、麻头、破布、破渔网等都用来造纸。这些东西不只容易得到，而且比之原始植物来也便于加工。加工的方法是：先把这些东西搅拌石灰，沤过，再放在石臼中舂，把纤维舂散，然后加水煮烂，掺和胶一类有黏性的物质，使纤维互相溶合成糨糊状，再把浆用细帘均匀地捞出，让它干燥。这样便可得到纸了。

蔡伦用这种方法造纸，造出的纸比先前的好了。他于东汉元兴元年上奏给汉和帝，得到汉和帝的赞赏，并把他的造纸方法推广。后来他因此被封为龙亭侯，这种纸便称为“蔡侯纸”。后人为了纪念他的功绩，他死后在他的故乡建立了“蔡侯墓”，传说墓穴里还留有一只石臼，就是蔡伦生前舂造纸原料用的。至今这座墓还矗立在湖南耒阳县城的蔡子湖畔。墓前的牌坊额题“蔡伦之墓”四字，是郭沫若的手书。墓的前院还有蔡侯祠，相传是蔡伦的故宅。

* * * * *

纸是我国古代的四大发明之一，在我国以至世界文化发展史上是一项不可磨灭的贡献！

六岁辨琴的蔡文姬

蔡琰，字文姬，东汉陈留（今河南杞县南）人。

文姬小时聪慧过人。一天深夜，她被铿锵有力的琴声吵醒了，便侧耳谛听起来。原来文姬的父亲蔡邕几乎把毕生精力都用在了研究和整理古代经典书籍方面，平时常常写作到深夜。他是用弹奏乐器来减轻自己过度的精神疲劳，以便在片刻休息之后继续写作。忽然，“嘣”地一声响，父亲弹奏的琴弦断了一根。小文姬为了在父亲面前显露一手，便向书房里的父亲大声喊：“我猜您弹断的是第二根弦，对不对？”蔡邕大吃一惊，问：“我儿怎么还没睡觉？你再猜猜我又弹断的是第几根？”父亲想试试女儿的判断力，便又拨断了一根弦。小文姬听后大声说：“又断的一定是第四根弦，对不对？”

“对，对。”父亲高兴极了，又问，“你是怎么猜出来的？”

小文姬很不以为然地说：“哪里是猜的？七根琴弦我都能听出来。你信不信？”

“信，信。”父亲说，“你真聪明，六岁（一说九岁）就有这么好的乐感。只要努力，你将来一定能成个大音乐家。”

小文姬说：“古代的季札听琴，能判断国家的兴亡；师旷听琴能断定国家就要打仗，我一定要像他们一样。”

在父亲的精心培育下，文姬从此便进一步投入到勤学苦练中，后来真的成了七弦琴高手。东汉末年政治动乱，不久，匈奴大举入侵中原，文姬不幸被掠到北国，在大草原上熬过了几度春秋。她思念故国亲人，总是用深沉的七弦琴音排遣内心的忧郁。后来曹操当上了汉丞相，他用重金从匈奴赎回了文姬，想让她继续整理其父亲生前没有完成的古文典籍。蔡文姬回归途中，创作了悲切深沉的《胡笳十八拍》，被后人誉为千古绝唱，流芳万代。

* * * * *

蔡文姬是我国古代著名的才女，博学有才辩，通音律。她六岁辨弦的故事，曾在民间广为传颂。

诸葛亮治蜀

今天的湖北襄阳城西，有一座著名的隆山，山势缓平，连绵盘亘。它的中部忽然隆起，形成一个奇特的高阜，人们因而称为隆中。这里是三国时著名政治家诸葛亮曾经隐居过的地方。

诸葛亮（公元181—234年），字孔明，琅邪阳都（今山东沂南）人。东汉建安二年（公元197年），年仅十七岁的诸葛亮来到隆中，住在山间的一所草庐中。他经常到田里做点农活，更多的时间用来读书和钻研经史百家学说。他胸怀大志，虽隐居深山，仍密切注视着全国政治形势的发展和各派军事力量的变化，思考着治理天下的大计。他经常和当地一些名士交往，谈古论今，品评人物，交流对时局的看法。诸葛亮才思敏捷，政治眼光锐利，对问题的认识往往超出常人一筹，因此被人们尊称为“卧龙先生”，把他比作隐伏在隆中的人中之龙。诸葛亮在隆中住了十年。二十七岁那年（公元207年），有一位政治家看中了他，亲自来到隆中，请他出山，帮助打天下。此人就是三国时期蜀汉的开国皇帝刘备。

刘备，涿郡涿县（今河北涿州市）人。黄巾起义以后，他组织人马，逐渐发展成为一支武装力量。但他的力量很薄弱，东投西靠，始终都没有找到一个扎实的落脚地方。后来，他依附荆州（今湖北江陵）刺史刘表，屯驻新野（今河南新野）。刘备思才若渴，急需一个能给自己出谋划策的人。他听说有位人称“卧龙先生”的诸葛亮隐居隆中，便于公元207年冬天，冒着严寒，专程拜访。第一次去，诸葛亮不在家，第二次去，诸葛亮又出门去了；

第三次才见到了诸葛亮。按年龄，刘备比诸葛亮大二十岁，但他始终诚恳谦逊，对诸葛亮说："我才疏学浅，屡遭挫折，今天特来向先生请教定天下大计。"诸葛亮素来听说刘备虚心待贤，又见他三次来访，的确诚挚热情，十分感动，便侃侃而谈，把多年埋在心头的政治抱负向刘备倾吐出来。他纵谈天下形势，陈述自己对时局的看法，并且提出平定天下的战略策略，建议刘备，先取荆、益二州，形成三方鼎立的局面，然后与孙权结盟，巩固内部，再与北方争衡，收复中原。这就是有名的"隆中对"。刘备听了诸葛亮的精辟见解，十分赞赏，当即邀请诸葛亮出山相助。诸葛亮欣然同意。这以后，刘备和诸葛亮的关系日益亲密，刘备对他言听计从。曾和刘备结拜兄弟当时已是大将的关羽、张飞，对此十分不满。他们经常在刘备面前发牢骚。刘备语重心长地对他们说："我有了诸葛亮，好比鱼得了水，对我和他的关系，望二位兄弟以后不要再议论了。"上面这段史实，就是著名的"三顾茅庐"的故事，在历史上一直被传为佳话。现在襄阳隆中，尚有诸葛亮许多隐居的遗址：他曾经居住过的"草庐"；他和刘备会见的"三顾堂"。

诸葛亮出山后，全力帮助刘备，联合孙权，抗击曹操。公元208年，孙、刘联军在赤壁（今湖北嘉鱼东北）大败曹操，就是诸葛亮的策略。214年，刘备占领成都，以诸葛亮为军师。221年，刘备称帝，诸葛亮任丞相。223年，刘备死于白帝城（今四川奉节）。临终前，他把儿子刘禅托付给诸葛亮辅佐。后主刘禅即位，蜀汉的政事无论大小都由诸葛亮决定。诸葛亮实际上成了蜀汉的最高决策者。刘备死后，形势对蜀汉十分不利。北面，强敌曹魏虎视眈眈；东边，蜀汉和孙吴的联盟已经破裂；南面，南中（今四川南部、云南东北部和贵州西北部）的少数民族豪强首领雍闿、孟获、高定等，不愿接受蜀汉统治。诸葛亮权衡轻重缓急，决定先采取措施恢复和孙吴的友好，然后出兵南中，平定叛乱，最后北伐，抗击曹魏。

诸葛亮曾数次北伐。为了解决山区运粮的困难，他精心设计了"木牛""流马"。民间传说这些发明很神奇，据说是一些不吃草的神牛和会转动的天马。实际上，据现代科学家的研究，这不过就是便于在崎岖山路上行进的两种独轮小车，因为它们具有牛马的功能，所以称为木牛流马。现在陕西勉县的黄沙镇，据记载就是当年诸葛亮"制木牛流马"的地方。

公元234年春，诸葛亮统率十万大军第五次北伐，这也是诸葛亮一生中最后一次北伐。这次蜀汉军队杀出斜谷口，开到五丈原（今陕西郿县西南），威逼长安。魏国派出大将司马懿率领大军抵御。司马懿老谋深算，知道蜀军远来，利于速战，便在渭水边扎下营寨，以逸待劳。诸葛亮几次派人挑战，司马懿都按兵不动。最后，为了诱使敌军出战，诸葛亮让人给司马懿送去一套女人衣服，讥笑他懦弱胆小如妇女。司马懿十分生气，几乎要出兵应战，但他很快意识到这是诸葛亮的激将法，于是仍旧坚守不动，使诸葛亮的速决战术无法施展。

这年秋天，诸葛亮因多年劳累，积劳成疾。八月，他怀着壮志未酬的心情，病逝于五丈原北伐前线。蜀军撤退后，司马懿小心翼翼地到诸葛亮生前部署的阵地巡视，不觉感叹道："真乃天下奇才也。"根据生前的遗嘱，蜀国军民把诸葛亮的遗体安葬在他曾经战斗过的定军山（今陕西勉县西）。人们在墓园内外，种植了五十四株柏树，表示对这位年仅五十四岁即长辞人间的杰出政治家和军事家的悼念。

* * * * *

诸葛亮是我国古代杰出的政治家、军事家。尽管他功败垂成，病死军中，但其高风亮节、聪明才智得到了后人永远的怀念、景仰。

博学多能的张衡

张衡（公元78—139年），字平子，是我国东汉时期著名的科学家、文学家，他的出生地在现在的河南省南阳县的石桥镇。他的祖父张堪做过太守，为官清廉。父亲早逝，因此张衡家里很贫穷。张衡从小就勤奋好学，加上天资聪颖，很早就闻名乡里。

据史书记载，他十岁时就"能五经贯六艺"，过目成诵。他兴趣很广泛，常常涉猎自然科学方面的读物，而且写得一手好辞赋。

一天，张衡从一本诗集里读到四句诗，描述了北斗星在各个季节傍晚时的变化："斗柄指东，天下皆春；斗柄指南，天下皆夏；斗柄指西，天下皆秋；斗柄指北，天下皆冬。"他觉得这太有意思了。天上的繁星闪烁，有的像箕，有的像斗，有的像狗，又有的像熊，它们的运行又各有怎样的规律呢？这简直是太美妙了。于是张衡根据诗的内容又参考别的书籍画成了天象图，每夜只要是没有云彩，他就默默地对着天象图仔细观察着夜空。广漠的星空有多少难解之谜呀，他观察着、记录着、思考着，他的脑袋里装满了各式各样的问题，充满了五颜六色的幻想。后来，他终于确认那四句诗里描述得不够准确，事实上斗柄早春指东北，暮春却指东南。

少年时代对日月星辰的观察，激发了张衡努力探索天文奥秘的决心。后来他两度出任中央政府专管天文的太史令，在这方面取得了辉煌的成就。据《辞海》所记：他首次正确解释月食是由月球进入地影而产生；观测和记录了中原地区能看到的 2500 颗星星，并且绘制了我国第一幅较完备的星图；他创制了世界上第一台利用水力转动的浑象和测定地震方位的候风地动仪；制造了指南车、自动记里鼓车和能飞行数里的木鸟。

渴求知识的张衡总是感到自己知识的不足，不满十七岁时，他辞别父母独身一人到外地访师求学。在古都长安，他游览了当地的名胜古迹，考察了周围的山川形势、物产风俗和世态人情。在当时的京都洛阳，他结识了不少有学问的朋友，其中有一个叫崔瑗，精通天文、数学、历法，还是很有名气的书法家。张衡登门向他求教。正是由于他这种虚心好学的精神使得他在各方面获益匪浅。除了在天文学方面有杰出成就外，在地震学的研究上也是举世瞩目的，他制造的候风地动仪比欧洲相类似的仪器问世早 1700 多年。他还是东汉六大画家之一，他写的《二京赋》“精思博会，十年乃成”，为人们所津津乐道。

* * * * *

河南省南阳县的北面有张衡墓和平子读书台，墓碑上有郭沫若的题词：“如此全面发展之人物，在世界史上亦所罕见。”

神医华佗

华佗（公元 141—208 年），今安徽省亳州人，东汉外科医生。

华佗七岁死了父亲，哥哥被抓去充军，一去不返，音信全无。家庭十分贫困，只有小华佗和母亲相依为命。

华佗从小爱好读书，富有钻研精神，对医学饶有兴趣。在母亲的教育下，小华佗立志不图官位，愿为良医，以救民济世为本。

后来，母亲得了一种奇怪的病，忽冷忽热，周身疼痛，皮肉肿胀。华佗请来很有名气的大夫治病，也不见成效。母亲病故前对华佗说："孩子，记住你的父母都是被这种古怪的病折磨死的。我希望你早日学成医术，好让百姓少受疾病之苦!"

母亲的去世激发了华佗发奋学医、普济众生的决心。他来到城里，要拜父亲的生前好友蔡医生为师学医。蔡医生开始不想收华佗为徒，可是一想，华佗父亲生前是自己的老朋友，朋友一死转眼不认人，也太不讲情义了。所以，他想考考华佗，如果他是一块做医生的料，就收；不行，就不收。

蔡医生主意已定。他见几位徒弟正在院子里采桑叶，而最高处枝条上的桑叶够不着，便向华佗说："你能设法把最高的桑叶采下来吗?"华佗说："能。"他叫人取了根绳子，拴上块小石子，只一抛，绳子抛过枝条，树枝被压下来，桑叶就采到了。蔡医生又看见两只山羊在斗架，眼都斗红了，谁也拉不开，就说："华佗，你能把这两只山羊拉开吗?"华佗又说："能。"只见他拔来两把鲜草，放在羊的旁边，斗架的羊早就斗饿了，一见鲜草，忙着抢草吃，自然散开不斗了。

蔡医生见华佗如此聪明，就收他为徒。后来华佗跟随师父刻苦钻研，注重实践，终于成为被人拥戴的一代名医。

他根据医道，自编了一套"五禽戏"体操，教人用来锻炼身体。不少人练了很有效果。华佗一位表弟长期做"五禽戏"体操，年老时，耳聪目明，牙齿坚固，为同龄人所羡慕。

* * * * *

华佗一生刚直不阿，不求虚名。他首创了"麻沸散"，是我国历史上第一个使用麻醉技术进行手术的医生，成为我国古代医学家中杰出的代表人物。

刘徽与《九章算术》

刘徽，生卒年不详，是中国数学史上一位非常伟大的数学家，在世界数学史上，也占有杰出的地位。他的杰作《九章算术》和《海岛算经》，是我国最宝贵的数学遗产。

《九章算术》约成书于公元 1 世纪，共有 246 个问题的解法。在许多方面：如解联立方程，分数四则运算，正负数运算，几何图形的体积面积计算等，都属于世界先进之列，但因解法比较原始，缺乏必要的证明，而刘徽则对此均作了补充证明。在这些证明中，显示了他在多方面的创造性的贡献。他是世界上最早提出十进小数概念的人，并用十进小数来表示无理数的立方根。在代数方面，他正确地提出了正负数的概念及其加减运算的法则；改进了线性方程组的解法。在几何方面，提出了“割圆术”，即将圆周用内接或外切正多边形穷竭的一种求圆面积和圆周长的方法。他利用割圆术科学地求出了圆周率π，刘徽在割圆术中提出的“割之弥细，所失弥少，割之又割以至于不可割，则与圆合体而无所失矣”，这可视为中国古代极限观念的佳作。

《海岛算经》一书中，刘徽精心选编了九个测量问题，这些题目的创造性、复杂性和富有代表性，都在当时为西方所瞩目。

刘徽思维敏捷，方法灵活，既提倡推理又主张直观。他是我国最早明确主张用逻辑推理的方式来论证数学命题的人。

* * * * *

刘徽的一生是为数学刻苦探求的一生。他虽然地位低下，但人格高尚。他不是沽名钓誉的庸人，而是学而不厌的伟人，他给我们中华民族留下了宝贵的财富。

曹植七步成诗

曹植（公元192—232年），字子建，是曹操第三个儿子，自小便受到很好的文学培养。《洛神赋》就是他的杰作之一，这篇赋被后人多次解释、猜测和辩论。谢灵运曾经这样评价他：天下的才共有一石（十斗），曹子建一人就占去了八斗，我得了一斗，剩下的一斗其他人去分。

东汉建安时代的文学是很活跃的，其中曹操、曹丕、曹植父子三人对后代文学有着相当大的影响，而曹植的名气又最为响亮。在曹操的培养下，曹植自小就有出众的才华。他常常谈起话来滔滔不绝；与人应酬，对答如流。他写起文章来，下笔琳琅满目，使人们称赏不已。

有一天，曹操看了曹植的文章之后，满腹狐疑，就随口说了一句：“你是不是请人代写的呀?”曹植看到父亲不信任自己，感到受了极大的委屈，就跪在地上，大声说：“我言出为论，下笔成章，为什么要请人代写呀！请父亲亲自一试。”曹操点了点头。

时过不久，曹操在邺城建造了一座著名的“铜雀台”。落成那天，曹操率领儿子们登台观赏，并且当着文武百官的面，曹操说：“你们几人就在台上每人写一篇赋。”只见几个儿子提笔疾书，不一会儿就一个接一个交卷了。文武百官见这父子几人，心里油然发出赞叹，大臣们拿出第一个交卷的曹植的文章，读后更加吃惊，他们深深被文章的辞采精华所折服了。于是一齐呈给曹操，他读了之后，不由得眼睛一亮，他相信了儿子的才能确实非同寻常，便对曹植寄予厚望。他不由得又回想起小曹植七八岁时候的一件事来：

那年中秋，全家在一起赏月，曹操指着天上的一轮明月问曹植：“外国跟月亮相比，哪个远，哪个近?”小曹植一口答道：“月亮近，外国远呀!”“为什么?”全家人都莫名其妙。他说：“月亮抬头就能望见，所以说它近；外国怎么也望不见，所以说它远。”大家信服。

第二年中秋，有几个外国朋友来拜访曹操。在宴会上，曹操想起去年赏月的事，就问客人：“月亮跟贵国相比，哪个远？哪个近?”客人们众说纷纭，莫衷一是。曹操在一旁含笑不语，等到众人争论都停了下来，说道：“这个问题让我家植儿回答，请诸位多多指教!”

曹植被带进了宴会厅，他很有礼貌地对客人说：“贵国近，月亮远呀!”曹操一听大惑不解：“去年跟今年的说法截然相反呀！你怎么人长一岁，脑子却变糊涂啦!”曹植不慌不忙地答道：“月亮虽然抬头能看见，却不能来到我们中间，外国虽然看不见，但可以跟我们互相往来，所以说它近哪!”话说得有理有据，很中外国使者的心意，曹操听了更是暗自得意。

曹植的才能遭到了他的哥哥曹丕的忌恨。后来曹丕做了魏王，有一天，曹丕把曹植叫了来。心怀叵测地说：“父亲在世时，曾经说你才华盖世，今天，你就走七步吟成一首诗。如做不到就将行以大法（处死）。”

只见曹植不慌不忙，把手背在后面，如同闲庭信步。他走了七步之后，随口吟道：

煮豆持作羹，漉菽以为汁。
其在釜下燃，豆在釜中泣。
本自同根生，相煎何太急？

诗中虽是说煮豆，暗指的是我们本来是同胞兄弟，何必自相残杀呢？曹丕听了之后只好把曹植分封到外地去了。

* * * * *

在我国文学史上，曹植是被人公认的写五言诗的高手，也擅长写辞赋和散文。

智勇救危——荀灌

荀灌，西晋临颍（今河南临颍县）人，她十三岁时，便做出了一件惊天动地的大事情。

荀灌的父亲荀崧，是襄阳太守。他在任上做了一些受老百姓欢迎的事，同时也得罪了一些人。部下杜曾对荀崧不满，为报私仇，经过一番密谋策划，发动了一场叛乱。杜曾突然带领重兵包围了襄阳城，扬言破城之后要杀掉太守荀崧，还要杀尽那忠于太守的人。荀崧公正无私，为官清廉，深受襄阳老百姓爱戴，他们和守军一起拼命抵抗。杜曾每天指挥部下攻城，死伤无数，仍不罢手。双方对峙日久，城里粮草一天比一天减少，守城的军民死伤人数一天比一天增多。荀崧心急如焚，对部下说："坐以待毙是不能持久的。只有派人突围出去，向平南将军石览求援才行。我待他不薄，只要他知道我的危急处境，必定会发兵来救襄阳。"话虽这样说，可是，那众多的叛军重重包围，连一只鸟儿也难飞出城去，怎样突围求救呢？两天过去了，还没有一个人自告奋勇突围搬救兵。

情势更危急了，荀崧决定自己突围求援。众将士不让太守去，一个个苦苦相劝。这时，十三岁的小女儿荀灌推开众人，走上前来。她说："父亲重任在身，正在带领襄阳军民战斗。你是头儿，怎可随便离开？还是让女儿突围求援吧。"父亲知道女儿从小跟着自己习武，早就练出了一身好功夫，刀枪剑戟也很娴熟，但是担心她人小力单，难当大任。荀灌急了，恳求说："襄阳危在旦夕，难道我们都情愿等死不成？灌儿虽然年幼，却有破敌妙法。"

荀崧不以为然地说："那你就说说看，是何妙法？"

荀灌说："叛军攻城太急，几天以来已经疲劳不堪。我已经观察到了，他们白天组织还算严密，到了夜间，防守便松弛了。我只要带领少数武艺高强的军士，乘其不备，深夜突围，又有何难?”荀崧答应了她的请求，下令选拔精悍骁勇的军士，随荀灌突围。深夜，荀灌手执利剑和十几个武士骑马冲出城外。叛军都在睡大觉。等巡哨的发现时，荀灌已冲出包围。荀灌一行急驰而去，很快到了平南将军驻地。石览问明情况后，便说：“你们先吃饭休息，等会儿再商量破敌之计。”荀灌不肯吃饭，生气地说：“将军，您没听人说，救兵如救火吗？还是请迅速发兵，解救襄阳城吧。”石览说：“叛军兵力雄厚，只靠我的军队恐怕一下子难以击垮他们，必须请求南中郎将周访同时出兵，合力破敌。”荀灌说：“我这就写一封求援的书信。”她代替父亲写信件，请石将军派人速送周访。信上写着：“万一襄阳失守，叛军必然气焰更加嚣张，倾巢而犯近邻，将军必将首当其冲，那时灭顶之灾在所难免。如将军肯发兵援救襄阳，平南将军石览愿同将军结为兄弟，共同举兵，合力击破杜曾叛军。”周访被信中的道理说服了，马上派儿子周抚带精兵三千，和石览的援军一起，飞驰襄阳。荀崧见援兵已到，率城里守军冲杀出来。杜曾两面受攻，虽奋力抵抗，仍伤亡惨重。他见势不妙，仓皇撤兵而去。襄阳军民得救了。荀崧亲自到城外迎接平南将军石览和周抚，感谢他们的援救。石览将军拉着荀灌的手，对荀崧说：“您有这样一个智勇双全的好女儿，真是令人羡慕。”周抚也说：“襄阳解围，百姓得救，小荀灌应该是第一个有功之臣，可敬可敬!”

* * * * *

荀灌为襄阳解围，拯救军民，充分表现了她是一位智勇双全的女英雄。

王羲之练书法

王羲之，字逸少。琅邪临沂（今属山东）人。东晋书法家，官至右军将军、会稽内史，故人称“王右军”。后辞官，定居会稽山阴（今浙江绍兴）。其书法楷书、行书、草书等书体皆精。字势雄强多变化，有“龙跃天门、虎卧凤阁”之誉，为历代书法家所崇尚，有“书圣”之称。少年时期的王羲之，就以刻苦好学、机智勤敏而誉满乡里。

王羲之出生在一个官僚家庭。父亲王旷为淮南太守，叔父王导为司徒，伯父王敦为扬州刺史，叔祖父王澄为荆州刺史。他父亲这一辈人都是当时著名的书法家，所以他有很好的学习条件。

王羲之小时候少言寡语，谁也看不出他有什么与众不同的地方。但他热爱学习，喜欢钻研，遇事机智有谋。他七岁开始临池学书，到十岁时，字写得已很有水平，他的叔叔伯伯都十分喜欢他。

王羲之到了十一岁，很想学一点关于书法方面的理论著作，用来指导自己。有一天，他在父亲王旷的枕头里发现了一本叫作《笔论》的书，讲的都是有关写字的方法。他高兴得如获至宝，便如醉如痴地学起来。正当他兴趣正浓时，被父亲发现了，问他："为什么偷读我枕中秘本?"王羲之只是望着父亲笑而不语。母亲从旁插话道："他恐怕是在揣摩用笔的方法吧!"父亲说："你现在年龄太小，等长大了，我自然会教给你读。"王羲之急不可待，不高兴地说："如果等我长大了才讲究笔法，那不成了日暮之学，青春年华不就白白浪费了吗?"王旷十分惊奇儿子的这番议论，认为儿子少有大志，应该从小好好培养，于是便将《笔论》的内容认认真真地向王羲之作了讲解。王羲之有了扎实的临摹工夫，又有了《笔论》的理论指导，几个月的工夫，书法便上升到一个新的水平。以后，他又拜当时的女书法家卫夫人为老师，在卫夫人的悉心指导之下，练习书法，有了更长足的进步。王羲之跟卫夫人学了一个时期，书法已十分圆转成熟。连卫夫人也不得不惊叹："青出于蓝而胜于蓝，这孩子将来一定要超过我了!"

王羲之的书法之所以取得这样的成就，同他转益多师，刻苦磨砺分不开。他楷书学钟繇，草书学张芝。他自己说过，他的书法比起钟繇来，可以说是分庭抗礼，或者要超过他；比起张芝，应当是并驾齐驱、比翼双飞。他还向魏碑和汉碑学习，追摹书法源流。他自己说："我小时候学习卫夫人书法，自认为学得很有成绩了。后来渡江到北方游历了一些名山大川，见到了李斯、曹喜等人的书法；到许下见到了钟繇、梁鹄的书法；到洛下见到了蔡邕的三体书《石经》；在叔伯哥哥王洽处见到张昶的《华岳碑》，才知道仅仅学习卫夫人，还是远远不够的，白白浪费时间罢了。于是转变师承，向众碑学习。"

王羲之习学书法，不仅向有字碑、有字帖学习，而且善于向无字碑、无字帖学习。这也有许多有趣的传说。山阴道上空灵秀逸的江南山水，给了他的书法清朗俊逸的风格。他不仅师法大自然，从大自然中吸取书法中的灵气，而且善于观察动物。他特别爱鹅，从鹅的步履沉稳，鸣声清越，举首展翅的疏朗飘逸中体会书法结体中疏密、开合的种种奥妙。有一次，他听说山阴有一个道士，养着几只美丽的鹅，王羲之便兴致勃勃地前往参观。他到了道士那里，正看见几只雪白的鹅双翅扇动，追逐嬉戏，确实活泼可爱。王羲之爱不忍离，再三请求道士把几只鹅卖给他。道士推辞了一番，最后说："你如果真地看中了我的鹅，就请你为我写一篇《道德经》，这几只鹅就送给你了。"王羲之欣然答应，为道士写了《道德经》，把鹅装入笼子里带回了家。其实，这是因为道士喜欢王羲之的字，王羲之却不轻易为人写字。道士打听到他特别喜欢鹅，故意采取以鹅易字的方法。至今，绍兴城内戒珠寺和城外兰亭都有鹅池，碑文皆为王羲之所书。

王羲之在年轻时，书法作品就已成为珍品，一般人很不容易得到。传说王羲之一次在蕺山见一老太婆卖六角竹扇，烈日炎炎，竟无人问津，便动了恻隐之心。心想，老太婆扇子卖不出，中午无钱买米，不就要断炊吗？便走到老太婆摊子前边，在她每把扇子上写了五个字。老太婆起初很不高兴，心想，你在我扇子上胡画乱涂些什么？王羲之向她说："你只要说这是王右军写的，要一百钱一把！"老太婆照此喝价，扇子果然一抢而空，心里好喜欢。她赶紧跑回家去，又抱来一些扇子，要王羲之写，王羲之只是笑笑，便走开了。

王羲之从六七岁开始练字，直到去世为止，五十余年笔墨不辍。愈到晚年，愈是老练沉雄。他很钦佩汉代张芝"临池学书，池水尽黑"的学习精神，常常以此鞭策自己。根据记载，除绍兴兰亭外，江西临川的新城山、浙江永嘉积谷山以及江西庐山归宗寺等处，都有他的墨池。他的儿子王献之继承父风，又有发展，世称"二王"，影响极为深远。王羲之存世作品已无真迹。行书《兰亭序》《圣教序》《姨母》《丧乱》《孔侍中》，草书《初月》等帖，皆为后世勾摹之作。

* * * * *

王羲之成为"书圣"固然与他的天赋有关，但也是他勤学苦练的结果。

神笔顾恺之

顾恺之（约公元348—409年），字长康，晋陵无锡（今江苏）人。东晋画家。

顾恺之的“天工神笔”是从小练就的。他三四岁学画画儿，到八九岁时，已成为小丹青妙手了。他家的院里、院外、墙上，以及他的手背上、脚面上，凡是能画画的地方，都留下过他的“杰作”。

有一天夜里，顾恺之做了一个美好的梦，他梦见月亮变成了一位迷人的姑娘向他飘来。姑娘的眼睛像纯净的湖水那般光亮、莹洁。姑娘还让他画眼睛。接着他梦见池中的莲花都变成了一位位莲花姑娘，都争着让他画眼睛……

顾恺之醒来，遥望碧空明月，星星在眨着眼睛。星星呀，你就是天空的眼睛吗？你有大、有小、有明、有暗；世上人的眼睛也不都如此吗？不同的是多一点善、恶、丑、美。眼睛呀，最能反映一个人的心灵，最能代表人的性格特征。把天下的眼睛都纳于我的笔下吧！

从此，顾恺之看啊，画啊，看各种各样的眼睛，也画各种各样的眼睛。苦练多年之后，画艺大进。后来在他笔下，孩子们滴溜的眼睛像西湖水面上的星星；老人们深邃的眼睛像山林中一汪蓝色的清潭；小伙子们闪烁的刚毅光芒的眼睛像盛着三月的太阳；而姑娘们的眼睛，则温柔得像夏天的露珠儿，在草叶上荡漾……

顾恺之不到二十岁就名满京城了，当时有个云祥和尚想修建一座辉煌的寺院，向四方募捐，可捐到的很少。正当云祥食不甘味之时，恺之找上门，要捐一百万钱。他只要了一面空白墙壁，日夜挥笔舞彩，一个多月后，一幅光彩照人的大壁画完成了！

“看神画呀！顾恺之画的！”京城顿时沸腾了。黎明，庙门刚刚打开，烧香的、还愿的，络绎不绝。特别是大绅大户，都怀着虔诚的心情，急忙迈进庙门。他们望着画中人的不同眼神，不禁暗暗叫绝“天工神笔！”不到一个月，捐赠的钱早已超过了一百万！

* * * * *

顾恺之多才多艺，擅长诗赋，绘画书法皆精，以人物画最为著名，有“传神写照，正在阿堵（眼珠）之中”的特长。

勇除蟒蛇——李寄

李寄，东晋时期福建将乐县人。她小小年纪便机智勇敢地杀死了一条巨大的蟒蛇，为民间除了祸害。她的故事被史学家记了下来，一直被后人传诵着。

福建西北部的山区连绵起伏，大森林遮天蔽日，凶恶的蟒蛇肆意横行，到处伤害附近的老百姓。位于山区腹地的将乐县，便有一条凶恶的大蟒蛇，盘桓在山洞里。当地的农民非常惧怕它。不仅仅是因为自家豢养的牛羊猪狗经常被蟒蛇袭击吞食，更可怕的是它还特别喜欢吃小孩子。当地农民差不多都没有文化知识，被传统封建迷信约束着，动不动就去乞求神灵来保佑平安，但是小孩子还是免不了遭受伤害。有一个可恶的老巫婆，看见农民们好欺骗，千方百计地装神弄鬼，大肆宣传它是一条天上的蛇神，下凡来到人间，将乐县的农民们必须修建一座神庙来祭祀它。农民们信以为真，不惜花费了许多的钱财和劳力，把神庙建好了。祭祀的香火长年不断，但蛇神还是不肯饶过农民们。继续受到蟒蛇威胁的人们总是提心吊胆地过日子。地方官员害怕因此地方上不太平，如果老百姓全逃走了，他们就无法征税派捐了，于是便暗地里和老巫婆串通一气，公开宣布：农民们每年必须送一个十二三岁的小女孩儿去祭蛇，便可以得到太平。日子定在农历八月。每年到了那一天，农民们全部走出家门，诚心诚意地去蛇神庙焚香朝拜之后，便把事先安排好的小女孩送到蟒蛇栖居的洞口。一直等待凶恶的蟒蛇出来，把小女孩吃掉后，他们才离开。按照规定，凡是有女孩的人家应该轮流地送。后来有钱人家宁肯用银子去买穷人家的小女孩，或者逼迫自家奴仆的女孩子来代替。就这样，一年一年地过去了，一连送了九个女孩儿祭蛇。但蟒蛇还是照样出来作恶逞凶。官府和巫婆看到农民心甘情愿地听从他们的摆布，倒也十分满意。

到了第十个年头，夏天刚过，村民们又该送女孩儿祭蛇了。这时候，人们的心情十分沉重。哪一个不害怕轮到自家送女孩儿啊？有一个又贫穷又老实的农民叫李诞，他共生了六个女儿，虽然拼命干活儿，但是日子过得还是少吃缺穿的。他有个最小的女儿叫李寄，长得又聪明又美丽，还特别孝敬父母。她看到父母为生活的重担压得抬不起头来，想来想去又没有什么好办法，便自己主动提出来，愿意去祭蛇。这件事太突然了。要知道十指连心，哪一个父母肯舍得自己亲骨肉走这条绝路？

李寄恳切地对父母说："女儿我虽然愿意尽力孝敬爸妈，但是我却不能像古代的缇萦那样做出一番惊天动地的大事，来给爸妈脸上增添光彩。我心里不好受，一直觉得让爸妈白白养活，真是太难为你们了。所以想来想去，还是让爸妈卖掉女儿，你们也好换来一笔钱过几天安舒的日子。我就是顶替有钱人家的女孩儿，去让蟒蛇吃掉了，也会心里好受些。"

听了小女儿的一番话，爸妈悲痛不已。不管孩子怎样苦苦哀求，李诞夫妇就是不肯同意。最后小李寄还是狠着心，真的按自己说的去做了。村里该送女孩的那家有钱人给李诞送来了许多许多银子，还说了不少感谢的话。祭蛇的日子到了，小李寄已做好了一切准备。不过，谁也没有更多地注意，她临去祭蛇时，还偷偷带着早已藏好的一把明光锃亮的利剑和她家里养的一条凶猛的狗。爸妈光顾着伤心掉泪，也不知道女儿带狗有什么用，只是默默地任她去干。那些参加祭蛇的人们更不知道小李寄葫芦里卖的是什么药，都好奇地跟着观看。

李寄先来到神庙，叩了几个头，烧上一束香，然后起身走向蟒蛇藏身的山洞外面。她不慌不忙地从身上取出几个用蜂蜜和好的特大糯米团子，放在紧靠出口的地方。过了好大一阵子，可怕的大蟒蛇慢慢爬了出来。惊恐极了的人们，看见那巨大的蛇头犹如圆圆的谷仓，一双可怕的巨眼闪着绿光，好像二尺直径的大镜子。凶焰毕露的蛇神一出洞，便把祭蛇神的人们吓得一个个浑身发抖，全都伏倒在地，口中不住地念着"天神保佑"。可是小李寄却沉着冷静地等待着即将发生的一幕。人们都以为小女孩儿立即要被吞食了，他们全部屏住气息，不敢抬头去看即将发生的惨剧。此时，凶恶的蟒蛇只是大口大口地吞食又香又甜的特大糯米团子，根本顾不得别的。小李寄做了一个小小的手势，驯养有素的狗飞箭一般迅猛地向蟒蛇扑了过去。蟒蛇毫无准备，再想抵挡已来不及了。只见那狗狠命地咬住了蟒蛇的头部。这时，身体轻捷的小李寄飞快地赶上前去，掏出怀中藏着的利剑，用尽力气向蟒蛇露在洞外的前身猛刺。

那蟒蛇前后拼命挣扎，整个身子都从山洞里蹿了出来，痛得胡乱打滚。那狗狠狠咬住蟒蛇不放，相持许久。最后，多年来祸害老百姓的蟒蛇再也爬不动了。

祭蛇的农民们这时才恍然大悟，小李寄早就有了杀死蟒蛇的打算。人们一起拥上前去，流着激动的泪水，拥抱这个为民除害的小英雄。

* * * * *

李寄小小年纪就能杀死大蟒蛇，为民除害，是一位值得永远敬佩、怀念的小英雄。

孙康映雪夜读

孙康，晋代京兆（今河南洛阳）人，官至御史大夫。

孙康幼时酷爱学习，常常感到时间不够用。他想夜以继日攻读，可家中贫穷，没钱购买灯油。一到天黑，便没有办法读书。特别到了冬天，长夜漫漫，他有时辗转很久，难以入睡。实在没有办法，只好白天多看书，晚上睡在床上默诵。

一天夜里，他一觉醒来，忽然发现从窗外透进几丝白光。开门一看，原来下了一场大雪。屋顶白了，地上白了，树上也白了。整个大地披上一层银装，闪闪发光，使他眼花缭乱。他站在院子里欣赏银装素裹的雪后美景，忽然心中一动：映着雪光，可否读书呢？他急急忙忙跑回到屋里，拿出书来对着雪地的反光一看，果然字迹清楚，比一盏昏黄的小油灯要亮堂得多呢！

从此孙康不再为没有灯油而发愁。整个冬天，他夜以继日地读书，不怕寒冷，也不感到疲倦，常常一直读到鸡叫。即使是北风呼号，滴水成冰，他也从来没中断学习。

* * * * *

功夫不负有心人，孙康砥砺求进，学有大成，终于成为一位很有名望的学者。

才女谢道韫

谢道韫，东晋陈郡阳夏（今河南太康）人，古代有名的女才子、女诗人。她从小便有过人的文才和口才，七岁时赢得了“咏絮才女”的美名。

谢家是东晋时期的望族。谢安是当朝宰相，谢石任都督，谢玄任广陵相。他们是历史上有名的“淝水之战”的组织者，在抗拒前秦苻坚统帅的百万大军进攻、保卫东晋政权的殊死战斗中立下了大功，深得皇上的信任。谢道韫是安西将军谢奕的女儿、谢安的侄女。她生长在这个名门望族的大家庭中，自幼受到良好的教育，表现出超人的才智。

谢安文才武略盖世，乃是东晋第一号栋梁之臣。他平时非常关心下一代的成长，希望子侄们能一个个地茁壮成长，将来好为国家效力，所以经常过问孩子们的学习情况，要求也十分严格。有一天，他看到侄女道韫正在读《毛诗》，便问：“你读过的文章能不能流利地背出来？”不慌不忙的小道韫说：“能。”她一口气背出了十多首诗。谢安又问：“你说说《毛诗》里面，最喜欢哪些诗句？”谢道韫想了想，说：“我最喜欢的诗句是‘去甫作颂，穆如清风。仲山甫永怀，以慰其心’。”谢安听了，连声称赞：“很好，很好。想不到你能有这么高的欣赏能力。这也说明你对《毛诗》的学习，不是囫囵吞枣，而是领会很深。”这件事传到社会上，人们都说：“道韫真乃女神童也。”

天气一天比一天冷了起来，人们都穿上了御寒的棉衣。快到春节的时候，竟下起了一场纷纷扬扬的大雪。远处的山峦变成白茫茫的，广袤的田野被白色覆盖了，连街道上庭院里都积满了厚厚的白雪。古人常说：瑞雪兆丰年。人们看到雪下得越大，心里越高兴。谢安带着侄儿侄女一起外出赏雪。他们为大自然的壮丽美景陶醉了。孩子们在雪地里追逐嬉戏，谢安却在草亭里举杯独酌，望着漫天飞舞的雪花出神。

谢安看他们兴致很高，便打算趁机考一考他们学习诗文的情况。谢安说：“赏雪是个高雅的活动。不光是用眼睛去观看美景奇观，还应该用优雅的诗词赞诵，才能把兴致尽情地抒发出来呢。”

调皮的谢朗正好八岁，他说："叔叔你一定想好诗句了，才来考我们的，对不对?"

温和的谢道韫接过了话，说："俺们和叔叔比试比试，怎么样?"

谢安高兴地笑出了声："好！我饮下这一杯酒，再作好诗给你们看，如何?"

兄妹俩等了好一阵子。只见谢安用手拂去胡须上沾着的酒滴，站立起身子，用手向漫天大雪一挥，口中吟出了一句："白雪纷纷何所似?"就不往下说了，他是问孩子们：你们看这正下着的大雪好像是什么呀?

调皮的谢朗抢着吟了一句诗："空中撒盐差可拟。"意思是说："我看大雪就跟从天上往下撒着盐粒一样。"说完很得意地双眼看叔叔，想得到他的表扬呢。

谢安轻轻地摇了摇头。

谢道韫不好意思地说："我想是想好了一句，不过，叔叔您不能笑话我呀!"

谢安点了点头，表示不笑话她。

谢道韫把眼睛投向天空，轻轻地吟咏了一句："未若柳絮因风起。"意思是说："我看这纷纷扬扬的漫天大雪，正好像春天的柳絮，随风而起，四处飞舞。"

谢安立即拍手叫好。

谢朗也说："妹妹的比喻比我强多了。"

谢安说："你知道它强在什么地方吗？第一，春天里柳絮到处飞舞，白茫茫一片，跟雪花的颜色很相像。第二，柳絮本身就很轻，飞的时候忽上忽下，即左即右，舞的姿态实在和雪花差不多，从重量和颜色上相比，没有别的比它更合适了。"

谢朗这才恍然大悟，连说："不错，真不错。"

* * * * *

七岁的谢道韫咏雪的奇巧，被人们公认为天才。从此，她便有了一个"咏絮才女"的美名。后世遂称女子的文学才能为"咏絮才"。

数学家祖冲之

祖冲之（公元429—500年）是我国南北朝时期，河北省涞源县人。

祖冲之在数学上的杰出成就，是关于圆周率的计算。秦汉以前，人们以“径一周三”作为圆周率，这就是“古率”。后来发现古率误差太大，圆周率应是“圆径一而周三有余”，不过究竟余多少，意见不一。直到三国时期，刘徽提出了计算圆周率的科学方法——“割圆术"，用圆内接正多边形的周长来逼近圆周长. 刘徽计算到圆内接96边形，求得$\pi=3.14$，并指出，内接正多边形的边数越多，所求得的π值越精确。祖冲之在前人成就的基础上，经过刻苦钻研，反复演算，求出π在3.1415926与3.1415927之间。并得出了π分数形式的近似值，取22/7为约率，取355/113为密率，其中355/113取六位小数是3.1415929，它是分子分母在1000以内最接近π值的分数。祖冲之究竟用什么方法得出这一结果，现在无从考查。若设想他按刘徽的“割圆术"方法去求的话，就要计算到圆内接16384边形，这需要花费多少时间和付出多么巨大的劳动啊！由此可见他在治学上的顽强毅力和聪敏才智是多么令人钦佩呀。祖冲之计算得出的密率，外国数学家获得同样结果，已是一千多年以后的事了。为了纪念祖冲之的杰出贡献，有些外国数学史家建议把圆周率叫作“祖率”。

祖冲之博览当时的名家经典，坚持实事求是，他从亲自测量计算的大量资料中对比分析，发现过去历法的严重误差，并勇于改进，在他三十三岁时编制成功了《大明历》，开辟了历法史的新纪元。

* * * * *

祖冲之从小就读了许多天文、数学方面的书籍，他勤奋好学，刻苦实践，终于成为我国古代杰出的数学家、天文学家。

隋炀帝与大运河

我国的大江大河，大部分都是从西往东横向流动的。在现代化陆路交通工具还没出现的情况下，开辟一条纵贯南北的水路运输线，就显得十分重要。这一历史任务是在隋炀帝时代完成的。

当时，修河工程对人民是一场灾难。由于隋炀帝强征几百万民工修筑运河，严重地破坏了生产，使成千上万的民工惨死在运河工地上。传奇小说《开河记》，以传奇的形式，描写了修河民工的悲惨生活。文中写道，隋炀帝派遣了酷吏麻叔谋主管修河，强制天下十五岁以上的男丁都要服役，共征发了三百六十万人。同时又从五家抽一人，或老，或少，或女子，担负供应民工的伙食炊事。隋炀帝还派出了五万名彪形大汉，各执刑杖，作为督促民工劳动的监工。因为劳动负担很重，监工迫责太急，动不动就用棍棒毒打，所以不到一年，三百六十万民工死者竟达二百五十万人。麻叔谋在淮北一带胡作非为，贪污受贿、恣行享乐。因为他滥施淫威，凶狠暴虐，运河地区人民竟把他视为吃人的妖魔。唐人小说《隋遗录》记载，当地每当小孩哭闹，一听大人说“麻胡（麻叔谋）来”，就立即声止。上述固然是小说家言，但也反映了隋王朝在开凿运河工程中，给人民带来的灾难。

隋朝的大运河全长五千四百多里，以洛阳为中心，共分四段，自沁水入黄河处至涿郡（今北京），名曰永济渠；自洛阳至盱眙（xu yi，今江苏盱眙）入淮，曰通济渠；自山阳（今江苏淮安）至江都（今江苏扬州），名邗沟；自江都至余杭（杭州），名江南河。大运河修整得十分气派，据历史记载，“水面阔四十步……两岸为大道，种榆柳，自东都（洛阳）至江都，二千余里，树荫相交。”全部工程自炀帝大业元年（公元605年）起，至大业六年（公元610年）即告完成。这样短的时间，完成这样一个大规模的工程，广大劳动人民所付出的辛勤劳动，是可以想见的。运河修成后，隋炀帝为了炫耀自己的威仪，曾先后三次乘龙舟“游江都”。至今，在扬州一带尚有隋炀帝下扬州的许多传说。据说，其中一次是因为扬州盛开着一种罕见的琼花，隋炀帝为看琼花，乘兴泛舟而下。现在，扬州还有一处琼花观，观内有琼花台，据说就是当年隋炀帝看琼花的地方。司马光的《资治通鉴》记载，炀帝游江都，十分排场。他所乘坐的龙舟，有四层楼，高四十五尺，长二百尺，最上层盖有大殿，中二层建有一百二十个房间。紧跟炀帝的龙舟，还有皇后、诸王、公主、百官的船。船形各种各样，有似飞龙，有似白虎，有似青鸟，有似龟鳖，舳舻相接，达二百多里长。这些船仅用拉纤工，就有八万余人。船行沿途，更是骚扰百姓，炀帝命令船过五百里内，皆献美食，一州以至百车。吃不完，船行之前，皆令随从弃埋。

隋炀帝的暴政，激起了广大人民的强烈反感。唐人小说《海山记》，引用了当时的一首民谣："我兄征辽东（指隋王朝对高句丽的战争），饿死青山下。今我挽龙舟，又困隋堤道。方今天下饥，路粮无些少。前去三十程，此身安可保。"从这里不难看出人民在隋王朝暴政之下，已是朝不保夕，处于绝境。不久，隋炀帝的统治就被人民起义的浪潮推翻了。

* * * * *

大运河是世界上最长的一条人工开凿的河道，是我国古代劳动人民的伟大创举；它和万里长城同样是闻名世界的伟大工程，同样是中华民族的骄傲。

药王孙思邈

孙思邈，京兆华原（今陕西省耀县）人，约生于隋开皇元年（公元581年），卒于唐永淳元年（公元682年），活了一百零二岁（有的考证说活了一百四十一岁）。人们把他当作"神仙"，尊称为"药王"。

他从小勤奋好学，七岁读书，每日背诵一千多字，有"圣童"之称。到了二十岁，已精通诸子百家学说，既"善谈庄、老"，又"兼好释典"，学问非常渊博。隋唐两代帝王屡次请他做官，他都"固辞不受"，而立志学医，他的这种认识，是从切身体验中得来的。他小时候，体弱多病，要经常请医生诊治，"汤药之资，罄尽家产"。周围贫苦百姓，也跟他一样，因为患病弄得穷困不堪，有的竟得不到治疗而悲惨地死去这些事，使他感到："人命至重，有贵千金。一方济之，德逾于此。"（《千金要方》

自序）因此，他从十八岁开始，就“志于学医”，并下了很大的苦功，所谓“青衿（古学子所穿的衣，后称入学的生员）之岁，高尚兹典。白首之年，未尝释卷”（《千金要方》自序）。

孙思邈特别重视妇幼保健，是创建妇科的先驱。他在《千金要方》中首例妇科三卷，儿科一卷，把妇儿科放在突出的地位。他还打破当时医学界“各承一业”的陋习，主张用综合疗法治病。他说：“良医之道，必先诊脉处方，次即针灸，内外相扶，病必当愈。”他本人用药、用针、用灸都很精熟，对病人，不问“贵贱贫富”，不分“昼夜寒暑，饥渴疲劳，一心赶救”。一次，他在路上看到几个人抬着棺材在前面走，从棺材里滴出几点鲜血，后边跟着一个老婆婆，伤心大哭。这种情况引起他的注意，一问才知道棺材里的“死人”是老婆婆难产刚死的独生女儿。他告诉老婆婆，产妇并没有死。于是开棺抢救。一看，产妇脸色蜡黄，一丝血色也没有，同死人无异，但一摸脉搏还在微微地跳动。孙思邈选定穴位，只扎了一针，不一会儿，产妇就苏醒过来，胎儿也顺利产下。眼看母子得救，大家十分感激，齐声称赞他的医术高明。

* * * * *

孙思邈经过长期刻苦的钻研，获得很高的医学造诣，成为隋唐时期医药界的佼佼者。

冼夫人维护统一

冼夫人叫什么名字，历史上没有记载。只知道她出生在高凉郡（今广东阳江西）的一个少数民族首领的家庭。她出生的时候，黄河和长江流域正处在南北朝时期。冼夫人年轻时精明能干，有计谋，会领兵打仗，又经常劝自己的亲族做好事，因此族人都愿意听她指挥。父亲也非常疼爱她。冼夫人的哥哥冼挺在南朝的梁朝做南梁州刺史，依仗富强，常去攻打抢掠邻近的郡县。冼夫人总是劝阻他不要去抢掠。冼夫人的名声在岭南一带广为传颂。那时候，在罗州（今广东化县一带）做刺史的汉族人冯融，听说冼夫人聪明能干，就派人到冼家为自己的儿子冯宝求亲。冯宝当时做高凉的太守。冼家答应了这门亲事。

冯家原是北方人，虽然几代为官，但并不为当地人所信服。自从冼夫人嫁给冯宝以后，就约束本族，嘱咐他们服从地方政府的命令，不许违法扰民。她亲自和冯宝一起审理案件，哪怕是亲族犯罪，也要依法处理。自此，冯氏的威信在当地也就逐渐建立起来了。

陈朝建立的第二年，公元558年，冯宝去世，岭南地区的各少数民族的首领纷纷起兵割据，烽火遍地，人民不得安宁。陈朝也无力出兵。冼夫人安抚各部，说服起兵的首领停止割据活动。许多州重又安定下来。她还派九岁的儿子冯仆带着本族的首领去朝见陈霸先，陈霸先封冯仆为阳春（今广东阳江西北）太守，并表示对冼夫人的问候。

陈朝时候，岭南的广州刺史欧阳纥势力很大。公元569年，他发动叛乱。为了争取地方势力的支持，他派人召来冯仆，要冯仆共同起兵。冯仆急忙把这个消息告诉了母亲。冼夫人不顾儿子的险境，坚定地表示："我为国忠贞，已经两代，不能为儿子就负了国家。"她立即发兵保卫边境以抵挡叛军的进攻。同时率领少数民族的首领们前去迎接朝廷派来讨伐叛乱的将军章昭达。章昭达得到冼夫人的支持，内外夹攻，很快击溃了叛军，欧阳纥被活捉。冼夫人从狱中救出了儿子。冯仆因冼夫人的功劳被封为信都侯，官至中郎将，转任石龙（今广东化县东北）太守。陈朝又派使者册封冼夫人为中郎将，石龙太夫人。

公元589年，隋朝灭掉陈朝，南北重新统一。不过，隋军的力量一时还达不到岭南。岭南地区的几个郡就共举冼夫人为领袖，号称圣母，保境安民。不久，隋文帝的儿子杨广，让陈朝的最后一个皇帝陈后主写信给冼夫人，告诉她陈朝已经灭亡，要她投降隋朝。冼夫人接信后，召集本族的首领，把这事告诉他们。这时冯仆已经死了。冼夫人随即就让孙子冯魂，迎接隋朝派来安抚岭南的韦洸进广州。岭南地区就成了隋的统治范围。隋朝封冯魂为仪同三司（仪同三司，原意指非三公，即丞相、大尉、御史大夫，而给以与三公同等的待遇；隋朝时为高级散官），封冼夫人为宋康郡夫人。

韦洸到达广州的第二年，番禺（今广东番禺）的少数民族首领王仲宣起兵反隋，岭南的各族首领大部分响应。他们围困了广州城，韦洸战死。隋朝又派裴矩来安抚岭南，冼夫人听说立即派孙子冯暄带兵去救援。

冯暄和王仲宣的部将陈佛智是好朋友，就故意拖延不出兵。冼夫人知道了大怒，派人把冯暄抓起来，关在狱里。又派另一个孙子冯盎出兵讨伐陈佛智。冯盎取胜，杀了陈佛智，进兵到广州城郊，同隋朝的援兵会合，共同打败了王仲宣。冼夫人亲自披着铠甲，骑着高头大马，打着锦伞，率领骑兵，护卫着裴矩巡抚岭南各州。各州的少数民族首领都前来拜见冼夫人和裴矩，岭南重又安定下来。那时冼夫人已有七十多岁了。隋文帝听说冼夫人的事迹，又惊又喜，就封冯盎为高州刺史；赦免了冯暄，封他为罗州刺史；还追赠冯宝为广州总管、谯为国公；册封冼夫人为谯国夫人，并设置谯国夫人将军府和将军府的官吏，给她印绶，如有紧急情况，可以调动所辖地区的六州兵马，不必等待朝廷的命令。隋文帝表彰她的功绩说："夫人一心为国，深明大义，令孙冯盎又斩获陈佛智，击败叛军，立了大功。"还送给她许多丝织品。隋文帝的皇后也送她许多首饰和宴会服装。冼夫人把这些礼物都放在一个金匣子里，连同梁朝、陈朝皇帝送她的东西，分别藏在库房里。每到过年过节，她都把这些礼物陈列出来，对她的子孙进行教育："你们要尽心为国，我经历了三朝，都是以好心对待汉家朝廷，这些礼品就是我忠心报国的证明。希望你们见物思人，也都这样做才好。"

隋文帝晚年，冼夫人逝世。隋朝赐予许多丝织品为她送葬，谥她为诚敬夫人。两广地区包括海南岛在内，在她去世后都建立了冼夫人庙，有些地方，一个县就有十几到二十几处。人们以此来缅怀冼夫人。

* * * * *

冼夫人为维护民族团结促进中华民族融合做出了卓越的贡献。

唐太宗与开明的民族政策

唐太宗（公元 598—649 年），名李世民，唐朝第二代皇帝，公元 626 年至 649 年在位。他在我国古代的帝王里，称得上是杰出的一个。他的杰出表现之一就是对少数民族采取了比较开明的民族政策。

唐太宗在朝廷里，大量任用突厥贵族为官。突厥各部首领凡来到长安的，都拜为将军（武官，在大将军之下）、中郎将等官。五品以上的突厥武官达到一百多人，几乎占了朝廷的一半。在朝廷上可以看见突厥酋长带刀守卫，突厥人身着官服。宋朝人也说“夷狄之臣”来到中原的，以唐代为多。唐王朝实际上已成为一个多民族的统治政权。

唐太宗对少数民族的大臣十分爱惜。如以智勇闻名的阿史那社尔，率突厥部众内属后，被唐太宗封为左骁卫大将军（禁军的高级武官）。后来在平定高昌的战役中立功，唐太宗还赐予宝刀和丝织品，封毕国公。契苾何力率铁勒部内属以后，唐太宗任他为左领军将军（武官）。他屡建战功，一次随唐太宗出兵，被敌军刺伤，太宗亲自为他敷药。他的母亲和弟弟都在凉州，太宗让他回去探望，并安抚部众。那时突厥的薛延陀部很强盛，契苾何力的母亲、弟弟都去投奔薛延陀，部众也有准备去的。契苾何力回去后见到这种情况大惊，表示要忠于唐朝，不愿跟从他们去。他的部众就把他抓去见薛延陀的真珠可汗。契苾何力在真珠可汗面前，拔刀割去自己的左耳起誓说：“哪有唐朝的烈士受屈于你们的，天地日月，愿知我心！”当时唐朝朝廷上误传契苾何力投靠了薛延陀。大臣们都对唐太宗说：“契苾何力人薛延陀，如鱼得水。”太宗说：“不然，何力心如铁石，必不叛我。”后来薛延陀的使者来到长安，讲了何力的情况，唐太宗感动得落下泪来，忙派人去薛延陀，答应把皇女新兴公主嫁给真珠可汗，以换回何力为条件，何力因而得还。唐太宗对少数民族将领能与汉族将领一视同仁，赢得了少数民族将领的尊敬。在唐太宗巩固边疆的战争中，少数民族将领和首领起了很大作用。

唐太宗还大力推行和亲政策。他认为公主出嫁，生了儿子，就是他的外孙。外孙作可汗，不会骚扰唐朝。所以出嫁一个公主，可以保证北方三十年无事。有一次，薛延陀真珠可汗派人带着厚礼来求婚，唐太宗同大臣们商量对策。大臣房玄龄说：“中国新定，兵凶战危，还是和亲为好。”唐太宗说：“对，我是百姓的父母，只要对百姓有利，决不爱惜一个女儿。”于是，唐太宗答应把一个公主嫁与真珠可汗。在这前后，他把自己的妹妹衡阳公主嫁给了突厥处罗可汗的儿子阿史那社尔；把另一个妹妹九江公主，嫁与在朝为官的突厥酋长执失思力。吐谷浑王诺曷钵入朝，唐太宗把弘化公主嫁给他。吐蕃王松赞干布派人入朝求婚，唐太宗把宗室女文成公主嫁给了他。像这样唐和少数民族联姻的事还很多。和亲政策使唐同少数民族地区的联系更加亲近了。

唐太宗的民族政策，大大提高了唐朝中央政权的威望。东突厥灭亡以后，东北地区的奚、室韦等十几个部和西域的各小国都纷纷要求内属；逃到高昌的突厥人，听说唐朝对归降的突厥人待遇优厚，重又回来归唐。公元630年三月，西域和北部边疆各族的君长来到长安，请尊奉唐太宗为各族共同的首领“天可汗”。唐太宗说：“我为大唐天子，还要处理可汗的事吗?”群臣和各族君长都高呼万岁！从此，唐太宗不仅是唐朝的皇帝，还是各民族的“天可汗”。他晚年曾得意地说：“自古帝王虽平定中夏，不能服戎狄，朕才不逮古人而成功过之。”的确，唐太宗开明的民族政策，是古来的帝王所不可比拟的。

649年，唐太宗逝世，在朝廷作官的和来朝贡的少数民族首领几百人，听到这个消息，都悲恸地放声大哭，有的甚至剪去头发，用刀划破面孔，割去了耳朵，鲜血流了满地。阿史那社尔和契苾何力闻讯赶来，请求杀身殉葬。松赞干布也上书效忠致哀：“先皇晏驾，天子新立，臣子有不忠的，我将率兵赴难。”这些事例都表明唐太宗民族政策的成功之处。

* * * * *

唐太宗的开明民族政策，为我国统一的多民族国家的巩固、发展做出了很大贡献。

松赞干布和文成公主

松赞干布（?—649年）是吐蕃一位杰出的赞普（吐蕃人的首领）。七世纪初期，他统一了青藏高原的许多部落，建立了强大的奴隶制国家。他仰慕唐朝的文化，迎娶大唐公主，正是为了更好地引进先进的唐文化。

公元641年正月，文成公主的嫁妆准备就绪，唐太宗特派礼部尚书（礼部的最高长官。礼部是隋唐时的六部之一，掌管礼仪、祭享、贡举等职，以后历代相沿）江夏王李道宗，陪送公主入吐蕃。随公主入吐蕃的有她的乳娘，二十五名年轻美貌能纺织善刺绣的侍女，一个乐队，还有许多能工巧匠。他们有的乘车，有的骑马，簇拥在公主的前后左右。为了公主的安全，还派出了一支衣甲鲜丽的卫队，为公主的仪仗增添了威武尊严。随行的还有成队的骡马、骆驼，运载着丰富而华贵的嫁妆：有各种家具、器皿、珠宝饰物和绸缎绫罗，这些东西显示了唐朝国力的强大；还有经史、诗文，以及种树、工艺、医药、历法等各种书籍，这些书都是中原文化的精华。此外，还有谷物的种子，农业和手工业的工具，这些都反映了唐朝经济的发展。公主信佛，还带去了佛经和一尊释迦牟尼的铜像……

文成公主入吐蕃的消息越过高山，越过草原，传到了青藏高原。吐蕃人民以莫大的喜悦和兴奋，准备了很多的马匹、牦牛、船只、食物来迎接公主。歌唱文成公主的民歌《唉马林儿》有这样一段歌词：

不要怕过宽大的草原，
那里有一百匹好马欢迎您！
不要怕过高大的雪山，
有一百匹驯良的牦牛来欢迎您！
不要怕涉深深的大河，
有一百只马头船来欢迎您！

松赞干布特意从都城逻些（今拉萨）赶到河源的柏海（今鄂陵湖或札陵湖）来迎亲。他以唐朝女婿的身份恭恭敬敬地拜见了皇叔李道宗。文成公主盛装会见了松赞干布。松赞干布看到文成公主风度的高雅，服饰的华美，中原文物的丰富多彩，以及礼仪之讲究，仪仗之气派，钦慕不已。行过迎亲礼后，李道宗返回长安，松赞干布和文成公主一行向逻些城进发。

文成公主入吐蕃以后，和松赞干布协力同心，为开发青藏高原做了很多事情。吐蕃原来没有历法，文成公主教给吐蕃人民推行历法。文成公主信仰佛教，松赞干布在她和尺尊公主的影响下，提倡佛教，在逻些修建了大昭寺和小昭寺。这两座寺庙，经历代修缮增建，而今已是庞大的建筑群，上覆金顶，辉煌壮观。大殿正中供奉着文成公主从长安带去的释迦牟尼十二岁时的镀金铜佛像。两侧配殿，供有松赞干布和文成公主等人的塑像，仪态生动大方。随公主入吐蕃的乐队丰富了藏族的音乐，他们带去的乐器，也一直保存在大昭寺里，成为汉藏两族深厚情谊的见证。公主还和她的侍女们教给吐蕃妇女纺织和刺绣的技术。今天藏族妇女所织的毯子、毡垫等，据说就是文成公主所教。松赞干布还不断派遣贵族子弟到长安求学。唐朝许多有学问的人，也被聘请到吐蕃掌管文书。唐朝还给吐蕃送去蚕种，增派了养蚕、酿酒、造纸墨和制碾磨的工匠。吐蕃的农业，受到汉族先进农业技术的传授，开始平整土地，挖沟开畦，提高了产量，增加了品种……

文成公主入吐蕃九年后，松赞干布去世了。文成公主继续留在吐蕃，先后在吐蕃生活了四十个春秋，到公元 680 年，与世长辞。

文成公主死后，吐蕃人民崇敬她，怀念她，把她的生日（藏历十月十五日）和到达逻些的日子（藏历四月十五日）定为万民欢庆的节日，把她到过的地方，看作圣洁的地方。像所有为人民做过好事的杰出人物一样，文成公主的事迹在人们的广泛传布中逐渐神话化了。

* * * * *

文成公主入吐蕃和松赞干布联姻，成为藏族历史上一件大事。从此以后，汉藏两族有了频繁的往来，藏族的文化经济有了迅速的发展。

玄奘取经

玄奘的原名叫陈祎，生于公元 602 年，唐代人，十三岁出家为僧，法名叫玄奘。玄奘从小好学，为了钻研佛经，他周游了四川、湖北、河南、陕西等地，追访有名的佛学大师。可是佛教宗派很多，佛经的译文错误也很多，解释的经义往往互有矛盾。越钻得深，发现的问题越多。他决心亲自到佛教发源地天竺（今印度半岛）去，弄它个水落石出。

唐朝贞观年间，政府禁止私人随便出国。凡出入国境都要得到国家批准。公元 627 年的八月，玄奘向政府申请出境，遭到拒绝。决心西游的玄奘，便夹在商人中间混出了玉门关，单人匹马地踏上了西行的征途。那一年是贞观三年（公元 629 年）。

经过一年的跋山涉水，第二年夏天，玄奘进入了天竺境内。那时候，印度半岛上有七十多个国家。玄奘游历了北印度的二十多个国家，访问了许多佛教圣地，学习了梵文。到 631 年年底，玄奘来到了摩揭陀国王舍城的那烂陀寺。

那烂陀寺是天竺佛教的最高学府，有一万多僧徒，其中有许多具有医药、天文等各种知识的高僧。主持戒贤法师是天竺的佛学权威，一代大师。玄奘来到寺院的那一天，寺院听说东方支那国（即中国）的高僧来了，组织了一千多人的欢迎队伍，人人手捧点燃的香、鲜花，夹道迎接。玄奘向大家合十答礼，又恭敬地参见了戒贤，拜他为师。据说戒贤法师已经一百多岁了，早已不再讲学。但是为了表示对中国法师的友好情谊，破例为玄奘讲学十五个月。寺院对玄奘的生活也是以最高规格来款待的。每天供应瞻步罗果一百二十枚，槟榔子二十颗，荳蔻二十颗，龙脑香一两，“供大人米”一升。“供大人米”的米粒比乌豆还大，做出来的饭香甜可口，是当地特产，只供国王和大法师吃的，所以称为“供大人米”。此外，按月还供给油三斗。酥乳等每天可以随便取用，出门备有象舆。那烂陀僧徒一万多人，享受这样待遇的，包括玄奘在内，一共只有十个人。玄奘在这里学习了五年，认真听讲，并且读完了寺里所藏的各种经书，取得了优异的成绩，成为天竺闻名的第一流佛教学者。

玄奘并没有因此自满。后来，他又漫游印度东部、南部、西部各处，巡礼圣迹，访求名师。两年多以后重返那烂陀寺，戒贤法师请他在寺内讲经。

那时候，戒日王朝盛极一时，戒日王是天竺威望最高的一个国王。戒日王在都城曲女城（现在印度北方邦卡瑞季）举行了一次规模空前的佛学辩论大会。公元642年十二月，辩论大会开始。到会的有天竺十八个国王、三千个深通教义的高僧，还有那烂陀寺僧徒一千人，婆罗门教和其他各界人士二千多，再加上随从人员，总共不下一万人。赴会时，有的乘象，有的坐车，有的步行，浩浩荡荡，数十里不绝，真是盛况空前。玄奘是主讲人，叫作论主。玄奘在会上宣读了他用梵文写的论文立大乘义，大家都被玄奘精辟的论述惊服了。十八天的会期，没有一个人驳倒他的论点。大会结束的那天，戒日王送给他金钱一万，银钱三万，僧衣一百领。按照当地风俗，戒日王请玄奘坐上一头装饰华丽的大象，绕场一周，两旁贵臣护卫，群众欢呼雀跃，学有所成的玄奘享尽了印度人民对他的赞颂和尊敬！曲女城大会使玄奘在印度享有极高的声誉。

玄奘离国已久，怀念祖国的心情越来越迫切。戒日王和各国国王、广大的僧俗人民再三挽留他。鸠摩罗国王甚至表示只要他肯留下来，要为他建立一百所专院。无奈玄奘归国心切，贞观十九年（公元 645 年）西游十七年的玄奘辞别了戒日王和天竺的朋友们，满载着印度人民的友谊和六百五十七卷佛经，抵达长安。

玄奘回到长安以后，马上组织各地高僧一百多人，着手翻译佛经。长安大慈恩寺内的翻经院是专供他们翻译佛经的场所。经卷收藏在玄奘亲自设计修建的大雁塔里。大雁塔至今还屹立在西安城南，成为古都长安最显著的标志。

为翻译佛经，玄奘经常“三更暂眠，五更又起”。他这样夜以继日地工作了十九年，译出佛经七十四部，共一千三百多卷。公元 664 年二月，玄奘病逝于长安玉华宫内。后来，玄奘所译佛经的原本在天竺散失了。玄奘的译本就成为研究印度古代文化的珍贵史料。

玄奘是唐朝的和尚，和尚在当时叫“僧”，所以后人称玄奘为“唐僧”。唐僧玄奘到西方取经的事迹在民间广泛流传，逐渐被人们神话。到了明朝，小说家吴承恩在民间传说的基础上，将其写成小说《西游记》。《西游记》里唐僧到西天取经的神话故事，跟玄奘到天竺取经的这段史实，虽然都被人们简称为“唐僧取经”，但这两个唐僧取经的内容，相去却有十万八千里了。

* * * * *

玄奘取经促进了佛教文化的传播与发展，同时也为中华文明的繁荣做出了很大贡献。

黄巢起义

黄巢起义发生在唐末。那时候，连年凶荒，黄河以南尤其严重，迫使众多的农民逃离家乡，过着流亡的生活。广大农民生活不下去，被迫起义反抗。公元 875 年，山东、河南一带的农民几千人，由王仙芝领导，在长垣（今河南长垣东北）起义。同年，冤句（今山东曹县西北）人黄巢（？～公元 884 年）带领几千人起义响应。不久，两支起义军会合在一起，从山东转战到河南、安徽、湖北一带，屡次打败唐军。后来，王仙芝战死，起义军推黄巢为“冲天大将军”，就在他的领导下继续战斗。

起义军进入浙西，转战在天目山地区。那里崇山峻岭，交通不便，当地百姓缺少食盐。黄巢进山以后，运来大量食盐，分给贫苦的农民。农民切身体会到起义军是为百姓谋利益的，都踊跃参加起义队伍。八月，黄巢攻克杭州。起义军进城以后，烧毁了杭州官府的文书档案，没收了官府的全部财货。接着，起义军又攻占了越州（今浙江绍兴）。高骈见黄巢已经进军到镇海的辖境，忙派几员部将分路出击。起义军受到了严重的挫折。为保存起义力量，黄巢决定避开高骈的阻击到福建去。原打算从浙东乘船浮海到福建，但一时找不到那么多船只，就转道从闽、浙交界的山区去福建。那里山峦起伏，悬崖峭壁，有些地方连羊肠小道也没有。黄巢率军沿仙霞岭开辟山路七百里，直通入福建境内的建州（今福建建瓯）。后来，起义军开辟的这条山路就成为闽、浙之间的交通要道。

建州刺史李乾佑听说黄巢率起义军来了，慌忙弃城逃跑，起义军占领建州后又转攻福州。福州观察使（考察官吏政绩的地方行政长官）韦岫，也弃城而逃。起义军在公元879年一月占领了福州。起义军在福建，到处焚烧官府，杀死官僚地主，没收他们的钱财分给贫苦百姓，深得百姓爱戴。至今在福建的罗源县还有一座山叫“留钱山”，传说就是黄巢起义军把亿万钱财送给当地穷苦百姓的地方，百姓为纪念起义军，就把当地的一座山起名“留钱山”。在福建南安县东田西部的罗山下的“凤巢”村，也有关于黄巢的动人故事。据说在唐朝末年，村里有个张铁匠技术高超，打制的剑，寒光闪闪，锋利无比。张铁匠娶了个漂亮的妻子，当地的山霸胡老疙听说了，就带着一帮爪牙把她抢走了。张铁匠也被迫躲进了深山。后来，黄巢带兵来到罗山脚下，张铁匠闻讯赶来投奔，还献上一口祖传的“青龙宝剑”。黄巢一见大喜，立即接过剑舞动起来。起义军战士和山民也都围成圈观看喝彩。黄巢舞罢，跳出圈外，对着村口的一棵古榕树刺了一剑，只听树窟窿里“哎哟”一声惨叫，大家忙走上去看，原来是胡老疙怕起义军，躲到古榕树里，被黄巢一剑刺死了。山民感谢黄巢除了山霸，就把这个村起名为“黄巢村”。后来为避免官府盘查，又改名为“凤巢”，把黄巢比作救苦救难的凤凰，取“凤凰来巢”

之意。

福建在唐朝时比较闭塞，不利于农民军的发展。起义军经过一段休整，就又向广东进军。九月，黄巢攻入广州，俘虏了节度使李迢，并以“义军百万都统”的名义，发布文告，到处张贴。文告痛斥唐朝政治黑暗腐败，列举宦官专权、官吏贪暴等罪状，声称起义军即将北上，进京问罪。文告还宣布：禁止刺史增殖财产，县令贪污者灭族。文告的内容击中了唐朝统治者的要害，受到广大人民群众的拥护。

接着，黄巢就率军北伐。他们先西入桂州，然后等到湘江水涨，乘坐几千只大木筏顺流而下，到达潭州（今湖南长沙）。起义军攻下潭州又向江陵进发。驻在江陵的是唐朝宰相王铎，是当时唐军镇压起义军的最高统帅。王铎是个文官，随军带来一大群姬妾歌女，日夜纵情欢乐。一天，他接到家报说夫人已经从京师起身，就要赶来问罪了。王铎死皮赖脸地对幕僚们说：“黄巢逐渐北上，夫人又将南来，日子不好过了。”有个幕僚同他开玩笑说：“不如投降黄巢。”王铎听了哈哈大笑。当起义军的前锋逼近江陵时，王铎忙找了个借口一溜烟逃往襄阳。留守江陵的唐将刘汉宏，见江陵兵力太少，就在城内大肆掳掠一阵，烧了 城内的房屋，逃往北方去当土匪了。十几天以后，黄巢率军进驻了江陵城。

黄巢占领江陵以后，打算取道北上，直捣长安。可是，由于疏忽，前锋部队在荆门遭遇到了敌人的埋伏，兵力损失十几万人。受挫折之后，黄巢放弃直上河南的计划，率大军顺长江东下，在今天的湖北、江西、安徽、浙江地区接连攻下十几座州城。这些地方的穷苦百姓纷纷响应参加起义军，起义军重又壮大起来。为了分化瓦解敌人，减少北上的阻力，黄巢向沿途各城镇的唐朝官吏发出通牒说：“你等均应安分守己，不要触犯我的军锋。我将入东都，并入京城，向朝廷问罪，与你等众人无关!”对于个别名声较好的地方官，起义军不去触动他们。像唐朝的庐州（今安徽合肥）刺史郑綮是个清官，任满离职时，只积了一千串钱储存在州的库房里。在贪污成风的地方官里，他可算是难得的了。起义军打到淮南时，他写信给黄巢，要求免于交兵。黄巢见信一笑，下令让起义军绕道而行，没有进入庐州境内。

公元 880 年十一月，起义大军进入洛阳境内。洛阳留守刘允章，为人正直敢言，曾向皇帝上过谏书，陈诉百姓的“八苦”，对唐朝的腐败政治早已不满。当黄巢进驻洛阳时，他就率领百官迎降。起义军进入洛阳，秩序井然，不动百姓一草一木，只把官僚地主埋在地下的金帛，掘出来没收。攻下洛阳之后，起义军又顺利地攻克潼关，公元881年初，进入长安，建立了大齐政权。唐朝皇帝逃奔四川。

黄巢起义军流动作战，走过了今天的十二个省：山东、河南、安徽、江西、江苏、浙江、福建、广东、广西、湖南、湖北、陕西，行程在两万里以上，在这些地区播下了起义的火种。这在中国历史上是空前的。

* * * * *

黄巢起义沉重地打击了唐王朝的腐朽统治，使封建地主阶级的残暴统治不得不有所收敛。

欧阳询与《皇甫诞碑》

欧阳询（公元557—641年）中国唐代书法家，其书“骨气劲峭，法度严整”，自成一家，人称“欧体”。他的字不仅对后世影响很大，连高句丽人都很喜欢。高句丽有人专门来唐朝搜寻他的字迹。欧阳询学习书法十分刻苦。

相传有一次，他出外看到西晋的书法家索靖书写的碑石。初看，他觉得不怎么样，就走了；后来他又来看，才觉出妙处。于是他就在碑石下躺了三天，仔细观看学习。欧阳询学了索靖的书，晚年的字，笔力更加刚劲。他流传下来的碑刻有《九成宫醴泉铭》《皇甫诞碑》等。

* * * * *

欧阳询是唐代著名的书法家，为后世留下了许多珍贵的艺术遗产。

虞世南与《孔子庙堂碑》

虞世南（公元558—638年）擅楷书、行草书，曾得智永亲传，又学王羲之笔法。相传唐太宗学习书法就是以虞世南为师。唐太宗常感到“戈”字难写。有一天，他写字时写到“戬”字，只写了“晋”的半边，让虞世南写另外半边的“戈”。写成以后，唐太宗让魏征来鉴赏，魏征看了说：“今窥（看的意思）圣作，惟戬字戈法逼真”。唐太宗赞叹魏征的眼力高，也更看重虞世南的书法了。虞世南的代表作有《孔子庙堂碑》等。

* * * * *

虞世南是唐代著名书法家，他的字用笔圆润，外柔内刚，结构疏朗，气韵秀健。

褚遂良与《雁塔圣教序》

褚遂良（公元596—658年）少年时学习虞世南的书法，长大以后，又学习王羲之的书法，尤其是下过很大工夫摹拟王羲之《兰亭序》的笔意。唐太宗收集了很多王羲之的字，但不知是真是假。褚遂良都可以辨认出来，足见褚遂良对书法的精通。他流传下来的作品有《房玄龄碑》《雁塔圣教序》等。魏征同虞世南、褚遂良的交情很深，虞、褚的墨迹留藏在他家的自然很多。魏征的外孙薛稷自幼常临摹虞、褚的字，尤其对褚遂良的字学得更好，所以当时人说：“买褚得薛，不失其节。”

* * * * *

褚遂良的字瘦硬秀润，体态流美，笔画多姿，有如美女婵娟，不胜罗绮，可以说是媚到了极点。

颜真卿与“颜体”

颜真卿（公元709—785年）年轻时一心想学书法，虽然考中科举，分到地方去做官；但他为了学书，两次辞官不就，跑到洛阳，向当时的大书法家张旭学习。张旭见颜真卿确实有志学书，就把不肯轻易告人的作书方法详细地告诉了他。他在张旭指导下，刻苦学习，终于形成自己独特的风格，人称之为“颜体”。颜体字摒弃了虞世南、褚遂良的娟媚之习，字体肥而健壮，方严正大，面貌一新。颜体的楷书，端庄雄伟，气势开张；行书遒劲郁勃。颜真卿用笔勾而藏锋，内刚劲而外温润，字的屈折处圆而有力。流传下来的碑刻，有《多宝塔碑》《麻姑仙坛记》等。北宋的文学家欧阳修说颜真卿的书：“字画刚劲有力，独立成家，不抄袭前人的遗迹。”北宋的另一位文学家苏轼说他的字：“雄壮秀丽，独具风格，一变古来的成法。好似杜甫的诗，综合了汉魏晋以来各家的优点，自成一家。”

到晚年，颜真卿的书法达到炉火纯青的境界。他在抚州（今江西抚州）任刺史时，写了一篇《中兴颂》，后来刻在永州（今湖南零陵）浯溪的石崖上，被称为“磨崖碑”。各地游人纷纷前来拓印，日子久了，山石都被弄残了。他在湖州（今浙江吴兴）任刺史时，见湖州出产的山石适于刻字，就常把琢磨过的石块贮藏起来；外出时带上几块石头，作了诗，马上书写，并叫人刻在石头上，还把这石头立在当地。湖州的名胜、古迹很多，颜真卿把山川、古迹的名称，都题了字，让人刻在杼山的两个大石柱上，称为“湖州石柱记”。

颜真卿的字对后世影响极大。宋代的书法四大家：苏轼、黄庭坚、米芾、蔡襄，都学颜体。宋朝人学颜体字，如同初唐人学王羲之的字一样。唐朝的大诗人杜甫曾在诗里写道：“书贵瘦硬方通神。”苏轼就不同意杜甫的说法，他也写诗说：“杜陵（指杜甫）评书贵瘦硬，此论未公吾不凭。”苏轼所以不同意杜甫的看法，就是因为当时颜书已风行于世。

* * * * *

颜真卿被后世称为继王羲之之后的第二位书法革新家。

柳公权与“柳体”

柳公权（公元 778—865 年）。他初学王羲之，后来遍观唐代各家笔法，认为颜真卿、欧阳询的最好，就吸取了颜、欧之长，形成一体。柳公权生活的时代已是唐朝后期，统治腐败。有一次，唐穆宗向柳公权问下笔的方法，柳公权说：“心正则笔正。”穆宗明白柳公权是用这话劝谏自己，只好点头。当时公卿大臣死后立的碑石和墓志，都找柳公权书写；否则，舆论上就会责备他们的子孙不孝。柳公权的书传到国外，外国人常常用重金来买。他的书碑很多，以《玄秘塔碑》《金刚经碑》《神策军纪圣德碑》最为著名。

* * * * *

柳公权的字比颜字略瘦，骨力遒劲，结构劲紧，因此有“颜筋柳骨”的说法，后人把他和颜真卿并称为“颜柳”。

张旭与“狂草”

张旭这人爱喝酒，大醉后就狂呼奔走，然后拿起笔来书写，所以人们都称他张颠。相传有一天他喝得酩酊大醉，把头发染了墨写字，等他酒醒一看，字写得非常好，他自以为得力于神仙。他还说观担夫争道，又闻鼓吹而得笔法意，观公孙大娘（唐代著名舞蹈家）舞剑而得其神。张旭行笔，有如从空掷下、急雨旋风之势，让人看了感到俊逸流畅，莫可穷测。当时人都很喜爱张旭的草书。他在常熟为官时，一老翁“持牒（这里指状纸）求判”，张旭为他判过之后，没过几天，这个老翁又来请批状，张旭责备他打扰官府，老翁说：“我太喜爱您的字，请批状是为收藏您的墨迹。”张旭的字和李白的诗，裴旻的剑舞，被当时人称为“三绝”。他留存下来的狂草有写在五色彩笺上的《古诗四帖》，现存于辽宁省博物馆内。

* * * * *

张旭是“狂草”的开山鼻祖。

“以狂继颠”的怀素

怀素（公元737—799年）也以狂草著名。他俗姓钱，怀素是他出家以后的法号。相传他学习书法精勤，把无数的笔用秃了，秃笔堆积起来，好似一座坟。他还广种芭蕉树，用蕉叶代替纸练字，人们就把他居住的地方称“绿天庵”。他也好饮酒，乘酒兴浓的时候，运笔书写，如骤雨旋风，飞动圆转，宛若有神。李白等人写诗称颂他的字像惊蛇走虺（一种毒蛇），像骤雨狂风。怀素存世的作品有《自叙帖》《苦笋帖》等名帖。

* * * * *

人们评论怀素的狂草继承了张旭，而又有所发展，谓之“以狂继颠”，并称他俩为“颠张狂素”。

王勃与滕王阁

王勃（公元 649/650—675/676 年），字子安，绛州龙门（今山西河津）人，唐代著名文学家，著有《王子安集》。

王勃一向不满于豪门和官场的倾轧，加上才高气盛以及同僚的嫉妒，他的一腔壮志无处施展。上元二年（公元 675/676 年），南下交趾探父。这年九月，王勃悲愁难遣，怀着郁闷的心情到交趾去看望父亲，走到南昌，正好是重阳节。南昌府都督阎公整修的滕王阁落成，正在阁内大摆庆功宴，邀集一班文人雅士、社会名流饮酒赋诗，欢度重阳。这滕王阁乃显庆四年滕王李之婴任洪州都督时修建，前临赣江，有西江第一楼之称。王勃久慕此阁，到此哪能不游！

来到滕王阁，只见楼高九丈，阁分三层，雕梁画栋，巍峨壮观。南有压江亭，北有挹翠亭，高低错落，相映成趣。上得楼来，但见阁道上丹漆彩画，光艳照人。远眺则山野平川尽收眼底，鸟瞰则澄江如练，百舸争流。王勃看得如醉如痴，不禁文思泉涌，不能自已。王勃正沉醉于楼阁的宏伟与山河的壮丽之中，忽然一阵箫管鼓乐之声从宴会厅传来。王勃循声望去，只见阎都督满面春风，正在举杯致词："今日乃重阳登高之日，又逢滕王阁整修已成，老夫聊备薄酒，为各位助兴。现在我提议，以滕王阁为题，或赋诗，或作文，效兰亭故事，以不枉今日之雅会。"众宾客深知都督心思，他是想让自己的女婿孟学士当众写一篇序文，以显示其才华。因此阎公派人拿纸笔巡让众客人，大家你看我，我看你，谁也不肯贸然动笔。王勃远道而来，自然不明就里，加上年轻气盛，恃才傲物，联想到自己的遭际，情思满怀，不吐不快。送纸墨的刚到跟前，王勃便上前拿起笔来，饱蘸浓墨，便挥笔疾书起来。

阎都督一看大怒，心里骂道："哪来的毛孩子，不知进退，坏我大事！"不禁拂衣而起。他叫人暗暗在一旁观看，看他写些什么，再做处置。

暗中观看的人第一次回报说："星分翼轸，地接衡庐"，阎公沉吟不语起来。这里已开始写南昌地形的雄阔，自是不同凡响。待回报写到"落霞与孤鹜齐飞，秋水共长天一色"，这里描写望中秋景，诗中有画，画中有诗，俱是神来之笔。阎都督抚案而起，赞叹道："这真是少有的天才呵！这篇文章要世代流传，永垂不朽了。"在座的众宾客纷纷称赞，连阎公的女婿孟学士也佩服得五体投地，自叹弗如。阎公将王勃请到宴席上，大家尽欢而散。

这次交趾之行，王勃不幸在海上遇风浪溺水而死。越南人民感念王勃父子，至今还有庙宇和塑像纪念他们父子俩。

* * * * *

王勃是初唐时期罕见的才子之一，他写的《滕王阁序》被誉为千古绝唱。

诗仙李白

李白（公元701—762年），字太白，号青莲居士。自称先世为陇西成纪（今甘肃）人，幼时随父亲迁居四川。少年即显露才华，吟诗作赋，博学广览，并好行侠。二十五岁时开始漫游各地，天宝初曾供奉翰林。李白毕生写诗，他写起诗来既快又好，杜甫说他是"斗酒诗百篇"。

李白的父亲是位商人，做生意赚了不少钱，相当富裕。相传，李白小时候在四川象耳山读书。有一天逃学下山，经过一条小山涧，见到一位老奶奶在山涧旁磨铁棒。李白觉得很奇怪，走上前询问，老奶奶回答说要用铁棒磨针。一根粗铁棒要磨成一根细小的针谈何容易，但老奶奶信心十足，她说："只要功夫深，铁棒磨成针。"从此以后李白就打消逃学念头，下功夫读书了。他既学文又习武，专门学习剑术，决心要做一个满腔侠义的"游侠"。

李白幼年时候记忆力特别好。诸子百家，佛经道书，无不过目成诵。据说他五岁就会诵写"六甲"，十岁能读诸子百家的书，懂得了不少天文、地理、历史、文学等各方面的知识。此外，他还学会了弹琴，唱歌，舞蹈。

一天，李白家中来了一位客人，风流儒雅，气概不凡，是当时很有名气的文人，这次是到蜀中来做官的。在长安，他早就听说李白的诗名，这次来到蜀中还未上任就前来拜访了。家人带他来到一条河边的柳树荫下，只见一个年幼的书生，头戴纶巾，佩一把宝剑，正在吟诗，同样是风流倜傥，卓越不群，客人对这少年的喜欢之情油然而生。他又看了看少年李白的诗稿，先是吃惊，后是赞叹，最后竟是击节拊掌了，他说："小家伙的文辞简直可以和司马相如平分秋色啊！好好写吧，以后定有一番作为。”

李白自小志趣远大，禀性高洁。当时的读书人要想求取功名，都去参加进士考试。李白想，大丈夫在世，要做就做个国家栋梁，否则一辈子就只能碌碌无为了。他常常自比谢安，相信总有一天会“长风破浪会有时，直挂云帆济沧海”。

李白少年时代的诗歌留下来不多，比较早的一篇是《访戴天山道士不遇》。说的是有一天李白到深山的道观中去寻访一位道士。时值初春季节，桃花正带露开放，飞瀑流泉，野竹小鹿，山中景色确实美不胜收。然而道士却始终没有回来，从早晨到下午，一直见不到人影，他只好悻悻而归了。回到家后愈想愈觉得那道士真是如同不食人间烟火的神人，再也按捺不住诗兴。于是展纸挥笔——

犬吠水声中，桃花带露浓。
树深时见鹿，溪午不闻钟。
野竹分青霭，飞泉挂碧峰。
无人知所去，愁倚两三松。

* * * * *

李白是我国古代伟大的浪漫主义诗人。他的诗歌热情奔放，气势宏阔，富有浪漫主义色彩，后世称他为“诗仙”。

诗圣杜甫

杜甫（公元712—770年），字子美，诗中常常自称少陵野老，祖籍襄阳（今属湖北）。

杜甫的家庭是书香世家。他的远祖杜预是晋代著名学者、军事家，祖父杜审言是武则天时代的著名诗人。在这样的家庭中，杜甫自幼受到良好的教育。早在幼年时，母亲就教他背诵古代诗歌，从《诗经》到《楚辞》再到汉代乐府。他记忆力特别强，一天能背几首诗。不几年，胸中已装了几百篇诗文。

七岁那年的一天，父亲教他背诵古代的赋，其中有“凤凰”之名。杜甫早就听说过有凤凰鸟，但就是没见过，于是抬起头来问父亲：“凤凰鸟是什么样的?”父亲告诉他：“这鸟是古代传说中的鸟王，雄为凤，雌为凰。它头像鸡，颈如蛇，翎似燕，背如龟，尾如鱼。这种鸟不与其他凡鸟为群，是高洁的象征。”杜甫听了深深地印在脑中，过了一会儿他对父亲说：“有志的人也应该像凤凰，对不对。”父亲高兴地抚摸着他的头说：“对，对。”“那我就作一首凤凰诗吧。”杜甫说。父亲惊喜地睁大眼睛：“好，念出来我听听。”于是杜甫吟诵起来。诗中把他理想中的凤凰尽情讴歌了一番，最后抒发怀抱：做人一定要做一个出类拔萃的人。父亲听了非常高兴，从此以后就更加用心培养他了。

到了九岁，杜甫已经能写一般常用的字，他常常把自己的得意诗作写给大人们看。到了十四五岁的时候，当地诗人聚会的时候就一定要有他在场，当时在长安有一个名人汇聚的中心，那就是歧王的家里，诗人、学者、艺术家常常是济济一堂。最使杜甫难忘的是，他承前辈们的介绍，到过歧王的王宫，在那里结识了许多诗人才子，更有幸欣赏了名噪一时的歌唱家李龟年的演出。

开元后期，杜甫离家漫游，他游吴越、登泰山、访燕赵，增长了很多见识。他于天宝三载这一年，在洛阳与另一个诗歌巨子相遇了，那就是李白。在杜甫四十多岁时国家发生动乱，他自己也离乡背井，流离失所，生活无着，却用血泪写出许多千古传诵的诗篇。

* * * * *

杜甫是唐朝著名大诗人，他的诗作成为我国古代现实主义的诗歌高峰，有“诗圣”之称。

白居易与《赋得古草原送别》

白居易（公元772—846年），字乐天，号香山居士，原籍太原，后迁居下邽（今陕西渭南），有《白氏长庆集》。

白居易生活在唐朝由盛到衰的时期，备尝离乡背井之苦。他的祖父和父亲做过县令一类的地方官，祖母和母亲都能诗善文。他从小就受到很好的文化熏陶，五六岁时开始学写诗，八九岁时已通晓声韵。他学习非常刻苦，读书、作文、学习写诗，一日也不间断。因为经常朗读和写字，他的口舌生了疮，手肘磨出了老茧。

贞元三年（公元 787 年），十六岁的白居易带着自己的诗稿，去京城长安，行进在咸阳古道上。此时正值早春，冰消雪融，刚刚生出的嫩芽，沐浴着春风在枯蒿腐草间探出头来，他喃喃自语道："果真是'春风吹又生'了。"原来他触景生情，想起他写的题为《赋得古原草送别》的诗来了。

白居易来到长安，拜见了担任著作郎、掌管编纂国史和起草重要文件的大诗人顾况。白居易恭恭敬敬地从书囊里拿出自己的诗稿，恳请顾况指教。老人将诗稿漫不经心地打开，低声吟读起来。读着读着，他忽然被那首题为《赋得古原草送别》的诗吸引住了。他反复吟咏品味着：

离离原上草，一岁一枯荣。
野火烧不尽，春风吹又生。
远芳侵古道，晴翠接荒城。
又送王孙去，萋萋满别情。

"妙绝！妙绝！"老人读完这首送别诗，情不自禁地拍案叫绝。他喜欢这首诗真挚充沛的情感和朴实无华的风格，尤其欣赏前四行耐人寻味的独特意境。作为人，不同样应该像那莽原上的野草一样，在逆境中顽强地斗争、倔强地生活吗？"恩师过奖了，晚生无地自容。"白居易红着脸，喃喃地说道。

老人从白居易口里知道白居易家世，知道他从十一岁起就远离故乡亲人，在浙江一带过着萍踪浪迹的生活；知道他今天来长安是希望在这人才荟萃的国都，得到诗人的推荐和延聘，找到一个理想的出路，施展自己的抱负。老人越发怜爱这位才华横溢的少年诗人了。顾况开始看到诗稿上写"白居易"三个大字时，还打趣地说："长安物价猛涨，只怕居住很不容易呢！"后来紧紧拉住白居易的手说："年轻人，能写出这样的诗句，不要说住在长安，就是走遍天下也不困难了！老夫刚才开了个玩笑，可不要见怪噢。"

由于得到顾况的夸赞，白居易很快在长安出了名。不到几年，他考中进士。唐宪宗听说他的名气，又提拔他做了翰林学士，后来又派他担任左拾遗。

白居易并不是一个追名逐利、阿谀奉承的官员。他创作了大量乐府诗，有不少是揭露当时社会上的不良现象，对官僚统治集团鱼肉人民的罪行进行无情的抨击，对劳动人民的痛苦遭遇表示无限的同情。他又敢于向皇上犯颜直谏，大胆发表意见，所以皇帝反感，同僚妒恨，他一生政治上很不得志，后来降为江州司马。以后虽然又几次回到京城，做了几任大官，但因为朝政混乱，像白居易这样的人不可能有所作为。他把主要精力用于诗歌创作，共写下近三千多首诗，这些诗成为我国文学宝库中灿烂的明珠。

* * * * *

白居易是唐代大诗人，新乐府运动的倡导者。与唐代另一大诗人元稹齐名，世称“元白”。

元稹少年及第

元稹，字微之，唐代洛阳（今属河南）人，元稹先后担任过校书郎、左拾遗、监察御史等官职，后卒于武昌军节度使任上。有《元氏长庆集》收录诗赋、诏册、铭谏、议论等共一百卷。

元稹的家庭世代读书为官。他的祖父元悱曾经担任过南顿丞，父亲元宽也曾经担任过兵部郎中。元稹长得清秀可人，父母都非常宠爱他。从三四岁起父亲就教他读书写字，背诵古诗。母亲更是他的启蒙老师，经常给他讲屈原、李白、杜甫，讲司马迁、班固，还教他背诵美妙的古诗。小元稹的记性非常好，屈原的一首《离骚》，他两天就会背诵了，而且一字不错。

然而，好景不长，元稹八岁那年，父亲不幸去世。几个哥哥，不愿供养后母和弟妹们。年轻的母亲郑氏只好带着子女离开洛阳到凤翔去投奔娘家，日子过得十分艰难。坚强贤淑的母亲没让生活的重担压倒，她一方面料理子女的生活，一方面加强对子女的教育。

逆境是人才成长的砺石。聪明颖悟的元稹深知求学不易，他学习更加刻苦勤奋了。没有书读，他就到处去借，借来之后就不分昼夜地读，遇到精彩的地方还要抄下来。

元稹的刻苦自砺精神，赢得了很多人的赞赏。大家又见他十多岁年纪就能吟诗作文，其诗文又往往思路广阔，描写细腻，流露出对自然、对人的无限热爱之情。因此，都称他叫“元才子”。

有一个秋天的晚上，天高气爽，星辰灿烂，银河皎洁，萤火虫（丹鸟）挑着小灯笼到处照着，纺织娘（莎鸡）从野外转移到人们的温暖居室中，甚至是在床下大声地鸣叫着。眼前的一切使感情细腻的他，心潮激荡，诗兴冲动。他沉吟着、思考着，等酝酿成熟了，一口气跑回屋内，挥笔疾书，只见他写道：

旦夕天气爽，风飘叶渐轻。
星繁河汉白，露逼衾枕清。
丹鸟月中灭，莎鸡床下鸣。
悠悠此怀抱，况复多远情。

最后一句，语言虽少，但含义深远，有着丰富的内涵。

元稹少年及第刚刚十五岁，就以明经擢第。

* * * * *

元稹是与白居易齐名的大诗人，世称“元白”。

骆宾王七岁咏鹅

骆宾王（约公元626—?）婺州义乌（今属浙江省）人，他曾经担任临海县丞，后随徐敬业（即李敬业）起兵反对武则天，兵败后下落不明。有《骆宾王文集》遗世。

骆宾王年少才高，很小就喜爱文学。他善于从一个天真活泼孩子的角度去观察事物，抓住特征去描绘。他少年时的诗歌，天真率直，很富灵性，素来脍炙人口。

鹅在河面上悠游自在地游着，雪白的羽毛，长长的脖子，清澈碧绿的水，红红的鹅掌，慢慢地拨动着清亮的水波。突然，一只鹅伸长脖子，脆亮的叫一声“鹅”，紧接着其他的鹅也都对天歌唱起来，骆宾王看到这情景，内心怦然一动，他凝神地注视着鹅群，信口吟出了一首四句诗：

鹅、鹅、鹅，曲项向天歌。
白毛浮绿水，红掌拨清波。

反复吟诵这首诗，不仅会在眼前浮现出一幅多彩的画面，而且仿佛可以听到美妙的声音：孩子的唤鹅声，鹅儿引颈高歌声、戏水声。我们读了会感受到春天般的盎然生机，感受到农村生活的宁静和甜美。

骆宾王自小就胸怀建功立业的远大抱负，天生一副侠肝义胆。但他一生坎坷，他曾经担任过长安主簿入朝为御史，后任临海县丞。这期间，他曾遭贬戍边，被诬下狱，两度投身戎幕。后来他随徐敬业讨伐武则天，起草的

《代李敬业传檄天下文》名扬天下，连武则天本人读了也感叹说："这样有才能的人得不到重用，让他流落，宰相的过错不小！"

* * * * *

骆宾王是唐代文学家，他与王勃、杨炯、卢照邻一起，被人们称为"初唐四杰"。

边塞诗人王之涣

王之涣（公元688—742年），字季陵，并州晋阳（今山西太原）人，唐代诗人，曾任文安县尉之职。

王之涣小时候非常聪明好学。钻研学问，精益求精；写作诗文，落笔惊人。他死后，靳能为他所作的墓志铭说他"慷慨有大略，倜傥有异才"。他年少时，喜欢游历，结交当时一些著名诗人。尤其与王昌龄、高适来往密切，视之为知己。

一日，王之涣与高适、王昌龄到旗亭这个地方饮酒论诗。当时，有几名歌伎也被叫来歌诗助兴。王昌龄首先提议："我们几人在诗坛上也算小有名气了，但没有分出名次。今日可以听歌伎都唱谁的诗，谁的诗被唱得多，谁就是第一。"一位歌伎唱了王昌龄的两首绝句，又一歌伎唱了高适的一首绝句。王、高二人都很开心。王之涣说："这两个歌伎都是唱的下俚之曲。"说着指着一位最漂亮的歌伎说："且听这位所歌何人？"果然檀板一响，宛转的歌喉悠然而起："黄河远上白云间，一片孤城万仞山。羌笛何须怨杨柳，春风不度玉门关。"正是王之涣的得意之作《凉州词》。歌女又唱了两首绝句，都是王之涣的作品，三人相视大笑。王之涣开玩笑地说："果然不出我所料！"这几位歌伎知道原因后，连连拜谢道："肉眼不识诸位诗仙。"

王之涣不仅蜚声诗坛，而且也是一位清官。他在河北文安县当官期间，秉公办案，为民除害；光明磊落，毫无媚骨；还动员县城财主，集资办学，兴教育人，兴建了一个四梁八柱，十间大瓦房的"义学堂"，至今传为佳话。

* * * * *

王之涣的诗以描写边塞风光著称，传世之作仅《凉州词》和《登鹳雀楼》等六首。

李贺诗成泣鬼神

李贺（公元790—816年），字长吉，福昌（今河南宜阳）人。唐代诗人。他上承楚辞、南朝乐府的传统，并受到李白浪漫主义诗风的启发。也受到韩柳领导的古文运动的影响。其诗想象丰富，运用神话传说，新奇瑰丽，在唐代诗坛别开生面。

李贺很小就有“神童”之称。相传他少时就已经阅读了大量书籍，能写出很漂亮的文章和诗句。当时的大文豪韩愈和皇甫湜听到这件事，就派人要来李贺的诗作，阅后十分惊奇，竟怀疑不是出于李贺之手。韩愈说：“如果是古人的作品，我们或许没有看到，现在诗人的作品，我们哪能看不到呢!”于是他和皇甫湜一起去拜访这位“神童。”

李贺的父亲李晋肃本来是唐皇宗室郑王的孙子，因为晋肃的“晋”与进士的“进”同音，李贺因避父讳，不能考进士，后来韩愈为他写了一篇《辩讳》，使他做到太常侍奉礼郎。这天李晋肃正在家闲居，听说有人来访，慌忙出迎。韩愈和皇甫湜走进客厅，便提出要小公子李贺写首诗看一看。这时李贺正在后院玩耍，听说有位韩大人和皇甫大人要见自己，就向客厅跑去。韩愈正说话间，忽然看到一个孩子，清清瘦瘦，浓眉大眼，跑得满头大汗。他头上的发辫歪向了一边，肩上还搭着一件长褂。不用说，这就是小李贺了。李晋肃向客人介绍后，李贺恭恭敬敬地施了一礼，韩愈两人说明来意，李贺欣然从命。只见李贺从从容容拿过文房四宝，望望客厅外两位大人的车马，长长的羊毫笔就龙飞凤舞起来。皇甫湜一杯茶尚未喝完，小李贺已经交卷了。韩愈接过一看，上写《高轩过》，两人不禁拍案大惊，连夸：“好诗!真李家千里马也!”从此李贺的诗名便不胫而走，传遍京华。

李贺作诗写文，总是经过细心的观察和深刻的构思，从不生搬硬套、东拼西凑去模仿别人。他平时很注意积累素材，观察生活，锤炼文字，深化意境。他常常早上出去，骑一匹瘦马，后边跟一个小书童，背上一个书包。他把看到的、听到的、想到的，凡是认为有意义的事，都随时记下来，放到书包里。凡诗不先写题目，晚上回家以后，再拿出来一一整理成完整的诗文。他的母亲常常看到儿子背着一书包纸片回来，又每天写到深夜，心疼地说：

“孩子啊，你要把心呕出来吗?”

由于李贺注重观察和思考，因此在艺术风格上能出奇制胜，不落前人窠臼，惊世骇俗，耐人咀嚼。如“我有迷魂招不得，雄鸡一声天下白”（《致酒行》）“衰兰送客咸阳道，天若有情天亦老”（《金铜仙人辞汉歌》）“黑云压城城欲摧，甲光向日金鳞开”（《雁门太守行》）等都是至今传诵的名句。

* * * * *

李贺被后人誉为唐代异军突起、独树一帜的天才诗人。历史上常把他的诗风与李白相比，有“鬼才”“诗鬼”之称。

柳宗元妙拟华章

柳宗元（公元773—819年），字子厚，河东（今山西永济）人，唐代的文学家、哲学家。他与韩愈一起倡导的古文运动对当时和后代散文的发展产生了深远的影响。

柳宗元的巨大成就是他从小在良好的家庭教育下刻苦学习的结果。父亲柳镇为官清廉，学识渊博，母亲卢氏知书达礼。天资聪颖的柳宗元在四五岁时每天吃过早饭就跟着母亲读古诗、古赋，认字，写字，抄写诗文。到了七八岁已经能背出不少诗文名篇，还能写出很不错的短小诗文了。

柳宗元十二三岁时，父亲赴湖北、广西一带做官，他随父同行，得以游览夏口、长沙等历史名城，广泛地接触了社会，目睹了社会弊政和战乱给人民带来的灾难。这次旅行对他的思想影响很大，从此他立下了革除弊政、振兴国家的鸿鹄大志，他决心像古代杰出人物那样有所作为，建功立业。

万丈高楼平地起，他知道要实现自己的理想就必须首先立志于学。从此，他更加刻苦地博览群书，特别是对秦汉时期的经史著作，反复研读，批判地吸收，不断地丰富自己的思想。渐渐地，他更加才华出众、精深过人了。

一天，有一位姓崔的御史中丞来拜见柳宗元，周围的人大为惊奇。原来中丞也无事不登三宝殿，他是想让柳宗元代他给皇上写奏章的。事情还得从头说起。这一年的八月，心怀不轨、妄图发动叛乱的李怀光被官军讨平了，御史想写表向皇帝祝贺，他听说柳宗元是一位少年才子，特地来请他代写。

柳宗元知道写这类东西不仅需要文笔好，而且需要有政治上的远见卓识。只见他略作沉吟便提笔疾书，一气呵成，写出了《为崔中丞贺平李怀光表》。这篇文章观点鲜明，文笔流畅，而且气势磅礴，鞭辟入里。此文的手抄本不胫而走，文人学士们争相传抄。柳宗元之名一下子轰动朝野，传遍了京城长安。只可惜这篇文章现在已经残缺不全了。

柳宗元二十岁时考中进士，二十五岁时又登博学鸿词科，授集贤殿正字。从此，他走上了做官的道路，后来他参与了王叔文集团的政治改革，失败后被贬到永州、柳州。从政之余，他写下了很多优秀的散文和诗。

* * * * *

柳宗元的诗，风格清峭，散文也峭拔矫健、说理透彻、结构谨严，在文学史上有着重要的位置。

李商隐才华横溢

李商隐（约公元813—约858年），字义山，号玉溪生，怀州河内（今河南沁阳）人。

他出身于一个没落的贵族家庭，九岁时死了父亲，四海无可归之地，九族无可倚之亲，只好随母亲归居郑州。家境虽然艰难，但不肯荒废学业。在“五年诵经书，七年弄笔砚”的基础上，少年李商隐坚持跟堂房叔父学习。

李商隐年少有为，而且关心国家大事，目睹唐朝国运衰微，忧心如焚，在事业上更有远大抱负。十三岁那年，他看到朝纲不振，君臣昏庸，就写了一首《富平少侯》诗。诗中写一个富平少侯张放，十三岁就承袭侯爵之位，身居尊位，骄奢豪侈，醉生梦死，不忧国事。实际上并无其人，只不过是李商隐杜撰假托的人物。很明显，写作的目的是讥讽那些不谋国事的权贵的。十三岁就有如此手笔，真是难能可贵！

正是由于李商隐少年笃志于学，才华横溢，十七岁就凭文才受到了令狐楚的赏识，跟从令狐楚学骈文奏章，被引为幕府巡官，二十五岁举进士。但是，当时牛僧孺和李德裕在政治上形成了激烈的竞争，李商隐也成了党派斗争的牺牲品。原来令狐楚是牛党中的人物，而李商隐的岳父、泾原节度使王茂元是李党人物，因此，李商隐徘徊于牛、李两党的斗争之中，一直受到排挤，不能施展他的才能。公元858年，罢官还郑州，病卒，只活了四十六岁。

李商隐二十六岁时写的《安定城楼》一诗，曾被王安石赞为名诗：

迢递高城百尺楼，绿杨枝外尽汀洲。
贾生年少虚垂涕，王粲春来更远游。
永忆江湖归白发，欲回天地入扁舟。
不知腐鼠成滋味，猜意鹓雏竟未休。

诗中以贾谊、王粲自比，暗示自己少年忧国忧民，胸怀大志却被追名逐利的世俗所猜忌；又以凤凰一类性情高洁的鸟自喻，表白自己的高洁和抱负。

李商隐的爱情诗成就很高。如“身无彩凤双飞翼，心有灵犀一点通”“春蚕到死丝方尽，蜡炬成灰泪始干”等诗句，含义隽永，至今仍广泛被人引用。

* * * * *

李商隐是唐朝著名的诗人。他的许多诗篇流传至今；他的许多名句，脍炙人口。

市民词人柳永

柳永（约公元987—约1053年），崇安（今福建）人，原名三变，字耆卿。他是宋代开一代词风的大词人，官至屯田员外郎，世号柳屯田。

柳永出身官宦之家，父亲柳宜在北宋朝廷任工部侍郎。柳永小时候与两个哥哥都很有才华，都考中了进士。在乡里有“柳氏三绝”的美称。但在三兄弟中，却是年幼的三变最为聪明伶俐。据说柳永是吃乳娘奶长大的。乳娘是个略通诗歌的女子。她在给柳永喂奶时，常用手指蘸着奶汁在柳永掌心上写字。小柳永虽然不会读，但识字不少，年仅七岁，就成了名噪崇安的神童了。

柳永小时候，不仅才思敏捷，而且学习十分刻苦。他家门前有一条柳叶河，河边有块大青石。每天早晚，柳永总提着一杆大笔，蹲在大青石上提腕运劲在水面上练字，日子长了，他在纸上便能写出十分潇洒、飘逸而又沉稳的字了。乡邻们每逢婚丧嫁娶，多有求他写对联的，人称“柳联”。柳叶河边那块大青石，则被后人称为“磨砺石”。

柳氏三兄弟在学习上都是十分刻苦的，据说他们在赶考之前，连家乡素有“风景奇秀甲天下”的武夷山都没有游玩过。只是在临进京之前，三变才提出游一次家乡山水，放松一下情绪，开阔一下眼界。三兄弟流连于山水之间，乐不思归。三变更是灵感勃发，思如泉涌。他一气吟出五阙《巫山一段云》。词的第一首写道：

六六真游洞，三三物外天。
九班麟隐破非烟，何处按云轩？
昨夜麻姑陪宴，又话蓬莱清浅。
几回山脚弄云涛，仿佛见金鳌。

大自然的美景与美丽的神话故事，相映成趣，勾勒出武夷山水的奇幻与旖旎。至今，他家乡的群众仍为有柳永这样一支神笔而自豪。

* * * * *

柳永是北宋第一位大量制作慢词的词人。他的词多取材都市生活，受到下层劳动群众的喜爱，宋元时期流传最广。相传当时有“凡有井水饮处，即能歌柳词”之说。

毕昇与活字印刷

毕昇（约公元 990—约 1051 年），北宋活字印刷术的发明者。他的主要经历、生平事迹已无处可考。过去没有印刷技术，书籍只能靠人抄写。一部书要好长时间才能抄完，因此书籍显得十分宝贵。

五代时的大官僚冯道，开始用雕刻版印刷发行《五经》。印一页书，必须先把字雕刻在木板上。刻一部书要花费几个月或者一年的时间。如果是一部大书，就需要花几年的时间和大量的人力、物力。

到了北宋时候，雕刻印刷大为盛行。相传杭州西山有位号称“神刀王”的雕刻师傅，技术出众，很负盛名，但他有个怪脾气，从来不肯收徒弟。那时毕昇还是个小孩子，听别人说后，就慕名前往拜师。“神刀王”看他虽然小小年纪，但聪明灵巧，十分讨人欢喜，就破格收下了这名小徒弟。毕昇跟着师傅早起晚睡，勤奋学习雕刻技术，不长时间，他的技艺就有了长足的进步。

几年后的一天，“神刀王”雕刻晋代大书法家王羲之的《兰亭序》，让毕昇在一旁观看揣摩。哪知毕昇不小心碰了师傅的胳膊，结果最后一行的一个“之”字刻坏了。这样，整块木板就要报废。当时“神刀王”没有责备他，可毕昇难过得饭吃不下，觉也睡不着，一连好多天都为此事感到难过。同时他也想，木板雕刻印刷这么麻烦，能不能改进一下呢？此后，毕昇一有空闲，总是考虑这件事。

一天，师傅让他到街上买菜。他边走边想，不觉经过刻制图章的摊前，看到一个一个图章排得很整齐。他想，如果印刷也能像刻图章一样把所需要的字一个一个排起来，就不会因为一个字坏了而影响整块雕版了。他想起了在家和小朋友一块捏泥人的游戏，我何不用泥来试试呢？他有空就用胶泥做成一个个的方块，在上面刻成反字。晒干后，涂上墨，果然印出了字。他高兴极了！后来，他又向烧瓷的师傅请教，经过烧制后，字模变得硬了，而且非常灵便，成了活字，排版时，把活字排在铁框里固定好，就可以像雕版一样印刷了。活字印刷不仅节省了大量的材料、时间，而且大大提高了印刷数量和质量，使书籍得到更广泛的流传。

* * * * *

毕昇的发明，比欧洲早400多年。他成了活字印刷的“祖师爷”，对人类文化的发展做出了不可磨灭的贡献。

范仲淹苦学成材

范仲淹（公元989—1052年），字希文，苏州吴县（今属江苏）人。大中祥符八年进士及第，由晏殊荐为秘阁校理。后拜枢密副使、参知政事。他主张推行新政，改革吏治，提倡农桑，减轻劳役，加强军备，因保守派反对而失败。工于诗词散文，有《范文正公集》。

范仲淹本来生活在一个官宦之家。五代时期，他的爷爷范赞时任吴越国秘书监。父亲范墉任武宁军（徐州）节度掌书记。范仲淹就是范墉在徐州任职时所生的第三个儿子。可悲的是当范仲淹刚两岁时父亲便去世了。随着家境的衰落，他的母亲谢氏不得不带着他改嫁给淄州长山县（今山东邹平县东）朱氏，更姓朱，名说，中进士后恢复本姓。范仲淹小时候很有志气。他曾在长白山（今山东邹平县南）醴泉寺读书，因家庭贫苦，每天只能煮一盆薄粥，划作四块。早晚各两块，切一点荠菜，加一点盐来吃，这样苦学了三年。后来，他知道了自己的家世，十分难过，哭着辞别了母亲，到南都（今属商丘）学舍读书，他这时学习更加刻苦，夜以继日，有时通宵达旦。由于范仲淹勤奋学习，终于成为一个很有学问的人。

范仲淹从小就怀有远大的抱负。当他还是个秀才时，就“以天下国家为己任”，后来他当了谏官，大胆揭发吕夷简滥用职权，任用私人，受到贬谪处分。后来他在与西夏的战争中立了大功，又回朝任枢密副使，旋改参知政事，积极推行新政，因触犯一部分权贵利益而遭到排挤，回到陕西防守边境，新政也就废止了。第二年，他在岳州做官的老朋友滕子京修建当地的名胜岳阳楼，请范仲淹写篇纪念文章。范仲淹写下了脍炙人口的《岳阳楼记》。他在这篇文章里提出，一个具有远大抱负的人，应该“先天下之忧而忧，后天下之乐而乐”。一千多年来，这句话成为激励中华民族古往今来的仁人志士，为国为民，奋斗不息的警句。范仲淹一生艰苦朴素，经常把自己的薪俸分给乡亲，深得人民拥戴。他“死之日，四方闻者，皆为叹息”，人民“哭之如父”。

* * * * *

范仲淹是北宋初期著名的军事家、政治家和文学家。是中华民族爱国主义精神的代表人物之一。

一代词人李清照

李清照（1084—约1151年），号易安居士，山东济南人。

李清照出生在书香之家，父亲李格非是著名学者和作家，母亲也很有文才，精通诗词创作。在文化色彩浓厚的家庭气氛熏陶下，李清照从小便受到了父母的良好教育。她思维发达，记忆力特别强，再加上肯学勤学，是个非常讨人喜欢的好孩子。到了五岁的时候，小清照已经读完了《诗经》和《楚辞》这两部中国诗词的经典之作，其中的许多文章都能背诵如流。从十岁起父母开始教她填词作诗。小清照只须稍加指点便能懂得要领，表现出惊人的理解力，没用多少时间，她便掌握了写作的基本规律。在学习过程中，她对名人的诗词作品总是爱不释手，反复吟咏，抄写了一遍又一遍，从不感到烦腻。正是有了这种坚实的基础，她成功地开始走上自己的创作之路。小清照写作时非常认真，每写一篇诗词总是写了再改，改了再写，反反复复不知多少次，直到相当出色时才肯拿出来给人家看。她的这种精神，受到大人们的称赞和推崇。

十五六岁时的李清照，早已才华毕露。有一次家里来了许多客人，差不多都是和父亲十分投机的文坛挚友。主人安排了美味佳肴款待来客。人们集聚在客厅里饮酒作乐，席间的吟诗答对，不时引起一阵阵喧闹的笑声，兴致很高。忽然大伙儿都安静下来了，一个个侧耳细听。原来是从内室里传出的悠扬琴声吸引了他们。在悦耳动听的琴声伴奏下，有个小姑娘正在吟唱一首词。仔细听来可以断定，那美妙的歌词，显然是自己创作的，别有一番情趣。

听完之后，在座的众人齐声叫好，一时弄得主人很不好意思。其中有位客人问："这是谁在吟咏？吟唱的真是太好了。"

李格非说："小女清照不过是随便唱唱而已，承蒙老兄过奖了。"

座中还有一位在文坛上很有影响的著名词人晁补之。他说："这篇词作填写得极为清丽，可以说字里行间充满了优美动人的丰富情感。李兄，这真是你家小姐亲手所作吗？"

李格非笑着说："小女清照经常写这些东西，用作消遣。常来我家的朋友大都知道，不足为奇。只因晁兄是稀客，你想见见她吗？"

晁补之乐呵呵地说："能见李小姐一面，实在太令人高兴了。"李格非立刻进了内室，片刻之后把女儿带了出来。晁补之大吃一惊。他看到的竟是一个清秀无比的小女孩。美丽文静的小清照，很不好意思地把自己写的词章，双手递给客人们。她说："小女子写得不好，恳请伯父、叔叔们批评指教。"晁补之和文友们相互传看时，那笔秤上写的词章墨迹尚未干透，松脂的清香之气还隐约闻得到，令人不得不相信果真是小清照刚才写出来的。大词人晁补之立即竖起了大拇指，感慨地说："小清照果真是女孩中的奇才。我相信她长大以后定会成为一位了不起的女词人。"

不久，另一位著名诗人张耒新作了一首《中兴颂碑》诗，在文坛上广为传颂，公认为是少见的佳作。有一天李格非带着那首诗回家后，拿给女儿看。小清照一遍又一遍地吟读，慢慢体味蕴含的丰富诗意，受到了很大启发。三天过后，她写下了两首和《中兴颂碑》的诗。李格非看后，觉得还不错。后来他去拜访张耒时，说了这件事。张耒早已听说清照才华非凡，急切地要求看两首和诗。等他拿到手以后，刚刚吟咏了一遍，就赞不绝口，连称好诗。过后，他和文友相聚时总是逢人便夸清照是少有的天才。后来李清照成了一位了不起的大词人，在中国词坛上有着举足轻重的地位。

* * * * *

李清照是著名的女词人。她的词作典雅清丽，充满了情感，并且善用白描手法，在传统的诗词创作中另辟蹊径而自成一体，对后世影响很大。著作有《易安居士文集》《易安词》及《漱玉集》等。

苏轼妙评《鹭鸶》

苏轼（1037—1101 年），字子瞻，号东坡居士，四川眉州眉山人，出身于书香门第。其父苏洵是当时的散文大家；母亲程氏出身于一个有文化的官宦家庭，是一位明大义、有才学的女子。苏家藏书甚丰，父母对苏轼有着良好的影响和教育，加上他聪敏好学，七岁知书，十岁能文，出口成章，所以亲友夸奖，远近闻名。

有一天，苏轼和弟弟苏辙跟同乡程建用、杨咨在草堂一边游戏，一边吃着馒头。突然，天空乌云密布，大雨滂沱。四人商量联句成一首完整的诗歌。程建用先出第一句："庭松偃盖如醉。"意为堂前浓密偃卧的松树在风雨中像喝醉了酒一样不住摇动。杨咨接着说："夏雨初凉似秋。"意思是夏日的雨一来阴暗凄凉、乌云压顶，好像是秋天。苏轼紧跟着杨咨吟道："有客高吟拥鼻。"这一句写的最为典雅，用晋朝大臣谢安的典故。意思是此时此地，有几个文人用雅音拖长声调吟诗作赋。几个人一听齐声叫好，说这句诗有声有色高雅含蓄，这时苏辙看见大家都只顾品诗顾不上吃馒头，于是又联了一句最俏皮的话："无人共吃馒头。"听罢三人都哈哈大笑。

苏轼稍大一点，就到四川峨山下眉山城西面的寿昌书院里读书。书院的教师叫刘微之，他既精通经史又会写诗作文，是位学识渊博的学者。

一天，老师在课堂上吟诵了自己新近创作的一首诗《鹭鸶》。老师吟罢，传来了学生的一片赞扬声，老师看看学生们的反应，然后说："大家不能都一味夸好，还要大胆提意见。"课堂上一片沉寂，老师用鼓励的眼光望着大家，看到有一位学生开始用手指轻轻敲着桌子，一遍又一遍地默念"渔人忽惊起，雪片随风斜"，从他的神态看，老师知道这位学生对诗似乎有点看法，他就问："苏轼，你对这首诗有什么看法？"

苏轼很有礼貌地站起来说："这首诗从整体来看写得很好，但有一点学生不清楚，想请教老师，这后两句中的'雪片'是不是指鹭鸶受惊时一瞬间掉落下来的羽毛？""正是，正是。"老师连连点头。"学生前几天在江边玩，亲眼看见鹭鸶受惊时，一瞬间掉落下来的羽毛，离地面很近，并不是随风斜飘的。"

"诗首先要真，既然不合乎事理，就请你改一改吧。"老师用真诚的眼光看着苏轼，然后又转向学生，"大家都试试看吧。"

学生们你看看我，我看看你，都不说一句话。苏轼也沉吟了一下，然后说："我看可以改为'雪片落芦苇。'"

刘老师是位谦虚好学的人。他凝思片刻，称赞说："改得好，改得好！这'落'字读起来声音铿锵有力，合乎事理，使人们仿佛看到鹭鸶惊飞时掉羽毛的生动情景，这样诗的意境就比原来清新优美得多了。"

从此以后刘老师经常和苏轼一起切磋诗文，常常告诫别的学生要好好向苏轼学习。

苏轼发愤识遍天下字，立志读尽人间书。他博览群书，少年时代就打下了坚实的基础；他二十岁考中进士，在诗、词、散文、书法诸领域里都有巨大的成就；他是唐宋八大家之一，被誉为豪放派词宗；书法方面，他与蔡襄、黄庭坚、米芾并称"宋四家"；他的诗清新豪放，善用夸张比喻，在艺术表现方面独树一帜。

* * * * *

苏轼是宋代的一位罕见的多才多艺的文学家。他为后世留下了大量脍炙人口的名篇佳作。

年少志高的岳飞

岳飞（1103—1142年），字鹏举，相州汤阴（今属河南）人。

岳飞出身于一个农民家庭。祖上世世代代都在黄土地上勤恳耕作。父亲岳和是个忠厚的庄稼人。他家省吃俭用，常常用节省的粮食帮助饥民度过荒年。邻居有侵占岳家耕地的，岳和干脆割给他；有借钱不还的，也就不要了。这种忠厚治家的传统直接影响了岳飞。传说岳飞出生时，有一只像大雁一样的大鸟飞鸣而过，所以父亲为他起名叫鹏举。岳飞没满月，黄河决口，母亲姚氏抱着岳飞坐到一个大沙瓮里，才幸免于难。

岳飞小时候，家里很贫穷。母亲含辛茹苦，亲自教他读书。没有钱买纸笔，就用树枝作笔，沙地作纸，在地上练习写字。他寡言少语，但学习十分用功。尤其喜欢读《左氏春秋》《孙吴兵法》，崇拜诸葛孔明等济世名臣。他小时还曾写联寄志："诸葛大名垂宇宙，元戎小队出郊圻。"表明他将来要像诸葛武侯那样报效国家，拯救人民，建功立业。他曾游历泰山，写下"流水崇山怀作者，春兰幽竹契风人"，寄托了他对祖国大好河山的热爱和对名人志士的仰慕。

岳飞不仅用功读书，精心学习兵法，而且刻苦练习武艺。传说中他生就一身神力，未成年就能拉开三百斤的弓，八石的弩；向周同学习箭法，能左右开弓，箭无虚发。其实，岳飞这身武艺完全是练出来的。

岳飞生活的时代，正是内忧外患，民不聊生的时代。国难当头，匹夫有责，岳飞决心练好武艺，保家卫国。他十二岁那年，投到一位外号"搬不动"的老师门下。"搬不动"并不教他武艺，却每天让他手拿镐镢、肩挑扁担，在山下挖坑担水栽树。一连两个多月，满山遍坡全栽满了树。可"搬不动"还不说教习武艺的事。岳飞心想，我为报效国家，前来求师学武，不能光栽树呀。"搬不动"看出岳飞的心事，笑笑说："功夫志中来，志在耐中磨。"

过了三个多月，树栽完了，他帮师傅干杂活，师傅还是不提学武。岳飞挂念老母，提出回去看望老母，"搬不动"说："要学武艺，功在苦中练；要想卫国，须先舍小家，哪有学不到武艺，就中途退却的道理?"从此岳飞再也不提回家了。

春节将临，“搬不动”把岳飞叫来说：“你来到我这里共栽了三千六百棵树，从明天早上开始，你去把这些小树一棵棵挨个儿摇一摇，不准折断一枝，不准漏掉一棵，太阳不出来，就得摇完。”从此，岳飞半夜就起床，打水扫地伺候好师傅就去摇树。开始，累得腰酸腿疼，太阳出来，刚刚摇完。到第十天，离日出还有一个时辰，岳飞就摇完了，腰不酸，气不喘。正好“搬不动”也来到了，他抚着岳飞的头说：“鹏举呀，俗话说，功夫，功夫，全在工夫。没有工夫，哪有功夫！看来，你跟我一年，功夫学得差不多了，明天可以回你母亲那里去了。”岳飞很奇怪，说：“师傅，你还没教我武艺呢！”“搬不动”摇摇头说：“武艺我不教，我只是教你一点武艺之外的功夫，有了这点根基，你学什么都不难了。”

岳飞辞别了“搬不动”，回到家后又跟周同师傅学习箭法，后来果然练就一身绝技。

宣和四年（1022），岳飞应募出征，母亲在他背上用缝衣针刺下“精忠报国”四个大字。十年后，岳飞已经是一位战功赫赫的元帅了。他在《满江红》一词里写道：“三十功名尘与土，八千里路云和月，莫等闲，白了少年头，空悲切！”抒发了他不慕功名，不图利禄，以身报国，只争朝夕的精神。

* * * * *

岳飞是我国著名的民族英雄，他屡建奇功，是南宋初期的抗金名将。

文天祥与《过零丁洋》

文天祥，字宋瑞，号文山，公元1236年出生在吉州庐陵（今江西吉安）淳化乡富田村的一个地主家庭。其父爱读书，常常手不释卷，还特别重视孩子们的学业并设法聘名师就教。

文天祥生活在蒙古贵族进攻南宋和南宋朝廷穷途末路的动荡年代。儿时的文天祥，无论寒暑都要在贴满格言警句的书斋中与弟弟一起诵读、写作、谈古论今。此外，还常与小伙伴边凫游水面，边口弈赛棋，乐而忘返。十八岁时，文天祥获庐陵乡校考试第一名，同时为乡贤欧阳修、杨邦人等人的事迹所感动，二十岁，入吉州（今江西吉安）白鹭洲书院读书，同年，即中选吉州贡士，随父前往临安（今杭州）应试。在殿试中，他作“御试策”切中时弊，提出改革方案，表述政治抱负，被主考官誉为“忠君爱国之心坚如铁石”，由理宗皇帝亲自定为进士中的状元。不幸四天后父病故，文天祥归家守丧三年。

文天祥奏疏无人理睬，只被派一闲差。此后十几年，文天祥断断续续出任瑞州知州、江西提刑、尚书左司郎，或半年或月余。任军器监兼学士院权直时，又因讥责贾似道被罢官。忽必烈即帝位后，改国号为元，于1275年发二十万元军水陆共进，直取临安。南宋政权一片混乱，度宗死，仅四岁的赵㬎即位，为恭帝。谢太后临朝，要各地起兵“勤王”。

次年，任赣州（今江西赣州）知州的文天祥，散尽家资招兵买马，数月内组织义军三万，以“正义在我，谋无不立；人多势众，自能成功”的信心和勇气，开始了戎马生涯。义军赶往吉州，文天祥受任兵部侍郎，获令屯军隆兴（今江西南昌）待命，竟几经阻挠始得入卫临安。旋出任平江（今江苏吴县）知府，奉命驰援常州。在常州，义军苦战，淮将张全却率官军先隔岸观火，又临阵脱逃，致义军五百人除四人脱险外皆壮烈殉国。冬，文天祥奉命火速增援临安门户独松关，离平江三天后，平江城降。未到目的地，关已失守。急返临安，准备死战，却见满朝文武纷纷弃官而逃，文班仅余6人。1276年正月，谢太后执意投降。元将伯颜指定须由丞相出城商议，——丞相陈宜中竟连夜遁逃，文天祥即被任右丞相兼枢密使都督出使议和。谈判中，文天祥不畏元军武力，痛斥伯颜，慨然表示要抗战到底遂被扣留，又被押乘船北上，文天祥初以绝食抗议，后在镇江虎口脱险。由于元军施反间计，说文天祥已降元，南返是为元军赚城取地，文天祥屡遭猜疑戒备，颠沛流离，千难万死两个月，辗转抵温州。这时，朝廷已奉表投降，恭帝被押往大都（今北京），陆秀夫等拥立七岁的赵昰在福州即位，为端宗。文天祥又奉召入福州，任枢密使、同都督诸路军马，往南剑州（今福建南平）建立督府，派人赴各地募兵筹饷，号召各地起兵杀敌。秋，元军攻入福建，端宗被拥逃海上，在广东一带乘船漂泊。

1278年春末，端宗病死，陆秀夫等再拥立六岁的赵昺为帝，朝廷迁至距广东新会县八十多里的海中弹丸之地崖山，加封文天祥信国公。冬，文天祥率军进驻潮州潮阳县，欲凭山海之险屯粮招兵，寻机再起。然而元军水陆猛进，发起决战。年底，文天祥在海丰北五坡岭遭元军突然袭击，兵败被俘，立即服冰片自杀，未果。降元的张弘范劝降，遭严词拒绝，遂将文天祥押上往崖山的海船，令其劝降陆秀夫等，文天祥写《过零丁洋》以明志："人生自古谁无死，留取丹心照汗青。"文天祥被迫目睹陆秀夫负主投海，张世杰被台风恶浪吞没，悲痛欲绝。苟延残喘的南宋朝廷灭亡了。元将张弘范在庆功宴上向文天祥敬酒说："宋朝已亡，你的忠孝也尽到了。丞相如能为元朝做事，元朝宰相岂不非你莫属吗?"文天祥说："国亡而不能救，做大臣的死有余辜。难道还能贪生怕死，背叛祖国吗?" 4 月 22 日，文天祥被押往大都，一路"风雨羊肠道，飘零万死身"，路过文天祥的家乡时，怕有乡亲劫船，便把他颈项和双足捆锁在船里。文天祥绝食反抗八天，因听说船将在建康停留，又唤起了逃跑的希望，恢复饮食。在建康，被严密隔离囚禁的文天祥写下了"铜雀春情，金人秋泪，此恨凭谁雪？堂堂剑气，斗牛空认奇杰"的词句。

10月初，辗转万里，文天祥被押解到大都。被带到接待投降者的"会同馆"，安置在高贵的房间里，摆有佳肴美酒。第一个来劝降的就是留梦炎，此人与文天祥都是南宋状元，官至丞相。他在临安危急时弃官逃走，降元后，任元朝礼部尚书。文天祥见到留梦炎疾恶如仇便厉声斥骂，留梦炎只得窘然退下。接着，南宋亡国之君，九岁的赵㬎又来了，文天祥连声说"圣驾请回"后，便闭口不语了。再往后，元朝专横跋扈的宰相阿合马来了，劈面喝问文天祥："见了宰相为何不跪?"文天祥说："南朝宰相见北朝宰相，凭什么要跪?"阿合马见文天祥威武不屈，便讥讽地说："那你怎么会来到这里呢?"，文天祥正言厉色答说："南朝如果早用我做宰相，北人就到不了南方，南人也不会来北方了。"阿合马无言答对，色厉内荏地环顾左右说。"这个人生死由我……"文天祥立即打断他的话，高叫："亡国之人，要杀便杀，说什么由不由你!。"

一个月后，文天祥被带到枢密院，见元丞相李罗。文天祥泰然自若站定，立刻有官员喝令："跪下!"文天祥拒不跪下，李罗令差官按文天祥跪倒，尽管一群走卒拳脚相加，文天祥被拽倒后还是拼死坐在地下，始终没有屈服，通事（翻译）传话："你还有什么话说?"文天祥答："我尽忠宋朝，才有今天，请你们快快处置罢!"李罗又说："你们丢掉君王（赵㬎），另立二王（赵昰、赵昺），算什么忠臣?"文天祥答："社稷为重，君为轻。"李罗再问："那你干出什么功绩了？"文天祥答："做一天臣子尽一天责，谈何功绩！"又说："现在只有一死，不必再说什么！"李罗叫道："你要死，我偏不叫你死，要把你关押起来！"文天祥凛然答说："我为国死都不怕，还怕关押！"元统治者又将他投入恶牢，囚禁折磨达三年之久，使他读到正在元宫中充当女仆的被俘妻女的信，使他已降元的弟弟来狱中探望。但文天祥不为百般折磨、千般利诱、万缕亲情所动，凛然作《正气歌》，颂历史人物不朽业绩，抒"是气所磅礴，凛烈万古存，当其贯日月，生死安足论"之志向。一日，忽必烈亲自劝降，说："现在你如能用对待宋朝那样对我，立即任你为丞相。"文天祥虽被卫士伤膝骨，仍泰然处之，昂首挺立，铿然答道："一死之外，无可为者。"次日，文天祥便在柴市被杀害，时年四十七岁。

* * * * *

文天祥是南宋抗元斗争中的著名将领，他一生刚直不阿，以国为本、高风亮节，深受历代人民敬仰。

军事统帅阿保机

阿保机（公元872—926年）出身迭剌部的显贵家族。迭剌部是契丹八部里最大最强的一个部落。阿保机祖上几代都担任迭剌部的酋长，在对外的争战里，个个是强手。阿保机从小练习武艺，青年时代能挽三百斤的弓。在战场上他英勇异常，又有计谋，迭剌部就推举他当了酋长和军事统帅。阿保机在对北方少数民族和南边汉族的战争中，取得了一连串的胜利。

阿保机上任以后，四出攻伐，扩大了契丹的统治地区。他还修建城池，发展冶铁等手工业和商业。同时他扩充了自己的亲兵，扩大了自己的权力。遇到出征打仗的事，他不再像过去那样同各部首领一起商议，而由自己做出决定。这就激起契丹旧贵族的反对。反对他的人有迭剌部的，也有其余七个部的人。

迭剌部反对他的首先是他的亲兄弟。公元911年五月，他的二弟剌葛、五弟安端等四个兄弟，密谋发动武装叛乱，取代阿保机。安端的妻子粘睦始知道后，认为他们这样做不对，就向阿保机去报告。阿保机立即行动起来制止了这场叛乱。阿保机感到自己的力量还不足以对付旧贵族势力，就采取

“登山盟誓”的办法来了结这事件。他同剌葛等四个弟弟一起登山，杀死牲口，叩拜天地，共同起誓：兄弟之间要和睦相处，要听从阿保机的命令；阿保机也表示赦免他们的罪过。然后阿保机就免去了剌葛的“惕隐”（惕隐，契丹官名，负责管理八部贵族内部事务，权力较大）职务，让他去迭剌部掌管军务。对在这次事件中立功的粘睦姑，阿保机加封她为晋国夫人。

但是剌葛并没有遵守盟誓，第二年冬天，他又乘阿保机外出征伐的机会，同三个弟弟一起发兵叛乱。剌葛率叛军在阿保机回军的道路上列阵以待。阿保机得到消息，立即同手下的人商议，命令军队南移，然后举行“燔柴告天”的仪式，说明他做契丹领袖是得到上天承认的。按照契丹古老的传统，八部酋长即位，要举行“燔柴告天”的仪式。也就是选择一个吉日，设祭坛，坛上堆着木柴，将柴点燃，八部酋长在坛前祭天。在阿保机燔柴的第二天，剌葛等几个兄弟知道他们阻击阿保机的阴谋又一次破产了，只好派人前去向阿保机谢罪。阿保机对来人说，允许几个弟弟自新。剌葛等几兄弟就亲自去向阿保机乞降。阿保机不佩带兵器，身穿素服，乘上红褐色的大马，两边跟着将军、侍卫，来接受他们的谢罪，并对他们说了些宽慰的话。这场战乱总算又平息了。

契丹其他七个部落里的旧贵族也反对阿保机。公元915年，他们向阿保机强硬地提出八部酋长按规定每隔三年更代一次，而阿保机已经任期九年了，应当立即重新选举。阿保机不同意。七个部落的首领乘阿保机出征回来，在道上劫持，阿保机被迫交出八部酋长的旗鼓，同意不再担任八部联盟的首领。为了保存实力，阿保机要求允许他自成一部，七部落的首领同意了这一要求。

第二年，阿保机依仗力量雄厚，决心消灭七个部落的旧贵族。阿保机同妻子述律商量。述律是个有勇有谋的女子，就对他说，汉人就没有更代的规定；并为他出了盐池伏兵的计谋。阿保机照述律的主意，派人通知各部落酋长说：“我有盐池，你们各部吃盐都靠我的盐池，你们只知道吃盐不知盐是有主人的，你们应当来犒赏我。”各部落为了今后能照常吃盐，只好相约带上牛、酒到盐池聚会，来犒赏阿保机。阿保机在盐池旁设下伏兵。当七部落酋长来到盐池宴饮，酒喝得正浓的时候，阿保机令伏兵动手，把他们全杀了。阿保机就在这年称大圣大明天皇帝，建元神册，立长子耶律倍为皇太子。从此，契丹国家正式建立。

* * * * *

阿保机是一位优秀的军事统帅，也是一位杰出的政治家。在他的领导下，契丹逐渐强大起来。

政治家金世宗

金世宗汉名完颜褎，即位后更名完颜雍，是金太祖完颜阿骨打的孙子，1123年出生于上京（今黑龙江阿城南）。他从小善于骑射，才识过人，即位之前，曾先后在会宁、中京、燕京、济南、西京、辽阳等地作过地方官，对民间的疾苦有所了解。金世宗即位之前，金朝的皇帝是海陵帝完颜亮。他统治的时期，赋役繁重，战争接连不断，激起了统治阶级内部矛盾和人民的不满。1161年十月，完颜雍在辽阳即位，改元“大定”，他就是金世宗。

金世宗不计前嫌，采取唯贤才是用的政策，很得人心。因此，在他统治的大定年间，金朝政府内形成了一个精干的有能力的统治核心。核心成员中有在海陵帝时身居高位的人，有反对过金世宗的人，有资历浅薄的人，也有出身低微的人。如移剌道，原先是个都督府长史，后按资历升任翰林直学士，但是，根据他的政绩和才能，金世宗破格提拔为转运使，后又任宰相。金世宗依靠这个核心中的女真贵族和汉族知识分子，实行了政治、经济、文化方面的改革。

为了保证政治上的清明，金世宗尤其重视对官吏进行考察。他评定官吏的标准是看政绩的好坏，好的得到升迁，差的予以除名，赏罚分明。他有三条途径来考察官吏：第一是亲自巡行。通过传统的“巡猎”活动，既可以习武，又可视察下情；第二是派使臣专程视察；第三是鼓励各地官吏和群众“上书”言事。有一次，金世宗得知有个叫左渊的贵族子弟，在任漕司（负责漕运的官吏）时贪污钱粮，非常生气，就好意劝他改正错误。但他坚持不改，后又盗用物资，金世宗当机立断将他除了名，永不续用。还有一个叫徒单贞的人，是太子妃徒单氏的父亲。当这个皇亲国戚的贪污罪行被揭发之后，金世宗除要他退回全部赃款、赃物外，还把他降了职，又削去他夫人的爵位。

金世宗不仅注意任用原有知识分子做官，而且注意官吏的来源，注意培养女真族的知识分子。大定初年，张浩因年老多病，多次请求辞去官职，金世宗既对他极力挽留，又诏谕他不必每日上朝，即使入朝，也为他设有专座。一次，宫廷近臣中有人提议罢除科举制，金世宗就请张浩裁决。金世宗对张浩说："自古帝王中有不用文学之士的吗?"张浩回答说："有。"金世宗问："谁?"张浩答："秦始皇（指他的焚书坑儒）。"金世宗环顾左右说："难道要把我当作秦始皇吗?"通过这次咨询，以科举取士的办法不但没有废除，反而得到充实。金世宗还创立了女真进士科，设立了女真国子学、女真府学、女真太学，为女真族培养知识分子开辟了一条新的途径。金世宗这个文化改革措施，使金朝的官吏队伍得到了进一步扩大，在客观上也促进了女真人的汉化和民族的融合。

金世宗还进行了经济方面的改革。1164 年，在金军还有相当强大实力的情况下，金世宗主动和宋朝议和。从此，金、宋双方休战了约三十年。为了与民休养生息，安定社会秩序，他颁发了免奴为良的诏令，提高了生产的积极性。他还采取了重视农桑、奖励垦荒，进一步开弛禁地，实行增产者奖，减产者罚等一系列措施，发展了农业和畜牧业。对于遇有水旱灾害的地区，实行减免租税的办法，减轻人民负担，稳定了生产情绪。金世宗本人又提倡节俭，注意兴修水利，鼓励民间发展手工业生产。因此，从金世宗大定年间开始，金朝的经济得到了全面的恢复和发展。这时，金朝的统治达到了全盛时期。历史上，有人把这个时期称作"大定仁政""号为小康"，而把金世宗誉为"小尧舜"。

卢沟桥就是在金世宗统治的大定二十八年（1188 年）五月，决定修建的。不过尚未动工，金世宗就在第二年年初病逝了。这年六月，金章宗继承父志，开始修建卢沟桥，三年后建成。初名"广利桥"。后因桥身跨越卢沟，人们都称它卢沟桥。早在战国时代，卢沟河渡口一带已是燕蓟的交通要冲，兵家必争之地，原来只有浮桥相连接。1153 年金朝定都燕京（今北京市宣武区西）之后，这座浮桥更成了南方各省进京的必由之路和燕京的重要门户，车水马龙，行人相接，原有的浮桥显然已不能适应都城在政治上、军事上、经济上、交通上的需要。金世宗才诏命建桥。卢沟桥的修建，虽然已不在金世宗统治时期，但实际是金世宗"大定仁政"的一个结晶。

* * * * *

金世宗总结历史教训，采取了一些有益的改革措施，重新整顿了金朝的统治秩序，使我国的北方地区出现了当时罕见的好局面。因此，清朝人赵翼说："金代九君，世宗最贤。"

朱元璋惩贪官，奖廉吏

朱元璋（1328—1398年）本是濠州（今安徽凤阳）农村的一个穷和尚。参加农民大起义，推翻了元朝的腐朽统治，夺取到全国政权，建立了明王朝。从此，朱元璋就思考着如何巩固自己的统治，防止再发生农民起义。他总结元朝灭亡的教训，觉得吏治的腐败，是造成元朝灭亡的一个重要原因。元朝后期，政府公开卖官鬻爵。很多官吏用钱买官做，再想尽一切办法搜刮钱财，贪污盗窃，敲诈勒索，根本不顾人民的死活。连那些奉皇帝之命到各地"问民疾苦"的宣抚官，也是见钱眼开，大收贿赂，贪赃枉法，胡作非为。老百姓编出民谣，诅咒他们说："奉使来时，惊天动地。奉使去时，乌天黑地。官吏都欢天喜地，百姓都啼天哭地。"百姓活不下去，只好铤而走险，起来造反了。从这里，朱元璋认识到，吏治的好坏，是关系到能否巩固统治的大问题。因此，他下决心整顿吏治，严惩贪官。

为朱家王朝的长治久安着想，朱元璋便用极其严厉的手段来打击贪污，只要发现官吏有贪污违法的行为，他即动用残酷的刑罚，严加处治。凡是贪赃枉法的，统统发配到北方偏僻荒凉的地方充军。贪污赃款银六十两以上的，都押到土地庙前枭首示众，剥皮囊草。连官吏出差乘坐官家的牲口、车船，携带私人物品超过规定重量的，也严惩不贷。明政府规定乘坐官家的牲口，除随身衣物外，携带私人物品超过十斤的，每五斤笞（用小荆条或小竹板击打臀部、腿或背）十下，每十斤罪加一等，最重到杖（用大荆条、大竹板或棍棒拷打臀部、腿或背）六十下。乘坐官家车船，附载私物超过三十斤的，每十斤笞十下，每二十斤罪加一等，最重到杖七十下。

除了平时的零星打击，朱元璋还集中清查了几个大的贪污案件，对贪官污吏进行了几次大规模的清洗。1385年，御史余敏、丁举廷告发北平（今北京）承宣布政使司（主管行政的省级机构），提刑按察使司（主管司法的省级机构）的官吏李彧、赵全德等人，伙同户部侍郎（主管土地、户籍、财政的副长官）郭桓、胡益、王道亨等人贪污舞弊，吞盗官粮。朱元璋命令司法部门严加追查，牵连到礼部尚书赵瑁、刑部尚书（主管刑法的最高长官）王惠迪、兵部侍郎（主管军事的副长官）王志、工部侍郎麦志德等朝廷的高级官员和各布政使司的官员，以及地方上的许多豪强地主。明政府发现他们除了盗窃国库的金银宝钞，盗卖官仓的粮食外，还贪污大量没有入库的税粮和鱼盐等各项税款。贪污盗窃的总额折成粮食，共达二千四百多万石。朱元璋下令将赵瑁、王惠迪等人弃市（在闹市处死，将尸体暴露街头）；郭桓等六部侍郎以下的官员也统统处死；各布政使司有牵连的官吏几万人都逮捕入狱，严加治罪；追赃牵连到各地的许多大地主，被抄家处死者不计其数。

在打击贪污的过程中，朱元璋不仅雷厉风行，毫不手软，而且不避权贵和亲属，不论职位多高，同他本人的关系多么密切，也决不曲宥。驸马都尉（皇帝的女婿）欧阳伦，凭着自己是朱元璋结发妻子马皇后亲生女儿安庆公主的丈夫，不顾朝廷禁令私自贩卖茶叶，几次在陕西贩运私茶；他的家奴周保还叫当地官吏，征调民间的几十辆车子为他家运输私茶，稍不如意，就任意打骂地方官吏。由于欧阳伦有权有势，谁也不敢过问。有个河桥巡检司的小吏不堪凌辱，把这事告发了。朱元璋得到消息，怒不可遏，下令赐死欧阳伦，诛杀他的家奴周保，还写了一个通敕令，派人带去给那个告发的小吏，表扬他不避权贵的精神。

在严惩贪官的同时，朱元璋又大力表彰廉吏，以扶正压邪。济宁（治所在今山东济宁）知府方克勤，为官清廉，关心百姓疾苦。当时朝廷号召农民开荒，规定荒地垦种三年才开始征税。但他上任之前，当地官吏不按规定办事，不到期限就向开垦的农民征税。百姓说朝廷不守信用，都扔下土地不种了。方克勤上任后，就宣布要严格执行朝廷的规定，并把土地按土质的肥瘠分成九等，依照等级收税，民心马上安定下来，开荒种地搞得热火朝天。后来，有一年夏天遇到干旱，农民正忙着抗旱抢种庄稼，当地的官军却下令征调民工修城。方克勤赶忙出来阻挡，说："老百姓正忙着耕种，怎么能去干扰他们?"他请求中书省取消这项徭役，得到了中书省批准。徭役废除后，随即下起了一场大雨，老百姓非常高兴，编了一首民谣说："孰（谁）罢我役？使君之力。孰活我黍？使君之雨。使君勿去，我民父母。"方克勤还注意兴办教育，在乡村办起社学，延请儒师教民间子弟读书。他在济宁任职三年，“户口增数倍，一郡饶足”。但自己却过着十分简朴清贫的生活。一件布袍穿了十年没有换新的，每天只吃一顿有肉的菜。三年后方克勤到京城朝见，朱元璋特地赐宴表彰他，并把他送回济宁继续做知府。

经过二三十年的斗争，明朝官场的风气逐渐有了好转，吏治日趋清明，社会慢慢安定下来，经济也随着发展起来了。

* * * * *

腐败犹如社会肌体上的毒瘤，不下猛药便很难治愈。朱元璋严刑酷法治贪官的做法，在今天仍具有很强的借鉴意义。

大航海家郑和下西洋

郑和是云南昆阳（今晋宁）人，回族，本姓马，出生于1371年，逝世于1433年。他很小的时候就从祖父和父亲那里了解到西洋的一些风土人情。洪武时入宫为太监，不久被分到北平服侍燕王朱棣。朱棣从北平发兵南京夺取帝位时，郑和跟随作战有功，被赐姓郑，升为内官监（掌管营造宫室、陵墓及采办皇室婚、丧礼仪用器的宦官机构）太监。又因郑和信奉佛教而被称为“三宝太监”。永乐元年（1405年），他受朱棣委派，开始出使西洋。

郑和接到皇帝的任命，立即着手进行远航的准备。他派人到南京、江苏、浙江、福建、江西、湖广各地督造各种船只。其中，有长四十四丈四尺（约合一百五十一米多）、宽一十八丈（约合六十一米多）、载重量一千吨的大宝船，有运输马的马船，运粮的粮船，运兵的座船，作战的战船等。他还从各地征调了大批航海专业人员，包括观测天文气候的“阴阳官”，掌管罗盘针的“火长”，外国领航人员“番火长”，掌舵的“舵工”，掌锚的“班碇手”和担任翻译的“通事”，办理对外交涉的“行人”，管理水手的“管带”，修理弓箭火器的“军匠”，修理铁木工具的“民匠”，治病的“医官”，做会计文书的“书算手”，做饭的“厨役”，护卫的将士等，编成了一支庞大的远航队伍。

1405年6月，郑和率领两万七八千人的远航队伍，带着大量的丝织品、瓷器、铁器、布帛和充足的口粮、日常用品等，分乘六十二艘宝船，巨舶百余艘在刘家港（今江苏太仓浏河镇）集合待命。只听一声令下，每艘宝船上的二三百名水手马上紧张地开始工作，七根桅杆上升起了十二面大帆，八支大橹有节奏地摇动起来，其他船只的水手也升起了帆，摇动了橹。船队井然有序地排成一字长蛇阵，浩浩荡荡地驶出了长江口，沿着东海海岸南下，来到福建长乐的五虎门（东闽江口）。他们在五虎门稍作停留，便顺着秋季的东北信风，驶入了南海。大海上水天茫茫，有时波平如镜，有时浪涛滚滚。水手和领航人员全神贯注地工作。他们用罗盘针定向，用天文导航术确定船只的位置，镇定地驾驶船只绕过暗礁，穿过恶浪，日夜不停地向前航行。郑和的船队首先到达占城（今越南南部），然后往南到达爪哇、旧港、苏门答剌、南浡里（在今苏门答腊岛北部）、锡兰山（今斯里兰卡）古里（今印度南部）等国。第二年夏天，西北信风刮起的时候，船队顺风返航。许多国家的使者接受郑和的邀请，随船前来中国访问。

后来，郑和又六次奉命率领船队出使西洋。他前后七次下西洋，历时二十八年，总共访问过三十多个国家和地区，最远曾到达非洲东海岸之麻林地（今属肯尼亚）。船队每到一个国家，都受到隆重的欢迎和热情的款待。郑和到达占城时，当地的国王穿上节日的盛装，戴上山字形的金花冠，骑着大象，率领大小首领和一支五百人的卫队，出城迎接。路旁站满了欢迎的人群，他们吹着椰笛，敲着皮鼓，气氛异常热烈。同郑和一起出访的侯显到达榜葛拉（今孟加拉）时，当地国王先派一千人到海边的察地港去迎接他们，然后用小船接到锁纳儿江，再用大象接到王宫。在王宫门外的广场上，国王亲自主持了盛大的欢迎仪式。宫门外站着身穿盔甲、手持武器的卫士，宫门内排着千人马队，殿前有由数百头大象组成的象队，台阶左右分设数百柄孔雀翎伞，由手执金柱杖、银柱杖的大臣各两名，引导明朝使节进入大殿，拜见国王。双方互相赠送了礼物，国王又设盛宴，杀牛宰羊，招待中国的客人。

每到一个国家，郑和都以明朝使节的身份，向当地的国王或首脑赠送明朝皇帝的礼品，表达建立邦交、发展两国友好关系的诚意，并邀请他们到中国来访问。然后，再同当地官府和商人进行贸易。在古里国（今印度南部西海岸），郑和的船队到达后，国王就派出代表和当地的富户、书算手，在官府会见郑和的代表，商定看货议价的日期。到时候，郑和的船队把锦绮等货物带来，逐一商议价格，由书算手写成合同，双方各拿一份；然后互相握手，由中间的经纪人击掌为定，或贵或贱，再不悔改。接着，富户再拿出他们的宝石、珍珠、珊瑚等土特产，逐一议价，按值交换。船队带去的瓷器、丝绸、铁器等货物非常畅销，尤其是青瓷碗盘和纻丝、绫绢、烧珠等物，最受欢迎。船队也从各国收购了许多货物，有象牙、宝石、珍珠、珊瑚、香料等奢侈品，还有谷米、棉花、布匹、药材和少量的铜。

郑和七下西洋，把我国古代的航海事业推向了一个新的高峰。他比哥伦布远航美洲、达·伽马绕好望角航行抵达印度，要早半个多世纪，规模也大得多，充分显示了我国古代造船、航海技术的先进水平。郑和的远航，大大促进了我国和亚洲、非洲国家的政治、经济、文化交流，增进了各国人民的友谊。在郑和下西洋后，许多国家的国王或使者，纷纷来到中国访问，建立了邦交和贸易关系。中国到东南亚去的侨民，也迅速地增加，他们带去了先进的生产技术和文化知识，为南洋的开发做出了贡献。

许多地方至今留传着许多与郑和有关的传说和遗迹。在我国，福建长乐的三宝岩，西沙群岛中的永乐群岛，南沙群岛中的郑和群岛，台湾的三宝姜，都是为了纪念郑和的航海事业而命名的。关于三宝姜，据说台湾原来没有姜。郑和第六次远航途经台湾，船员把大陆的特产送给高山族人民，其中包括了生姜。高山族人开始吃姜觉得辣，船员们就对他们说，生姜可以治病。于是，他们就珍爱地把生姜种在土里。至今台湾凤山县还生产这种三宝姜。印度尼西亚至今仍有三宝垅。另外，泰国有三宝港，马来西亚有三宝城。这些名称都是对大航海家郑和访问的纪念。

* * * * *

郑和是我国历史上和世界历史上的伟大航海家。郑和下西洋，在我国人民和亚洲各国的人民当中，留下了深刻的印象和影响。

李时珍与《本草纲目》

李时珍，1518 年生于湖北一个医药学家。少年时代，常跟父亲和哥哥采集草药，或帮父亲抄写药方，听父亲讲解药物学知识。当时科举盛行，他十四岁中了秀才。但他热爱医药事业，对八股文不感兴趣。因此，考举人三次落榜后，放弃了科举入仕的道路，一心做医生。

在行医当中，他发现当时的本草书收药不全，名称混乱，多有谬误。于是，下决心编写一部新的本草书。他详细研究了古代有关的本草学、医学等各类书籍，长期深入民间向广大群众学习，到深山老林采集药材，开辟药园栽培药物，通过多年的埋头苦干，终于写成举世闻名的《本草纲目》。该书不仅对我国古代本草学作了一次历史性总结，也将以前的化学知识予以系统化，并使之达到一个新的认识水平。该书载药 1892 种，其中李氏新增药物 374 种，而且药物的分类更详细，对一些较为混乱的物质命名加以更正。如指出炼丹家所说的“合金”是黄铜。还对蒸馏、蒸发、升华、重结晶、沉淀、灼烧等技术作了详细的记述。对金属和合金也作了区别。例如，他把铜和它的合金区分为赤铜、白铜（铜镍合金）、青铜（铜锡合金）、黄铜（铜锌合金）等。书中描述了如何用比色法鉴别金的成色。书中除整理已知的无机知识外，还增加一些较为复杂的制取方法，如轻粉（$HgCl_2$）制取，主要反应可表示为：

$$6Hg + 4KAl(SO_4)_2 + 12NaCl + 3O_2 = 2K_2SO_4 + 6Na_2SO_4 + 2Al_2O_3 + 6HgCl_2$$

书中还详细介绍制取轻粉所用的原料及用量、反应的时间、产生的现象等，显然是李时珍自己反复实验、观察得出的新见解，就是以现代化学来看，这些反应也是相当复杂的。

李时珍在研究工作中，虽博览群书，但并没有成为书本的奴隶，而是注重实践，对前人的见解持冷静批判态度。如他研究古代炼丹术著作，吸取其中关于药物性质及制法的有价值的部分，又以唯物主义的态度，猛烈抨击妄图通过服用炼丹药求得长生不老的邪说谬论，捍卫了本草学的科学传统。

《本草纲目》问世后，很快在中国流传起来，对后世的影响很大，已经被全部或部分译成日文、英文、德文、法文、拉丁文、俄文等多种文字，在世界广泛流传，至今仍是一部有重大学术价值的古代科学文献。

* * * * *

李时珍是世界公认的杰出的自然科学家。他为医学的发展做出了杰出的贡献，其巨著《本草纲目》是医学界的经典之一。

巧骂“皇兴”——吴承恩

吴承恩（约1500—约1582年），字汝忠，先世江苏、涟水，后徙淮安山阳（今江苏淮安）。被列为古代四大奇书之一的长篇章回神话小说《西游记》就是他创作的。

吴承恩的父亲吴锐原来是个小商人，幼时嗜书如命，常常站在课堂外面的窗户底下偷听讲课，在店里时常抱书吟哦，因此有人给他取个外号叫“吴痴子”。由于家庭生活困难，吴锐读书未成，他把自己的希望完全寄托在儿子身上，从小就教吴承恩读书、写字、画画。小承恩天资聪慧，又肯用功学习，诗词曲赋样样精通，还能写一手好字，很小就以“神童”之名誉满乡里。

与老师和父亲的愿望恰恰相反，吴承恩对四书五经远远不如对野史稗言、故事传说兴趣大。平时父母给的零用钱，他全部积攒起来到市场上去买野史、笔记、小说之类的书籍看，还常常一个人躲到僻静地方，读得津津有味。有时忘记了吃饭，忘记了睡觉，急得父母到处找他。待找到他以后，发现又读的是不“正经”的书，免不了一阵呵责。

吴承恩读书如醉如痴，入迷着魔。把父亲那种嗜书如命的脾性全部继承了过来，邻里乡亲看他一天从早到晚总是呆呆地读书，因他父亲吴痴子之名，便喊他“小痴子”。吴承恩全然不理会这些，仍然到处搜集各种神奇的书看。

博览群书，使吴承恩博学多才，因此乡间百姓结婚的喜颂、丧事的吊文、做寿的祝词及节日的春联多是请他写，吴承恩也总是有求必应，写得又快又好。

有一天，淮安的一个粮商叫张皇兴的慕名前来请吴承恩，要他为“皇兴粮行”写一副祝颂的对联。这位粮商平素欺行霸市，常常缺斤少两，谁敢稍有不满，他便横鼻竖眼，拳打脚踢，当地群众恨透了他。吴承恩也早就听说了这个人，心里种下了不满的种子。他拿定主意用对联来骂骂这位奸商，于是欣然应允，挥笔写道：

皇兴大粮行，慈夙楚城扬

横联是：去四首。

张皇兴一看，喜不自胜，连连道谢，私下以为吴承恩是称赞他以慈善为本，名扬乡里呢，于是请裱糊匠裱好，恭恭敬敬地悬在中堂。他哪里知道吴承恩捉弄了他。原来，如果按照横批把上下联前两个字的部首去掉之后，正成了：

王八大粮行，心歹楚城扬

乡亲们暗中知道了底细，无不拍手称快。

吴承恩虽有才华，但在科举考试中屡遭挫折，中年以后才补为岁贡生，后来做了浙江长兴县县丞职，正直的性格又使他看不惯官场中的欺诈作风，后来干脆回家专心写作，不再涉足黑暗的官场了。他的诗文辑入了《射阳先生存稿》，许多篇目都表现出对当时社会现实的不满。据说他还撰有《禹鼎记》，但已散佚。

* * * * *

古今成大事者，都有着坚定执着的追求、超乎常人的毅力。吴承恩读书如醉如痴，入迷着魔形象地说明了这一点。

抗倭英雄戚继光

戚继光（1527—1588 年）于明朝中期出生在一位武将的家庭，祖籍安徽定远。他自小就刻苦好学，从他父亲戚景通那儿学到许多军事知识。十七岁那年，他承袭父职为登州卫指挥佥事，后来又负责山东沿海的御倭防务。

倭寇是日本内战中失败的武士和一些失去生计的人。他们在元末明初驾着海盗船只，到我国沿海进行抢掠。明朝初年，由于社会安定，海防巩固，倭患尚未酿成大祸。明朝中期以后，特别是在嘉靖年间，随着政治的腐败，海防的松弛，倭寇的侵扰日益猖獗。他们同明朝沿海奸商、海盗等相勾结，不时窜犯我国东南沿海，有时甚至闯入内地，烧杀淫掠，给中国人民带来巨大的灾难。

面对倭寇的横行，戚继光愤慨地赋诗说："封侯非我愿，但愿海波平。"立志扫平倭寇，保卫海疆。他认真训练士兵，整顿军纪，修复卫所，加固工事。山东的海防日渐巩固，倭寇不敢再来这一带骚扰。1555 年秋，朝廷见戚继光御倭有方，把他调到倭患最严重的浙江地区，第二年，提升他为参将，让他负责镇守宁波、绍兴、台州三府。他招募义乌的矿工和农民，加以训练，教以阵法，建立了一支纪律严明，武艺精强的“戚家军”。他们接连打了几次大胜仗，基本上解除了浙江的倭患。

1562年被调往福建平倭。这一年的农历七月，他率领六千戚家军，从温州的平阳披荆斩棘，穿越三百里的偏僻小路，进入福建。侵扰福建的倭寇，主要集中在横屿、牛田和林墩（兴化）三个据点。横屿是倭寇的大本营，而倭寇的头目则在林墩扎营。戚继光决计先破横屿，再乘胜破牛田，最后捣毁林墩的寇巢。横屿是宁德县城东南的一个小岛，离岸十里，四面皆水路险隘，岛上建有木城，周围还构筑许多坚固的防御工事，一千多名倭寇结营于此，凭险据守。附近的宁德、福清还有一万多名倭寇，他们互相应援，很难对付。戚继光采用“削枝弱干”的办法，先发兵进攻横屿对岸的张湾，并张贴告示实行招抚，迫使一千多名倭寇的胁从分子缴械投降。接着戚继光挥师东进，直攻横屿。从海岸到横屿，中间连着一处浅滩，涨潮时滩没水中，一片汪洋，落潮时水退滩出，又是一片泥泞，极难通过。八月初的一个清晨，戚继光命令每个士兵都带上草束，乘着落潮，铺在泥滩上，匍匐前进。他们奋勇冲上小岛，有的施放鸟铳，有的挽弓射箭，有的投掷标枪，有的挥舞狼筅（狼筅，用长竹竿做柄的武器，前部留有密枝，梢部装有利刃）、腰刀，同倭寇展开了战斗，不到半天工夫，就把倭寇全部歼灭了。

过了中秋节，戚继光又率领军队南下福清，直指牛田。牛田在福清县城东南三十里，靠近海边。它与周围的杞店、上薛、西林、木岭、新塘等据点连成一片，络绎三十多里，势若长蛇。为了麻痹敌人，戚继光有意当众声言：“我军远道而来，需要先休整一些日子，养精蓄锐，再待机而动，不是朝夕之间就能出师击敌的。”倭寇打听到这个消息，果然毫不戒备。可是就在第二天晚上，乘着天黑没有月亮，戚家军悄悄地从锦屏山开拔，快速奔袭杞店，将熟睡的倭寇斩杀殆尽。接着，他们回师锦屏山，见有一队倭寇前来袭营，又设下埋伏，把敌人全部消灭了。然后，戚家军乘胜出击牛田、上薛等地的倭巢，斩杀、俘虏了大批倭寇。残倭纷纷向兴化逃窜。

戚家军在福清稍事休整，九月中旬又开到兴化府城（今福建莆田县），准备攻取城东二十里的林墩。入城后，戚继光表面上闭口不谈战事，从容的拜客、赴宴，暗地里却布置士兵抓紧时间休息，准备随时出击。到了半夜，他发出命令，摇响铜铃，把军队迅速集合起来，悄悄地开出城外，准备对林墩进行一次夜袭。不料，向导是个通敌分子，把他们引到一条溪水纵横，泥泞遍地的小道上。等他们逼近林墩，东方已经发白，他们的行动就被倭寇察觉了。倭寇马上进入防御工事，布置防守，并出动部分人马绕到戚家军的背后，两面夹攻。戚家军腹背受敌，处境险恶，一时阵脚大乱，士兵纷纷往后退缩。在这千钧一发之际，戚继光站在路口，镇定自若地发出进攻号令，并手刃退缩的十四名部下，以严肃军纪。将士又鼓起百倍的勇气，奋力往前冲杀。倭寇渐渐支持不住，四散溃逃。戚家军连克敌人六十余营，斩杀倭寇九百六十人，活捉倭寇大小头目十三人，还有一千多名倭寇在溃逃时落水淹死。天明，兴化府城的居民扶老携幼，杀牛备酒，出城十多里，夹道欢迎凯旋的戚家军。

戚继光胜利完成了既定的战略计划，率师返回浙江休整待命。路过福州的时候，当地父老在于山的平远台特地设下了酒宴，为他们庆功、饯行。在欢乐的锣鼓声中，戚继光带着部下将领，通过了夹道欢迎的人群，踏着山石的小径登上了平远台。他接过当地长官献上的美酒，一饮而尽，然后拱手作揖，感谢福建百姓对他们的支持和援助。接着，当地长官便令人抬上一块纪功碑，立在平远台上。

戚家军返回浙江之后，倭寇收集残兵败卒，又攻占兴化府，占据平海卫（在兴化东南），继续残害福建的老百姓。1563 年，戚继光再度带领戚家军入闽。第二年，他们在当地军民的密切配合下，彻底剿灭了福建的倭寇。接着，又与另一名抗倭将领俞大猷，协同作战，共同歼灭了广东的倭寇。

经过十几年的战斗，东南沿海的倭患，终于被扫除了。为了纪念戚继光的丰功伟绩，福建人民后来就在于山的平远台建起了一座戚公祠，在祠堂的大厅中塑造了一尊戚继光的胸像。1936 年，著名文学家郁达夫游览于山，缅怀这位民族英雄的光辉业绩，写了一首《满江红》的词，词中写道："拔剑光寒倭寇胆，拨云手指天心月。至于今，遗饼纪征东，民怀切。"这首词，现在就镌刻在戚公祠的旁边，供游人吟诵。

* * * * *

戚继光扫平倭寇，保卫了国家的海疆，使东南沿海人民的生产生活安定下来。民族英雄戚继光永垂不朽。

李自成攻占北京

1640年，明末农民起义军中的一支主力，李自成领导的农民军，打到了河南。为了进一步动员和组织人民群众，推翻明王朝，农民军急待解决人民赋役繁重和赈济灾民的问题。为此，李自成提出“均田免粮”“五年不征”“平买平卖”等口号；同时实行“劫富济贫”的政策。农民军勒令那些锦衣玉食的大官僚、大地主交出粮食和财物，然后把没收的粮、钱，分给穷苦的百姓。农民军还打开官府的粮食、金库，开仓放赈，救济饥民。这些措施，解救了许多群众，当时在人民群众中流传着很多歌颂李自成的民谣。“杀牛羊，备酒浆，开了城门迎闯王，闯王来了不纳粮”，就是其中的一首。

由于人民的拥护，农民军迅速壮大，不久打到西安。1644年正月，李自成在西安正式建立农民政权，正式定国号为大顺，改元永昌。他采纳谋士顾君恩的建议：先取关中，以关中为基地，进而攻取山西，经山西攻打北京。李自成先派遣一批精明强干的将士乔装打扮，化装成买卖人，到北京打探军情；有的渗入到明朝各部的机构中刺探机密。这样，李自成虽然远在北京千里之外，但是京师动向，朝廷情况，随时有人报告，很快便可知晓。

李自成率农民军就在这年正月，从西安出发，东渡黄河，二月，攻下太原。然后兵分两路：南路由大将刘宗敏率领，经固关（故关）、真定、保定，北上直趋北京；北路由李自成亲自统率，经大同、宣府（宣化）直捣北京。起义军出发前，李自成再次申明军纪，规定起义军将士不得掳掠；不得私藏金银；所过城邑不得进驻民房宿营，一律用单布帐篷露宿；行军作战时，不准军马践踏田苗等等。农民军所过势如破竹，以摧枯拉朽之势震撼着明王朝。

李自成率领的北路，一路上所向无敌，在宁武关与明军打了个硬仗，消灭了明朝的守军。打到大同，大同总兵姜瓖投降；打到宣府，宣府总兵王承厢投降。三月十四日，他们到了居庸关。这里地势险要，是兵家必争之地，明初在这里修建坚固的防御工事——长城，一直派有重兵把守。这里的居庸外镇，号称北京的北门锁钥。当时崇祯皇帝派巴总领兵防守，巴总顽固抵抗，还放射暗箭伤了李自成的左眼。这一行动激起了农民军的极大愤怒，他们奋起攻城，明军被迫投降。第二天，农民军又占领昌平。

三月十六日，南北两路大军在北京城下会合了；把北京城围了个水泄不通，割断了明王朝与外界的联系，使北京成为一座孤城。

起义大军兵临城下的当头，崇祯皇帝任命宦官王承恩提督北京城防，京城九门守城大员也多由宦官充当。这些宦官，全然不懂战事，他们只能凭借坚固的城防阻挡农民军。

农民军来到城下，首先扫除城外的明军，然后准备攻城。北京城墙高大，不便仰攻。农民军准备了几百张五丈多高的登城云梯，弓弩、火铳也对准了城头，农民军的骑兵倚马按剑，步兵提刀控弦，他们屏着呼吸，只待攻城号令下达，一时周围十分寂静。突然，万炮齐鸣，杀声震天。农民军在李自成带领下，环攻京师九门。守城明军本无斗志，面对农民军的猛烈攻势，更是心惊胆战。十七日，也就是围城的第二天，彰义门（或称广宁门，即今广安门）守将宦官曹化淳，招架不住，打开城门，迎接李自成入城。北京的外城攻破了，农民军士气更加高涨，个个摩拳擦掌，要在攻城时大显身手。

这天晚上，各城门炮声不绝，崇祯皇帝坐卧不安，慌忙奔出宫外，登上煤山（今景山），只见京城四面烽火漫天，不时传来大炮的轰鸣。他纳闷地说："为什么李自成的军队到了京师，我们还蒙在鼓里。"王承恩说："李自成派了许多党羽，带了很多钱财，京师文武官员被收买了不知有多少，就连兵部他们也钻进来了，所以兵部派出侦察李自成的探子，一个也没回来。陛下，彰义门一破，内城也怕守不住了。"崇祯皇帝预感到末日降临，在山上徘徊许久，无可奈何地回到乾清宫，他哭着对皇后说："大势已去，没有希望了。"于是命令皇后、贵妃自尽，并亲手砍杀了公主和妃子。

战斗一直在进行，十九日天还没亮，农民军纷纷攻入内城，从各门拥入市区，一时城内鼎沸。明军死的死，降的降。崇祯皇帝眼看大势已去，急命宦官鸣钟召集百官上朝。钟敲了许久，始终不见一人上朝，崇祯皇帝感到昔日威风凛凛、前呼后拥的场面，一去不复返了。这个刚愎自用的皇帝彻底绝望了，于是他登上煤山，自去冠冕，在一棵老槐树上吊死了，临死前他在衣襟上写下了遗诏，至死认为明亡是诸臣所误。陪伴他的宦官王承恩也吊死在他身旁。

再说李自成进了城以后，率众攻打正阳门，途中受到人民的热烈欢迎。

他们捧来热茶、点心，有的还在家门口摆设了“永昌皇帝万岁”的香案，青烟袅袅，扶摇而起，庆祝农民军的胜利，也希望有个好皇帝。明朝把守正阳门的大将是李国祯，他不肯向农民军投降，抵挡一阵，感到势头不妙，一个人偷偷溜走了。守正阳门的明军见李国祯逃跑，便纷纷放下武器投降。

农民军进入正阳门，来到棋盘街，这是崇祯皇帝御林军的防地，他们拼命顽抗，企图阻止起义军前进，双方展开激烈的巷战。大约经过两个时辰的紧张战斗，农民军消灭了御林军，通向皇宫的路打开了。

李自成头戴一顶毡笠，身穿青布箭衣，佩带着弓箭钢枪，骑在一头高大的乌龙驹上，威风凛凛地策马在前。左右两边并辔而行的是丞相牛金星和尚书宋企郊，身后还有众多的农民军将士。据说李自成进了正阳门以后，一眼看到前边有座高大的牌楼，牌楼的门额上写着“承天之门”四个字。这是明朝统治的象征。李自成顺手摘下了铜胎铁背硬弓，拔出一根鹏翎箭，“嗖”地一箭射去，正中“承天之门”的“天”字。将士们欢呼跳跃，称赞李自成的好箭法。丞相牛金星在一旁说：“中天下字，当中分天下。”李自成和他的战友威武雄壮地进入了承天门（今天安门），宣告了明朝的灭亡。

李自成领导的明末农民战争的规模，在历史上是空前的。他提出的“均田免粮”等战斗口号，深入人心，李自成终于登上了皇帝的宝座。但是由于阶级的局限性，一些农民军将领骄傲轻敌，不久农民军被迫退出北京，最后失败了。但是，李自成领导的农民军给人们留下了深刻的印象。至今北京还流传着不少有关他们的故事。就拿天安门前的石狮子来说，为什么石狮子的肚子下面有个深坑呢？传说李自成率农民军进城那天，看到承天门前的大石狮子，正想策马前去打量。突然，有个士兵高喊：“闯王，留神！狮子动了。”原来不是狮子在动，而是狮子后面有人。李自成立即摘下钢枪，托枪催马，猛刺东面那个狮子，“噔嘟”一声，狮子的肚子被扎了一个坑，只见一条人影直奔西边的狮子。李自成又挺枪直刺西边的狮子，在这个狮子的肚子上也扎了一个坑。这时，农民军将士们已把西边的狮子包围，捉住了那个躲藏的人，正是从正阳门溜走的李国祯。他从正阳门逃跑以后，企图从崇文门出走，被农民军挡回。他走投无路，打算退回宫去。这时李自成率众赶到，李国祯来不及走，就躲在狮子后面，企图侥幸逃跑，结果被活捉了。两个狮子肚子上都留下了一道枪坑，一下雨狮子的肚子就流水。这些传说能有几分真实性，现在已难说清，不过，它反映了人民对李自成和他领导的农民军的怀念。

* * * * *

李自成率领的农民起义给腐朽无能、摇摇欲坠的明王朝以致命的打击，推动了中国历史的进步。但由于农民起义的阶级局限性，仍然逃脱不了失败的命运。

郑成功收复台湾

郑成功，原名森，字明俨，号大木，福建南安石井人。他生于1624年，聪颖好学，体魄高大，被郑家视为“千里驹”。二十岁那年，吴三桂引清军入关，长驱直下江南。大江南北，到处掀起声势浩大的抗清斗争。第二年，郑成功的父亲郑芝龙和黄道周等人，在福州拥立明宗室、唐王朱聿键为帝，建立隆武政权。隆武帝见郑成功年轻有为，忠心耿耿，赐他姓朱，改名成功，他因而被尊称为“国姓爷”。1646年，清军迫近福建，郑芝龙决意降清。郑成功苦劝不听，率领部分将士出走金门，在海上誓师起兵，展开抗清斗争。此后十几年，他以金门、厦门为基地，建设政权，招募将士，训练军队。厦门那些练兵遗址，就是当年遗留下来的。清政府把郑芝龙抓到北京，逼他派人招降郑成功，都遭到郑成功的严辞拒绝。郑成功几次亲自带兵，攻入广东、浙江等地，打得清军损兵折将，抱头鼠蹿。1658年，又联合浙江的抗清将领张煌言，举兵北伐，连破瓜洲、镇江，直逼南京城下。后来战斗失利，不得不又退回厦门。

郑成功在厦门注视到被荷兰殖民者侵占的台湾。台湾自古以来就是我国的神圣领土。从唐、五代至宋、元，东南沿海特别是福建人民，不断渡海移居台湾，和高山族人民一起，共同开发了这个宝岛。郑成功的父亲郑芝龙原是个海上富商，曾到台湾经商，并组织数万名福建人移居台湾。但到17世纪，这个宝岛却不断遭到西方殖民强盗的侵略。1624年，荷兰殖民者侵入台湾西南的鹿耳门港，修建了台湾城（今台湾安平），第二年又侵占新港社、蚊港，修建了赤嵌楼（今台湾台南）。再过一年，西班牙殖民者也侵占了鸡笼（今基隆）和淡水。后来，荷兰和西班牙在岛上展开火并，荷兰打败西班牙，霸占了整个台湾。郑成功对荷兰殖民者的强盗行径极为愤慨，起兵抗清后，即暗下决心收复台湾。1659 年，郑成功从南京战败回到厦门，在台湾作通事（翻译官）的爱国人士何斌（一作何廷斌），向他进献一幅台湾地图，要求他攻取台湾，并且说："台湾沃野千里，四通外洋，收复这个宝岛可以扩大你的抗清根据地，资助你的军饷供应。当地的黎民百姓饱受荷兰人的欺凌压榨，早就想动手消灭他们，以你的威望带兵攻取，简直就同狼逐群羊一样，一定能把他们驱逐出去。"台湾同胞的期望和支持，更加坚定了郑成功收复故土的决心，他立即着手进行渡海作战的准备。

1661 年三月二十三日（公历 4 月 21 日）中午，郑成功亲自率领两万五千名将士、一百多艘战船，浩浩荡荡地开出金门料罗湾，经过澎湖，四月初一上午到达台湾的鹿耳门。他们在何斌的引导下，利用涨潮的机会，强行登陆。郑成功冒着敌人的炮火，首先登岸踏勘营地。全体官兵深受鼓舞，纷纷跳下船只，冲上海岸。几千名台湾同胞赶到岸边，驾着货车和各种运输工具，帮助他们登陆。不到两个小时工夫，就有几千名士兵上了海岸。他们占据有利地形，切断赤崁楼与台湾城之间的联系，并择地扎营，修起了防御工事。荷兰殖民长官揆一慌忙组织抵抗。四艘荷兰战船从海上开炮射击，郑成功的水师英勇还击。六十艘悬挂"郑"字旗号的战船，把荷兰船只紧紧包围起来。郑成功的水师开炮击沉了其中最大的"海克托号"。两艘荷兰战船也负了重伤，仓惶逃往外海，另一艘荷兰船见势不妙，逃往荷兰占领的巴达维亚（今印度尼西亚雅加达）。赤崁楼的荷兰守将描难实叮，开炮轰击郑军的营盘，郑军坚守不动。另一名守将贝德尔率领二百四十名殖民军，用排抢向郑军射击。郑军手持弓箭和大刀，同敌人展开拼杀，又分出七八百人抄袭敌军的后路，两面夹攻，当场击毙了贝德尔和一百一十八名殖民军。台湾城守将阿尔多普又带着二百名殖民军出击，但顷刻之间也惨败而回。郑军乘胜围攻赤崁楼，并断绝了他们的水源，迫使描难实叮投降。接着，郑成功分兵从水陆两个方面围攻台湾城，抢占了台湾城的外市区，揆一和一千多名殖民军龟缩在城堡之内，闭门死守。为了减少损失，郑成功派人送信给揆一，想争取他自动放下武器，献城投降。揆一反而提出以每年送给郑成功几万两饷银和土产为条件，并送给劳师银十万两，要求郑成功退兵。郑成功断然拒绝，他说："台湾一向属于中国，现在我亲自前来索取，来自远方的荷兰人，自然应该把台湾归还给主人。如果进行顽抗，我将被迫用最大的力量来实现收复台湾的主张，到时荷兰的东印度公司必须承担这次战争的全部费用。”揆一企图凭借城坚炮利死守，以待巴达维亚的援军。郑成功下令攻城，几十门大炮轰击了四个小时，使台湾城的胸墙受到严重破坏。但殖民军在城内备有很多大炮、火铳，杀伤力很强，攻城的士兵伤亡很大。于是，郑成功决定对台湾城采取长期围困的办法，迫使殖民者力竭而降。不久，郑成功的第二批军队抵达台湾，更加强了战斗力。他们在台湾城的周围修筑防栅，挖掘壕沟，把台湾城围困起来。在围困台湾城的同时，郑成功抽出力量，深入台湾各地，争取群众，发展生产，为彻底打败荷兰殖民者奠定基础。郑成功亲自带领户官（随从侍卫官）杨英和许多将士到各地巡行，汉族和高山族同胞壶浆相迎。高山族各社首领纷纷归附，郑成功设宴招待，并赐给他们每人一件浅色的丝袍、一顶有金色顶球的帽子和一双靴子。传说高山族几个村社的首领向郑成功献上金、银、草、土四样礼品。郑成功十分诚挚地对他们说：“我进兵台湾，是为收复台湾的土地，不是为了要钱财。”说罢，他收下土块和一束草，把金银退了回去。至今，福建沿海一带还流传着“国姓爷”不爱金、银的动人故事。

郑成功还下令实行屯田，全体官兵“有警则荷戈（武器）以战，无警则负耒（农具）以耕”，自己动手生产，解决军粮供应，以减轻人民负担。这些措施深受台湾同胞的拥护，他们纷纷起来协助郑成功军队收复台湾的其他失地。侵占台湾的荷兰殖民者，最后只剩下台湾城一座孤城，成为瓮中之鳖了。

七月，揆一盼望已久的巴达维亚援军，终于开到台湾海面。八月中旬，这支军队配合台湾城的守军，向郑成功军队发动进攻。郑军经过一小时的英勇还击，大获全胜，打死了敌军一百多人，迫使这支援军狼狈逃回巴达维亚。

经过八个多月的围困，台湾城的荷兰殖民军饿死、战死一千六百多人，只剩下六百多名有战斗力的士兵。郑成功决定发动总攻击，来消灭这股殖民势力。1662 年 1 月 25 日清晨，郑成功军队的二十八门大炮同时开火，两个小时发射了二千五百发炮弹，弄得荷兰殖民军无处藏身。揆一走投无路，只好挂出白旗投降，在 2 月 1 日签署了投降书。被荷兰殖民者侵占三十八年的台湾，终于回到了祖国怀抱。

1662年五月，郑成功积劳成疾，病逝于台湾，时年三十八岁。

* * * * *

郑成功崇高的爱国精神和收复台湾的辉煌业绩，光照千秋，永远受到我国人民的敬仰。三百多年来，海峡两岸的人民，经常到他当年生活、战斗过的遗址去凭吊，表达对这位民族英雄的怀念。

徐光启与“几何”

学过数学的人，都知道它有一分支叫作“几何学”，然而却不一定知道“几何”这个名称是怎么来的。在我国古代，这门数学分支并不叫“几何”，而是叫作“形学”。“几何”二字，在中文里原先也不是一个数学专有名词，而是个虚词，意思是“多少”。比如三国时曹操那首著名的《龟虽寿》诗，有这么两句：“对酒当歌，人生几何?”这里的“几何”就是多少的意思。那么，是谁首先把“几何”一词作为数学的专业名词来使用的，用它来称呼这门数学分支的呢？这是明末杰出的科学家徐光启。

徐光启（1562—1633年）出生在上海县（今上海市）一个小商人的家里。当时的上海还不是城市而是乡村，四周都是种满庄稼的农田。徐光启小时候进学堂读书，就很留心观察周围的农事，对农业生产有着浓厚的兴趣。二十岁考中秀才以后，他在家乡和广东、广西教书，白天给学生上课，晚上常常默对孤灯，广泛阅读古代的农书，钻研农业生产技术。由于农业生产同天文历法、水利工程的关系非常密切，而天文历法、水利工程又离不开数学，他又进一步博览古代的天文历法、水利和数学著作。

徐光启在韶州（今广东韶关）教书的时候，认识了一个来中国传播天主教的耶稣会士郭静居。在郭静居那儿，他第一次见到一幅世界地图，知道在中国之外竟有那么大的一个世界；又第一次听说地球是圆的，有个叫麦哲伦的西洋人乘船绕地球环行了一周；还第一次听说意大利科学家伽利略制造了天文望远镜，能清楚地观测天上星体的运行。所有这些，对他来说，都是闻所未闻的新鲜事。从此，他又开始接触西方近代的自然科学，知识更加丰富了。

明朝末年，宦官专权，政治黑暗，人民的生活非常痛苦，农民起义到处发生；正在东北崛起的满洲贵族，又不时地对明朝发动进攻，整个社会处在动荡不安的状态。像所有正直的知识分子一样，徐光启富于爱国的热忱，他希望能够利用科学技术帮助国家富强起来，使天下的黎民过上“丰衣食，绝饥寒”的安定富裕的生活。因此，他认为不仅应该认真总结我国古代的科学成就，还应该很好地学习西方先进的自然科学，取长补短，使我国的科学技术得到进一步的发展。

在同郭静居交往的时候，徐光启听说到中国来传教的耶稣会会长利玛窦精通西洋的自然科学，就到处打听他的下落，想当面向他请教。1600 年，他得到了利玛窦正在南京传教的消息，即专程前往南京拜访。

利玛窦是意大利人，原名叫玛太奥·利奇。他从小勤奋好学，对数学、物理学、天文学、医学都很有造诣，而且擅长制作钟表、日晷（日晷是古代一种测定时间的仪器），善于绘制地图和雕刻。三十岁从神学院毕业，利玛窦被耶稣会派到中国来传教。他为了便于同中国人交往，刻苦学习中国的语言、文字和古代文化，换上中国的服装，按照中国的礼节和风俗习惯进行活动，还为自己取了利玛窦这样一个中国名字。

徐光启见到利玛窦，对他表示了仰慕之情，希望向他学习西方的自然科学。利玛窦看他是个读书人，也想向他学习中国古代的文化典籍，并热衷发展他为天主教徒，就同他交谈起来。他们从天文谈到地理，又谈到中国和西方的数学。临别的时候，利玛窦对徐光启学习西方自然科学的请求未置可否，却送给他两本宣传天主教的小册子。一本是《马可福音》，讲的是耶稣的故事，另一本是《天主实义》，是利玛窦用中文写的解释天主教义的书。徐光启心里明白，这是要他先加入天主教，然后才肯向他传播西方的科学知识。后来，他经过三年之久的慎重考虑，为了学习西方的自然科学，就全家加入了天主教。

加入天主教的第二年，四十二岁的徐光启考中进士，担任翰林院庶吉士的官职，在北京住了下来。而利玛窦在同徐光启见面的第二年，也来到了北京。他向明神宗贡献礼品，得到明神宗的批准，在宣武门外置了一处住宅，长期留居下来，进行传教活动。徐光启在公余之暇，常常去拜访利玛窦，彼此慢慢熟悉了，开始建立起较深的友谊。1606 年，徐光启再次请求利玛窦传授西方的科学知识，利玛窦爽快地答应了。他用公元前3世纪左右希腊数学家欧几里得的著作《几何原本》做教材，对徐光启讲授西方的数学理论。利玛窦每两天讲授一次，徐光启总是准时到达，不论是朔风怒吼，还是大雪纷飞，从不间断。

经过一段时间的学习，徐光启完全弄懂了欧几里得这部著作的内容，深深地为它的基本理论和逻辑推理所折服，认为这些正是我国古代数学的不足之处。他感到，我国的古代数学虽然也取得了极其辉煌的成就，但千百年来一直受到经验实证的限制，未能很好地运用逻辑推理的方法。如果能把欧几里得的这部著作介绍过来，对我国数学的发展将是很有好处的。于是，徐光启建议利玛窦同他合作，一起把它译成中文。开始，利玛窦对这个建议颇感犹豫，因为欧几里得的这部著作是用拉丁文写的，拉丁文和中文语法不同，词汇也很不一样，书里的许多数学专业名词在中文里都没有相应的现成词汇。要译得准确、流畅而又通俗易懂，是很不容易的。早先曾有一个姓蒋的举人同利玛窦合作试译过，就因为这个缘故而不得不半途而废。但是徐光启却很有信心，他认为只要肯下功夫，多动脑筋，仔细推敲，反复修改，总是可以译成的。在他的一再劝说下，利玛窦也就同意了。

从1606年的冬天开始，他们两人开始了紧张的翻译工作。每天晚上，他们坐在灯烛之下，先由利玛窦用中文逐字逐句地口头翻译，再由徐光启草录下来。译完一段，徐光启再字斟句酌地作一番推敲修改，然后由利玛窦对照原著进行核对。遇有译得不妥当的地方，利玛窦就把原著再仔细地讲述一遍，让徐光启重新修改。如此反复数次，直到认为满意了，再接着译下一段。徐光启对翻译非常认真，常常是到了深夜，利玛窦休息了，他还独自坐在灯下加工、修改译稿。有时为了确定一个译名，他不断地琢磨、推敲，不知不觉地就忙到天亮。译文里的“平行线”“三角形”“对角”“直角”“锐角”“钝角”“相似”等等中文的名词术语，都是经过他呕心沥血的反复推敲而确定下来的。

从大雪纷飞的冬季忙到来年桃李花开的春天，徐光启和利玛窦译出了这部著作的前六卷。徐光启想一鼓作气，接着往下译，争取在年内译完后九卷，但利玛窦却主张先将前六卷刻印出版，听听反映再说。付印之前，徐光启又独自一人将译稿加工、润色了三遍，尽可能把译文改得准确。然后他又同利玛窦一起，共同敲定书名的翻译问题。这部著作的拉丁文原名叫《欧几里得原本》，如果直译成中文，不大像是一部数学著作。如果按照它的内容，译成《形学原本》，又显得太陈旧了。利玛窦说，中文里的“形学”，英文叫作“Geo”，它的原意是希腊的土地测量的意思，能不能在中文的词汇里找个同它发音相似、意思也相近的词。徐光启查考了十几个词组，都不理想。后来他想起了“几何”一词，觉得它与“Geo”音近意切，建议把书名译成《几何原本》，利玛窦感到很满意。1607 年，《几何原本》前六卷正式出版，马上引起巨大的反响，成了明末清初从事数学工作的人的一部必读书，对发展我国的近代数学起了很大的作用。

后来，徐光启虽然没有能够再和利玛窦一起译出《几何原本》的后九卷，但他又陆续写了许多其他的科学著作，特别是《农政全书》这部巨著，后世的人们，为了纪念徐光启在科学上的卓越贡献，就把他的家乡法华汇改名为徐家汇。

* * * * *

徐光启是明末杰出的科学家。其代表作《农政全书》在我国和世界科学史上都具有重要的地位。

曹雪芹与《红楼梦》

“满纸荒唐言，一把辛酸泪！都云作者痴，谁解其中味？”18 世纪中期，在中国文坛上升起了一颗灿烂的文学巨星——曹雪芹。上面是他在伟大的现实主义杰作《红楼梦》第一回中写的几句话。其实，《红楼梦》非“荒唐言”，读者是领略到了“其中味”的；作者也并不“痴”，但从他一生坎坷、多变的经历中，倒确实使人看到了无限的“辛酸泪”！

曹雪芹名霑，字梦阮，号雪芹，又号芹圃、芹溪。他约出生于 1715 年，祖上原籍辽阳，汉族人，约于明朝万历年间入了旗籍，成为清代皇室包衣（家奴）家世。1644 年清军入关，从顺治皇帝时候起，他的曾祖父任江宁（今南京）织造之职，以后几代沿袭，直至他的父辈。织造的差使，就是负责管理皇室的各种织料，采办什物等。这好比皇室设在江南的一个办事机构一样，权势很大。何况他的祖父曹寅文学造诣很深，擅诗词戏曲等，是当时的“名士”，曾当过康熙的“伴读”，很得康熙的恩宠，所以康熙皇帝六次南巡，有四次就以江宁织造署为行宫。这说明曹家是多么显赫！荣华富贵，可称冠绝江南。因此，曹雪芹一出生，就过着“锦衣玉食”的贵族生活。可是，康熙在选继承人的问题上，众多的皇子分朋树党，进行了一场争夺帝位的凶残斗争。最终，四皇子胤禛夺得了帝位，这就是雍正皇帝。不久，他在追究政敌时，曹雪芹的父亲曹頫接连出错。雍正借口他在织造任上有亏欠，被削职抄家，并从南京递解回北京“养赡”。从此，曹家家道逐渐衰落，还受到当时一些官僚士大夫的轻视。那时曹雪芹尚在少年时期。

曹家由盛而衰的巨大变化，是曹雪芹目睹和亲身经受的；再加上从明代中叶开始，中国出现了资本主义萌芽，民主主义思想的抬头又给他以一定的影响，因而很自然地使他对封建社会产生了憎恶和不满。曹家长辈，见他很有才气，逼着他去博取功名，复兴家业。他却不屑于仕进，只是吟诗作画，酗酒听曲，同戏子艺人交朋友。家里人见他不“长进”，把他关了禁闭，屋中除了“四书五经”，其余杂书一概没有。但他没有屈服，他终于从家里出走，浪迹于市井之间，广泛地接触了下层社会。最困难的时候，他甚至栖身于什刹海附近某王府的马房中。在艰苦的环境里，他拿起笔来写作《红楼梦》。他还诙谐地把居住过的破屋、草房，一一称之为“悼红轩”。

从《红楼梦》一书中读者可以看到，曹雪芹对金石、书画、风筝、编织、医学、建筑、烹调、工艺、印染、雕饰等各门学问几乎无不精通，尤其是诗的涵养更深。当时他的好友敦诚就赞他“诗笔有奇气”，又赞“知君诗胆昔如铁，堪与刀颖交寒光”。可惜这方面的具体资料很缺乏，留存于世的诗不过几首。但《红楼梦》前八十回中的诗作均为他所写，我们可以由此见出他写诗的功力。除了诗以外，曹雪芹的画也很出色。传说皇室画苑曾召他去任职，而他却不愿为官拒绝了。因此，他的另一朋友即敦诚的兄弟敦敏在《题芹圃画石》中有“傲骨如君世已奇，嶙峋更见此支离（嶙峋形容山石的突兀，支离，形容画石的奇峭。这句以石头的嶙峋支离，比喻曹雪芹为人耿直有棱角，不同流俗，以及生不逢时的遭遇）。醉余奋扫如椽笔，写出胸中块垒时”之句。

曹雪芹有一副“傲骨”，尽管生活很艰苦，但是他并没有灰心丧气。后来，他不得不迁居到北京西山，住着“满径蓬蒿”的茅屋，吃着稀粥，甚至

“饔飧有时不继”，不得不靠朋友们的接济和借债度日。他仍旧没有向环境屈服，不仅保持了“步兵白眼向人斜”的封建文人特有的高傲态度；而且在敦诚的“残杯冷炙有德色，不如著书黄叶村”的鼓励下，仍然继续着《红楼梦》的写作。

从19世纪上半期起，《红楼梦》就开始流传到国外，至今已有英、俄、法、日、越、匈等国文字的译本。这样众多的译本足可证明，《红楼梦》及其作者曹雪芹是永远不朽的。这是我们中华民族的骄傲!

* * * * *

曹雪芹是我国最伟大的文学家之一。其名著《红楼梦》不仅是我们中华民族的一份宝贵的文学遗产，而且更是把中国古典小说创作推向巅峰。

“怪才”郑板桥

郑燮（1693—1765年），字克柔，号板桥，江苏兴化人。

郑板桥小时候家里很穷，在他需要庇护和爱抚时，母亲却被病魔夺去了生命。在板桥幼小的心灵中，早早地播下了痛苦的种子。少年时代的郑板桥，学习刻苦赋诗撰文很有成就。

在兴化镇读私塾的郑板桥，没有被生活的贫困缚住手脚，相反却更加发奋苦读。私塾老师看到这样一个有出息的穷弟子，不但不嫌弃，还倍加爱护。

1703年的暮春时节，只有十岁的郑板桥随同私塾老师一起出外郊游。他们来到一条小河边，正准备坐在两块石头上闲谈时，郑板桥突然发现水中有一个鼓鼓囊囊的东西，便随口喊道：“先生，你看那是什么?”塾师顺着他手指的方向一瞧，果然有一堆异物漂在水面，经师徒仔细辨认，确定是一具女尸。老师见此惨景，心中产生一种痛惜之情，不觉随口吟出一首诗：“二八女多娇，风吹落小桥。三魂随浪转，七魄泛波涛。”

塾师刚念完他的诗，郑板桥就急着问：“先生，您认识这个少女吗?”老师摇摇头说：“不认识!”郑板桥又紧紧追问：“那您怎么知道这位少女刚好十六岁呢?”看到老师又摇头，小板桥又接着问下去：“先生既然没有亲眼看见这位姑娘是怎样落水身亡的，又怎么可断定她是‘风吹落小桥’呢?”还没等塾师来得及回答，他又一阵连珠炮："您能看见她的三魂七魄随波逐流吗？即使在浪里打转又怎么能看见?"私塾先生尽管被郑板桥问得哑口无言，但他觉得板桥的话很有道理，且很有趣。于是塾师并不生气，和颜悦色地问郑板桥："依你看，这诗应该怎么个说法?"郑板桥皱了皱眉头，心情沉重地吟咏道："谁家女多娇，何故落小桥？青丝随浪转，粉面泛波涛。"

私塾先生听罢郑板桥的诗，连声称赞："改得好，改得好！很有独到之处。"郑板桥的字画和诗一样有名气。其中的奥妙，还是在于勇于创新，不盲从他人，终于自成大家。板桥画竹最有名气，同时喜欢题诗一旁。他画的《墨竹图》配的诗是：

画竹插天盖地来，
翻风覆雨笔头载。
我今不肯从人法，
写出龙须凤尾来。

在这首诗中，他算是把自己品评到家了。郑板桥自幼苦学，名声大噪以后，不仅国内有无数的崇拜者，连朝鲜国的宰相李艮，也慕名前来拜见，并再三恳求他题诗赠画，回国后奉为翰墨珍宝。

* * * * *

郑板桥是清代著名的书画家和诗人。"扬州八怪"中的最杰出者，被后人称为诗、书、画"三绝"。

二、史实篇

中国是有着五千年文明与历史的国家，在漫长的历史发展中，留下了精彩异常的史实资料，这其中包含有荡气回肠的历史故事和个性鲜明的英雄人物。这些组成了中国历史的精彩画卷，让人百看不厌。而这些历史故事与历史人物的经历都是值得我们今人去借鉴的。

黄帝战蚩尤

大约从公元前5000年起，我国黄河、长江流域一带住着许多氏族和部落。黄帝是传说中最有名的一个部落首领。

以黄帝为首领的部落，最早住在我国西北方的姬水附近，后来搬到涿鹿（今河北省涿鹿、怀来一带），开始发展畜牧业和农业，定居下来。

跟黄帝同时的另一个部落首领叫作炎帝，最早住在我国西北方姜水附近。据说跟黄帝族是近亲。炎帝族渐渐衰落，而黄帝族正在兴盛起来。

这时候，有一个九黎族的首领名叫蚩尤，十分强悍。传说蚩尤有八十一个兄弟，他们全是猛兽的身体，铜头铁臂，吃的是沙石，凶猛无比。他们还制造刀戟弓弩各种各样的兵器，常常带领他的部落，侵掠别的部落。

有一次，蚩尤侵占了炎帝的地方，炎帝起兵抵抗，但他不是蚩尤的对手，被蚩尤杀得一败涂地。炎帝没法子，逃到涿鹿请求黄帝帮助。黄帝就联合各部落，准备人马，在涿鹿的田野上和蚩尤展开一场大决战。

关于这次大战，有许多神话式的传说。据说黄帝平时驯养了熊、罴、貔、貅、貙、虎六种野兽，在打仗的时候，就把这些猛兽放出来助战（有人认为，传说中的六种野兽实际上是以野兽命名的六个氏族）。蚩尤的兵士虽然凶猛，但是遇到黄帝的军队，加上这一群猛虎凶兽，也抵挡不住，纷纷败逃。

黄帝带领兵士乘胜追杀，忽然天昏地黑，浓雾迷漫，狂风大作，雷电交加，使黄帝的兵士无法追赶。原来蚩尤请来了“风伯雨师”助战。黄帝也不甘示弱，请天女帮助，驱散了风雨。一刹那之间，风止雨停，晴空万里，终于把蚩尤打败了。也有一种传说，说是蚩尤用妖术制造了一场大雾，使黄帝的兵士迷失了方向。黄帝用“指南车”来指引，带领兵士，依着蚩尤逃跑的方向追击，结果把蚩尤捉住杀了。这些神话反映出这场战争是非常激烈的。

各部落看到黄帝打败了蚩尤，都很高兴。黄帝受到了许多部落的拥护。但是，炎帝族和黄帝族也发生了冲突，双方在阪泉（今河北涿鹿县东南）地方打了一仗，炎帝失败。从此，黄帝成了中原地区的部落联盟首领。

传说黄帝时代，有许多发明创造，像造宫室、造驾、造船、制衣裳，等等。

相传黄帝有个妻子名叫缧祖，亲自参加劳动。本来，蚕只有野生的，人们还不知道蚕的用处，缧祖教人民养蚕、缫丝、织帛。打那时候起，就有了丝和帛了。

黄帝还有一个史官仓颉，创造了我国原始象形文字，同时他也是我国官吏制度及姓氏的草创人之一。

* * * * *

中国古代的传说都十分推崇黄帝，华夏族形成后被公认为全族的始祖，后人常称自己是黄帝的子孙。因为炎帝族和黄帝族原来是近亲，后来又融合在一起，所以我们也常常把自己称为炎黄子孙。为了纪念这位传说中的共同祖先，后代的人还在现在陕西黄陵城北面的桥山上造了一座“黄帝陵”。

尧舜禅让

传说黄帝以后，先后出了三个很出名的部落联盟首领，名叫尧、舜和禹。

那时候，做部落联盟首领的，有什么大事，都要找各部落首领一起商量。

尧老了，想找一个继承他职位的人。有一次，他召集四方部落首领来商议这一问题。

尧说出他的打算后，有个名叫放齐的说：“您的儿子丹朱是个开明的人，继承您的位子很合适。”

尧严肃地说：“不行，丹朱品德不好，专爱跟人争吵。”另一个叫谴兜的说：“有一个叫共工的人，工作倒做得挺不错。”

尧摇摇头说：“共工能说会道，表面恭谨，心里另是一套。由他来接替，我不放心。”

这次讨论没有结果，尧继续物色他的继承人。有一次，他又把四方部落首领找来商量，要大家推荐。到会的一致推荐舜。

尧点点头说："哦！我也听到这个人挺好。你们能不能把他的事迹详细说说？"

大家便把舜的情况说明了一下：舜的父亲是个糊涂透顶的人，人们叫他瞽叟（就是瞎老头儿的意思）。舜的生母早死了，后母很坏。后母生的弟弟名叫象，非常傲慢，瞽叟却很宠他。舜虽然生活在这样一个家庭里，但是待他的父母、弟弟都非常好。所以，大家认为舜是个德行好的人。

尧听了挺高兴，决定考察一下舜。他把自己的两个女儿娥皇、女英嫁给舜，还替舜筑了粮仓，分给他很多牛羊。那后母和弟弟见了，又是羡慕，又是妒忌，和瞽叟一起用计，几次三番想暗害舜。

有一回，瞽叟叫舜修补粮仓的顶。当舜用梯子爬上仓顶的时候，瞽叟就在下面放起火来，想把舜烧死。舜在仓顶上一见起火，想找梯子，梯子已经不知去向。幸好舜随身带着两顶遮太阳用的笠帽。他双手拿着笠帽，像鸟张翅膀一样跳下来。笠帽随风飘荡，舜轻轻地落在地上，一点也没受伤。

瞽叟和象并不甘心，他们又叫舜去淘井。舜跳下井去后，瞽叟和象就在地面上把一块块土石丢下去，把井填没，想把舜活活埋在里面，没想到舜下井后，在井边掘了一个孔道，钻了出来，又安全地回家了。

象不知道舜早已脱险，得意扬扬地回到家里，跟瞽叟说："这一回哥哥准死了，这个妙计是我想出来的。现在我们可以把哥哥的财产分一分了。"说完，他向舜住的屋子走去，哪知道，他一进屋子，舜正坐在床边弹琴呢。象心里暗暗吃惊，很不好意思地说："哎，我多么想念您呀！"

舜也装作若无其事，说："你来得正好，我的事情多，正需要你帮助我来料理呢。"

以后，舜还是像过去一样和和气气地对待他的父母和弟弟，瞽叟和象也不敢再暗害舜了。

尧听了大家介绍的舜的事迹，又经过考察，认为舜确是个品德好又挺能干的人，就把首领的位子让给了舜。这种让位，历史上称作"禅让"。其实，在氏族公社时期，部落首领老了，用选举的办法推选新的首领，并不是什么稀罕事儿。

舜接位后，也是又勤劳，又俭朴，跟老百姓一样劳动，受到大家的信任。过了几年，尧死了，舜还想把部落联盟首领的位子让给尧的儿子丹朱，可是大家都不赞成。舜才正式当上了首领。

* * * * *

尧舜在选拔接班人的时候注重德才兼备，帝位的“禅让制度”在中国历史上写下了不朽的篇章。

大禹治水

尧在位的时候，黄河流域发生了很大的水灾，庄稼被淹了，房子被毁了，老百姓只好往高处搬。不少地方还有毒蛇猛兽，伤害人和牲口，使百姓的日子非常艰难。

尧召开部落联盟会议，商量治水的问题。他征求四方部落首领的意见：派谁去治理洪水呢？首领们都推荐鲧。

尧对鲧不大信任。首领们说：“现在没有比鲧更强的人才啦，您试一下吧！”尧才勉强同意。

鲧花了九年的时间治水，没有把洪水制服。因为他只懂得水来土掩，造堤筑坝，结果洪水冲塌了堤坝，水灾反而闹得更凶了。

舜接替尧当部落联盟首领以后，亲自到治水的地方去考察。他发现鲧办事不力，就把鲧杀了，又让鲧的儿子禹去治水。

禹改变了他父亲的做法，用开渠排水、疏通河道的办法，把洪水引到大海中去。他和老百姓一起劳动，戴着箬笠，拿着锹铲，带头挖土、挑土，累得磨光了小腿上的毛。

经过十三年的努力，终于把洪水引到大海里去，地面上又可以供人种庄稼了。

禹新婚不久，为了治水，到处奔波，多次经过自己的家门，都没有进去。后来，他妻子涂山氏生下了儿子启。有一次，婴儿正在哇哇地哭，禹在门外经过，听见哭声，也狠下心没进去探望。

当时，黄河中游有一座大山，叫龙门山（在今山西河津县西北）。它堵塞了河水的去路，把河水挤得十分狭窄。奔腾东下的河水受到龙门山的阻挡，常常溢出河道，闹起水灾来。禹到了那里，观察好地形，带领人们开凿龙门，把这座大山凿开了一个大口子。这样，河水就畅通无阻了。

后代的人都称颂禹治水的功绩，尊称他是“大禹”。

舜年老以后，也像尧一样，物色继承人。因为禹治水有功，大家都推选禹。舜死后，禹就继任了部落联盟首领。

这时候，已到了氏族公社后期。生产力发展了，一个人生产的东西，除了维持自己的生活，还有了剩余。氏族、部落的首领们利用自己的地位，把剩余产品作为自己的私人财产，变成氏族的贵族。有了剩余的产品后，部落和部落之间发生战争，捉住了俘虏，也不再把他们杀掉，而把他们变成奴隶，为贵族劳动。这样，就渐渐形成奴隶和奴隶主两个阶级，氏族公社开始瓦解。

由于禹在治水中的功绩，提高了部落联盟首领的威信和权力。传说禹年老的时候，曾经到东方视察，并且在会稽山（在今浙江绍兴一带）召集许多部落的首领。去朝见禹的人手里都拿着玉帛，仪式十分隆重。有一个叫作防风氏的部落首领，到会最晚。禹认为怠慢了他的命令，把防风氏斩杀了。这说明，那时候的禹已经从部落联盟首领变成名副其实的国王了。禹原来有个助手叫作皋陶，曾经帮助禹治理政事。皋陶死后，皋陶的儿子伯益也做过禹的助手。按照禅让的制度，本来是应该让伯益做禹的继承人的。但是，禹死以后，禹所在的夏部落的贵族却拥戴禹的儿子启继承了禹的位子。

这样一来，氏族公社时期的部落联盟的选举制度正式被废除，变为王位世袭的制度。我国历史上第一个奴隶制王朝——夏朝出现了。

* * * * *

大禹治水之所以被传为佳话，是因为大禹治水体现出一种自强不息的精神和敬业精神，这是中华民族的宝贵精神财富。

少康中兴

夏启当上国王以后，有一个部落有扈氏不服，起兵反抗。启和有扈氏的部落发生了一场战争，最后启把有扈氏灭了，把俘虏来的人罚做牧奴。其他部落看到有扈氏的下场，没有人再敢反抗了。

夏启死后，他的儿子太康即位。太康是个十分昏庸的君主。他不管政事，专爱打猎。有一次，太康带着随从到洛水南岸去打猎。他越打越起劲，去了一百天还没有回家。

那时候，黄河下游的夷族，有个部落首领名叫后羿，野心勃勃，想夺取夏王的权力。他看到太康出去打猎，觉得是个机会，就亲自带兵守住洛水北岸。等到太康带着一大批猎得的野兽，兴高采烈地回来的时候，走到洛水边，对岸全是后羿的军队，拦住他的归路。太康没法，只好在洛水南面过着流亡生活。后羿还不敢自立为王，另立太康的兄弟仲康当夏王，把实权抓在自己手里。

后羿是一个著名的弓箭手，他射的箭是百发百中的。有一个神话，说古时候天空本来有十个太阳，地面上热得像烤焦似的，给庄稼带来严重的灾害。大家请后羿想法子，后羿拈弓搭箭，“嗖嗖”地几下，把天空里的九个太阳射了下来，只留下一个太阳。这样，地面上气候适宜，不再闹干旱了。又说，古时候大河里有许多怪兽，经常兴风作浪，造成水灾，把禾苗淹没，人畜淹死，也是后羿用箭把这些怪兽都射死了，人们的生活才恢复了正常。这些神话说明后羿的箭术很高明，是大家公认的。

后羿开始还只是做个仲康的助手。到了仲康一死，他干脆把仲康的儿子相撵走，夺了夏朝的王位。他仗着射箭的本领，也作威作福起来。他和太康一样，四出打猎，把国家政事交给他的亲信寒浞。寒浞瞒着后羿，收买人心。有一次，后羿打猎回来，寒浞派人把他杀了。

寒浞杀了后羿，夺了王位，怕夏族再跟他争夺，一定要杀死被后羿撵走的相。

相逃到哪儿，寒浞就追到哪儿。后来，相终于被寒浞杀了。那时候，相的妻子正怀着孕，被寒浞逼得没法，从墙洞里爬了出去，逃到娘家有仍氏部落，生下个儿子叫少康。

少康长大后，在有仍氏部落做了掌管畜牧业的官员；后来听到寒浞正在派人追捕他，又逃到舜的后代有虞氏那儿。

少康从小在艰难的环境中长大，练就了一身本领。他在有虞氏那里招收人马，开始有了自己的队伍；后来，又得到忠于夏朝的大臣、部落的帮助，反攻寒浞，终于把王位夺了回来。

夏朝从太康到少康，中间经过大约一百年的混战，才恢复过来。历史上称作“少康中兴”。

少康灭了寒浞，可是夷族和夏朝之间的斗争还没完。夷族人有很多出名的射手，他们的弓箭很厉害。后来少康的儿子帝杼即位，发明了一种可以避箭的护身衣，叫作“甲”，战胜了夷族，夏的势力又向东发展了。

* * * * *

夏朝从太康到少康这一阶段反映了原始人类的艰难生存状态，面临着自然灾害和部落战争的双重挑战。

商汤和伊尹

黄河下游有个部落叫商。传说商的祖先契在尧舜时期，跟禹一起治过洪水，是个有功的人。后来，商部落因为畜牧业发展得快，到了夏朝末年，汤做了首领的时候，已经成为一个强大的部落了。

夏王朝统治了大约四百多年，到了公元前16世纪，夏朝最后的一个君主夏桀在位。夏桀是个出名的暴君，他和奴隶主、贵族残酷地压迫人民，对奴隶镇压更重。夏桀还大兴土木，建造宫殿，过着荒淫奢侈的生活。

大臣关龙逄劝说夏桀，认为这样下去会丧失人心。夏桀勃然大怒，把关龙逄杀了。百姓恨透了夏桀，诅咒说：“这个太阳什么时候才会灭亡，我们宁愿跟你同归于尽。”

商汤看到夏桀十分腐败，决心推翻夏朝。他表面上对桀服从，暗下却不断扩大自己的势力。

那时候，部落的贵族都是迷信鬼神的，把祭祀天地祖宗看作最要紧的事。商部落附近有一个部落叫葛，那儿的首领葛伯不按时祭祀。汤派人去责问葛伯。葛伯回答说：“我们这儿穷，没有牲口作祭品。”

汤送了一批牛羊给葛伯作祭品。葛伯把牛羊杀掉吃了，又不祭祀。汤又派人去责问，葛伯说：“我没有粮食，拿什么来祭呢?”

汤又派人帮助葛伯耕田，还派一些老弱的人给耕作的人送酒送饭，不料在半路上，葛伯把那些酒饭都抢走，还杀了一个送饭的小孩。

葛伯这样做，激起了大家的公愤。汤抓住这件事，就出兵把葛先消灭了。接着，又连续攻取了附近几个部落。商汤的势力渐渐发展了，但是并没引起昏庸的夏桀注意。商汤妻子带来的陪嫁奴隶中，有一个名叫伊尹。传说伊尹开始到商汤家的时候，做个厨司，服侍商汤。后来，商汤渐渐发现伊尹跟一般奴隶不一样，商汤和他交谈以后，才知道他是有心装扮作陪嫁奴隶来找汤的。伊尹向汤谈了许多治国的道理，汤马上把伊尹提拔做他的助手。

商汤和伊尹商量讨伐夏桀的事。伊尹说："现在夏桀还有力量，我们先不去朝贡，试探一下，看他怎么样。"

商汤按照伊尹的计策，停止了对夏桀的进贡。夏桀果然大怒，命令九夷发兵攻打商汤。伊尹一看夷族还服从夏桀的指挥，赶快向夏桀请罪，恢复了进贡。

过了一年，九夷中一些部落忍受不了夏朝的压榨勒索，逐渐叛离夏朝，汤和伊尹才决定大举进攻。

自从夏启以来，同姓相传已经四百多年，要把夏王朝推翻，也不是一件简单的事。汤和伊尹商量了一番，决定召集商军将士，由汤亲自向大家誓师。

汤说："我不是想进行叛乱，实在是夏桀作恶多端，天神的意旨要我消灭他，我不敢不听从天命啊!"他接着又宣布了赏罚的纪律。

商汤借神的意旨来动员将士，再加上将士恨不得夏桀早早灭亡，因此，作战非常勇敢。夏、商两军在鸣条（今山西运城安邑）打了一仗，夏桀的军队被打败了。

最后，夏桀逃到南巢（今安徽巢县），汤追到那里，把桀流放在南巢，一直到他死去。

这样，夏朝就被新建立的商朝代替了。

* * * * *

历史上把商汤伐夏称为商汤革命，因为古代统治阶级把改朝换代说成是天命的变革，所以称为"革命"。这和现在所说的革命完全是两回事。

盘庚迁都

商汤建立商朝的时候，最早的国都在亳（今河南商丘）。在以后三百年当中，都城一共搬迁了五次。这是因为王族内部经常争夺王位，发生内乱；再加上黄河下游常常闹水灾。有一次发大水，把都城全淹了，就不得不搬迁。

商王阳甲死后，盘庚继承了王位。盘庚是个能干的君主。他为了改变当时社会不安定的局面，决心再一次迁都。

可是，大多数贵族贪图安逸，都不愿意搬迁。一部分有势力的贵族还煽动平民起来反对，局势非常紧张。

盘庚面对强大的反对势力，并没有动摇迁都的决心。他把反对迁都的贵族找来，耐心地劝说他们："我要你们搬迁，是为了想安定我们的国家。你们不但不谅解我的苦心，反而制造无谓的惊慌。你们想要改变我的主意，这是办不到的。"

由于盘庚坚持迁都的主张，挫败了反对势力，终于带着平民和奴隶，渡过黄河，搬迁到殷（今河南安阳）。在那里整顿商朝的政治，使日渐衰落的商朝出现了复兴的局面，以后二百多年，商朝一直没有迁都。所以商朝又称作殷商，或者殷朝。

从那时候起，经过三千多年的漫长日子，商朝的国都早就变为废墟了。到了近代，人们在安阳小屯村一带发掘出大量古代的遗物，证明那里曾经是商朝国都的遗址，就叫它是"殷墟"。

从殷墟发掘出来的遗物中，有龟甲（就是龟壳）和兽骨十多万片，在这些龟甲和兽骨上面都刻着很难认的文字。经过考古学家的研究，才把这些文字弄清楚。原来商朝的统治阶级是十分迷信鬼神的。他们在祭祀、打猎、出征的时候，都要用龟甲和兽骨来占卜一下，是吉利或是不吉利。占卜之后，就把当时发生的情况和占卜的结果用文字刻在龟甲、兽骨上。这种文字和现在的文字有很大的不同，后来就把它叫作"甲骨文"。现在我们使用的汉字就是从甲骨文演变过来的。

在殷墟发掘的遗物中，还发现大量的青铜器皿、兵器，种类很多，制作很精巧。有一个叫作"司母戊"的大方鼎，重量有八百七十五公斤，高一百三十多厘米，大鼎上还刻着富丽堂皇的花纹。这样大的青铜器，说明在殷商时期，冶铜的技术和艺术水平都是很高的。但是也可以想象得出，像这样巨大的精美的大鼎，不知道渗透着多少奴隶的血汗啊！

考古工作者还在殷墟发掘了殷商奴隶主的墓穴。在安阳武官村一座商王大墓中，除了大量的珍珠宝玉等奢侈的陪葬品之外，还有许多奴隶被活活杀死殉葬。在大墓旁边的墓道里，一面堆着许多无头尸骨，一面排列着许多头颅。据甲骨片上的文字记载，他们祭祀祖先，也大批屠杀奴隶做供品，最多的竟达到二千六百多个。

从殷墟出土的甲骨文中，我们对殷商时期的社会情况有了比较确凿的考证。所以说，我国最早有文字记载的历史，是从商朝开始的。

* * * * *

盘庚是一位有魄力的君主，他面对强大的反对势力，果断迁都，整顿政治，使衰落的商朝出现了复兴的局面。

周文王与姜太公

盘庚死后又传了十一个王，最后一个王叫作纣。纣原来是一个相当聪敏，又有勇力的人。他早年曾经亲自带兵和东夷进行过一场长期的战争。他很有军事才能，在作战中百战百胜，最后平定了东夷，把商朝的文化传播到淮水和长江流域一带。在这件事上，商纣是起了一定作用的。但是在长期战争中，消耗也大，加重了商朝人民的负担，人民的痛苦越来越深重。

纣和夏桀一样，只知道自己享乐，根本不管人民的死活。他不停地建造宫殿，还在朝歌（今河南淇县）造了一个富丽堂皇的“鹿台”，把搜刮得来的金银珍宝都贮藏在里面；他又造了一个极大的仓库，叫作“钜桥”，把剥削来的粮食堆积起来。他把酒倒在池里，把肉挂得像树林一样。他和宠姬妲己过着穷奢极欲的生活。他还用各种残酷的刑罚来镇压人民。凡是诸侯背叛他或者百姓反对他，他就把人捉起来放在烧红的铜柱上烤死。这样的刑罚叫作“炮烙”。

纣的残暴行为，加速了商朝的灭亡。这时候，在西部的一个部落却正在一天天兴盛起来，这就是周。

周本是一个古老的部落。夏朝末年，这个部落在现在陕西、甘肃一带活动。后来，因为遭到戎、狄等游牧部落的侵扰，周部落的首领古公亶父率领周人迁移到岐山（今陕西岐山县东北）下的平原定居下来。

到了古公亶父的孙子姬昌（后来称为周文王）继位的时候，周部落已经很强大了。周文王是一个能干的政治家。他的生活跟纣王正相反。纣王喜欢喝酒、打猎，对人民滥施刑罚。周文王禁止喝酒，不准贵族打猎，糟蹋庄稼。他鼓励人民多养牛羊，多种粮食。他还虚心接待一些有才能的人，因此，一些有才能的人都来投奔他。

周部落强大起来，对商朝是个很大的威胁。有个大臣崇侯虎在纣王面前说周文王的坏话，说周文王的影响太大了，这样下去，对商朝不利。

纣王下了一道命令，把周文王拿住，关在羑里（在今河南汤阴县一带）地方。周部落的贵族把许多美女、骏马和别的珍宝，献给纣王，又送了许多礼物给纣王的亲信大臣。

纣王见了美女珍宝，高兴得眉开眼笑，说："光是一样就可以赎姬昌了。"立刻把周文王释放了。

周文王见纣王昏庸残暴，丧失民心，就决定讨伐商朝。可是他身边缺少一个有军事才能的人来帮助他指挥作战。他暗暗想办法物色这种人才。

有一天，周文王坐着车，带着他儿子和兵士到渭水北岸去打猎。在渭水边，他看见一个老头儿在河岸上坐着钓鱼。大队人马过去，那个老头儿只当没看见，还是安安静静地钓他的鱼。文王看了很奇怪，就下了车，走到老头儿跟前，跟他聊起来。

经过一番谈话，知道他叫姜尚（又叫吕尚，"吕"是他祖先的封地），是一个精通兵法的能人。

文王非常高兴，说："我祖父在世时曾经对我说过，将来会有个了不起的能人帮助我把周族兴盛起来。您正是这样的人。我的祖父盼望您已经很久了。"说罢，就请姜尚一起回宫。

那老人家理了理胡子，就跟着文王上了车。

因为姜尚是文王的祖父所盼望的人，所以后来叫他太公望；在民间传说中，叫他姜太公。

太公望是周文王的好帮手。他一面提倡生产；一面训练兵马。周族的势力越来越大。有一次，文王问太公望："我要征伐暴君，您看咱们应当先去征伐哪一个国？"

太公望说："先去征伐密须。"

有人反对他，说："密须国君厉害得很，恐怕打不过他。"

太公望说："密须国君虐待老百姓，早已失去民心，他就是再厉害十倍，也用不着怕。”

周文王发兵到了密须，还没开战，密须的老百姓先暴动了。他们绑着密须的国君归附了文王。

过了三年，文王又发兵征伐崇国（在今陕西长安西北）。是商朝西边最大的一个属国。文王灭了崇国，就在那里筑起城墙，建立了新都城，叫作丰。没过几年，周族逐渐占领了大部分商朝统治的地区，归附文王的部落也越来越多了。

但是，周文王并没有完成灭商的事业。其子武王伐商后，始追称他为文王。

* * * * *

姜太公有雄才大略，周文王是位开明君主，两人的相遇恰如千里马遇到了伯乐。

西周建立

周文王死了以后，他儿子姬发即位，就是周武王。周武王拜太公望为师，并且要他的兄弟周公旦、召公奭作他的助手，继续整顿内政，扩充兵力，准备讨伐商纣。第二年，周武王把军队开到盟津（今河南孟县西南孟津）地方，举行一次检阅，有八百多个诸侯，不约而同地来到盟津会师。大家都向武王提出，要他带领大家伐商。但是武王认为时机未到，检阅结束后又回到丰京。

这时候，纣的暴政越来越厉害了。商朝的贵族王子比干和箕子、微子非常担心，苦苦地劝说他别这样胡闹下去。纣不但不听，反而发起火来，把比干杀了，还惨无人道地命人剖开比干的胸膛，把他的心掏出来，说要看看比干的心是什么样的。箕子装作发疯，总算免了一死，被罚作奴隶，囚禁起来。微子看见商朝已经没有希望，就离开朝歌出走了。

大约在公元前11世纪的一年，武王听到探子的报告，知道纣已经到了众叛亲离的地步，认为时机已经成熟，就发兵五万，请精通兵法的太公望做元帅，渡过黄河东进。到了盟津，八百诸侯又重新会师在一起。周武王在盟津举行一次誓师大会，宣布了纣残害人民的罪状，鼓励大家同心伐纣。

在武王进军的路上，一天，有两个老人挡住了大军去路，要见武王。有人认出来，这两人本来是孤竹国（在今河北卢龙）国王的两个儿子，哥哥叫伯夷，弟弟叫叔齐。孤竹国王钟爱叔齐，想把王位传给他，伯夷知道父王的心意，主动离开孤竹；叔齐不愿接受哥哥让给他的王位，也躲了起来。在周文王在世的时候，他们两人一起投奔周国，定居下来。这回听到武王伐纣，就赶来阻止。

周武王接见他们时，两人拉住武王的马缰绳说："纣王是天子，你是个臣子。臣子怎能讨伐天子，这可是大逆不道的事啊。"

武王左右将士听了这些话，非常生气。有的把剑拔出来，想杀他们。

太公望知道这两人并非大奸大恶之人，吩咐左右将士不要为难他们，把他们拉开。哪知这两个人，后来竟躲到首阳山（在今山西永济西南）上，绝食自杀。

周武王的讨纣大军士气旺盛，一路上势如破竹，很快就打到离开朝歌仅仅七十里的牧野（今河南淇县南）。

纣听到这个消息，立刻拼凑了七十万人马，由他亲自率领，到牧野迎战。他想，武王的兵力不过五万人，七十万人还打不过五万人吗？

可是，那七十万商军有一大半是临时武装起来的奴隶和从东夷抓来的俘虏。他们平日受尽纣的压迫和虐待，早就对纣恨透了，谁也不想为纣卖命。在牧野战场上，当周军勇猛进攻的时候，他们就掉转矛头，纷纷倒戈，大批奴隶配合周军一起攻打商军。七十万商军，一下子就土崩瓦解。太公望指挥周军，趁势追击，一直追到商都朝歌。

商纣逃回朝歌，眼看大势已去，当夜，就躲进鹿台，放了一把火，跳到火堆里自杀了。

周武王灭了商朝，把国都从丰搬到镐（今陕西西安市西），建立了周王朝。

为了巩固周朝的统治，从周武王起，把自己的亲属和功臣分封各地，建立诸侯国，像太公望被封在齐；他的弟弟周公旦被封在鲁，召公奭被封在燕。据说从武王到他的儿子成王，一共封了七十多个诸侯国。

商朝虽然灭亡了，但是它留下的贵族和奴隶主在社会上还有一部分势力。为了安抚这些人，武王把纣王的儿子武庚封为殷侯，留在殷都，又派自己的三个兄弟管叔、蔡叔和霍叔去帮助武庚。名曰帮助，实际上是监视，所以叫作“三监”。

* * * * *

纣王的暴政必然导致众叛亲离，加速自己的灭亡过程。

周公辅成王

周武王建立了周王朝以后，没过多久就病死了。他的儿子姬诵继承王位，这就是周成王。那时候，周成王才十三岁，再说，刚建立的周王朝还不大稳固。于是由武王的弟弟周公旦辅助成王掌管国家大事，实际上是代理天子的职权。历史上通常不称周公旦的名字，只叫他周公。

周公的封地在鲁国。因为他要留在京城处理政事，不能到封地去，等他的儿子伯禽长大了，就派伯禽代他到鲁国去做国君。

伯禽临走的时候，问他父亲有什么嘱咐。周公说：“我是文王的儿子，武王的弟弟，当今天子的叔叔，你说我的地位怎么样？”

伯禽说：“那自然是很高的了。”

周公说：“对呀！我的地位确实很高，但是我每次洗头发的时候，一碰到急事，就马上停止洗发，把头发握在手里去办事；每次吃饭的时候，听说有人求见，我就把来不及咽下的饭菜吐出来，去接见那些求见的人。我这样做，还怕天下的人才不肯到我这儿来呢。你到了鲁国，不过是个国君，可不能骄傲啊！”

伯禽连连点头，表示一定记住父亲的教导。

周公尽心尽意辅助成王，管理国事，可是他的弟弟管叔、蔡叔却在外面制造谣言，说周公有野心，想要篡夺王位！

当时，纣王的儿子武庚虽然被封为殷侯，但是受到周朝的监视，觉得很不自由，巴不得周朝发生内乱，重新恢复他殷商的王位，于是，就和管叔、蔡叔串通一气，联络了一批殷商的旧贵族，还煽动东夷中几个部落，企图叛乱。

武庚和管叔等人制造的谣言，闹得镐京也沸沸扬扬，连召公奭听了也怀疑起来。成王年纪尚小遇事难分真假，对这位辅助他的叔父也开始有点信不过。

周公心里很难过，他首先向召公奭推心置腹地表明心意，告诉召公奭，他绝没有野心，要他顾全大局，不要轻信谣言。召公奭被他这番诚恳的话感动，消除了误会，重新和周公合作。周公在安定了内部之后，毅然调动大军，亲自率领大军东征。

这时候，东方有几个部落像淮夷、徐戎等，都配合武庚，蠢蠢欲动。周公下命令给太公望，授权给他，各国诸侯，有不服周朝的，都由太公望征讨。这样，由太公望控制了东方，他自己全力对付武庚。

费了三年的工夫，周公终于平定了武庚的叛乱，处死了带头叛乱的武庚。管叔一看武庚失败，自己觉得没有面目见他的哥哥和侄儿，上吊自杀了。周公平定了叛乱，把霍叔革了职，对蔡叔办了一个充军的罪。

在周公东征的过程中，一大批商朝的贵族成了俘虏。因为他们反抗周朝，所以叫他们是“顽民”。周公觉得让这批人留在原来的地方不大放心；同时，又觉得镐京在西边，要控制东部的广大中原地区很不方便，就在东面新建一座都城，叫作洛邑（今河南洛阳市），把殷朝的“顽民”都迁到那里，派兵监视他们。

打那以后，周朝就有了两座都城。西部是镐京，又叫宗周；东部是洛邑，又叫成周。

周公辅助成王执政了七年，总算把周王朝的统治巩固下来，他还制订了周朝一套典章制度。到周成王满二十岁的时候，周公把政权交给成王管理。

* * * * *

从周成王到他的儿子康王两代，前后约五十多年，是周朝强盛和统一的时期，历史上叫作“成康之治”。

国人暴动

在成王、康王统治的时期，周朝政局比较安定。后来，由于奴隶主加重剥削，加上不断发动战争，平民和奴隶的不满情绪也随之增长。周朝的统治者为了镇压人民，采用十分严酷的刑罚。周穆王的时候，制订了三千条刑法，犯法的人受的刑罚有五种，叫作“五刑”。像额上刺字、割鼻、砍脚等等。但是，刑罚再严，也阻止不了人民的反抗。

到了西周第十个王周厉王即位后，对人民的压迫更重了。周厉王宠信一个名叫荣夷公的大臣，实行“专利”，他们霸占了一切湖泊、河流，不准人民利用这些天然资源谋生；他们还勒索财物，虐待人民。

那时候，住在农村种田的叫“野人”，住在都城里的平民叫“国人”。周都镐京的国人不满厉王的暴虐措施，怨声载道。

大臣召公虎听到国人的议论越来越多，进宫告诉厉王说：“百姓忍受不了啦，大王如果不趁早改变做法，出了乱子就不好收拾了。”

厉王满不在乎地说：“你不用急，我自有办法对付。”

于是，他下了一道命令，禁止国人批评朝政，还从卫国找来一个巫师，要他专门刺探批评朝政的人，说：“如果发现有人在背后诽谤我，你就立即报告。”

卫巫为了讨好厉王，派了一批人到处察听。那批人还敲诈勒索，谁不服他们，他们就随便诬告。

厉王听信了卫巫的报告，杀了不少国人。在这样的压力下，国人真的不敢在公开场合里议论了。人们在路上碰到熟人，也不敢交谈招呼，只交换一个眼色，就匆匆地走开。

厉王见卫巫报告批评朝政的人渐渐少了下来，十分满意。有一次，召公虎去见厉王，厉王洋洋得意地说：“你看，这回儿不是已经没有人议论了吗?”

召公虎叹了一口气说：“唉，这怎么行呢?堵住人的嘴，不让人说话，比堵住河流还要危险哪！治水必须疏通河道，让水流到大海；治理国家也是一样，必须引导百姓说话。硬堵住河流，就要决口；硬堵住人的嘴，是要闯大祸的呀!”

厉王撇撇嘴，不去理他，召公虎只好无奈地离开。

厉王的暴政越来越厉害，过了三年，也就是公元前841年，国人忍无可忍，终于举行了一次大规模的暴动。起义的国人围攻王宫，要杀厉王。厉王得知风声，慌慌忙忙带了一批人逃命，一直逃过黄河，到彘（今山西霍县）地方才停下来。

国人打进王宫，没有搜到厉王。有人探知厉王的太子靖逃到召公虎家躲了起来，又围住召公虎家，要召公虎交出太子。召公虎没奈何，只好把自己的儿子冒充太子送出去，才算把太子保护了下来。

厉王出走后，朝廷里没有国王，怎么办呢？经大臣们商议，由召公虎和另一个大臣周公（周定公）主持贵族会议，暂时代替周天子行使职权，历史上称为“共和”。从共和元年，也就是公元前841年起，中国历史才有了确切的纪年。

共和行政维持了十四年之后，周厉王在彘死去。大臣们立太子姬靖即位，就是周宣王。宣王在政治上比较开明，得到诸侯的支持。但是，经过这一场国人暴动，周朝统治者已经衰微，兴盛不起来了。

* * * * *

从国人暴动的那一年即公元前841年起，中国历史有了确切的纪年。经过这场国人暴动，周王朝开始走下坡路。

烽火戏诸侯

周宣王死了以后，儿子姬宫涅即位，就是周幽王。周幽王不问政事，只知道吃喝玩乐，打发人到处找美女。有个大臣名褒珦劝谏幽王，周幽王不但不听，反把褒珦关进了监狱。

褒珦在监狱里被关了三年。褒家的人千方百计要把褒珦救出来。他们在乡下买了一个漂亮的姑娘，教会她唱歌跳舞，把她打扮起来，献给幽王，替褒珦赎罪。这个姑娘叫褒姒。

幽王得了褒姒，高兴得不得了，就把褒珦释放了。他十分宠爱褒姒，可是褒姒虽生得美艳，但却冷若冰霜，自进宫以来，从没露过一次笑脸。幽王想尽办法引她笑，她怎么也笑不出来。

周幽王竟然悬赏：有谁能让王妃娘娘笑一下，就赏他一千两金子。

有个佞臣叫虢石父，替周幽王想了一个鬼主意。原来，周王朝为了防备犬戎的进攻，在骊山（在今陕西临潼东南）一带造了二十多座烽火台，每隔几里地就是一座。如果犬戎打过来，把守第一道关的兵士就把烽火烧起来；第二道关上的兵士见到烟火，也把烽火烧起来。这样一个接一个烧着烽火，附近的诸侯见到了，就会发兵来救。虢石父对周幽王说：“现在天下太平，烽火台长久没有使用了。我想请大王跟娘娘上骊山去玩几天。到了晚上，咱们把烽火点起来，让附近的诸侯见了赶来，上个大当。娘娘见了这许多兵马扑了个空，保管会笑起来。”

周幽王拍着手说：“好极了，就这么办吧！”

他们上了骊山，真的在骊山上把烽火点了起来。临近的诸侯得了这个警报，以为犬戎打过来了，赶快带领兵马来救。没想到赶到那儿，连一个犬戎兵的影儿也没有，只听到山上一阵阵奏乐和唱歌的声音，大伙儿都愣了。

幽王派人告诉他们说，辛苦了大家，这儿没什么事，不过是大王和王妃放烟火玩儿，你们回去吧！

诸侯知道上了当，憋了一肚子气回去了。

褒姒看见骊山脚下来了好几路兵马，乱哄哄的样子，就问幽王是怎么回事。幽王一五一十告诉了她。褒姒真的笑了一下。

幽王见褒姒开了笑脸，就赏给虢石父一千两金子。

幽王宠着褒姒，后来干脆把王后和太子废了，立褒姒为王后，立褒姒生的儿子伯服为太子。原王后的父亲是申国的诸侯，得到这个消息，就联合犬戎进攻镐京。

幽王听到犬戎进攻的消息，惊慌失措，连忙下命令把骊山的烽火点起来。烽火倒是烧起来了，可是诸侯因为上次上了当，谁也不来理会他们。

烽火台上白天冒着浓烟，夜里火光冲天，可就是没有一个救兵到来。

犬戎兵一到，镐京的兵马不多，勉强抵挡了一阵后，被犬戎兵杀得落花流水。犬戎的人马像潮水一样涌进城来，把周幽王、虢石父和褒姒生的伯服杀了。那个不开笑脸的褒姒，也给抢走了。

到这时候，诸侯们知道犬戎真的打进了镐京，这才联合起来，带着大队人马来救。犬戎的首领看到诸侯的大军到了，就命令手下的人把周朝多少年聚敛起来的宝贝财物一抢而空，放了一把火才退走。

中原诸侯打退了犬戎，立原来的太子姬宜臼为天子，就是周平王。诸侯也回到各自的封地去了。

没想到诸侯一走，犬戎又打过来，周朝西边大片土地都被犬戎占了去。平王恐怕镐京保不住，打定主意，把国都搬到洛邑去。

公元前770年，周平王迁都洛邑。因为镐京在西边，洛邑在东边，所以历史上把周朝在镐京做国都的时期，称为西周；迁都洛邑以后，称为东周。

* * * * *

周幽王为了博得美人一笑，不惜烽火戏诸侯，使自己丧失威信，其昏聩无能可见一斑。

齐桓公称霸

周平王东迁洛邑以后的东周，又分“春秋”和“战国”两个时期。春秋时期，周王室衰落，周天子名义上是各国共同的君主，实际上他的地位只相当一个中等国的诸侯。一些比较强大的诸侯国家用武力兼并小国，大国之间也互相争夺土地，经常打仗。战胜的大国诸侯，可以号令其他诸侯。

春秋时期第一个称霸的是齐国（都城临淄，在今山东淄博）。齐国是周武王的大功臣太公望的封国，本来是个大国，再加上它利用沿海的资源，生产比较发达，国力就比较强。公元前685年，齐国发生了一次内乱。国君齐襄公被杀。襄公有两个兄弟，一个叫公子纠，当时在鲁国（都城在今山东曲阜）；一个叫公子小白，当时在莒国（都城在今山东莒县）。两个人身边都有个师傅，公子纠的师傅叫管仲，公子小白的师傅叫鲍叔牙。两个公子听到齐襄公被杀的消息，都急着要回齐国争夺君位。

鲁国国君鲁庄公决定亲自护送公子纠回齐国。管仲对鲁庄公说：“公子小白在莒国，离齐国很近。万一让他先进齐国，事情就麻烦了。让我先带一支人马去截住他。”

不出管仲所料，公子小白正在莒国的护送下赶回齐国，路上，遇到管仲的拦截。管仲拈弓搭箭，对准小白射去。只见小白大叫一声，倒在车里。

管仲以为小白已经死了，就不慌不忙护送公子纠回到齐国去。哪里知道，他射中的不过是公子小白衣带的钩子，公子小白大叫倒下，原来是他的计策。等到公子纠和管仲进入齐国国境，小白和鲍叔牙早已抄小道抢先到了国都临淄，小白当上了齐国国君，这就是齐桓公。

齐桓公即位以后，立即发兵打败鲁国，并且通知鲁庄公一定要鲁国杀了公子纠，把管仲送回齐国。鲁庄公没有办法，只好照办。

管仲被关在囚车里送到齐国。鲍叔牙立即向齐桓公推荐管仲。

齐桓公气愤地说：“管仲拿箭射我，要我的命，我还能用他吗？”

鲍叔牙说："那回他是公子纠的师傅，他用箭射您，正是他对公子纠的忠心。论本领，他比我强得多。主公如果要干一番大事业，管仲可是个用得着的人呀。"

齐桓公也是个豁达大度的人，听了鲍叔牙的话，不仅赦免了管仲的罪，还立刻任命他为相，让他管理国政。

管仲帮着齐桓公整顿内政，大开铁矿，多制农具，提高耕种技术，又大规模拿海水煮盐，鼓励老百姓入海捕鱼。离海比较远的诸侯国不得不依靠齐国供应食盐和海产。别的东西可以不买，盐是非吃不可的。齐国就越来越富强了。

齐桓公一心想当诸侯的霸主，做了霸主就能够发号施令，别的诸侯就得向他进贡，听他的指挥。他对管仲说："现在咱们兵精粮足，是不是可以会合诸侯，共同订立盟约呢？"

管仲说："咱们凭什么去会合诸侯呢？大家都是周天子下面的诸侯，谁能服从呢？天子虽说失了势，毕竟是天子，比谁都大。如果主公能够奉天子的命令，会合诸侯，订立盟约，共同尊重天子，抵抗别的部落，往后谁有难处，共同帮助，谁不讲道理，共同制裁。到了那时候，主公就是自己不想做霸主，别人也得推举您。"

齐桓公说："你说得对，可是怎么着手呢？"

管仲说："办法倒有一个。新天子（指周釐王）即位。主公可以派个使者向天子朝贺，顺便帮他出个主意，说宋国（都城在今商丘南）现在正发生内乱，新国君地位不稳，国内很不安定。请天子下命令，明确宣布宋国国君的地位。主公拿到天子的命令，就可以用天子的命令来召集诸侯了。这样做，谁也不能反对。"

齐桓公听了，连连点头，决定照着管仲的意见办。

这时候，周朝的天子早已没有实权了。列国诸侯只知道抢夺地盘，兼并土地，已经全忘记还有朝见天子这回事。周釐王刚刚即位，居然有齐国这样一个大国打发使臣来朝贺，十分高兴。他就请齐桓公去宣布宋君的君位。

公元前681年，齐桓公奉了周天子的命令，通知各国诸侯到齐国西南边境的北杏（今山东东阿县北）召开诸侯盟会。

在北杏会议上，大家公推齐桓公当盟主，订立了盟约。盟约上主要内容有三条：一是尊重天子，扶助王室；二是抵御别的部落，不让他们进入中原；第三是帮助弱小的和有困难的诸侯。

* * * * *

齐桓公不计前嫌，知人善任，在管仲的辅助下使齐国强大起来，成为春秋时期第一个称霸的诸侯国。

曹刿抗击齐军

齐桓公即位后，依靠管仲的帮助，争取到霸主的地位。但是，此前在他对鲁国的战争中，却遭到一次不小的挫折。

在齐桓公即位的第二年，也就是公元前 684 年，齐桓公派兵进攻鲁国。鲁庄公认为齐国一再欺负他们，忍无可忍，决心跟齐国决一死战。

齐国进攻鲁国，也激起鲁国人民的愤慨。有个鲁国人曹刿，准备去见鲁庄公，要求参加抗齐的战争。有人劝曹刿说："国家大事，有当大官的操心，你何必去插手呢？"

曹刿说："当大官的目光短浅，未必有好办法。眼看国家危急，哪能不管呢？"说完，他一直到宫门前求见鲁庄公。鲁庄公正在为没有谋士发愁，听说曹刿求见，连忙把他请进来。

曹刿见了鲁庄公便问："请问主公凭什么去抵抗齐军？"

鲁庄公说："平时有什么好吃好穿的，我没敢独占，总是分给大家一起享用。凭这一点，我想大家会支持我。"

曹刿听了直摇头，说："这种小恩小惠，得到好处的人不多，百姓不会为这个支持您。"

鲁庄公说："我在祭祀的时候，倒是挺虔诚的。"

曹刿笑笑说："这种都是小事，神不会为了这个而帮您的忙。"

鲁庄公想了一下，说："遇到百姓打官司的时候，我虽然不能一件件查得很清楚，但是尽可能处理得合情合理。"

曹刿才点头说："这倒是件得民心的事，我看凭这一点可以和齐国打上一仗。"

曹刿请求跟鲁庄公一起上阵，鲁庄公看曹刿这种胸有成竹的样子，便答应了他的请求。两个人坐着一辆兵车，带领人马出发。

齐鲁两军在长勺（今山东莱芜东北）摆开阵势。齐军并不把鲁军放在眼里，一开始就擂响了战鼓，发动进攻。鲁庄公也准备下令反击，曹刿连忙阻止，说："且慢，还不到时候呢！"

当齐军擂响第二通战鼓的时候，曹刿还是叫鲁庄公按兵不动。鲁军将士看到齐军张牙舞爪的样子，气得摩拳擦掌，但是没有主帅的命令，只好憋着气等待。

齐军主帅看鲁军毫无动静，又下令打第三通鼓。齐军兵士以为鲁军胆怯怕战，耀武扬威地杀过来。

曹刿这才对鲁庄公说："现在可以下令反攻了。"

鲁军阵地上响起了进军鼓，兵士士气高涨，像猛虎下山般扑了过去。齐军兵士没防到这一着，招架不住鲁军的凌厉攻势，败下阵来。

鲁庄公看到齐军败退，忙不迭要下令追击，曹刿又拉住他说："别着急！"说着，他跳下战车，低下头观察齐军战车留下的车辙；接着，又站到车杆子上，望了望敌方撤退的队形，才说："请主公下令追击吧！"

鲁军兵士听到追击的命令，个个奋勇当先，乘胜追击，终于把齐军赶出鲁国国境。

鲁军取得反攻的胜利，鲁庄公对曹刿镇静自若的指挥，暗暗佩服，但是心里存疑。回到宫里，他先向曹刿慰劳了几句，就问："头两回齐军击鼓，你为什么不让我反击？"

曹刿说："打仗这件事，全凭士气。对方擂第一通鼓的时候，士气最足；第二通鼓，气就松了一些，到第三通鼓，气已经泄了。对方泄气的时候，我们的兵士却鼓足士气，哪有不打赢的道理？"

鲁庄公接着又问为什么不立刻追击。曹刿说："齐军虽然败退，但它是个大国，兵力强大，说不定他们假装败退，在什么地方设下埋伏，我们不能不防着点儿。后来我看到他们的旗帜东倒西歪，车辙也乱七八糟，才相信他们阵势全乱了，所以才请您下令追击。"

鲁庄公这才恍然大悟，称赞曹刿想得周到。

在曹刿指挥下，鲁国击退了齐军，局势才稳定了下来。

* * * * *

曹刿洞悉了战争的规律，镇定自若地指挥鲁军打败了来犯的齐军，创造了中国历史上以弱胜强的辉煌战例。

齐桓公九合诸侯

齐国虽然在长勺打了一次败仗，但是这并没有影响齐桓公后来的霸主地位。过了十多年，北方的燕国（都城在今北京）派使者来讨救兵，说燕国被附近的一个部落山戎侵犯，打了败仗。齐桓公就决定率领大军去救燕国。

公元前664年，齐国大军到了燕国，山戎已经抢了一批百姓和财宝逃回去了。

齐国和燕国的军队联合起来，一直向北追去。没想到他们被敌人引进了一个迷谷。那迷谷就像大海一样，没边没沿，怎么也找不到原来的道儿。

还是管仲想出一个主意来。他对齐桓公说："马也许能认得路，不如找几匹当地的老马，让它们在头里走，也许能走出这个地方。"

齐桓公叫人挑了几匹老马，让它们领路。这几匹老马果然领着人马走出了迷谷。

齐桓公帮助燕国打败山戎以后，邢国也遭到另一个部落狄人的侵犯。齐桓公又带着人马去赶跑了狄人，帮助邢国重筑了城墙。接着，狄人又侵犯卫国，齐桓公帮助卫国在黄河南岸重建国都。因为这几件事，齐桓公的威望又提高了很多。只有南方的楚国（都城在今湖北江陵西北），不但不服齐国，还跟齐国对立起来，要跟齐国比个高低。

楚国在中国南部，向来不和中原诸侯来往。但是，楚国人开垦南方的土地，逐步收服了附近的一些部落，慢慢地变成了大国。后来，干脆自称楚王，不把周朝的天子放在眼里。

公元前656年，齐桓公集结了宋、鲁、陈、卫、郑、曹、许七国军队，联合进攻楚国。

楚成王得知消息，也集合了人马准备抵抗。他派了使者去见齐桓公，说："我们大王叫我来请问，齐国在北面，楚国在南面，两国素不往来，真叫作风马牛不相及。为什么你们的兵马要跑到这儿来呢？"

管仲责问说："我们两国虽然相隔很远，但都是周天子封的。当初齐国太公受封的时候，曾经接受一个命令：谁要是不服从天子，齐国有权征讨。你们楚国本来每年向天子进贡包茅（用来滤酒的一种青茅），为什么现在不进贡呢?”使者说:“没进贡包茅,这是我们的不是,以后一定进贡。”

使者走后,齐国和诸侯联军又拔营前进,一直到达召陵(今河南郾城县)。

楚成王又派屈完去探问。齐桓公为了显示自己的军威,请屈完一起坐上车去看中原来的各路兵马。屈完一看,果然军容整齐,兵强马壮。

齐桓公趾高气扬地对屈完说:“你瞧瞧,这样强大的兵马,谁能抵挡得了?”

屈完淡淡地笑了笑,说:“君侯协助天子,讲道义,扶助弱小,人家才佩服你。要是光凭武力的话,那么,咱们国力虽不强,但是用方城(楚国所筑的长城,在今河南方城北至泌阳东北)作城墙,用汉水作壕沟。您就是再多带些人马来,也未必能打得进去。”

齐桓公听屈完说得挺强硬,估计也未必能轻易打败楚国,而且楚国既然已经认了错,答应进贡包茅,也算有了面子。就这样,中原八国诸侯和楚国一起在召陵订立了盟约,各自回国去了。

后来,周王室发生纠纷,齐桓公又帮助太子姬郑巩固了地位。太子即位后,就是周襄王。周襄王为了报答齐桓公,特地派使者把祭祀太庙的祭肉送给齐桓公,算是一份厚礼。

齐桓公趁此机会,又在宋国的葵丘(今河南兰考)会合诸侯,招待天子使者。并且订立了一个盟约,主要内容是:修水利,防水患,不使邻国遭受水患,邻国有灾荒来买粮食,不应该禁止;凡是同盟的诸侯,在订立盟约以后,都要友好相待。

这是齐桓公最后一次会合诸侯。像这样大的会合,一共有许多次,历史上称作“九合诸侯”。

公元前645年,管仲病死。过了两年,齐桓公也死去。齐桓公一死,他的五个儿子抢夺君位,齐国发生了内乱,公子昭逃到宋国。齐国的霸主地位也就失去了。

* * * * *

齐桓公九合诸侯是齐国霸主地位的体现。

“仁义”的宋襄公

宋襄公见齐国发生内乱，就通知各国诸侯，请他们共同护送公子昭到齐国去接替君位。但是宋襄公的号召力不大，多数诸侯把宋国的通知搁在一边，只有三个小国带了点人马前来。

宋襄公率领四国的兵马打到齐国去。齐国一批大臣一见四国人马打来，就投降了宋国，迎接公子昭即位。这就是齐孝公。

齐国本来是诸侯的盟主国，如今齐孝公靠宋国帮助得了君位，宋国的地位就自然提高了。

宋襄公雄心勃勃，想继承齐桓公的霸主事业。这次他约会诸侯，只有三个小国听从他的命令，几个中原大国并未理会他。宋襄公想借重大国去压服小国，就决定去联络楚国。他认为要是楚国能跟他合作的话，那么在楚国势力底下的那些国家自然也都归服他了。

他把这个主张告诉了大臣们，大臣公子目夷不赞成这么办。他认为宋国是个小国，想要当盟主，不会有什么好处。宋襄公哪里肯听他的话，他邀请楚成王和齐孝公先在宋国开个会，商议会合诸侯订立盟约的事。楚成王、齐孝公都同意，决定那年（公元前 639 年）七月约各国诸侯在宋国盂（今河南睢县西北）地方开大会。

到了七月，宋襄公驾着车去开大会。公子目夷说：“万一楚君不怀好意，可怎么办？主公还得多带些兵马去。”

宋襄公说：“那不行，我们为了不再打仗才开大会，怎么自己倒带兵马去呢？”

公子目夷怎么也说服不了他，只好不带兵马跟着去。

果然，在开大会的时候，楚成王和宋襄公都想当盟主，争闹起来。楚国的势力大，依附楚国的诸侯多。宋襄公气呼呼地还想争论，只见楚国的一班随从官员立即脱了外衣，露出一身亮堂堂的铠甲，一窝蜂地把宋襄公逮了去。

后来，经过鲁国和齐国的调解，让楚成王做了盟主，才把宋襄公放了回去。

宋襄公回去后，怎么也不服气，特别是邻近的郑国国君也跟楚成王一起反对他，更加使他恼恨。宋襄公为了出这口气，决定先征伐郑国。

公元前638年，宋襄公出兵攻打郑国。郑国向楚国求救。楚成王派大将带领大队人马直接去打宋国，借此来援救郑国。宋襄公因前事一直记恨楚成王，因此准备和楚国交战。宋军在泓水（在河南柘城西北）的南岸，驻扎下来。

两军隔岸对阵以后，楚军开始渡过泓水，进攻宋军。公子目夷见楚人忙着过河，就对宋襄公说："楚国仗着他们人多兵强，白天渡河，不把咱们放在眼里。咱们趁他们还没渡完的时候，迎头打过去，一定能打个胜仗。"

宋襄公说："不行！咱们是讲仁义的国家。敌人渡河还没有结束，咱们就打过去，还算什么仁义呢?"

说着说着，全部楚军已经渡河上岸，正在乱哄哄地排队摆阵势。公子目夷心里着急，又对宋襄公说："这会儿可不能再等了！趁他们还没摆好阵势，咱们赶快打过去，还能抵挡一阵。要是再不动手，就来不及了。"

宋襄公责备他说："你太不讲仁义了！人家队伍都没有排好，怎么可以打呢。"

不多工夫，楚国的兵马已经摆好阵势。一阵战鼓响，楚军像大水冲堤坝那样，"哗啦啦"地直冲过来。宋国军队哪里挡得住，纷纷败下阵来。

宋襄公指手画脚，还想抵抗，可是大腿上已经中了一箭。还亏得宋国的将军带着一部分兵马，拼着命保护宋襄公逃跑，总算保住了他的一条性命。

宋襄公逃回国都商丘，宋国人议论纷纷，都埋怨他不该跟楚国人打仗，更不该那么打法。

公子目夷把大家的议论告诉宋襄公。宋襄公揉着受伤的大腿，说："依我说，讲仁义的人就应该这样打仗。比如说，见到已经受了伤的人，就别再去伤害他；对头发花白的人，就不能捉他当俘虏。"

公子目夷真地耐不住了，他气愤地说："打仗就为了打胜敌人。如果怕伤害敌人，那还不如不打；如果碰到头发花白的人就不抓，那就干脆让人家抓走算了。"

宋襄公受了重伤，过了一年就去世了。

* * * * *

宋襄公不懂战争，用对待朋友的方式来对待敌人，成为中国古代战争史上因思想保守而招致失败的典型。

流亡公子重耳

公子重耳是晋献公的儿子。晋献公年老的时候，宠爱一个妃子骊姬，想把骊姬生的小儿子奚齐立为太子，把原来的太子申生杀了。太子一死，献公另外两个儿子重耳和夷吾都感到危险，逃到别的诸侯国去避难了。

晋献公死后，晋国发生了内乱。后来夷吾回国夺取了君位，也想除掉重耳，重耳不得不到处逃难。重耳在晋国算是一个有声望的公子。因此一批有才能的大臣都愿意跟着他。

重耳先在狄国住了十二年，因为发现有人行刺他，又逃到卫国。卫国看他是个倒霉的公子，不肯接待他。他们一路走去，走到五鹿（今河南濮阳东南）地方，实在饿得厉害，正瞧见几个庄稼人在田边吃饭，重耳他们看得更加口馋，就叫人向他们讨点吃的。

庄稼人懒得理他们，其中有一个人跟他们开个玩笑，拿起一块泥巴给他们。重耳冒了火，他手下的人也想动手，随从的有个叫狐偃的连忙拦住，接过泥巴，安慰重耳说："泥巴就是土地，百姓给我们送土地来啦，这不是一个好兆头吗?"

重耳也只好苦笑着向前走去。

重耳一班人流亡来到齐国。那时齐桓公还在，待他十分客气，供给重耳车马和房子，还把本族一个姑娘嫁给重耳。

重耳迷恋眼前安逸的生活，不再想离开齐国，可是跟随的人都想回晋国。

随从们背着重耳，聚集在桑树林里商量回国的事。没想到桑树林里有一个女奴在采桑叶，把他们的话偷听了去，告诉重耳的妻子姜氏。姜氏对重耳说："听说你们要想回晋国去，这很好哇!"

重耳赶快辩白，说："没有那回事。"

姜氏一再劝他回国，说："您在这儿贪图享乐，是没有出息的。"可重耳总是不愿意走。当天晚上，姜氏和重耳的随从们商量好，把重耳灌醉了，放在车里，送出齐国，等重耳醒来，已离开齐国很远了。

以后，重耳又到了宋国。宋襄公正在病中，他手下的臣子对狐偃说：

“襄公是非常器重公子的。但是我们实在没有力量发兵送他回去。”

狐偃说：“这我们全明白，我们就不再打扰你们了。”

离开宋国，又到了楚国。楚成王把重耳当作贵宾，还用招待诸侯的礼节招待他。楚成王对待重耳好，重耳也对楚成王十分尊敬。两个人就这样交上了朋友。

有一次，楚成王在宴请重耳的时候，开玩笑地说：“公子要是回到晋国，将来怎样报答我呢？”

重耳说：“金银财宝贵国有的是，叫我拿什么东西来报答大王的恩德呢？”

楚成王笑着说：“这么说，难道就不报答了吗？”

重耳说：“要是托大王的福，我能够回到晋国，我愿意跟贵国交好，让两国的百姓过太平的日子。万一两国发生战争，在两军相遇的时候，我军一定退避九十里。”（古时候行军，每三十里叫作一“舍”。后来的“退避三舍”就是自动撤退九十里的意思。）

楚成王听了并不在意，却惹恼了旁边的楚国大将成得臣。等宴会结束，重耳离开后，成得臣对楚成王说：“重耳说话没有分寸，将来准是个忘恩负义的家伙，还不如趁早杀了他，免得以后吃他的亏。”

楚成王不同意成得臣的意见，正好秦穆公派人来接重耳，就把重耳送到秦国（都城雍，在今陕西凤翔东南）去了。

原来秦穆公曾经帮助重耳的异母兄弟夷吾当了晋国国君。没想到夷吾做了晋国国君以后，反倒跟秦国作对，还发生了战争。夷吾一死，他儿子又同秦国不和。秦穆公才决定帮助重耳回国。

公元前636年，秦国护送重耳的大军过了黄河，流亡了十九年的重耳回国即位。这就是晋文公。

* * * * *

重耳历尽艰辛，当上了国君，因而他非常珍惜来之不易的王位，励精图治，使晋国强大起来，成为春秋五霸之一。

退避三舍

晋文公即位以后，整顿内政，发展生产，把晋国治理得渐渐强盛起来。他也想能像齐桓公那样，做个中原的霸主。

这时候，正好周朝的天子周襄王派人来讨救兵。周襄王有个异母兄弟叫太叔带，联合了一些大臣，向狄国借兵，夺了王位。周襄王带着几十个随从逃到郑国。他发出命令，要求各国诸侯护送他回洛邑去。各国诸侯有派人去慰问天子的，也有送食物去的，可就是没有人愿意发兵打狄人。

有人对周襄王说："现在诸侯当中，只有秦、晋两国有力量打退狄人，别人恐怕不中用。"周襄王才打发使者去请晋文公护送他回朝。

晋文公马上发兵往东打过去，把狄人打败，又杀了太叔带和他那一帮人，护送天子回到京城。

过了两年，又有宋襄公的儿子宋成公来讨救兵，说楚国派大将成得臣率领楚、陈、蔡、郑、许五国兵马攻打宋国。大臣们都说："楚国老是欺负中原诸侯，主公要扶助有困难的国家，建立霸业，这可是时候啦。"

晋文公早就看出，要当上中原霸主，就得打败楚国。他就扩充队伍，建立了三个军，浩浩荡荡地去救宋国。

公元前632年，晋军打下了归附楚国的两个小国——曹国和卫国，把两国国君都俘虏了。

楚成王本来并不想同晋文公交战，听到晋国出兵，立刻派人下命令叫成得臣退兵。可是成得臣以为宋国迟早可以拿下来，不肯半途而废。他派部将去对楚成王说："我虽然不敢说一定打胜仗，也要拼一个死活。"

楚成王很不痛快，只派了少量兵力归成得臣指挥。

成得臣先派人通知晋军，要他们释放卫、曹两国国君。晋文公却暗地通知这两国国君，答应恢复他们的君位，但是要他们先跟楚国断交。曹、卫两国真的按晋文公的意思办了。

成得臣本想救这两个国家，不料他们却先来跟楚国绝交。这一来，真气得他双脚直跳。他嚷着说："这分明是重耳支使他们做的。"他立即下令，催动全军赶到晋军驻扎的地方去。

楚军一进军，晋文公立刻命令往后撤。晋军中有些将士不理解，说：“我们的统帅是国君，对方带兵的是臣子，哪有国君让臣子的理儿?”

狐偃解释说：“打仗先要凭个理，理直气就壮。当初楚成王曾经帮助过主公，主公在楚成王面前答应过：要是两国交战，晋国情愿退避三舍。今天后撤，就是为了实现这个诺言啊。要是我们对楚国失了信，那么我们就理亏了。我们退了兵，如果他们还不罢休，步步紧逼，那就是他们输了理，我们再跟他们交手也不迟。”

晋军一口气后撤了九十里，到了城濮（今山东濮县），才停下来，布置好了阵势。

楚国有些将军见晋军后撤，想停止进攻。可是成得臣却不答应，一步盯一步地追到城濮，跟晋军遥遥相对。

成得臣还派人向晋文公下战书，措辞十分傲慢。晋文公也派人回答说：“贵国的恩惠，我们从来都不敢忘记，所以退让到这儿。现在既然你们不肯谅解，那么只好在战场上较量了。”

大战展开了。才一交手，晋国的将军用两面大旗，指挥军队向后败退。他们还在战车后面拖着伐下的树枝，战车后退时，地上扬起一阵阵的尘土，显出十分慌乱的模样。

成得臣一向骄傲自大，不把晋人放在眼里。他不顾前后地直追上去，正中了晋军的埋伏。晋军的中军精锐，猛冲过来，把成得臣的军队拦腰切断。原来假装败退的晋军又回过头来，前后夹击，把楚军杀得落荒而逃。

晋文公连忙下令，吩咐将士们只要把楚军赶跑就是了，不再追杀。成得臣带了败兵残将回到半路上，自己觉得没法向楚成王交代，就自杀了。

晋军占领了楚国营地。把楚军遗弃下来的粮食吃了三天，才胜利回国。

晋国打败楚国的消息传到周都洛邑，周襄王和大臣都认为晋文公立了大功。周襄王还亲自到践土（今河南荥泽）慰劳晋军。晋文公趁此机会，在践土给天子造了一座新宫，还与各国诸侯订立盟约。这样，晋文公就成为了中原的霸主。

* * * * *

晋文公退避三舍，说明他是一位讲仁义、守信用的国君，但他不像宋襄公那样无原则地讲仁义，当楚军步步紧逼时，晋文公凭借强大的实力坚决打击了楚军，为自己赢得了威信。

秦晋之争

秦国的大军想偷袭郑国，晋国那边早就得到情报。晋国的大将先轸认为这是打击秦国的好机会，劝说新即位的晋襄公在崤山（今河南洛宁县）地方拦击。

晋襄公亲自率领大军开到崤山。崤山本是形势十分险要的地方，晋军在那里布下了天罗地网，只等秦军到来。秦军孟明视他们一进崤山，就中了埋伏，被晋军团团围住，进退两难。秦国的士卒死的死，降的降。孟明视、西乞术、白乙丙三员大将全都被活捉了。

晋襄公得胜回朝。他的母亲文嬴原是秦国人，不愿同秦国结仇，对襄公说："秦国和晋国原是亲戚，一向彼此帮助。孟明视这帮武人为了自己要争功，闹得两国伤了和气。要是把这三个人杀了，恐怕两国的冤仇越结越深，不如把他们放了，让秦君自己去惩办他们。"

晋襄公听母亲说得有道理，就把孟明视等三个俘虏释放了。

大将先轸一听让孟明视跑了，立刻去见晋襄公，说："将士们拼死拼活，好容易把他们捉住，怎么轻易把他们放走呢？"

晋襄公听了，也感到后悔，立刻派将军阳处父带领一队人马飞快地追上去。

孟明视三人被释放之后，使劲地逃跑。到了黄河边，发现后面已经有晋兵追上来。在这紧急的关头，幸好有一只小船停在河边，他们就跳了下去。

等阳处父赶到，船已经离了岸。阳处父在岸边大声喊叫："请你们回来！我们主公忘了给你们准备车马，特地叫我赶来送几匹好马，请你们收下！"

孟明视哪里会上这个当。他站在船头上行了礼，说："承蒙晋君宽恕了我们，已经万分感激，哪里还敢再收受礼物。要是我们回去还能保全性命，那么，过了三年，再来报答贵国吧。"

阳处父还想说什么，那只小船已经越划越远了。

阳处父回去向晋襄公回报了孟明视的话，晋襄公懊悔不及，但也无可奈何了。

孟明视等三个人回到秦国。秦穆公听到全军覆没，穿了素服，亲自到城外去迎接他们。

孟明视三个人跪在地上请罪。秦穆公说："这是我的不是，没有听你们父亲的劝告，害得你们打了败仗，哪儿能怪你们呢？再说，我也不能因为一个人犯了一点小过失，就抹杀他的大功啊。"

三个人感激得直淌眼泪，自此以后，他们认真操练兵马，一心一意要为秦国报仇。

公元前 625 年，孟明视要求秦穆公发兵去报崤山的仇，秦穆公答应了。孟明视等三员大将率领四百辆兵车打到晋国。没想到晋襄公早有防备，孟明视又打了败仗。

秦穆公仍旧没有治他的罪，但孟明视实在过意不去。他把自己的财产和俸禄全拿出来，送给在战争中死亡将士的家属。他跟兵士一块儿过苦日子，兵士吃粗粮，他也吃粗粮；兵士啃菜根，他也啃菜根；天天苦练兵马，一心要报仇雪耻。

这年冬天，晋国联合了宋、陈、郑三国打到秦国的边界上来了。孟明视嘱咐将士守住城，不准随便跟晋国人交战，结果又让晋国夺去了两座城。

这一来，秦国就有人说孟明视的坏话，说他不该这么胆小。附近的小国和西戎瞧着秦国一连打了三个败仗，也纷纷脱离秦国。

公元前 624 年，也就是崤山交战以后第三年的夏天。孟明视作好一切准备，挑选了国内精兵，出发了五百辆兵车。秦穆公拿出大量的粮食和财帛，把将士的家属安顿好。将士的斗志旺盛，整装出发。

大军渡黄河的时候，孟明视对将士说："咱们这回出来，可是有进无退，我想把船烧了，大家看怎么样？"大伙说："烧吧！打胜了还怕没有船吗？打败了，也别回来了。"孟明视的兵士们憋了几年的气闷和仇恨，全在这时候迸发出来，没有几天工夫，就一举夺回了上次丢了的两座城，接着又攻下晋国的几座大城。

晋国这才感到秦国攻势的厉害，上上下下都着了慌。晋襄公跟大臣商量以后，下了命令：只许守城，不许跟秦国人开战。秦国的大军在晋国的地面上来回挑战，没有一个晋国人敢出来。

有人对秦穆公说："晋国已经认输了。他们不敢出来交战。主公不如埋了崤山的尸骨回去，也可以洗刷以前的耻辱了。"

秦穆公就率领大军到崤山，把三年前作战死亡将士留下的尸骨收拾起来，埋在山坡里。秦穆公带领孟明视等将士，祭奠了一番，才班师回国。

西部小国和西戎部落，一听到秦国打败了中原的霸主晋国，争先恐后地向秦国进贡。秦国从此就成为了中原的霸主。

* * * * *

秦晋两国的一系列战争说明，在当时的历史条件下，士气对战争的成败起着非常关键的作用。而晋襄公听信母亲建议，释放孟明视等人，无异于放虎归山，为自己留下了后患。

一鸣惊人的楚庄王

秦国打败晋国以后，一连十几年两国没有发生战事。可是南方的楚国却一天比一天强大，一心要争夺中原霸主的地位。

公元前613年，楚成王的孙子楚庄王新即位，做了国君。晋国趁此机会，把几个一向归附楚国的国家又拉了过去，订立盟约。楚国的大臣们很不服气，都向楚庄王提出要他出兵争霸权。

无奈楚庄王不听那一套，白天打猎，晚上喝酒、听音乐，什么国家大事，全不放在心上，就这样寻欢作乐地过了三年。他知道大臣们对他的作为很不满意，还下了一道命令：谁要是敢劝谏，就判谁的死罪。

有个名叫伍举的大臣，实在看不过去，决心去见楚庄王。楚庄王正在那里寻欢作乐，听到伍举要见他，就把伍举召到面前，问："你来干什么？"

伍举说："有人让我猜个谜儿，我猜不着。大王是个聪明人，请您猜猜吧。"

楚庄王听说要他猜谜儿，觉得挺有意思，就笑着说："你说出来听听。"

伍举说："楚国山上，有一只大鸟，身披五彩，样子挺神气。可是一停三年，不飞也不叫，这是什么鸟？"

楚庄王心里明白伍举说的是谁。他说："这可不是普通的鸟。这种鸟，不飞则已，一飞将要冲天；不鸣则已，一鸣将要惊人。你去吧，我已经明白了。"

过了一段时期，另一个大臣苏从看看楚庄王没有动静，又去劝说楚庄王。

楚庄王问他："你难道不知道我下的禁令吗?"

苏从说："我知道。只要大王能够听我的意见，我就是触犯了禁令，被判了死罪，也是心甘情愿的。"

楚庄王高兴地说："你们都是真心为了国家好，我哪会不明白呢?"

打这以后，楚庄王决心改革政治，把一批奉承拍马的人撤了职，把敢于进谏的伍举、苏从提拔起来，帮助他处理国家大事；一面制造武器，操练兵马。同年，就收服了南方许多部落。公元前611年，攻灭庸国。公元前606年又打败了陆浑（在今河南伊川一带）的戎族，一直打到周都洛邑附近。

为了显示楚国的兵威，楚庄王在洛邑的郊外又举行了一次大检阅。

这一来，可把周天子吓坏了。他派一个大臣王孙满到郊外去慰劳楚军。

楚庄王和王孙满交谈的时候，楚庄王问起周王宫里藏着的九鼎大小轻重怎么样。九鼎是象征周王室权威的礼器。楚庄王问起九鼎，就是表示他有夺取周天子权力的野心。

王孙满是个巧言善辩的人。他劝说楚庄王：国家的强盛，主要靠德行服人，不必去打听鼎的轻重。楚庄王自己知道当时还没有灭掉周朝的条件，也就带兵回国了。

以后，楚庄王又请了一位楚国有名的隐士孙叔敖当令尹（楚国的国相）。孙叔敖当了令尹以后，开垦荒地，挖掘河道，奖励生产。为了免除水灾旱灾，他还组织楚国人开辟河道，能灌溉成百万亩庄稼，每年多打了不少粮食。没几年工夫，楚国更加强大起来，先后平定了郑国和陈国的两次内乱，终于和中原霸主晋国冲突起来。

公元前597年，楚庄王率领大军攻打郑国，晋国派兵救郑。在邲（今河南郑州）和楚国发生了一次大战。晋国败绩，人马死了一半，另一半逃到黄河边。船少人多，兵士争着渡河，许多人被挤到水里去了。掉到水里的人往船上爬，船上的兵士怕翻船，拿刀把往船上爬的兵士手指头都砍了下来。

有人劝楚庄王追上去，把晋军赶尽杀绝。楚庄王说："楚国自从城濮失败以来，一直抬不起头来。这回打了这么大的胜仗，总算洗刷了以前的耻辱，何必多杀人呢?"

说着，立即下令收兵，让晋国的残兵逃了回去。

自此以后，这个一鸣惊人的楚庄王就成了中原霸主。

从齐桓公、宋襄公、晋文公、秦穆公到楚庄王，前前后后总共五个霸主。历史上通常称他们是“春秋五霸”。

* * * * *

楚庄王凭借强大的国力，打败了晋国，确立了自己的霸主地位。成为春秋五霸中最后一位霸主。

伍子胥过昭关

在诸侯大国争夺霸权的斗争中，大国兼并小国，扩张了土地。可是大国的诸侯不得不把新得到的土地分封给立了功的大夫，大夫的势力大了起来，他们之间也经常发生斗争。大国国内的矛盾尖锐起来，都想把争夺霸权的战争暂时停止下来。

为了这个缘故，宋国大夫向戌在晋、楚两国之间奔走，做调停人。

公元前546年，晋楚两国和其他几个国家，在宋国举行了“弭兵会议”（弭兵就是停止战争）。在这次会议上，晋国的大夫和楚国的大夫代表南北两个集团讲了和，订了盟约。规定除齐、秦两个大国外，各小国都要向晋、楚两国同样朝贡。晋楚两国平分霸权，以后五十多年里，没发生大的战争。

到楚庄王的孙子楚平王即位之后，楚国渐渐衰落了。公元前522年，楚平王要把原来的太子建废掉。这时候，太子建和他的老师伍奢正在城父（在河南襄城西）镇守。楚平王怕伍奢不同意，先把伍奢叫来，诬说太子建正在谋反。

伍奢说什么也不承认，被关进监狱。

楚平王一面派人去杀太子建，一面又逼伍奢写信给他的两个儿子伍尚和伍子胥，叫他们回来，以便一起除掉。大儿子伍尚回到郢都（今湖北江陵西北），就跟父亲伍奢一起，被楚平王杀害。太子建事先得到风声，带着儿子公子胜逃到宋国去了。

伍奢的另一个儿子伍子胥，也从楚国逃出来，他赶到宋国，找到了太子建。不巧宋国发生内乱，伍子胥又带着太子建、公子胜逃到郑国，想请郑国帮他们报仇。可是郑国国君郑定公没有同意。

太子建报仇心切，竟勾结郑国的一些大臣想夺郑定公的权，被郑定公杀了。伍子胥只好带着公子胜逃出郑国，投奔吴国（都城在今江苏苏州）。

楚平王早就下令悬赏捉拿伍子胥，叫人画了伍子胥的像，挂在楚国各地的城门口，嘱咐各地官吏盘查。

伍子胥带着公子胜逃出郑国后，白天躲藏，晚上赶路，来到吴楚两国交界的昭关（在今安徽含山县北）。关上的官吏盘查得很紧。相传当时伍子胥一连几夜愁得睡不着觉，连头发也愁白了。幸亏他们遇到了一个好心人东皋公，同情伍子胥，把他接到自己家里。东皋公有个朋友，模样有点像伍子胥。东皋公让他冒充伍子胥过关。守关的逮住了这个假伍子胥，而那个真伍子胥因为头发全白，面貌变了，守关的认不出来，就被他混出关去。

伍子胥出了昭关，害怕后面有追兵，急忙往前跑。前面是一条大江拦住去路。伍子胥正在着急，江上有个打鱼的老头儿划着一只小船过来，把伍子胥渡过江去。

过了大江，伍子胥感激万分，摘下身边的宝剑，交给老渔人，说："这把宝剑是楚王赐给我祖父的，值一百两金子。现在送给你，好歹表表我的心意。"

老渔人说："楚王为了追捕你，出了五万石粮食的赏金，还答应封告发人大夫爵位。我不贪图这个赏金、爵位，难道会要你这宝剑吗？"

伍子胥连忙向老渔人赔礼，收了宝剑，辞别老渔人走了。

伍子胥到了吴国，吴国的公子光正想夺取王位。在伍子胥帮助下，公子光杀了吴王僚，自立为王，这就是吴王阖闾。

吴王阖闾即位之后，封伍子胥为大夫，帮助他处理国家大事；又用了一位将军孙武，是个善于用兵的大军事家。吴王依靠伍子胥和孙武这两个人，整顿兵马，先兼并了临近几个小国。

公元前506年，吴王阖闾拜孙武为大将，伍子胥为副将，亲自率领大军，向楚国进攻，连战连胜，把楚国的军队打得一败涂地，一直打到郢都。

那时，楚平王已经死去，他的儿子楚昭王也逃走了。伍子胥恨透了楚平王，刨了他的坟，还把平王的尸首挖出来狠狠鞭打了一顿。

吴军占领了郢都。楚国人申包胥逃到秦国，向秦国求救，秦哀公没同意出兵。申包胥在秦国宫门外赖着不走，日日夜夜痛哭，竟哭了七天七夜。秦哀公终于被感动了，说："楚国虽然暴虐无道，但是有这样好的臣子，怎能眼看他们亡国！"

秦哀公派兵救楚国，击败了吴军，吴王阖闾才撤兵回国。

* * * * *

苦难是一所学校，伍子胥九死一生，逃出虎口，可谓惊心动魄。在他逃难过程中，老渔人不贪名利的精神也十分感人。

孔子周游列国

吴王阖闾在伍子胥、孙武的帮助下，大败楚国，声势很大，连中原一些大国都受到威胁，首先受到威胁的是齐国。齐国自从齐桓公死后，国内一直很不安定。后来到齐景公当了国君，用了一位有才能的大臣晏婴当相国，革新朝政，齐国又开始兴盛起来。

公元前500年，齐景公和晏婴想拉拢邻国鲁国和中原诸侯，重回齐桓公当年的霸主地位，就写信给鲁定公，约他在齐鲁交界的夹谷进行会谈。

那时候，诸侯开会，都得有个大臣当助手，称作"相礼"。鲁定公决定让鲁国的大司寇（管司法的长官）孔子担任这件事。

孔子名叫孔丘，是鲁国陬邑（今山东曲阜东南）人。他父亲是个地位不高的武官。孔子幼年丧父，靠他母亲带着他搬到曲阜住下来，把他抚养成人。据说他从小很爱学礼节，没有事儿，就摆上小盆小盘什么的，学着大人祭天祭祖的样子。

孔子青年时期，读书很用功。他十分崇拜周朝初年那位制礼作乐的周公，对古礼特别熟悉。当时读书人应当学的"六艺"，也就是礼节、音乐、射箭、驾车、书写、计算，他都比较精通。他办事认真。起初他当过管理仓库的小吏，物资从来没有缺少；后来又当管理牧业的小吏，牛羊就繁殖得很多。没到三十岁，名声就渐渐大了起来。

有些人愿意拜他做老师，所以孔子大约在三十岁时，开始收徒讲学。鲁国的大夫孟釐子临死时，嘱咐他的儿子孟懿子到孔子那儿去学礼。靠南宫敬叔的推荐，鲁昭公还让孔子到周朝的都城洛邑去考察周朝的礼乐。

孔子三十五岁那年，鲁国发生了内乱。孔子就到齐国去，求见齐景公，跟齐景公谈了他的政治主张。齐景公待他很客气，还想用他。但是相国晏婴认为孔子的主张不切实际，结果齐景公没有用他。孔子再回到鲁国，仍旧教他的书。跟随孔子学习的学生越来越多。

到了公元前 501 年，鲁定公派孔子做中都宰，第二年，做了司空（管理工程的长官），又从司空调做了大司寇。

这一回，鲁定公把准备到夹谷跟齐国会盟的事告诉了孔子，孔子说："齐国屡次侵犯我国边境，这次约我们会盟，我们也得有兵马防备着。希望把左、右司马都带去。"

鲁定公同意孔子的主张，又派了两员大将带了一些人马，随同他上夹谷去。

在夹谷会议上，由于孔子的相礼，鲁国取得了外交上的胜利。会后，齐景公决定把从鲁国侵占过来的三处土地还给鲁国。

齐国的大夫黎钼认为孔子留在鲁国做官对齐国不利，劝齐景公给鲁定公送一班女乐去。齐景公同意了，就挑选了八十名歌女送到鲁国去。

鲁定公接受了这班女乐，天天吃喝玩乐，不管国家政事。孔子想劝说他，他躲着孔子，这件事使孔子感到很失望。孔子的学生说："鲁君不办正事，咱们走吧！"

打那以后，孔子离开鲁国，带着一批学生周游列国，希望找个机会实行他的政治主张。可是，那个时候，大国都忙于争霸的战争，小国都面临着被并吞的危险，整个社会正在发生变革。孔子宣传的一套恢复周朝初年礼乐制度的主张，当然没有人接受。

他先后到过卫国、曹国、宋国、郑国、陈国、蔡国、楚国。这些国家的国君都没有用他。

有一回，孔子在陈、蔡一带，楚昭王打发人请他。陈、蔡的大夫怕孔子到了楚国，对他们不利，发兵在半路上把孔子截住。孔子被围困在那里，断了粮，几天都没吃上饭。后来，楚国派了兵来，才给他解了围。

孔子在列国奔波了十多年，碰了许多钉子，年纪也老了。末了，他还是回到鲁国，把精力放到整理古代文化典籍和教育学生上面。

孔子在晚年还整理了几种重要的古代文化典籍，像《诗经》《尚书》《春秋》等。《诗经》是我国最早的一部诗歌总集，共收集西周、春秋时期的诗歌三百零五篇，其中有不少是反映古代社会生活的民间歌谣，它在我国文学史上占有很重要的地位。《尚书》是一部我国上古历史文献的汇编。《春秋》是根据鲁国史料编成的一部历史书，它记载着公元前722年到前481年的大事。

公元前479年，孔子去世。他死后，他的弟子继续传授他的学说，形成了一个儒家学派，孔子成了儒家学派的创始人。

* * * * *

孔子的思想不适应春秋列国争霸的局面，因此，他必然受到诸侯的冷落。孔子的学术思想对后世影响很大，他被公认为我国古代第一位大思想家、大教育家。

勾践卧薪尝胆

吴王阖闾打败楚国，成了南方霸主。吴国跟附近的越国（都城在今浙江绍兴）素来不和。公元前496年，越国国王勾践即位，吴王趁越国刚刚遭到丧事，就发兵攻打越国，吴越两国在槜李（今浙江嘉兴西南）地方，打一场大战。

吴王阖闾自以为可以打赢，没想到打了个败仗，自己又中箭受了重伤，再加上上了年纪，回到吴国，不久就去世了。

吴王阖闾死后，儿子夫差即位。阖闾临死时对夫差说：

“不要忘记报越国的仇。”

夫差记住这个嘱咐，叫人经常提醒他。他经过宫门，手下的人就扯开了嗓子喊：“夫差！你忘了越王杀你父亲的仇了吗？”

夫差流着眼泪说：“不，不敢忘。”

他叫伍子胥和另一个大臣伯嚭操练兵马，准备攻打越国。

过了两年，勾践听说吴王夜以继日地练兵，以攻打越国，所以决定先发制人。当时越国有两个很能干的大夫，一个叫文种，一个叫范蠡。范蠡对勾践说：“吴国练兵快三年了。这回决心报仇，来势凶猛。咱们不如守住城，不要跟他们作战。”

勾践不同意，先发兵去攻打吴国，两国的军队在太湖一带交战。越军果然大败。

越王勾践带了五千个残兵败将逃到会稽，被吴军围困起来。

勾践弄得一点办法都没有了。他跟范蠡说：“懊悔没有听你的话，弄到这步田地。现在该怎么办？”

范蠡说：“咱们赶快去求和吧。”

勾践派文种到吴王营里去求和。文种在夫差面前把勾践愿意投降的意思说了一遍。吴王夫差想同意，可是伍子胥坚决反对。

文种回去后，打听到吴国的伯嚭是个贪财好色的小人，就把一批美女和珍宝，私下送给伯嚭，请伯嚭在夫差面前讲好话。

经过伯嚭在夫差面前一番劝说，吴王夫差不顾伍子胥的反对，答应了越国的求和，但是要勾践亲自到吴国去。

文种回去向勾践报告了。勾践把国家大事托付给文种，自己带着夫人和范蠡到吴国去。

勾践到了吴国，夫差让他们夫妇俩住在阖闾的大坟旁边一间石屋里，让勾践给他喂马，范蠡跟着做奴仆的工作。夫差每次坐车出去，勾践就给他拉马，这样过了两年，夫差认为勾践真心归顺了他，就放勾践回国。

勾践回到越国后，立志报仇雪耻。他唯恐眼前的安逸消磨了志气，在吃饭的地方挂上一个苦胆，每逢吃饭的时候，就先尝一尝苦味，还自己问：“你忘了会稽的耻辱吗？”他还把席子撤去，用柴草当作褥子。这就是后来人传诵的“卧薪尝胆”。

勾践决定要使越国富强起来，他亲自参加耕种，叫他的夫人自己织布，来鼓励生产。因为越国遭到亡国的灾难，人口大大减少，他订出奖励生育的制度。他让文种管理国家大事，让范蠡训练人马，自己虚心听从别人的意见，救济贫苦的百姓。

* * * * *

勾践卧薪尝胆，不忘国耻，采取了一系列开明的政策，使越国强大起来。后来，卧薪尝胆的故事激励着无数仁人志士发奋图强，救国救民。

范蠡和文种

越王勾践整顿内政，努力生产，使国力渐渐强盛起来，他就和范蠡、文种两个大臣经常商议怎样讨伐吴国的事。

这时候，吴王夫差因为当上了南方霸主，骄傲起来，一味贪图享乐。文种劝说勾践向吴王进贡美女。越王勾践派人专门物色最美的女子。后来在苎罗山（在今浙江诸暨南）上找到一个美女，名叫西施。勾践就派范蠡把西施献给夫差。

夫差一见西施，果然容貌出众，把她当作下凡的仙女，宠爱得不得了。

有一回，越国派文种去跟吴王说：越国年成不好，闹了饥荒，向吴国借一万石粮，过了年归还。夫差看在西施的面上，当然答应了。

转过年来，越国年成丰收。文种把一万石粮亲自送还吴国。

夫差见越国十分守信用，更加高兴。他把越国的粮食拿来一看，粒粒饱满，就对伯嚭说："越国的粮食颗粒比我们大，就把这一万石卖给老百姓做种子吧。"

伯嚭把这些粮食分给农民，命令大家去种。到了春天，种子下去了，等了十几天，还没有抽芽。大家想，好种子也许出得慢一点，就耐心地等着。没想到，过不了几天，那撒下去的种子全烂了，他们想再撒自己的种子，已经误了下种的时候。

这一年，吴国闹了大饥荒，吴国的百姓全恨夫差。他们哪里想到，这是文种的计策。那还给吴国的一万石粮，原来是经过蒸熟了又晒干的粮食，怎么还能抽芽呢?

勾践听到吴国闹饥荒，就想趁机会发兵。

文种说："还早着呢。一来，吴国刚闹荒，国内并不空虚；二来，还有个伍子胥在，不好办。"

勾践听了，觉得文种的话有道理，就继续操练兵马，扩大军队。

公元前484年，吴王夫差要去打齐国。伍子胥急忙去见夫差，说："我听说勾践卧薪尝胆，跟百姓同甘共苦，看样子一定要想报吴国的仇。不除掉他，总是个后患。希望大王先去灭了越国。"

吴王夫差哪里肯听伍子胥的话，照样带兵攻打齐国，结果打了胜仗回来。文武百官全都道贺，只有伍子胥反倒批评说：“打败齐国，只是占点小便宜；越国来灭吴国，才是大祸患。”

这样一来，夫差越来越讨厌伍子胥，再加上伯嚭在背后尽说伍子胥坏话。夫差给伍子胥送去一把宝剑，逼他自杀。伍子胥临死的时候，气愤地对使者说：“把我的眼珠挖去，放在吴国东门，让我看看勾践是怎样打进来的。”

夫差杀了伍子胥，任命伯嚭做了太宰。

公元前482年，吴王夫差约会鲁哀公、晋定公等在黄池（今河南封丘县西南）会盟，把精兵都带走了，只留了一些老弱残兵。

等夫差从黄池得意扬扬地回来，越王勾践已经率领大军攻进了吴国国都姑苏。吴国士兵远道回来，已经够累了，加上越军都是经过多年训练的，士气旺盛。两下一交手，吴军被打得大败。

夫差没奈何，只好派伯嚭去向勾践求和。勾践和范蠡一商量，决定暂时答应讲和，退兵回去。

公元前475年，越王勾践作好了充分准备，大规模地进攻吴国，吴国接连打了败仗。越军把吴都包围了两年，夫差被逼得走投无路，说：“我没有面目见伍子胥了。”说着，就用衣服遮住自己的脸，自杀了。

越王勾践灭了吴国，坐在夫差原来坐的朝堂里。范蠡、文种和别的官员都来朝见他。吴国的太宰伯嚭也站在那里等着受封，他认为自己帮了勾践不少忙呢。

勾践对伯嚭说：“你是吴国的大臣，我不敢收你做臣子，你还是去陪伴你的国君吧。”

伯嚭垂头丧气地退了出去。勾践派人追上去，把他杀了。

勾践灭了吴国，又带着大军渡过淮河，在徐州约会中原诸侯。周天子也派使臣送祭肉给勾践。打这以后，越国的兵马横行在江淮一带，诸侯都承认他是霸主。

勾践得胜回国，大赏功臣，可就少了个范蠡。传说他带着西施，隐姓埋名跑到别国去了。

范蠡走前，留给文种一封信，说：“飞鸟打光了，好的弓箭该收藏起来；

兔子打完了，就轮到把猎狗烧来吃了。越王这个人，可以跟他共患难，不可以共安乐，您还是赶快走吧。”

文种不信！有一天，勾践派人给他送来一把剑。文种一看，正是当年夫差叫伍子胥自杀的那把宝剑。文种后悔没听范蠡的话，只好自杀。

* * * * *

吴越争霸已经是春秋时期的一个尾声。随着社会生产力的发展和奴隶起义的不断爆发，奴隶社会渐渐瓦解，到了公元前475年，进入战国时期。

墨子破云梯

在战国初年的时候，楚国的国君楚惠王想重新恢复楚国的霸权。他扩大军队，要去攻打宋国。

楚惠王重用了一个当时最有本领的工匠。他是鲁国人，名叫公输般，也就是后来人们称为鲁班的。公输般使用斧子不用说是最灵巧的了，谁要想跟他比一比使用斧子的本领，那就是不自量力。所以后来有个成语，叫作“班门弄斧”。

公输般被楚惠王请了去，当了楚国的大夫。他替楚惠王设计了一种攻城的工具，比楼车还要高，看起来简直是高得可以碰到云端似的，所以叫作云梯。

楚惠王一面叫公输般赶紧制造云梯，一面准备向宋国进攻。楚国制造云梯的消息一传扬出去，列国诸侯都有点担心。

特别是宋国，听到楚国要来进攻，更加觉得大祸临头。

楚国想进攻宋国的事，也引起了一些人的反对。反对得最厉害的是墨子。

墨子，名翟，是墨家学派的创始人，他反对铺张浪费，主张节约；他要他的门徒穿短衣草鞋，参加劳动，以吃苦为高尚的事，如果不刻苦，即是违背他的主张。

墨子还反对那种为了争城夺地而使百姓遭到灾难的混战。这回他听到楚国要利用云梯去侵略宋国，就急急忙忙地亲自跑到楚国去，跑得脚底起了泡，出了血，他就把自己的衣服撕下一块裹着脚走。

这样奔走了十天十夜，到了楚国的都城郢都。他先去见公输般，劝他不要帮助楚惠王攻打宋国。

公输般说："不行呀，我已经答应楚王了。"

墨子就要求公输般带他去见楚惠王，公输般答应了。在楚惠王面前，墨子很诚恳地说："楚国土地很大，方圆五千里，地大物博；宋国土地不过五百里，土地并不好，物产也不丰富。大王为什么有了华贵的车马，还要去偷人家的破车呢？为什么要扔了自己绣花绸袍，去偷人家一件旧短褂子呢？"

楚惠王虽然觉得墨子说得有道理，但是不肯放弃攻宋国的打算。公输般也认为用云梯攻城很有把握。

墨子直截了当地说："你能攻，我能守，你也占不了便宜。"

他解下了身上系着的皮带，在地下围着当作城墙，再拿几块小木板当作攻城的工具，叫公输般来演习一下，比一比本领。

公输般采用一种方法攻城，墨子就用一种方法守城。一个用云梯攻城，一个就用火箭烧云梯；一个用撞车撞城门，一个就用滚木擂石砸撞车；一个用地道，一个用烟熏。

公输般用了九套攻法，把攻城的方法都使完了，可是墨子还有好些守城的高招没有使出来。

公输般呆住了，但是心里还不服，说："我想出了办法来对付你，不过现在不说。"

墨子微微一笑说："我知道你想怎样来对付我，不过我也不说。"

楚惠王听两人说话像打哑谜一样，弄得莫名其妙，问墨子说："你们究竟在说什么？"

墨子说："公输般的意思很清楚，不过是想把我杀掉，以为杀了我，宋国就没有人帮助他们守城了。其实他打错了主意。我来到楚国之前，早已派了禽滑釐等三百个徒弟守住宋城，他们每一个人都学会了我的守城办法。即使把我杀了，楚国也是占不到便宜的。"

楚惠王听了墨子一番话，又亲自看到墨子守城的本领，知道要打胜宋国没有希望，只好说："先生的话说得对，我决定不进攻宋国了。"

这样，一场战争就被墨子阻止了。

* * * * *

有矛必有盾。墨子用自己的勤劳、勇敢和机智，避免了一场侵略战争。

三家瓜分晋国

经过春秋时期长期的争霸战争，许多小的诸侯国被大国吞并了。有的国家内部发生了变革，大权渐渐落在几个大夫手里。这些大夫原来也是奴隶主贵族，后来他们采用了封建的剥削方式，转变为地主阶级。有的为了扩大自己的势力，还用减轻赋税的办法，来笼络人心，这样，他们的势力就越来越大了。

一向称为中原霸主的晋国，到了那个时期，国君的权力也衰落了，实权由六家大夫把持。他们各有各的地盘和武装，互相攻打。后来只剩下智家、赵家、韩家和魏家。这四家中，又以智家的势力最大。

智伯瑶想侵占其他三家的土地，对三家大夫赵襄子、魏桓子、韩康子说："晋国本来是中原霸主，后来被吴、越夺去了霸主地位。为了使晋国强大起来，我主张每家都拿出一百里土地来归给公家。"

三家大夫都知道智伯瑶心存不良，想以公家的名义来迫使他们交出土地。可是他们又忌惮智伯瑶，韩康子首先把土地和一万家户口割交给国家；魏桓子不愿得罪智伯瑶，也把土地、户口让了。

智伯瑶又向赵襄子要土地，赵襄子可不答应，说："土地是上代留下来的产业，说什么也不送人。"

智伯瑶气得火冒三丈，马上命令韩、魏两家一起发兵攻打赵家。

公元前455年，智伯瑶自己率领中军，韩家的军队担任右军，魏家的军队担任左军，三队人马直奔赵家。

赵襄子自知寡不敌众，节节败退，最后就带着赵家兵马退守晋阳（今山西太原市）。

没过几天，智伯瑶率领的三家人马已经把晋阳城团团围住。赵襄子吩咐将士们坚决守城，不许交战。逢到三家兵士攻城的时候，城头上箭好像飞蝗似的落下来，使三家人马没法前进一步。

晋阳城凭着弓箭死守了两年多。三家兵马始终没有能把它攻下来。

有一天，智伯瑶到城外察看地形，看到晋阳城东北的那条晋水，忽然想出了一个主意：晋水绕过晋阳城往下流去，要是把晋水引到西南边来，晋阳城不就淹了吗？他就吩咐兵士在晋水旁边另外挖一条河，一直通到晋阳，又在上游筑起坝，拦住上游的水。

这时候正赶上雨季，水坝内的水满了。智伯瑶命令兵士在水坝上开了个豁口。这样，大水就直冲晋阳，灌到城里去了。

城里的房子被淹了，老百姓不得不跑到房顶上去避难，灶头也被淹没在水里，人们不得不把锅子挂起来做饭。可是，晋阳城的老百姓恨透了智伯瑶，宁可淹死，也不肯投降。

智伯瑶约韩康子、魏桓子一起去察看水势。他指着晋阳城得意地对他们两人说："你们看，晋阳不是就快完了吗？早先我还以为晋水像城墙一样能拦住敌人，现在才知道大水也能灭掉一个国家呢。"

韩康子和魏桓子表面上顺从地答应，心里暗暗吃惊。原来魏家的封邑安邑（今山西夏县西北）、韩家的封邑平阳（今山西临汾县西南）旁边各有一条河道。智伯瑶的话正好提醒了他们，晋水既能淹晋阳，说不定哪一天安邑和平阳也会遭到晋阳同样的命运呢。

晋阳被大水淹了之后，城里的情况越来越困难了。赵襄子非常着急，对他的门客张孟谈说："民心固然没变，可是要是水势再涨起来，全城也就保不住了。"

张孟谈说："我看韩家和魏家把土地割让给智伯瑶，是不会心甘情愿的，我想办法找他们两家说说去。"

当天晚上，赵襄子就派张孟谈偷偷地出城，先找到了韩康子，再找到魏桓子，约他们反过来一起攻打智伯瑶。韩、魏两家正在犹豫，被张孟谈一说，自然都同意了。

第二天夜里，过了三更，智伯瑶正在自己的营里睡着，猛然间听见一片喊杀的声音。他连忙从卧榻上爬起来，发现衣裳和被子全湿了，再定睛一看，兵营里全是水。他开始还以为大概是堤坝决口，大水灌到自己营里来了，赶紧叫兵士们去抢修。但是不一会，水势越来越大，把兵营全淹了。智伯瑶正在惊慌不定，一霎时，四面八方响起了战鼓。赵、韩、魏三家的士兵驾着小船、木筏一齐冲杀过来。智家的兵士，被砍死的和淹死在水里的不计其数。智伯瑶全军覆没，他自己也被三家的人马所杀。

赵、韩、魏三家灭了智家，不但把智伯瑶侵占两家的土地收了回来，连智家的土地也由三家平分。以后，他们又把晋国留下的其他土地也瓜分了。

公元前403年，韩、赵、魏三家打发使者上洛邑去见周威烈王，要求周天子把他们三家封为诸侯。周威烈王想，不承认也没有用，不如做个顺水人情，就把三家正式封为诸侯。打那以后，韩、赵、魏都成为中原大国，加上秦、齐、楚、燕四个大国，历史上称为“战国七雄”。

* * * * *

韩、赵、魏本是一家，即晋国，晋国本是春秋时期最强大的诸侯国，一分为三后，削弱了力量，后来被秦国各个击破。

商鞅徙木立信

最初，在战国七雄中，秦国在政治、经济、文化各方面都比中原各诸侯国落后。近邻的魏国就比秦国强，还从秦国夺去了河西一大片土地。

公元前361年，秦国的新君秦孝公即位。他下决心发奋图强，首先搜罗人才。他下了一道命令，说：“不论是秦国人或者外来的客人，谁要是能想办法使秦国富强起来的，就封他做官。”

秦孝公这样一号召，果然吸引了不少有才干的人。有一个卫国的贵族公孙鞅（就是后来的商鞅），在卫国得不到重用，跑到秦国，托人引见，得到秦孝公的接见。

商鞅对秦孝公说：“一个国家要富强，必须注意农业，奖励将士；打算把国家治好，必须有赏有罚。有赏有罚，朝廷有了威信，一切改革也就容易进行了。”

秦孝公完全同意商鞅的主张。可是秦国的一些贵族和大臣却竭力反对。秦孝公一看反对的人这么多，自己刚刚即位，怕闹出乱子来，就把改革的事暂时搁了下来。

过了两年，秦孝公的君位稳固了，就拜商鞅为左庶长（秦国的官名），说：“从今天起，改革制度的事全由左庶长拿主意。”

商鞅起草了一个改革的法令，但是怕老百姓不信任他，不按照新法令去做。就先叫人在都城的南门竖了一根三丈高的木头，下命令说：“谁能把这根木头扛到北门去，就赏十两金子。”

不一会，南门口围了一大堆人，大家议论纷纷。有的说："这根木头谁都拿得动，哪儿用得着十两赏金?"有的说："这大概是左庶长在开玩笑吧。"

大伙儿你瞧我，我瞧你，就是没有一个敢上去扛木头的。

商鞅知道老百姓还不相信他下的命令，就把赏金提到五十两。没有想到赏金越高，看热闹的人越觉得不近情理，仍旧没人敢去扛。

正在大伙儿议论纷纷的时候，人群中有一个人跑出来，说："我来试试。"他说着，真的把木头扛起来就走，一直扛到北门。

商鞅立刻派人传出话来，赏给扛木头的人五十两黄澄澄的金子，一分也没少。

这件事立即传了开去，一下子轰动了秦国。老百姓说："左庶长的命令不含糊。"

商鞅知道，他的命令已经起了作用，就把他起草的新法令公布了出去。新法令赏罚分明，规定官职的大小和爵位的高低以打仗立功为标准。贵族没有军功的就没有爵位；多生产粮食和布帛的，免除官差；凡是为了做买卖和因为懒惰而贫穷的，连同妻子儿女都罚做官府的奴婢。

秦国自从商鞅变法以后，农业生产增加了，军事力量也强大了。不久，秦国进攻魏国的西部，从河西打到河东，把魏国的都城安邑也打了下来。

公元前350年，商鞅又实行了第二次改革，以下是改革的部分内容：

一、废井田，开阡陌（阡陌就是井田中间灌溉的水渠以及与其相应的纵横道路）。秦国把这些宽阔的阡陌铲平，也种上庄稼，还把以前作为划分疆界用的土堆、荒地、树林、沟地等，也开垦起来。谁开垦荒地，就归谁所有。土地可以买卖。

二、建立县的组织，把市镇和乡村合并起来，组织成县，由国家派官吏直接管理。这样，中央政权的权力更集中了。

这样大规模的改革，当然要引起激烈的斗争。许多贵族、大臣都反对新法。有一次，秦国的太子犯了法。商鞅对秦孝公说："国家的法令必须上下一律遵守。要是上头的人不能遵守，下面的人就不信任朝廷了。太子犯法，他的师傅应当受罚。"

结果，商鞅把太子的两个师傅公子虔和公孙贾都办了罪，一个割掉了鼻子，一个在脸上刺上字。这一来，一些贵族、大臣都不敢触犯新法了。

这样过了十年，秦国果然越来越富强，周天子打发使者送祭肉来给秦孝公，封他为“方伯”（一方诸侯的首领），中原的诸侯国也纷纷向秦国道贺。魏国不得不割让河西土地，把国都迁到大梁（今河南开封）。

* * * * *

商鞅徙木立信的故事表明，政府只有取信于民才能政通人和，国家才能走向强大。

孙膑庞涓斗智

魏惠王希望同秦孝公一样，也要找一个商鞅式的人才。他花重金招徕天下豪杰。当时有个叫庞涓的来求见，向他讲了些富国强兵的道理。魏惠王听了很高兴，就拜庞涓为大将军。

庞涓还真有点本领。他天天操练兵马，先从附近几个小国下手，一连打了几个胜仗，后来连齐国也被他打败了。打那时候起，魏惠王更加信任庞涓。

庞涓自以为是了不起的能人。可是他知道，他有一个同门师弟孙膑，本领比他强。据说孙膑是吴国大将孙武的后代，只有他知道祖传的《孙子兵法》。

魏惠王也听到孙膑的名声，有一次跟庞涓说起孙膑。庞涓派人把孙膑请来，跟他一起在魏国共事。哪儿知道庞涓存心不良，背后在魏惠王面前诬陷孙膑私通齐国。魏惠王十分恼怒，把孙膑办了罪，在孙膑的脸上刺了字，还剜掉了他的两块膝盖骨。

幸好齐国有一个使臣到魏国访问，偷偷地把孙膑救了出来，带回齐国。

齐国大将田忌听说孙膑是个将才，把他推荐给齐威王。齐威王也正在改革图强。他跟孙膑谈论兵法后，大为赏识，只恨没早点见面。

公元前354年，魏惠王派庞涓进攻赵国，围了赵国的国都邯郸（今河北邯郸西南）。第二年，赵国向齐威王求救。齐威王想拜孙膑为大将，孙膑忙推辞说：“不行。我是个受过刑的残废人，当了大将，会给人笑话。大王还是请拜田大夫为大将吧。”

齐威王就拜田忌为大将，孙膑为军师，发兵去救赵国。孙膑坐在一辆有篷帐的车子里，帮助田忌出主意。

孙膑对田忌说："现在魏国把精锐的兵力都拿去攻赵国，国内大多是些老弱残兵，十分空虚。咱们不如去攻魏国大梁。庞涓听到了，一定要放弃邯郸，往回跑。我们在半道上等着，迎头痛击他一顿，准能把他打败。"

田忌就按照这个计策去做。庞涓的军队已经攻下邯郸，忽然听说齐国打大梁去了，立刻吩咐退兵。刚退到桂陵（今河南长垣）地方，正碰上齐国兵马。双方交战，庞涓大败。

齐国大军得胜而归，邯郸之围也解除了。

公元前341年，魏国又派兵攻打韩国。韩国也向齐国求救。那时候，齐威王已经死了。他的儿子齐宣王派田忌、孙膑带兵救韩国。孙膑又使出他的老法子，不去救韩，却直接去攻魏国。

庞涓得到本国的告急文书，只好退兵赶回去，齐国的兵马已经进魏国了。

魏国发动大量兵力，由太子申率领，抵抗齐军。这时候，齐军已经退了。庞涓察看一下齐军扎过营的地方，发现齐军的营盘占了很大的地方。他叫人数了数做饭的炉灶，足够十万人吃饭用的。庞涓吓得说不出话来。

第二天，庞涓带领大军赶到齐国军队第二回扎营的地方，数了数炉灶，只有能够供五万人用的了。

第三天，他们追到齐国军队第三回扎营的地方，仔细数了数炉灶，只剩了两万人用的了。庞涓这才放了心，笑着说："我早知道齐军都是胆小鬼。十万大军到了魏国，才三天工夫，就逃散了一大半。"他吩咐魏军没日没夜地按着齐国军队走过的路线追上去。

一直追到马陵（今河南范县西南，说山东郯城一带），正是天快黑的时候。马陵道路十分狭窄，路旁边都是障碍物。庞涓恨不得一步赶上齐国的军队，就吩咐大军摸黑往前赶去。忽然前面的兵士回来报告说："前面的路给木头堵住啦!"

庞涓上前一看，果然见道旁的树全砍倒了，只留下一棵最大的没砍，细细瞧去，那棵树的一面还刮去了树皮，露出一条树干来，上面影影绰绰还写着几个大字，因为天色昏暗，看不清楚。

庞涓叫兵士拿火来照。有几个兵士点起火把来。趁着火光一瞧，那树干上面写的是："庞涓死于此树下！"

庞涓大吃一惊，连忙吩咐将士撤退，已经晚了。四周不知道有多少箭，像飞蝗似的冲魏军射来。一时间，马陵道两旁杀声震天，到处是齐国的兵士。

原来这是孙膑设下的计策，他故意天天减少炉灶的数目，引诱庞涓追上来。他算准魏兵在这时辰到达马陵，预先埋伏着一批弓箭手，吩咐他们只等树下有火光，就一齐放箭。庞涓走投无路，只得拔剑自杀。

齐军乘胜大破魏军，把魏国的太子申也俘虏了。

打这以后，孙膑的名气传遍了各诸侯国。他写的《孙膑兵法》一直流传到现在。

* * * * *

孙膑是战国时期著名的军事家，他策划了著名的"围魏救赵"的战例，并在马陵之战中逼死庞涓。他写的《孙膑兵法》是军事史上的名著。

张仪拆散联盟

自从孙膑打败魏军，魏国失了势，与此同时，秦国却越来越强大。秦孝公死后，他儿子秦惠文王掌了权，不断扩张势力，引起了其他六国的恐慌。怎样对付秦国的进攻呢？有一些政客帮六国出主意，主张六国结成联盟，联合抗秦。这种政策叫作"合纵"。还有一些政客帮助秦国到各国游说，要他们靠拢秦国，去攻击别的国家。这种政策叫作"连横"。

在这些政客中，最出名的要数张仪。张仪是魏国人，在魏国穷困潦倒，跑到楚国去游说，楚王没接见他。楚国的令尹把他留在家里作门客。有一次，令尹家里丢失了一块名贵的璧。令尹家看张仪穷，怀疑璧是被张仪偷去的，把张仪抓起来打了个半死。

张仪垂头丧气地回到家里，他妻子看张仪满身伤痕，心疼地说："你要是不读书，不出去谋官做，哪会受这样的委屈？"

张仪张开嘴，问妻子说："我的舌头还在吗？"

妻子说："舌头当然还长着。"

张仪说："只要舌头在，就不愁没有出路。"

后来，张仪到了秦国，凭他的口才，果然得到秦惠文王的信任，当上了秦国的相国。这时候，六国正在组织“合纵”。公元前318年，楚、赵、魏、韩、燕五国组成一支联军，攻打秦国的函谷关。其实，五国之间内部也有矛盾，不肯齐心协力。经不起秦军一反击，五国联军就失败了。

在六国之中，齐、楚两国是大国。张仪认为要实行“连横”，非把齐国和楚国的联盟拆散不可。他向秦惠文王献了个计策，就被派到楚国去了。

张仪到了楚国，先拿贵重的礼物送给楚怀王手下的宠臣靳尚（靳音jìn），求见楚怀王。

楚怀王听说张仪的名声很大，认真地接待他，并且向张仪请教。

张仪说：“秦王特地派我来跟贵国交好。要是大王下决心跟齐国断交，秦王不但情愿跟贵国永远和好，还愿意把商於（今河南淅川县西南）一带六百里的土地献给贵国。这样一来，既削弱了齐国的势力，又得到秦国的信任，岂不是两全其美。”

楚怀王十分糊涂，经张仪一游说，就挺高兴地说：“秦国要是真能这么办，我何必非要拉着齐国不放呢？”

楚国的大臣们听说有这样的事儿，都向楚怀王庆贺。只有陈轸提出反对意见。他对怀王说：“秦国为什么要把商於六百里地送给大王呢？还不是因为大王跟齐国订了盟约吗？楚国有了齐国作自己的盟国，秦国才不敢来欺负咱们。要是大王跟齐国绝交，秦国不来欺负楚国是不可能的。秦国如果真的愿意把商於的土地让给咱们，大王不妨打发人先去接收。等商於六百里土地到手以后，再跟齐国绝交也不算晚。”

楚怀王听信张仪的话，拒绝陈轸的忠告，一面跟齐国绝交，一面派人跟着张仪到秦国去接收商於。

齐宣王听说楚国同齐国绝交，马上打发使臣去见秦惠文王，约他一同进攻楚国。

楚国的使者到咸阳去接收商於，想不到张仪翻脸不认账，说：“没有这回事，大概是你们大王听错了吧。秦国的土地哪儿能轻易送人呢？我说的是六里，不是六百里，而且是我自己的封地，不是秦国的土地。”

使者回来一回报，楚怀王非常生气，发兵十万人攻打秦国。秦惠文王也发兵十万人迎战，同时还约了齐国助战。楚国一败涂地。十万人马只剩了两三万，不但商於六百里地没到手，连楚国汉中六百里的土地也给秦国夺了去。楚怀王只好忍气吞声地向秦国求和，楚国从此大伤元气。

* * * * *

张仪用欺骗手段说服了楚国，后来又先后到齐国、赵国、燕国，说服各国诸侯“连横”亲秦。这样，六国“合纵”联盟终于被张仪拆散了。

赵武灵王胡服骑射

当楚国正在遭到秦国欺负的时候，北方的赵国倒在发奋图强。赵国的国君武灵王，眼光远大，有胆有谋，想方设法要把国家改革一番。

有一天，赵武灵王对他的臣子楼缓说：“咱们东边有齐国、中山（古国名），北边有燕国、东胡，西边有秦国、韩国和楼烦（古部落名）。我们要不发奋图强，随时会被人家灭了。要发奋图强，就得好好来一番改革。我觉得咱们穿的服装，长袍大褂，干活打仗，都不方便，不如胡人（泛指北方的少数民族）短衣窄袖，脚上穿皮靴，灵活得多。我打算仿照胡人的风俗，把服装改一改，你们看怎么样？”

楼缓听了很赞成，说：“咱们仿照胡人的穿着，也能学习他们打仗的本领了，是不是？”

赵武灵王说：“对啊！咱们打仗全靠步兵，或者用马拉车，但是不会骑马打仗。我打算学胡人的穿着，就是要学胡人那样骑马射箭。”

这个议论一传开去，就有不少大臣反对。赵武灵王又跟另一个大臣肥义商量：“我想用胡服骑射来改革咱们国家的风俗，可是大家反对，怎么办？”

肥义说：“要办大事不能犹豫，犹豫就办不成大事。大王既然认为这样做对国家有利，何必怕大家讥笑？”

赵武灵王听了很高兴，说：“我看讥笑我的是些蠢人，明理的人都会赞成我。”

第二天上朝的时候，赵武灵王首先穿着胡人的服装出来。大臣们见到他短衣窄袖的穿着，都吓了一跳。赵武灵王把改胡服的事向大家讲了，可是大臣们总觉得这件事太丢脸，不愿这样办。赵武灵王有个叔叔公子成，是赵国一个很有影响的老臣，头脑十分顽固。他听到赵武灵王要改服装，就干脆装病不上朝。

赵武灵王下了决心，非实行改革不可。他知道要推行这个新办法，首先要打通他那老叔的思想，就亲自上门找公子成，跟公子成反复地讲穿胡服、学骑射的好处。公子成终于被说服了。赵武灵王立即赏给公子成一套胡服。

大臣们一见公子成也穿起胡服来了，没有话说，只好跟着改了。

赵武灵王看到条件成熟，就正式下了一道改革服装的命令。过了没有多少日子，赵国人不分贫富贵贱，都穿起胡服来了。有的人开头觉得有点不习惯，后来觉得穿了胡服，实在方便得多。

赵武灵王接着又号令大家学习骑马射箭。不到一年，训练了一支强大的骑兵队伍。公元前305年，赵武灵王亲自率领骑兵打败临近的中山国，又收服了东胡和临近几个部落。到了实行胡服骑射的第七年，中山、东胡、楼烦都被收服了，还扩大了好多土地。

赵武灵王经常带兵在外打仗，把国内的事交给儿子管。公元前299年，他正式传位给儿子，就是赵惠文王。武灵王自己改称主父（意思是国君的父亲）。

赵主父为了要打败秦国，把国内的事安排好以后，决心亲自到秦国去考察一番地形，并且观察一下秦昭襄王的为人。

他打扮成赵国的一名使臣，带着几个手下人，上秦国去。

到了咸阳，赵主父以使臣的身份拜见秦昭襄王，还向他报告了赵武灵王传位的事情。

秦昭襄王接见了那个假“使臣”后，觉得那个“使臣”的态度举止，既大方，又威严，不像个普通人，心里有点犯疑。过了几天，秦昭襄王又派人去请他，发现那个“使臣”已经不告而别了。客馆里留着一个赵国来的手下人。秦昭襄王把他找来一问，才知道他接见的原来就是有名的赵主父。秦昭襄王大吃一惊，立刻叫大将白起带领精兵，连夜追赶。追兵到函谷关，赵主父已经出关三天了。

* * * * *

赵武灵王是一位很有胆略、很有作为的国君。他推行了胡服骑射等一系列改革措施，使赵国成为战国七雄中的一个强国。

孟尝君的门客

秦昭襄王为了拆散齐楚联盟，他使用两种手段。对楚国他用的是硬手段，对齐国他用的是软手段。他听说齐国最有势力的大臣是孟尝君，就邀请孟尝君上咸阳来，说是要拜他为丞相。

孟尝君是齐国的贵族，名叫田文。他为了巩固自己的地位，广招人才。凡是投奔到他门下来的，他都收留下来，供养他们。这种人在当时被叫作门客，也叫作食客。据说，孟尝君门下一共养了三千个食客。其中有许多人其实没有什么本领，只是混口饭吃。

孟尝君出使秦国的时候，随身带了一大帮门客。秦昭襄王亲自欢迎他。孟尝君献上一件纯白的狐狸皮的袍子作见面礼。秦昭襄王知道这是很名贵的银狐皮，很高兴地把它藏在内库里。

秦昭襄王本来打算请孟尝君当丞相，有人对他说："田文是齐国的贵族，手下人又多。他当了丞相，一定先替齐国打算，秦国不就危险了吗?"

秦昭襄王说："那么，还是把他送回去吧。"

他们说："他在这儿已经住了不少日子，秦国的情况他差不多全知道，哪儿能轻易放他回去呢?"

秦昭襄王就把孟尝君软禁起来，还打算杀他。

孟尝君十分着急，他打听得秦王身边有个宠爱的妃子，就托人向她求救。那个妃子叫人传话说："叫我跟大王说句话并不难，我只要一件银狐皮袍。"

孟尝君和手下的门客商量，说："我就这么一件，已经送给秦王了，哪里还能要得回来呢?"

其中有个擅长偷东西的门客说："我有办法。"

当天夜里，这个门客就摸黑进王宫，找到了内库，把狐皮袍偷了出来。

孟尝君把狐皮袍子送给秦昭襄王的宠妃。那个妃子得了皮袍，就劝说秦昭襄王把孟尝君释放回去。秦昭襄王果然同意了，发下过关文书，让孟尝君他们回去。

孟尝君得到文书，急急忙忙地往函谷关跑去。他怕秦王反悔，还改名换姓，把文书上的名字也改了。到了关上，正赶上半夜里，城门已经关闭。依照秦国的规矩，每天早晨，要到鸡叫的时候才打开城门。大伙儿正在愁眉苦脸盼天亮的时候，忽然有个擅长口技的门客捏着鼻子学起公鸡叫来。一声跟着一声，附近的公鸡全都叫起来了。

守关的人听到鸡叫，开了城门，验过过关文书，让孟尝君出了关。

秦昭襄王果然后悔，派人赶到函谷关，孟尝君已经走远了。

孟尝君回到齐国，当了齐国的相国。他门下的食客就更多了。他把门客分为几等：上等的门客出去有车马，一般的门客吃的有鱼肉，至于下等的门客，就只能吃粗菜淡饭了。有个名叫冯驩（一作冯谖）的老头子，穷苦得活不下去，投到孟尝君门下来作食客。孟尝君问管事的："这个人有什么本领？"

管事的回答说："他说没有什么本领。"

孟尝君笑着说："把他留下吧。"

管事的懂得孟尝君的意思，就把冯驩当作下等门客对待。过了几天，冯驩靠着柱子敲敲他的剑哼起歌来："长剑呀，咱们回去吧，吃饭没有鱼呀！"

管事的报告孟尝君，孟尝君说："给他鱼吃，照一般门客的伙食办吧！"

又过了五天，冯驩又敲打他的剑唱起来："长剑呀，咱们回去吧，出门没有车呀！"

孟尝君听到这个情况，又跟管事的说："给他备车，照上等门客一样对待。"

又过了五天，孟尝君又问管事的，那位冯先生还有什么意见。管事的回答说："他又在唱歌了，说什么没有钱养家呢。"

孟尝君问了一下，知道冯驩家里有个老娘，就派人给他老娘送了些吃的穿的。这一来，冯驩果然不再唱歌了。

孟尝君养了这么多的门客，管吃管住，光靠他的俸禄是远远不够花的。他就在自己的封地薛城（今山东滕县东南）向老百姓放债收利息，来维持他家的巨大的耗费。

有一天，孟尝君派冯驩到薛城去收债。冯驩临走的时候，向孟尝君告别，问："回来的时候，要买点什么东西来？"

孟尝君说："你瞧着办吧，看我家缺什么就买什么。"

冯驩到了薛城，把欠债的百姓都召集拢来，叫他们把债据拿出来核对。老百姓正在发愁还不出这些债，冯驩却当众假传孟尝君的决定：还不出债的，一概免了。

老百姓听了将信将疑，冯驩干脆点起一把火，把债据烧掉。

冯驩赶回临淄，把收债的情况原原本本地告诉了孟尝君。孟尝君听了十分生气："你把债据都烧了，我这里三千人吃什么！"

冯驩不慌不忙地说："我临走的时候您不是说过，您缺什么就买什么吗？我觉得您这儿别的不缺少，缺少的是老百姓的情义，所以我把'情义'买回来了。"

孟尝君很不高兴地说："算了吧！"

后来，孟尝君的声望越来越大。秦昭襄王听到齐国重用孟尝君，很担心，暗中打发人到齐国去散播谣言，说孟尝君收买民心，眼看就要当上齐王了。齐湣王听信这些话，认为孟尝君名声太大，威胁到他的地位，决定收回孟尝君的相印。孟尝君被革了职，只好回到他的封地薛城去。

这时候，三千多门客大都散了，只有冯驩跟着他，替他驾车上薛城。当他的车马离开薛城还差一百里的时候，只见薛城的百姓，扶老携幼，都来迎接。

孟尝君看到这番情景，十分感触。对冯驩说："你过去给我买的'情义'，我今天才看到了。"

* * * * *

孟尝君不拘一格，收留各种各样的门客，这样一大批人才汇集到他的门下，在关键的时刻屡屡发挥作用。

燕昭王求贤

打从孟尝君被撤了相位以后，齐湣王又和楚、魏两国灭了宋国，更加骄横起来。他一心想兼并列国，自己来当天子。这一来，列国诸侯对他都不满意，特别是齐国北面的燕国，受到齐国的欺负，更想找机会报仇。

燕国本来也是个大国。后来传到燕王哙手里，因听信了小人的主意，竟学起传说中尧舜让位的办法来，把王位让给了相国子之。燕国将军和太子平进攻子之，燕国发生大乱。齐国借平定燕国内乱的名义，打进燕国，燕国差点被灭掉。后来燕国军民把太子平立为国君，奋起反抗，把齐国军队赶了出去。

太子平即位，就是燕昭王。他立志使燕国强大起来，下决心物色治国的人才，可是没找到合适的人。有人提醒他，老臣郭隗挺有见识，不如去找他商量一下。

燕昭王亲自登门拜访郭隗，对郭隗说："齐国趁我们国家内乱侵略我们，这个耻辱我是忘不了的。但是现在燕国国力弱小，还不能报这个仇。要是有个贤人来帮助我报仇雪耻，我一定重用优待他。您能不能推荐这样的人才呢?"

郭隗摸了摸自己的胡子，沉思了一下说："要推荐现成的人才，我也说不上，请允许我先说个故事吧。"接着，他就说了个故事：

古时候，有个国君，最爱千里马。他派人到处寻找，找了三年都没找到。有个侍臣打听到远处某个地方有一匹名贵的千里马，就跟国君说，只要给他一千两金子，准能把千里马买回来。那个国君挺高兴，就派侍臣带了一千两金子去买。没料到侍臣到了那里，千里马已经害病死了。侍臣想，空着双手回去不好交代，就把带去的金子拿出一半，把马骨买了回来。

侍臣把马骨献给国君，国君大发雷霆，说："我要你买的是活马，谁叫你花了钱把没用的马骨买回来?"侍臣不慌不忙地说："人家听说你肯花钱买死马，还怕没有人把活马送上来?"

国君将信将疑，也不再责备侍臣。这个消息一传开，大家都认为那位国君真爱惜千里马。不出一年，果然从四面八方送来了好几匹千里马。

郭隗说完这个故事，说："大王一定要征求贤才，就不妨把我当马骨来试一试吧。"

燕昭王听了大受启发，回去以后，马上派人造了一座很精致的房子给郭隗住，还拜郭隗做老师。各国有才干的人听到燕昭王这样真心实意招请人才，纷纷赶到燕国来求见。其中最出名的是乐毅。燕昭王拜乐毅为亚卿，请他整顿国政，训练兵马，燕国果然一天天强大起来。

这时候，燕昭王看到齐湣王骄横自大，不得人心，就对乐毅说："现在齐王无道，正是我们雪耻的时候，我打算发动全国人马去打齐国，你看怎么样?”

乐毅说:“齐国地广人多，靠我们一个国家去打，恐怕不行。大王要攻打齐国，一定要跟别的国家联合起来。”

燕昭王就派乐毅到赵国跟赵惠文王接上了头，另派人跟楚、魏两国取得了联络。这些国家看不惯齐国的霸道，都愿意跟燕国一起发兵。

公元前 284 年，燕昭王拜乐毅为上将军，统率五国兵马，浩浩荡荡杀奔齐国。

齐湣王听说五国联军打过来，也着了慌，把全国兵马集中起来抵抗联军，在济西打了一仗。由于乐毅善于指挥，五国人马士气旺盛，把齐国军队打得一败涂地，齐湣王逃回临淄去了。

赵、韩、秦、魏的将士打了胜仗，各自占领了齐国的几座城，不想再打下去了。只有乐毅不肯罢休，他亲自率领燕国军队，长驱直入，一直打下了齐国都城临淄。

燕昭王认为乐毅立了大功，亲自到济上劳军，论功行赏，封乐毅为昌国君。

* * * * *

有时候，一个国家的领导人求贤若渴，善于重用人才，对于国家的强大起着决定性作用。

田单的火牛阵

乐毅出兵半年，接连攻下齐国七十多座城池。最后只剩了莒城（今山东莒县）和即墨（今山东平度县东南）两个地方。莒城的齐国大夫立齐王儿子为新王，就是齐襄王。乐毅派兵进攻即墨，即墨的守城大夫出去抵抗，在战斗中受伤死了。

即墨城里没有守将，群龙无首，人心惶惶。这时候，即墨城里有一个齐王远房子孙，叫作田单，是带过兵的。大家就公推他做将军，带领大家守城。

田单跟兵士们同甘共苦，还把本族人和自己的家属都编在队伍里，抵抗燕兵。即墨人都很钦佩他，守城的士气高涨起来了。

乐毅把莒城和即墨围困了三年，没有攻下来。燕国有人妒忌乐毅，在燕昭王面前说：乐毅能在半年之内打下七十多座城，为什么费了三年还攻不下这两座城呢？并不是他没有这个能耐，而是想收服齐国人的心，等齐国人归顺了他，他自己当齐王。

燕昭王非常信任乐毅。他说："乐毅的功劳大得没法说，就是他真的做了齐王，也是完全应该的。你们怎么能说他的坏话！"

燕昭王还真的打发使者到临淄去见乐毅，封乐毅为齐王。

乐毅十分感激燕昭王，但宁死也不肯接受封王的命令。

这样一来，乐毅的威信反而更高了。

又过了两年，燕昭王死了。太子即位，就是燕惠王。田单一听到这个消息，认为是个好机会，暗中派人到燕国去散布流言，说乐毅本来早就当上齐王了，为了讨先王（指燕昭王）的好，才没接受称号。如今新王即位，乐毅就要留在齐国做王了。要是燕国另派一个大将来，一定能攻下莒城和即墨。

燕惠王本来跟乐毅有旧隙，听了这个谣言，就决定派大将骑劫到齐国去代替乐毅。乐毅怕回到燕国会被杀头，就到赵国去了。

骑劫当了大将，接管了乐毅的军队。燕军的将士都不服气，可大伙儿敢怒而不敢言。

骑劫下令围攻即墨，围了好几层。可是城里的田单，早已把决战的步骤准备好了。

隔了不多天，燕国兵将听到附近老百姓在谈论。有的说："以前乐将军太好了，抓了俘虏还好好对待，城里人当然用不到怕。要是燕国人把俘虏的鼻子都削去，齐国人还敢打仗吗？"

有的说："我的祖宗的坟都在城外，要是燕国军队真的刨起坟来，可怎么办呢？"

这些议论传到骑劫耳朵里，骑劫就真的把齐国俘虏的鼻子都削去，又叫兵士把齐国城外的坟都刨了。

即墨城里的人听说燕国的军队这样虐待俘虏，全都气愤极了。他们还在城头上瞧见燕国的兵士刨他们的祖坟，恨得咬牙切齿，纷纷向田单请求，要跟燕国人以死相拼。

田单还打发几个人装作即墨的富翁，偷偷地给骑劫送去金银财宝，说：

“城里的粮食已经完了，不出几天就要投降。贵国大军进城的时候，请将军保全我们的家小。”

骑劫高兴地接受了财物，满口答应。

这样一来，燕军就等着即墨人投降，认为用不着再打仗了。

田单挑选了一千多头牛，把它们打扮起来。牛身上披着一块被子，上面画着大红大绿、稀奇古怪的花样。牛角上捆着两把尖刀，尾巴上系着一捆浸透了油的苇束。

一天午夜，田单下令凿开十几处城墙，把牛队赶到城外，在牛尾巴上点上了火。牛尾巴一烧着，一千多头牛被烧得牛性子发作起来，朝着燕军兵营方向猛冲过去。齐军的五千名勇士拿着大刀长矛，紧跟着牛队，冲杀上去。

城里，无数的老百姓都一起来到城头，拿着铜壶、铜盆，狠命地敲打起来。

一时间，一阵震天动地的呐喊声夹杂着鼓声、铜器声，惊醒了燕国人的睡梦。大伙儿睡眼朦胧，只见火光把夜照得像白天一样，成百上千脑袋上长着刀的怪兽，已经冲过来了。许多士兵吓得腿都软了，哪儿还想抵抗呢？

别说那一千多头牛角上捆的刀扎死了多少人，那五千名勇士砍死了多少人，就是燕国军队自己乱蹿狂奔，被踩死的也不计其数。

燕将骑劫坐着战车，想杀出一条活路，哪儿冲得出去，结果被齐兵围住，丢了性命。

齐军乘胜反攻，整个齐国都轰动起来了，那些被燕国占领地方的将士百姓，都纷纷起兵，杀了燕国的守将，迎接田单。田单的军队打到哪儿，哪儿的百姓群起响应，不到几个月工夫就收复了被燕国和秦、赵、韩、魏四国占领的七十多座城。

田单把齐襄王从莒城迎回临淄，齐国才从几乎亡国的境地中恢复过来。

* * * * *

田单大摆火牛阵，力挽狂澜，拯救了危在旦夕的齐国，充分显示了田单的军事智慧。

屈原投江

楚国自从被秦国打败以后，一直受秦国欺负，楚怀王又想重新和齐国联合。秦昭襄王即位以后，很客气地给楚怀王写信，请他到武关（在陕西丹凤县东南）相会，当面订立盟约。

楚怀王接到秦昭襄王的信，不去呢，怕得罪秦国；去呢，又怕出危险。他就跟大臣们商量。

大夫屈原对楚怀王说："秦国强暴得像豺狼一样，咱们受秦国的欺负不止一次了。大王一去，准上他们的圈套。"

可是怀王的儿子公子子兰却一直劝楚怀王去，说："咱们为了把秦国当作敌人，结果死了好多人，又丢了土地。如今秦国愿意跟咱们和好，怎么能推辞人家呢。"

楚怀王听信了公子子兰的话，就前去和秦国谈和。

果然不出屈原所料，楚怀王刚踏进秦国的武关，立刻被秦国预先埋伏下的人马截断了后路。在会见时，秦昭襄王逼迫楚怀王把黔中的土地割让给秦国，楚怀王没答应。秦昭襄王就把楚怀王押到咸阳软禁起来，要楚国大臣拿土地来赎才放他。

楚国的大臣们听到国君被押，把太子立为新的国君，拒绝割让土地。这个国君就是楚顷襄王。公子子兰当了楚国的令尹。

楚怀王被关押在秦国，吃尽苦头。他冒险逃出咸阳，又被秦国派兵追捕了回去。他连气带病，没有多久就死在秦国。

楚国人因为楚怀王受秦国欺负，死在外头，心里很不平。特别是大夫屈原，更是气愤。他劝楚顷襄王搜罗人才，远离小人，鼓励将士，操练兵马，为国家和怀王报仇雪耻。

可是他这种劝告不但不顶事，反倒招来了令尹子兰和靳尚等人的仇视。他们天天在顷襄王面前说屈原的坏话。

他们对楚顷襄王说："大王没听说屈原在数落您吗？他老跟人家说：大王忘了秦国的仇恨，就是不孝；大臣们不主张抗秦，就是不忠。楚国出了这种不忠不孝的君臣，哪儿能不亡国呢？大王，你想想这叫什么话！"

楚顷襄王听了大怒，把屈原革了职，放逐到更远的地方去。

屈原抱着救国救民的志向，富国强民的打算，反倒被奸臣排挤出去。他被放逐以后，经常在汨罗江（在今湖南省东北部）一带一边走，一边唱着伤心的诗歌。

附近的庄稼人知道他是一个爱国的大臣，都挺同情他。这时候，有一个经常在汨罗江上打鱼的渔父，很佩服屈原的为人，但就是不赞成他那愁闷的样子。

有一天，屈原在江边遇见渔父。渔父对屈原说："您不是楚国的大夫吗？怎么会弄到这等地步呢？"

屈原说："许多人都是肮脏的，只有我是个干净人；多人都喝醉了，只有我还醒着。所以我被赶到这儿来了。"

渔父不以为然地说："既然您觉得别人都是肮脏的，就不该自命清高；既然别人喝醉了，那么您何必独自清醒呢！"

屈原反对说："我听人说过，刚洗头的总要把帽子弹弹，刚洗澡的人总是喜欢掸掸衣上的灰尘。我宁愿跳进江心，埋在鱼肚子里去，也不能拿自己干净的身子跳到污泥里，去染得一身脏。"

由于屈原不愿意随波逐流活着，到了公元前 278 年五月初五那天，他抱着一块大石头，跳到汨罗江里自杀了。

附近的庄稼人，得到这个信儿，都划着小船去救屈原。可是一片汪洋大水，哪儿有屈原的影儿。大伙儿在汨罗江上捞了半天，也没有找到屈原的尸体。

渔父很难受，他对着江面，把竹筒子里的米撒了下去，算是献给屈原的。

到了第二年五月初五那一天，当地的百姓想起去年今日屈原投江于此，又划着船把竹筒子盛了米撒到水里去祭祀他。后来，他们又把盛着米饭的竹筒子改为粽子，划小船改为赛龙船。这种纪念屈原的活动渐渐成为一种风俗。人们每年农历五月初五的端午节，据说就是这样来的。

* * * * *

屈原死后，留下了一些优秀的诗歌，其中最有名的是《离骚》。他在诗歌里，痛斥卖国的小人，表达了他忧国忧民的心情，对楚国的一草一木，都寄托了无限的深情。后人称屈原是我国古代一位杰出的爱国诗人。

蔺相如完璧归赵

公元前283年，秦昭襄王派使者带着国书去见赵惠文王，说秦王情愿让出十五座城来换赵国从楚国得到的一块“和氏璧”，希望赵王答应。

赵惠文王就跟大臣们商量，要不要答应。答应，怕上秦国的当，丢了和氏璧，还拿不到城；要不答应，又怕得罪秦国。议论了半天，依旧不能决定该怎么办。

当时有人推荐蔺相如，说他是个挺有见识的人。

赵惠文王就把蔺相如召来，要他出个主意。

蔺相如说：“秦国强，赵国弱，不答应不行。”

赵惠文王说：“要是把和氏璧送了去，秦国取了璧，不给城，怎么办呢？”

蔺相如说：“秦国拿出十五座城来换一块璧玉，这个价值是够高的了。要是赵国不答应，错在赵国。大王把和氏璧送了去，要是秦国不交出城来，那么错在秦国。所以大王您应该答应，再看秦国怎么办。”

赵惠文王说：“那么就请先生上秦国去一趟吧。可是万一秦国不守信用，怎么办呢？”

蔺相如说：“秦国交了城，我就把和氏璧留在秦国；要不然，我一定把璧完好地带回赵国。”

蔺相如带着和氏璧到了咸阳，秦昭襄王得意地在别宫里接见他，蔺相如把和氏璧献上去。

秦昭襄王接过璧，看了看，挺高兴。他把璧递给美人和左右侍臣，让大伙儿传着看，大臣们都向秦昭襄王庆贺。

蔺相如站在朝堂上等了半天，也不见秦王提换城的事。他知道秦昭襄王不是真心拿城来换璧，可是璧已落到别人手里，怎么才能拿回来呢？

他急中生智，上前对秦昭襄王说：“这块璧虽说挺名贵，可是也有点小毛病，不容易瞧出来，让我来指给大王看。”

秦昭襄王信以为真，就吩咐侍从把和氏璧递给蔺相如。

蔺相如一拿到璧，往后退了几步，靠着宫殿上的一根大柱子，瞪着眼睛，怒气冲冲地说："大王派使者到赵国来，说是情愿用十五座城来换赵国的璧。赵王诚心诚意派我把璧送来，可是，大王并没有交换的诚意。如今璧在我手里，大王要是逼我的话，我宁可把我的脑袋和这块璧在这柱子上一同砸碎！"

说着，他真的拿着和氏璧，对着柱子作出要砸的样子。

秦昭襄王怕他真的砸坏了璧，连忙向他赔不是，说："先生别误会，我哪儿能说了不算呢？"

他就命令大臣拿上地图来，并且把准备换给赵国的十五座城指给蔺相如看。

蔺相如想，可别再上他的当，就说："赵王送璧到秦国来之前，斋戒了五天，还在朝堂上举行了一个很隆重的仪式。大王如果诚意换璧，也应当斋戒五天，然后再举行一个接受璧的仪式，我才敢把璧奉上。"

秦昭襄王想，反正你也走不了，就说："好，就这么办吧。"

他吩咐人送蔺相如去歇息。

蔺相如回到宾馆，叫一个随从的人打扮成买卖人的模样，把璧贴身藏着，偷偷地从小道跑回赵国去了。

过了五天，秦昭襄王召集大臣们和别国在咸阳的使臣，在朝堂举行接受和氏璧的仪式，命蔺相如上朝。蔺相如不慌不忙地走上殿去，向秦昭襄王行了礼。

秦昭襄王说："我已经斋戒五天，现在你把璧拿出来吧。"

蔺相如说："秦国自秦穆公以来，前后二十几位君主，没有一个讲信义的。我怕受欺骗，丢了璧，对不起赵王，所以把璧送回赵国去了。请大王治我的罪吧。"

秦昭襄王听到这里，大发雷霆。说："是你欺骗了我，还是我欺骗了你？"

蔺相如镇静地说："请大王别发怒，让我把话说完。天下诸侯都知道秦是强国，赵是弱国。天下只有强国欺负弱国，绝没有弱国欺压强国的道理。大王真要那块璧的话，请先把那十五座城割让给赵国，然后打发使者跟我一起到赵国去取璧。赵国得到了十五座城以后，绝不敢不把璧交出来。"

秦昭襄王听蔺相如说得振振有辞，不好翻脸，只得说："一块璧不过是一块璧，不应该为这件事伤了两国的和气。”

结果，还是让蔺相如回赵国去了。

蔺相如回到赵国，赵惠文王认为他完成了使命，就提拔他为上大夫。秦昭襄王本来也不是真诚想用十五座城去换和氏璧，不过想借这件事试探一下赵国的态度和力量。蔺相如完璧归赵后，他也没再提交换的事。

* * * * *

完璧归赵的故事充分展现了蔺相如的机智、勇敢，成为外交活动中的一个经典案例。

廉颇负荆请罪

秦昭襄王一心要使赵国屈服，接连侵入赵国边境。公元前 279 年，他又耍了个花招，请赵惠文王到秦地渑池（今河南渑池县）去会见。赵惠文王开始怕被秦国扣留，不敢去。大将廉颇和蔺相如都认为如果不去，反倒是向秦国示弱。

赵惠文王只得让蔺相如随同他一块儿去，让廉颇留在本国辅助太子留守。

为了防备意外。赵惠文王又派大将李牧带兵五千人护送，相国平原君带兵几万人，在边境接应。

到了预定会见的日期，秦王和赵王在渑池相会，并且举行了宴会，高兴地喝酒谈天。

秦昭襄王喝了几盅酒，带着醉意对赵惠文王说：“听说赵王弹得一手好瑟。请赵王弹个曲儿。”说罢，真地吩咐左右把瑟拿上来。

赵惠文王不好推辞，只好勉强弹瑟。

秦国的史官当场就把这事记了下来，并且念着说：“某年某月某日，秦王和赵王在渑池相会，秦王令赵王弹瑟。”

赵惠文王气得脸都发紫了。正在这时候，蔺相如拿了一个缶（音 fǒu，一种瓦器，可以打击配乐），突然跪到秦昭襄王跟前，说：“赵王听说秦王挺会秦国的乐器。我这里有个瓦盆，也请大王赏脸敲几下助兴吧。”

秦昭襄王勃然变色，不去理他。

蔺相如的眼睛射出愤怒的光，说："大王未免太欺负人了。秦国的兵力虽然强大，可是在这五步之内，我可以把我的血溅到大王身上去!"

秦昭襄王见蔺相如这股势头，十分吃惊，只好拿起击棒在缶上胡乱敲了几下。

蔺相如回过头来叫赵国的史官也把这件事记下来，说："某年某月某日，赵王和秦王在渑池相会。秦王给赵王击缶。"

秦国的大臣见蔺相如竟敢这样伤秦王的体面，很不服气。

有人站起来说："请赵王割让十五座城给秦王祝寿。"

蔺相如也站起来说："请秦王把咸阳城割让给赵国，为赵王祝寿。"

秦昭襄王眼看这个局面十分紧张。他事先已探知赵国派大军驻扎在临近地方，真的动起武来，恐怕也得不到便宜，就喝住秦国大臣，说："今天是两国君王聚会的日子，诸位不必多说。"

这样，两国渑池之会总算圆满而散。

蔺相如两次出使，保全赵国不受屈辱，立了大功。赵惠文王十分信任蔺相如，拜他为上卿，地位在大将廉颇之上。

廉颇很不服气，私下对自己的门客说："我是赵国大将，立了多少汗马功劳。蔺相如有什么了不起？倒爬到我头上来了。哼！我见到蔺相如，非要给他个颜色看看。"

这句话传到蔺相如耳朵里，蔺相如就装病不去上朝。

有一天，蔺相如带着门客坐车出门，真是冤家路窄，老远就瞧见廉颇的车马迎面而来。他叫赶车的退到小巷里去躲一躲，让廉颇的车马先过去。

这件事可把蔺相如手下的门客气坏了，他们责怪蔺相如不该这样胆小怕事。

蔺相如对他们说："你们看廉将军跟秦王比，哪一个势力大?"

他们说："当然是秦王势力大。"

蔺相如说："对呀！天下的诸侯都怕秦王。为了保卫赵国，我就敢当面责备他，怎么我见了廉将军反倒怕了呢。因为我想过，强大的秦国不敢来侵犯赵国，就因为有我和廉将军两人在，要是我们两人不和，秦国知道了，就会趁机来侵犯赵国。就为了这个，我宁愿容让点儿。"

有人把这件事传给廉颇听，廉颇感到十分惭愧。他就裸着上身，背着荆条，跑到蔺相如的家里去请罪。他见了蔺相如说：“我是个粗鲁人，见识少，气量窄。哪儿知道您竟这么容让我，我实在没脸来见您，请您责打我吧。”

蔺相如连忙扶起廉颇，说：“咱们两个人都是赵国的大臣，将军能体谅我，我已经万分感激了，怎么还来给我赔礼呢。”

两个人都激动地流了眼泪。打这以后，两人结为生死之交，成为赵国的顶梁柱。

* * * * *

家和则万事兴，将相和则国兴。廉颇负荆请罪的故事，表明一个国家只有精诚团结，万众一心，才可能抵御外辱。

范雎远交近攻

蔺相如和廉颇同心协力保卫赵国，秦国不敢轻易去侵犯。可是秦国从楚国和魏国却得到了不少土地。那时候，秦国的实权操在秦国的太后和她的兄弟穰侯魏冉手里。公元前 270 年，穰侯要派兵去打齐国。

正在这时候，秦昭襄王接到一封信，落名叫张禄，说有要紧的事求见。

张禄原是魏国人，原名叫范雎。本来是魏国大夫须贾的门客。有一回，须贾带着范雎出使齐国。齐襄王听说范雎挺有才干，打发人去见范雎，送给他一份厚礼，范雎坚决推辞了。

就为了这件事，须贾怀疑他私通齐国。回到魏国以后，向相国魏齐告发。魏齐将范雎严刑拷问，打得他几乎断了气，肋骨也被打折。最后，魏齐叫人用破席把他裹起来，扔在厕所里。

天黑下来，范雎才从昏迷中醒过来，只见一个兵士守着他，范雎恳求他帮助。那个守兵偷偷地放走了他，却向魏齐回报，说范雎已经死了。

为了怕魏齐追捕，范雎更名换姓，自称张禄。

那时候，正好秦国有个使者到魏国去，范雎偷偷地去见使者，使者就把他带到秦国。

范雎到了秦国，给秦昭襄王上了道奏章，秦昭襄王约定日子，在离宫接见了他。

到那天，范雎上离宫去，在宫内的半道上，碰见秦昭襄王坐着车子来了，范雎故意装作不知道是秦王，也不躲避。

秦王的侍从大声吆喝："大王来了。"

范雎冷淡地说："什么，秦国还有大王吗?"

正在争吵的时候，秦昭襄王到了，只听见范雎还在那儿嘟囔："只听说秦国有太后、穰侯，哪儿有什么大王?"

这句话正戳中了秦王，他急忙把范雎请到离宫，命令左右退出，单独接见范雎。

秦昭襄王说："我诚恳地请先生指教，不管牵涉到谁，上至太后，下至朝廷百官，先生只管直说。"

范雎就议论开了。他说："秦国土地广大，士卒勇猛，要统治诸侯，本来是很容易办到的事，可是十五年来没有什么成就。这不能不说相国（指穰侯）对秦国没有忠心办事，大王也有失策的地方。"

秦昭襄王说："你说我失策在什么地方?"

范雎说："齐国离秦国很远，中间还隔着韩国和魏国，大王要出兵打齐国，就算一帆风顺把齐国打败了，大王也没法把齐国和秦国连接起来。我替大王着想，最好的办法就是远交近攻。对离我们远的齐国要暂时稳住，先把一些邻近的国家攻下来，这样就能够扩大秦国的地盘，打下一寸就是一寸，打下一尺就是一尺，把韩、魏两国先兼并了，齐国也就保不住了。"

秦昭襄王点头称是，说："秦国要真能打下六国，统一中原，全靠先生远交近攻的计策了。"

当下，秦昭襄王就拜范雎为客卿，并且按照他的计策，把韩国、魏国作为主要的进攻目标。

过了几年，秦昭襄王撤了相国穰侯的职，又不让太后参与朝政，正式拜范雎为丞相。

魏王受到秦国的威胁，十分惊慌。相国魏齐听说秦国的丞相是魏国人，就打发须贾到秦国去求和。

范雎听到须贾到了秦国，换了一身破旧衣服，到客馆里去见他。

须贾一见范雎还活着，吓了一大跳，说："你现在在干什么?"

范雎说："我就在这儿给人家当个使唤人。"

须贾见他身上穿得单薄，冻得打哆嗦，就拿出一件茧绸大褂来，送给范雎，并且留住他一起吃饭。

须贾说：“听说秦王非常重用丞相张禄。我很想见见他，不知有没有人能够给我引见？”

范雎说：“我的主人倒跟丞相相识。大夫要见丞相，我就伺候你去见他吧。”

范雎陪须贾到了相府门口，对须贾说：“大夫等一会儿，我去通报一下。”

范雎进去不久，里面传出命令：丞相升堂：叫须贾进去。须贾问守门的侍者说：“刚才同我一块儿来的范叔，怎么还不出来？”

守门的说：“哪儿来的范叔，刚才进去的不就是咱们的丞相吗？”

须贾这才知道丞相张禄就是范雎，吓得一身冷汗。他进去后，跪在地上爬到范雎面前，连连磕头，说：“我须贾瞎了眼睛，得罪了丞相，请丞相治我罪吧。”

范雎把须贾狠狠地数落了一顿，接着说：“你今天见了我，给我这件绸袍子，总算还有点人味儿。看在这个份上，我饶了你的命。”接着，他又叫须贾捎信给魏王，要魏王杀了魏齐，才允许魏国割地求和。

须贾回到魏国，把范雎的话回报了魏王。魏王情愿割地求和，魏齐走投无路，只好自杀。

魏国求和，秦国就按照范雎远交近攻的计策，先向韩国进攻。

* * * * *

范雎是个有谋略的丞相，他的远交近攻战略加速了秦朝统一中国的步伐。

纸上谈兵的赵括

公元前 262 年，秦昭襄王派大将白起进攻韩国，占领了野王（今河南沁阳）。截断了上党郡（治所在今山西长治）和韩都的联系，上党形势危急。上党的韩军将领不愿意投降秦国，打发使者带着地图把上党献给赵国。

赵孝成王（赵惠文王的儿子）派军队接收了上党。过了两年，秦国又派王龁围住上党。

赵孝成王听到消息，连忙派廉颇率领二十多万大军去救上党。他们才到长平（今山西高平县西北），上党已经被秦军攻占了。

王龁还想向长平进攻。廉颇连忙守住阵地，叫兵士们修筑堡垒，深挖壕沟，跟远来的秦军对峙，准备作长期抵抗的打算。

王龁几次三番向赵军挑战，廉颇说什么也不跟他们交战。王龁想不出什么法子，只好派人回报秦昭襄王，说："廉颇是个富有经验的老将，不轻易出来交战。我军老远到这儿，长期下去，就怕粮草接济不上，怎么好呢?"

秦昭襄王请范雎出主意。范雎说："要打败赵国，必须先叫赵国把廉颇调回去。"

秦昭襄王说："这哪儿办得到呢?"

范雎说："让我来想办法。"

过了几天，赵孝成王听到左右纷纷议论，说："秦国就是怕让年轻力壮的赵括带兵；廉颇不中用，眼看就快投降啦!"

他们所说的赵括，是赵国名将赵奢的儿子。赵括小时爱学兵法，谈起用兵的道理来，头头是道，自以为天下无敌，连他父亲也不在他眼里。

赵王听信了左右的议论，立刻把赵括找来，问他能不能打退秦军。赵括说："要是秦国派白起来，我还得考虑对付一下。如今来的是王龁，他不过是廉颇的对手，要是换上我，打败他不在话下。"

赵王听了很高兴，就拜赵括为大将，去接替廉颇。

蔺相如对赵王说："赵括只懂得读父亲的兵书，不会临阵应变，不能派他做大将。"可是赵王对蔺相如的劝告听不进去。

赵括的母亲也向赵王上了一道奏章，请求赵王别派他儿子去。赵王把她召了来，问她什么理由。赵母说："他父亲临终的时候再三嘱咐我说，'赵括这孩子把用兵打仗看作儿戏似的，谈起兵法来，就眼空四海，目中无人。将来大王不用他还好，如果用他为大将的话，只怕赵军断送在他手里。'所以我请求大王千万别让他当大将。"

赵王说："我已经决定了，你就别管吧。"

于是，赵括领兵二十万到了长平，请廉颇验过兵符。廉颇办了移交手续，回邯郸去了。

赵括统率着四十万大军，声势十分浩大。他把廉颇规定的一套制度全部废除，下了命令说："秦国再来挑战，必须迎头打回去。敌人打败了，就得追下去，非杀得他们片甲不留不可。"

那边范雎得到赵括替换廉颇的消息，知道自己的反间计成功，就秘密派白起为上将军，去指挥秦军。白起一到长平，布置好埋伏，故意打了几阵败仗，赵括不知是计，拼命追赶。白起把赵军引到预先埋伏好的地区，派出精兵二万五千人，切断赵军的后路；另派五千骑兵，直冲赵军大营，把四十万赵军切成两段。赵括这才知道秦军的厉害，只好筑起营垒坚守，等待救兵。秦国又发兵把赵国救兵和运粮的道路切断了。

赵括的军队，内无粮草，外无救兵，守了四十多天，兵士都叫苦连天，无心作战。赵括带兵想冲出重围，秦军万箭齐发，把赵括射死了。赵军听到主将被杀，也纷纷扔了武器投降。四十万赵军，就在纸上谈兵的主帅赵括手里全部覆没了。

* * * * *

赵括纸上谈兵，葬送了四十万赵军，这个沉重的史实告诫人们：实践出真知，实践是检验真理的唯一标准。

信陵君救赵

楚国派兵救赵的同时，魏国也接受了赵国求援的要求。魏安釐王派大将晋鄙率兵救赵国。

秦昭襄王一听到魏、楚两国发兵，派人对魏安釐王说："邯郸早晚得被秦国打下来。谁敢去救，等我灭了赵国，就攻打谁。"魏安釐王被吓唬住了，连忙派人去追晋鄙，叫他就地安营，别再进兵。晋鄙就把十万兵马扎在邺城（今河北临漳县西南），按兵不动。

赵国派使者向魏国催促进兵。魏安釐王想要进兵，怕得罪秦国；不进兵，又怕得罪赵国，只好不进不退地停着。赵孝成王十分着急，让平原君给魏国公子信陵君写信求救。因为平原君的夫人是信陵君的姐姐，两家是亲戚。

信陵君接到信，三番五次地央告魏安釐王命令晋鄙进兵，魏王说什么也不答应。信陵君没有办法，对门客说："大王不愿意进兵，我决定自己上赵国去，要死也跟他们死在一起。”

当时，不少门客愿意跟信陵君一起去。

信陵君有个他最尊敬的朋友，叫作侯嬴。信陵君跟侯嬴去告别，侯嬴说：“你们这样上赵国去打秦兵，就像把一块肥肉扔到饿虎嘴边，不是白白去送死吗?”

信陵君叹息着说：“我也知道没有什么用处。可是又有什么办法呢?”

侯嬴支开了旁人，对信陵君说：“咱们大王宫里有个最宠爱的如姬，对不对?”

信陵君点头说：“对!”

侯嬴接着说：“听说兵符藏在大王的卧室里，只有如姬能把它拿到手。当初如姬的父亲被人害死，她要求大王帮她寻找那个仇人，找了三年都没有找到，后来还是公子叫门客找到那仇人，替如姬报了仇。如姬为了这件事非常感激公子，如果公子请如姬把兵符盗出来，如姬一定会答应。公子拿到了兵符，去接管晋鄙的兵权，就能带兵和秦国作战，这比空手去送死不是强多了吗?”

信陵君听了，如梦初醒。他马上派人去跟如姬商量，如姬一口答应。当天午夜，乘着魏王熟睡的时候，如姬果然把兵符盗了出来，交给一个心腹，送到信陵君那儿。

信陵君拿到兵符，再一次向侯嬴告别。侯嬴说：“将在外，君命有所不受。万一晋鄙接到兵符，不把兵权交给公子，您打算怎么办?”

信陵君一愣，皱着眉头答不出来。

侯嬴说：“我已经给公子考虑好了。我的朋友朱亥是魏国数一数二的大力士，公子可以带他去。到那时候，要是晋鄙能痛痛快快地把兵权交出来最好；要是他推三阻四，就让朱亥来对付他。”

信陵君带着朱亥和门客到了邺城，见了晋鄙。他假传魏王的命令，要晋鄙交出兵权。晋鄙验过兵符，仍旧有点怀疑，说：“这是军机大事，我还要再奏明大王，才能够照办。”

晋鄙的话音刚落，站在信陵君身后的朱亥大喝一声：“你不听大王命令，想反叛吗?”

不由晋鄙分说，朱亥就从袖子里拿出一个四十斤重的大铁锤，向晋鄙劈头盖脑砸过去，结果了晋鄙的性命。

信陵君拿着兵符，对将士宣布一道命令：“父子都在军中的，父亲可以回去；兄弟都在军中的，哥哥可以回去；独子没兄弟的，都回去照顾他的父母；其余的人都跟我一起救赵国。”

当下，信陵君就选了八万精兵，出发去救邯郸。他亲自指挥将士向秦国的兵营冲杀，秦将王龁没防备魏国的军队会突然进攻，手忙脚乱地抵抗了一阵，渐渐支持不住了。

邯郸城里的平原君见魏国救兵来到，也带着赵国的军队杀出来。两下一攻，打得秦军像山崩似地败下阵来。

秦国多少年来，没有打过这么一个大败仗。王龁带兵败退，还有二万名秦兵被赵兵围困住，投降了。

信陵君救了邯郸，保全了赵国。赵孝成王和平原君十分感激，亲自到城外迎接他。

楚国春申君带领的救赵的军队，还在武关观望，听到秦国打了败仗，邯郸解了围，就带兵回楚国去了。

* * * * *

信陵君于情于理都应当救赵国：从情上讲，信陵君与赵国的平原君是亲戚；从理上讲，唇亡则齿寒，赵国得救，有利于魏国的安全。信陵君在救赵过程中体现了他的大智大勇与重情重义。

李斯谏逐客

秦国虽然在邯郸打了一次败仗，但是它的实力依然很强。第二年（公元前256年）又进攻韩、赵两国，打了胜仗。后来，索性把挂名的东周王朝也灭掉了。秦昭襄王死去后，他的孙子秦庄襄王即位不到三年也死去，年仅十三岁的太子嬴政即位。

有个楚国来的客卿李斯，原是著名儒家学派代表荀卿的学生，他来到秦国，投奔秦相吕不韦，做了他的舍人。后又面见秦王，颇得赏识，拜为客卿。公元前237年，秦国宗室贵族利用“郑国渠事件”，要求秦王下令驱逐六国客卿。这一回，李斯也挨到被驱逐的份儿，心里挺不服气，离开咸阳的时候，他上了一道奏章给秦王。

李斯在奏章上说："从前秦穆公用了百里奚、蹇叔，当了霸主；秦孝公用了商鞅，变法图强；惠文王用了张仪，拆散了六国联盟；昭襄王有了范雎，提高了朝廷的威望，这四位君主，都是依靠客卿建立了功业。现在到大王手里，却把外来的人才都撵走，这不是帮助敌国增加实力吗?"

秦王政觉得李斯说得有道理，连忙打发人把李斯从半路上找回来，恢复他的官职，还取消了逐客令。

* * * * *

李斯的智慧加上秦王嬴政的英明，使得李斯有了施展才华的舞台。若李斯遇到的是一个昏君，就可能怀才不遇了。

荆轲刺秦王

秦王政重用尉缭，一心想统一中原，不断向各国进攻。他拆散了燕国和赵国的联盟，使燕国丢了好几座城。

燕国的太子丹原来留在秦国当人质，他见秦王政决心兼并列国，又夺去了燕国的土地，就偷偷地逃回燕国。他恨透了秦国，一心要替燕国报仇，由于国小势弱，靠战争根本不可能达到目的，于是他拿出大量钱财，找寻能刺秦王政的人。

后来，太子丹物色到了一个很有本领的勇士，名叫荆轲。他把荆轲收在门下当作上宾，把自己的车马给荆轲坐，自己的饭食、衣服让荆轲一起享用。荆轲很感激太子丹。

公元前230年，秦国灭了韩国，过了两年，秦国大将王翦占领了赵国都城邯郸，一直向北进军，逼近了燕国。

燕太子丹十分焦急，就去找荆轲。太子丹说："拿兵力去对付秦国，简直像拿鸡蛋去碰石头；要联合各国合纵抗秦，看来也办不到了。我想，派一位勇士，打扮成使者去见秦王，挨近秦王身边，逼他退还诸侯的土地。秦王要是答应了最好，要是不答应，就把他刺死。您看行不行?"

荆轲说："行是行，但要挨近秦王身边，必定得先叫他相信我们是向他求和去的。听说秦王早想得到燕国最肥沃的土地督亢（在河北涿县一带）。

还有秦国将军樊於期，现在流亡在燕国，秦王正在悬赏通缉他。我要是能拿着樊将军的头和督亢的地图去献给秦王，他一定会接见我。这样，我就可以对付他了。”

太子丹感到为难，说：“督亢的地图好办，樊将军受秦国迫害来投奔我，我怎么忍心伤害他呢？”

荆轲知道太子丹心里不忍，就私下去找樊於期，跟樊於期说：“我有一个主意，能帮助燕国解除祸患，还能替将军报仇，可就是说不出口。”

樊於期连忙说：“什么主意，你快说啊！”

荆轲说：“我决定去行刺，怕的就是见不到秦王的面。现在秦王正在悬赏通缉你，如果我能够带着你的头颅去献给他，他准能接见我。”

樊於期说：“好，你就拿去吧！”说着，就拔出宝剑，抹脖子自杀了。

太子丹事前准备了一把锋利的匕首，叫工匠用毒药煮炼过，谁只要被这把匕首刺出一滴血，就会立刻气绝身亡。他把这把匕首送给荆轲，作为行刺的武器，又派勇士秦舞阳，做荆轲的副手。

公元前227年，荆轲从燕国出发到咸阳去。太子丹和少数宾客穿上白衣白帽，到易水（在今河北易县）边送别。临行的时候，荆轲给大家唱了一首歌：

风萧萧兮易水寒，
壮士一去兮不复还。

大家听了他悲壮的歌声，都伤心地流下眼泪。荆轲拉着秦舞阳跳上车，头也不回地走了。

荆轲到了咸阳。秦王政一听燕国派使者把樊於期的头颅和督亢的地图都送来了，十分高兴，就命令在咸阳宫接见荆轲。

朝见的仪式开始了。荆轲捧着装了樊於期头颅的盒子，秦舞阳捧着督亢的地图，一步步走上秦国朝堂的台阶。

秦舞阳一见秦国朝堂那副威严样子，不由害怕得发起抖来。

秦王政左右的侍卫一见，吆喝了一声，说：“使者干吗变了脸色？”

荆轲回头一瞧，果然见秦舞阳的脸又青又白，就赔笑对秦王政说：“粗野的人，从来没见过大王的威严，免不了有点害怕，请大王原谅。”

秦王政毕竟有点怀疑，对荆轲说：“叫秦舞阳把地图给你，你一个人上来吧。”

荆轲从秦舞阳手里接过地图，捧着木匣上去，献给秦王政。秦王政打开木匣，果然是樊於期的头颅。秦王政又叫荆轲拿地图来。荆轲把一卷地图慢慢打开，到地图全都打开时，荆轲预先卷在地图里的一把匕首就露出来了。

秦王政一见，惊地跳了起来。

荆轲连忙抓起匕首，左手拉住秦王政的袖子，右手把匕首向秦王政胸口直扎过去。

秦王政使劲地向后一转身，把那只袖子挣断了。他跳过旁边的屏风，刚要往外跑，荆轲拿着匕首追了上来，秦王政一见跑不了，就绕着朝堂上的大铜柱子跑，荆轲紧紧地追着。

旁边虽然有许多官员，但是都手无寸铁；台阶下的武士，按秦国的规矩，没有秦王命令是不准上殿的。大家都急得六神无主，也没有人召台下的武士。

官员中有个伺候秦王政的医生，急中生智，拿起手里的药袋对准荆轲扔了过去。荆轲用手一扬，那只药袋就飞到一边去了。

就在这一眨眼的工夫，秦王政往前一步，拔出宝剑，砍断了荆轲的左腿。

荆轲站立不住，倒在地上。他拿匕首直向秦王政扔过去，秦王政往右边只一闪，那把匕首就从他耳边飞过去，打在铜柱子上，“嘣”地一声，直迸火星儿。

秦王政见荆轲手里没有武器，又上前向荆轲砍了几剑。荆轲身上受了八处剑伤，自己知道已经失败，苦笑着说：“我没有早下手，本来是想先逼你退还燕国的土地。”

这时候，侍从的武士已经一起赶上殿来，结果了荆轲的性命。台阶下的那个秦舞阳，也早就给武士们杀了。

* * * * *

荆轲刺秦王是一个十分悲壮的历史故事。燕国太子丹缺乏战略眼光，即使荆轲刺死了秦王，也改变不了秦国消灭其他诸侯国的历史趋势。

秦王灭六国

秦王政杀了荆轲，当下就命令大将王翦加紧攻打燕国。燕太子丹带着兵马抵抗，但哪里是秦军对手，最终，秦王杀了太子丹，燕王逃到辽东一带称王。

秦王政又向尉缭讨主意。尉缭说："韩国已经被咱们兼并，赵国只剩下一座代城（今河北蔚县）燕王已逃到辽东，他们都快完了。目前天冷，不如先去收服南方的魏国和楚国。"秦王政听从尉缭的计策，就派王翦的儿子王贲带兵十万人先攻魏国。魏王派人向齐国求救，齐王建没有理他。公元前225年，王贲灭了魏国，把魏王和大臣都押到咸阳。

接着，秦王政就打算去打楚国。他召集将领们议论了一下，先问青年将领李信，打楚国要多少人马。李信说："不过二十万吧。"

他又问老将军王翦。王翦回答说："楚国是个大国，用二十万人去打楚国是不够的。依臣的估计，非六十万不可。"

秦王政很不高兴，说："王将军老了，怎么这样胆小？我看还是李将军说得对。"就派李信带兵二十万往南方去。

王翦见秦王不听他的意见，就告病回老家去了。

李信带了二十万人马到了楚国，不出王翦所料，打了个大败仗，兵士死伤无数，将领也死了七个，只好逃了回来。

秦王政大怒，把李信革了职，亲自跑到王翦的家乡，请他出来带兵，说："上回是我错了，没听将军的话，李信果然误事。这回非请将军出马不可。"

王翦说："大王一定要我带兵，还是非六十万人不可。楚国地广人多，他们要发动一百万人马也不难。我说我们要出兵六十万，还怕不大够呢，要再少，那就不行了。"

秦王政赔笑说："这回听将军的啦！"就给王翦六十万人马，出兵那天，还亲自到灞上给王翦摆酒送行。

王翦大军浩浩荡荡地向楚国进攻。楚国也出动全国兵力抵抗。

王翦到了前方，要兵士修筑壁垒，不让出战。楚国大将项燕一再挑战，他也不去理睬。

过了一段时间，项燕想：“王翦原来是上这儿驻防的。”他就不怎么把秦国的军队放在心上了，没想到在项燕不防备的时候，秦军突然发起攻势，六十万人马排山倒海似地冲杀过去。楚国的将士好像在梦里被人家当头一棍子，晕头转向地抵抗了一阵，各自逃命。楚国的兵马越打越少，地方越失越多，秦军一直打到寿春（今安徽寿县西）俘虏了楚王负刍。

项燕得知楚王被俘的消息，渡过长江，想继续抵抗。王翦造了不少战船，训练了水军，渡江追击。项燕觉得大势已去，叹了口气，拔剑自杀。

王翦灭楚之后，回到咸阳，由他的儿子王贲接替做大将，再去攻打燕国残余势力。燕国本来已经十分虚弱，哪里抵挡得住秦军的进攻。公元前 222 年，王贲灭掉燕国。

到这时候，剩下的只有一个齐国，齐国大臣早已被秦国重金收买过去。齐王建向来是不敢得罪秦国的，每回逢到诸侯向他求救，他总是拒绝。他满以为齐国离秦国远，只要不得罪秦国，就不用担心秦国的进攻。直到其他五国一一被秦国并吞掉，他才着急起来，派兵去守西面的边界，可是已经晚了。

公元前 221 年，王贲带了几十万秦兵像泰山压顶一样，从燕国南部直扑临淄。这时候，齐王建才觉得自己势孤力单，可是其他诸侯国已经被灭，往哪儿去讨救兵呢？没有几天，秦军就进了临淄，齐王建投降，齐国灭亡。

六国诸侯只想保持自己的地位，彼此之间互相攻打，想拿别国的土地来补偿自己的损失，企图维持小规模割据的局面，给秦国以各个击破的机会。秦国当时不但在政治、经济上和军事上占了优势，更重要的是符合统一的历史发展趋势，所以秦王政在不到十年的时间，把六国一个一个灭掉了。

* * * * *

自从公元前 475 年进入战国时期起，各诸侯国经过二百五十多年的纷争，终于结束了长期的诸侯割据的局面，建立了一个统一的多民族的封建国家——秦。

第一个皇帝——秦始皇

秦王政兼并了六国，结束了战国诸侯割据的局面，统一了中国。他觉得自己的功绩比古代传说中的三皇五帝还要大，不能再用“王”的称号，应该用一个更加尊贵的称号才配得上他的功绩，就决定采用了“皇帝”的称号。他是中国第一个皇帝，就自称是始皇帝。他还规定：子孙接替他皇位的按照次序排列，第二代叫二世皇帝，第三代叫三世皇帝，这样一代一代传下去，一直传到千世万世。

全国统一了，该怎样来治理这样大的国家呢？

在一次朝会上，丞相王绾等对秦始皇说：“现在诸侯刚刚消灭，特别是燕、楚、齐三国离咸阳很远，不在那里封几个王不行，请皇上把几位皇子封到那里去。”

秦始皇要大臣议论一下，许多大臣都赞成王绾的意见，只有李斯反对。他说：“周武王建立周朝的时候，封了不少诸侯。到后来，像冤家一样互相残杀，周天子也没法禁止。可见分封的办法不好，不如在全国设立郡县。”

李斯的意见正合秦始皇的心意。他决定废除分封的办法，改用郡县制，把全国分为三十六个郡，郡下面再分县。

郡的长官都由朝廷直接任命。国家的政事，不论大小，都由皇帝决定。据说秦始皇每天看下面送来的奏章，要看一百二十 斤（那时的奏章都是刻在竹简上的），不看完不休息，可见他的权力是多么集中了。

在秦始皇统一中原之前，列国向来是没有统一的制度的，就拿交通来说，各地的车辆大小就不一样，因此车道也有宽有窄。国家统一了，车辆要在不同的车道上行走，多不方便。从那时候起，规定车辆上两个轮子的距离一律改为六尺，使车轮的轨道相同，这样，全国各地车辆往来就方便了。这叫作“车同轨”。

在秦始皇统一中原之前，列国的文字也很不统一。就是一样的文字，也有好几种写法。从那时候起，采用了比较方便的书法，规定了统一的文字。这样，各地的文化交流也方便多了。这叫作“书同文”。

各地交通便利，商业也发达起来，但是原来列国的尺寸、升斗、斤两的标准全不一样。从那时候起，又规定了全国用统一的度、量、衡制。这样，各地的买卖交换也没有困难了。

秦始皇正在从事国内的改革，没想到北方的匈奴打了进来。匈奴本来是我国北部一个古老的少数民族，战国后期，匈奴贵族趁北方的燕国、赵国衰落，一步步向南侵犯，把黄河河套一带大片土地夺了过去。秦始皇统一中原以后，就派大将蒙恬带领三十万大军去抵抗，把河套一带地区都收了回来，设置九原郡，统辖四十四个县。

为了防御匈奴的侵犯，秦始皇又征用民夫，把原来燕、赵、秦三国北方的城墙连接起来，又新造了不少城墙。这样从西面的临洮（今甘肃岷县）到东面的辽东（今辽宁辽阳西北），连成一条万里长城。这座举世闻名的古建筑，一直成为我们中华民族古老悠久文明的象征。

后来，秦始皇又派出大军五十万人，平定南方，添设了三个郡。第二年，蒙恬打败了匈奴，又添了一个郡。这样，全国总共有四十个郡。

公元前213年，秦始皇因为开辟了国土，在咸阳宫里举行了一个庆祝宴会，许多大臣都赞颂秦始皇统一国家的功绩。博士淳于越却重新提出分封制度不能废除，他认为不按照古代的规矩办事是行不通的。

这时候，李斯已经做了丞相，秦始皇要听听他的意见。

李斯说："现在天下已经安定，法令统一。但是有一批读书人不学现在，却去学古代，对国家大事乱发议论，在百姓中制造混乱。如果不加禁止，会影响朝廷的威信。"

秦始皇采用了李斯的主张，立刻下了一道命令：除了医药、种树等书籍以外，凡是有私藏《诗》《书》、百家言论的书籍，一概交出来烧掉；谁要是再私下谈论这类书，办死罪；谁要是拿古代的制度来批评现在，满门抄斩。

第二年，有两个方士（一种用求神仙、炼仙丹骗钱的人）叫作卢生、侯生，在背后议论秦始皇的不是。秦始皇得知这个情况，派人去抓他们，他们早已逃跑了。

秦始皇大为恼火，再一查，又发现咸阳有一些儒生也一起议论过他。秦始皇把那些儒生抓来审问，儒生经不起拷打，又东拉西扯地供出一大批人来。秦始皇下令，把那些犯禁严重的四百六十多个儒生都活埋了，其余犯禁的就流放到边境去。

这就是历史上所说的“焚书坑儒”事件。

秦始皇正在火头上，大臣们谁也不敢劝他。他的大儿子扶苏认为这样处置儒生太严厉，劝谏他不要这样做，这一来，触怒了秦始皇，命令扶苏离开咸阳，到北方去和蒙恬一起守边疆。

* * * * *

秦始皇统一中国，设立郡县制，统一了文字、度量衡，修建万里长城，促进了多民族统一国家的发展。但他对人民实行暴政，焚书坑儒，妨碍了文化的繁荣。

博浪沙的铁锥

秦始皇知道，他灭了六国，六国留下来的旧贵族随时都可能起来反对他。他下令把天下十二万户豪富人家一律搬到咸阳来住，这样好管住他们。他又把天下的兵器统统收集起来，除了给政府军队使用以外，都熔化了铸成十二个二十四万斤重的巨大铜人和一批大钟（一种乐器）。他以为兵器收完了，有人想造反也造不成了。

他还常常到各地去巡视，一来祭祀名山大川，要大臣们把颂扬他的话刻在山石上，好让后代的人都知道他的功绩；二来显示自己的威武，防止叛乱。

公元前218年的春天，他又带了大队人马出去巡视。这一天，他来到了博浪沙（在今河南原阳县），车队正在缓缓前进的时候，突然“哗啦啦”地一声响，飞来个大铁锥，把秦始皇座车后面的副车砸了个粉碎。

全部车队一下子都停了下来，武士们到处搜查，刺客已经逃走了。

秦始皇十分生气，立刻下了一道命令，在全国进行一次大搜查，一定要把那个行刺的人捉到，足足搜查了十天，没有查到，也只好不了了之。

这个行刺的人名叫张良。张良的祖父、父亲都做过韩国的相国，韩国被灭的时候，张良还年轻，他变卖了家产离开了老家，到外面去结交英雄好汉，一心想替韩国报仇。

后来，他交上一个朋友，是个大力士。那个大力士使用的大铁锥，足足有一百二十斤重（相当于现在的六十斤）。两个人商量好，准备在秦始皇出外巡游的时候刺杀他。

他们探听到，秦始皇要经过博浪沙，就预先在那里的树林里埋伏起来。一等秦始皇的车队经过，大力士就把铁锥砸过去。哪儿知道这一锥砸得不准，只砸了一辆副车。

张良失败以后，隐姓埋名，一直逃到下邳（今江苏睢宁西北），总算躲过了秦朝官吏的搜查。他在下邳住了下来，一面钻研兵法，一面等候报仇的机会。

张良是怎样开始学兵法的呢？有一个离奇的传说。

有一次，张良一个人出去散步，走到一座大桥上，看见一个老头儿，穿着一件粗布大褂，坐在桥头上。他一见张良过来，有意无意地把脚往后一缩，他的一只鞋子直掉到桥下去了。

老头儿转过头来，很不客气地对张良说："小伙子，下去把我的鞋子捡上来。"

张良很生气，可是再一看，人家是位老年人，就勉强忍住了气，走到桥下，捡起那只鞋子，上来递给他。

谁知道那老头儿竟连接也不接，只把脚一伸，说："给我穿上。"

张良想，既然已经把鞋捡上来了，索性好人做到底，就跪在地上恭恭敬敬地拿鞋子给他穿上。

那老头儿这才微微一笑，站起来走了。

这一下真把张良愣住了，心想这老头儿可有点怪。他盯着老头儿的背影望着，看老头儿往哪儿去。

老头儿走了一段路，又返了回来，对张良说："小伙子不错呀，我很乐意教导教导你。过五天，天一亮，你到桥上再来见我吧。"

张良听他的口气，知道是个有来历的人，赶紧跪下答应。

第五天，张良一早起来，就赶到桥上去。谁知道一到那边，老头儿已经先到啦！他生气地对张良说："你跟老人家约会，就该早一点来，怎么反叫我等你呢？"

张良只好认错。那老头儿说："去吧，再过五天，早一点儿来。"说完就走了。

又过了五天，张良一听见鸡叫，就跑到大桥那边。他还没走上桥，就见到那老头儿。

老头儿瞪了张良一眼说："过五天再来吧。"

张良吸取了前两次的教训，到了第四天半夜，就赶到桥上，静静地等着天亮。

过了一会儿，只见那老头儿一步一步地迈过来了。他一见张良，露出慈祥的笑容说："这才对了。"说罢，从袖里掏出一部书来送给张良，说："回去好好地读，将来就大有作为了。"

张良再想问他，老头儿不再多讲，头也不回地就走了。

等到天亮，张良趁着晨光，拿出书来一看，原来是部相传是周朝初年太公望编的《太公兵法》。

打那时候起，他就刻苦钻研兵法，后来成了一个有名的军事家。

* * * * *

故事中的"老头儿"在"选择"人才的时候，非常重视人才的品行和潜质。事实证明，他的选择是正确的——张良果然成了一位著名的军事家。

秦二世即位

公元前 210 年，秦始皇到东南一带去巡视，随他一起去的，有丞相李斯、宦官赵高。他的小儿子胡亥要求一起去，秦始皇平时挺喜欢他小儿子，欣然答应了。

秦始皇渡过钱塘江，到了会稽郡，再向北到了琅邪（今山东胶南县）。从冬季出发，一直到夏天才回来。回来的路上，他感到身子不舒服，在平津（今山东平原县南）病倒了。随从的医官给他看病、进药，都不见效。

到了沙丘（今河北广宗县西）的时候，秦始皇病势越来越重。他知道病好不了，吩咐赵高说："快写信给扶苏，叫他赶快回咸阳去，万一我好不了，叫他主办丧事。"

信写好了，还没来得及交给使者送出，秦始皇已经咽了气。

丞相李斯跟赵高商量说："这儿离咸阳还很远，不是一二天能赶到。万一皇上去世的消息传了开去，恐怕里里外外都会发生混乱；倒不如暂时保密，不要发丧，赶回咸阳再作道理。"

他们把秦始皇的尸体安放在车里，关上车门，放下窗帷子，外面什么人也看不见。随从的人除了胡亥、李斯、赵高和五六个内侍外，别的大臣全不知道秦始皇已经死了。车队照常向咸阳进发，每到一个地方，文武百官都照常在车外奏事。

李斯叫赵高赶快派人把信送出去，叫公子扶苏赶回咸阳。赵高是胡亥的心腹，跟蒙恬一家有冤仇。他偷偷地跟胡亥商量，准备假传秦始皇的遗嘱，杀害扶苏，让胡亥继承皇位。胡亥当然求之不得，立马同意。

赵高知道要干这样的事，非跟李斯商量不可，就去找李斯说："现在皇上的遗诏和玉玺都在胡亥手里，要决定哪个接替皇位，全凭我们两人一句话。您看怎么办？"

李斯吃了一惊，说："您怎么说出这种亡国的话来？这可不是我们做臣子该议论的事啊！"

赵高说："您别急，我先问您，您的才能比得上蒙恬吗？您的功劳比得上蒙恬吗？您跟扶苏的关系比得上蒙恬吗？"

李斯愣了一会，才说："我比不上他。"

赵高说："要是扶苏做了皇帝，他一定拜蒙恬做丞相。到那时候，您只好回老家。公子胡亥心眼好，待人厚道。要是他做了皇帝，你我就一辈子受用不尽。您好好考虑考虑吧。"

经过赵高软硬兼施地说了一通，李斯怕让扶苏继承皇位以后，自己保不住丞相位置，就和赵高、胡亥合谋，假造了一份诏书给扶苏，说他在外不能立功，反而怨恨父皇；又说将军蒙恬和扶苏同谋，都该自杀，把兵权交给副将王离。

扶苏接到这封假诏书，哭泣着想自杀。蒙恬怀疑这封诏书是伪造的，要扶苏向秦始皇申诉。扶苏是个忠厚之人，说："既然父皇要我死，哪里还能再申诉？"就这样自杀了。

赵高和李斯急急忙忙催着人马赶路。那时候，正是夏末秋初，天气还很炎热，没有多少日子，尸体已经腐烂，车子里散发出一阵阵臭味。

赵高派人去买了一大批咸鱼，叫大臣们在每辆车上放上一筐。车队周围的咸鱼气味，把秦始皇尸体的臭味掩盖过去了。

他们到了咸阳，才宣布秦始皇死去的消息，举行丧葬，并且假传秦始皇的遗诏，由胡亥继承皇位。这就是秦二世。

二世和赵高葬了秦始皇以后，做贼心虚，怕篡夺皇位的事泄露出来，赵高撺掇胡亥杀害自己的兄弟和大臣，把十二个公子和十个公主都定了死罪，受株连的大臣更是不计其数。过了一年，赵高又用诡计唆使二世把李斯也逮捕起来杀了，赵高自己当了丞相，独掌大权。

* * * * *

赵高等奸臣贼子当权，秦朝离末日就不远了。可悲的是李斯分不清忠奸，且只考虑个人利益，也忘了“一山容不得二虎（李斯、赵高）”的道理。可叹的是秦始皇没有事先确定接班人，让小人钻了空子。

刘邦和项羽

陈胜、吴广发动农民起义以后，各地的百姓纷纷杀了官吏，响应起义。没有多久，农民起义的风暴席卷了大半个中国。

陈胜派兵遣将分头去接应各地起义，他们节节胜利，占领了大片地方。但是因为战线长，号令不统一，有的地方被六国旧贵族占了去。起义不到三个月，赵、齐、燕、魏等地方都有人打着恢复六国的旗号，自立为王。

陈胜派出周文率领的起义军向西进攻，很快攻进关中（指函谷关以西地区），逼近秦朝都城咸阳。秦二世惊慌失措，赶快派大将章邯把在骊山做苦役的囚犯、奴隶放了出来，编成一支军队，向起义军反扑。原来的六国贵族各自占据自己的地盘，谁也不去支援起义军。周文的起义军孤军作战，终于失败，吴广在荥阳被部下杀死，起义后的第六个月，陈胜在撤退的路上被叛徒杀害了。

陈胜、吴广虽然死了，可是由他们点燃起来的反抗秦朝的那把火正在到处燃烧，在南方的会稽郡（治所在今江苏苏州）声势更大。

在会稽郡起兵的是项梁和他的侄儿项羽，项梁是楚国大将项燕的儿子。楚国被秦国大将王翦攻灭的时候，项燕兵败自杀。项梁一直想恢复楚国，他的侄儿项羽身材魁梧，体格健壮，项梁亲自教他念书识字，可是项羽才学了几天，就不愿学下去。项梁又教他学剑，项羽学了一阵子，也扔下了。

项梁很生气，可项羽满不在乎地说：“念书识字有什么用处？学会了，不过记记自己的名字；剑学好了，也只能跟几个人对杀，没什么了不起。要学，就要学打大仗的本领。”

项梁听他的口气不小，就把祖传的兵书拿出来，给他学。项羽一听就懂，可是略略懂得个大意，又不肯深入钻下去了。项梁本是下相（今江苏宿迁西南）人，因为跟人结了冤仇，避到会稽郡吴中来，吴中的年轻人见他能文能武，都很佩服他，把他当老大哥看待。项梁也教他们学兵法，练本领。

这会儿，他们听到陈胜起义觉得是个好机会，就杀了会稽郡守，占领了会稽郡。不到几天，拉起了一支八千人的队伍，因为这支队伍里大都是当地的青年，所以称为“子弟兵”。

项梁、项羽带着八千子弟兵渡过江，很快打下了广陵（郡名，治所在今江苏扬州市），接着又渡过淮河，继续进军，一路上又有各地方的起义队伍来投奔项梁，和他们联合起来。

第二年，有一支一百多人的队伍，由刘邦带领，来投靠项梁。

刘邦本来是沛县（今江苏沛县）人，在秦朝统治下，做过一名亭长（秦朝十里是一亭，亭长是管理十里以内的小官）。

有一次，上司要他押送一批民伕到骊山去做苦工。他们一天天赶路，每天总有几个民伕开小差逃走，刘邦要管也管不住，若使这样下去，到了骊山也不好交差。

有一天，他和民伕们一起坐在地上休息。他对大家说：“你们到骊山去做苦工，不是累死也是被打死；就算不死，也不知道哪年哪月才能回乡。我现在把你们放了，你们自己去找活路吧！”

民伕们感激得直流眼泪，说：“那您怎么办呢？”

刘邦说：“反正我也不能回去，逃到哪儿是哪儿。”

当时，就有十几个民伕情愿跟着他一起找活路。刘邦同十几个民伕逃到芒山和砀山一带躲了起来，过了几天，聚集了一百多人。

沛县县里的文书萧何和监狱官曹参知道刘邦是个好汉，很同情他，暗暗地跟他们来往。

赶到陈胜打下了陈县，萧何和沛县城里的百姓杀了县官，派人把刘邦接了回来，请他当沛县的首领。大家称他沛公。

刘邦在沛县起兵以后，又召集了两三千人，攻占了自己的家乡丰乡。

接着他带了一部分队伍攻打别的县城，不料留在丰乡的部下叛变。刘邦得到这个消息，要回去攻打丰乡，可是自己的兵力不足，只好往别处去借兵。

他到了留城（今江苏沛县东南），正好张良也带着一百多人想投奔起义军。两人遇在一起，很谈得来，他们一商量，觉得附近的起义队伍中，只有项梁声势最大，决定去投奔项梁。

项梁见刘邦也是一个人才，就拨给他人马，帮助他收回丰乡。从此，刘邦、张良都成了项梁的部下。

陈胜、吴广等主要起义领袖死了以后，由于各地起义的领导权都落在旧六国贵族手里，彼此争夺地盘，闹得四分五裂。秦国的大将章邯、李由，想趁机会把起义军一个个击破。

在这个紧要关头，项梁在薛城召开了会议，决心把起义军整顿一下。为了扩大号召，项梁听了谋士范增的意见，把流落在民间的楚怀王的孙子（名叫心）找了来，立为楚王。因为楚国人对当年楚怀王受骗死在秦国，一直为他抱不平。为了提高号召力，大家把他的孙子仍称作楚怀王。

* * * * *

项羽、刘邦都是杰出的农民起义领袖，他们都经历了“艰苦创业”、由小到大、由弱到强的奋斗过程。

巨鹿大战

项梁在整顿了军队以后，接连打了几个胜仗，打败了秦朝大将章邯。项羽、刘邦带领另一支队伍，杀了秦将李由。项梁骄傲起来，认为秦军没有什么了不起，放松了警惕。章邯重新补充了兵力，趁项梁不防备，发动了猛烈的反扑。项梁在战斗中被杀了，项羽、刘邦也只好退守彭城。

章邯打败项梁，认为楚军大伤元气，就暂时撇开黄河以南这一头，带领秦军北上进攻赵国（这个赵国不是战国时代的赵国，而是新建立起来的一个政权），很快就攻下了赵国都城邯郸，赵王歇逃到巨鹿（今河北平乡西南）。

章邯派秦将王离把巨鹿包围起来，自己带领大军驻扎在巨鹿南面的棘原。他还在棘原和巨鹿之间修筑了一条粮道，给王离军运送粮草。

赵王歇几次三番派人向楚怀王求救。当时，楚怀王正想派人往西进攻咸阳。项羽急于想为叔父报仇，要求带兵进关。

怀王身边有几个老臣暗地对怀王说："项羽性子太暴躁，杀人太多；刘邦倒是个忠厚人，不如派他去。"正好赵国来讨救兵。楚怀王就派刘邦打咸阳，另派宋义为上将军，项羽为副将，带领二十万大军到巨鹿去救赵国。

宋义带领的大军到了安阳（今河南安阳东南），听说秦军声势浩大，就命令楚军停了下来，想等秦军和赵军打上一阵，让秦军消耗掉一部分兵力，再进攻过去。

宋义按兵不动，在安阳一停就是四十六天。项羽耐不住性子，去跟宋义说："秦军包围了巨鹿，形势这样紧急，咱们赶快渡河过去，跟赵军里外夹击，一定能够打败秦军。"

宋义说："我们还是等秦军和赵军决战以后再说。"他又对项羽说："上阵跟敌人交锋，我比不上你；要说坐在帐篷里出个计策，你就比不上我了。"

他还下了一道命令："将士中如有不服从指挥的，就得按军法砍头！"

这道命令明明是针对项羽的，项羽气得要命。这时候已经是十一月的天气，北方天冷，又碰着大雨。楚营里军粮接济不上，兵士们受冻挨饿，都抱怨起来。

项羽说："现在军营里没有粮食，但是上将军却按兵不动，自己喝酒作乐，这样不顾国家，不体谅兵士，哪里像个大将的样子。"

第二天，项羽趁朝会的时候，拔出剑来把宋义杀了。他提了宋义的头，对将士说："宋义背叛大王（指楚怀王），我奉大王的命令，已经把他处死了。"

将士们大多是项梁的老部下，宋义在将士中根本没有什么威望。大伙见项羽把他杀了，都表示愿意听项羽指挥。

项羽把宋义被处死的事，派人报告了楚怀王。楚怀王虽然很不满，也只好封项羽为上将军。

项羽杀了宋义以后，先派部将英布、蒲将军率领两万人做先锋，渡过漳水，切断秦军运粮的道，把章邯和王离的军队分割开来。然后，项羽率领主力渡河。

渡过了河，项羽命令将士，每人带足三天的干粮，把军队里做饭的锅子全砸了，把渡河的船只全凿沉了（文言叫作“破釜沉舟”，釜就是锅子），对将士说：“咱们这次打仗，有进无退，三天之内，一定要把秦兵打退。”

项羽的决心和勇气，对将士起了很大的鼓舞作用。楚军把王离的军队包围起来，个个士气振奋，越打越勇。一个人抵得上十个秦兵，十个就可以抵上一百。经过九次激烈战斗，活捉了王离，其他的秦军将士有被杀的，也有逃走的，包围巨鹿的秦军就这样被瓦解了。

当时，各路将领来救赵国的有十几路人马。可是他们害怕秦军强大，都扎下营寨，不敢跟秦军交锋。这会儿，听到楚军震天动地的喊杀声，挤在壁垒上看。他们瞧见楚军横冲直撞杀进秦营的情景，吓得伸着舌头，屏住了气。赶到项羽打垮了秦军，请他们到军营来相见的时候，他们都跪在地下爬着进去，连头也不敢抬起来。

大家颂扬项羽说：“上将军的神威真了不起，自古到今没有第二个。我们情愿听从您的指挥。”

打那时候起，项羽实际上成了各路反秦军的首领。

* * * * *

项羽在巨鹿大战中，破釜沉舟，击败了强大的秦军，充分表明人类有巨大的潜能，这种潜能爆发出来能够创造“奇迹”，同时也表明坚强的意志对事业成功的重要性。

刘邦约法三章

秦军在巨鹿打了败仗，可章邯还有二十多万人马驻在棘原。他上了一份奏章，向朝廷讨救兵。二世和赵高不但不发救兵，反而要查办章邯。章邯怕赵高害他，只好率领部下向项羽投降了。

章邯投降的消息传到了咸阳，秦王朝内部也发生了混乱。

那时候，秦朝的大权完全操控在赵高手里。赵高害死了李斯以后，知道大臣中有人不服他。有一次他牵着一只鹿到朝堂上，当着大臣们对二世说：“我得到了一匹名贵的马，特来献给陛下。”

二世虽然是个糊涂虫，是鹿是马还分得清。他笑着说：“丞相别开玩笑，这明明是头鹿，怎么说是马呢?”

赵高绷着脸说："怎么不是马？请大家说说吧。"

二世就问大臣们。不少人为讨好赵高，就附和着说："是匹好马呀！"

也有的害怕赵高，不吭声。只有少数大臣说是鹿。

没过几天，那几个说是鹿的大臣，都被赵高找借口办了罪。

打那以后，宫内宫外大小官员都害怕赵高，再没有人在二世面前说赵高的不是了。

公元前206年，刘邦的人马攻破了武关（今陕西丹凤县东南），离咸阳不远了。二世吓得直打哆嗦，连忙派人叫赵高发兵去抵抗。赵高知道不能再混下去，就派心腹把二世逼死了。

赵高杀了二世，召集大臣对他们说："现在六国都已恢复了，秦国不能够再挂个皇帝的空名，应该像以前那样称王。我看二世的侄儿子婴可以立为秦王。"这些大臣不敢得罪赵高，只好同意。

子婴知道赵高杀害二世，想自己做王，只是怕大臣们和诸侯反对，才假意立他为王。他和他两个儿子商量好，到即位那天，子婴推说有病不去，趁赵高亲自去催子婴的时候，就把赵高杀了。

刘邦的军队到了灞上（今陕西西安市东）。秦王子婴带着秦朝的大臣来投降了。子婴脖子上套着带子（表示请罪），手里拿着秦皇的玉玺、兵符和节杖，哈着腰等在路旁。

刘邦手下的将军主张把子婴杀了，但是刘邦说："楚怀王派我攻咸阳，就因为相信我能待人宽厚；再说，人家已经投降，再杀他不好。"说完，他收了玉玺，把子婴交给将士看管起来。

这样，秦始皇建立起来的强大的王朝，仅仅维持了十多年，就在农民起义的浪潮中灭亡了。

刘邦的军队进了咸阳，将士们纷纷争着去找皇宫的仓库，各人都拣值钱的金银财宝拿，闹得乱哄哄的。只有萧何不稀罕这些东西，他先跑到秦朝的丞相府，把有关户口、地图等文书档案都收了起来，保管好。

刘邦在将士陪同下，来到了豪华的阿房宫。他看见宫殿这么富丽，幔帐、摆设好看得叫人睁不开眼睛。还有许许多多美丽的宫女。他在宫里待了一会，心里迷迷糊糊地简直不想离开了。

这时候，他的部将樊哙闯了进来，说："沛公要打天下，还是要当个富翁呀？这些奢侈华丽的东西，使秦朝亡了，您还要这些干吗？还是赶快回到军营里去吧！”

刘邦不听他的话，说：“让我歇歇吧。”

恰巧张良也进来了，听到樊哙的话，对刘邦说：“俗话说：忠言逆耳利于行，良药苦口利于病。樊哙的话说得很对呀，希望您听从他的劝告。”

刘邦是一向很信任张良的，听了他的话，马上醒悟过来，吩咐将士封了仓库，带着将士仍旧回到灞上。

接着，刘邦召集了咸阳附近各县的父老，对他们说：“你们被秦朝的残酷的法令害苦了。今天，我跟诸位父老约定三条法令：第一，杀人的偿命；第二，打伤人的办罪；第三，偷盗的办罪。除了这三条，其他秦国的法律、禁令，一律废除。父老百姓可以安居乐业，不必惊慌。”

刘邦还叫各县父老和原来秦国的官吏到咸阳附近的各县去宣布这三条法令。

百姓听到了刘邦的约法三章，高兴得了不得。大伙儿争先恐后地拿着牛肉、羊肉、酒和粮食来慰劳刘邦的将士，刘邦好言好语地劝他们把这些东西拿回去，他说：“粮仓里有的是粮食，不要再让你们费心了。”

打那时候起，刘邦的军队在关中的百姓中留下了美好的印象，人们都巴不得刘邦能留在关中做王。

* * * * *

得民心者得天下。刘邦进入咸阳后，与关中百姓约法三章，使他赢得了民心，也赢得了日后打败项羽、建立汉朝的重要资本。

鸿门宴

项羽接受了章邯投降之后，想趁着秦国混乱，赶快打到咸阳去。

大军到了新安（今河南新安）投降的秦兵纷纷议论说：“咱们的家都在关中，现在打进关去，受灾难的还是我们自己。要是打不进去，楚军把我们带到东边去，我们的一家老小也会被秦朝杀光。怎么办?”

部将听到这些议论，去报告项羽。项羽怕管不住秦国的降兵，就起了杀心，除了章邯和两个降将之外，一夜之间，竟把二十多万秦兵全部活活地埋在大坑里。打那以后，项羽的残暴可就出了名。

项羽的大军到了函谷关，瞧见关上有兵守着，不让进去。守关的将士说："我们是奉沛公的命令，不论哪一路军队，都不准进关。"

项羽非常气愤，命令将士猛攻函谷关。刘邦兵力少，不消多大工夫，项羽就打进了关。大军接着往前走，一直到了新丰、鸿门（今陕西临潼东北），驻扎下来。

刘邦手下有个将官曹无伤，想投靠项羽，偷偷地派人到项羽那儿去告密，说："这次沛公进入咸阳，是想在关中做王。"

项羽听了，气得瞪着眼直骂刘邦不讲理。

项羽的谋士范增对项羽说："刘邦这次进咸阳，不贪图财货和美女，他的野心可不小哩。现在不消灭他，将来后患无穷。"

项羽下决心要把刘邦的兵力消灭。那时候，项羽的兵马四十万，驻扎在鸿门；刘邦的兵马只有十万，驻扎在灞上。双方相隔只有四十里地，兵力悬殊，刘邦的处境十分危险。

项羽的叔父项伯是张良的老朋友，张良曾经救过他的命。项伯怕仗一打起来，张良会陪着刘邦遭难，就连夜骑着快马去找张良，劝张良逃走。

张良不愿离开刘邦，却把项伯带来的消息告诉了刘邦。刘邦请张良陪同，会见项伯，再三辩白自己没有反对项羽的意思，请项伯帮忙在项羽面前说句好话。

项伯答应了，并且叮嘱刘邦亲自到项羽那边去赔礼。

第二天一清早，刘邦带着张良、樊哙和一百多个随从，到了鸿门拜见项羽。刘邦说："我跟将军同心协力攻打秦国，将军在河北，我在河南。我自己也没有想到能够先进了关。今天在这儿和将军相见，真是件令人高兴的事。哪儿知道有人在您面前挑拨，叫您生了气，这实在太不幸了。"

项羽见刘邦低声下气向他说话，满肚子气都消了。他老老实实地说："这都是你的部下曹无伤来说的。要不然，我也不会这样。"

当天，项羽就留刘邦在军营喝酒，还请范增、项伯、张良作陪。

酒席上，范增一再向项羽使眼色，并且举起他身上佩带的玉玦（古代一种佩带用的玉器），要项羽下决心，趁机把刘邦杀掉。可是项羽只当没看见。

范增看项羽不忍心下手，就借个因由走出营门，找到项羽的堂兄弟项庄说："咱们大王（指项羽）心肠太软，你进去给他们敬酒，瞧个方便，把刘邦杀了。"

项庄进去敬了酒，说："军营里没有什么娱乐，请让我舞剑助助兴吧。"说着，就拔出剑舞起来，舞着舞着，慢慢舞到刘邦面前来了。

项伯看出项庄舞剑的用意是想杀刘邦，说："咱们两人来对舞吧。"说着，也拔剑起舞。他一面舞剑，一面用身子护住刘邦，使项庄刺不到刘邦。

张良一看形势十分紧张，也向项羽告个便儿，离开酒席，走到营门外找樊哙。樊哙连忙上前问："怎么样了？"

张良说："情况十分危急，现在项庄正在舞剑，看来他们要对沛公下手了。"

樊哙跳了起来说："要死死在一起。"他右手提着剑，左手抱着盾牌，直往军门冲去。卫士们想拦住他。樊哙拿盾牌一顶，就把卫士撞倒在地上。他拉开帐幕，闯了进去，气呼呼地望着项羽，头发像要往上直竖起来，眼睛瞪得大大的，连眼角都要裂开了。

项羽十分吃惊，按着剑问："这是什么人，到这儿干吗？"

张良已经跟了进来，替他回答说："这是替沛公驾车的樊哙。"

项羽说："好一个壮士！"接着，就吩咐侍从的兵士赏他一杯酒，一只猪腿。

樊哙一边喝酒，一边气愤地说："当初，怀王跟将士们约定，谁先进关，谁就封王。现在沛公进了关，可并没有做王。他封了库房，关了宫室，把军队驻在灞上，天天等将军来。像这样劳苦功高，没受到什么赏赐，将军反倒想杀害他。这是在走秦王的老路呀，我倒替将军担心哩。"

项羽听了，没话可以回答，只说："坐吧。"樊哙就挨着张良身边坐下了。

过了一会，刘邦起来上厕所，张良和樊哙也跟了出来。刘邦留下一些礼物，交给张良，要张良向项羽告别，自己带着樊哙从小道跑回灞上去了。

刘邦走了好一会，张良才进去向项羽说："沛公酒量小，刚才喝醉了酒先回去了。叫我奉上白璧一双，献给将军；玉斗一对，送给亚父（"亚父"原是项羽对范增的尊称）。"

项羽接过白璧，放在座席上。范增却非常生气，把玉斗摔在地上，拔出剑来，砍得粉碎，说：“唉！真是没用的小子，没法替他出主意。将来夺取天下的，一定是刘邦，我们等着做俘虏就是了。”

一场剑拔弩张的宴会，总算暂时缓和了下来。

* * * * *

项羽有勇无谋，又听不进范增的正确意见，虽然暂时占着优势，但实际上已经输给了刘邦。而“鸿门宴”也成了心怀叵测、居心不良的代名词。

萧何追韩信

项羽进了咸阳，杀了秦王子婴和秦国贵族八百多人，还下命令火烧阿房宫。跟随项羽进关的五十多万兵士，谁没受过秦朝的压迫？他们见了豪华的阿房宫，想到他们过去受的罪，心里燃烧起报仇的火苗。项羽一声令下，大伙儿就放起火来。

这场火一直烧了三个月，把阿房宫烧成一堆瓦砾。

项羽原来是楚国的贵族，趁着农民起义的机会，参加了反秦战争，灭了秦朝以后，他不可能为广大农民着想，他决定重新划分封地，把统一了的中国又弄得四分五裂。

当时名义上的首领还是楚怀王，项羽把他改称为义帝，表面上承认他是帝，实际上只让义帝顶个虚名，一切分封的事，都得听他主张。他把六国旧贵族和有功的将领一共封了十八个王，自称为西楚霸王。项羽自称霸主，等于宣布他有权号令别的诸侯，诸侯都得由他指挥。

分封诸侯以后，各国诸侯就都分别带兵回自己的封国去，项羽也回到他的封国西楚的都城彭城（今江苏徐州市）。

在十八个诸侯中，项羽最忌的是刘邦。他把刘邦封在偏远的巴蜀和汉中，称为汉王；又把关中地区封给秦国的三名降将章邯等人，让他们挡住刘邦，不让刘邦出来。

汉王刘邦对他的封地很不满意，但是自己兵力弱小，没法跟项羽计较，只好带着人马到封国的都城南郑（今陕西汉中东）去。

汉王到了南郑，拜萧何为丞相，曹参、樊哙、周勃等为将军，养精蓄锐，准备再和项羽争夺天下。但是他手下的兵士们却都想回老家，差不多每天有人开小差逃走，急得汉王连饭也吃不下。

有一天，忽然有人来报告："丞相逃走了。"

汉王急坏了，真像突然被人斩掉了左右手一样难过。

到了第三天早晨，萧何才回来。汉王见了他，又气又高兴，责问萧何说："你怎么也逃走?"

萧何说："我怎么会逃走呢？我是去追逃走的人呀。"

汉王又问他："你追谁呢?"

萧何说："韩信。"

萧何所说的韩信，本来是淮阴人。项梁起兵以后，路过淮阴，韩信去投奔他，在楚营里当个小兵。项梁死了，又跟项羽，项羽见他比一般兵士强，就让他做个小军官。

韩信好几回向项羽献计策，项羽都没有采用，韩信感到十分失望。赶到汉王刘邦到南郑去的时候，韩信就投奔汉王。

韩信到了南郑，汉王也只给他当个小官。有一次，韩信犯了法被抓了起来，差不多快要被砍头了，幸亏汉王部下一个将军夏侯婴经过，韩信高声呼喊，向他求救，说："汉王难道不想打天下了吗，为什么要斩壮士?"

夏侯婴看韩信的模样，真是一条好汉，把他放了，还向汉王推荐，汉王派韩信做个管粮食的官。

后来，丞相萧何见到了韩信，跟他谈了谈，认为韩信的能耐不小，很器重他，还几次三番劝汉王重用他，但汉王总是不听。

韩信知道汉王不肯重用他，趁着将士纷纷开小差的时候，也找个机会走人。

萧何得到韩信逃走的消息，急得直跺脚，立即亲自骑上快马追赶上去，追了两天，才把韩信找了回来。

汉王听说萧何追的是韩信，生气地骂萧何说："逃走的将军有十来个，没听说你追过谁，单单去追韩信，是什么道理?"

萧何说："一般的将军有得是，像韩信那样的人才，简直是举世无双。大王要是准备在汉中待一辈子，那就用不到韩信；要是准备打天下，就非用他不可。大王到底准备怎么样?"

汉王说："我当然要回东边去。哪能老待在这儿呢?"

萧何说："大王一定要争天下，就赶快重用韩信；不重用他，韩信早晚还是要走的。"

汉王说："好吧，我就依着你的意思，让他做个将军。"

萧何说："叫他做将军，还是留不住他。"

汉王说："那就拜他为大将吧！"

萧何很高兴地说："这是大王的英明。"

汉王叫萧何把韩信找来，想马上拜他为大将。萧何直爽地说："大王平日不大注意礼貌。拜大将可是件大事，不能像跟小孩闹着玩似地叫他来就来。大王决心拜他为大将，要择个好日子，还得隆重地举行拜将的仪式才好。"

汉王说："好，我都依你。"

汉营里传出消息，汉王要择日子拜大将啦。几个跟随汉王多年的将军个个都十分兴奋，认为这次自己一定能当上大将。

赶到拜大将的日子，大家知道拜的大将竟是平日被他们瞧不起的韩信，一下子都愣了。

汉王举行拜将仪式以后，再接见韩信，说："丞相多次推荐将军，将军一定有好计策，请将军指教。"

韩信谢过汉王，向汉王详详细细分析了楚（项羽）汉双方的条件，认为汉王发兵东征，一定能战胜项羽。汉王越听越高兴，只后悔没早点发现这个人才。

打那以后，韩信就指挥将士，操练兵马，东征项羽的条件渐渐成熟了。

* * * * *

萧何月下追韩信，表现了萧何高超的识别人才的眼光和重用人才的决心，也表明韩信是一位难得的人才。

楚汉相争

汉王刘邦拜韩信为大将、萧何为丞相，整顿后方，训练人马。公元前206年8月，汉王和韩信率领汉军攻打关中。关中的百姓对"约法三章"的汉王本来有好感，汉军一到，大多不愿抵抗。不到三个月工夫，汉王消灭了原来秦国降将章邯等的兵力，关中地区就成了汉王的地盘。

这一来，可把西楚霸王项羽气坏了。项羽打算发兵往西攻打刘邦，可是东边也出了事，齐国的田荣轰走了项羽所封的齐王，自立为王，情况比西边更严重。项羽只好先去对付齐国。

汉王刘邦趁项羽和齐国相持不下的时候，一直向东打过来，攻下了西楚霸王的都城彭城。项羽又不得不扔了齐国那一头，赶回来在睢水上跟汉军打。

汉军大败，掉在水里淹死的不知道有多少，被俘的也不少，汉王的父亲太公和妻子吕后也被楚军俘虏了。

汉王退到荥阳、成皋（都在今河南荥阳县）一带，收集散兵。这时候，萧何从关中调来一支人马，韩信也带着军队来见汉王，汉军才又振作起来。

汉王采取以攻为守的办法，一面守住荥阳，用少数兵力拖住项羽的军队；一面派韩信带领兵马，向北边收服魏国、燕国和赵国。

项羽的谋士范增劝项羽把荥阳迅速攻下来。汉王十分着急。他的谋士陈平原来是从项羽那边投奔过来的，献了一条计策，离间项羽和范增的关系。

项羽是个猜忌心很重的人，中了反间计，真的对范增怀疑起来。范增十分气愤，对项羽说："天下的大事已经定了，大王自己好好干吧。我年老体衰，该回老家了。"

范增离开荥阳，一路上又气又伤心，就害了病，没有回到彭城，脊梁上长了毒疮死去。

范增一死，楚营里再没人替霸王出主意，汉军受的压力也减轻了。汉王用少数兵力在荥阳、成皋一带牵制项羽的兵力，让韩信继续攻取北边东边，又叫将军彭越在楚军后方截断楚军的运粮道儿，使项羽的军队不得不来回作战。

楚汉双方就这样对峙了两年多。

公元前203年，项羽自己去攻打彭越，把手下将军曹咎留下来守住成皋，再三嘱咐他千万不要跟汉军交战。

汉王见项羽一走，就向曹咎挑战。一开始，曹咎说什么也不出来交战。汉王就叫兵士成天隔着汜水（流经荥阳西，汜音 sì）朝着楚营辱骂。

一连骂了几天，曹咎实在沉不住气了，就决定渡过汜水，和汉军拼一死战。

楚军兵多船少，只好分批渡河。汉军趁楚兵刚渡过一半的时候，把楚军的前军打败，后军乱了阵，自相践踏。曹咎觉得没有脸再见项羽，在汜水边自杀了。

项羽在东边正打了胜仗，一听成皋失守，又赶到了西边对付汉王。在广武（今河南荥阳县东北）地方，楚汉两军又对峙起来。

日子一久，楚军的粮食接应不上。项羽没法子，就把汉王的父亲绑了起来，放在宰猪的案上搁着，派人大声吆喝：

“刘邦还不快投降，就把你父亲宰了。”

汉王知道项羽吓唬他，也大声回答说：“我跟你曾经结为兄弟，我的父亲也就是你的父亲。你要是把父亲杀了煮成肉羹，请分给我一碗尝尝。”

项羽恨得咬牙切齿，真地想把太公杀了，又是项伯劝住了他。

项羽派使者跟汉王说：“现在天下闹得乱纷纷的，无非是你我两个人相持不下，你敢不敢出来跟我比个上下高低。”汉王要使者回话说：“我可以跟你斗智，不跟你比力气。”

项羽又叫汉王出来，在阵前对话。汉王当面数落项羽的十大罪状，说他不讲信义，杀害义帝，屠杀百姓等等。项羽听得发火了，用戟向前一指，后面的弓箭手一齐放起箭来。汉王赶快回马，胸口已经中了一箭，受了重伤。

他忍住疼，故意弓着腰摸摸脚，骂着说：“贼人射中了我的脚趾。”

左右把汉王扶进了营帐。汉军听说汉王受伤，都着了慌。张良恐怕军心动摇，劝汉王勉强起来，到各军营巡视了一遍，大家才安定下来。

项羽听说汉王没有死，大失所望。接着，韩信在齐地大败楚军，楚军的运粮道又被彭越截断，粮草越来越少。

汉王趁项羽正在为难的时候，派人跟项羽讲和，要求把太公、吕后放回来，并且建议楚汉双方以鸿沟（在荥阳东南）为界，鸿沟以东归楚，鸿沟以西归汉。

项羽认为这样划定“楚河汉界”还不错，就同意了，放了太公、吕后，接着把自己的人马带回彭城。

其实，汉王这次讲和，只是一个缓兵之计。汉王用了张良、陈平的计策，不出两个月，组织了韩信、彭越、英布三路人马一齐会合，由韩信统领，追击项羽。楚、汉双方最后一场决战就开始了。

* * * * *

经过楚汉相争，刘邦击败了项羽，建立了汉朝。

霸王乌江自刎

公元前202年，韩信布置十面埋伏，把项羽围困在垓下（今安徽灵璧县东南）。项羽的人马少，粮食也不充足。他想带领一支人马冲杀出去。但是汉军和诸侯的人马把楚军包围得重重叠叠。项羽打退一批，又来一批；杀出一层，还有一层；这儿还没杀出去，那儿的汉兵又围了上来。

项羽没法突围，只好仍回到垓下大营，吩咐将士小心防守，准备瞅个机会再出战。

这天夜里，项羽进了营帐，愁眉不展。他身边有个宠爱的美人名叫虞姬，看见他闷闷不乐，陪伴他喝酒解闷。

到了定更的时候，只听得一阵阵西风吹得呼呼直响，风声里还夹着唱歌的声音。项羽仔细一听，歌声是由汉营里传出来的，唱的净是楚人的歌子，唱的人还真不少。

项羽听到四面到处是楚歌声，不觉愣住了。他失神似地说："完了！难道刘邦已经打下西楚了吗？怎么汉营里有这么多的楚人呢。"

项羽再也忍不住了，随口唱起一曲悲凉的歌来：

力拔山兮气盖世，
时不利兮骓不逝。
骓不逝兮可奈何，
虞兮虞兮奈若何？

（这首歌的意思是："力气拔得一座山，气魄能压倒天下好汉，时运不利，乌骓马不肯跑。马儿不肯跑有什么办法？虞姬呀虞姬，我和你将怎么办？"）

项羽一连唱了几遍，虞姬也跟着唱起来。霸王唱着唱着，禁不住流下了眼泪。旁边的侍从也都伤心地抬不起头。

当夜，项羽跨上乌骓马，带了八百个子弟兵冲过汉营，马不停蹄地往前跑去。到了天蒙蒙亮，汉军才发现项羽已经突围，连忙派了五千骑兵紧紧追赶。项羽一路奔跑，等到他渡过淮河，跟着他的只剩下一百多人了。又跑了一程，迷了道儿。

项羽来到一个三岔路口，瞧见一个庄稼人，就问他哪条道儿可以到彭城。那个庄稼人知道他是霸王，不愿给他指路，哄骗他说："往左边走。"

项羽和一百多个人往左跑下去，越跑越不对头，跑到后来，只见前面是一片沼泽地带，连道儿都没有了。项羽这才知道是受了骗，赶快拉转马头，再绕出这个沼泽地，汉兵已经追上了。

项羽又往东南跑，一路上，随从的兵士死的死，伤的伤。到了东城（今安徽定远县东南），再点了点人数，只有二十八个骑兵。但是汉军的几千名追兵却密密麻麻地围了上来。

项羽料想没法脱身，但是他仍旧不肯服输，对跟随他的兵士们说："我起兵到现在已经八年，经历过七十多次战斗，从来没打过一次败仗，才当上了天下霸王。今天在这里被围，这是天叫我灭亡，并不是我打不过他们啊！"

他把仅有的二十八人分为四队，对他们说："看我先斩他们一员大将，你们可以分四路跑开去，大家在东山下集合。"

说着，他猛喝一声，向汉军冲过去。汉兵抵挡不住。纷纷散开，当场被项羽杀死了一名汉将。

项羽到了东山下，那四队人马也到齐了。项羽又把他们分成三队，分三处把守。汉军也分兵三路，把楚军围住。项羽来往冲杀，又杀了汉军一名都尉和几百名兵士。最后，他又把三处人马会合在一起，点了一下人数，二十八名骑兵只损失了两名。

项羽对部下说："你们看怎么样？"

部下都说："大王说得一点不错。"

项羽杀出汉兵的包围，带着二十六个人一直往南跑去，到了乌江（在今安徽和县东北）。恰巧乌江的亭长有一条小船停在岸边。

亭长劝项羽马上渡江，说："江东虽然小，可还有一千多里土地，几十万人口。大王过了江，还可以在那边称王。"

项羽苦笑了一下说："我在会稽郡起兵后，带了八千子弟渡江。到今天他们没有一个能回去，只有我一个人回到江东。即使江东父老同情我，立我为王，我还有什么脸再见他们呢。”

他把乌骓马送给了亭长，也叫兵士们都跳下马。他和二十六个兵士都拿着短刀，跟追上来的汉兵肉搏起来。他们杀了几百名汉兵，楚兵也一个个倒下。项羽受了十几处创伤，最后在乌江边拔剑自刎。

* * * * *

项羽缺乏治国的谋略，只有一身蛮力，不得人心，其失败的确是“天意”。

大风歌

垓下决战后，汉王刘邦取得了最后的胜利，建立了一个比秦朝更强大的汉王朝。公元前202年，汉王刘邦正式即了皇帝位，这就是汉高祖（西汉纪年从公元前206年刘邦称汉王时算起）。

汉高祖建都洛阳，后来迁都到长安（今陕西西安）。从那时候开始的二百多年，汉朝的都城一直在长安。历史上把这个时期称为“西汉”。

汉高祖即位不久，在洛阳南宫开了一个庆功宴会。他对大臣们说：“咱们今天欢聚在一起，大家说话不用顾忌。你们说说，我是怎么得天下的？项羽又是怎样失天下的？”

大臣王陵等说：“皇上派将士打下城池，有封有赏，所以大家肯为皇上效劳；项羽对有功的和有才能的人猜疑、妒忌，打了胜仗，不记人家的功劳，所以失去了天下。”

汉高祖笑了笑说：“你们只知其一，不知其二。要知道成功失败，全在用人。坐在帐帷里定计划，算得准千里以外的胜利，这一点我不如张良；治理国家，安抚百姓，给前方运送军粮，这一点我比不上萧何；统领百万大军，开战就打胜仗，攻城就能拿下来，这一点我怎么也赶不上韩信。这三个人都是当代的豪杰。我能够重用他们，这就是我得天下的原因。项羽连一个范增都不能用，所以被我灭了。”

大家都佩服汉高祖说得有道理。后来，人们就把萧何、张良、韩信称作“汉初三杰”。

在楚汉战争中，有些带兵的大将立过大功，汉高祖不得不封他们为王。

这些诸侯王有的虽然不是旧六国贵族，但是都想割据一块土地，不听汉朝的指挥。其中楚王韩信、梁王彭越、淮南王英布，功劳最大，兵力也最强。汉高祖对他们确实不放心。

有个原来在项羽手下的将军叫钟离昧，汉高祖正在缉拿他，韩信却把他收留下来。

第二年，有人向汉高祖告发韩信想谋反。汉高祖问大臣该怎么办，许多人主张发兵消灭韩信，只有陈平反对，陈平说："韩信的兵比咱们精，他手下的将军又比咱们强，用武力去对付他，是很危险的。"

后来，汉高祖采用了陈平的计策，假装巡视云梦泽，命令受封的王侯到陈地相见。韩信接到命令，不能不去。到了陈地，汉高祖就叫武士把韩信绑了起来，要办他的罪。

有人劝汉高祖看在韩信过去的功劳份上，从宽处分。

汉高祖才免了他的罪，取消他的楚王封号，改封为淮阴侯。

韩信被降职以后，心里闷闷不乐，常常推说有病，不去朝见。

过了几年，陈豨造反，自称代王，一下子就占领了二十多座城。

汉高祖要淮阴侯韩信和梁王彭越一起讨伐陈豨，可是两个人都推说有病，不肯出兵，汉高祖只好自己去讨伐陈豨。

汉高祖带兵离开长安后，有人向吕后告发，说韩信和陈豨是同谋，他们还想里应外合，发动叛乱。吕后跟丞相萧何商量了一个计策，故意传出消息，说陈豨已经被高祖抓到，要大臣们进宫祝贺。韩信一进宫门，就被预先埋伏好的武士拿住杀了。

韩信被杀不到三月，汉高祖灭了陈豨，回到洛阳，又有彭越的手下人告发彭越谋反。汉高祖听到这个消息，派人把彭越逮住，下了监狱。后来因为没有查到彭越谋反的真凭实据，就把他罚做平民，迁送到蜀中去。

彭越在到蜀中去的路上，正好遇到吕后，就向吕后哭诉他实在没有罪，苦苦央告吕后在汉高祖面前替他说句好话，让他回自己的老家。吕后一口答应，把彭越带回洛阳。吕后到了洛阳，对汉高祖说："彭越是个壮士，把他送到蜀中，这不是放虎归山，自找麻烦吗?"

汉高祖听了吕后的话，就把彭越处死。

淮南王英布即（黥布）一听到韩信、彭越都被杀，干脆也起兵反了。他对部下说：“皇上已经老了，自己一定不能来。大将中只有韩信、彭越最有能耐，但他们都已经死了，别的将军不是我的对手，没什么可怕的。”

英布一出兵，果然打了几个胜仗，把荆楚一带土地都占领了。汉高祖只好亲自发兵去对敌。

他在阵前骂英布说：“我已经封你为王，你何苦造反？”

英布直言不讳地说：“想做皇帝！”

汉高祖指挥大军猛击英布。英布手下兵士弓箭齐发，汉高祖当胸中了一箭，幸亏箭伤还不太重，他忍住创痛，继续进攻。英布大败逃走，在半路上被人杀了。

汉高祖平定了英布，路过他的故乡沛县住了几天，邀集了故乡的父老子弟和以前熟悉的人，举行了一次宴会，请他们一起喝酒，无拘无束地快乐了几天。

他在快乐当中，想起过去自己怎样战胜了项羽，又想到以后要治理好国家，可真不容易。别说一些诸侯不肯安分守己，就是边境上也常常发生麻烦，哪儿去找勇士帮他守卫呢？

想到这里，十分感慨，情不自禁地唱起歌来：

大风起兮云飞扬，
威加海内兮归故乡，
安得猛士兮守四方。

* * * * *

刘邦虽然当上皇帝，可天下并不太平，经过长期的混战，社会生产遭到巨大破坏，百姓渴望和平，社会需要休养生息。

白登之围

自从在秦始皇统治时期打败匈奴以后，北方平静了十几年。到秦灭亡之后，中原发生了楚汉相争，匈奴就趁机一步一步向南打过来。

汉高祖的时候，匈奴的冒顿单于（冒顿是人名，单于是匈奴王）带领了四十万人马包围了韩王信（原韩国贵族，和韩信是两个人）的封地马邑（今山西朔县）。韩王信抵挡不了，向冒顿求和。汉高祖得到这个消息，派使者责备韩王信。韩王信害怕汉高祖办他的罪，向匈奴投降了。

冒顿占领了马邑，又继续向南进攻，围住晋阳。汉高祖亲自赶到晋阳，和匈奴对敌。

公元前200年冬天，天空下着大雪，天气特别冷，中原的兵士没碰到过这样冷的天气，冻坏了不少人，有的人竟冻掉了手指。但是，汉朝的军队和匈奴兵一接触，匈奴兵就败走。一连打赢了几阵。后来，听说冒顿单于逃到代谷（今山西代县西北）。

汉高祖进了晋阳，派出兵士去侦察，回来的人都说冒顿的部下全是一些老弱残兵，连他们的马都挺瘦的，如果趁势打过去，准能打胜仗。

汉高祖怕这些兵士的侦察不可靠，又派刘敬到匈奴营地去刺探。

刘敬回来说："我们看到的匈奴人马的确都是些老弱残兵，但我认为冒顿一定是把精兵埋伏起来，陛下千万不能上这个当。"

汉高祖大怒，说："你胆敢胡说八道，想阻拦我进军。"说着，就把刘敬关押起来。

汉高祖率领一队人马刚到平城（今山西大同市东北），突然四下里涌出无数匈奴兵来，个个人强马壮，原来的老弱残兵全不见了。汉高祖拼命杀出一条血路，退到平城东面的白登山。

冒顿单于派出四十万精兵，把汉高祖围困在白登山，周围的汉军没法救援。汉高祖的一部分人马在白登，整整被围了七天，没法脱身。

高祖身边的谋士陈平打发了一个使者带着黄金、珠宝去见冒顿的阏氏（就是匈奴的王后），请她在单于面前说些好话。阏氏一见这么多的礼物，心里很高兴。

当天晚上，阏氏对冒顿说："我们占领了汉朝地方，没法长期住下来，再说，汉朝皇帝也有人会来救他。咱们不如早点撤兵回去吧！"

冒顿听了阏氏的话，第二天一清早，就下令将包围网撤开一角，放汉兵出去。

第二天清早，天正下着浓雾，汉高祖悄悄地撤离了白登。陈平还不放心，叫弓箭手朝着左右两旁拉满了弓，保护汉高祖下山。

汉高祖提心吊胆地走出了匈奴的包围圈，快马加鞭，一口气逃到广武。他定了定神，首先把刘敬放出来，说："我没听你的话，弄得在白登被匈奴围了起来，差点儿不能和你见面了。”

汉高祖逃出了虎口，自己知道没有力量再去征服匈奴，只好回到长安。以后，匈奴一直侵犯北方，叫汉高祖大伤脑筋。他问刘敬该怎么办？刘敬说：“最好采用‘和亲’的办法，大家讲和，结为亲戚，彼此可以和和平平地过日子。”

汉高祖同意刘敬的意见，派刘敬到匈奴去说亲，冒顿同意了。汉高祖挑了一个宫女所生的女儿，称作大公主，送到匈奴去，冒顿就把她立为阏氏。

打那时候起，汉朝开始采取“和亲”的政策，跟匈奴的关系暂时缓和了下来。

* * * * *

汉朝刚从战争的废墟中站立起来的时候，国力比较弱小，北方的匈奴对汉朝构成了严重的威胁。此时，“和亲”政策是一种明智之举，为汉朝赢得了喘息之机。

白马盟

楚汉相争时，刘邦借着手下众多将领与背叛项羽的诸侯王而打败项羽取得天下，在战后不得不将功绩最高的一群将领封为诸侯王，但其却对异姓诸侯王心存疑虑，害怕其谋反，危及自己的江山，于是开始着手翦除异姓诸侯王和功臣势力。

以汉初三杰之一韩信为例，刘邦在垓下之战获胜后即改封其为楚王，使其离开根据地齐地，并于翌年设计将韩信掳至长安，降为淮阴侯，最后借吕后之手斩杀韩信。其后彭越、英布、韩王信、臧荼、卢绾等王皆一一被其贬杀。刘邦将异姓诸王清灭后，发现汉朝的控制力还只能停留在关中地区，在边疆地区却显得鞭长莫及，因此大封同姓诸侯王，实行郡国制，以保刘氏江山稳固。

然而随着吕后势力日大，其担忧汉室江山被吕氏夺去，因此在其晚年与刘氏诸王杀白马为盟，以策万全。

* * * * *

汉初的政治体制基本沿袭秦制，但在中央集权制度下，又恢复了秦代已废除的分封制，采用郡县与封国并行的体制。早在楚汉战争时期，刘邦为了网罗各股军事力量，与楚军争夺王位，曾分封了一批异姓王。

他们在汉军大旗之下，使刘邦终成帝业。其后，他认为异姓王终不可信，而仅能利用。因此他称帝以后，先后以种种借口除掉异姓王，同时又分封刘氏子侄为同姓王，并与群臣定下白马之盟，立下“非刘氏不王”的誓约，作为巩固西汉中央政权的辅助手段。

萧规曹随

汉惠帝即位第二年，年老的相国萧何病重。汉惠帝亲自去探望他，还问他将来谁来接替他合适。

萧何不愿意表示意见，只说：“谁还能像陛下那样了解臣下呢?”

汉惠帝问他：“你看曹参怎么样?”

萧何和曹参早年都是沛县的官吏，跟随汉高祖一起起兵。两个人本来关系很好，后来曹参立了不少战功，可是他的地位比不上萧何，两个人就不那么和好了。但是萧何知道曹参是个治国的人才，所以汉惠帝一提到他，他也表示赞成，说：

“陛下的主意错不了。有曹参接替，我死了也安心了。”

曹参本来是个将军，汉高祖封他长子刘肥做齐王的时候，叫曹参做齐相。那时候，天下刚安定下来，曹参到了齐国，召集齐地的父老和儒生一百多人，问他们应该怎样治理百姓。这些人说了一些意见，但是各有各的说法，不知听哪个才好。

后来，曹参打听到当地有一个挺有名望的隐士，叫盖公，曹参把他请了来，向他请教。这个盖公是相信黄老学说的（黄老就是指黄帝、老子），主张治理天下的人应该清静无为，让老百姓过安定的生活。

曹参依了盖公的话，尽可能不多去打扰百姓。他做了九年齐相，齐国所属的七十多座城都比较安定。

萧何一死，汉惠帝马上命令曹参进长安，接替做相国。曹参还是用盖公清静无为的办法，一切按照萧何已经规定的章程办事，什么也不变动。

有些大臣看曹参这种无所作为的样子，有点着急，也有的去找他，想帮他出点主意。但是他们一到曹参家里，曹参就请他们一起喝酒，要是有人在他跟前提起朝廷大事，他总是把话岔开，弄得别人没法开口。最后客人喝得醉醺醺地回去，什么也没有说。

汉惠帝看到曹相国这副样子，认为他是倚老卖老，瞧不起他，心里挺不踏实。

曹参的儿子曹窋，在皇宫里侍候惠帝。惠帝嘱咐他说："你回家的时候，找个机会问问你父亲：高祖归了天，皇上那么年轻，国家大事全靠相国来主持。可您天天喝酒，不管事，这么下去，怎么能够治理好天下呢？看你父亲怎么说。"

曹窋趁假期回家去的时候，就照惠帝的话一五一十地跟曹参说了。

曹参一听，就上火了，他骂着说："你这种毛孩子懂得个什么，国家大事也轮到你来啰唆。"说着，竟叫仆人拿板子来，把曹窋打了一顿。

曹窋莫名其妙地受了责打，非常委屈，回宫的时候当然向汉惠帝诉说了，汉惠帝也感到很不高兴。

第二天，曹参上朝的时候，惠帝就对他说："曹窋跟你说的话，是我叫他说的，你打他干什么？"

曹参向惠帝请了罪，接着说："请问陛下，您跟高祖比，哪一个更英明？"

汉惠帝说："那还用说，我怎么能比得上高祖。"

曹参说："我跟萧相国比较，哪一个能干？"

汉惠帝不禁微微一笑，说："好像不如萧相国。"

曹参说："陛下说的话都对。陛下不如高祖，我又不如萧相国。高祖和萧相国平定了天下，又给我们制订了一套规章。我们只要按照他们的规定照着办，不要失职就是了。"

汉惠帝这才有点明白过来。

曹参用他的黄老学说，做了三年相国。由于那时候正是长期战争的动乱之后，百姓需要安定，他那套办法没有给百姓增加更多的负担。因此，当时有人编了歌谣称赞萧何和曹参。历史上把这件事称为"萧规曹随"。

* * * * *

人能有自知之明，不狂妄自大，就已经很了不起了。曹参沿袭了萧何的治国政策，清静无为，休养生息，使汉朝渐渐强盛起来。

周勃夺军安刘

汉惠帝去世后，少帝元年（公元前 187 年），朝中所有的号令都出自吕太后。

吕太后为了巩固自己的权力，要立吕家的人为王，问问大臣们可不可以。

右丞相王陵心直口快，说：“高祖杀宰白马立下盟约，不是姓刘的不应该封王。”

吕太后听了挺不高兴，又问左丞相陈平和太尉周勃。

陈平、周勃说：“高祖平定天下，分封自己的子弟为王，这当然是对的；现在太后临朝，封自己的子弟为王，也没有什么不可以。”

吕太后才高兴地点点头。

散朝以后，王陵批评陈平和周勃说：“当初在先帝跟前宣誓的时候，你们不是都在场吗？现在你们违背了誓言，怎么对得起先帝？”

陈平和周勃说：“您别着急。当面在朝廷上和太后争论，我们比不上您；将来保全刘家天下，您可比不上我们了。”

打这以后，吕太后就陆续把她的内侄、侄孙，像吕台、吕产、吕禄、吕嘉、吕通等一个个都封了王，还让他们掌握了军权。整个朝廷大权几乎全落在吕家的手里了。

吕后一家夺了刘家的权，大臣中不服气的人不少，只是大多数人敢怒而不敢言罢了。

汉高祖有个孙儿刘章，封号叫朱虚侯，他的妻子是吕禄的女儿。有一次，吕太后举行宴会，指定刘章进行监督。刘章对太后说：“我是将门的后代，请允许我按军法来监督酒宴。”吕太后答应了。

刘章瞧见大伙儿喝酒喝得热闹。他提出要给吕太后唱个《耕田歌》助助兴，吕太后说：“你就唱吧！”

刘章放开嗓子唱了起来：

深耕穊种，立苗欲疏；

非其种者，锄而去之。

（这首歌的意思是：田要耕得深，苗要栽得疏；不是好种子，就把它锄掉。）

吕太后听了，很不痛快。

不一会，有个吕家子弟喝醉了酒，不辞而别。刘章追了上去，借口他违犯宴会规矩，把他杀了。刘章回来向太后报告的时候，吕太后因为已经允许他按军法从事，也拿他没有办法。

吕太后临朝的第八年，得了重病。临死前封赵王吕产为相国，统领北军；吕禄为上将军，率领南军，并且叮嘱他们说："现在吕氏掌权，大臣们都不服。我死了以后，你们一定要带领军队保卫宫廷，不要出去送殡，免得被人暗算。"

吕太后死后，兵权都在吕产、吕禄手里。他们想发动叛乱，但是一时不敢动手。

刘章从妻子那里知道了吕家的阴谋，就派人去告诉他哥哥齐王刘襄，约他从外面发兵打进长安来。

齐王刘襄向西进兵，吕产得到这个消息，立刻派将军灌婴带领兵马去对付。灌婴一到荥阳，就跟部将们商量说："吕氏统率大军，想夺取刘家天下。如果我们向齐王进攻，岂不是帮助吕氏叛乱吗？"

大家商量下来，决定按兵不动，还暗地里通知齐王，要他联络诸侯，等待时机成熟，一起起兵讨伐吕氏。齐王接到通知，也就暂时按兵不动。

周勃、陈平知道吕氏要发动叛乱，他们想先发制人，但是兵权在吕氏手里，怎么办呢？

他们想到大臣郦商的儿子郦寄和吕禄是好朋友，就派人要郦寄去劝说吕禄："太后死了，皇帝年纪又小，您身为赵王，却留在长安带兵，大臣诸侯都怀疑您，对您不利。如果您能把兵权交给太尉，回到自己封地，齐国的兵就会撤退，大臣们也心安了。"

吕禄相信了郦寄的话，把北军交给太尉周勃掌管。

周勃拿了将军的大印，迅速跑到北军军营中去。向将士下了一道命令："现在吕氏想夺刘氏的权，你们看怎么办？帮助吕家的袒露右臂，帮助刘家的袒露左臂。"

北军中的将士本来都是向着刘家的，命令一传下去，一下子全脱下左衣袖，露出左臂来（文言叫“左袒”）。周勃顺利地接管了北军，把吕禄的兵权夺了过来。

吕产还不知道吕禄的北军已落在周勃手里，他跑到未央宫想要发动叛乱。周勃派朱虚侯刘章带了一千多个兵士赶来，把吕产杀了，接着，周勃带领北军，把吕氏的势力消灭了。

这时，大臣们都说：“从前吕太后所立皇上不是惠帝的孩子。现在我们灭了吕氏，让这种冒充的太子当皇帝，长大了不是吕氏一党吗？我们不如再在刘氏诸王中推一个最贤明的立为皇帝。”

大臣们商议的结果，认为代王刘恒在高祖的几个儿子中，年龄最大，品格又好，就派人到代郡（治所在今河北蔚县）把刘恒迎到长安，立为皇帝，这就是汉文帝。

* * * * *

吕后夺权在朝廷不得人心，最终必然遭到失败。而由大臣们民主推举的皇帝——汉文帝，相对来说是比较开明的。

缇萦救父

汉文帝的母亲薄太后出身低微，在汉高祖在世的时候是个不得宠的妃子。她怕住在宫里受吕后的陷害，就请求跟着儿子住在代郡。代郡环境艰苦，所以他们很能理解百姓的疾苦。

汉文帝即位不久，就下了一道诏书说：“一个人犯了法，定了罪也就是了。为什么要把他的父母妻儿也一起逮捕办罪呢？我不相信这种法令有什么好处，请你们商议一下改变的办法。”

大臣们一商量，按照汉文帝的意见，废除了一人犯法、全家连坐（连坐，就是被牵连一同办罪）的法令。

公元前167年，临淄地方有个小姑娘名叫淳于缇萦（淳于是姓）。她的父亲淳于意，本来是个读书人，因为喜欢医学，经常给人治病，出了名。后来他做了太仓令，但他不愿意跟做官的来往，也不会拍上司的马屁，没有多久，辞了职，当起医生来了。

有一次，有个大商人的妻子生了病，请淳于意医治。那病人吃了药，病没见好转，过了几天死了。大商人仗势向官府告了淳于意一状，说他是错治了病。当地的官吏判他“肉刑”（当时的肉刑有脸上刺字，割去鼻子，砍去左足或右足等），要把他押解到长安去受刑。

淳于意有五个女儿，可没有儿子。他要被押解到长安去。离开家的时候，望着女儿们叹气，说：“唉，可惜我没有男孩，遇到急难，一个有用的也没有。”

几个女儿都低着头伤心得直哭，只有最小的女儿缇萦又是悲伤，又是气愤。她想：“为什么女儿偏没有用呢？”

她提出要陪父亲一起上长安去，家里人再三劝阻她也没有用。

缇萦到了长安，托人写了一封奏章，到宫门口递给守门的人。

汉文帝接到奏章，知道上书的是个小姑娘，倒很重视。那奏章上写着：

我叫缇萦，是太仓令淳于意的小女儿。我父亲做官的时候，齐地的人都说他是个清官。这回儿他犯了罪，被判处肉刑。我不但为父亲难过，也为所有受肉刑的人伤心。一个人砍去脚就成了残废；割去了鼻子，不能再安上去，以后就是想改过自新，也没有办法了。我情愿给官府没收为奴婢，替父亲赎罪，好让他有个改过自新的机会。

汉文帝看了信，十分同情这个小姑娘，又觉得她说的有道理，就召集大臣们，对大臣说：“犯了罪该受罚，这是没有话说的。可是受了罚，也该让他重新做人才是。现在惩办一个犯人，在他脸上刺字或者毁坏他的肢体，这样的刑罚怎么能劝人为善呢。你们商量一个代替肉刑的办法吧！”

大臣们商议后，拟定一个办法，把肉刑改用打板子。原来判砍去脚的，改为打五百板子；原来判割鼻子的改为打三百板子。汉文帝就正式下令废除肉刑。这样，缇萦就救了她的父亲。

* * * * *

汉文帝废除肉刑，既顺应了民心；又为农业生产保全了更多的劳动力。也是刑罚制度发展过程中的一项重大历史进步。

周亚夫的细柳营

汉文帝即位之后，跟匈奴贵族继续采取和亲的政策，双方没有发生大规模的战争。但是后来匈奴的单于听信了奸细的挑拨，跟汉朝绝了交。公元前158年，匈奴起兵六万，侵犯上郡（治所在今陕西榆林东南）和云中（治所在今内蒙古托克托东北），杀了不少老百姓，抢掠了不少财物。边境的烽火台都放起烽火来报警，远远近近的火光，连长安也望得见。

汉文帝连忙派三位将军带领三路人马去抵抗：为了保卫长安，另外派了三位将军带兵驻扎在长安附近：将军刘礼驻扎在灞上，徐厉驻扎在棘门（今陕西咸阳市东北），周亚夫驻扎在细柳（今咸阳市西南）。

有一次，汉文帝亲自到这些地方去慰劳军队，顺便也去视察一下。

他先到灞上，刘礼和他部下将士一见皇帝驾到，都纷纷骑着马来迎接。汉文帝的车驾闯进军营，一点没有受到什么阻拦。

汉文帝慰劳了一阵走了，将士们忙不迭欢送。

接着，他又来到棘门，受到的迎送仪式也是一样隆重。

最后，汉文帝来到细柳。周亚夫军营的前哨一见远远有一彪人马过来，立刻报告周亚夫。将士们披盔带甲，弓上弦，刀出鞘，完全是准备战斗的样子。

汉文帝的先遣队到达了营门。守营的岗哨立刻拦住，不让进去。

先遣的官员威严地吆喝了一声，说："皇上马上驾到！"

营门的守将毫不慌张地回答说："军中只听将军的军令。将军没有下令，不能放你们进去。"

官员正要同守将争执，汉文帝的车驾已经到了，守营的将士照样挡住。

汉文帝只好命令侍从拿出皇帝的符节，派人给周亚夫传话说："我要进营来劳军。"

周亚夫下命令打开营门，让汉文帝的车驾进来。

护送文帝的人马一进营门，守营的官员又郑重地告诉他们："军中有规定：军营内不许车马奔驰。"

侍从的官员都很生气，汉文帝却吩咐大家放松缰绳，缓缓地前进。

到了中营，只见周亚夫披戴着全身盔甲，拿着兵器，威风凛凛地站在汉文帝面前，拱拱手作个揖，说："臣盔甲在身，不能下拜，请允许按照军礼朝见。"

汉文帝听了，大为震动，也扶着车前的横木欠了欠身，向周亚夫表示答礼，接着，又派人向全军将士传达他的慰问。

慰问结束后，汉文帝离开细柳，在回长安的路上，汉文帝的侍从人员都愤愤不平，认为周亚夫对皇帝太无礼了。

但是，汉文帝却赞不绝口，说："啊，这才是真正的将军啊！灞上和棘门两个地方的军队，松松垮垮，仿若儿戏。如果敌人来偷袭，不做俘虏才怪呢。像周亚夫这样治军，敌人怎敢侵犯他啊！"

过了一个多月，前锋汉军开到北方，匈奴退了兵。防卫长安的三路军队也撤了。

汉文帝在这一次视察中，认定周亚夫是个军事人才，就把他提升为中尉（负责京城治安的军事长官）。

第二年，汉文帝害了重病。临死的时候，他把太子叫到跟前，特地嘱咐说："如果将来国家发生动乱，叫周亚夫统率军队，准错不了。"

* * * * *

军队要有战斗力，就必须有严明的纪律。汉文帝比较开明，认可了周亚夫的军事才能。

晁错削藩

汉景帝也像文帝一样，采用休养生息的政策，决心把国家治理好。景帝当太子的时候，有个管家的官员叫晁错，才能挺不错，大家把他叫作"智囊"，汉景帝即位以后，把他提升为御史大夫。

汉朝实行的是郡县制，但是同时又有二十二个诸侯国。这些诸侯都是汉高祖的子孙，也就是所谓同姓王。到了汉景帝时候，诸侯的势力很大，土地又多，像齐国有七十多座城，吴国有五十多座城，楚国有四十多座城。有些诸侯不受朝廷的约束，特别是吴王刘濞，更是骄横。他的封国靠海，还有铜矿，自己煮盐采铜，跟汉皇帝一样富有。他自己从来不到长安朝见皇帝，简直使吴国成为了一个独立王国。

晁错眼看这样下去，对巩固中央集权不利，就对汉景帝说："吴王一直不来朝见，按理早该把他办罪。先帝（指文帝）在世时对他很宽大，他反倒越来越狂妄自大。他还私自开铜山铸钱，煮海水产盐，招兵买马，准备叛乱。不如趁早削减他们的封地。"

汉景帝还有点犹豫，说："好是好，只怕削地会激起他们造反。"

晁错说："诸侯存心造反的话，削地要反，不削地将来也要造反。现在造反，祸患还小；将来他们势力雄厚了，再反起来，祸患就更大了。"

汉景帝觉得晁错的话很有道理，决心削减诸侯的封地。诸侯大多不是荒淫无度，就是横行不法，要抓住他们的罪恶，作为削减封地的理由，还不容易！过了不久，有的被削去一个郡，有的被削掉几个县。

晁错的父亲听到这个消息，从家乡颍川（今河南禹县）特地赶了出来。他对晁错说："你当了御史大夫，地位已经够高的了。怎么不安分守己，硬管闲事？你想想，诸侯王都是皇室的骨肉至亲，你管得着？你把他们的封地削了，他们哪一个不怨你、恨你，你这样做究竟是为的什么？"

晁错说："不这样做，皇上就没法行使权力，国家也一定要乱起来。"

他父亲叹了口气说："你这样做，刘家的天下安定，我们晁家却危险了。我老了，不愿意看到大祸临头。"

晁错又劝了他父亲一阵，可是老人不理解晁错的心意，回到颍川老家，服毒自杀了。

晁错正跟汉景帝商议要削吴王濞的封地，吴王濞先造起反来了。他打着"清君侧，诛晁错"的幌子，煽动别的诸侯一同起兵叛乱。

公元前154年，吴、楚、赵、胶西、胶东、甾川、济南七个诸侯王发动叛乱。历史上称为"七国之乱"。

那时候，朝廷上有个妒忌晁错的人就说七国发兵完全是晁错引起的。他劝汉景帝说："只要答应七国的要求，杀了晁错，免了诸侯起兵的罪，恢复他们原来的封地，他们就会撤兵回去。"

汉景帝听信了这番话，说："如果他们真能够撤兵，我又何必舍不得晁错一个人呢。"

一天，中尉来到晁错家，传达皇帝的命令，要他上朝议事。晁错还完全蒙在鼓里，立刻穿上朝服，跟着中尉上车走了。

车马经过长安东市，中尉忽然拿出诏书，要晁错下车听诏。中尉宣布了汉景帝的命令，后面一群武士就一拥而上，把晁错绑起来。这个一心想维护汉家天下的晁错，竟这样莫名其妙地被腰斩了。

汉景帝杀了晁错，派人下诏书要七国退兵。这时候吴王濞已经打了几个胜仗，夺得了不少地盘。他听说要他拜受汉景帝的诏书，冷笑说："现在我也是个皇帝，为什么要下拜?"

汉军营里有个官员名叫邓公，到长安向景帝报告军事情况。汉景帝问他说："你从军营里来，知不知道晁错已经死了？吴楚愿不愿意退兵?"

邓公说："吴王为了造反已经准备了几十年了。这次借削地的因头发兵，哪里是为了晁错呢？陛下把晁错错杀了，恐怕以后谁也不敢替朝廷出主意了。"

汉景帝这才知道自己做错了事，但后悔已来不及。他想起汉文帝临终前的遗嘱，拜善于治军的周亚夫为太尉，统率三十六名大将去讨伐叛军。

周亚夫很能用兵，他先不跟吴、楚两国的叛军正面作战，却派一队轻骑兵抄了他们的后路，断绝了叛军的粮道。吴、楚两国军队没有粮食，自己先乱起来。周亚夫才发动精兵出击，把吴、楚两国的兵马打得一败涂地。

吴、楚两国是带头叛乱的，两国一败，其余五国也很快地垮了。不到三个月时间，汉军就把七国的叛乱平定了。

汉景帝平定了叛乱，虽然仍旧封了七国的后代继承王位，但是打那以后，诸侯王只能在自己的封国里征收租税，不许干预地方的行政，权力大大削弱，汉朝的中央政权才巩固下来。

* * * * *

晁错不顾个人安危，为了巩固汉朝的中央集权削弱诸侯的势力，这种勇气是十分罕见的。

马邑之谋

汉文帝、汉景帝两代都采取休养生息的政策，六十多年内，除了短时期的七国叛乱，没有发生过大的战争。因此，社会的经济得到恢复和发展。据说，到了景帝的后期，国家仓库里的钱不知道积了多少万，串钱的绳子都烂断了；粮仓里的粮食多得吃不完，一年年地堆积上去，都满到露天的地上来了，有的甚至霉腐了。历史上把这段时期称为“文景之治”。

但是，强盛的汉朝却常常受到北方匈奴的威胁。从汉高祖在白登受包围以后，汉朝对匈奴一直采取“和亲”政策。这种“和亲”，实际上是一种妥协，不但要把汉朝皇室的女儿嫁给匈奴单于，每年还得送给匈奴许多财物。即使这样做，匈奴贵族还是经常侵犯中原，杀害百姓，掠夺粮食和牛羊，使北方地区不得安宁。

汉景帝死后，即位的汉武帝刘彻是个雄心勃勃的皇帝，一心要想改变这种屈辱的现象。

公元前135年，匈奴的军臣单于又派使者来要求和亲，汉武帝要大臣们议论一下。有个将军王恢说：“过去朝廷同匈奴和亲，匈奴老是不守盟约，侵犯边界，我们应该发兵打击他们一下才好。”

许多大臣都反对王恢的建议，汉武帝自己觉得没有把握，只好暂时答应匈奴和亲。

过了两年，马邑地方有个大商人聂壹来找王恢，说：“匈奴在边界经常侵犯，总是一个祸根。现在趁刚跟他们和亲的机会，把匈奴引进来，我们来一个伏击，准能打个大胜仗。”

王恢问他：“你有什么办法能把匈奴引进来？”

聂壹说：“我经常在边界上做买卖，匈奴人都认识我。我可以借做买卖的因头，假装把马邑献给单于。单于贪图马邑的货物，一定会来。我们把大军埋伏在附近地方，只要等单于一到马邑，将军就可以截断他们的后路，活捉单于。”

王恢把聂壹的主意告诉汉武帝。汉武帝决心采用聂壹的计策，派王恢、韩安国、公孙贺、李广等将军带领人马埋伏在马邑旁边的山谷里。

聂壹故意逃到匈奴，跟军臣单于说：“我有办法混进马邑，杀死那里的官吏，这样可以稳稳当当拿下马邑。”

军臣单于听了很高兴，但是到底有点怀疑，先派几个心腹跟聂壹一起到马邑去，只等聂壹真的把官吏杀了，再发兵进去。

聂壹回到马邑，按照事前和王恢商量好的办法，杀了几个已经定了死罪的犯人，把他们的头挂在城头上，骗匈奴使者去看，说这就是马邑县官的脑袋。

匈奴使者见了人头，信以为真，立刻回去报告军臣单于。

军臣单于亲自带领十万骑兵去接管马邑，到了离马邑大约一百多里地的武州地方（今山西左云县），只见草原上放着许多牲口，却没有放牲口的人。军臣单于一边走，一边犯了疑。这时候，他见到前面有一座亭堡（亭堡是瞭望敌人，传递消息用的），就决心打下这座亭堡，问个明白。

他们打下亭堡，抓住守在那里的亭尉。军臣单于威胁他说："你把情况老实告诉我！要是说半句谎话，我马上把你的头砍了。"

那亭尉吓得要命，就把汉兵布置的埋伏全都告诉了军臣单于。

军臣单于一听，大吃一惊，赶快命令全军撤退。出了武州地界，他才喘口气说："幸亏我抓到亭尉。真是好险哪。"

埋伏在马邑的汉军，得到匈奴逃回去的消息，赶快带大军追上去，可哪儿再追得上？只好空手回来。

汉武帝的诱击战没有成功。但是，打那以后，汉朝和匈奴的和亲关系破裂，接连发生了大规模的战争。

* * * * *

汉朝经过长期的休养生息，到汉武帝时，兵强马壮，具备了反击匈奴的条件。

飞将军李广

公元前129年，匈奴派兵进犯上谷（治所在今河北怀来东南）。汉武帝派卫青、公孙敖、公孙贺、李广四名将军带领人马分头出击。

在四名将军中，要数李广年纪最大，资格最老。李广在汉文帝时候就做了将军；汉景帝的时候，他跟周亚夫一起平定七国之乱，立过大功；后来，汉景帝又派他去做上郡（治所在今陕西榆林东南）太守。

有一次，匈奴进了上郡，李广带着一百个骑兵去追赶三个匈奴射手，追了几十里地才追上。他射死了其中的两个，把第三个活捉了，正准备回营，远远望见有几千名匈奴骑兵赶了上来。

李广手下的兵士突然碰到那么多匈奴兵，不由得都慌了。李广对他们说："我们离开大营还有几十里地。如果现在往回跑，匈奴兵追上来，我们就完了。不如干脆停下来，匈奴兵以为咱们是来引诱他们的，一定不敢来攻击我们。"

接着，李广下令前进，在离开匈奴阵地仅仅两里的地方停了下来，命令兵士一齐下马，把马鞍全卸下来，就地休息。

兵士们都发急了，说："匈奴兵马这么多，又这么近，要是他们打过来，怎么办?"

李广说："我们这样做，表示不走，使敌人相信我们是诱骗他们的。"

匈奴的将领看到李广这样布置，真地有点害怕。他们远远地观察汉军动静，不敢上来。

这时候，匈奴阵地上有一个骑白马的将军，走出来巡视队伍。李广突然带着十几名骑兵翻身上马，飞驰过去，一箭把他射死。然后再回到自己队伍，下马躺在地上休息。

匈奴兵越看越怀疑。天黑下来，他们认定汉军一定有埋伏，怕汉军半夜袭击他们，就连夜全部逃回去。到了天亮，李广一瞧，山上已没匈奴兵，才带着一百多名骑兵安然回到大营。

这一回，汉武帝派了四路人马去抵抗匈奴。匈奴的军臣单于探明了汉兵的情况，知道四名将军中最难对付的是李广，就把大部分兵力集中在雁门，沿路布置好埋伏，命令部下活捉李广。匈奴兵多势盛，经过一场激烈的战斗，李广的人马被打散，李广自己也受了伤，被匈奴兵俘虏。

匈奴兵看李广受了重伤，把他放在用绳子结成的吊床上，用两匹马驮着，送到单于的大营去。

李广躺在那张吊床上动也不动，真地像死了似的。大约走了十几里地，他偷偷地瞅准旁边一个匈奴兵骑的一匹好马，使劲一挣扎，猛地跳上马，夺了弓箭，把那匈奴兵推下马去，调过马头拼命往南飞奔。

匈奴派了几百名骑兵追赶。李广一面使劲夹住马肚子，催马快跑，一面回转身来，拈弓搭箭，一连射死了几个追在前面的匈奴兵。匈奴兵眼看赶不上李广，只好瞪着眼让他跑了。

李广虽然脱了险。但是因为他损兵折将，被判了死罪。汉朝有一条规矩，罪人可以拿钱赎罪。李广缴了一笔钱，总算赎了罪，回家做了平民。

过了不久，匈奴又在边境骚扰，汉武帝重新起用李广，担任右北平（郡名，治所在今辽宁凌源西南）太守。

多少年来，李广一直在北方防守。因为李广行动快，箭法精，忽来忽去，叫人摸不准他的路子。所以匈奴人给他起了一个外号叫“飞将军”。李广做了右北平太守，匈奴人害怕飞将军，不敢进犯。

右北平一带没有匈奴兵进犯，可是常有老虎出来伤害人。李广只要听说哪儿有老虎，总亲自去射杀。老虎碰见他，没有不被射死的。

据说，有一次，李广回来晚了，天色朦胧，他和随从一面走，一面提防着老虎，忽然瞧见前面山脚下草丛里蹲着一只斑斓猛虎。他连忙拿起弓箭，使尽全力射了过去，凭他百发百中的箭法，自然射中了。

手下的兵士见他射中老虎，拿着刀枪跑上去捉虎。他们走近一瞧，全愣了，原来中箭的不是老虎，竟是一块大石头，而且这支箭陷得很深，几个人想拔也拔不出来。大伙儿真是又惊奇，又佩服。

李广过去一看，自己也纳闷起来，石头怎么能射得进去呢？他回到原来的地方，对准那块石头又射了几箭，箭碰到石头，只迸出火星儿，却再也射不进去了。但就是凭这一箭，人们都传说飞将军李广的箭能射穿石头。

* * * * *

李广的一生，大都投入了抗击匈奴的事业。他身经大小七十几次战斗，由于他英勇善战，成为匈奴贵族心目中可怕的劲敌。但是李广在他一生的战斗中常常遭到意外的挫折。

卫青和霍去病

卫青出身低微，他的父亲是平阳侯曹寿家里当差的。卫青长大以后，在平阳侯家当了一名骑奴。后来，因为卫青的姐姐卫子夫进宫，受到汉武帝的宠幸，卫青被召入朝，任建章监、侍中。

就在李广在战斗中被匈奴兵俘虏后又逃回的那年，汉军四路人马，三路都失败了，只有卫青打了个胜仗，被封为关内侯；以后，又接二连三地打败匈奴兵，屡立战功。

公元前124年，卫青率领骑兵三万，追到长城外。匈奴右贤王以为汉军还离开很远，一点也没防备，在兵营里喝酒作乐，喝得酩酊大醉。

卫青在夜色的掩护下，急行军六七百里，包围了右贤王。汉兵从四面八方冲进匈奴营地，打得匈奴部队四面逃窜，乱成一团。右贤王刚刚酒醒，要抵抗已来不及了，只好带着他的几百个亲信脱身逃走。

这一仗，卫青的人马一共俘获了一万五千多个俘虏，贵族十多人。

匈奴的左右贤王，地位仅次于匈奴单于。这次战争，右贤王全军覆没，对匈奴单于是一个很大打击。

汉武帝得到捷报，立刻派使者拿着大将军印，送到军营，宣布卫青为大将军，连他的三个还没有成年的儿子也封为侯。

卫青推辞说："我几次打胜仗，都是部下将士的功劳。我那三个孩子还都是娃娃，什么事都没干过，要是皇上封他们为侯，怎么能够勉励战士立功呢!"

汉武帝经他一提醒，就封了卫青部下的十一人为侯。

第二年，匈奴又来进攻，汉武帝又派卫青率领六个将军和大队人马去对付匈奴。

卫青有一个外甥，叫霍去病，那时候才十八岁，非常勇敢，又会骑马射箭，这次也跟着卫青一道去打匈奴。

匈奴听到汉军大批人马来进攻，立即往后逃走。卫青派四路人马分头去追赶匈奴部队，一定要把匈奴主力打败。卫青自己坐镇大营，等候消息。

到了晚上，四路兵马都回来了，没有找到匈奴主力，有的杀了几百个兵士，有的连一个敌人也没有找到，无功而返。

霍去病还是第一次出来打仗的小伙子，才做了个校尉。他带领了八百名壮士，组成一个小队，去找匈奴部队。他们向北跑了一阵，一路上没瞧见匈奴兵士，一直赶了几百里路，才远远望见匈奴兵的营帐。

他们偷偷地绕道抄过去，瞅准一个最大的帐篷，猛然冲了进去。霍去病眼明手快，一刀杀了一个匈奴贵族。他手下的壮士又活捉了一个。

匈奴兵没有了头儿，四处奔逃，八百个壮士追上去又杀了两千多匈奴兵，才赶回大营。

卫青在大营正等得着急，只见霍去病提了一个人头回来，后面的兵士还押了两个俘虏。经过审问，才知道这两个俘虏，一个是单于的叔叔，一个是单于的相国，那个被霍去病杀了的是单于的祖父。

十八岁的霍去病第一次参加作战，就逮住了匈奴的两个将官，这功劳可真不小。战斗结束，被封为冠军侯。

公元前121年，汉武帝又封霍去病为骠骑将军，率领一万骑兵，从陇西出发，进攻匈奴。霍去病的兵马跟匈奴接连打了六天，匈奴兵抵挡不住，向后败退。霍去病和他的骑兵越过了燕支山（在今甘肃永昌县西），追击了一千多里地。那边还有不少是匈奴的属国，像浑邪（在今甘肃省境）、休屠（在今甘肃武威县北）。汉兵到了那里，俘虏了浑邪王的王子和相国，把休屠王祭天的金人（一种铜像）也拿来了。

汉武帝为了慰劳霍去病，要替他盖一座住宅让他成家。霍去病推辞了。他说："匈奴还没消灭，哪儿顾得上安家呢！"（文言是："匈奴未灭，何以家为！"）

为了根除匈奴的侵犯，到了公元前119年，汉武帝经过充分准备之后，再次派卫青、霍去病各带五万精兵，分两路合击匈奴。

卫青从定襄郡出塞，穿过大沙漠，行军一千多里，匈奴的伊稚邪单于亲自率领精兵严阵对抗。双方展开了一场大会战。激战到夜幕降临的时候，沙漠上突然刮起一阵狂风，夹着砂砾，吹得天昏地黑。卫青顶着狂风，冒着扑面的砂砾，命令骑兵分左右两翼夹攻。伊稚邪单于招架不住了，带了几百骑兵向北突围逃去。卫青一直追到寘颜山（古山名，今蒙古高原杭爱山南面的一支）下的赵信城，匈奴兵已经逃空，城里贮存了不少粮草。卫青让兵士们饱餐了一顿，把多余的积粮烧了，才胜利回师。

另一路，霍去病也横越大沙漠，前进两千多里，大破匈奴左贤王的兵马，一直追到狼居胥山（在今内蒙古自治区五原西北黄河北岸；一说在今蒙古人民共和国境内）下，在那里立了一块石碑留作纪念。

这是汉朝规模最大、进军最远的一次追击。打那以后，匈奴撤退到大沙漠以北，沙漠南面就没有匈奴的王庭了。

* * * * *

卫青、霍去病率领汉军沉重地打击了匈奴，暂时使中原地区安定下来。

苏武牧羊

匈奴自从被卫青、霍去病打败以后，双方有好几年没打仗。但他们口头上表示要跟汉朝和好，实际上还是随时想进犯中原。

匈奴的单于一次次派使者来求和，可是汉朝的使者到匈奴去回访，有的却被他们扣留了。汉朝也扣留了一些匈奴使者。

公元前100年，汉武帝正想出兵打匈奴，匈奴派使者来求和了，还把汉朝的使者都放回来。汉武帝为了答复匈奴的善意表示，派中郎将苏武拿着旌节，带着副手张胜和随员常惠，出使匈奴。

苏武到了匈奴，送回扣留在汉朝的匈奴使者，送上礼物。苏武正等单于回信让他回去，没想到就在这个时候，却出了意外。

苏武没到匈奴之前，有个汉人叫卫律，在出使匈奴后投降了匈奴。单于特别重用他，封他为王。

卫律有一个部下叫作虞常，对卫律很不满意。他跟苏武的副手张胜原来是朋友，就暗地跟张胜商量，想杀了卫律，劫持单于的母亲，逃回中原去。

张胜很表示同情，没想到虞常的计划没成功，反而被匈奴人逮住了。单于大怒，叫卫律审问虞常，还要查问出同谋的人来。

苏武本来不知道这件事。到了这时候，张胜怕受到牵连，才告诉苏武。

苏武说："事情已经到这个地步，一定会牵连到我。如果让人家审问以后再死，不是更给朝廷丢脸吗?"说罢，就拔出刀来要自杀。张胜和随员常惠眼快，夺去他手里的刀，把他劝住了。

虞常受尽种种刑罚，只承认跟张胜是朋友，说过话，拼死也不承认跟他同谋。

卫律向单于报告。单于大怒，想杀死苏武，被大臣劝阻了，单于又叫卫律去逼迫苏武投降。

苏武一听卫律叫他投降，就说："我是汉朝的使者，如果违背了使命，丧失了气节，活下去还有什么脸见人。"又拔出刀来向脖子抹去。

卫律慌忙把他抱住，苏武已受了重伤，昏了过去。

卫律赶快叫人抢救，苏武才慢慢苏醒过来。

单于觉得苏武是个有气节的好汉，十分钦佩他。等苏武伤痊愈了，单于又想逼苏武投降。

单于派卫律审问虞常，让苏武在旁边听着。卫律先把虞常定了死罪，杀了；接着，又举剑威胁张胜，张胜贪生怕死，投降了。

卫律对苏武说："你的副手有罪，你也得连坐。"

苏武说："我既没有跟他同谋，又不是他的亲属，为什么要连坐？"

卫律又举起剑威胁苏武，苏武不动声色。卫律没法，只好把举起的剑放下来，劝苏武说："我也是不得已才投降匈奴的，单于待我好，封我为王，给我几万名的部下和满山的牛羊，享尽富贵荣华。先生如果能够投降匈奴，明天也跟我一样，何必白白送掉性命呢？"

苏武怒气冲冲地站起来，说："卫律！你是汉人的儿子，做了汉朝的臣下。你忘恩负义，背叛了父母，背叛了朝廷，厚颜无耻地做了叛徒，还有什么脸来和我说话。我决不会投降，怎么逼我也没有用。"

卫律碰了一鼻子灰回去，向单于报告。单于把苏武关在地窖里，不给他吃的喝的，想用长期折磨的办法，逼他屈服。

这时候正是入冬天气，外面下着鹅毛大雪。苏武忍饥挨饿，渴了，就捧了一把雪止渴；饿了，扯了一些皮带、羊皮片啃着充饥。过了几天，居然没有饿死。

单于见折磨他没用，把他送到北海（今西伯利亚贝加尔湖）边去放羊，跟他的部下常惠分隔开来，不许他们通消息，还对苏武说："等公羊生了小羊，才放你回去。"公羊怎么会生小羊呢，这不过是说要长期监禁他罢了。

苏武到了北海，旁边什么人都没有，唯一和他作伴的是那根代表朝廷的旄节。匈奴不给口粮，他就掘野鼠洞里的草根充饥。日子一久，旄节上的穗子全掉了。

一直到了公元前 85 年，匈奴的单于死了，匈奴发生内乱，分成了三个国家。新单于没有力量再跟汉朝打仗，又打发使者来求和。那时候，汉武帝已死去，他的儿子汉昭帝即位。汉昭帝派使者到匈奴去，要单于放回苏武，匈奴谎说苏武已经死了。使者信以为真，就没有再提。

第二次，汉使者又到匈奴去，苏武的随从常惠还在匈奴。他买通匈奴人，私下和汉使者见面，把苏武在北海牧羊的情况告诉了使者。使者见了单于，严厉责备他说：“匈奴既然存心同汉朝和好，不应该欺骗汉朝。我们皇上在御花园射下一只大雁，雁脚上拴着一条绸子，上面写着苏武还活着，你怎么说他死了呢?”

单于听了，吓了一大跳。他还以为真的是苏武的忠义感动了飞鸟，连大雁也替他送消息呢。他向使者道歉说：“苏武确实是活着，我们把他放回去就是了。”

* * * * *

苏武出使的时候，才四十岁。在匈奴受了十九年的折磨，胡须、头发全白了。回到长安的那天，长安的人民都出来迎接他。他们瞧见白胡须、白头发的苏武手里拿着光杆子的旌节，没有一个不受感动的，说他真是个有气节的大丈夫。

黄巾军起义

东汉末年，昏庸透顶的汉灵帝信任宦官，只知道吃喝玩乐。库房里的钱不够用了，他们为了搜刮钱财，在西园开了一个挺特别的铺子。有钱的人可以公开到这里来买官职，买爵位。他们在鸿都门外张贴榜文，标出了买官的价格。买个郡太守定价二千万，买个县令定价四百万；一时付不出钱的可以暂时赊欠，等他上任以后加倍付款。这些花了钱买官的官吏，一上任当然更加起劲地搜刮民脂民膏。这一时期的东汉王朝极其黑暗和腐败。

朝廷的腐败，地主豪强的压迫，再加上接二连三的天灾，逼得老百姓没法活下去了，纷纷起来反抗。

先是吴郡一带农民起来攻打县城，杀了官吏。会稽人许生在句章（今浙江慈溪）起兵，没有几天工夫，聚集了一万多人。汉灵帝下令让扬州刺史和丹阳太守发兵围剿，被起义的农民打败。许生的声势越来越大，其子许昌称帝，还自称“阳明皇帝”。

公元174年，吴郡司马招募人马，联合州郡官兵打败了许生。吴郡的起义军虽然被镇压下去，但是更大的武装起义却正在酝酿着。

巨鹿郡有弟兄三个，老大名叫张角，老二叫张宝，老三叫张梁。三个人都挺有本事，还乐意帮助老百姓。

张角懂得医道，给穷人治病，从来不要钱，所以穷人都很拥护他。

他知道农民受地主豪强的压迫和天灾的折磨，多么盼望有一个太平世界，让他们安安乐乐过日子。他决定利用宗教把群众组织起来，创立一个教门叫“太平道”，收了一些弟子，跟他一起传教。

相信太平道的人越来越多。张角又派他的兄弟张宝、张梁和弟子周游各地，一面治病，一面传道。大约花了十年工夫，太平道传遍了全国。老百姓不论是信或者不信，没有不知道太平道的。各地的教徒发展到几十万人。

当时，郡县的官吏也只认为太平道是劝人为善、给人治病的教门，谁也没有认真过问。朝廷里有一两个大臣看出了苗子，奏请灵帝下令禁止太平道。汉灵帝正忙着建造他的林园，也没把太平道放在心里。

张角他们把全国八个州几十万农民都组织起来，分为三十六方，大方一万多人，小方六七千人，每方都推举一个首领，由张角统一指挥。

他们秘密约定三十六方在“甲子”年（公元184年）三月初五，京城和全国同时起义，口号是：“苍天当死，黄天当立；岁在甲子，天下大吉。”“苍天”，就是指东汉王朝；“黄天”，就是指太平道。他们还暗暗派人在洛阳的寺庙和各州郡的官府大门上，用白粉写上“甲子”两字，作为起义的暗号。

可是，在离开起义时间还有一个多月的紧要关头，起义军内部出了叛徒，向东汉政权告了密。朝廷立刻在洛阳进行搜查。在洛阳做联络工作的马元义不幸被捕牺牲，和太平道有联系的群众一千多人也遭到杀害。

由于形势突然变化，张角当机立断，决定提前一个月起义。张角自称“天公将军”，称张宝为“地公将军”，张梁为“人公将军”。三十六方的起义农民，一接到张角的命令，同时起义。所有起义的农民头上都裹着黄巾，作为标志，所以称作“黄巾军”。

各地起义军攻打郡县，火烧官府，打开监狱，释放囚犯，没收官家的财物，开仓放粮，惩办官吏、地主豪强。不到十天，全国都响应起来了。各地起义军从四面八方向洛阳涌来，各郡县的告急文书像雪片一样飞向京都洛阳。

汉灵帝慌忙召集大臣，商量镇压措施。

汉灵帝拜外戚何进为太将军，同时派出大批人马，由皇甫嵩、朱儁、卢植率领，分两路去镇压黄巾军。

但是，各地起义军好像大河决了口子一样，官府哪儿抵抗得了。大将军何进不得不叫汉灵帝下了一道诏书，吩咐各州郡自己招募人马，对付黄巾军。这么一来，各地的宗室贵族、州郡长官、地主豪强，都借着打黄巾军的名义，趁机抢夺地盘，扩张势力，把整个国家闹得四分五裂。

黄巾军面对东汉朝廷和各地地主豪强的血腥镇压，坚持了九个月艰苦顽强的战斗。在紧张战斗的关键时刻，黄巾军领袖张角不幸病死。张梁、张宝带领起义军将士和敌人进行殊死搏斗以后，先后在战斗中牺牲。

* * * * *

黄巾起义军的主力虽然失败。但是化整为零的黄巾军一直坚持战斗了二十年。东汉王朝的腐朽统治，经过这场大规模起义的致命打击，也就奄奄一息了。

袁绍杀宦官

公元189年，年才十四岁的皇子刘辩即位，这就是汉少帝。按照惯例，由何太后临朝，外戚大将军何进掌权。宦官蹇硕，原是禁卫军头目，想谋杀何进，没有成功。何进掌权以后，把蹇硕抓起来杀了。

何进手下有个中军校尉袁绍，是个大士族的后代。他家祖上四代都做过三公（太尉、司徒、司空）一级的大官，许多朝廷和州郡的官员是袁家的门生或者部下，所以势力特别大。

蹇硕被杀以后，袁绍劝何进把宦官势力彻底除掉。他说："以前窦武想消灭宦官，由于泄露了机密，反被宦官杀了。现在将军执掌兵权，应该替天下除害，可别错过了机会。"

何进不敢作主，去跟太后商量。何太后说什么也不答应。

袁绍又替何进出谋划策，劝何进秘密召集各地的兵马进京，迫使太后同意除宦官。何进觉得这是个好办法，决定召各地兵马来吓唬太后。

何进的主簿（管理文书、办理事务的官员）陈琳听了，连忙阻拦说："将军手里有的是兵马，要消灭几个宦官，还不是像炉火上烧几根毛发那样容易？如果召外兵进京城，这好比把刀把子交给别人，不闹出乱子来才怪呢。”

何进不听陈琳的劝告。他想了想各州人马中，数并州（今山西大部，内蒙古、河北的一部分）牧（州的长官）董卓的兵力雄厚，找他帮忙错不了，就派人给董卓送了一封信，叫他迅速带兵进洛阳。

这个消息，很快就传到宦官的耳朵里。几个宦官商量说：“再不动手，咱们全完了。”他们就在皇宫里埋伏了几十个武士，假传太后的命令，召何进进宫。

何进一进宫，就被宦官围住杀了。

袁绍得知何进被杀的消息，立刻派他弟弟袁术攻打皇宫。袁术干脆放了一把火，把皇宫的大门烧了。大批的兵士冲进宫里，不分青红皂白，见了宦官就杀。有的人不是宦官，只是因为没有胡须，也被错认为宦官杀了。

经过这一事件，外戚和宦官两败俱伤。何进召来的董卓却带兵进了洛阳。

董卓本来是凉州（约当今甘肃、宁夏和青海、内蒙古一部）的豪强，在凉州结交了一批羌族豪强，称霸一方。黄巾起义以后，他又靠镇压起义军，升到并州（约当今山西大部和内蒙古、河北的一部）牧的职位。他本来有侵占中原的野心。这次趁何进征召的机会，就急急忙忙带了三千人马来了。

董卓进了洛阳，就想掌握大权。可是人马太少，怕压不住洛阳的官兵。他就玩弄一个花招，在夜深人静的时候，把人马悄悄地开到城外去。到了第二天白天，再让这支人马大张旗鼓地开进来。这样一连几次进出，洛阳的人都闹不清董卓到底调来多少兵马。原来属何进手下的将士看到董卓势力大，也纷纷投靠董卓。这样一来，洛阳的兵权就全落到了董卓手里。

为了独揽大权，董卓决定废掉汉少帝，另立少帝的弟弟陈留王刘协。他知道洛阳城里的士族官员，数袁家的势力大，就请袁绍来商量这件事。

董卓说：“我看陈留王比现在的皇帝强，我打算立他为帝，您看怎么样？”

袁绍回答说：“皇上年纪轻，刚刚即位，也没有听到有什么过失。您要废他，只怕天下的人不服。”

董卓碰了个钉子，气得瞪圆双眼，把手按着剑把，威胁着说：“大权在我手里，我要这样做，谁敢反对？难道你以为我董卓的刀不够快吗？”

袁绍也气红了脸，说：“天下的好汉难道只有你姓董的一个人！”一面说，一面拔出佩刀，走了出去。他怕董卓不会放过他，就匆忙奔往冀州（约当今河北中、南部，山东西北端和河南北端）去了。袁绍的弟弟袁术听到消息，也逃出洛阳，出奔南阳（在今河南省）。

袁绍兄弟走了以后，董卓就召集文武百官，宣布废立的决定。刘协即了皇位，这就是汉献帝。董卓自己当了相国。

董卓原是极其残忍的家伙。他担任相国之后，纵容兵士残杀无辜的百姓。有一次，洛阳附近的阳城（今河南登封东南）举行庙会，百姓齐集在那里赶集。董卓派兵到那里，竟把集上的男子都杀死，还把掳掠到的妇女和财物，用百姓的牛车装载着，耀武扬威地回到洛阳。一路上高呼万岁，说打了大胜仗回来啦。

董卓的倒行逆施，造成洛阳城一片混乱。一些有见识的官员纷纷离开洛阳，其中包括洛阳的典军校尉曹操。

* * * * *

经过黄巾军起义的冲击，东汉王朝本来已经摇摇欲坠，到汉灵帝一死，外戚和宦官两个集团的纷争，加速了它的崩溃。

曹操起兵

曹操是沛国谯县（今安徽省亳县）人。他父亲曹嵩，是个宦官的养子。曹操从小聪明机灵，办事能干。当时有一个名士叫许劭，善于品评人物。曹操年青时候，去请他评论。许劭说：“你这个人呀，如果在太平时代，可能成为能臣；要是在乱世，你会成为奸雄。”

曹操二十岁那年，当上了洛阳北部尉（管理京城北部治安的官员）。他一上任，就叫工匠做了二十多根五色大棒，悬挂在衙门左右。他立下禁令，谁要是犯了禁，不管他是否是豪门大族，都用大棒责打。

那时候，蹇硕有个叔父，是个出名的恶霸，依仗蹇硕的权势在洛阳横行不法，谁也不敢惹他。有一次，他在夜里带刀乱闹，触犯了曹操的禁令。曹操不管他来头多大，把他抓起来，用五色棒一阵痛打。那个恶霸经受不起，当场就死了。这件事轰动了整个洛阳。大家都称赞曹操不怕权势，执法严明。宦官对他又恨又怕，后来，把他调出洛阳，去当一名县令。

黄巾起义的时候，汉灵帝封曹操为骑都尉，派到颍川（治所在今河南禹县）一带镇压起义。他打败了波才领导的黄巾军。东汉王朝认为他作战有功，把他提升为济南相。过了几年，他才重新回到洛阳。

董卓进了洛阳，为了笼络人心，用高官厚禄收买一些官员。他听说曹操有点名气，就把曹操提升为骁骑校尉。但是曹操看出董卓倒行逆施，不得人心，迟早要垮台，不愿在董卓手下办事，他冒险逃出济阳，到陈留（今河南陈留县）去找他父亲。

曹操的父亲在陈留有点财产，曹操回到陈留，得到父亲同意，花钱招兵买马，准备讨伐董卓。当地有个财主卫兹，也拿出很多钱和粮食来帮助曹操。不久，曹操的堂弟曹洪带着一千人来投奔曹操。曹操逐渐聚集了五千多人马。他一面操练兵马，一面派人探听各处动静。

自从黄巾起义后，各州各郡，都拥有一支人马。许多州郡的刺史、太守，本来有割据野心，趁洛阳大乱，借声讨董卓的名义，纷纷起兵，其中声势最大的要数袁绍。

袁绍自从在洛阳同董卓闹翻以后，跑到冀州，当了渤海太守。因为袁绍是个大士族，冀州牧韩馥又是袁家的老部下，所以袁绍很快就在渤海郡组织了一支人马。

公元190年，曹操和各路讨伐董卓大军一共十几万人马，在陈留附近的酸枣（今河南延津西南）集合，组成一支联军，大家推袁绍做盟主。

各地起兵的消息传到洛阳，董卓有点害怕起来。他不顾大臣们反对，决定把汉献帝和上百万人口迁到长安，自己留在洛阳附近对付联军。献帝被迫离开洛阳的时候，董卓放了一把火，把宫室、官府、民房，全部烧掉。洛阳周围二百多里以内，被烧得荒芜凋敝、无复人烟。老百姓被迫离开洛阳，路上有饿死的，被踩死的，打死的，倒在路边的尸体不计其数。

但是，在酸枣附近讨伐董卓的联军却互相观望，按兵不动。有一次，各路将领在袁绍的大营开会，曹操对大家说："大家起兵，为的是讨伐董卓。现在董卓劫走天子，烧毁宫室，全国人心惶惶，这正是消灭逆贼的大好时机，为什么还要犹豫不决呢？"

尽管曹操说得慷慨激昂，大家可一点也不热心。连盟主袁绍都不想动，谁还愿意先动手呢?

曹操看出他们只想保存实力，不想打董卓，心里很生气，就决定单独带着五千人马，向成皋（今河南荥阳汜水镇）进兵。

董卓听到曹操向成皋进兵，早已派大军在汴水（在今河南荥阳西南）边布好阵势。曹操的人马刚刚到了汴水，就遇到董卓部将徐荣的拦击。

徐荣兵多，曹操兵少，两下里一交战，曹操的人马就垮了下来。曹操骑着马往后撤走的时候，肩上中了一箭；他赶紧拍马逃奔，又是一支箭，射伤了曹操骑的马。那马一受惊，把曹操掀了下来。

后面徐荣的追兵呐喊声越来越近。正在危急的时候，幸亏曹洪赶上，他跳下马来，扶起曹操，曹操骑上曹洪的马，才脱了险。

曹操损兵折将，回到酸枣，再看看他的同盟军，不但按兵不动，将领们还每天喝酒作乐，根本没想讨伐董卓。

他满心气愤，跑到袁绍他们摆酒宴的地方，指责他们说："你们以起义兵为名，却在这里犹豫观望，让天下百姓失望。我真替你们害臊呀!"

过了不久，酸枣的几十万兵马把粮食全消耗完，就散伙了。

* * * * *

曹操经过这一次讨伐战斗，觉得跟这些人一起，根本成不了大事，就单独到扬州（今安徽淮水和江苏长江以南）一带招募人马，准备重整旗鼓。

王允计除董卓

董卓看到反对他的那批刺史、太守，各有各的打算，没有什么可怕，就在长安自称太师，要汉献帝尊称他是"尚父"。他还把他的弟弟、侄儿都封为将军、校尉，连他的刚生下的娃娃也封为侯。

为了寻欢作乐，他在离长安二百多里的地方，建筑了一个城堡，称作郿坞。他把城墙修得又高又厚，把从百姓那里搜刮得来的金银财宝和粮食都贮藏在那里，单是粮食，足足够三十年吃的。

郿坞筑成之后，董卓十分得意地对人说："大事成了，天下就是我的，即使不成功，我就在这里安安稳稳度晚年，谁也别想打进来。"

董卓在洛阳的时候，就杀了一批官员，到了长安以后，更加专横跋扈，文武官员说话一不小心，触犯了他，就会丢脑袋。一些大臣怕保不住自己性命，都暗暗地想除掉这个坏蛋。

董卓手下有一个心腹，名叫吕布，是一个出名的勇士。吕布的力气特别大，射箭骑马的武艺，十分高强。他本来是并州刺史丁原的部下。董卓进洛阳的时候，丁原正带兵驻守洛阳。董卓派人用大批财物去拉拢吕布，要吕布杀死丁原。吕布被董卓收买，背叛了丁原，投靠了董卓。

董卓把吕布收作干儿子，叫吕布随身保护他。他走到哪里，吕布就跟到哪儿。人们害怕吕布的勇猛，就不好对董卓下手。

司徒王允决心除掉董卓。他知道要除掉董卓，先要拉拢他身边的吕布。他就常常请吕布到他家里，一起喝酒聊天，日子久了，吕布觉得王允待他好，也就把他跟董卓的关系谈了出来。

原来，吕布跟董卓虽说是父子关系，但是董卓性格暴躁，稍不如他的意，就向吕布发火。有一次，吕布说话顶撞了他，董卓竟将身边的戟扔了过去。幸亏吕布眼疾手快，把身子一侧，躲过了飞来的戟，没有被刺着。

后来，吕布向董卓赔了礼，董卓也表示宽恕他，但是，吕布心里很不痛快，他把这件事告诉了王允。王允听了挺高兴，就把自己想杀董卓的打算也告诉了吕布，并且说："董卓是国贼，我们想为民除害，您能不能帮助我们，做个内应？"

吕布听到真要杀董卓，倒有点犹豫起来，说："我是他的干儿子，儿子怎么能杀父亲呢？"

王允摇摇头说："唉，将军真糊涂，您姓吕，他姓董，本来不是骨肉至亲，再说，他向您掷戟的时候，还有一点父子的感情吗？"

吕布听了，觉得王允说得有道理，就答应跟王允一起行动。

公元192年，汉献帝生了一场病刚刚痊愈，在未央宫会见大臣。董卓从郿坞到长安去，为了提防人家暗算，他在朝服里面穿上铁甲，在乘车进宫的大路两旁，派卫兵密密麻麻排成一条夹道，他还叫吕布带着长矛在他身后保卫着，经过这样安排，他认为万无一失了。

他哪儿知道王允和吕布早已商量好了。吕布约了几个心腹勇士扮作卫士混在队伍里，专门在宫门口守着。董卓的座车一进宫门，就有人拿起戟向董卓的胸口刺去。但是戟扎在董卓胸前铁甲上，刺不进去。

董卓用胳膊一挡，被戟刺伤了手臂。他忍着痛跳下车，叫着说："吕布在哪儿?"

吕布从车后站出来，高声宣布说："奉皇上诏书，讨伐贼臣董卓!"

董卓见他的干儿子背叛了他，就骂着说："狗奴才，你敢……"

他的话还没说完，吕布已经举起长矛，一下子戳穿了董卓的喉头。兵士们拥了上去，把董卓的头砍了下来。吕布从怀里拿出诏书向大家宣布："皇上有令，只杀董卓，别的人一概不追究。"

董卓的将士们听了，都高兴地呼喊万岁。

长安的百姓受尽了董卓的残酷压迫，听到除了奸贼，成群结队跑到大街上唱着，跳着。许多人还把自己家里的衣服首饰变卖了，换了酒肉带回家大吃一顿，庆祝一番。

* * * * *

恶贯满盈的董卓被消灭了，但是百姓的灾难并没有完。过了不久，董卓的部将李榷、郭汜打进长安，杀死王允，赶跑了吕布，长安百姓又一次遭到烧杀抢掠。

衣带里的密诏

曹操迎汉献帝到许都的那年，徐州牧刘备，受到袁术、吕布的夹攻，失败了，来投奔曹操。

刘备是河北涿郡（今河北涿县）人，原来是西汉皇室的后代。他从小死了父亲，家境很贫苦，跟他母亲一起靠贩鞋织席过日子。后来，靠同族人的帮助，才拜老师读了一点书，可是他不大爱读书，却喜欢结交豪杰。有两个贩马的大商人经过涿郡，见了刘备，很器重他，就出钱帮助他招兵买马。

当时，有两个壮士到涿郡应募，一个名叫关羽，一个名叫张飞。刘备见关羽、张飞两人武艺高强，又跟他志同道合，就待他们特别亲切，日子一久，三个人的感情真比亲兄弟还密切，便在桃园结义。

刘备投奔曹操以后，曹操和刘备一起去攻打吕布，消灭了吕布的割据势力。回到许都，曹操请汉献帝封刘备为左将军，并且非常尊重刘备，进进出出，都要刘备陪他在一起。

刘备见曹操这样尊重他，心里反倒不安，因为他有自己的雄心大志，生怕遭到曹操的猜疑。

其实，曹操表面上看重刘备，暗地里也在防备他。他常常派人去看看刘备在家里干什么，只见刘备在自己园子里种菜浇水，没有什么可疑，也就渐渐放心了。

这时候，朝廷里出了一件事。因为曹操的权力大了，汉献帝嫌他太专横，要外戚董承设法除掉曹操。他写了一道密诏缝在衣带里，又把这条衣带送给董承。

董承接到衣带中的密诏，就秘密约了他的几个亲信，商量怎样除掉曹操。他们觉得自己力量不够，认为刘备是皇室的后代，一定会帮助他们，就秘密找刘备商量，叫刘备去一起干，刘备同意了。

没多久，曹操邀请刘备去喝酒。两个人一面喝酒，一面有说有笑，谈得很融洽。他们谈着谈着，很自然地谈到天下大事上来了。

曹操拿起酒杯，说："您看现在那么多人在争夺天下，有几个算得上英雄呢?"

刘备谦虚地说："我说不上来。"

曹操面露笑容，从容地对刘备说："依我看，当代的天下英雄，只有将军和我曹操两个人。像袁绍这号人，算不上什么。"

刘备为了跟董承同谋的事，心里正在七上八下，听到曹操这句话，大吃一惊，身子打了一个寒战，连手里的筷子也掉了下来。

就在这节骨眼上，天边闪过一道电光，接着就"豁啦啦"地响起一声响雷。刘备一面低下身子拾筷子，一面说："这个响雷可真厉害，把我吓得筷子都掉了。"

就这样，他总算把惊慌的神情掩饰过去，没让曹操看出破绽。

喝完酒出来，刘备再三琢磨曹操的话，觉得曹操把他看作唯一的敌手，将来不会轻易放过他。打这以后，他一面和董承他们联络，共同设法除掉曹操，一面找机会离开许都。

凑巧袁绍派他儿子到青州去接应袁术，要通过徐州。刘备主动请命前往徐州，曹操一时大意，认为刘备熟悉那一带的情况，就派他去截击袁术。

刘备巴不得趁早离开，一接到曹操命令，就飞快地和关羽、张飞带着人马走了。

曹操的谋士郭嘉等听到曹操放走刘备，赶快去找曹操，说："刘备有野心，不能放他走呀!"

经郭嘉一提醒，曹操也有些懊悔了，马上派人去追，刘备已经走远了。

刘备打败了袁术，夺取了徐州，决定不回许都去了。徐州本来是刘备做过州牧的地方，附近的郡县都响应他，背叛了曹操。

曹操一听到刘备背叛他，气得要命。到了第二年春天，有人向曹操告发了董承和刘备在许都合谋反对曹操的事。曹操把董承和他的三个心腹都杀了，并且决心亲自发兵征讨刘备。

那时候，袁绍已经兼并了幽州（在今河北北部，辽宁大部分）拥有几十万人马，扬言要进攻许都。

曹操部下的将领劝阻他说："现在跟您争天下的主要是袁绍。听说袁绍正想打过来，您却往东打刘备。万一袁绍从北面打过来，我们怎么办?"

曹操说："刘备是个有能耐的人，现在不趁早消灭，将来后患无穷。"

郭嘉也说："刘备刚起来叛变，归附他的人不多，立刻打过去，一定能把他打败。袁绍的性子犹豫多疑，即使要来进攻，也没有那么快。"

曹操就决定把一部分精兵守住官渡（在今河南中牟东北），防备袁绍进攻。他亲自带领大军进攻徐州。

刘备派人向袁绍求救，袁绍手下的谋士田丰劝袁绍乘许都兵力空虚的时候偷袭曹操，袁绍没有同意。

曹操大军进攻徐州，刘备兵少，抵挡不住曹操的进攻。只好放弃徐州往冀州投奔袁绍。

* * * * *

曹操与刘备都是有雄才大略的人，志在争霸天下，袁绍优柔寡断，很难与曹操、刘备匹敌。

官渡大战

刘备逃到了邺城（冀州的治所，在今河北临漳西南），袁绍才感到曹操是个强大的敌人，决心进攻许都。原来劝他攻打许都的田丰，这时候却不赞成马上进攻。他说："现在许都已经不是空虚的了，怎么还能去袭击呢！曹操兵马虽然少，但是他善于用兵，变化多端，可不能小看他。我看还是作长期的打算。"

袁绍不听田丰的话，田丰一再劝谏，袁绍反认为他扰乱军心，把他下了监狱，他向各州郡发出文书，声讨曹操。公元200年，袁绍集中了十万精兵，派沮授（沮音jū）为监军，从邺城出发进兵黎阳（今河南浚县）。他先派大将颜良渡过黄河，进攻白马（今河南滑县）。

这时候，曹操早已率领兵马回到官渡，听到白马被围，准备亲自去救。他的谋士荀攸劝他说："敌人兵多，我们人少，不能跟他硬拼。不如分一部分人马往西在延津（在今河南延津西北）一带假装渡河，把袁军主力引到西边。我们就派一支轻骑兵到白马，打他个措手不及。"

曹操采纳了荀攸的意见，来个声东击西。袁绍听说曹操要在延津渡河，果然派大军来堵截，哪儿知道曹操已经亲自带领一支轻骑兵袭击白马。包围白马的袁军大将颜良没防备，被曹军杀得大败。颜良被杀，白马之围也解除了。

袁绍听到曹操救了白马，气得直跳脚。监军沮授劝袁绍把主力留在延津南面，分一部分兵力出击，但是袁绍心急火燎，不听沮授劝告，下令全军渡河追击曹军，并且派大将文丑率领五六千骑兵打先锋。这时候，曹操从白马向官渡撤退，听说袁军来追，就把六百名骑兵埋伏在延津南坡，叫兵士解下马鞍，让马在山坡下蹓跶，把武器盔甲丢得满地都是。

文丑的骑兵赶到南坡，看见这样子，认为曹军已经逃远了，叫兵士收拾那丢在地上的武器。曹操一声令下，六百名伏兵一齐冲杀出来，袁军来不及抵抗，被杀得七零八落，文丑也糊里糊涂地丢了脑袋。

两场仗打下来，袁绍一连损失了他手下的颜良、文丑两员大将，袁军将士被打得垂头丧气，但是袁绍不肯罢休，一定要追击曹操。监军沮授说："我们人尽管多，可没像曹军那么勇猛；曹军虽然勇猛，但是粮食没有我们多。所以我们还是坚守在这里，等曹军粮草完了，他们自然会退兵。"

袁绍又不听沮授劝告，命令将士继续进军，一直赶到官渡，才扎下营寨。曹操的人马也早已回到官渡，布置好阵势，坚守营垒。

袁绍看到曹军守住营垒，就吩咐兵士在曹营外面堆起土山，筑起高台，让兵士们在高台上居高临下向曹营射箭。

曹军只得用盾牌遮住身子，在军营里走动。

曹操跟谋士们一商量，设计了一种霹雳车。这种车上安装着机纽，兵士们扳动机纽，把十几斤重的石头发出去，打坍了袁军的高台，许多袁军兵士被打得头破血流。

袁绍吃了亏，又想出一个办法。他叫兵士在深夜里偷偷地挖地道，打算从地道里钻到曹营去偷袭。但是他们的行动早被曹军发现，曹操吩咐兵士在兵营前挖了一条又长又深的壕沟，切断地道的出口。袁绍的偷袭计划又失败了。

就这样，双方在官渡相持了一个多月。日子一久，曹军粮食越来越少，兵士疲劳不堪。曹操也有点支持不住，写信到许都告诉荀彧，准备退兵。荀彧回信，劝曹操无论如何要坚持下去。

这时候，袁绍方面的军粮却从邺城源源不断地运来。袁绍派大将淳于琼带领一万人马运送军粮，并把大批军粮囤积在离开官渡四十里的乌巢。

袁绍的谋士许攸探听到曹操缺粮的情报，向袁绍献计，劝袁绍派出一小支人马，绕过官渡，偷袭许都。袁绍很冷淡地说："不行，我要先打败曹操。"

许攸还想劝他，正好有人从邺城送给袁绍一封信，说许攸家里的人在那里犯法，已经被当地官员逮了起来。袁绍看了信，把许攸狠狠地责骂了一通。

许攸又气又恨，想起曹操是他的老朋友，就连夜逃出袁营，投奔曹操。

曹操在大营里刚脱下靴子想睡，听说许攸来投奔他，高兴得来不及穿靴子，光着脚板跑出来欢迎许攸，说："好啊！您来了，我的大事就有希望了。"

许攸坐下来后说："袁绍来势很猛，您打算怎么对付他？现在你们的粮食还有多少？"

曹操说："还可以支持一年。"

许攸冷冷一笑，说："没有那么多吧！"

曹操改口说："对，只能支持半年。"

许攸装出生气的样子说："您难道不想打败袁绍吗？为什么在老朋友面

前还要说假话呢!”

曹操只好实话实说：“军营里的粮食，只能维持一个月，您看怎么办?”

许攸说：“我知道您的情况很危急，特地来给您捎个信。现在袁绍有一万多车粮食、军械，全都放在乌巢。淳于琼的防备很松。您只要带一支轻骑兵去袭击，把他的粮草全部烧光，不出三天，他就不战自败。”

曹操得到这个重要情报，立刻把荀攸、曹洪找来，吩咐他们守好官渡大营，自己带领五千骑兵，连夜向乌巢进发。他们打着袁军的旗号，沿路遇到袁军的岗哨查问，就说是袁绍派去增援乌巢的。袁军的岗哨没有怀疑，就放他们过去了。

曹军到了乌巢，就围住乌巢粮屯，放起一把火，把一万车粮草，烧得个一干二净。乌巢的守将淳于琼匆忙应战，也被曹军杀了。

正在官渡的袁军将士听说乌巢起火，都惊慌失措。袁绍手下的两员大将张郃、高览带兵投降。曹军乘势猛攻，袁军四下逃散。袁绍和他的儿子袁谭，连盔甲也来不及穿戴，带着剩下的八百多骑兵向北逃走。

经过这场决战，袁绍的主力已经消灭。过了二年，袁绍病死。曹操于建安十二年（公元207年），扫平了袁绍的残余势力，统一了北方。

* * * * *

袁绍本来在战略上占据优势与主动，但他骄傲自大，优柔寡断，昏庸无能，又不听谋士的正确计策，最终葬送了大好局面，一败涂地。反观曹操，尽管兵力上处于劣势，但他善于用兵，能采纳谋士的正确意见，逐步变被动为主动。

孙策占据江东

当曹操和袁绍在北方激烈争夺的时候，南方有一支割据势力逐渐壮大起来，这就是占据江东（今长江下游的江南地区）的孙策、孙权兄弟。

孙策的父亲是长沙太守孙坚，原是袁术的部下。孙坚死后，孙策带兵投靠袁术，袁术看他少年英俊，很喜欢他。

然而实际上，袁术可并不重用孙策。孙策曾经想当一个郡太守，袁术没让他做。孙策的舅父吴景在江东丹阳（今安徽宣城）当太守，被扬州刺史刘繇逼走。孙策向袁术要求让他到江东去帮舅父打刘繇。袁术跟刘繇也有矛盾，才拨了一千人马给孙策。

孙策向南进兵。一路上，有许多人投奔他，到了历阳（今安徽和县）兵力扩充到五六千人。孙策有个从小就很亲密的朋友周瑜，也带了人马来会合，孙策的力量就壮大了。

孙策作战骁勇，再加上他的军队纪律严明，得到百姓的支持。因此，很快就渡过了江，不但打败了刘繇的人马，夺回丹阳，还攻下了吴郡和会稽郡。这样，江东六个郡的大片土地，都被孙策占领了。

孙策占据了江东，还雄心勃勃地想向北发展。他趁曹操和袁绍在官渡相持不下的时候，准备偷袭许都，把汉献帝抓在自己手里。正在调兵遣将，准备粮草的时候，想不到出了一件意外的事。

原来，孙策攻下吴郡的时候，杀了那里的太守许贡，许贡手下的门客跟孙策结下了仇。有一次，趁孙策上山打猎的时候，他们埋伏在树林里，放了一支暗箭，射中了孙策的面颊。

孙策受了重伤，请医生治疗也没有用，病势越来越重。孙策自己知道不行了，就把部下张昭等找来嘱咐，说："现在我们这里已经有了人马地盘，可以跟人家较量一番，希望你们好好辅助我弟弟。"

孙权那时才十八九岁。他年纪虽然轻，但是平时喜欢结交朋友，注重人才，在江东官员中，已经很有声誉。孙策把印绶交给孙权，叫他佩带起来，说："咱们兄弟俩，要论上阵打仗的本领，你不如我；至于选拔人才，任用贤人，我比不上你。希望以后你好好保住江东这份基业。"说罢，就咽了气。

孙权倒在床前哭个没完，张昭劝住了他，叫他立刻换上官服，骑着马到军营里去巡视一遍，一面赶快派人通知当时驻扎在巴丘（在今湖南岳阳）的周瑜。周瑜连夜带兵回到吴中，跟张昭两人一起辅助孙权。

那时候，江东六郡虽说都归孙策占了，但是还有不少偏僻的地方，不服他们指挥，有一些人还要看看风向再说。亏得张昭、周瑜两人一心一意帮助孙权，才把局面稳定下来。

孙权记住他哥哥的话，用心搜罗人才。周瑜对孙权说："我有个好友鲁肃，是个很有见识的人，请他来帮助将军，准没有错。"

孙权派人把鲁肃请了来，两个人一见面，就谈得挺对劲儿。有一次，孙权会见宾客，等别人走完了，把鲁肃单独留下来谈心。

孙权说："现在汉室衰落，天下扰乱。我想继承父兄的事业，像齐桓公、晋文公一样，来扶助天子，建立霸业，您看怎么样?"

鲁肃说："我仔细研究过天下大势。汉室已经不能再兴盛起来了。曹操势力已经强大，也除不了他。我替将军打算，还是保住江东这块地方，等待时机。曹操现在正忙着对付北方，顾不到我们这一头。我们可以趁这个机会，讨伐刘表，占领荆州，然后再来平定天下。这倒是汉高祖的事业呢!"

孙权听了这番话，心里豁然开朗，但是嘴里还是谦虚地说："我哪能做到这些呢。"

曹操听到孙权接替孙策的地位，为了笼络孙权，就用朝廷名义，封孙权为征虏将军，兼会稽太守。从此以后，孙权实际上在江东建立了割据的政权。

* * * * *

孙策年少有为，占据了江东六郡。孙权接替孙策的地位后，重用人才，江东出现了一片兴旺景象。

诸葛亮隆中对策

官渡大战以后，刘备逃到荆州，投奔刘表。刘表拨给他一些人马，让他驻在新野（今河南新野县）。

刘备在荆州住了几年，刘表一直把他当上等宾客来招待。但是刘备是一个雄心勃勃的人，因为自己的抱负没有能够实现，心里总是闷闷不乐。

有一次，他摸摸自己的大腿，心里有了感触，流下了眼泪。刘表发现了，就问他遇到什么不快活的事。刘备说："没什么！以前我经常打仗，每天不离开马鞍，大腿上的肉很结实。现在在这儿过着清闲生活，大腿的肉又长肥了。看看日子像流水般地过去，人都快老了，还干不了什么大事业，想起来就感到难过。"

刘表安慰了他一阵。但是刘备心里总在考虑着长远的打算。为了这个，他想寻找个好助手。

他打听到襄阳地方有个名士叫司马徽，就特地去拜访。司马徽很客气地接待他，问他的来意。

刘备说："不瞒先生说，我是专诚来向您请教天下大势的。"司马徽听了，呵呵大笑起来，说："像我这样平凡的人，懂得什么天下大势。要谈天下大势，得靠有才能的俊杰。"

刘备央求他指点说："往哪里去找这样的俊杰呢?"司马徽说："这一带有卧龙，还有凤雏，您能请到其中一位，就可以平定天下了。"

刘备急着问卧龙、凤雏是谁，司马徽告诉他：卧龙名叫诸葛亮，字孔明；凤雏名叫庞统，字士元。

刘备向司马徽道了谢，回到新野。正好有一个读书人来见他。刘备一看他举止大方，以为他不是卧龙，就是凤雏，热情地接待了他。

经过一番谈话，才知道这个人名叫徐庶，也是当地一位名士，因为听到刘备正在招请人才，特地来投奔他。

刘备很高兴，就把徐庶留在部下当谋士。

徐庶说："我有个老朋友诸葛孔明，人们称他卧龙，将军是不是愿意见见他呢?"

刘备从徐庶那里知道了诸葛亮的情况。原来诸葛亮不是本地人，他的老家在琅邪阳都县（今山东沂南南）。他少年的时候，父亲死了。他叔父诸葛玄跟刘表是朋友，就带着他到荆州来。不久，他叔父也死了，他就在隆中（今湖北襄樊西）定居下来，搭个茅屋，一面耕地种庄稼，一面读书。那时，他年纪只有二十七岁，但是学问渊博，见识丰富，朋友们都很钦佩他，他也常常把自己比做古时候的管仲、乐毅。但是他看到天下乱纷纷，当地的刘表也不是能用人才的人，所以他宁愿隐居在隆中，过着他恬淡的生活。

刘备听了徐庶的介绍，说："既然您跟他这样熟悉，就请您辛苦一趟，把他请来吧!"

徐庶摇摇头说："这可不行。像这样的人，一定得将军亲自去请他，才能表示您的诚意。"

刘备先后听到司马徽、徐庶这样推重诸葛亮，知道诸葛亮一定是个了不起的人才，就带着关羽、张飞，一起到隆中去找诸葛亮。

诸葛亮得知刘备要来拜访他，故意躲开。刘备到了那里，扑了个空。

跟刘备一起去的关羽、张飞都感到不耐烦。但是刘备却记住了徐庶的话，耐着性子去请，一次见不到，第二次再去；两次不见，第三次又去请他。

诸葛亮终于被刘备的诚意感动了，就在自己的草屋里接待刘备。

刘备把关羽、张飞留在外面，自己跟着诸葛亮进了屋子。趁屋里没有人的时候，刘备坦率地说："如今汉室衰落，大权落在奸臣手里。我自己知道能力差，却很想挽回这个局面，只是想不出好办法。所以特地来请先生指点。"

诸葛亮看到刘备这样虚心请教，也就推心置腹地跟刘备谈了自己的主张。他说："现在曹操已经战胜袁绍，拥有一百万兵力，而且他又挟持天子发号施令，这就不能光凭武力和他争胜负了。孙权占据江东一带，已经三代。江东地势险要，现在百姓归附他，还有一批有才能的人为他效力。看来，也只能和他联合，不能打他的主意。"

接着，诸葛亮分析了荆州和益州的形势，认为荆州是一个军事要地，可是刘表是守不住这块地方的。益州土地肥沃广阔，向来称为"天府之国"，可是那里的主人刘璋也是个懦弱无能的人，大家都对他不满意。

最后，他说："将军是皇室的后代，天下闻名，如果您能占领荆、益两州的地方，对外联合孙权，对内整顿内政，一旦有机会，就可以从荆州、益州两路进军，攻击曹操。到那时，有谁不欢迎将军呢。能够这样，功业就可以成就，汉室也可以恢复了。"

刘备听着听着，不禁打心眼里钦佩眼前这个青年人，说："先生的话真是开了我的窍，我一定照您的意见干，现在就请您一起下山吧。"

诸葛亮看到刘备这样热情诚恳，也就高高兴兴跟着刘备到新野去了。后来，人们把这件事称作"三顾茅庐"，把诸葛亮这番谈话称作"隆中对"。

打那以后，刘备把诸葛亮当老师对待，诸葛亮也把刘备当作自己的主人，两人越来越亲密。

关羽和张飞看在眼里，心里很不高兴，背后直嘀咕。他们认为诸葛亮年纪轻轻，未必有多大能耐，怪刘备把他看得太高了。

刘备向他们解释说："我有了孔明先生，就像鱼得到水一样，以后可不许你们乱发议论。"关羽、张飞听了刘备的话，才没有话说。

* * * * *

刘备三顾茅庐请诸葛亮出山，体现出一位优秀领导人对人才的高度重视。而诸葛亮的"隆中对"则充分体现了其雄才大略。

火烧赤壁

曹操平定北方以后，公元208年，率领大军南下，进攻刘表。他的人马还没有到荆州，刘表已经病死。他的儿子刘琮听到曹军声势浩大，吓破了胆，先派人求降了。

这时候，刘备在樊城（今湖北襄樊市）驻守。他听到曹操大军南下，决定把人马撤退到江陵（今湖北江陵）。荆州的百姓听说刘备待人好，都宁愿跟着他一块撤退。

曹操赶到襄阳，听说刘备向江陵撤退，又打听到刘表在江陵积了大批军粮，怕被刘备占去，亲自率领五千轻骑兵追赶刘备。刘备的人马带了兵器、装备，还有十几万百姓跟着他，每天只能行军十几里。曹操的骑兵一天一夜就赶了三百多里，很快就在当阳长坂坡（今湖北当阳县东北）追上了刘备。

刘备的人马，被曹操的骑兵冲杀得七零八乱，还亏得张飞在长坂坡抵挡了一阵。刘备、诸葛亮才带着少数人马摆脱追兵。但是往江陵的路已经被曹军截断，只好改道退到夏口（在今湖北武汉市）。

曹操占领了江陵，继续沿江向东进军，很快就要到夏口了。诸葛亮对刘备说："形势紧急，我们只有向孙权求救一条路了。"

正好孙权怕荆州被曹操占领，派鲁肃来找刘备，劝说他和孙权联合抵抗曹军。诸葛亮就跟鲁肃一起到柴桑（今江西九江西南）去见孙权。

诸葛亮见了孙权，说："现在曹操攻下了荆州，马上就要进攻东吴了。将军如果决心抵抗，就趁早同曹操断绝关系，跟我们一起抵抗；要不然，干脆向他们投降，如果再犹豫不决，祸到临头就来不及了。"

孙权反问说："那么，刘将军为什么不投降曹操呢？"

诸葛亮严肃地说："刘将军是皇室后代，才能盖世，怎么肯低三下四去投降曹操呢？"

孙权听诸葛亮这么一说，也激动地说："我也不能将江东土地和十万人马白白地送人。不过刘将军刚打了败仗，怎么还能抵抗曹军呢？"

诸葛亮说："您放心吧，刘将军虽然败了一阵，但是还有水军二万。曹操兵马虽然多，远道追来，兵士也已经精疲力尽。再说，北方人不习惯水战，荆州的人对他们不服。只要我们协力同心，一定能够打败曹军。”

孙权听了诸葛亮的一番分析，心里挺高兴，就立刻召集部下将领，讨论抵抗曹操的办法。

正在这时候，曹操派兵士下战书来了。那信上说：“我奉大汉皇帝的命令，领兵南征。现在我准备了水军八十万，愿意和将军较量一番。”

孙权把这封信递给部下看，大伙儿看了都“唰”地变了脸色，说不出话来。

张昭是东吴官员中资格最老的。他说：“曹操用天子的名义来征讨，我们要抵抗他，道理上输了一着。再说，我们本来想靠长江天险，现在也靠不住了。曹军占领了荆州，又有上千艘战船，他们水陆两路一起下来，我们怎么也抵挡不了，我看只好投降。”

张昭这一说，马上有不少人附和。只有鲁肃在旁边冷眼旁观，一声不吭。

孙权听着听着，觉得不是滋味，就走出屋子，鲁肃也跟着出来。

孙权拉着鲁肃的手，说：“你说说，该怎么办呢？”

鲁肃说：“刚才张昭他们说的话全听不得。要说投降，我鲁肃可以投降，将军就不可以。因为我投降了，大不了回老家去，照样跟名士们交往，有机会还可以当个州郡官员。将军如果投降，那么江东六郡全都落在曹操手里，您上哪儿去？”

孙权叹了口气说：“刚刚人家说的，真叫我失望，只有你说的才合我的心意。”

散会以后，鲁肃劝孙权赶快把大将周瑜召回来商量。

周瑜一到柴桑，孙权又召集文武官员讨论。周瑜在会上慷慨激昂地说：“曹操名为汉朝丞相，其实是汉室奸贼。这次他自己来送死，哪有投降他的道理。”他给大家分析了曹操许多不利条件，认为北方兵士不会水战，而且老远赶到这陌生地方，水土不服，一定会生病，兵马再多，也没有用。

孙权听了周瑜的话，也有了底气。他站起来拔出宝剑，“嚯”地一声，把案几砍去一角。他严厉地说：“谁要再提投降曹操，就跟这案桌一样。”

当天晚上，周瑜又单独去找孙权，说：“我已经打听清楚。曹操兵马号称八十万，这是虚张声势，其实只不过二十几万，其中还有不少是荆州兵士，不一定真心替他打仗。您只要给我五万精兵，我保管把他打败。”

第二天，孙权任命周瑜为都督，拨给他三万水军，叫他同刘备协力抵抗曹操。

周瑜领兵进军，在赤壁（今湖北武昌县西赤矶山）和曹军前哨碰上了。果然不出周瑜所料，曹军兵士很多人不服水土，已经得了疫病。双方一交锋，曹军就打了败仗，被迫撤退到长江的北岸。周瑜率领水军进驻南岸，和曹军隔江遥遥相对。

正像周瑜预料的那样，曹操的北方来的兵士不擅水战，他们在战船上，遇到风浪颠簸就受不了。后来，他们把战船用铁索拴在一起，船果然平稳不少。

周瑜的部将黄盖看到这个情况，向周瑜献策，说：“敌人兵多，我们兵少，拖下去对我们不利。现在曹军把战船都连接在一起，我看可以用火攻办法来打败他们。”

周瑜觉得黄盖的主意好，两人还商量好，让黄盖派人送了一封信给曹操，表示要脱离东吴，投降曹操。曹操以为东吴将领害怕他，对黄盖的假投降，一点也没怀疑。

黄盖叫兵士偷偷地准备好十艘大船，每艘船上都装着枯枝，浇足了油，外面裹着布幕，插着旗帜，另外又准备一批轻快的小船，拴在大船船尾上，准备在大船起火时转移。

隆冬的十一月，天气突然回暖，刮起了东南风。当天晚上，黄盖带领一批兵士分乘十条大船，驶在前面，后面跟随着一批船只。船队到了江心，扯满了风帆，像箭一样驶向江北。

曹军水寨的将士听说东吴的大将来投降，正纷纷挤到船头看热闹。没想到东吴船队离开北岸约莫二里光景，前面十条大船突然同时起火。火借风势，风助火威。十条火船，好比十条火龙一样，闯进曹军水寨。那里的船舰，都挤在一起，又躲不开，很快地都燃烧起来，一眨眼工夫，已经烧成一片火海。水寨烧了不算，岸上的营寨也着了火，曹军一大批兵士被烧死了；还有不少人被挤在江里，不会泅水，不一会儿就淹死了。

周瑜一看北岸起火，马上带领精兵渡江进攻。他们把战鼓擂得震天响。北岸的曹军不知道后面有多少人马进攻，吓得全部崩溃。

曹操拖着残兵败将向华容（今湖北潜江县西南）的小路上逃跑。那条小路全是水洼泥坑，骑兵没法通过。曹操赶忙命令老弱兵士找了一些稻草铺路。他带着骑兵好不容易才通过，可是那些填铺稻草的兵士，却被人马踩死了不少。

刘备和周瑜一起，分水陆两路紧紧追赶，一直追到南郡（治所在今湖北江陵），曹操的几十万大军战死的加上得疫病死的，损失了一大半。曹操只好派部将曹仁、徐晃、乐进分别留守江陵和襄阳，自己带兵回到北方去了。

* * * * *

赤壁之战是中国历史上以少胜多的经典战例，经过这场赤壁大战，三国分立的局面也开始形成。

刘备进益州

赤壁之战以后，周瑜又花了一年多时间，把曹操的人马从荆州赶走。荆州究竟应该归谁呢？刘备认为，荆州主要本来是刘表的地盘，他和刘表是本家，刘表死了，荆州应该由他接管；但孙权认为，荆州主要是靠东吴的力量打下来的，应该归东吴。所以周瑜只把长江南岸的土地交给刘备管。刘备认为分给他太少了，很不满意。不久，周瑜病死了，鲁肃才劝说孙权把荆州借给刘备。

借人家地方总不是长远的办法，刘备不能不想开辟新的地盘。按照诸葛亮的计划，本来是要向益州发展的。正好在这个时候，益州的刘璋派人请刘备来了。

原来，益州牧刘璋手下有两个谋士，一个叫法正，一个叫张松，两个人是好朋友，都是很有才干的人。他们认为刘璋庸碌无能，在他手下干事没有出息，想谋个出路。

当曹操打下荆州的时候，刘璋曾经派张松到曹操那里去联络。那时候，曹操刚打了胜仗，有点骄傲，再加上派去的张松，个子矮小，外貌平常，曹操根本不把他放在眼里，这就把张松气走了。

张松回到成都（益州的治所），对刘璋说："曹操野心很大，恐怕想并吞益州哩。"

刘璋着急起来。张松就劝他说：“刘备是主公的本家，又是曹操的对头，跟他结交，就可以对付曹操。”

刘璋听信了张松的话，就派法正到荆州去联络。

法正到了荆州见到刘备。刘备很殷勤地接待他，同他一起谈天下形势，谈得十分融洽。

法正一回来，就和张松秘密商议，想把刘备接来做益州的主人。

过了不久，曹操打算向汉中（今陕西汉中市东）进兵。益州受到了威胁，张松趁机劝刘璋把刘备请来守汉中，刘璋又派法正带了四千人马到荆州去迎接刘备。

法正到了荆州，直截了当地告诉刘备说：“益州是十分富庶的地方。像将军这样英明，又有张松作您的内应，取得益州，真是再容易也没有的事。”

刘备还有点犹豫不决。那时候，庞统已经当了刘备的军师，他坚决主张刘备到益州去，他说：“荆州土地荒凉，而且东有孙权，北有曹操，不容易得志，要建立大业，就应该拿下益州做基础。”

刘备听从了法正、庞统的劝说，就派诸葛亮、关羽留守荆州，自己带领人马到益州去。

后来，张松作内应的事被刘璋发现了，刘璋把张松杀了，布置人马抵抗刘备。

刘备带领人马向成都进军，打到雒城（今四川广汉北），受到雒城的守军坚决抵抗，打了一年还没攻下来，庞统在战斗中中箭死了。刘备攻破雒城后，进攻成都。诸葛亮也带兵从荆州赶来会师。刘璋守不住，只好投降了。

公元214年，刘备进了成都，自称益州牧。他论功行赏，认为这次进益州，法正功劳最大，把他封为蜀郡太守，不光成都归他管，还把他当作谋士中的主要人物。

法正这个人心地狭窄，他有了权，就报个人恩怨。谁过去请他吃过饭，他就回礼；谁苛待过他，他就报复。为了报个人私仇，甚至杀了好几个人。

诸葛亮就跟法正不一样。他帮助刘备治理益州，执法严明，不讲私情。当地有些豪门大族都埋怨起诸葛亮来。

法正劝告诸葛亮说：“从前汉高祖进关，只有约法三章，百姓都拥护他。现在您刚到这儿，似乎也应该宽容些，才合大家心意。”

诸葛亮说："您只知其一，不知其二。秦朝刑法严酷，百姓怨恨，高祖废除秦法，制定约法三章，正是顺了民心。现在的情况完全不同。刘璋庸碌软弱，法令松弛，蜀地的官吏横行不法，弄得乱糟糟的。现在我要是不注重法令，地方上怎么能安定下来啊。"

法正听了诸葛亮的话，打心底里佩服诸葛亮。他自己也不敢像以前那么专横了。

* * * * *

刘备占领益州，建立了争霸天下的根据地，诸葛亮治蜀有方，使刘备的力量逐渐壮大起来。

蔡文姬归汉

曹操自从赤壁失败以来，经过几年整顿，重振军威，自封为魏公。公元216年，又晋爵为魏王（都城在邺城）。在北方他的威望很高，连南匈奴的呼厨泉单于也特地到邺城来拜贺。曹操把呼厨泉单于留在邺城，像贵宾一样招待他，让匈奴的右贤王回去替单于监理国家。

南匈奴跟汉朝的关系和好了，曹操就想起了他一位已经死去的朋友蔡邕有一个女儿还留在南匈奴，想把她接回来。

蔡邕是东汉末年的一个名士，早年因为得罪了宦官，被放逐到朔方（在今内蒙古杭锦旗北）去。董卓掌权的时候，蔡邕已回到洛阳。那时候，董卓正想笼络人心。他听到蔡邕名气大，就把他请来，封他做官，强迫他出仕为侍御史，官左中郎将。

到了董卓被杀，司徒王允，认为他是董卓一党的人，把他抓了起来，尽管朝廷里有许多大臣都替他说情，王允还是不同意，结果死在监狱里。

蔡邕的女儿名叫蔡琰，又叫蔡文姬，跟她父亲一样，是个博学多才的人。她父亲死后，关中地区又发生李傕、郭汜的混战，长安一带百姓到处逃难，蔡文姬也跟着难民到处流亡。那时候，匈奴兵趁火打劫，掳掠百姓。有一天，蔡文姬碰上匈奴兵，被他们抢走。匈奴兵见她年轻美貌，就把她献给了匈奴的左贤王。

打这以后，她就成了左贤王的夫人，左贤王很爱她。她在南匈奴一住就是十二年，但是依然十分想念故国。

这一回，曹操想起了蔡文姬，就派使者带着礼物到南匈奴，把她接回来。

左贤王当然舍不得把蔡文姬放走，但是不敢违抗曹操的意志，只好让蔡文姬回去。蔡文姬能回到日夜思念的故国，当然十分愿意；但是要她离开在匈奴生下的子女，又觉得悲伤。在这种矛盾的心情下，她写下了著名诗歌《胡笳十八拍》。

蔡文姬到了邺城，曹操看她一个人孤苦伶仃，又把她再嫁给一个屯田都尉（官名）董祀。

哪知道时隔不久，董祀犯了法，被曹操的手下人抓了去，判了死罪，眼看快要执行了。

蔡文姬急得不得了，连忙跑到魏王府里去求情。正好曹操在举行宴会，朝廷里的一些公卿大臣、名流学士，都聚集在魏王府里。侍从把蔡文姬求见的情况报告曹操。曹操知道在座的大臣名士中不少人都跟蔡邕相识，就对大家说："蔡邕的女儿在外流落了多年，这次回来了。今天让她来跟大家见见面，怎么样？"

大伙儿当然都表示愿意相见，曹操就命令侍从把蔡文姬带进来。蔡文姬披散头发，赤着双脚，一进来就跪在曹操面前，替她丈夫请罪。她的嗓音清脆，话又说得十分伤心，座上有好些人原来是蔡邕的朋友，看到蔡文姬的伤心劲儿，不禁想起蔡邕，感动得连鼻子也酸了。

曹操听完了她的申诉，说："你说的情形的确值得同情，但是判罪的文书已经发出去了，有什么办法呢？"

蔡文姬苦苦央告说："大王马房里的马成千上万，手下的武士多得像树林，只要您派出一个武士，一匹快马，把文书追回，董祀就有救了。"

曹操就亲自批了赦免令，派了一名骑兵追上去，宣布免了董祀的死罪。

那时候，正是数九寒天。曹操见她穿得单薄，就送给她一顶头巾和一双鞋袜，叫她穿戴起来。

曹操问她："听说夫人家有不少书籍文稿，现在还保存着吗？"

蔡文姬感慨地说："我父亲生前给我四千多卷书，但是经过大乱，散失得一卷都没留下来。不过我还能背出四百多篇。"

曹操听她还能背出那么多，就说："我想派十个人到夫人家，让他们把你背出来的文章记下，你看怎样?"

蔡文姬说："用不着。只要大王赏我一些纸笔，我回家就把它写下来。"

后来，蔡文姬果然把她记住的几百篇文章都默写下来，送给曹操。曹操看了，十分满意。

* * * * *

曹操把蔡文姬接回来，在保存古代文化方面做了一件好事。历史上把"文姬归汉"传为美谈。

关羽水淹七军

刘备占领了益州以后，东吴孙权派人向他讨还荆州，刘备不同意，双方为了荆州几乎闹翻。后来听说曹操要进攻汉中，益州也受到威胁。刘备和孙权双方都感到曹操是他们强大的敌手，就讲和了，把荆州分为两部分，以湘水为界，湘水以西归刘备，湘水以东归东吴。

刘备安下了荆州那一头，就专心对付曹操，请诸葛亮坐镇成都，亲自率领大军向汉中进兵，命法正当随军谋士。

曹操听到刘备出兵，马上组织兵力，和刘备对抗，曹操也亲自到长安去指挥汉中战事。双方相持了一年。到了第二年，在阳平关一次战役中，蜀军大胜，魏军的主将夏侯渊被杀。曹操不得不退出汉中，把魏军撤退到长安。

这么一来，刘备在益州的地位更加巩固了。公元 219 年，刘备在他手下一批文武官员拥戴下，自立为汉中王。

按照诸葛亮早已设计的战略，是打算从两路进攻曹操的。这一次西面的汉中打了胜仗，就得乘这个势头，再从东面的荆州直接攻打中原。

镇守荆州的是大将关羽。关羽这个人，有勇也有谋，就是骄傲自大。刘备做了汉中王，派人带了官印封他为前将军，关羽还不大满意。后来经人一解释，说汉中王怎样看重他，他才乐意地接受了。

这一次，刘备命令关羽进攻，关羽派两个部将留守江陵和公安，自己亲自率领大军进攻樊城。

樊城的魏军守将曹仁赶快向曹操求救。曹操派了于禁、庞德两员大将率领七支人马前去增援。曹仁让他们屯兵在樊城北面平地上，和城中互相呼应，使关羽没法攻城。

正在双方相持不下的时候，樊城一带下了一场大雨。汉水猛涨，平地的水高出地面有一丈多。于禁的军营扎在平地上，四面八方大水冲来，把七军的军营全淹没了。于禁和他的将士不得不泅水找个高地避水。

关羽早就抓住于禁在平地上扎营这个弱点。他趁着大水，安排好一批大小船只，率领水军向曹军进攻。他们先把主将于禁围住，叫他放下武器投降。于禁被围在一个汉水中的小土堆上，逼得无路可退，就垂头丧气地投降了。

庞德带了另一批兵士避水到一个河堤上。关羽的水军向他们围攻，船上的弓箭手一起向堤上射箭。

庞德手下有个部将害怕了，对庞德说："我们还是投降了吧！"

庞德骂那部将没志气，拔剑把他砍死在堤上。兵士们看到庞德这样坚决，也都跟着他抵抗。庞德不慌不忙拿起弓箭回射，他的箭法很好，蜀军被射死不少。双方从早上打到中午，从中午打到午后。庞德的箭使完了，就叫兵士们一起拔出短刀来搏斗。他跟身边的将士说："我听说良将不会为了怕死而逃命，烈士不会为了活命而失节。今天就是我死的日子了。"

这时候，大水越涨越高，堤上露出的地面越来越小。关羽水军的大船进攻更加猛烈，曹军的兵士纷纷投降。庞德趁着这乱哄哄的时候，带了三个将士，从蜀军兵士中抢了一只小船，想逃到樊城去。不料一个浪头袭来，把小船掀翻了，庞德掉在水里，关羽水军赶上去，把他活捉了。

将士们把庞德带回关羽大营，关羽好言好语劝他投降。庞德骂着说："魏王手里有人马一百万，威震天下；你们的主人刘备，不过是个庸碌的人，怎能和魏王相敌。我宁可做国家的鬼，也不愿做你们的将军！"

关羽大怒，一挥手，命令武士把庞德杀了。

关羽消灭了于禁、庞德的七支大军，乘胜进攻樊城。樊城里里外外都是水，城墙也被洪水冲坏了好几处。曹仁手下的将士都害怕了，有人对曹仁说："现在这个局面，我们也没法守了，趁现在关羽的水军还没合围，赶快乘小船逃吧！"

曹仁也觉得守下去没希望，就跟一起守城的满宠商量。满宠说："山洪暴发，不会很久，过几天水就会退下去。听说关羽已经派人在另一条道上向北进攻，他自己没有敢进兵，是因为怕咱们截他的后路。要是我们一逃，那么黄河以南，恐怕就不是我们的了。请将军再坚持一下吧。”

曹仁觉得满宠说得有理，就鼓励将士坚守下去。这时候，陆浑（今河南嵩县东北）百姓孙狼发动起义，杀了县里的官员，响应关羽。许都以南，其他响应的人也不少。关羽的威名震动了整个中原。

魏王曹操到了洛阳，得到各方面的警报，有点着慌。他跟百官商议，准备暂时放弃许都，避避关羽的势头。

谋士司马懿说：“大王不必担心。我看刘备和孙权两家，表面很亲热，实际上互相猜忌得厉害。这次关羽得意了，孙权一定不乐意。我们何不派人去游说孙权，答应把江东封给他，约他夹攻关羽，这样，樊城之围自然会解除了。”

曹操听了司马懿的意见，真的打发使者到孙权那里去。

* * * * *

关羽水淹七军，进一步巩固了益州根据地，同时也为北进中原打开了大门。此战体现了关羽是一位有勇有谋的良将。

吕蒙白衣渡江

司马懿的分析是有道理的，刘备和孙权两家虽然结了盟，但是矛盾很大。鲁肃在世的时候，是主张吴蜀和好，一起对付曹操的。后来鲁肃死了，接替他职务的大将吕蒙，就和鲁肃的主张不同。

吕蒙是东吴名将，他从小就练得一身好武艺，年轻时候立了不少战功，受到孙权的器重。

有一次，孙权对吕蒙说：“你现在责任重了，应该抽时间读点书才好。”

吕蒙说：“在军营里事务那么多，哪儿还有时间读书呢？”

孙权笑着说：“我并不是要你像博士（官名）那样精通经书，只是要你多浏览一些兵法，懂得一点历史罢了。你说事情多，总比不上我多吧！我自己就有这个经验，读了一些兵法、历史，对自己很有帮助。你不妨试一试。”

吕蒙听了孙权的劝告，一有空就认真读书。

鲁肃刚代替周瑜当大将的时候，经过吕蒙的驻地，看望吕蒙。当时鲁肃以为吕蒙不过是一员武将，没有什么雄才大略。这回，他和吕蒙谈话以后，听到吕蒙议论风生，见解精辟，十分佩服，说："你现在的才能胆识，跟当年吴下（即吴中）阿蒙，大不一样了。"

吕蒙自豪地说："对一个人，三天不见就应该另眼看待（文言是"刮目相待"）。您可不能用老眼光看人哪!"

吕蒙接替了鲁肃的职位以后，率军驻扎在陆口（在今湖北嘉鱼西南）。他认为关羽有兼并东吴的野心，向孙权上书要求出兵对付关羽，说："刘备、关羽君臣，都是反复无常的人，不能把他们当盟友看待。"

孙权也觉得关羽狂妄自大。孙权曾经派人去向关羽求亲，希望关羽把女儿嫁给他儿子。关羽不但不答应，反而把使者辱骂了一顿，使孙权气得要命。这次，孙权接到了吕蒙的信，更觉得非把关羽除掉不可。

正好在这个时候，曹操派使者来联络，要他夹攻关羽。孙权马上复信，表示愿意袭击关羽的后方。

关羽也听说吕蒙厉害，他虽然亲自率大军进攻樊城，但对在他背后的吕蒙这一头，可并没有放松防备，在蜀吴交界一带，布置得严严实实。

吕蒙本来经常有病，这一回，他就装作旧病发作，而且说是病得很厉害。孙权也正式发布命令，把吕蒙调回去休养。

另派了一个年轻的陆逊去接替吕蒙。

这个消息很快传到樊城。关羽听到吕蒙病重，又听说陆逊是个年轻的书生，心里暗暗高兴。

没过几天，陆逊从陆口特地派人拜见关羽，关羽接见使者，使者献上了书信和礼品。信中大意是说，听说将军在樊城水淹七军，俘获于禁，远远近近哪个不称赞将军的神威。这次曹操失败了，我们听得也高兴。我是个书生，很不称职，今后还得靠将军多多照顾呢!

关羽看了陆逊的书信，觉得陆逊态度谦虚、老实，也就放了心，把原来防备东吴的人马陆陆续续调到樊城那边去了。

陆逊把关羽人马调动的情况，随时报告给孙权和吕蒙。

这时候，关羽在樊城接受了于禁的投降兵十几万人，粮草供应发生了困难，就把东吴贮藏在湘关的粮食强占了。

孙权得知湘关的米被抢，就派吕蒙为大都督，命令他迅速袭击关羽的后方。

吕蒙到了寻阳（今湖北黄梅西南），把所有的战船都改装作商船，选了一批精锐的兵士躲在船舱里。船上摇橹的兵士扮作商人，一律穿上商人穿的白色衣服。就这样，一列又一列商船向北岸进发了。

到了北岸，蜀军守防的兵士一看都是穿白衣的商人，就允许他们把船停在江边。没想到一到晚上，船舱里的兵士一齐出来，偷偷摸进江边岗楼，把蜀军将士全部抓住，把岗楼占了。

吕蒙大军神不知鬼不觉地占领了北岸，进军公安。留守公安、江陵的蜀军将领本来对关羽很不满意，经吕蒙一劝，都投降了。

吕蒙进了城，派人慰问蜀军将士家属，并且吩咐东吴将士严守纪律，不许侵犯百姓。有一个东吴兵士，是吕蒙的同乡，因为天下雨，拿了老百姓家的一顶斗笠遮盖铠甲。吕蒙发现后，认为这个兵士违犯了军令，虽说是同乡人，但是犯了军令不能不办罪，就把他杀了。这样一来，全军将士都震动了，谁也不敢违反军令。

这时候，曹操派去的徐晃率领的援军，已到了靠近樊城的前线。徐晃把孙权答应曹操夹攻关羽的信抄写了许多份，射进关羽营寨里。关羽得知吕蒙袭击后方的消息，正在进退两难的时候，徐晃发起进攻，打败了关羽，使关羽不得不撤去对樊城的包围。

关羽派使者到江陵去探听情况。使者一到江陵，吕蒙派人殷勤招待，还叫使者到蜀军将士家去看望，这些家属都说东吴的人待他们不错。使者回到自己的军营后，兵士们向他探问家里情况，他就照实说了。大伙儿一听东吴人好，就不愿意再跟东吴打仗，有些兵士甚至偷偷地逃回江陵去了。

关羽到这时候，才知道对东吴的防备太大意，可是已经来不及了。他只好带了人马逃到麦城（今湖北当阳东南）。

孙权进军麦城，派人劝关羽投降。关羽带着十几个骑兵往西逃走。

孙权早已派兵埋伏在小道上，把关羽十几个骑兵截住，活捉了关羽。孙权知道关羽不肯投降，下令就地把他杀了。

曹操认为孙权立了大功，把孙权封为南昌侯，到了曹丕即位称帝以后，又封为吴王。

* * * * *

关羽由于狂妄自大，认不清形势，不坚持联吴抗曹的正确战略，在曹、吴的两面夹攻下，兵败被杀。

陆逊火烧连营

曹丕称帝的消息传到蜀汉，一时众说纷纷，说汉献帝已经被曹丕杀了。汉中王刘备还真的为献帝举行了丧礼。大臣们认为既然汉献帝已经死去，刘备是汉家皇室后代，理应接替皇位。公元221年，汉中王正式在成都即皇位，就是汉昭烈帝。因为他统治的地区在蜀（今四川、云南大部，贵州全部，陕西、甘肃一部分），历史上称为蜀汉或者蜀。

刘备对东吴占领荆州，关羽被杀这件事，一直是十分痛心的。他即位之后，第一件要紧的事就是进攻东吴，报仇雪耻。

大将赵云说，篡夺皇位的是曹丕，不是孙权。如果能灭掉曹魏，东吴自然就会屈服，不该放了曹魏去打东吴。

别的大臣劝谏的也不少，但是刘备说什么也听不进去。他把诸葛亮留在成都辅佐太子刘禅，亲自率领大军去征伐东吴。刘备一面准备出兵，一面通知张飞到江州（今四川重庆）会师。还没有等刘备出兵，张飞的部将叛变，杀了张飞投奔东吴。刘备一连丧失两员猛将，力量大大削弱，但他急于报仇，已经没有冷静考虑的余地了。

警报到了东吴，孙权听说刘备这次出兵声势很大，也有些害怕，派人向刘备求和，但是遭到刘备的拒绝。

没过几天，蜀汉人马已经攻下巫县（今四川巫中县北），一直打到秭归（在湖北省西部，秭音zǐ）。孙权知道讲和已经没有希望，就派陆逊为大都督，带领五万人马去抵抗。

刘备出兵没几个月，就攻占了东吴的土地五六百里地。他从秭归出发，急于向东继续进军。随军官员黄权拦住他说："东吴人打仗向来很勇猛，千万别小看他们。我们水军顺流而下，前进容易，要退兵可就难了。还是让我当先锋，在前面开路，陛下在后面接应。这样比较稳妥。"

刘备心急火燎，哪儿肯听黄权的话。他要黄权守住江北，防备魏兵；自已率主力沿着长江南岸，翻山越岭一直进军到了猇亭（今湖北宜都西北，猇音 xiāo）。

东吴将士看到蜀军得寸进尺，步步紧迫，都摩拳擦掌，想和蜀军大战一场，可是大都督陆逊却不同意。

陆逊说："这次刘备带领大军东征，士气旺盛，战斗力强。再说他们在上游，占领险要地方，我们不容易攻破他。要是跟他们硬拼，万一失利，丢了人马，这是非同小可的事。我们还是积蓄力量，考虑战略。等日子一久，他们疲劳了，我们再找机会出击。"

陆逊部下的将军，有的还是孙策手下的老将，有的是孙氏的贵族，对孙权派年轻的书生陆逊当都督，本来已经不大服气。现在听到陆逊不同意他们出战，认为陆逊胆小怕打仗，更不满意，在背地里愤愤不平。

蜀军从巫县到彝陵（今湖北宜昌东）沿路扎下了几十个大营，又用树木编成栅栏，把大营连成一片，前前后后长达七百里地。刘备以为这样好比布下天罗地网，只等东吴人来攻，就能把他们消灭。

但是陆逊一直按兵不动。从这年（公元 222 年）一月到六月，双方相持了半年。

刘备等得急了，派将军吴班带了几千人从山上下来，在平地上扎营，向吴兵挑战。东吴的将军，耐不住性子，要求马上出击。

陆逊笑笑说："我观察过地形。蜀兵在平地里扎营的兵士虽然少，可是周围山谷一定有伏兵。他们大声嚷嚷引我们打，我们可不能上他们的当。"

将士们还是不相信。过了几天，刘备看见东吴兵不肯交战，知道陆逊识破他的计策，就把原来埋伏的八千蜀军陆续从山谷中撤出来。东吴将士这才知道陆逊说得准。

一天，陆逊突然召集将士们，宣布要向蜀军进攻。将士们说："要打刘备，早该动手了。现在让他进来了五六百里地，主要的关口要道，都让他占了，我们打过去，不会有好处。"

陆逊向他们解释说："刘备刚来的时候，士气旺盛，我们是不能轻易取胜的。现在，他们在这儿呆了这么多日子，一直占不到便宜，兵士们已经很疲劳了。我们要打胜仗，是时候了。"

他派了一小部分兵力先去攻击蜀军的一个营，刚刚靠近蜀营的木栅栏，蜀兵从左右两旁冲出来厮杀；接着，附近的几个连营里的兵士也出来增援。东吴兵抵挡不住，赶快后退，已经损失不少人马。

将军们抱怨陆逊，陆逊说："这是我试探一下他们的虚实。现在我已经有了破蜀营的办法了。"

当天晚上，陆逊命令将士每人各带一束茅草和火种，预先埋伏在南岸的密林里，只等三更时候，就直奔江边，火烧连营。

到了三更，东吴四员大将率领几万兵士，冲近蜀营，用茅草点起火把，在蜀营的木栅栏边放起火来。那天晚上，风刮得很大，蜀军的营寨都是连在一起的，点着了一个营，附近的营也就一起延烧起来。一下子就攻破了刘备的四十多个大营。

等到刘备发现火起，已经无法抵抗。在蜀兵将士的保护下，刘备总算冲出了火网，逃上了马鞍山。

陆逊命令各路吴军，围住马鞍山发起猛攻，留在马鞍山上的上万名蜀军一下子全部溃散了，死伤的不计其数。一直战斗到夜里，刘备才带着残兵败将，突围逃走，吴军发现了，紧紧在后面追赶，还亏得沿途的驿站，把丢下的辎重、盔甲堵塞在山口要道上，阻挡住了东吴的追兵，刘备才逃到了白帝城（在今四川奉节县白帝山上）。

这一场大战，蜀军几乎全军覆没，船只、器械和军用物资，全部被吴军缴获。历史上把这场战争称作"猇亭之战"，也叫"彝陵之战"。

刘备失败之后，又悔又恨，说："我竟被陆逊打败，这岂不是天意吗？"过了一年，他在永安（今四川奉节）病倒了。

* * * * *

刘备失败有很多原因，也能总结很多教训，而其中的一点值得后人仔细思量：人始终都应谦虚、谨慎、不骄、不躁，否则，很可能一败涂地。

七擒孟获

蜀汉先主刘备在永安病势越来越重。他把诸葛亮从成都召到永安，嘱咐后事。他对诸葛亮说："您的才能比曹丕高出十倍，一定能够把国家治理好。我的孩子阿斗（太子刘禅的小名），您认为可以辅助，就辅助他；如果不行，您就自己来做一国之主吧。”

诸葛亮流着眼泪，哽咽着说：“我怎敢不尽心竭力，报答陛下，一直到死!”

刘备把小儿子刘永叫到身边，叮嘱他说：“我死之后，你们兄弟要像对待父亲一样尊敬丞相。”

刘备死后，诸葛亮回到成都，扶助刘禅即了帝位，历史上称为蜀汉后主。

刘禅即位后，朝廷上的事不论大小，都由诸葛亮来决定。诸葛亮兢兢业业，治理国家，想使蜀汉兴盛起来。没料到南中地区（今四川省大渡河以南和云南、贵州一带）几个郡倒先闹起来了。

益州郡有个豪强雍闿，听说刘备死去，就杀死了益州太守，发动叛变。他一面投靠东吴，一面又拉拢了南中地区一个少数民族首领孟获，叫他去联络西南一些部族起来反抗蜀汉。

经过雍闿的煽动，牂柯（在今贵州遵义一带）太守朱褒、越嶲（今四川西昌县东南）部族酋长高定，也都响应雍闿。这样一来，蜀汉差不多丢了一半土地，怎能不叫诸葛亮着急呢?

可是，当时蜀汉刚遭到猇亭大败和先主死亡，顾不上出兵。诸葛亮一面派人和东吴重新讲和，稳住了这一头；一面奖励生产，兴修水利，积蓄粮食，训练兵马。过了两年，局面稳定了，诸葛亮决定发兵南征。

公元225年3月，诸葛亮率领大军出发。诸葛亮好友马良的弟弟、参军马谡（音sù）送诸葛亮出城，一直送了几十里地。

临别的时候，诸葛亮握住马谡的手，诚恳地说：“我们相处好几年了。今天临别，您有什么好主意告诉我吗?”

马谡说：“南中的人依仗地形险要，离开都城又远，早就不服管了。即使我们用大军把他们征服了，以后还是要闹事的。我听说用兵的办法，主要在于攻心，攻城是次要的，丞相这次南征，一定要叫南人心服，才能够一劳永逸呢。”

马谡的话，正合诸葛亮的心意。诸葛亮不禁连连点头说：

“谢谢您的帮助，我一定这样办。”

诸葛亮率领蜀军向南进军，节节胜利。大军还在半路上，越嶲酋长高定和雍闿已经发生火并。高定的部下杀了雍闿。蜀军打进越巂，又把高定杀了。

诸葛亮派李恢、马忠两员大将分两路进攻，不到半个月，马忠又攻破牂柯，消灭了那里的叛军。四个郡的叛乱很快就平定了。

但是事情还没有结束。南中酋长孟获收集了雍闿的散兵，继续反抗蜀兵。诸葛亮一打听，知道孟获不但打仗骁勇，而且在南中地区各族群众中很有威望。

诸葛亮想起马谡临别的话，决心把孟获争取过来。他下了一道命令，只许活捉孟获，不能伤害他。

好在诸葛亮善于用计谋，蜀军和孟获军队交锋的时候，蜀军故意败退下来。孟获仗着他人多，一股劲儿追了过去，很快就中了蜀兵的埋伏，南兵被打得四处逃散，孟获本人就被活捉了。

孟获被押到大营，心里想，这回一定没有活路了。没想到进了大营，诸葛亮立刻叫人给他松了绑，好言好语劝说他归降。但是孟获不服气，说："我自己不小心，中了你的计，怎么能叫人心服？"

诸葛亮也不勉强他，陪着他一起骑着马在大营外兜了一圈，看看蜀军的营垒和阵容，然后又问孟获："您看我们的人马怎么样？"

孟获傲慢地说："以前我没弄清楚你们的虚实，所以败了。今天承蒙您给我看了你们的阵势，我看也不过如此，像这样的阵势，要打赢你们也不难。"

诸葛亮爽朗地笑了起来，说："既然这样，您就回去好好准备一下再打吧！"

孟获被释放以后，逃回自己部落，重整旗鼓，又一次进攻蜀军。但是他本是一个有勇无谋的人，哪里是诸葛亮的对手，第二次又被活捉了。

诸葛亮劝他，见孟获还是不服，又放了他。

像这样又放又捉，一次又一次，一直把孟获捉了七次。

到了孟获第七次被捉的时候，诸葛亮还要再放，孟获却不愿意走了，他流着眼泪说："丞相七擒七纵，待我可说是仁至义尽了。我打心底里敬服，从今以后，不敢再反了。"

孟获回去以后，还说服各部落全部投降，南中地区又重新归蜀汉控制。

诸葛亮平定南中后，命令孟获和各部落的首领照旧管理他们原来的地区。有人对诸葛亮说："我们好不容易征服了南中，为什么不派官吏来，反倒仍旧让这些头领管呢？"

诸葛亮说："我们派官吏来，没有好处，只有不方便。因为派官吏，就得留兵，留下大批兵士，粮食接济不上，叫他们吃什么。再说，刚刚打过仗，难免死伤了一些人，如果我们留下官吏统治，一定会发生祸患。现在我们不派官吏，既不要留军队，又不需要运军粮。让各部落自己管理，汉人和各部落相安无事，岂不更好？"

大家听了诸葛亮这番话，都钦佩他想得周到。

诸葛亮率领大军回到成都。后主和朝廷大臣都到郊外迎接，大家都为平定南中而感到高兴。

打那以后，诸葛亮一面积蓄财富，一面训练人马，一心一意准备大举北伐。

* * * * *

这个故事表明，一位卓越的领导人是以德服人，让对手心服口服的，而不是单纯地以武力压人。

马谡失街亭

诸葛亮平定南中之后，又经过两年准备，公元227年冬天，就带领大军驻守汉中。因为汉中接近魏、蜀的边界，在那里可以随时找机会进攻魏国。

离开成都的时候，他给后主刘禅上了一道奏章，要后主不要满足现状，妄自菲薄；要亲近贤臣，疏远小人；并且表示他决心担负起兴复汉朝的责任。这道奏章就是历史上有名的《出师表》。

过了年，诸葛亮采用声东击西的办法，传出消息，要攻打郿城（今陕西眉县），并且派大将赵云带领一支人马，进驻箕谷（今陕西褒城北），装出要攻打郿城的样子。魏军得到情报，果然把主要兵力去守郿城。诸葛亮趁魏军不防备，亲自率领大军，突然从西路扑向祁山（今甘肃礼县东）。

蜀军经过诸葛亮几年严格训练，阵容整齐，号令严明，士气十分旺盛。自从刘备死后，蜀汉多年没有动静，魏国毫无防备，这次蜀军突然袭击祁山，守在祁山的魏军抵挡不住，纷纷败退。蜀军乘胜进军，祁山北面天水、南安、安定三个郡的守将都背叛魏国，派人向诸葛亮求降。

那时候，魏文帝曹丕已经病死。魏国朝廷文武官员听到蜀汉大举进攻，都惊慌失措。刚刚即位的魏明帝曹叡比较镇静，立刻派张郃带领五万人马赶到祁山去抵抗，还亲自到长安去督战。

诸葛亮到了祁山，决定派出一支人马去占领街亭（今甘肃庄浪东南），作为据点。让谁来带领这支人马呢？当时他身边还有几个身经百战的老将。可是他都没有用，单单看中参军马谡。

马谡这个人确是读了不少兵书，平时很喜欢谈论军事。诸葛亮找他商量起打仗的事来，他就谈个没完，也出过一些好主意。因此，诸葛亮很信任他。但是刘备在世的时候，却看出马谡不大踏实。他在生前特地叮嘱诸葛亮，说："马谡这个人言过其实，不能派他干大事，还得好好考察一下。"但是诸葛亮没有把这番话放在心上。这一回，他派马谡当先锋，王平做副将。

马谡和王平带领人马到了街亭，张郃的魏军也正从东面开过来。马谡看了地形，对王平说："这一带地形险要，街亭旁边有座山，正好在山上扎营，布置埋伏。"

王平提醒他说："丞相临走的时候嘱咐过，要坚守城池，稳扎营垒。在山上扎营太冒险。"

马谡没有打仗的经验，自以为熟读兵书，根本不听王平的劝告，坚持要在山上扎营。王平一再劝马谡没有用，只好央求马谡拨给他一千人马，让他在山下临近的地方驻扎。

张郃率领魏军赶到街亭，看到马谡放弃现成的城池不守，却把人马驻扎在山上，暗暗高兴，马上吩咐手下将士，在山下筑好营垒，把马谡扎营的那座山围困起来。

马谡几次命令兵士冲下山去，但是由于张郃坚守住营垒，蜀军没法攻破，反而被魏军乱箭射死了不少人。

魏军切断了山上的水源，蜀军在山上断了水，连饭都做不成，时间一长，自己先乱了起来。张郃看准时机，发起总攻。蜀军兵士纷纷逃散，马谡要禁也禁不了，最后，只好自己杀出重围，往西逃跑。

王平带领一千人马，稳守营盘。他得知马谡失败，就叫兵士拼命打鼓，装出进攻的样子。张郃怀疑蜀军有埋伏，不敢逼近他们。王平整理好队伍，不慌不忙地向后撤退，不但一千人马一个也没损失，还收容了不少马谡手下的散兵。

街亭失守，蜀军失去了重要的据点，又丧失了不少人马。诸葛亮为了避免遭受更大损失，决定把人马全部撤退到汉中。

诸葛亮回到汉中，经过详细查问，知道街亭失守完全是由于马谡违反了他的作战部署。马谡也承认了他的过错。诸葛亮按照军法，把马谡下了监狱，定了死罪。

马谡自己知道免不了一死，在监狱里给诸葛亮写了封信，说："丞相平日待我像待自己的儿子一样，我也把丞相当作自己父亲。这次我犯了死罪，希望我死以后，丞相能够像舜杀了鲧还用禹一样，对待我的儿子，我死了也就没牵挂了。"

诸葛亮杀了马谡，想起他和马谡平时的情谊，心里十分难过，流下了眼泪。以后，他真的把马谡的儿子照顾得很好。

诸葛亮认为王平在街亭曾经劝阻过马谡，在退兵的时候，又用计保全了人马，立了功，应该受奖励，就把王平提拔为参军，让他统率五部兵马。

诸葛亮对将士们说："这次出兵失败，固然是因为马谡违反军令。可是我用人不当，也应该负责。"他就上了一份奏章给刘禅，请求把他的官职降低三级。

刘禅接到奏章，不知该怎么办才好。有个大臣说："既然丞相有这个意思，就依着他吧。"刘禅就下诏把诸葛亮降级为右将军，仍旧办丞相的事。

由于诸葛亮赏罚分明，以身作则，蜀军将士都很感动。大家把这次失败当作教训，士气更加旺盛。这年冬天，诸葛亮又带兵杀出散关（今陕西宝鸡西南），包围了陈仓（今宝鸡东），杀了一个魏将；第二年春天，又出兵收复武都（今甘肃成县）、阴平（今甘肃文易西北）两个郡。后主刘禅认为诸葛亮立了功，下了一道诏书，恢复诸葛亮的丞相职位。

* * * * *

马谡失街亭，生动地表明纸上谈兵很可能造成致命的后果；而诸葛亮挥泪斩马谡，则真切地反映了赏罚分明是一位优秀领导人的必备品质。

五丈原

公元229年，吴王孙权正式即位称帝。蜀汉大臣大多数认为孙权称帝是僭号，要求跟东吴断绝同盟关系。诸葛亮却认为，蜀汉眼前主要对手是魏国。他坚持和东吴保持联盟，继续准备北伐。

公元231年，诸葛亮第四次北伐，出兵祁山。魏国派了一个大将司马懿和张郃等一起率领人马赶往祁山。诸葛亮把一部分将士留在祁山，自己率领主力拦击司马懿。

司马懿知道诸葛亮的战略。他认为诸葛亮孤军深入，带的军粮不多，所以在险要的地方筑好营垒，叫将士只守不战。

魏军将领以为司马懿害怕诸葛亮，一再请战，说："您怕蜀军像害怕老虎一样，难道不怕天下人笑话吗?"

司马懿硬着头皮，带兵赶上去跟诸葛亮大战一场，结果被蜀军杀得一败涂地。但是蜀军由于后方的运粮官员失职，粮草供应不上，只好主动撤兵。大将张郃带兵紧紧追赶，赶到木门一带山谷地带，被诸葛亮预先布置好的伏兵用乱箭射杀了。

诸葛亮几次出兵，往往因为粮食供应不上退兵。他接受这个教训，设计了两种运输工具，叫作"木牛""流马"（两种经过改革的小车），用它们把粮食运到斜谷口（在今陕西眉县西南）囤积起来。

公元234年，诸葛亮做好充分准备，发动十万大军进行最后一次北伐。他派使者到东吴，约孙权同时发起攻势，南北策应，使魏国两面受敌。

诸葛亮大军出了斜谷口，到了渭水南岸的五丈原。为了做长期打算，他派一部分兵士构筑营垒，准备作战；另派一部分兵士在五丈原屯田，跟当地老百姓夹杂在一起耕种。蜀军纪律严明，百姓和兵士相处得很好。

魏明帝派司马懿率领魏军渡过渭水，也筑起营垒防守，和蜀军对峙着。

孙权接到诸葛亮的信，马上三路出兵进攻魏国。魏明帝也厉害，他一面亲自率领大军到南面抵挡东吴的进攻；一面通知司马懿在五丈原坚持，只守不战。

诸葛亮等待东吴方面的消息，但是结果使他很失望：孙权的进攻失败了。他想跟魏军决战，但是司马懿始终稳守营垒，诸葛亮几次三番向他挑战没有用，双方在那里相持了一百多天。

要使魏军出来打，只有想法子激怒司马懿。诸葛亮利用当时轻视妇女的风俗，派人给司马懿送去一套妇女的服饰，意思就是司马懿这样胆小怕战，还是回去做个“闺房小姐”吧。

魏军将士看到主将受到嘲弄，气恼得嚷着要跟蜀军拼。司马懿知道这是诸葛亮的激将法，并不发火，他安慰将士说：“好，我向皇上上个奏章，请求准许我们跟蜀军决战一场。”

过了几天，魏明帝派了一个大臣赶到魏营，传达命令，不许出战。

蜀军将士听到消息，感到失望。只有诸葛亮懂得司马懿的用意，说：“司马懿上奏章请求打仗，这是做给将士们看的。要不然，大将率领军队在外，哪有千里迢迢去请战的道理。”

诸葛亮料到司马懿的心理，司马懿也在探听诸葛亮的情况。有一次，诸葛亮派使者到魏营去挑战，司马懿挺有礼貌地接待使者，跟使者聊天，说：“你们丞相公事一定很忙吧。近来身体可好？胃口怎么样？”

使者觉得司马懿问的都是些客套话，也就老实回答说：“丞相的确很忙，军营里大小事情都要亲自抓。他起得早，睡得很晚。只是近来胃口不好，吃得很少。”

使者走了以后，司马懿就跟左右将士说：“你们看，诸葛孔明吃得少，事务又那么繁重，能支撑得长久吗？”

果然不出司马懿所料，诸葛亮由于过度辛劳，终于在军营里病倒了。

后主刘禅得到诸葛亮生病的消息，赶快派大臣李福到五丈原来慰问。李福跟诸葛亮谈了一些军国大事，就走了。

过了几天，李福返了回来，他看到诸葛亮病势转重，哭了起来。诸葛亮睁开眼睛，对李福说：“我懂得您回来想问些什么。您所要问的人，我看就是蒋琬吧。”

李福说：“丞相说的是。皇上正要我问丞相万一身子不好，由谁来继任您的工作。那么请问蒋琬之后，谁可以继任呢？”

诸葛亮说：“可以由费祎接替。”

李福还想再问下去，诸葛亮闭上眼睛不回答了。没几天，这个年纪才五十四岁的丞相终于在军营里去世。

按照诸葛亮生前的嘱咐，蜀军将领没有把他去世的消息透露出去。他们把尸体裹着放在车里，布置各路人马有秩序地撤退。

魏营的探子听到诸葛亮病死的风声，报告司马懿。司马懿立刻带领魏军追赶上去，刚过五丈原，忽然蜀军的旗帜转了方向，一阵战鼓响，兵士们转身掩杀过来。

司马懿大吃一惊，赶快拨转马头，下命令撤退。

蜀军将领等魏军离得远了，不慌不忙地把全部人马安全撤出五丈原。

这件事传到老百姓耳朵里，百姓编个歌谣嘲笑司马懿，说："死诸葛吓走了活仲达（仲达是司马懿的字）！"

司马懿听了也不生气，说："我只能料到活的诸葛，怎么能料到死的呢！"后来，他又亲自跑到蜀军原来扎营的地方，观察了诸葛亮布置的阵势，赞叹说："诸葛孔明真是天下奇才啊！"

* * * * *

诸葛亮想统一中原的愿望并没有实现，但是他的智慧和品格，一直被后代人赞扬。在民间传说中，诸葛亮往往成为智慧的化身。《出师表》里有两句话："鞠躬尽瘁，死而后已。"人们认为这正是对他一生的评价。

司马懿装病

诸葛亮死后几年里，蜀汉对魏国只采取守势。魏国的势力强大起来了，但是它的内部却发生了动乱。

魏国的大将司马懿，出身大士族地主家庭。曹操刚刚掌权的时候，曾经征召司马懿出来做官。那时候，司马懿嫌曹操出身低微，不愿意应召，但是又不敢得罪曹操，就假装得了风瘫病。曹操怀疑司马懿有意推托，派了一个刺客深夜闯进司马懿的卧室去察看，果然看到司马懿直挺挺地躺在床上。

刺客还不相信，拔出佩刀，架在司马懿的身上，装出要劈下去的样子。他以为司马懿要不是风瘫，一定会吓得跳起来。司马懿也真有一手，只瞪着眼望了望刺客，身体纹丝儿不动。刺客这才不得不相信，收起刀向曹操汇报去了。

司马懿知道曹操不肯放过他，过了一段时期，让人传出消息，说风瘫病已经好了。等曹操再一次召他的时候，他就不拒绝了。

司马懿先后在曹操和魏文帝曹丕手下，担任了重要职位，到了魏明帝即位，司马懿已经是魏国的元老。由于他长期带兵在关中跟蜀国打仗，魏国兵权大部分落在他手里。后来，辽东太守公孙渊勾结鲜卑贵族，反叛魏国，魏明帝又调司马懿去对付辽东的叛乱。

司马懿平定了辽东，正要回朝的时候，洛阳派人送来紧急诏书，要他迅速赶回洛阳。

司马懿到了洛阳，魏明帝已经病重了。明帝把司马懿和皇族大臣曹爽叫到床边，嘱咐他们共同辅助太子曹芳。

魏明帝死后，太子曹芳即了位，就是魏少帝。曹爽当了大将军，司马懿当了太尉，两人各领兵三千人，轮流在皇宫值班。曹爽虽然说是皇族，但论能力、资格都跟司马懿差得远，开始的时候，他不得不尊重司马懿，有事总听听司马懿的意见。

后来，曹爽手下有一批心腹提醒曹爽说："大权不能分给外人啊!"他们替曹爽出了一个主意，用魏少帝的名义提升司马懿为太傅，实际上是夺去他的兵权。接着，曹爽又把自己的心腹、兄弟都安排在了重要的职位。司马懿看在眼里，装聋作哑，一点也不干涉。

曹爽大权在手，就寻欢作乐，过起荒唐的生活来了。为了树立他的威信，他还带兵攻打蜀汉，结果被蜀军打得大败，差点全军覆没。

司马懿表面不说，暗中自有打算，好在他年纪也确实大了，就推说有病，不上朝了。

曹爽听说司马懿生病，正合他的心意，但是毕竟有点不放心，还想打听一下太傅生的是真病还是假病。

有一次，有个曹爽亲信的官员李胜，被派为荆州刺史。李胜临走的时候，到司马懿家去告别，曹爽要他顺便探探情况。

李胜到了司马懿的卧室，只见司马懿躺在床上，旁边两个使唤丫头伺候他吃粥。他没用手接碗，只把嘴凑到碗边喝，没喝上几口，粥就沿着嘴角流了下来，流得胸前衣襟都是。李胜在一边看了，觉得司马懿病得实在不轻。

李胜对司马懿说："这次蒙皇上恩典，派我担任本州刺史（李胜是荆州人，所以说是本州)，特地来向太傅告辞。”

司马懿喘着气说：“哦，这真委屈您啦，并州在北方，接近胡人，您要好好防备啊。我病得这样，只怕以后见不到您啦!”

李胜说：“太傅听错了，我是回荆州去，不是到并州。”

司马懿还是听不清，李胜又大声说了一遍，司马懿总算有点搞清楚了，说：“我实在年纪大，耳朵聋，听不清您的话。您做荆州刺史，这太好啦。”

李胜告辞出来，向曹爽一五一十地说了一遍司马懿的情况，说：“太傅只差一口气了，您就用不着担心了。”

曹爽听了，不用提有多高兴啦。

公元249年新年，魏少帝曹芳到城外去祭扫祖先的陵墓，曹爽和他的兄弟、亲信大臣全跟了去。司马懿既然病得厉害，当然也没有人请他去。

哪儿知道等曹爽一帮人一出皇城，太傅司马懿的病全好了。他披戴起盔甲，抖擞精神，带着他两个儿子司马师、司马昭，率领兵马占领了城门和兵库，并且假传皇太后的诏令，把曹爽的大将军职务撤了。

曹爽和他的兄弟在城外得知消息，急得乱成一团。有人给他献计，要他挟持少帝退到许都，收集人马，对抗司马懿，但是曹爽和他的兄弟都是只知道吃喝玩乐的人，哪儿有这个胆量。司马懿派人去劝他投降，说是只要交出兵权，决不为难他们。曹爽就乖乖地投降了。

过了几天，就有人告发曹爽一伙谋反，司马懿派人把曹爽一伙人全下了监狱处死。

这样一来，魏国的政权虽然名义上还是曹氏的，但是实际上已经转到司马氏手里。

* * * * *

司马懿是久经沙场、足智多谋的大将，他为魏国一统天下立下了汗马功劳。由此看来，魏国政权落入司马氏手里似乎是一件顺应历史趋势的事。

司马昭的野心

司马懿杀了曹爽，过了两年，他也死了，接替他职位的是他儿子司马师。魏国大权落在司马师和司马昭兄弟两人手里，大臣中谁反对他们，司马师就把他除掉。魏少帝曹芳恨透了司马师，有人曾经劝曹芳撤掉司马氏兄弟的兵权，但没有等曹芳动手，司马师已经逼着皇太后，把曹芳废了，另立魏文帝曹丕的一个孙子曹髦为帝。

魏国有些地方将领本来不服司马氏的专权，司马师废去曹芳后，就有扬州刺史文钦和镇东将军毌丘俭起兵声讨司马师。司马师亲自带兵征讨，打败了文钦和毌丘俭。但是在回师许都之后，司马师也得病死了。

接着，司马昭做了大将军。司马氏父子三人，一个比一个厉害，一个比一个专横。

魏帝曹髦实在忍耐不住了。有一天，他把尚书王经等三个大臣召进宫里，气愤地说："司马昭的野心，过路人都知道了（文言是'司马昭之心，路人皆知'），我不能坐着等着他来收拾我。今天，我要同你们一起去讨伐他。"

大臣们知道要跟司马昭作对，简直是鸡蛋碰石头，就劝他忍耐，不要闹出大祸来。

可是曹髦从怀里掏出一道预先写好的诏书，扔在地上，说："我已经下了决心，就是死了我也不怕，再说还不一定死呢。"说着，他进内宫去禀报太后。

哪里知道这三个大臣当中，倒有两个人偷偷地溜出去向司马昭通风报信了。

二十岁的曹髦，根本不懂得怎样治司马昭。他集合了宫内的禁卫军和侍从太监，吵吵嚷嚷地从宫里杀了出来，曹髦自己拿了一把宝剑，站在车上指挥。

司马昭的心腹贾充，带了一队兵士赶来，挡住了禁卫军的去路，双方打了起来。曹髦上前大喝一声，挥动剑杀过去。贾充的手下兵士一见皇帝自己动手，毕竟有点胆怯，有的准备逃了。

贾充手下有个叫成济的，跟贾充说："您看怎么办？"

贾充厉声说："司马公平时养着你们是干什么的！还用问吗？"

贾充这一说，成济才胆大了，拿起长矛就往曹髦身上直刺去。曹髦来不及招架，被成济刺穿了胸膛，跌下车来死了。

消息传到司马昭那里。司马昭听说他手下人真的杀了皇帝，也有点着慌，连忙赶到朝堂上，召集大臣们商量。司马昭假惺惺装出悲伤的样子，跟一位老臣陈泰说："您说，叫我怎么办呢？"

陈泰说："只有斩了贾充的头，才多少可以向天下交账。"

司马昭很为难地说："还有没有其他办法，您再想想。"陈泰说："依我说，只有比这更重的办法，没有再轻的了。"

司马昭一听不是滋味，就不吱声了。

后来，司马昭用太后名义下了一道诏书，给曹髦加上许多罪状，把他废作平民，把曹髦被杀的事轻轻地掩盖了过去。

但是，大伙儿还是议论纷纷，怪司马昭不办凶手的罪，司马昭没法拖下去，就把杀害皇帝的罪责一股脑儿推给成济，给成济定了一个大逆不道的罪名，满门抄斩。

司马昭除掉了曹髦，另外让曹奂接替皇位，这就是魏元帝。

* * * * *

司马懿、司马师、司马昭父子三人为后来西晋的建立奠定了基础，是西晋奠基者，后来均被司马炎追尊。

邓艾偷渡剑阁

司马昭害死了魏帝曹髦，认为内部已经稳定，决心大举进攻蜀汉。

那时候，接替诸葛亮的大臣蒋琬、费祎都已死去，蜀汉担任大将军的是姜维。姜维有心继承诸葛亮的北伐事业，几乎每年都出兵攻打魏国，但是蜀汉的力量已经越来越弱，姜维不但不能够取得胜利，反而白白消耗了不少兵力。公元 263 年，司马昭派将军邓艾、诸葛绪各带兵三万，钟会带兵十几万分三路进攻蜀汉。

姜维看到魏军声势浩大，知道抵挡不住，把蜀兵集中到剑阁（今四川剑阁县），守住关口要道。钟会带兵到了剑阁，一时没法攻进去。

邓艾看到蜀军主力守在剑阁，就带了精兵偷偷绕道到剑阁西面的一条羊肠小道上向南进军。这一带本来是人迹不到的地方。邓艾带领这支精兵，逢山开路，遇河架桥，走了七百里路，也没有被蜀军发现。

最后，他们来到一条绝路上，山高谷深，没法前进。这时候，邓艾的兵士随身带的粮草已经快完了，将士们都慌了神。

邓艾当机立断，用毡毯裹着身子，从悬崖峭壁上滚了下去。将士们见邓艾一带头，也跟着滚了下去。有的攀着树木，一个接一个慢慢地爬下了山，终于越过了这条绝路，一直赶到江油（今四川江油县）。

驻守江油的蜀军没想到邓艾会从背后杀出来，突然见到魏兵出现在城下，来不及组织抵抗，只好投降了。

邓艾继续向绵竹（今四川绵阳西南）进攻。守绵竹的是诸葛亮的儿子诸葛瞻，邓艾派人送信劝说他投降，说：“如果你肯投降，就推荐你为琅玡王。”

诸葛瞻听说要他投降，气得火冒三丈，把邓艾派来劝降的使者杀了。他摆开阵势，决心和邓艾拼个死活，但是毕竟敌不过邓艾，诸葛瞻和他的儿子诸葛尚都战死了。

邓艾拿下绵竹，直奔蜀汉都城成都。成都的百姓做梦也没想到魏兵来得那么快，一听邓艾兵临城下，纷纷到山上树林里去避难。蜀汉朝廷更是乱成一团，后主赶快召集大臣商量。有人主张往南逃，有的主张投靠东吴，有人认为现在魏国大军压境，不如趁早投降。

后主本是个没主意又胆小的人，根本不想抵抗，等邓艾大军到达成都，他已经叫人反绑着两手，率领文武百官出城门投降了。

邓艾进了成都，觉得自己了不起，骄傲起来，连钟会也不在他眼里。他直接向司马昭上书，要趁这次打胜仗的势头，一鼓作气把东吴灭掉。哪儿知道司马昭下个命令给邓艾，说：

“军事行动不许自作主张。”这件事让邓艾非常生气。

正在剑阁跟钟会对抗的蜀将姜维，得到邓艾袭击成都的消息，正想退回去保卫成都，接到后主的命令，要他向魏军投降。

蜀军将士接到这个命令，又气愤又伤心，有的兵士恨得拔出刀来，在大石头上乱砍。

姜维倒是十分冷静，他跟将士们商议后，决定向钟会投降。钟会也赏识姜维是个好汉，把他当作自己人一样看待，两个人出门一块坐车，回到军营一起议事，十分要好。

姜维利用钟会和邓艾之间的矛盾，劝钟会秘密写信给司马昭，告发邓艾谋反。

司马昭本来猜忌心很重，接到钟会的报告，就用魏元帝的名义下道诏书，派人到成都把邓艾抓起来，用囚车押回洛阳。他怕邓艾抗拒，又命令钟会进军成都。

钟会到了成都，派一支人马用囚车把邓艾押到洛阳。半路上，邓艾被人杀了。钟会用计除掉了邓艾以后，兵权全掌握在他一个人手里，他就决定谋反了。

钟会跟姜维一商量，姜维完全赞同他。因为姜维另外有他自己的打算，他想利用钟会杀掉魏军将领，然后再除掉钟会。他偷偷地给刘禅送了一封信，说“请陛下再忍受几天委屈，臣一定把国家恢复过来。”

钟会哪儿知道姜维的打算，他以为姜维真心跟他合伙反司马昭。他假传太后的命令，说司马昭杀害魏元帝，叫他发兵讨伐。他怕魏军将领不服，把他们软禁在蜀宫里。

魏军将士对钟会的命令本来有点怀疑，后来，有人传出谣言，说钟会、姜维要把北方来的将士杀光。这一来，大家都乱了起来，有的在宫殿四周放了火。乱兵进了宫，姜维、钟会控制不住，都被乱兵杀了。

* * * * *

邓艾偷渡剑阁的过程表明，智慧、坚忍不拔是成功的重要因子，只有临危不乱，善于分析实际情况，永不放弃才有取胜的可能。

扶不起的阿斗

邓艾灭了蜀汉以后，后主刘禅还留在成都。到了钟会、姜维发动兵变，司马昭觉得让后主留在成都总不大妥当，就派他的心腹贾充把刘禅接到洛阳。

刘禅本来是一个昏庸无能的人。诸葛亮在世的时候，全靠诸葛亮掌管着军政大事，他也不敢自作主张。诸葛亮死后，虽然还有蒋琬、费祎、姜维一些文武大臣辅佐他，可是他毕竟不像诸葛亮在世时候那么谨慎了。到蒋琬、费祎死去后，宦官黄皓得了势，蜀汉的政治就越来越糟了。

到了蜀汉灭亡，姜维被杀，大臣们死的死了，走的走了，随同他一起到洛阳去的只有地位比较低的官员郤正和刘通两个人。刘禅不懂事，不知道怎样跟人打交道，一举一动全靠郤正指点。平时，刘禅根本没把郤正放在眼里，到这时候，他才觉得郤正是个忠心耿耿的人。

刘禅到了洛阳，司马昭用魏元帝的名义，封他为安乐公，还把他的子孙和原来蜀汉的大臣五十多人封了侯。司马昭这样做，无非是为了笼络人心，稳住对蜀汉地区的统治，但是在刘禅看来，却是很大的恩典了。

有一次，司马昭大摆酒宴，请刘禅和原来蜀汉的大臣参加，宴会中间，还特地叫了一班歌女演出蜀地的歌舞。

一些蜀汉的大臣看了这些歌舞，想起了亡国的痛苦，伤心得差点儿掉下眼泪，只有刘禅咧开嘴看得挺有劲，就像在他自已的宫里一样。

司马昭观察了他的神情，宴会后，对贾充说："刘禅这个人没有心肝到了这步田地，即使诸葛亮活到现在，恐怕也没法使蜀汉维持下去，何况是姜维呢!"

过了几天，司马昭在接见刘禅的时候，问刘禅说："您还想念蜀地吗?"

刘禅乐呵呵地回答说："这儿挺快活，我不想念蜀地了。"

（"乐不思蜀"的成语就是这样来的。）

郤正在旁边听了，觉得太不像话。回到刘禅的府里，郤正说："您不该这样回答晋王（指司马昭）。"

刘禅说："依你的意思该怎么说呢?"

郤正说："以后如果晋王再问起您，您应该流着眼泪说：我祖上的坟墓都在蜀地，我心里很难过，没有一天不想那边。这样说，也许晋王还会放我们回去。"

刘禅点点头说："你说得很对，我记住就是了。"后来，司马昭果然又问起刘禅，说："我们这儿待您不错，您还想念蜀地吗?"

刘禅想起郤正的话，就把郤正教他的话原原本本地背了一遍。他竭力装出悲伤的样子，但是挤不出眼泪，只好闭上眼睛。

司马昭看了他这个模样，心里早明白了一大半，笑着说：

"这话好像是郤正说的吧?"

刘禅吃惊地睁开眼睛，傻里傻气地望着司马昭说："对，对，正是郤正教我的。"

司马昭不由得笑了，左右侍从也忍不住笑出声来。

司马昭这才看清楚刘禅的确是个糊涂人，不会对自己造成威胁，就没有想杀害他。

* * * * *

刘禅的昏庸无能在历史上出了名，后来，人们常用“扶不起的阿斗”比喻那种懦弱无能、没法使他振作的人。

王浚楼船破吴

司马昭灭了蜀汉之后，还没有来得及攻东吴，就病死了。他的儿子司马炎把挂名的魏元帝曹奂废了，自己做了皇帝，建立了晋朝，这就是晋武帝。从公元 265 年到 317 年，晋朝的国都在洛阳，历史上把这个朝代称为西晋。

西晋建立的时候，三国中唯一留下来的东吴早已衰落了。东吴最后一个皇帝孙皓是以残暴出了名的。他大修宫殿，尽情享乐不算，还用剥脸皮、挖眼睛等惨无人道的刑罚镇压百姓，上上下下都把他恨透了。

公元 279 年，晋朝一些大臣认为时机成熟，劝说晋武帝消灭东吴。晋武帝就决定发兵二十多万，分几路进攻东吴国都建业（今江苏南京市）。镇南大将军杜预打中路，向江陵进兵；安东将军王浑打东路，向横江（在今安徽省）进军；还有一路水军，由益州刺史王浚率领，沿着大江，顺流向东进攻。

王浚是个有能耐的将军。他早就作了伐吴的准备，在益州督造大批战船。这种战船很大，能容纳两千多人，船上还造了城墙城楼，人站在上面，可以四面瞭望，所以也称作楼船。

为了不让东吴发觉，造船是秘密进行的，但是时间一久，难免有许多削下的碎木片掉在江里，木片顺水漂流，一直漂到东吴的地界。东吴有个太守吾彦，发现了这件事，连忙向吴主孙皓报告，说：“这些木片一定是晋军造船时劈下来的。晋军在上游造船，看来是要进攻东吴，我们要早作防守的准备。”

可是孙皓满不在乎地说：“怕什么！我不去打他，他们还敢来侵犯我！”

吾彦没有办法，但是觉得不防备总不放心。他想出一个办法，在江面险要的地方打了不少大木桩，钉上大铁链，把大江拦腰截住，又把一丈多高的铁锥安在水面下，好像无数的暗礁，使晋国水军没法通过。

过了年，打中路的杜预和打东路的王浑两路人马都节节胜利，只有王濬的水军，到了秭归，因为楼船被铁链和铁锥阻拦，不能前进。王濬也真有办法，他吩咐晋兵造了几十只很大的木筏，每个木筏上面放着一些草人，披上盔甲，手拿刀枪。他又派几个水性好的兵士带领这一队木筏随流而下。这些木筏碰到铁锥，那些铁锥的尖头就扎在木筏子底下，被木筏扫掉了。

还有那一条条拦在江面的铁链怎么办呢？王濬又在木筏上架着一个个很大的火炬，这些火炬都灌足了麻油，一点就着。他让这些装着大火炬的木筏驶在战船前面，遇到铁链，就烧起熊熊大火，时间一长，那些铁链铁锁都被烧断了。

王濬的水军扫除了水底下的铁锥和江面上的铁链，大队战船就顺利地打进东吴地界，很快就和杜预中路的大军会师。

由陆路进攻的杜预大军也取得大胜，攻下了江陵。有人主张暂时休整一下再打。杜预说："现在我军军威大振，正像劈竹子一样，劈开了几节以后，下面的竹子，就可以迎刃而解，一劈到底了。"（"势如破竹"的成语就是这样来的）他竭力支持王濬带领水军直扑东吴国都建业。

这时候，东路王浑率领的晋军也逼近了建业。孙皓派丞相张悌率领三万吴兵渡江去迎战，被晋军全部消灭。

王濬的楼船顺流东下，声势浩大。吴主孙皓这才着了慌，派将军张象带领水军一万人去抵抗。张象的将士一看，满江都是王濬的战船，无数面的旌旗迎风飘扬，连天空也给遮住了。东吴水军长期没有训练，看到晋军这个来势，吓得没有打就投降了。

有一个东吴将军陶濬，正在这时候去找孙皓。孙皓问他水军的消息。这个陶濬是个糊涂虫，他说："益州下来的水军情况我知道，他们的船都小得很，陛下只要给我两万水兵，把大号的战船用上，准能够把晋军打败。"

孙皓马上封他为大将，把节杖交给他，叫他指挥水军。陶濬向将士下了命令，第二天一早就出发跟晋军作战。但是将士可不像陶濬那样糊涂，不愿送死，当天晚上，就逃得一干二净。

王濬的水军几乎没有遇到抵抗，一帆风顺地到了建业。建业附近一百里江面，全是晋军的战船，王濬率领水军将士八万人上岸，在雷鸣般的鼓噪声中开进了建业城。

孙皓到了山穷水尽的田地，只得自己脱下上衣，让人反绑了双手，带领一批东吴大臣，到王濬的军营前投降。这样，从曹丕称帝（公元 220 年）开始的三国分立时期宣告结束，晋朝统一了全国。

* * * * *

“凡事预则立，不预则废”。“不打无准备之仗”。这个故事生动地体现了这样的道理。

石崇与王恺比富

晋武帝统一全国后，志满意得，完全沉湎在荒淫生活里。

在他带头提倡下，朝廷里的大臣把摆阔气当作体面的事。

在京都洛阳，当时有三个出名的大富豪：一个是掌管禁卫军的中护军羊琇，一个是晋武帝的舅父、后将军王恺，还有一个是散骑常侍石崇。

羊琇、王恺都是外戚，他们的权势比石崇来得大，但是在豪富方面却比不上石崇。石崇的钱到底有多少，谁也说不清。这许多钱是哪儿来的呢？原来石崇当过几年荆州刺史，在这期间，他除了加紧搜刮民脂民膏之外，还干过肮脏的抢劫勾当。有些外国的使臣或商人经过荆州地面，石崇就派部下敲诈勒索，甚至像江洋大盗一样，公开杀人劫货。这样，他就掠夺了无数的钱财、珠宝，成了当时最大的富豪。

石崇到了洛阳，一听说王恺的豪富很出名，有心跟他比一比。他听说王恺家里洗锅子用饴糖水，就命令他家厨房用蜡烛当柴火烧。这件事一传开，人家都说石崇家比王恺家阔气。

王恺为了炫耀自己富，又在他家门前的大路两旁，夹道四十里，用紫丝编成屏障，谁要上王恺家，都要经过这四十里紫丝屏障。这个奢华的装饰，把洛阳城轰动了。

石崇成心压倒王恺。他用比紫丝贵重的彩缎，铺设了五十里屏障，比王恺的屏障更长，更豪华。

王恺又输了一着。但是他还不善罢甘休，向他的外甥晋武帝请求帮忙。

晋武帝觉得这样的比赛挺有趣，就把宫里收藏的一株两尺多高的珊瑚树赐给王恺，好让王恺在众人面前夸耀一番。

有了皇帝帮忙，王恺比阔气的劲头更大了，他特地请石崇和一批官员上他家吃饭。

宴席上，王恺得意地对大家说："我家有一件罕见的珊瑚，请大家观赏一番怎么样？"

大家当然都想看一看。王恺命令侍女把珊瑚树捧了出来，那株珊瑚有两尺高，长得枝条匀称，色泽粉红鲜艳。大家看了赞不绝口，都说真是一件罕见的宝贝。

只有石崇在一边冷笑。他看到案头正好有一支铁如意（一种器物），顺手抓起，朝着大珊瑚树正中，轻轻一砸。"轰隆"一声，一株珊瑚被砸得粉碎。

周围的官员们都大惊失色。主人王恺更是满脸通红，气急败坏地责问石崇："你……你这是干什么！"

石崇嬉皮笑脸地说："您用不着生气，我还您就是了。"王恺又是痛心，又是生气，连声说："好，好，你还我来。"

石崇立刻叫他随从的人回家去，把他家的珊瑚树统统搬来让王恺挑选。

不一会，一群随从回来，搬来了几十株珊瑚树。这些珊瑚中，三四尺高的就有六七株，大的竟比王恺的高出一倍。株株条干挺秀，光彩夺目。至于像王恺家那样的珊瑚，那就更多了。

周围的人都看呆了。王恺这才知道石崇家的财富，比他不知多出多少倍，也只好认输。

这场比阔气的闹剧就这样结束了，石崇的豪富就在洛阳出了名。当时有一个大臣傅咸，上了一道奏章给晋武帝。他说，这种严重的奢侈浪费，比天灾还要严重，现在这样比阔气，比奢侈，不但不被责罚，反而被认为是荣耀的事。这样下去怎么了得。

晋武帝看了奏章，根本不理睬。他跟石崇、王恺一样，一面加紧搜刮，一面穷奢极侈。西晋王朝一开始就这样腐败，这就注定要发生大乱了。

* * * * *

历史上几乎每个王朝灭亡时，都能看到腐败的影子。任何一个政权如果任由腐败泛滥，就失去了继续存在下去的理由。

周处除“三害”

西晋时期，除了像王恺、石崇一类穷奢极侈的豪门官员外，还有一批士族官员，整日无所事事，三五成群聚在一起胡乱吹牛，尽说些脱离实际的荒诞无稽的怪话，这种谈话叫作“清谈”。这些人，往往名气很大，地位很高，这也可见当时风气的腐败了。

但是在官员中，也有比较正直肯干实事的人，像西晋初年的周处就是这样的人。他担任广汉（今四川广汉北）太守的时候，当地原来的官吏腐败，积下来的案件，有三十年没有处理的，周处一到任，就把积案都认真地处理完了。后来调到京城做御史中丞，不管皇亲国戚，凡是违法的，他都能大胆揭发。

周处原是东吴义兴（今江苏宜兴县）人。年轻的时候，长得个子高，力气比一般小伙子大。他的父亲很早就死了，他自小没人管束，成天在外面游荡，不肯读书；而且性格强悍，动不动就拔拳打人，甚至动刀使枪，义兴地方的百姓都害怕他。

义兴邻近的南山有一只白额猛虎，经常出来伤害百姓和家畜，当地的猎户也制服不了它。

当地的长桥下，有一条大蛟（一种鳄鱼），出没无常。义兴人把周处和南山白额虎、长桥大蛟联系起来，称为义兴“三害”。这“三害”之中，最使百姓感到头痛的还是周处。

有一次，周处在外面走，看见人们都闷闷不乐。他找了一个老年人问：“今年年成挺不错，为什么大伙那样愁眉苦脸呢？”

老人没好气地回答：“三害还没有除掉，怎样高兴得起来！”

周处第一次听到“三害”这个名称，就问：“你指的是什么三害？”

老人说：“南山的白额虎，长桥的大蛟，加上你，不就是三害吗？”

周处吃了一惊。他想，原来乡间百姓都把他当作虎、蛟一般的大害了。他沉吟了一会，说：“这样吧，既然大家都为‘三害’苦恼，我把它们除掉。”

过了一天，周处果然带着弓箭，背着利剑，进山找虎去了。到了密林深处，只听见一阵虎啸，从远处窜出了一只白额猛虎。周处闪在一边，躲在大树背面，拈弓搭箭，“嗖”地一下，射中猛虎前额，结果了它的性命。

周处下山告诉村里的人，有几个猎户上山把死虎扛下山来。大家都挺高兴地向周处祝贺，周处说："别忙，还有长桥的蛟呢。"

又过了一天，周处换了紧身衣，带了刀剑跳进水里去找蛟去了。那条蛟隐藏在水深处，发现有人下水，想跳上来咬。周处早就准备好了，在蛟身上猛刺一刀。那蛟受了重伤，就往江的下游逃窜。

周处一见蛟没有死，紧紧在后面盯住，蛟往上浮，他就往水面游；蛟往下沉，他就往水底钻。这样一会儿沉，一会儿浮，一直追踪到几十里以外。

三天三夜过去了，周处还没有回来。大家议论纷纷，认为这下子周处和蛟一定两败俱伤，都死在河底里了。本来，大家以为周处能杀死猛虎、大蛟，已经不错了；这回"三害"都死，大家喜出望外。街头巷尾，一提起这件事，都是喜气洋洋，互相庆贺。

没想到到了第四天，周处竟安然无恙地回家来了，人们大为惊奇。原来大蛟受伤以后，被周处一路追击，最后流血过多，动弹不得，终于被周处杀死。

周处回到家里，知道他离家三天后，人们以为他死去，都挺高兴。这件事使他认识到，自己平时的行为被人们痛恨到什么程度了。

他痛下决心，离开家乡到吴郡找老师学习。那时候吴郡有两个很有名望的人，一个叫陆机，一个叫陆云，周处去找他们，陆机出门去了，只有陆云在家。

周处见到陆云，把自己决心改过的想法诚恳地向陆云谈了。他说："我后悔自己觉悟得太晚，把宝贵的时间白白浪费掉。现在想干一番事业，只怕太晚了。"

陆云勉励他说："别灰心，您有这样决心，前途还大有希望呢。一个人只怕没有坚定的志气，不怕没有出息。"

打那以后，周处一面跟陆机、陆云学习，刻苦读书；一面注意自己的品德修养。他的勤奋好学的精神受到大家的称赞。过了一年，州郡的官府都征召他出来做官，到了东吴被晋朝灭掉以后，他就成为晋朝的大臣。

* * * * *

为民除害是我们中华民族的一种传统美德。真正的为他人着想，做有益于他人的事，自然会受到他人的尊重与爱戴。

白痴皇帝

晋武帝和他祖父、伯父、父亲都是善于玩弄权术的人，可是他的儿子——太子司马衷偏偏是一个什么也不懂的低能儿。朝廷里里外外都担心，要是晋武帝一死，让这个低能儿继承了皇位，不知道会闹出什么乱子来。

有些大臣想劝晋武帝另立太子，但是不敢明说。有一天，在晋武帝举行宴会的时候，大臣卫瓘假装酒醉，倒在晋武帝的御座面前，用手抚摸着座位，嘴里含含糊糊地说：

“这个座位太可惜了！”

晋武帝马上懂得他说的是什么意思，但是假装听不懂，说：“你在胡说些什么，准是喝醉了吧。”接着，吩咐侍从把卫瓘扶起来送走。

打那以后，谁也不敢向晋武帝再提这件事。

晋武帝毕竟也有点犹豫。他想试试他的儿子到底糊涂到什么程度。有一次，他特地送给太子一卷文书，里面提出几件公事，要太子处理。

太子的妻子贾妃，是个机灵的女人，见到这卷文书，连忙把宫里老师请来，替太子代做答案。有个老师很有学问，写出一份卷子，引经据典，答得头头是道。

贾妃看了挺满意，旁边有个略懂文墨的太监却提醒她：“这份卷子好是好，可是皇上明知太子平常不大懂事，现在写出这样一份卷子，反倒叫他怀疑。万一查究起来，就把事情弄糟了。”

贾妃说：“对，亏得你提醒一下。那么还是你来另写一份吧，写得好，将来还怕没你的好处！”

那个太监就另外起草了一份粗浅的答卷，让太子依样画葫芦抄写一遍，送给晋武帝。

晋武帝一看，卷子虽然写得很不高明，但是总算有问必答，可见太子的脑子还是清楚的。

公元290年，晋武帝病重。太子司马衷已经三十多岁，按理说，三十多岁的人已经可以处理政事了。但是晋武帝到底不放心，立个遗诏，要皇后的父亲杨骏和他叔父汝南王司马亮一起辅政。晋武帝临死的时候，只有杨骏在身边，杨骏为了想独揽大权，和杨皇后串通起来，另外伪造一道遗诏，指定杨骏单独辅政。

晋武帝一死，太子司马衷即位，这就是晋惠帝。

晋惠帝即位以后，国家政事他一件也管不了，倒是闹出一些笑话来。

有一次，他带了一批太监，在御花园里玩。那是初夏季节，池塘边的草丛间，响起一片蛤蟆的叫声。

晋惠帝呆头呆脑地问身边的太监说："这些小东西叫，是为官家，还是为私人呢？"

太监面面相觑，不知该怎样回答。有个比较机灵的太监一本正经地说："在官地里的为官家，在私地里的为私家。"

晋惠帝似懂非懂地点点头。

有一年，各地闹饥荒，地方的官员把灾情上报朝廷，说灾区的老百姓饿死的很多。这件事给晋惠帝知道了，就问大臣说："好端端的人怎么会饿死呢？"

大臣回奏说："当地闹灾荒，没粮食吃。"

惠帝忽然灵机一动，说："为什么不叫他们多吃点肉粥呢？"

大臣们听了，个个目瞪口呆。

西晋出了这样一个白痴皇帝，周围的一群野心家自然就蠢蠢欲动了。

* * * * *

白痴皇帝的出现深刻地反映了"家天下""封建世袭制度"的愚昧和落后之处。而且权力过度集中也会使社会失去活力，从而阻碍社会进步。

八王混战

晋武帝认为魏朝的灭亡，是因为没有给皇族子弟权力，使皇室孤立了，所以，他在即位以后，封了二十七个同姓王。每个王国都有自己的军队；王国里的文武官员，都由诸侯王自己选用。他以为这样一来，有许多亲属子弟支持皇室，司马氏的统治就可以稳固了。哪里知道这一来，反而种下了祸根。

晋惠帝即位以后，外戚杨骏用阴谋手段，排挤了汝南王司马亮，取得单独辅政的地位。一些诸侯王当然不甘心，只是一时没有机会动手反对他。

晋惠帝不懂事，但是他的妻子贾后却是一个心狠手辣的人。她不愿让杨骏操纵政权，秘密派人跟汝南王司马亮和楚王司马玮联络，要他们带兵进京，讨伐杨骏。

楚王玮从荆州带兵进了洛阳，贾后有了楚王玮的支持，就宣布杨骏谋反，派兵围了杨骏的家，把杨骏杀了。

杨骏被杀之后，汝南王亮进洛阳辅政。他想独揽大权，可是兵权在楚王玮手里。两个人之间就闹起矛盾来。贾后嫌留着汝南王亮有碍自己专权，就假传晋惠帝的密令，派楚王玮把汝南王亮抓起来杀了。

楚王玮本来是贾后的同党，但是贾后怕他连杀两王之后，权力太大。当天晚上，又宣布楚王玮假造皇帝诏书，擅自杀害汝南王，把楚王玮办了死罪。楚王玮知道上了贾后的当，大叫冤枉，但是已经没有用了。

打那以后，朝廷上没有辅政的大臣，名义上是晋惠帝做皇帝，实际上是贾后专权。

贾后掌权七八年，骄横跋扈，胡作非为，名声坏透了。太子司马遹，非贾后所生。贾后怕他长大起来，自己的地位保不住，就千方百计想除掉太子。

有一回，贾后事先叫人起草一封用太子口气写的信，内容是逼晋惠帝退位。贾后把太子请来喝酒，把他灌得烂醉，趁太子昏昏沉沉的时候，骗他把那封信抄了一遍。

第二天，贾后叫晋惠帝召集大臣，把太子写的信交给大家传看，宣布太子谋反。大臣们怀疑这封信不是太子写的，贾后要大家核对笔迹，大家一看果然是太子的亲笔，不敢再说。

贾后就把太子废了。

朝廷大臣对贾后的凶狠本来十分不满，现在见她废掉太子，背地里十分气愤，议论纷纷。掌握禁军的赵王司马伦觉得这是个好机会，想起兵反对贾后，但他又怕让太子掌了权，也不好对付，就在外面散播空气，说大臣正在秘密打算扶植太子复位。贾后听到这个谣传，真地害怕起来，派人毒死了太子。这样一来，赵王伦抓住了把柄，派禁军校尉、齐王司马冏（音 jiǒng）带兵进宫逮捕贾后。

专门玩弄阴谋的贾后，这一下也中了别人的计。她一见齐王冏带兵进宫，大吃一惊，说："你们想干什么？"

齐王冏说："奉皇上的诏书，特来逮捕你。"

贾后说："皇上的诏书都是我发的，哪里还有什么别的诏书!"

贾后大叫大闹，指望晋惠帝来救她。赵王伦把她抓起来杀了。

赵王伦掌握了政权，野心更大。他当了相国还不满足。过了一年，干脆把晋惠帝软禁起来，自己称起皇帝来。他一即位，就把他的同党，不论文官武将，或是侍从、兵士，都封了大大小小的官职。那时候，当官的戴的官帽上面都用貂的尾巴做装饰。赵王伦封的官实在太多太滥了，官库里收藏的貂尾不够用，只好找些狗尾巴来凑数。所以，民间就编了歌谣来讽刺他们，叫作"貂不足，狗尾续"。

各地的诸侯王听说赵王伦做了皇帝，谁都想夺这个宝座。这样，在他们之间就展开了一场又一场的厮杀。参加这场混战是赵王司马伦、齐王司马冏、成都王司马颖、河间王司马颙、长沙王司马乂、东海王司马越。加上已经被杀的汝南王亮、楚王玮，一共有八个诸侯王，历史上称为"八王之乱"。

八王之乱前后延续了十六年，到了公元 306 年，八王中的七个都死了，留下的最后一个东海王越，毒死了晋惠帝，另立了惠帝的弟弟司马炽（音 chì），这就是晋怀帝。

* * * * *

晋武帝借鉴魏朝灭亡的教训，以封同姓诸王来巩固司马氏的统治，最后不想却以八王之乱而走向衰败。

李特的流民大营

西晋的腐朽统治和混战，给百姓带来无穷无尽的灾难，加上接连不断的天灾，许多地方的农民没有粮吃，被迫离开自己的故乡，成群结队到别的地方逃荒。这种逃荒的农民叫作"流民"。

公元 298 年，关中地区闹了一场大饥荒，略阳（治所在今甘肃天水东北）、天水等六郡十几万流民逃荒到蜀地。有一个氐族人李特和他兄弟李庠、李流，也跟着流民一起逃荒。一路上，流民中间有挨饿的、生病的，李特兄弟常常接济他们，照顾他们。流民都很感激、敬重李特兄弟。

蜀地离开中原地区比较远，百姓生活比较安定。流民进了蜀地后，就分散在各地，靠给富户人家打长工过活。

益州刺史罗尚，却要把这批流民赶回关中去。他们还在要道上设立关卡，准备抢夺流民的财物。

流民们听到官府要逼他们离开蜀地，想到家乡正在闹饥荒，回去也没法过日子，人人都发愁叫苦。

流民们向李特诉苦，李特几次向官府请求放宽遣送流民的限期。流民听到这个消息，感戴李特，纷纷投奔他。

李特在绵竹地方设了一个大营，收容流民。不到一个月，流民越聚越多，约莫有两万人。他的弟弟李流也设营收容了几千流民。

李特收容流民之后，派使者阎彧去见罗尚，再次请求缓期遣送流民。

阎彧来到罗尚的刺史府，看到那里正在修筑营寨，调动人马，知道他们不怀好意。他见了罗尚，说明了来意。罗尚对阎彧说："我已经准许流民缓期遣送了，你回去告诉他们吧！"

阎彧直爽地对他说："罗公听了别人的坏话，看样子恐怕不会饶过他们。不过我倒要劝您，不要小看了老百姓。百姓看起来是软弱的，您若逼得他们无路可走，众怒难犯，只怕对您没有好处。"

罗尚假惺惺地说："我不会骗你，你就这样去说吧！"

阎彧回到绵竹，把罗尚那里的情况一五一十告诉李特，并且对李特说："罗尚虽然这样说，但是我们不能轻信他，要防备他偷袭。"

李特也怀疑罗尚的话不可靠，立刻把流民组织起来，准备好武器，布置阵势，准备抵抗晋兵的进攻。

到了晚上，罗尚果然派部将带了步兵、骑兵三万人，偷袭绵竹大营。

晋军进入李特的营地，李特故意镇静自若地躺在大营里。晋将自以为得计，一声号令，叫兵士猛攻李特大营。

三万晋军刚进了营地，只听得四面八方响起了一阵震耳的锣鼓声，大营里预先埋伏好的流民，手拿长矛大刀，一起杀了出来。这批流民勇猛无比，一个抵十个，十个抵百个。晋军没有料到流民早有准备，心里一慌，已经没有斗志，被流民杀得丢盔弃甲，四散逃窜，两三个晋将逃脱不了，也被流民们杀了。

流民们杀散晋军，知道晋朝统治者不会罢休，就请求李特替他们做主，领导他们抗击官府。

李特和六郡流民首领一商量，大家推李特为镇北大将军，李流为镇东将军，几个流民首领都被推举为将领。他们整顿兵马，军威大振，过不了几天，就攻下了附近的广汉，赶走了那里的太守。

李特进了广汉，效仿汉高祖刘邦，宣布约法三章，打开了官府的粮仓，救济当地的贫苦百姓。流民组成的军队在李特领导下，纪律严明。蜀地的百姓平时受尽晋朝官府的压迫，现在来了李特，生活倒安定起来，怎么不高兴。民间编了一个歌谣说："李特尚可，罗尚杀我。"

罗尚表面上派使者向李特求和，暗地里勾结当地豪强势力，围攻李特。李特在奋勇抵抗之后，战败牺牲。他的儿子李雄继续率领流民战斗。公元304年，李雄自立为成都王，过了两年，又自称皇帝，国号大成。后来到李雄侄儿李寿在位时，改国号为汉。所以历史上又称"成汉"。

* * * * *

李特率流民打败晋军，反映出一条历史规律：得人心者得天下。在位者只有体察民情，才能长治久安。而他们最危险的做法莫过于脱离群众。

刘渊建立汉国

在李雄在成都称王的同一年（公元304年），北方的匈奴贵族刘渊也反晋独立，自称汉王。

自从西汉末年起，有一部分匈奴人分散居住在北方边远郡县，他们和汉族人相处久了，接受了汉族的文化。匈奴贵族认为上代多次跟汉朝和亲，是汉朝皇室的亲戚，后来就改用汉皇帝的姓——刘。曹操统一北方后，把匈奴三万个部落分为五个部，每个部都设部帅，匈奴贵族刘豹是其中一部的部帅。

刘渊是刘豹的儿子，从小读了许多汉族人的书，力气大，武艺高，能够拉三百斤重的大弓。刘豹死后，刘渊继承他父亲的职位，后来，在西晋的成都王司马颖（八王之一）部下当将军，留在邺城，专管五部匈奴军队。

八王混战开始后，匈奴部落里一些贵族们在左国城（今山西离石北）开会商量。有个老年贵族说："我们匈奴从汉朝开始跟汉人结为兄弟。经过魏、晋两个朝代，匈奴单于后代虽然有封号，却没有自己的尺寸土地，跟一般百姓没有什么两样。现在晋朝发生内乱，自相残杀，这正是我们匈奴人恢复地位的好时机啊!”

大家都觉得他的主意对，叫谁来带头呢？大家一议论，认为刘渊有才能，威望高，推他当单于挺合适。

贵族们派个使者到邺城，把大伙儿的意思告诉刘渊，请他回来。刘渊很高兴，就借口要回匈奴葬自己的父亲，向司马颖请假。司马颖不同意，刘渊只好让使者先回去，并且要五部匈奴集结兵力，向南移动。

后来，晋朝的并州刺史司马腾、将军王浚联络鲜卑贵族攻打司马颖，司马颖失败了，逃往洛阳。刘渊向司马颖要求回去带匈奴兵马来助战，司马颖才让他走了。

公元304年，刘渊回到左国城，大伙儿拥戴他做大单于。他集中了五万人马，亲自率领南下，帮助晋军攻打鲜卑兵。有人问他，为什么不趁这个机会把晋朝灭掉，反倒去帮助晋军呢？

刘渊说：“要灭掉晋朝，还不是像摧枯拉朽一样容易，但是晋朝的百姓未必会向着我们。我看汉朝立国的年代最长，在百姓中影响大，我们的上代又是汉朝皇室的兄弟，现在汉朝亡了，我们用继承汉朝的名义，也许可以得民心。”

大家听了，觉得是一个好主意。刘渊就宣布自己是汉王。

刘渊称汉王后，很快攻下了上党、太原、河东、平原等几个郡，势力越来越大。一些势力比较小的各族反晋力量也都来归附刘渊。

公元308年，刘渊称汉帝。第二年迁都平阳（今山西临汾西南），集中兵力进攻洛阳。洛阳的老百姓虽然恨透腐朽的西晋王朝，但是也不愿受匈奴贵族的统治，所以，刘渊两次进攻，都遭到洛阳军民的猛烈抵抗，不得不退兵。

那时候，八王中最后的一个王——东海王司马越还在和一批大臣互相仇杀，晋朝留下的一点点兵力也消耗得差不多了。

后来刘渊死去，他儿子刘聪接替做汉国皇帝，又派大将刘曜、王弥进攻洛阳。洛阳的军民奋勇抵抗，但是毕竟寡不敌众。公元311年，洛阳城终于被攻陷，晋怀帝做了俘虏。

刘聪进洛阳后，杀了大批晋朝的官员和百姓。有一次，刘聪举行宴会，让晋怀帝穿着奴仆穿的青衣给大家斟酒，一些晋朝的遗臣看了，禁不住失声痛哭。刘聪看晋朝遗臣还对怀帝这样有感情，一怒之下，就把怀帝杀了。

晋怀帝死后，在长安的晋国官员拥立怀帝的侄儿司马邺继承皇位，这就是晋愍帝。

公元316年，刘聪攻下长安。晋愍帝也遭到了晋怀帝同样的命运，在受尽侮辱后被杀。西晋王朝维持了五十二年，终于灭亡。

西晋灭亡之后，北方的各族人民（主要是匈奴、鲜卑、羯、氐、羌五个少数民族）纷纷起义，他们中间的上层分子乘机起兵，像李雄、刘渊一样建立政权，前前后后一共出现十六个割据政权，历史上称为“十六国”（旧称五胡十六国，胡是古时候对少数民族的泛称）。

* * * * *

封建割据政权的混战虽然给老百姓带来了痛苦，但似乎也有利于华夏各民族的融合。历史往往就是这样在痛苦中前进着。

王与马共天下

刘聪攻下长安后，南方还在晋朝官员手里。晋愍帝在被俘前留下诏书，要镇守在建康（原名建业，今江苏南京市）的琅邪王司马睿继承皇位。

司马睿在西晋皇族中，地位和名望并不高。晋怀帝的时候，他被派到江南去镇守。他带去了一批北方的士族官员，其中最有名望的是王导。司马睿对王导言听计从，把他看作是知心朋友。

司马睿刚到建康的时候，江南的一些大士族地主嫌他地位低，不怎么看得起他，也不来拜见他。为了这个，司马睿心里不踏实，要王导想个办法。

王导有个堂哥王敦，当时在扬州做刺史，很有点势力。王导把王敦请到建康，两个一商量，想出一个主意来。这年三月初三，按照当地的风俗是禊（音 xì）节，百姓和官员都要到江边去“求福消灾”。这一天，王导让司马睿坐上华丽的轿子到江边去，前面有仪仗队鸣锣开道，王导、王敦和从北方来的大官、名士，一个个骑着高头大马跟在后面，排成一支十分威武的队伍。

这一天，在建康江边看热闹的人本来很多。大家看到这种从来没见到过的大排场，都轰动了。

江南有名的士族地主顾荣等听到这个消息，从门缝里偷偷张望。他们一看王导、王敦这些有声望的人对司马睿这样尊敬，大吃一惊，怕自己怠慢了司马睿，一个接一个地出来排在路旁，拜见司马睿。

这一来，提高了司马睿在江南士族地主中的威望。王导接着就劝司马睿说："顾荣、贺循是这一带的名士。只要把这两人拉过来，就不怕别人不跟着我们走。"

司马睿派王导上门请顾荣、贺循出来做官，两个人都高兴地来拜见司马睿。司马睿殷勤地接见了他们，封他们做官。

打那以后，江南大族纷纷拥护司马睿，司马睿在建康就站稳了脚跟。

北方发生大乱以后，北方的士族地主纷纷逃到江南来避难。王导又劝说司马睿把他们中间有名望的人都吸收到王府来。司马睿听从王导的意见，前前后后吸收了一百零六个人，在王府里做官。

司马睿听从王导的安排，拉拢了江南的士族，又吸收了北方的人才，巩固了地位，心里十分感激王导。他对王导说："你真是我的萧何啊！"

公元317年，司马睿在建康即位，重建晋朝。这就是晋元帝。在这以后，晋朝的国都在建康。为了和司马炎建立的晋朝（西晋）相区别，历史上把这个朝代称为东晋。

晋元帝登基的那天，王导和文武官员都进宫来朝见。

晋元帝见到王导，从御座站了起来，把王导拉住，要他一起坐在御座上接受百官朝拜。

这个意外的举动，使王导大为吃惊，因为在当时那个时代，是绝对不允许有这样的事的。王导忙不迭推辞，他说："这怎么行。如果太阳跟普通的生物在一起，生物还怎么能得到阳光的照耀呢?"

王导这一番吹捧，使晋元帝十分高兴，晋元帝也不再勉强，但是他总认为他能够得到这个皇位，全靠王导、王敦兄弟的力量，所以，对他们特别尊重。他封王导担任尚书，掌管朝内的大权；又让王敦总管军事，王家的子弟中，很多人都封了重要官职。

当时，民间流传着一句话，叫作"王与马，共天下"，意思就是王氏同皇族司马氏共同掌握了东晋的大权。

王敦掌握军权，自以为了不起，不把晋元帝放在眼里。晋元帝也看出了王敦的骄横，另外重用了大臣刘隗和刁协，对王氏兄弟渐渐疏远起来。这样，刚刚建立的东晋王朝内部就出现了裂痕。

* * * * *

在创业的过程中，大家为了同一个目标而奋斗，此时，团结是必要的；一旦目标实现，外部矛盾消失，内部矛盾总会凸显出来，这似乎成了一种规律。

石勒读汉书

晋元帝即位的第二年，匈奴族的汉国国主刘聪病死，太子粲嗣位，不久被匈奴贵族所杀，汉国内部也发生了分裂。后来，刘聪的侄儿刘曜自立为皇帝。他觉得用汉朝的名义并不能欺骗人民，在公元319年，改国号为赵。汉国大将石勒在反晋战争中扩大了兵力，不愿再受刘曜的统治，也自称赵王。

石勒是羯族人，他家世代是羯族部落的小头目。年轻的时候，并州地方闹饥荒，他和部落失散了，曾经给人家做过奴隶、佣人。有一次，石勒被乱兵捉住，关在囚车里，正好他的囚车旁边有一群鹿跑过。乱兵纷纷去追捕鹿群，石勒才趁机会逃走。

石勒受尽苦难，没有出路，就招集一群流亡的农民，组成了一支强悍的队伍。刘渊起兵以后，石勒投降汉国，在刘渊部下当了一员大将。

石勒从小没有像刘渊那样受过汉族文化教育，不识字。他担任大将以后，渐渐懂得要成大事业，光靠武力不行，就依靠一个汉族士人张宾，采取了许多政治措施。他还收留了一批北方汉族中的贫苦的读书人，组织了一个“君子营”。

由于石勒骁勇善战，加上有了张宾一批谋士帮他出谋划策，石勒的势力逐渐强大起来。到了公元328年，终于消灭了刘曜。过了两年，石勒在襄国自称皇帝，国号仍是赵。历史上把刘氏的赵国称为“前赵”，把石勒建立的赵国称为“后赵”。

石勒自己没有文化，但是却十分重视读书人。他做了后赵皇帝后，命令部下，凡捉到读书人，不许杀死，一定要送到襄国来，让他自己处理。

他听从张宾的意见，设立学校，要他部下将领的子弟进学校读书。他还建立了保举和考试的制度，凡是各地保举上来的人经过评定合格，就选用他们做官。

石勒严禁部下提到“胡”字、“羯”字。但是为了安抚汉族士人，有时候也没有执行禁令。

有一次，有个汉族官员樊坦被任用做官。樊坦进宫朝见的时候，穿了一身破破烂烂的衣服。石勒吃惊地问他：“你怎么穷到这步田地？”

樊坦忘记了禁令，只回答说：“刚刚碰到一批羯贼，把我的家当都抢走，家里连一件像样的衣服都没有了。”

石勒知道他吃了亏，就安慰他说：“羯贼这样乱抢东西，太不应该！我来替他们赔偿吧！”

樊坦忽然想起了触犯了禁令，吓得浑身发抖，连忙向石勒请罪。

石勒笑着说：“我这个禁令，是对付一般百姓的。你们这些老书生，我不怪你们。”

说着，真的赔给樊坦一些衣服钱财，还赏给他一辆车，一匹马。

石勒挺喜欢读书。他自己不识字，就找一些读书人把书讲给他听，一边听，一边还随时发表自己的见解。

有一次，他让人给他读《汉书》，听到有人劝汉高祖封旧六国贵族的后代的历史。他就说：“唉！刘邦采取这样错误做法，还怎么能够得天下呢？”讲书的人马上给他解释，后来由于张良的劝阻，汉高祖并没有这样做。石勒点头说：“这才对啦。”

又有一次，石勒举行宴会招待大臣，宴席上，他问一个大臣，说：“你看我可以比得上古代什么样的帝王？”

大臣吹捧说：“陛下英明神武，比汉高祖还强，别人更比不上了。”

石勒笑了笑说：“你说得太过分了。我要是遇到汉高祖，只能做他的臣下，大概跟韩信、彭越差不多。要是我生在汉光武帝那个时候，倒可以和他并驾齐驱，还说不定谁胜谁负呢。”

由于石勒重用人才，在政治上比较开明，后赵初期出现了兴盛的气象。

* * * * *

善于学习，取人之长，补己之短，这是人们应该要具备的优良品质。尤其在今天的知识经济时代，不会学习的人将很快被时代淘汰。

祖逖中流击楫

自从匈奴占领中原，北方有许多人避难到南方来。刘琨的好友祖逖也带了几百家乡亲避难南下。在逃难的行列中，祖逖主动出来指挥，把自己的车马让给老弱以及有病的人坐，自己的粮食、衣服给大家一起吃用。大家都十分敬重他，推他做首领。

到了泗口（今江苏清江市北），祖逖手下已经有一批壮士，他们都是背井离乡的北方人，希望祖逖带领他们早日恢复中原。

当时，司马睿还没有即皇帝位。祖逖渡江到建康，劝琅邪王司马睿说："晋朝大乱，主要是由于皇室内部自相残杀，使胡人乘机会攻进了中原。现在中原的百姓遭到敌人残酷迫害，人人想要起来反抗。只要大王下令出兵，派我们去收复失地。那么北方各地的人民一定会群起响应。"

司马睿并没有恢复中原的打算，但是听祖逖说得有道理，也不好推辞，勉强答应他的请求，派他做豫州（在今河南东部和安徽北部）刺史，拨给他一千个人吃的粮食和三千匹布，至于人马和武器，让他自己想办法。

祖逖带着随同他一起来的几百家乡亲，组成一支队伍，横渡长江。船到江心的时候，祖逖拿着船桨，在船舷边拍打（文言是"中流击楫"），向大家发誓说："我祖逖如果不能扫平占领中原的敌人，决不再过这条大江。"他的激昂的声调和豪壮的气概，使随行的壮士个个感动，人人激奋。

到了淮阴，他们停下来一面制造兵器，一面招兵买马，聚集了两千多人马，就向北进发了。

祖逖的军队一路上得到人民的支持，迅速收复了许多失地。当时，长江以北还有不少豪强地主，趁中原大乱的机会，占据堡坞，互相争夺。祖逖说服他们停止内争，跟随他一起北伐，对不听号令、依附敌人的，就坚决打击。祖逖的威望就越来越高了。

刘琨在北方听到老朋友祖逖起兵北伐，也很高兴，说："我夜间枕着兵器睡觉等天亮，就是一心要消灭敌人。现在祖逖跑到我前面去了。"

公元 319 年，陈留地方的豪强地主陈川投降后赵国主石勒，祖逖决定发兵进攻陈川，石勒派兵五万援救，被祖逖打得大败。接着，后赵的将领桃豹和祖逖的部下韩潜又争夺蓬陂（在河南开封市附近）城，战斗了四十天，相持不下，双方的军粮都发生了困难。

有一天，祖逖用布袋装满了泥土，派一千多名兵士扛着，运到了晋营，装作运粮的样子，最后又派了几个兵士扛着几袋米，运到半路上，故意停下来休息。

桃豹在赵营内看到晋兵运来那么多的米，自然眼红，就趁晋兵休息的时候，派了大批兵士来抢，晋兵丢下米袋就逃。赵营里早已断了粮，抢到了一点米，只能够勉强维持几天，但是大家看到晋营里军粮那么充足，军心就动摇起来了。桃豹赶快派人向石勒求救。

过了几天，石勒派了一千头驴子装运了粮食接济桃豹。祖逖早就探得情报，在路上设下伏兵，把后赵的粮食全部截夺下来。这样一来，桃豹再也支持不住，连夜放弃阵地逃跑了。

祖逖领导晋兵艰苦斗争，收复了黄河以南的大部土地，后赵的兵士陆续向祖逖投降的也很多。晋元帝即位后，因为祖逖功劳大，封他为镇西将军。

祖逖在战斗的艰苦环境中，和将士们同甘共苦，自己的生活很节约，把省下的钱尽量帮助部下。他还奖励耕作，招纳新归附的人，即使是跟自己关系疏远和地位低下的人，他也同样热情地对待。当地的百姓都很拥护他。

有一次，祖逖举行宴会招待当地父老，人们高兴得又是唱歌，又是跳舞，有些老人流着眼泪说："我们都老了，今天能够在活着的日子里看到亲人，死了也可以闭上眼睛了。"

祖逖一面操练士兵，一面扩大兵马，预备继续北伐，收复黄河以北的国土。哪儿想到昏庸的晋元帝对祖逖竟放心不过，怕祖逖势力太大之后不好控制，派了一个戴渊来当征西将军，统管北方六州的军事，以监督祖逖。祖逖辛辛苦苦收复失地，反而受到朝廷的牵制，心里很不舒坦。

不久，祖逖听说他的好友刘琨在幽州被王敦派人害死，又听说晋元帝跟王敦正在明争暗斗，心里又是忧虑，又是气愤，终于得病死了。豫州的男女老少听到祖逖去世的消息，都十分伤心。

祖逖虽然没有完成恢复中原的事业，但他那中流击楫的英雄气概，一直被后代的人所传诵。

* * * * *

领导爱惜下属，下属就会拥护领导，这样的组织就会有凝聚力、战斗力；领导有明晰的目标和坚强的毅力，下属就愿意追随他。

陶侃运砖头

祖逖死后，东晋王朝接连发生几次内乱。晋元帝想抵制王氏势力，王敦起兵攻进建康，杀了一批反对他的大臣。元帝的儿子晋明帝即位后，王敦又一次攻打建康失败，自己病死了。到了晋成帝（明帝的儿子）的时候，历阳（今安徽和县）镇将苏峻起兵叛变，攻进了建康。东晋的一些大臣束手无策，后来依靠荆州刺史陶侃出兵，花了两年时间，才平定了苏峻的叛乱。

陶侃在王敦得势的时候，本来是王敦的部下。那时候，陶侃立了战功，做了荆州刺史。有人妒忌他，在王敦面前说他坏话。王敦把他调到广州。那时候，广州还是偏僻的地区，调到广州实际上等于降了他的职。

陶侃到了广州，并没有灰心丧气。他每天早晨把一堆砖头（文言是“甓”）从书房里搬到房外；到了晚上，又把砖头一块块运到屋里。人们看到他每天这样做，感到很奇怪，忍不住问他为什么这样做。

陶侃严肃地说：“我虽然身在南方，但心里想的是收复中原。如果闲散惯了，将来国家需要我的时候，还怎么能担当重任呢？所以，我每天借这个练练筋骨，磨炼一下自己的意志。”

王敦失败以后，东晋王朝才把陶侃提升为征西大将军兼荆州刺史。荆州的百姓听到陶侃回来，都高兴得互相庆贺。

官虽然做得大了，可陶侃还是十分小心谨慎。荆州衙门里大大小小的事情，他都要亲自认真检查，从来不放松。他常常对他的部下说：“大禹是个圣人，还爱惜一寸光阴。像我们这种普通人，论智慧和能力，都跟大禹差得很远，更应该爱惜每一分光阴，怎能贪图安逸。如果活着对国家没有贡献，死了没有留下什么好名誉，那不是自暴自弃吗？”

他部下有些官吏，喜欢吃酒赌博，往往因此耽误了公事，陶侃知道了非常生气。他吩咐人把酒器和赌具都收起来，一股脑儿扔到江里去；还把那些官吏鞭打了一顿。打这以后，大家都吓得不敢再赌博喝酒了。

有一次，陶侃到郊外去视察，看见一个过路人一面走，一面随手摘了一把没有成熟的稻穗，拿在手里玩弄。

陶侃叫住他问：“你拔了这棵稻子，干什么用？”那个过路人只好实说：

“没有什么，顺手拔一点玩玩罢了。”

陶侃听了，勃然大怒说：“你自己不耕种，还无缘无故毁坏人家的庄稼，真是岂有此理!”

说罢，就命令他的兵士把那人捆绑起来，狠狠地鞭打了一顿，才把他放了。

人们听到刺史这样保护庄稼，种田就更勤快了。荆州地方就渐渐富裕起来。

荆州地方在长江边上。官府造船，常常留下许多木屑和竹头，要是在别人手里，不是打扫掉，就是烧了，但是陶侃却吩咐人把它收拾起来，收藏在仓库里。人们见了，不懂他为什么要这样做，也没敢问。

后来，有一次新春过节，荆州的官员都到官府来拜见陶侃。恰好前几天下了几场大雪。天气放晴，积雪融化后，大厅前面又湿又滑，不好走路。陶侃就吩咐管事的官吏，把仓库里的木屑拿出来铺地，这样，走路的时候就再不怕滑跤了。

又有一次，东晋水军造一批战船需要竹钉。陶侃又叫人把收藏起来的竹头拿出来给兵士去做造船用的竹钉。

到这时候，大家才知道陶侃收集木屑和竹头的用处，佩服他考虑得周到。

陶侃前前后后带兵四十一年，由于他执法严明，办事认真，谁都佩服他。据说，在他管辖的地方，社会秩序安定，真做到了“路不拾遗”哩!

* * * * *

领导者往往对一个组织或一个地区乃至一个国家有着举足轻重的影响力，优秀的领导者能使社会“路不拾遗”，糟糕的领导者却能让天下大乱。

桓温北伐

陶侃平定了苏峻的叛乱以后，东晋王朝暂时获得了安定的局面。这时候，北边却乱了起来。

后赵国主石虎（石勒儿子）死了以后，内部发生大乱，后赵大将冉闵称帝，建立了魏国，历史上称为冉魏；鲜卑族贵族慕容皝建立的前燕又灭了冉魏。公元 352 年，氐族贵族苻健也乘机占领了关中，建立了前秦。

后赵灭亡的时候，东晋的将军桓温向晋穆帝（东晋的第五个皇帝）上书，要求带兵北伐。桓温是个很有军事才能的人，他在当荆州刺史的时候，曾经进兵蜀地，灭掉了成汉，在东晋王朝立了大功。

但是东晋王朝内部矛盾很大。晋穆帝表面上提升了桓温的职位，实际上又猜忌他。桓温要求北伐，晋穆帝没有同意，却另派了一个殷浩去带兵北伐。

殷浩是个徒有虚名、没有军事才能的文人。他出兵到洛阳，被羌族人打得大败，死伤了一万多人马，连粮草武器也丢光了。

桓温又上了道奏章，要求朝廷把殷浩撤职办罪。晋穆帝没办法，只好把殷浩撤了职，同意桓温带兵北伐。

公元 354 年，桓温统率晋军四万，从江陵出发，分兵三路，进攻长安。前秦国主苻健派兵五万抵抗，被晋军打得落花流水。苻健只好带了六千名老弱残兵，逃回长安，挖了深沟坚守。

桓温胜利进军，到了灞上，长安附近的郡县官员纷纷向晋军投降。桓温发出告示，要百姓安居乐业。百姓欢天喜地，都牵了牛，备了酒，到军营慰劳。

自从西晋灭亡以后，北方百姓受尽混战的痛苦。他们看到桓温的晋军，都高兴地流着眼泪说："想不到今天还能够重新见到晋军。"

桓温驻兵灞上，想等关中麦子熟了的时候，派兵士抢收麦子，补充军粮。可苻健也厉害，他料到桓温的打算，就把没有成熟的麦子全部割光，叫桓温收不到一粒麦子。

桓温的军粮断了，待不下去，只好退兵回来。但是这次北伐毕竟打了一个大胜仗，晋穆帝把他提升为征讨大都督。

以后，桓温又进行了两次北伐。最后一次，进攻前燕，一直打到枋头（今河南浚县西南），后来，因为被前燕切断粮道，遭到失败。

桓温长期掌握东晋的军事大权，野心越来越大。有一次，他自言自语地说："男子汉如果不能流芳百世，也应当遗臭万年。"

有个心腹官员知道他的野心，向他献计，说要提高自己的威信，就先得学西汉霍光的办法，把现在的皇帝废了，自己另立一个皇帝。

那时候，晋穆帝已经死去。桓温带兵到建康，把当时在位的皇帝司马奕废了，另立一个司马昱当皇帝，这就是晋简文帝。桓温当了宰相，带兵驻在姑孰（今安徽当涂）。

过了两年，简文帝病重，留下遗诏由太子司马曜继承皇位。这就是晋孝武帝。桓温本来以为简文帝会把皇位让给他，听到这个消息十分失望，就带兵进了建康。

桓温到达建康那天，随身带的将士，都是全副盔甲，手里拿着明晃晃的武器。朝廷官员到路边去迎接时，看到这个情景，吓得变了脸色。

桓温请两个最有名望的士族大臣王坦之、谢安到他官邸去会见，王、谢两人早已听说桓温事前在客厅的背后埋伏了一批武士，想杀掉他们。所以，王坦之到了相府，浑身出冷汗，连衣服都湿透了。

谢安却十分镇静。进了厅堂坐定之后，他对桓温说："我听说自古以来，讲道义的大将，总是把兵马放在边境去防备外兵入侵。桓公为什么却把兵士藏在壁后呢?"

桓温听了，也有点不好意思，说："我也是不能不防备点儿。"说着，就命令左右把后面埋伏好的兵撤去。

桓温看到建康的士族中反对他的势力还不小，不敢轻易动手。不久，就病死了。

桓温死后，谢安担任了宰相，桓温的弟弟桓冲担任荆州刺史，两人同心协力辅佐晋孝武帝，东晋王朝出现了团结的气氛。

* * * * *

桓温的北伐，为其带来极大声望，不过他的三次北伐，除了第二次北伐成功收复洛阳，其余两次皆被击退。

王猛扪虱谈天下

桓温第一次北伐驻军灞上的时候，有一天，一个穿着一身破旧短衣的读书人到军营前求见桓温。桓温正想招揽人才，听说来了个读书人，很高兴地接见了他。

这个读书人名叫王猛，从小家里很贫困，靠卖畚箕过活。但是他挺喜欢读书，学识渊博。当时关中士族嫌他出身低微，瞧不起他，他毫不在乎。有人曾经请他在前秦的官府里做小官吏，他也不愿去。后来索性在华阴山隐居了下来。这次听到桓温打进关中，特地到灞上求见桓温。

桓温想试试王猛的学识才能，请王猛谈谈当今天下形势。

王猛把南北双方的政治军事形势分析得一清二楚，见解十分精辟，桓温听了不禁暗暗佩服。

王猛一面谈，一面把手伸进衣襟里摸虱子（文言是“扪虱”，扪音mén)。桓温左右的兵士们见了，差一点笑出来。但是王猛却旁若无人，照样跟桓温谈得起劲。

桓温问他说：“这次我带了大军，奉皇上的命令远征关中，为百姓除害。但是为什么我来到这里，地方上的豪杰都不来找我呢?”

王猛淡淡一笑说：“您不怕千里跋涉，深入敌人腹地。但是长安近在眼前，您却不渡过灞水。大家不知道您心里怎么打算，所以不愿来见您啊。”

王猛这一番话正说中了桓温的心事。原来桓温北伐，主要是想在东晋朝廷树立他的威信，制服他在政治上的对手。他驻军灞上，不急于攻下长安，正是想保存他的实力。

桓温无话可答。但是他看出王猛是一个难得的人才，从关中退兵的时候，他再三邀请王猛一起南下，还封他一个比较高的官职。王猛知道东晋王朝的内部矛盾很大，拒绝了桓温的邀请，仍旧回到他的华阴山去了。

但是这样一来，这个摸虱子的读书人却出了名。

后来，前秦的皇帝苻健死了，他的儿子苻生是一个十分残暴的人，很快就被他的堂兄弟苻坚推翻。

苻坚是前秦王朝中一个有作为的皇帝。他在即位以前，就想找一个得力的助手。有人向他推荐王猛。

苻坚派人把王猛请了来，两个人一见如故，谈起历史上兴亡大事，见解完全吻合。苻坚高兴得不得了，认为真像刘备找到诸葛亮一样。

苻坚即位后，自称大秦天王。王猛成为他最亲信的大臣，一年里被提升五次，权力大得没人能跟他比。

那时候，王猛才三十六岁，年纪轻轻，又是汉族人。前秦的氐族老臣见到苻坚这样信任王猛，哪会心服。有个氐族大臣樊世，是跟着苻健一起打下关中的。

有一次见到王猛，很生气地骂他："我们耕种好土地，你倒来吃白饭。"

王猛也顶了他一句说："你们不但要耕种，还要给我做饭呢！"

樊世更冒火了，说："我不把你的头割下来挂在长安城头上，我就不活了。"

隔了几天，樊世和王猛在苻坚面前又争论起来，樊世当着苻坚的面，要想打王猛。苻坚觉得樊世闹得不像话，把他办了死罪。从此以后，氐族官员再不敢在苻坚面前说王猛的坏话了。

王猛受苻坚的信任，帮助苻坚镇压豪强，整顿朝政。王猛兼任京兆尹的时候，太后的弟弟、光禄大夫强德酗酒闹事，强抢人家的财物和妇女。王猛一到任，就逮捕了强德，一面派人报告苻坚。等到苻坚派人来宣布赦免强德之时，王猛早已把强德处决了。以后几十天里，长安的权门豪强，皇亲国戚，被处死、判刑、免官的二十多人，朝廷官员大为震惊，坏人也不敢胡作非为了。苻坚赞叹说："我现在才懂得国家应该有法制呢。"

过了十几年，前秦在苻坚和王猛的治理下，国力越来越强大，先后灭掉了前燕、代国和前凉三个小国，统一了黄河流域地区。

公元375年，王猛得了重病。苻坚去探望他。王猛恳切地对苻坚说："东晋虽然远在江南，但是它继承晋朝正统，而且现在朝廷内部相安无事。我死之后，陛下千万不要去进攻晋国。我们的敌手是鲜卑人和羌族人，留着他们总是后患。一定要把他们除掉，才能保障秦国的安全。"

* * * * *

大人物都有很强的"定力"，能分清主次轻重，不会让次要的事情干扰了主要的事情。另外，没有规矩，不成方圆，强有力的法制是国泰民安的重要保证。

一意孤行的苻坚

苻坚在王猛生前对王猛是言听计从的，但是他却没有听王猛临死留下的忠告。

王猛认为前秦的敌手是鲜卑人和羌族人，但是苻坚却十分信任从前燕来投奔他的鲜卑贵族慕容垂和羌族贵族姚苌。王猛劝他不要进攻东晋，但苻坚却把东晋当作唯一的敌人，非把它消灭不可。

王猛死后的第三年，苻坚就派他的儿子苻丕和慕容垂、姚苌等带了十几万大军，分兵几路进攻东晋的襄阳。守襄阳的晋将朱序坚决抵抗。秦兵花了将近一年时间，才把襄阳攻了下来。

苻丕把朱序俘虏了，送到长安。苻坚认为朱序能够为晋国坚守襄阳，是个有气节的忠臣，把他收在秦国做个官员。

苻坚接着又派兵十几万从襄阳向东进攻淮南。东晋守将谢石、谢玄率领水陆两路进攻，把秦兵打得一败涂地。

但是，苻坚不肯就此罢休。到了公元 382 年，他认为准备成熟，就下决心大举进攻东晋。

这一年十月，苻坚在皇宫里的太极殿召集大臣商量。苻坚说："我继承王位到现在已快三十年，各地的势力差不多都平定了，只有盘踞在东南的晋国，还不肯降服。现在，我们有九十七万精兵。我打算亲自带领去讨伐晋国，你们认为怎么样?"

大臣们纷纷表示反对。大臣权舆说："晋国虽然弱小，但是他们的国主还没犯什么大错，手下还有像谢安、桓冲那样的文武大臣，团结一致。咱们要大举攻晋，恐怕不是时候。"

苻坚听了权舆的话，拉长了脸很不高兴。另一个武将石越说："晋国有长江作为天然屏障，再加上百姓都想抵抗，只怕我们不能够取胜。"

苻坚更加生气，他大声说："哼，长江天险有什么了不起，我们的军队那么多，大家把手里的马鞭子投到长江里，也可以把长江的水堵塞。他们还能拿什么来做屏障。"

大伙儿议论了半天，没有一个结果。苻坚不耐烦地说：

"你们都走吧。还是让我自己来决断。"

大臣们看见苻坚发火，只好一个个退出宫殿。最后，只有他弟弟苻融还留在殿上。

苻坚把苻融拉在他的身边，说："自古以来，决定国家大计的，总是靠一两个人。今天，大家议论纷纷，没有议出个结果来。这件事还是咱们两人来决定吧。"

苻融心情沉重地回答说："我看攻打晋国确有许多困难。再说，我军连年打仗，兵士们也已经精疲力乏，不想再打。今天这些反对出兵的，都是陛下的忠臣。希望陛下采纳他们的意见。”

苻坚没料到苻融也会反对他，马上沉下脸来，说：“连你也会说出这种丧气的话来，真叫人失望。我有精兵百万，兵器、粮草堆积如山，要打下晋国这样残余敌人，哪有不胜的道理。”

苻融看见有苻坚这样一意孤行，非常着急。他苦苦劝告苻坚说：“现在要打晋国，不但没有必胜的希望，而且京城里还有许许多多鲜卑人、羌族人、羯族人。陛下离开长安远征，要是他们起来叛乱，后悔也来不及了。陛下难道忘记王猛临终前讲的一番话吗！”

打那以后，还有不少大臣劝苻坚不要攻晋。苻坚一概不理睬。有一次，京兆尹慕容垂进宫求见。苻坚要慕容垂谈谈他的看法。慕容垂说：“强国吃掉弱国，大国并吞小国，这是自然的道理。像陛下这样英明的君王，手下有雄师百万，满朝是良将谋士，要灭掉小小晋国，不在话下。陛下只要自己拿定主意就是，何必去征求许多人的意见呢？”

苻坚听了慕容垂的话，高兴得眉开眼笑，说：“看来，能和我一起平定天下的，只有你啦！”说着，马上吩咐左右拿五百匹绸缎赏给慕容垂。

经过慕容垂一怂恿，苻坚兴奋得连晚上都睡不着觉。他的妃子张夫人听到朝廷内外很多人不赞成出兵，也好言好语劝他。苻坚说：“打仗的事，你们女人家别管。”

苻坚最宠爱的小儿子苻铣，也劝苻坚说：“皇叔（指苻融）是最忠于陛下的，陛下为什么不听他的话？”

苻坚冷淡地说：“天下大事，孩子别乱插嘴。”

苻坚拒绝了大臣和亲人的劝说，决心孤注一掷，进攻东晋。

他派苻融、慕容垂充当先锋，又把姚苌封为龙骧将军，指挥益州、梁州的人马，准备出兵攻晋。

慕容垂的两个侄儿偷偷地跟慕容垂说：“皇上骄傲得太过分了。看来，这次战争，倒是我们恢复燕国的好机会呢！”

* * * * *

事物都有一个“度”，超过了这个“度”，就会走向反面。苻坚虽然取得很多胜利，但他不顾兵士厌战的现实，一意孤行攻打晋国，失败是必然的。